Drachenmond Verlag

Drachenmond Verlag

Astrid Behrendt
Rheinstraße 60
51371 Leverkusen
http: www.drachenmond.de
E-Mail: info@drachenmond.de

Satz, Layout, Bildbearbeitung:
John Akhen, Wuppertal & Astrid Behrendt, Leverkusen
Illustrationen: Britta Strauß, Wuppertal
Druck: EuroPB, Tschechien

ISBN 978-3-931989-82-8

Britta Strauß

Die Seele des Ozeans

Prolog

~ Nordirland, August 2052 ~

Kjell fand in dieser Nacht keine Ruhe.

Mit zunehmender Ungeduld wälzte er sich hin und her, versuchte es mit Lesen, gab nach zwei Seiten auf, suchte sein Heil in Atemübungen und presste sich schlussendlich das Kopfkissen auf das Gesicht, weil er sich daran erinnerte, dass das Inhalieren des eigenen Atems müde machte. Nichts von all dem brachte das Ersehnte.

Was war los mit ihm? Das Knarzen des alten Hauses und das ferne Rauschen der Brandung hatten ihn immer wohltuend in das Reich der Träume geschickt, doch diesmal erschien ihm jedes Geräusch ohrenbetäubend. Die Welt verschwor sich gegen ihn. Selbst das Fließen seines Blutes und das Trippeln der Mäuse auf dem Dachboden brachten ihn um den Verstand. Sein Herz schlug wie eine dröhnende Pauke, der Wind glich einem außer Rand und Band geratenen Chor, der aus Leibeskräften heulte.

Als die Wut ihn packte und jede Hoffnung auf Ruhe scheitern ließ, zog er seinen Morgenmantel an, schlich nach unten und verließ das Haus. Ein nächtlicher Spaziergang am Strand würde helfen, ganz sicher. Salzige Luft schlug ihm entgegen, als er die Tür öffnete. Kalt und wild, eben die Luft Nordirlands, voll von der Gischt des Meeres und der Frische des Grases.

Der Himmel war klar, das Meer ruhig. Warum hatte er im Bett den Wind so laut gehört? Es ging kaum mehr als eine Brise, die unter dem Dach spielte. Einbildung, nichts weiter. Vermutlich eine Täuschung seines übermüdeten Geistes.

Auf der morschen Hausbank, umringt von flackernden Kerzen und bunten Windlichtern, sah er seine Mutter sitzen.

Sie wandte sich ihm zu und lächelte.

„Kannst du auch nicht schlafen?“

„Nicht wirklich.“

Eine schmerzhafte Form von Glück krampfte sein Herz zusammen. Seine Mutter mit ihrem langen weißen Haar, die Bank, die Kerzen und das uralte Haus, das bereits Dutzende Generationen erlebt hatte: der Inbegriff von Heimat und von Nachhausekommen.

Aber für wie lange noch?

Kjell setzte sich neben Fae und musterte sie. Unfassbar, dass seine Mutter inzwischen auf die Achtzig zuging. Ihr Haar reflektierte das Mondlicht und floss über die mageren Schultern wie Spinnenseide. Er erinnerte sich, wie er als Kind mit ihr durch die Welt gereist war, zusammen mit ihrem Bruder und seinem hawaiianischen Freund. Mit einem Segelschiff waren sie von Insel zu Insel, von Küste zu Küste gezogen. Das Meer war seine Schule gewesen, fremde Kulturen seine Lehrer. Zumindest bis zu seinem fünfzehnten Geburtstag. Damals, als sie das Segelschiff verkauft hatten und sesshaft geworden waren, war er überzeugt gewesen, nie wieder ein Gefühl von Zuhause entwickeln zu können. Jetzt hingen überall im Haus Fotos aus dieser wunderbaren Zeit, und er konnte sie ansehen, ohne sich verloren zu fühlen. All die Zeugnisse unzähliger Erinnerungen, deren Gerüche und Geschmäcker noch auf seiner Zunge lagen. Nur ein Detail der Fotos verriet, das es nie ungetrübtes Glück gegeben hatte: Auf keinem Abbild lächelte Fae. Immer blickte sie mit dieser für sie typischen Wehmut an dem Fotografen vorbei, als wäre nur ihr Körper anwesend, aber nicht ihr Geist.

„Darf ich dich was fragen, Mum?“

„Sicher.“

„Fühlst du dich wohl hier? So allein und abgelegen?“

Sie sah ihn erstaunt an. „Aber natürlich. Ich könnte mich nirgendwo wohler fühlen. Sieh dich doch um.“

Kjell antwortete mit einem verständnisvollen Lächeln. Ja, dieser Ort war etwas ganz Besonderes. Das Wetter mochte rau sein, das Meer kalt und der Strand mit all seinem verrottenden Tang und dem Treibgut weit entfernt von makelloser Bilderbuchidylle, aber es lag etwas in der Luft. Eine Form von unverfälschter Freiheit. Der Blick ging weit über das Meer, das Licht am Abend und am Morgen war schwer von Melancholie.

Kjell liebte dieses Haus. Es war sein Refugium, sein Ruhepol. Der Ort, an dem sich seine Seele ausruhen konnte. Kam er hierher, verlangsamte sich alles auf wundersame Weise und rückte wieder an den richtigen Platz.

Jeden Tag schwamm er im Meer und wusste in jenen Augenblicken, in denen er durch das Wasser tauchte, dass er ganz er selbst war. Absolut und vollkommen er selbst. Der Gedanke, all das übermorgen wieder hinter sich zu lassen, schmerzte mehr denn je.

„Ich möchte dir etwas schenken", durchbrach Fae die Stille. „Ich habe lange auf den richtigen Zeitpunkt gewartet. Jetzt ist er gekommen."

Sie griff neben sich, hob ein Buch auf und reichte es ihm.

Es war alt und abgegriffen. Der Geruch nach Staub und modrigem Papier stieg ihm in die Nase. Kjell nahm es entgegen und drehte es behutsam hin und her. Eine wunderschöne Frau zierte den Umschlag, nackt, mit vor der Brust gekreuzten Armen. Sie sah genauso aus wie seine Mutter in jungen Jahren. Offenbar befand sich diese Frau unter Wasser, denn die Strähnen ihres langen Haares umgaben sie wie wogender Tang.

Die Seele des Ozeans stand in geschwungenen, goldenen Buchstaben unter der Nixe. Kjell fühlte einen unbestimmbaren Stich im Herzen. Vielleicht war es der hingebungsvolle Ausdruck im Gesicht der Frau, die seiner jungen Mutter so ähnlich sah. Vielleicht das Wort *Ozean*, das wie drei streichelnde Wellen klang, die über die Zunge rollten und genau das vertonten, was das Meer in ihm auslöste: Sehnsucht.

Kjell drehte das Buch um und las den Klappentext:

„Geschichten aus den dunklen Tiefen der nordischen See
erzählen von einer todkranken Schriftstellerin,
die sich an die einsame Küste Nordirlands zurückgezogen hat.
Von einem geheimnisvollen Fremden mit dem Blut des Meeres in den Adern,
der dazu bestimmt ist, für die Liebe das größte aller Opfer zu bringen.
Sie erzählen die Geschichte eines weißen Narwals
und die einer Liebe, so tief wie der Ozean."

„Es ist von dir?"

„Woher wusstest du das?" Fae lächelte verschmitzt. „Ich habe ein Pseudonym benutzt."

„Keine Ahnung, ist einfach dein Stil. Warum zeigst du es mir erst jetzt?"

Sie zuckte nur die Schultern, was er als Antwort akzeptieren musste. In den letzten Jahrzehnten hatte seine Mutter viele Bücher veröffentlicht. Verträumte Märchen, die Welten erschaffen hatten, in denen sich

Magie mit grauer Realität vermischte, bis alles in geheimnisvollen Farben strahlte und man glaubte, überall lägen fantastische Rätsel. Fae hatte damit angefangen, als sie sesshaft geworden waren. Oh ja, es hatte eine Zeit gegeben, in der Kjell sie für diese Entscheidung gehasst hatte. An jenem Tag auf dem Indischen Ozean war alles perfekt gewesen. Aber wie aus heiterem Himmel war seine Mutter von einer unerklärlichen Angst überfallen worden. Hals über Kopf hatten sie im nächsten Hafen das Schiff verkauft und waren in eine Kleinstadt nahe Kincraig gezogen. Ohne Begründung, ohne ein erklärendes Wort. Er ging zum ersten Mal in seinem Leben in eine gewöhnliche Schule, abgeschnitten vom Meer und der Freiheit, die fünfzehn Jahre lang selbstverständlich für ihn gewesen war. Ein Teil von ihm, der mal stärker und mal schwächer war, warf ihr diese schrecklichen Jahre immer noch vor.

„Ich möchte, dass du es liest“, sagte Fae. „Bevor du gehst.“

„Bitte?“

„Du hast mich schon verstanden.“

„Aber das schaffe ich nicht. Morgen Abend muss ich wieder los.“

Sie zwinkerte ihm zu. Ein vergnügtes Funkeln huschte durch das klare Grün ihrer Augen.

„Dann solltest du schnell damit anfangen. Die Heldin heißt übrigens genauso wie ich. Eine Schriftstellerin namens Fae, die an der Küste Nordirlands lebt.“

„Klingt spannend, aber hättest du es mir nicht eher geben können? Ich bin kein Schnellleser wie du. Dafür werde ich ewig brauchen.“

„Ich hätte es dir eher geben können.“ Der Blick seiner Mutter verlor sich in der Ferne. Er mochte die Art, wie der Wind durch ihre silbernen Haarsträhnen strich, doch etwas in ihren Augen bereitete ihm Unbehagen. Sie sahen traurig aus, wie immer, aber im Gegensatz zu sonst lag ein Sehnen darin, dessen Stärke ihm nicht gefiel. „Vielleicht hätte ich es dir sogar eher geben müssen. Aber ich war zu feige. Bis heute. Weil ich jetzt weiß, dass es der richtige Zeitpunkt ist.“

„Was meinst du? Der richtige Zeitpunkt wofür?“ Faes Lippen zuckten, als wollte sie lächeln, doch der Ernst trug seinen Sieg davon. Wieder einmal verriet sie ihm ihre Gedanken nicht, zog sich in ihr Schneckenhaus zurück und ließ ihn im Unklaren. Kjell biss sich auf die Unterlippe. Diese Geheimniskrämerei machte ihn irgendwann noch wahnsinnig! Aber er konnte seiner Mutter nicht lange böse sein. Diese verletzliche, traurige Frau stampfte seine Wut mit einem einzigen Blick in Grund und Boden. Sie trauerte um verlorene Zeiten. Um ihre Jugend, um all die fernen Länder, die sie nie wiedersehen würde. Ein schmerzender Kloß brannte in seiner Kehle. Manchmal war seine empathische Gabe ein Fluch. Was brachte es, die Gefühle anderer Menschen zu spüren? Es war eine Last auf seinen Schultern, die er nie ablegen konnte.

„Er ruft mich“, flüsterte Fae. „Nach so langer Zeit hat er mich endlich gefunden. Heute ist meine Nacht. Nein, es ist unsere Nacht.“

„Mum?“

„Ja?“, gab sie zurück.

„Geht es dir gut?“

„Besser als je zuvor. Geh rein und lies. Du sollst endlich alles erfahren.“

Alles erfahren? Indem er einen ihrer Fantasyromane las?

„Von wem hast du gerade geredet? Wer ruft dich?“

„Lies das Buch. Wir haben nicht ewig Zeit.“

„Wie du meinst.“

Kjell erhob sich und sah noch einmal auf das Meer hinaus. An Schlaf war ohnehin nicht zu denken, also warum die Nacht nicht mit Lesen verbringen? Mondschein glänzte hypnotisierend auf dem tanzenden Muster der Wellen. Bald würde er wieder seiner Aufgabe folgen und für das kämpfen, was er über alles liebte. Seltsam, dass er dem Ozean nirgendwo so nahe war wie hier. Nicht einmal in der Weite des Pazifiks, nicht in den kalten Gewässern der Antarktis und nicht über dem schillernden Labyrinth des Great Barrier Reefs.

„Gute Nacht, Mum.“

Sie strahlte ihn glücklich an. „Gute Nacht, Kjell.“

Er schlurfte zurück in das Dachzimmer, schaltete die Nachttischlampe ein und streckte sich auf dem Bett aus, ohne seinen Morgenmantel auszuziehen. Er liebte dieses Ding, seit Fae es ihm zu seinem zwanzigsten Geburtstag geschenkt hatte. Es war blau und schwarz gestreift, wies zahlreiche Löcher auf und würde erst zu Grabe getragen werden, wenn es ihm vom Körper bröckelte.

„Er passt so gut zu deinen schwarzen Haaren und den blauen Augen“, betonte seine Mutter immer wieder. „Als wäre er nur für dich gemacht.“

Kjell strich über den fadenscheinigen Ärmel und dachte daran, dass er äußerlich nicht nennenswert gealtert war, seit er dieses Kleidungsstück vor zweiundzwanzig Jahren geschenkt bekommen hatte. Dieser Mantel hingegen schon. Vielleicht sog er das Alter an seiner statt in sich auf, wie das Bildnis des Dorian Gray. Ein Unsterblichkeits-Morgenmantel.

Nachdem Kjell ein paar Mal am Buch geschnuppert hatte – es roch alt, modrig und nach irgendeinem Frauenparfüm – schlug er es auf und blätterte flüchtig hindurch. Kleine Zeichnungen leiteten die Kapitel ein, und als er das Bild einer wunderschönen, weißen Flosse sah, wurde ihm eigenartig zumute. Eine Unruhe rumorte in ihm, gefolgt von dem Gefühl, irgendetwas tun zu müssen. Oder nach etwas suchen zu müssen.

Wann hatte seine Mutter das Buch veröffentlicht?

Er suchte nach der entsprechenden Information, fand sie ganz am Anfang und stutzte. Vor genau zweiundvierzig Jahren im Monat seiner Geburt.

Noch einmal steckte er die Nase zwischen die Seiten. Es war, als atmete er Vergangenheit ein. Eine verborgene Etappe im Leben seiner Mutter, ihre Gefühle und Träume. Die Zeit verrann so schnell, wenn man glücklich war. Sie floss wie der Wechsel der Gezeiten, doch im Gegensatz zu Ebbe und Flut kehrte das menschliche Leben nicht ewig wieder.

Befallen von einer seltsamen Unruhe, begann Kjell zu lesen.

Kapitel I

Das Leuchten

~ Fiona, Juli 1978 ~

Als Fiona das Leuchten im Meer sah, wusste sie plötzlich, warum sie mitten in der Nacht hierhergekommen war. Das Licht war gespenstisch und wunderschön, bildete mal eine Wolke, mal ein vielarmiges Wesen, das anmutig durch das dunkle Wasser glitt. Genau auf sie zu.

Komm, komm, komm …, schien es sie unhörbar zu rufen.

Fiona spürte die Kälte des Windes, der an ihrem Nachthemd zerrte, nicht mehr. Sie schlang beide Arme um ihren prall gewölbten Bauch, tat einen Schritt in das Meer hinein und spürte, dass es richtig war. Hier zu sein. Jetzt. Und in das Licht zu gehen.

Das Kind in ihrem Leib bewegte sich. Sie spürte seine zarten Tritte intensiver als je zuvor, auch seinen sich windenden Körper und selbst seinen Herzschlag, der sich in vollkommener Harmonie zu dem Pulsieren in ihrem Brustkorb befand. Sie waren eins und würden es immer sein.

Hungrig leckte der Meeresschaum an ihren Füßen.

Komm, komm, komm …

Die Wellen umspülten Fionas Oberschenkel, dann ihren Bauch. Silberreflexe tanzten auf den Wellen. Das Licht des vollen Mondes, der über dem Horizont leuchtete, ergoss sich wie flüssiges Metall auf das Meer. Ihr Kind bewegte sich noch heftiger, als wolle es hier und jetzt hinaus und in das Wasser tauchen. Sie dachte daran, wie ihr Sohn gezeugt worden war, vor neun Monaten in einer ganz ähnlichen Nacht an diesem Strand, als Angus betrunken und sie hoffnungslos romantisch gewesen war. Fiona wusste, dass es in jener Nacht passiert war.

In dieser einen und in keiner anderen. Oder wenigstens hoffte sie es, denn es waren die schönsten Momente ihres Lebens gewesen.

„Wenn es ein Junge wird“, hatte sie in sein Ohr geflüstert, „nennen wir ihn Kjell.“

„Wieso Kjell?“, fragte Angus. „Was heißt das? Ist das irisch?“

„Keine Ahnung. Ich finde den Namen einfach schön.“

„Und wenn wir ein Mädchen bekommen?“

Sie hatte gelacht, sich noch fester an ihn geschmiegt und ihre Beine um seine Hüften geschlungen. „Bekommen wir aber nicht. Ich weiß es.“

Komm!

Fiona blickte sich noch einmal um. Über ihr auf den Klippen stand das Haus, in dem sie geboren worden war. Seit vielen Jahren lebten sie und Angus gemeinsam darin. Es war alt, voller Geschichten und Schicksale. Den Steinen, aus denen es vor Jahrhunderten gebaut worden war, hatten die Elemente ihr wahres Gesicht gegeben: moosige, verwitterte Mienen, die sich mit Erinnerungen vollgesaugt hatten.

Das Haus hatte ihre Geburt gesehen und würde ihren Tod sehen. So wie es viele Geburten und Tode gesehen hatte. Nirgendwo waren sich beide Welten so nah wie auf dieser Insel. Nirgendwo umarmten sie sich so innig.

„Ich liebe dich“, flüsterte sie. „Vergiss mich nicht.“

Komm … komm zu uns …

Das Licht war fast bei ihr. Als es einen leuchtenden Arm nach ihr ausstreckte, sah Fiona, dass sich die Wolke aus winzigen Wesen zusammensetzte. Jedes einzelne glomm wie ein kleiner Stern, und als sie sich von ihnen umhüllen ließ, fühlte es sich an, als tauchte sie in die Seele des Ozeans ein. Zwei Schritte. Drei Schritte. Endlich umhüllte der Glanz ihren ganzen Körper.

Ich bin unter Wasser. Ich kann nicht mehr atmen.

Sie dachte es ohne jede Furcht, denn die hauchzarten Wesen sponnen sie warm und behütend ein. Während Fiona in die Tiefe sank, konnte sie sehen, wie sich ihr Körper in silberblaues Licht verwandelte. Ihr Bewusstsein schwand.

Die kristallreine Lebendigkeit, die von den Wesen ausging, wurde nach und nach ihr ganzes Sein. Alles drehte sich in einem endlosen Kreis aus Verlust und Wiederkehr. Die Strömungen des Meeres, das Leben und der Tod, selbst das Universum. Fiona konnte es spüren, die unveränderliche Kraft aller Existenzen, die wie der Schlag eines einzigen riesigen Herzens war, aus dem sie alle kamen und in das sie alle zurückkehren würden. Und während sie sich auflöste und ein Teil der Seele wurde, die sie umhüllte, begriff sie es. Das einzige und große Geheimnis. Die Frage, die sie sich unzählige Male in ihrem Leben gestellt hatte: Wohin gehen wir? Nein, sie empfand kein Bedauern.

~ Angus ~

Das Gefühl, etwas Furchtbares sei geschehen, ließ Angus aus dem Schlaf aufschrecken. Sein Blick huschte hin und her, während er versuchte, den Nachhall eines Albtraums abzuschütteln. Doch er griff nur noch fester zu. Das Bett neben ihm war leer – und Fiona fort. Genauso wie in seinem Traum. Angus dachte nicht einmal daran, Morgenmantel und Schuhe anzuziehen. In kurzer Schlafanzughose rannte er aus dem Haus, stürmte die Klippen entlang und schrie sich die Seele aus dem Leib.

„Fiona! Wo bist du? Fiona!“

Sie war merkwürdig gewesen in den letzten Tagen. Launisch und ruhelos. Wahrscheinlich lag es an dem Kind, das nächste Woche zur Welt kommen würde. Ausgerechnet jetzt, wo sie Schutz besonders nötig hatte, fiel ihr dieser Unsinn ein. Nächtliches Schwimmen im eiskalten Meer. Stundenlange Wanderungen, die ihre Lippen blau verfärbten und ihre Zähne klappern ließen. Fast allnächtliches Schlafwandeln.

„Fiona!“

Bestimmt war sie unten am Strand. In den letzten beiden Wochen hatte er sie achtmal dort aufgelesen, schlotternd und durchgefroren, aber mit einem Strahlen in den Augen, das ihm eine Heidenangst eingejagt hatte.

„Fiona!“

Angus stolperte mit rudernden Armen den Hang hinunter, der in einem halbmondförmigen Sandstrand endete. Es war der Lieblingsplatz seiner Frau. Schon als kleines Kind hatte sie dort zwischen Steinen, Tang und all dem verrottendem Zeug gespielt, das der Ozean anspülte. Mondschein übergoss die schroffe Küste mit kaltem Licht.

Doch Fiona war nirgendwo zu entdecken. Das letzte Mal hatte sie wie eine Nixe mitten in einem Haufen aus angespültem Seetang gesessen. Die Nacht davor war sie ihm auf wackeligen Beinen entgegengekommen. Aber jetzt sah er nichts.

„Fiona! Fiona!"

Er taumelte am Saum der Brandung entlang. War sie noch dort draußen? Versteckte sie sich vielleicht oder war sie längst tot? Nein, Unsinn. Er würde es spüren, wenn ihr etwas widerfahren wäre. Aber was spürte er eigentlich? Angst. Schreckliche Panik und Kälte, die nichts mit dem Wind zu tun hatte.

Ein Leuchten etwa fünfzig Meter vor ihm zog seine Aufmerksamkeit auf sich. Mit polterndem Herzen rannte er darauf zu. Nie zuvor hatte er so etwas gesehen. Zuerst erinnerte es ihn an eine riesige, gestrandete Leuchtqualle.

Das Ding hatte die Größe eines Schweinswals, aber es war unförmiger als ein solches Tier und glomm in gespenstischem Blau, wie das Meer in besonders warmen Sommernächten, wenn Schwärme winziger Tiere in der Brandung leuchteten.

Noch ehe Angus Genaueres erkennen konnte, spürte er, dass etwas mit diesem Ding nicht stimmte. Es war lebendig. Es pulsierte, bewegte sich und zuckte wie ein sterbendes Tier. Das Gewebe, durchzogen von silbernen Adern, schien etwas zu umschließen.

Etwas, das aussah wie …

Angus fiel auf die Knie. *Nein! Nein! Nein!*

Er griff in das gallertartige Ding hinein, wollte es mit seinen Fingern zerfetzen, wollte Fionas Leib befreien und hinausziehen, doch das Gewebe regenerierte sich, sobald seine Nägel Furchen hineinrissen. Wo er es zerstörte, fügte es sich wie fließendes Wasser neu zusammen. Wo er Stücke herausriss, füllten sich die Löcher binnen weniger Sekunden mit glimmendem Gewebe. Was zur Hölle war das?

„Fiona!" Angus konnte nicht schreien. Er wimmerte und schluchzte, keuchte und flüsterte.

„Oh Gott! Was ist das? Was ist passiert? Fiona! Ich hole dich da raus! Ich helfe dir. Halte durch!"

Wie von Sinnen riss und zerrte er an dem Kokon. Er musste sie befreien! Er musste! Glühende Klumpen zähen Schleims flogen zu allen Seiten, doch das Gewebe entstand schneller neu, als er es zerstören konnte. Es wurde heißer, immer heißer, bis es sich anfühlte, als tauchte er seine Hände in die Nesseln einer Feuerqualle. Er würde sie beide verlieren! Seine Frau und sein Kind!

„Fionaaaa!"

Ihr Körper begann zu verblassen. Die Augen waren geöffnet, und Angus bildete sich ein, dass sie sich bewegten und seinen Blick suchten. Ihr Gesicht verschwand im glühenden Gewebe, dann ihre Brüste, ihre Arme, ihre Hände. Die Frau, die er über alles liebte, verschwand vor seinen Augen. Großer Gott, dieses verdammte Ding fraß sie bei lebendigem Leib!

Noch einmal bot er all seine Kraft und Verzweiflung auf, doch Fionas Körper wurde unaufhörlich und immer schneller von dem Gallertwesen aufgelöst. Das Leuchten nahm an Kraft zu. Es wurde so hell, dass Angus geblendet wurde. Er schlug die Hände vor seine Augen und spürte, wie das brennende Licht seinen Körper überzog. Eine Explosion aus unerträglichem Glanz. Er verlor die Besinnung.

Als Angus Bewusstsein wiederkehrte, war alles dunkel.

Nein, nicht ganz dunkel. Vor ihm schimmerte ein kleiner Körper. Ungläubig rieb er sich die Augen. Das Gallertwesen war zu einer schleimigen, silberblauen Pfütze zerflossen, in der ein Baby lag.

Fionas Kind!, schrie sein erster Instinkt. *Dein Kind! Rette es!*

Aber der neugeborene Junge, der vor ihm lag, überzogen von Resten aus schimmerndem Schleim, erfüllte ihn mit Entsetzen. Seine Haut schimmerte wie Mondlicht. Ein silbriger Flaum bedeckte den Kopf, die Augen waren von so hellem Türkis, das ihr Anblick kaum zu ertragen war.

Hilfesuchend starrten sie zu ihm hinauf. Was, bei allen Höllengeistern, war das für ein Geschöpf?

Der Körper des Kindes, seine Hände, sein Gesicht – all das war zu zierlich, zu perfekt. Nicht die Formen eines Babys. Und wie es ihn anblickte. Schweigend und wissend, bohrend geradezu, sodass Angus sich fühlte, als müsse er hier und jetzt alle Sünden offenlegen, die er je begangen hatte.

Ein Teil in ihm wollte nach dem Kind greifen und es an sich drücken, um wenigstens etwas von Fiona festzuhalten, aber der andere ekelte sich davor. Dieses Wesen hatte seine Frau getötet. Es war schuld an ihrem Tod, und es war schuld am Tod ihres gemeinsamen Sohnes. Angus glaubte, den Verstand zu verlieren. Er wiegte sich vor und zurück, vor und zurück. Immer wieder. Vor und zurück.

Nimm ihn an!, verlangte seine Vernunft. *Er ist alles, was dir bleibt. Nimm ihn. Fiona hätte es so gewollt. Lass ihn nicht allein.*

Das Baby verzog sein Gesichtchen zu etwas, das wie ein Lächeln aussah. Angus konnte kaum noch atmen vor Schmerz. Wieder zog sich ein dunkler Vorhang vor seinen Augen zu, und dann sah er seinen eigenen Händen dabei zu, wie sie sich zitternd ausstreckten. Sie überbrückten die Distanz zwischen ihm und dem Wesen und berührten es. Allmächtiger, wie kalt es war. Er schmiegte seine Hände um den silberweißen Leib, hob es hoch und legte es an seine Brust.

Eisig. Fremd. Unheimlich.

Angus fühlte sich wie in einem Wintersturm gefangen, der eine Schicht aus Frost um alles Lebendige legte. Nein, er konnte keine Liebe empfinden. Er konnte außer bitterer Qual überhaupt nichts empfinden. Fiona war fort.

Nie wieder würde er sich lebendig fühlen, und doch zwang ihn eine höhere Macht dazu, das Kind zu umarmen, ihm von seiner Wärme abzugeben und es hinauf zum Haus zu tragen. Er legte es in die hölzerne Wiege, die er selbst gebaut hatte, hüllte es in zwei Decken und gab ihm eine der Flaschen zu trinken, die Fiona gekauft und im Küchenschrank gehortet hatte.

Unablässig ruhte der kristallhelle Blick des Kindes auf ihm. Angus bildete sich ein, Dankbarkeit darin zu sehen.

Dann wieder war es ihm, als lauere in diesen Augen nichts als heimtückische Bosheit und Kälte, und nur einen Moment später empfand er das Baby als das reinste, wunderschönste und vollkommenste Wesen, das je auf Erden gelebt hatte.

Es dauerte nicht lange, bis es die Flasche leer getrunken hatte.

Angus stellte sie auf den Boden, zog einen Stuhl an die Wiege und sank darauf nieder. Verzweiflung begrub ihn wie ein Felsbrocken unter sich. Fiona war tot. Die Liebe seines Lebens war tot. Sie würde nie wieder zurückkehren.

„Kennst du Lir?", murmelte er mit gepresster Stimme. „Den Gott des Meeres? Vielleicht sollte ich dich nach ihm benennen. Die Leute hier erzählen sich gerne Geschichten vom Tod. Überall ist der Tod. In diesem vermaledeiten Land hausen mehr Geister als lebendige Wesen."

Wer ist Lir?, schien ihn der Blick des Kindes zu fragen. *Erzähle mir von ihm.*

Und Angus gehorchte. Als könnte ihn seine Stimme davor bewahren, den Verstand gänzlich zu verlieren.

„Vor langer Zeit heiratete Lir die wunderschöne Aobh. Vier Kinder brachte sie zur Welt, doch als sie dem letzten das Leben schenkte, holte sie der Tod und entriss sie den liebenden Armen ihres Mannes. Nach langer Trauer verliebte sich Lir erneut. In Aobhs Schwester Aoife, die seiner toten Frau sehr ähnlich sah. Als Aoife aber kinderlos blieb, trachtete sie in ihrer Eifersucht danach, die Kinder ihrer Schwester zu töten. Sie wusste, dass Lir sie nicht um ihretwillen liebte, sondern dass er Aobh in ihr sah. Die einzige Frau, der je sein Herz gehört hatte.

Ihr Zorn war furchtbar, doch bei aller Wut brachte sie es nicht über sich, den Kindern die Kehle durchzuschneiden. Stattdessen verwandelte sie sie in vier wunderschöne Schwäne. Neunhundert Jahre lang irrten die Unglücklichen ruhelos umher, bis der Fluch seine Macht verlor und sie freigab. Aber in jenem Augenblick, da sie zu Menschen wurden, stürzten all die verstrichenen Jahrhunderte, die sie als Schwäne verbracht hatten, auf sie ein. Die Verfluchten zerfielen zu Asche und wurden vom Wind in das Meer geweht, wo ihre Seelen noch heute umherirren. In besonders schönen Vollmondnächten hörst du ihr Klagelied, denn dann ist ihr Schmerz am größten."

Angus hörte seine Worte in der Stille des Hauses verklingen. Ein solch hasserfüllter Schmerz loderte in ihm auf, dass er glaubte, innerlich zu verbrennen. Er fuhr hoch, stolperte von der Wiege weg und aus dem Zimmer hinaus. Nein, er ertrug es nicht, neben dem Mörder seiner Frau zu sitzen! Dieses Ungeheuer war nicht sein Kind. Niemals! Er sollte es töten. Es ins Meer werfen und dann seinem eigenen Leben ein Ende bereiten.

Kaum warf er die Tür ins Schloss, hörte er das Baby schreien, doch es war ihm gleich.

Nie wieder …

Diese beiden schrecklichen Worte beherrschten all sein Denken.

Nie wieder …

Oh Gott, Fiona, ich dachte, dass wir zusammen alt werden.

Mit letzter Kraft holte er eine Whiskeyflasche aus der Vitrine, fiel in einen Sessel und kippte das brennende Zeug seine Kehle hinunter. Es dauerte viel zu lange, bis sein Bewusstsein endlich verschwamm.

Über ihm im Zimmer weinte das Kind. In seinem Wimmern lag etwas so klägliches, dass Angus hastig weitertrank, um es nicht mehr zu hören. Endlich, als die Flasche leer war, fiel Schwärze über ihn her.

~ Gegenwart, August 2052 ~

Als Kjell einen Finger zwischen die Seiten legte und das Buch zuklappte, rumorte eine dumpfe Wut in seinen Eingeweiden. Er verabscheute Angus Handeln, und doch spürte er sein Leid, schmeckte seine Verzweiflung wie einen bitteren Pelz auf seiner Zunge und wusste, wie hilflos er sich fühlte.

Empathie selbst für fiktive Buchfiguren.

Aus diesem Roman stammte also sein Name. Ein seltsames Gefühl. Fast war es, als lese er eine Geschichte über sich selbst. Im Altdänischen bedeutete Kjell *Quelle*, das hatte Fae ihm verraten. Auf Norwegisch wiederum umschrieb es ein Opfergefäß. Aber warum war ihre Wahl ausgerechnet auf diesen Namen gefallen?

Eine Quelle und ein Opfer.

Er war sich sicher, dass eine tiefere Bedeutung dahinter lag. Morgen früh würde er Fae danach fragen, obwohl die Wahrscheinlichkeit groß war, dass er nur Schweigen oder einen undurchschaubaren Blick ernten würde. Gedankenverloren strich er über das Buch und dachte an das Gefühl, verlassen worden zu sein. Seine längste Beziehung hatte neun Monate gedauert. Die Liebe zwischen der deutschen Biologiestudentin Emma und ihm war gewachsen, wie eine Zelle zu einem Kind heranwuchs.

Aber dann, im neunten Monat, war alles vorbei gewesen. Emmas Liebe war nicht stark genug gewesen, sie über die drei Wochen seiner Abwesenheit hinweg zu trösten. Er war von seiner Reise zum Great Barrier Reef zurückgekehrt, um eine leere Wohnung vorzufinden. Mit schwarzem Stift hatte sie das Wort „Sorry“ an der Pinnwand am Kühlschrank hinterlassen. Mehr war ihm nicht von Emma geblieben.

Noch am selben Tag hatte er unter ihre Worte ein „Nevermore“ gekritzelt.

Kjell blickte nach links, wo ein großer Spiegel an der Wand neben dem Kleiderschrank hing. Er beobachtete sich selbst, wie er auf dem Bett hockte, den Rücken gegen das Gestell gelehnt, die Beine angezogen, das Buch auf den Knien.

Emma hatte geschworen, er sei ein Kandidat für eine steile Modelkarriere, aber Kjell war sich sicher, dass sie maßlos übertrieben hatte. Er fand seine schwarzen Locken zu wirr und widerspenstig, seine Haut zu blass und seine Hände zu zierlich. Lieber hätte er die schmalen Lippen seiner Mutter geerbt, und mit diesen großen dunkelblauen Augen würde er es nie schaffen, verwegen dreinzublicken. Eher brachte er den Hundeblick zur Perfektion.

Kjell zwinkerte sich selbst zu, bleckte die Zähne und drehte sein Gesicht hin und her. Mit welchem deutschen Schauspieler hatte Emma ihn nochmal verglichen? Mit dem jungen … wie hieß er noch gleich? Ah ja, der junge Horst Buchholz. Na, wenn sie meinte.

So sehr Emmas Entscheidung auch geschmerzt hatte, ein Verlust wie der im Buch war um vieles schlimmer. Angus hatte Fiona geliebt, und sie hatte ihn geliebt. Unzählige gemeinsame Träume und Pläne waren auf einen Schlag vernichtet worden. Ihm war wenigstens die Gewissheit geblieben, dass Emma nicht sonderlich unter ihrem Verlust gelitten hatte. Immerhin war es ihre freie Wahl gewesen.

„Mutation“, murmelte Kjell in Gedanken an die sonderbare Verwandlung. „Faszinierend, Mum. Vermutlich stellt das Gallertwesen eine Kolonie aus symbiotisch lebenden Einzellern dar, die die menschliche DNA umschreiben.“

Er suchte eine neue Position, drehte sich auf die Seite und stützte sich mit dem Ellbogen ab. Auf der nächsten Seite stand geschrieben:

Kapitel II – Kjells Befreiung.

Das Raunen des Windes und das beruhigende Ticken der Wanduhr in den Ohren, blätterte er um und las weiter.

Kapitel II

Kjells Befreiung

~ Angus, Juni 1982 ~

Ein Geräusch riss ihn aus seinem Whiskeyschlaf. Es war so leise, dass er zuerst glaubte, es sei nur der Wind, der um das Haus strich. Doch dann wiederholte es sich. Er hörte leises Knarzen unter vorsichtigen Schritten. Jede Stufe der Treppe gab ihren eigenen Laut von sich, und deshalb sah Angus vor seinem inneren Auge, wie Kjell zu fliehen versuchte.
Dieser dumme, verfluchte Junge!

Augenblicklich war er hellwach und fuhr im Bett hoch. Eine Klinge schien sich in seine Schläfe zu bohren und auf der anderen Seite wieder auszutreten. Bei allen Teufeln, diese Kopfschmerzen brachten ihn nochmal um. Schlimmer waren nur noch die Schmerzen in seinen Gelenken, die zu toben begannen, kaum dass er sich bewegte. Verflucht und zugenäht! Hatte er dem Bengel nicht genug gedroht? Hatte er ihm nicht genug grauenvolle Geschichten über das erzählt, was da draußen auf ihn wartete? Wut klärte seine whiskeytrunkenen Gedanken. Sie steigerte sich zu einem Zorn, in dem nur noch ein Wissen klar hervortrat: Dieses

Wesen hatte Fiona getötet, und es versuchte, ihn an der Nase herumzuführen. Angus sprang aus dem Bett und stürzte zur Tür hinaus. Ein Vorschlaghammer ersetzte die Klinge und drosch mit brachialer Gewalt auf seinen Kopf ein, gleichzeitig bohrten sich rostige Nägel in seine Knie. Die Qual goss Öl in das Feuer seines Zorns. Drei torkelnde Schritte trugen ihn durch den engen Flur, vier weitere hinüber zu Kjell, der seine Heimlichkeit gegen verzweifeltes Rütteln austauschte.

„Nutzloser Bengel!" Angus packte den Jungen, schleuderte ihn herum und schlug ihm mitten ins Gesicht. Kjell ging zu Boden. Schmerz verzog die eisigzarten Züge. Im kristallenen Türkis seiner Augen blitzte die Wut. Gedemütigt kauerte der Junge vor ihm auf den alten Holzdielen und zitterte. Das braune Hemd, das er ihm gegeben hatte, war viel zu groß und ließ ihn zusammen mit den nackten Beinen und Füßen schrecklich verletzlich aussehen. Einen Moment lang klärte sich die Wut in Angus' Gehirn.

Heilige Mutter Gottes, dieses Wesen war so schnell gewachsen, weitaus schneller als jeder Mensch. Inzwischen sah er aus wie ein Dreizehnjähriger, obwohl er ein kleines Kind hätte sein müssen. Sein Anblick erschreckte Angus jeden Tag aufs Neue.

Kjells Haut war wie dünnes Eis, auf dem sich Mondlicht spiegelt. Sein schulterlanges Haar schien aus Silberfäden zu bestehen und seine Augen aus türkisfarbenem Kristall. Er war so hell und rein, dass es im Herzen wehtat, ihn anzusehen. Wie ein Geschöpf aus frostigem Winterlicht.

Immer, wenn Angus ihn ansah, kamen ihm solche komischen Vergleiche in den Kopf. Tränen brannten in seinen Augen. Was hatte er nur getan? Niemals würde er in den Himmel kommen, wenn er diesem Jungen wehtat. Fiona würde es das Herz zerreißen, könnte sie ihn so sehen, und vielleicht sah sie ihn auch. Dort oben, vom Paradies aus.

Sie würde sagen: *Angus, warum bist du nicht mehr der Mann, den ich liebte? Dieses Kind ist mein Fleisch und Blut. Ich habe es geboren. Warum tust du ihm weh?*

Er nahm Kjell bei den Schultern und zog ihn behutsam auf die Beine. Der Schmerz in seinem Kopf pochte und hämmerte, als er den Jungen umarmte. Oh, er war solch ein Schwächling. Solch ein unbeherrschter Idiot. Schlaff hing Fionas Sohn in seinen Armen, als sei kaum mehr Leben in ihm. Doch der Atem, der sich in rhythmischer Abfolge gegen Angus' Brust drückte, war kraftvoll und ruhig.

„Es tut mir leid.“ Das silberne Haar streifte seine Lippen, während er sprach. Es war viel zu weich und roch nach Meer, obwohl er den Jungen nicht einmal ans Wasser gelassen hatte.

„Das ist dir doch klar, oder? Manchmal weiß ich nicht, was ich mache. Verzeih mir.“

Kjell antwortete nicht. Angus schob ihn ein Stück von sich weg, hielt ihn mit ausgestreckten Armen an den Schultern fest und sah ihm in die Augen. Im nächsten Moment glaubte er, in türkisfarbene Abgründe zu stürzen. Er fiel in ein lichterfülltes Meer, das keinen Grund besaß. Die Helligkeit war wunderschön, und doch empfand er nichts als nackte Panik. Ihm wurde heiß. Sein Körper schien zu brennen und sich aufzulösen. Hatte sich so Fiona gefühlt?

Ein Schrei krallte sich in Angus' Kehle fest, dann endete das Gefühl so schnell, wie es gekommen war. Jetzt war er es, der zitternd in den Armen des Jungen hing. Heilige Mutter Gottes, was war das gewesen?
Geschah das, wovor er sich all die Jahre gefürchtet hatte?

„Ich vermisse sie so sehr“, kam es unkontrolliert über seine Lippen. „Es ist nur das. Ich vermisse sie so furchtbar. Wir hatten so viel vor. Wir hatten so viele Träume. So viele Pläne. Und dann war es einfach vorbei. Ich wollte meiner Familie die Welt zeigen. Ich wollte eine Zukunft mit euch. Alles war in meinem Kopf. Ich habe alles ganz genau vor mir gesehen, und dann ist es einfach vorbei. Bei Gott, das Schicksal ist ein Scheusal. Aber ich darf es nicht an dir auslassen.“

In Kjells Blick lag ein Mitgefühl, das er nicht verdient hatte. Aber da war auch noch etwas anderes. Etwas Fremdartiges, das jeden Augenblick hervorbrechen konnte. Angus' Knie wurden weich. Diese Macht durfte niemals geweckt werden. Aber was sollte er tun? Wie sollte er ihn kontrollieren? Der Junge wurde so schnell größer und stärker.

„Ich will dich nur beschützen“, drang er auf ihn ein. „Die Welt dort draußen ist schlecht. Sie würde dich vernichten. Komm, ich zeige es dir.“

Er zog die Kette mit dem Schlüssel unter seinem Schlafanzugoberteil hervor, streifte sie über seinen Kopf und schloss auf.

Kjells Blick wurde ungläubig, als sich die Tür vor ihm öffnete.

„Du lässt mich raus?“

Die Stimme des Jungen klang wie kühler, streichelnder Samt. Nein, wie raunender Meeresschaum, wenn er ganz sanft über die Haut streicht. Sie war fast noch unheimlicher als sein Blick.

„Ich will dir etwas zeigen“, sagte Angus. „Aber du musst mir schwören, dass du bei mir bleibst. Ich habe nur noch dich. Ohne dich sterbe ich. Weißt du das? Ich ertrage es nicht, wenn du auch noch weggehst.“

„Aber er ruft mich, Vater.“

Ein Eispanzer schloss sich um Angus' Herz. Die Wut wollte wieder ihre Krallen ausfahren, doch er drängte sie zurück.

Gottlob hatte er es diesmal bei vier Drinks belassen. Zwei Gläser mehr, und er hätte wieder die Kontrolle verloren.

„Wer ruft dich?“

„Der weiße Narwal.“

„Unsinn. Es gibt hier keine Narwale. Die leben im Norden, mein Junge, wo es nur Eis gibt. Außerdem sind sie grau, nicht weiß.“

Kjell schüttelte den Kopf. Sein kristallener Blick wurde hart. „Er ist hier und ruft mich. Ich soll zu ihm kommen. Wir sind aus derselben Seele geboren.“

Übelkeit stieg in Angus auf. Er wollte solche Dinge nicht hören. Er wollte nicht über solche Dinge reden, zum Teufel!

„Welche Seele? Was meinst du?“

Aber er kannte die Antwort bereits. Das magische Leuchten. Das Licht, in dem die ganze Macht des Meeres lag. Das Strahlen, das Fionas Körper aufgelöst und sie ihm entrissen hatte.

„Die Seele des Ozeans“, flüsterte Kjell. Er schloss die Augen und hielt das Gesicht in den Wind, der durch die offene Tür wehte. Nie hatte Angus eine solche Sehnsucht erblickt wie jene, die das Gesicht des Jungen erfüllte. Kjell zitterte. Eine Träne rann ihm aus dem Augenwinkel. Dort hinten in der Dunkelheit glänzte das Meer im Mondlicht, seine Wellenkämme leuchteten in der Nacht wie tanzende Gespenster. Der Körper des Jungen spannte sich an, als würde er jeden Augenblick loslaufen.

„Er ruft mich. Die ganze Zeit. Ich muss zu ihm.“

„Nichts wirst du.“ Angus packte Kjells Handgelenk und drückte so fest zu, dass der Junge leise stöhnte. „Hast du eine Ahnung, was da draußen auf dich wartet?“

„Nein.“ Das Wort klang wie ätzendes Gift. „Ich habe dieses Haus noch nie verlassen. Du lässt mich nie raus.“

„Aus gutem Grund.“ Angus ging nach draußen und schleifte Kjell hinter sich her. Wieder verbrannte der Zorn jeden klaren Gedanken. „Ich zeige dir, warum ich dich nicht rauslasse. Du kannst Gefühle empfangen. Du weißt immer, wie es mir geht. Du sprichst die Worte aus, bevor ich sie sagen kann. Du spürst viel mehr als jeder Mensch."

Kjell blieb stumm. Am liebsten hätte Angus diese ekelerregende Reinheit aus seinem Gesicht geschlagen. Er wollte ihn beschmutzen, ihn leiden sehen, ihn bestrafen für all das, was er ihm angetan hatte. Ihm und Fiona. Kjells Anblick war ein hässliches, schmutziges Messer in seinem Herzen. Die Augen des Jungen leuchteten angesichts der nächtlichen Landschaft. Ja, sie leuchteten genauso machtvoll wie das Zeug, das Fiona getötet hatte. Angus packte noch fester zu, hörte mit tiefer Befriedigung Kjells Schmerzenslaut und zerrte ihn weiter, über die grasbewachsenen Hügel hin zu der Ruine. Der Himmel war klar, der Mond war fast voll. Angus hasste die Art, wie er die Hügel beleuchtete, denn es erinnerte ihn an die vielen nächtlichen Spaziergänge, die er zusammen mit seiner Frau unternommen hatte.

Meistens waren sie den Weg gegangen, den sie jetzt einschlugen, um später zu den Klippen hinüberzuschwenken und ihren Ausflug mit einer kuscheligen Decke am Strand zu beschließen.

Mondschein verwandelte die vor ihnen auftauchende Ruine in das Tor zu einer anderen Welt. Fiona hatte diesen Ort geliebt. Der Wind trug den Duft nach wilden Rosen in sich, strich um die efeuüberwucherten Mauern und erzählte jedem, der zuhören wollte, von den grausamen Schicksalen der einstigen Bewohner. Angus ließ sich nicht durch die Blumen täuschen, die sich vor der Dunkelheit verschlossen hatten. Die Natur spross und grünte in verschwenderischer Fülle, als seien verwehtes Leid und alter Tod ein guter Dünger für das Leben.

Angus zog Kjell durch einen Eingang, der fast völlig von Efeu überwuchert war. Eine Halle öffnete sich vor ihnen, eingefasst von zerbröckelnden Mauern. Noch immer ragten bleiche Säulen in den Himmel hinauf wie ein Mahnmal zerstörter Leben. An den Wänden befanden sich in Stein gemeißelte Verzierungen, und dort, wo man die Überreste eines Kamins erkennen konnte, stand die Statue eines Heiligen und starrte mit gefalteten Händen flehend in den Himmel hinauf. Angus spürte, wie Kjell sich versteifte. Die Faszination des Jungen löste sich in Schrecken auf. Er begann zu zittern. Nicht, weil ihm kalt war, denn diesem Wesen war niemals kalt.

Er fürchtete sich. Perfekt.

„Der Besitzer dieser Burg warf seinen eigenen Bruder in den tiefsten Kerker", begann Angus zu erzählen. „Das war vor sechshundert Jahren."

„Warum?" flüsterte Kjell.

„Weil er es gewagt hatte, die falsche Frau zu lieben. Nämlich das Weib des Burgherrn. Deswegen ließ man ihn foltern. Man brandmarkte seinen Körper mit glühenden Eisen, stach ihm die Augen aus und riss ihm die Haut mit eisernen Kämmen vom Leib. Als der Tyrann sein Weib dabei erwischte, wie sie dem Sterbenden Mohnsaft brachte, um seine Qualen zu lindern, schleifte er sie auf den höchsten Burgturm und warf sie in die Tiefe. Jahrelang lag ihr zerschmetterter Körper auf den Felsen, damit alle sehen konnten, wie er verrottete. Die Raben fraßen ihr Fleisch, der Wind und der Regen zernagten ihre Knochen. Hör auf die Stille, Kjell. Sie ist voller Schreie und Schmerz. Du spürst es, nicht wahr?"

Der hin und her hetzende Blick des Jungen kündete von nacktem Entsetzen. Angus zog ihn weiter zum hinteren Teil der Ruine, wo sich eine eingestürzte Kapelle befand. Dohlen flatterten krächzend in die Nacht hinaus, als sie die Überreste des Gebäudes betraten. Eine Welle aus Düsternis schlug über Angus zusammen.

Der Rosenbusch, der seine Wurzeln in die Mauern geschlagen hatte und voller weißer Blüten hing, konnte die boshafte Aura des Ortes nicht mildern.

Ja, hier konzentrierte sich der Schmerz zu einer Dichte, die einem den Atem nahm. Kjell wehrte sich, doch Angus hielt ihn fest und zerrte ihn unerbittlich in die Kapelle hinein. Noch war er stärker, deshalb musste er den Jungen brechen, ehe es zu spät war.

„Siehst du das Loch hier?" Angus deutete auf den gähnenden Schlund, der tief in die Erde hinabführte. „Man nennt so etwas Oubliette. Es bedeutet *vergessen*. Hier endete das Leben des unglücklich Verliebten. Sein eigener Bruder stieß ihn dort hinab. Auf dem Grund des Loches befinden sich lange, scharfe Nägel, die jeden aufspießen, der dort hinabgestoßen wird. Kannst du sie spüren? Die unsäglichen Qualen all jener, deren Gerippe noch immer dort unten liegen? Das ist es, was Menschen sich gegenseitig antun. Sie quälen und töten einander, sie hassen und lügen und vernichten. Du gehörst nicht zu ihnen, deswegen würden sie dir noch schlimmere Dinge antun."

Kjells Gesicht war nicht länger schön, sondern verzerrt vor Entsetzen und Angst. „Schlimmer als das?", flüsterte er.

„Schlimmer als das", bestätigte Angus. „Nur in meinem Haus bist du sicher. Nur bei mir. Geh hinaus, und du wirst einen grausamen Tod finden."

„Aber ich fühle noch anderes. Schöne Gefühle. Gute Gefühle."

„Nichts als Verzweiflung", fauchte Angus. Er verließ die Kapelle, zog Kjell hinter sich her und genoss den bitteren Geschmack seines gelungenen Plans. Der Junge fürchtete sich zu Tode. „Menschen klammern sich aus reiner Verzweiflung an schöne Gefühle. Aber sie werden ihnen schnell wieder entrissen, und dann wird alles umso schlimmer. Lausche in die Welt hinaus, mein Sohn. Du kannst ihren Schmerz spüren, ich weiß es."

„Ich will zum Meer", hörte er Kjell leise sagen.

„Was?"

„Ich will zum Meer."

Ehe Angus wusste, wie ihm geschah, hatte er ausgeholt und dem Jungen eine schallende Ohrfeige verpasst. Der Zorn zog brennende Klauen durch sein Gehirn, ließ sein Blut kochen und seine zu Fäusten geballten Hände zittern.

„Das Meer hat deine Mutter getötet!", schrie er ihn an. „Ich lasse nicht zu, dass es dich auch noch bekommt. Niemals, du undankbarer Bengel. Hast du gehört?"

Jetzt wurde Kjells Blick hart und eiskalt. „Würde es dir nicht besser gehen, wenn ich nicht mehr da bin? Du gibst mir an allem die Schuld. Jedes Mal, wenn du zuschlägst. Jedes Mal, wenn du mir kein Essen bringst. Jedes Mal, wenn du so betrunken bist, dass du nicht mehr weißt, wer du bist."

„Sei still!" In Angus Kopf pulsierte es. Die Kontrolle drohte ihm zu entgleiten, aber wahrscheinlich hatte er sie nie besessen. Nicht mehr seit Fionas Tod. Ja, er war ein jämmerliches Nichts. Ein erbärmlicher Mistkerl, der nichts mehr auf die Reihe bekam. „Sei endlich still. Sei still. Sei still!"

„Wozu hast du mir eure Sprache beigebracht? Wozu hast du mich all diese Dinge gelehrt? Wozu bringst du mir Bücher und Essen? Ich werde mein Leben in einem winzigen Zimmer verbringen. Und was ist, wenn du stirbst? Es dauert nicht mehr lange. Dein Körper ist krank, er hat kein Jahr mehr zu leben. Lässt du mich dann eingeschlossen? Soll ich sterben wie du? Mein Platz ist nicht in diesem Zimmer. Er ist …"

Kjell wandte sich in Richtung des Meeres, das verborgen hinter den Hügeln rauschte. „Er ist dort draußen."

„Unsinn!" Angus strebte dem Haus entgegen.

Vielleicht sollte er dieses kleine Ungeheuer wirklich zum Meer bringen. Vielleicht würde der Junge dann endlich verschwinden. Aber wollte er allein sein? Mit Kjell würde er das Letzte verlieren, was ihm von Fiona geblieben war.

„Ich will dich nur beschützen, verstehst du das nicht?"

„Ich kann mich selbst schützen", antwortete der Junge. „Niemand kann mir wehtun. Er ist da draußen und er ist mächtig. So mächtig, wie ich es bald sein werde."

In Angus zerriss etwas. Er fuhr herum, schleuderte Kjell mit einem Ruck zu Boden, packte ihn bei den Schultern und zerrte ihn wieder hoch. Der Blick des Jungen blieb starr, selbst als er ihn brutal schüttelte.

„Was bist du?", schrie er ihn an. „Was zum Teufel bist du? Sag es mir! Warum hast du sie umgebracht? Warum sie?"

Die frostige Ruhe im Gesicht des Jungen brachte ihn um den Verstand. Er ballte seine Faust und schlug mitten hinein, spürte den Schmerz in seinen Knochen und Gelenken, sah den Schmerz in Kjells Augen, als er zurücktaumelte, und fühlte widerwärtige Befriedigung genau dort, wo sonst nur Leere herrschte.

„Du hast deine Mutter getötet. Du hast mein Leben zerstört." Nach jedem Satz schlug er erneut zu. Kjell wankte, doch er ging nicht zu Boden. „All die Jahre habe ich dich durchgefüttert, dich beschützt und dir alles gegeben, was du brauchst. Das ist der Dank dafür? Ja, ich sollte dich zum Meer gehen lassen. Es wird dich genauso umbringen, wie es Fiona umgebracht hat. Du solltest aus meinem Leben verschwinden. Du bist alles, was ich hasse." Angus packte Kjell erneut am Handgelenk und zerrte ihn hinter sich her. „Aber du bist auch alles, was ich liebe. Ich kann dich nicht gehen lassen. Gott hat mich verflucht."

„Nein. Du hast dich selbst verflucht. Und du verfluchst mich."

In Angus' Hand, die die Finger des Jungen umklammert hielt, begann es zu prickeln. Er spürte Hitze. Stark, aber noch nicht unangenehm. Es war die Magie, von der Kjell vorhin gesprochen hatte.

Und er ist mächtig. So mächtig, wie ich es bald sein werde.

Außer sich vor Angst begann er zu rennen. Der Junge, noch benommen von den Schlägen, ging mehrmals zu Boden, bis es Angus zu viel wurde und er ihn auf seine Arme hob. Klingen bohrten sich in sein Herz, als Kjells Arme sich Schutz suchend um ihn schlangen.

Oh Gott, was war er nur für ein Monster!

Tränen liefen wie Sturzbäche über seine Wangen. „Es tut mir so leid. Hör nicht hin, wenn ich so etwas zu dir sage. Ich weiß nicht mehr, wer ich bin. Gott, bitte verzeih mir."

Kjell schmiegte sich an ihn. So leicht und zart lag der Junge in seinen Armen, dass ihm der Gedanke, ihn geschlagen und angebrüllt zu haben, plötzlich unerträglich war.

Besser, er brachte ihn zum Meer. Besser, er ließ ihn frei.

Doch Angus sah sich selbst dabei zu, wie er die Haustür öffnete, sie wieder hinter sich zuschlug, Kjell in sein Zimmer brachte und dort einschloss. Anschließend ging er wieder hinunter, verriegelte alle Schlösser an der Tür, nahm Schinken, Käse und Brot aus dem Schrank und schnitt alles in mundgerechte Stücke, um sie liebevoll auf einem Tablett zu drapieren. Dazu tat er einen Apfel und ein Glas Milch und brachte es zu seinem Sohn.

Der Junge saß auf der Fensterbank, so verletzlich in seinem großen Hemd. Er hatte die Stirn an die Scheibe gelehnt und strich mit den Fingern über die glatte Fläche, als könne er durch die geschlossenen Fensterläden hindurch auf das Meer blicken. Seine Wangen waren tränennass. Lautlose Schluchzer schüttelten seinen Körper.

„Hast du Hunger?"

Keine Antwort. Angus stellte das Tablett ab, ging zu Kjell hinüber und strich ihm über das Haar.

„Du willst weg von mir, nicht wahr?"

Die Worte schnürten ihm die Luft ab. Er wusste nicht, was schlimmer war. Ihr Echo auf seiner Zunge oder das Schweigen, das ihnen folgte.

„Ich kann dich nicht gehen lassen." Wieder strich er Kjell über das Haar. Es war, als sei der Junge versteinert. Seine Hand ruhte bewegungslos über dem Fensterglas, seine Miene war reglos. Nur der Körper bebte unter lautlosem Weinen.

„Du bist alles, was mir bleibt. Ich liebe dich, hörst du? Trotz allem, was ich zu dir gesagt habe. Ich liebe dich so sehr, wie ich Fiona geliebt habe."

Würde dieser Junge doch nur irgendetwas sagen oder irgendetwas tun. Aber diesen Gefallen tat Kjell ihm nicht. Recht so, er hatte es nicht anders verdient. Angus hauchte ihm einen Kuss auf die Stirn und ging aus dem Zimmer.

Diesmal schloss er nicht ab. Er ließ die Tür einfach offen, lehnte sie nur an und ging hinunter ins Schlafzimmer.

Das Herz klopfte ihm bis zum Hals, als er sich ins Bett legte. Was hatte er nur getan? Erst jetzt wurde ihm klar, dass er die ganze Zeit im Schlafanzug draußen herumgelaufen war. Ihm war kalt, sein Körper schrie nach Whiskey. Aber diesmal verwehrte er sich die Erlösung. Fiona hatte dieses Zeug gehasst, und sie würde ihn hassen, wenn sie ihn so sehen könnte.

Hinter den schmutzigen Gardinen, die das letzte Mal gewaschen worden waren, als sie noch gelebt hatte, zeichnete sich das grüne Band der Dämmerung ab. Ein neuer Tag.

Wozu?

Angus hörte die leisen Schritte, das Knarzen der Stufen und schließlich das Rütteln an der Haustür. Er musste sie für ihn öffnen. Musste seinen Sohn endlich frei lassen. Er hatte kein Recht, ihn einzusperren. Wenn ihm nur noch wenige Monate zu leben blieben – und er flehte darum, dass es so war –, dann war es an der Zeit, wenigstens einen kleinen Teil der Schuld zu begleichen. Kalt schmiegten sich die Schlüssel an seine Brust. Es wäre so einfach. Genauso einfach, wie alles zu beenden. Heute, in dieser Nacht. Wozu noch endlose Monate warten, bevor der Herr sich seiner erbarmte und ihn endlich wieder mit Fiona vereinte?

Angus kämpfte sich auf die Beine und schlurfte hinaus. Das Rütteln wurde energischer, als er mit vernehmlichen Schritten den Flur hinunterging. Er hörte Kjells angestrengte Laute, hörte ihn sogar fluchen.

„Schon gut", murmelte er. „Schon gut. Ich lasse dich gehen."

Plötzlich erklang ein so lautes Klirren, dass Angus fast der Schlag traf. Das Fenster! Dieser kleine Bastard hatte das Fenster zerschlagen!

Er fegte um die Ecke, sah Kjell, der ein Holzkästchen in der erhobenen Hand hielt, und rannte auf ihn zu. Auf den Dielen funkelten Scherben.

„Was tust du da?", brüllte Angus. „Leg das sofort hin!"

Er kam Kjell zuvor, indem er ihm das Kästchen aus der Hand riss, es auf den Boden schmetterte und seine rechte Hand zur Faust ballte. Aber diesmal kam er nicht dazu, sie in das Gesicht des kleinen Ungeheuers zu schlagen, denn der Junge fing sie auf, schloss seine Finger darum und zerquetschte mit einem mühelosen Zucken Angus' Hand.

Der Schmerz war so groß, dass er keinen Ton hervorbrachte.

Er sackte in die Knie, starrte auf seine zerstörte Hand und sah, wie sich von außen her ein schwarzer Schleier über sein Blickfeld zog. Blut tropfte auf die Dielen. Mit lautem Krachen zersplitterte das Holz des Fensterladens unter Kjells Faustschlag, als bestünde es aus brüchigem Pergament.

Dann wurde alles schwarz.

Als Angus aus seiner Ohnmacht erwachte, fegte der Wind durch das Haus. Aus dem blutigen Klumpen, der einmal seine Hand gewesen war, ragten weiße Knochensplitter.

Der Junge war verschwunden.

Er achtete nicht auf den Schmerz, stemmte sich hoch und öffnete die Schlösser an der Haustür. Es war noch nicht hell, er konnte nicht lange besinnungslos gewesen sein. Angus rannte, wie er seit Fionas Verschwinden nicht mehr gerannt war.

„Nein!", keuchte er. „Nein! Nimm ihn mir nicht! Nicht auch noch ihn!"

Doch dem Meer war sein Flehen gleichgültig. Als er den Hang zum Strand hinablief, sah er es.

Das Leuchten.

Schöner und mächtiger und gespenstischer als damals. Es tanzte um einen blassen Körper herum, der bis zur Hüfte im Wasser stand. Es hüllte ihn ein, ließ ihn strahlen, kroch an ihm empor, tränkte ihn ganz und gar in einem Licht, das nichts anderes war als die geballte Macht der Schöpfung.

Angus' Beine gaben unter ihm nach. Er brach zusammen, krallte seine Finger in den Sand und schrie. Er schrie alles hinaus, was sich im Laufe der Jahre in ihm aufgestaut hatte. All den Hass, all die Verachtung gegen sich selbst und diese gewaltige, betäubende Angst.

Er brüllte die Schmerzen hinaus, die er Kjell und sich selbst angetan hatte, und alles strömte aus ihm heraus, raubte ihm den Atem und saugte ihm den letzten Rest Hoffnung aus.

Der Körper seines Sohnes wurde vom Licht verschluckt. Es nahm ihn mit sich in die Tiefe des Ozeans, und er war zu schwach, um etwas dagegen zu tun. Als das Leuchten in der Dunkelheit des Wassers verschwand und nichts zurückließ als die Gleichgültigkeit des Meeres, kämpfte sich Angus noch einmal auf die Füße.

Die Nacht wich dem Morgen, als er hinauf zu den Klippen taumelte, und als er am bröckelnden Rand des Abgrunds stand, tasteten sich Sonnenstrahlen durch die zerbrochene Wolkenschicht.

Angus fühlte nichts mehr. Er war leicht wie ein Vogel, als er sich nach vorne kippen ließ.

Nur ein einziger Wunsch brannte noch in ihm.

Fiona. Er wollte sie wiedersehen.

Angus fiel und fiel. Das Wasser raste auf ihn zu.

Endlich war es vorbei.

~ Gegenwart, August 2052 ~

Kjell knickte ein Eselsohr in die Seite, klappte das Buch zu und legte es neben sich auf das Bett. Er war hellwach, obwohl ihn das Lesen sonst ermüdete. Sein Gehirn arbeitete fieberhaft, malte Bilder, erschuf Emotionen und gab ihn nur widerwillig aus dem Sog der Geschichte frei.

Die Nacht hatte sich in jene weltfremde Atmosphäre gehüllt, die er nur hier fand. Zusammengesetzt aus dem alten Haus, dem Rauschen des nahen Meeres und der Stille, in der jedes Knarzen und Rascheln, jede Welle und jeder Herzschlag widerhallte. Angus' Schmerz verursachte ihm Übelkeit. Er mochte solche Dramen nicht, seine empathische Gabe ließ ihn viel zu tief mittendrin stecken.

„Wie wäre es, wenn wir mit etwas Aufmunterndem weitermachen? Schaffst du das, Mum? Ich wäre dir wirklich dankbar."

Sein Communicator auf dem Nachttisch begann zu brummen. Zuerst wollte er es ignorieren, aber dann rief er sich in Erinnerung, dass es Nacht war. Genau 2:35 Uhr.

Wer immer ihn um diese unchristliche Zeit anrief, es musste dringend sein.

Die Tatsache, dass der Anrufer sein Glück penetrant weiter versuchte, bestätigte Kjells Verdacht. Er griff neben sich auf den Nachttisch, schnappte sich das brummende Ding und nahm den Anruf an. Flackernd erschien das sonnengebräunte Gesicht seines Managers auf dem Display. Wo immer der Kerl steckte, es herrschte dort heller Tag.

„Was gibt's?", nuschelte Kjell und gähnte.

„Hi, mein Goldesel. Alles senkrecht?"

Typisch Daniel. Energiegeladen wie immer.

Wenigstens schien kein Weltuntergang anzustehen, denn Daniels Stimme klang unbeschwert und sein Grinsen war fröhlich. Im Hintergrund sah Kjell Palmen, die sich im Wind wiegten. Darunter ein Wirrwarr aus bunten Decken mit Menschen darauf.

„Spinnst du? Es ist mitten in der Nacht."

„Oh … ähm …" In der Pause, die folgte, konnte Kjell regelrecht hören, wie es in Daniels Gehirn ratterte und klickte. „Wie spät hast du es?"

„Zwei Uhr und sechsundreißig Minuten."

„Mist. Tut mir leid. Scheiß Zeitverschiebung. Habe nicht daran gedacht."

„Wo steckst du?"

„Seit gestern in Sydney. Genau dort, wo du erst nächste Woche erwartet wirst. Ich werde mich nie daran gewöhnen, dass wir Tag haben und ihr Nacht. Wie bescheuert ist das eigentlich?"

Kjell stutzte. „Nächste Woche? Wieso nächste Woche?"

„Die Universität wurde unter Wasser gesetzt. Es kann keinem zugemutet werden, zwischen angeschwemmtem Müll zu hocken. Außerdem wimmelt es hier vor Schlangen. Schlangen, Kjell! Lang wie Gartenschläuche und dick wie meine Waden. Wir hatten fünf Tage lang Dauerregen. Alles ist eine einzige Drecksbrühe. Vorhin haben sie drei Krokodile aus der Mensa gezogen."

„Aha."

Kjell beglückwünschte sich zu diesem wundervollen Wink des Schicksals. Auf dem Display winkte Daniel irgendwem zu, während der Wind sein blondes Haar zerzauste.

„Dann hast du sicher nichts dagegen, wenn ich erst am Sonntag anreise? Du hast das Ticket doch mit Rücktrittsversicherung gebucht, oder?"

„Klar, wie immer. Ich lasse dir ein Neues am Flughafen hinterlegen. Dein nächster Vortrag wäre am 2. September."

„Wunderbar." Das waren vier Tage mehr Zeit. „Dann sehen wir uns am 1. September. Du holst mich ab?"

„Wie immer, mein Goldesel. Erhol dich gut. Und denk dran, ab nächste Woche hast du sechs Monate Dauerprogramm. Sämtliche Vorträge sind ausgebucht."

„Was?"

„Tu nicht so bescheiden. Du hast nun mal Talent, damit musst du klarkommen. Dieses gewisse Etwas im All-Inclusive-Paket. Ach ja, und besorge dir endlich einen neuen Communicator. Das Ding hat schon gute zwei Jahre auf dem Buckel."

„Halt die Klappe. Ich bin müde."

„Okay, bis demnächst. Genieß deinen Urlaub."

Kjell drückte den Anruf weg, legte das Gerät beiseite und streckte sich. Wohlige Erleichterung durchflutete ihn. Fae würde überglücklich sein, ihn noch vier Tage bei sich zu haben. Er konnte sie unten in der Küche rumoren hören. Leises Topfgeklapper, das Tappen von Hausschuhen auf den Holzdielen. Kjell schälte sich aus dem Bett, schlich auf nackten Füßen die Treppe hinunter und bog nach rechts in die Küche ab. Gerade war seine Mutter dabei, Zucker in einen dampfenden Topf zu schütten. Sie trug die unkaputtbare, grünweiß karierte Schürze, die sie seit vierzig Jahren beim Backen und Kochen benutzte. Im Küchenkamin prasselte ein Feuer, die Uhr an der Wand tickte heimelig. So wohl hatte er sich das letzte Mal auf einem Segelschiff gefühlt, als er im Netz am Bug des Schiffes gelegen hatte, die Arme hinter dem Kopf verschränkt, die Sonne und die Seeschwalben über sich.

„Du machst Karamell? Jetzt? Mitten in der Nacht?"

Fae blickte überrascht auf. „Wann denn sonst? Morgen musst du wieder los, und du hast das Zeug immer geliebt."

„Mum, es ist fast drei Uhr."

Irgendetwas stimmte nicht mit ihr. Aber was? Ihr Blick war seltsam ruhelos, ihre Gesten hektisch. Als hätte sie eine wilde Ungeduld gepackt. Wenigstens sah sie nicht krank aus. Ihre Augen glänzten, ihre Haut sah gesünder aus denn je. Fae pulsierte vor Lebendigkeit.

Die traurige Sehnsucht, die zu seiner Mutter gehörte wie die Nacht zum Tag, war völlig von etwas ersetzt worden, das aussah wie Vorfreude. Wirklich sonderbar.

„Ich hoffe, es gelingt mir." Sie goss Sahne in den Topf, fügte eine Prise Salz hinzu und begann, energisch zu rühren. „Mal wird es steinhart, mal weich wie Butter. Es ist schwer, genau die richtige Konsistenz …"

„Mum?", unterbrach er sie.

„Ja, mein Junge?"

„Meine Vorträge in Sydney fallen wegen Überflutung aus. Mir bleiben vier Tage mehr."

„Oh." Fae vergaß das Karamell und starrte ihn an. Nicht freudig, sondern … wie sollte er es benennen? Enttäuscht? Erschrocken?

„Ich … das ist … äh … schön."

Ihre ernste Miene stürzte ihn in Fassungslosigkeit. Plötzlich fühlte er sich fehl am Platz. Ausgestoßen und unerwünscht. Was zum Geier war hier los? Beim letzten Mal hatte seine Mutter ihn unter Tränen verabschiedet, jetzt schien sie ihn regelrecht loswerden zu wollen. Irgendetwas hing in seiner Kehle quer. Faes seltsames Verhalten schmerzte wie ein Magenschwinger. Nein, schlimmer noch, weil es nichts Körperliches war.

„Verstehe mich nicht falsch", beeilte sie sich zu sagen. „Ich freue mich. Wirklich. Das musst du mir glauben. Es ist nur …"

Sie wandte sich zum Fenster hin, schloss die Augen und flüsterte leise etwas. Die ersten Worte konnte er nicht verstehen, doch dann wurde ihre Stimme ein wenig lauter.

„… vier Tage. Sag mir, dass du mich gehört hast. Kannst du so lange warten?"

Bitte was? Wurde seine Mutter senil?

Kjell öffnete den Mund, brachte aber keinen Ton heraus. Wie sie dastand, reglos, mit geschlossenen Augen, die Miene voller Sehnsucht. Nie hatte er sie so lächeln sehen. So viel Hingabe lag darin. So viel Glück. Bis heute hätte er es nie für möglich gehalten, dass seine Mutter zu einem solchen Gesichtsausdruck fähig war.

Schließlich neigte sie den Kopf und schauderte, als striche eine unsichtbare Hand liebkosend über ihre Wange. „Das ist wundervoll. Es gibt nämlich noch ein paar Dinge, die ich dir zeigen möchte."

„Redest du gerade mit mir?"

„Natürlich."

Kjell seufzte. „Was für Dinge meinst du?"

„Das erste siehst du morgen. Das andere braucht ein wenig Zeit. Noch will er sich nicht zeigen. Aber bald."

„Er? Wen meinst du mit er?"

Fae lächelte auf ihre typische, verschlossene Art und begann, wieder im Topf herumzurühren. Der sahnige Duft des Karamells stieg in Kjells Nase.

Vielleicht sollte er das Buch holen und hier in der Küche weiterlesen, auf der warmen Ofenbank. Doch er wurde das Gefühl nicht los, dass seine Mutter allein sein wollte.

„Ich gehe dann mal wieder hoch. Weiterlesen."

Fae zitterte vor Aufregung. „Wie findest du es?"

„Sehr schön. Es ist irgendwie …"

Ihre Augen strahlten und blitzten. „Ja? Was ist es?"

„Ich weiß nicht." Verlegen zuckte er mit den Schultern. „Ich kann es nicht beschreiben. Du schaffst es jedes Mal, mich zu entführen. Aber diesmal klappt es ein bisschen zu gut."

„Das ist schön." Lächelnd rührte sie weiter. „Sehr schön. Hast du den Walfänger schon kennengelernt?"

„Den Walfänger?"

„Also nicht." Ihr Gesicht wurde unvermittelt so hart, als hätte sie in jener ihm noch unbekannten Figur den hassenswertesten Menschen ihres Lebens verewigt.

„Pass auf. Du brennst mit deinem Laserblick gerade Löcher in den Topf."

Sie gab als Antwort nur ein Knurren von sich.

„Hüte dich, einen Schriftsteller zu ärgern", scherzte Kjell. „Er könnte dich in ein Buch hineinschreiben und dir unbeschreibliche Dinge antun."

„Nein." Fae schüttelte den Kopf. „Es ist anders. Oder andererseits …" Sie schien den Faden zu verlieren und starrte eine Weile ins Leere. Ihr blasses Gesicht spiegelte sich in den dunkelgrünen Fliesen, die die Wand über dem Herd verkleideten.

„Wenn etwas zu schön ist, um wahr zu sein", fuhr sie leise fort, „dann ist es das auch. Ich wünschte, du müsstest nie von Breac erfahren. Aber wenn du auf das Meer schaust und denkst, dass es wunderschön und befreiend ist, dann sollst du auch wissen, was hinter dem Horizont liegt. Du sollst wissen, was dort auf dich wartet. Das Hässliche und Gierige. Der Gestank nach Blut. Scharfe Klingen. Herausgerissene …"

Sie keuchte auf, ließ den Holzlöffel in den Topf fallen und griff sich mit beiden Händen an die Schläfe.

Wieder und wieder schüttelte sie den Kopf. „Ich will nicht daran denken. Nie, nie wieder!"

„Mum …"

„Es ist gut."

Sie hielt ihn mit einer abwehrenden Geste auf Abstand, nahm den Löffel wieder in die Hand und rührte weiter.

„Tut mir leid. Im Alter wird man ein bisschen sentimental."

„Es ist nur eine Figur." Kjell berührte sie an der Schulter, spürte ihre Knochen unter der Haut und das weiche, weiße Haar unter seinen Fingern. „Nur eine Figur in einem Buch."

„Ich wünschte, es wäre so."

„Mum, du wirst mir langsam unheimlich."

„Nein, nein." Sie schüttelte traurig den Kopf. „Es tut mir leid. Ich wollte dir keine Angst machen."

„Dann hör auf, so seltsam zu sein."

„Seltsam?" Sie schien nicht zu begreifen, wovon er redete. „War ich nicht schon immer ein bisschen seltsam?"

„Ein bisschen seltsam", bestätigte er liebevoll. „Aber gerade bist du mehr als ein bisschen seltsam."

Sie zuckte mit ihren knochigen Schultern. „Das Leben ist eine Strömung, mein Junge, und wir sollten uns darauf treiben lassen. Sie bringt uns dorthin, wo unser Schicksal auf uns wartet, ob wir nun dagegen ankämpfen oder nicht. Alles wird gut. Lass dir das gesagt sein. Am Ende wird alles gut."

Das Dunkle verschwand aus ihrem Blick und ihre Miene wirkte plötzlich so gelöst wie zuvor. Hoffnung leuchtete im Grün ihrer Augen, als sie hinüber zum Fenster sah. Was immer mit ihr los war, sie sah glücklich aus, und das war das Wichtigste.

Nach einem Kuss auf die Stirn, den Fae mit einer Umarmung erwiderte, wandte er sich um und ging wieder in sein Zimmer. Verheißungsvoll lag das Buch auf der Bettdecke, als warte es nur darauf, wieder in die Hand genommen zu werden. Breac, der Walfänger.

Das Hässliche und Gierige. Der Gestank nach Blut. Scharfe Klingen. Herausgerissene was-auch-immer.

Kjell zog den Morgenmantel aus, legte ihn auf den Boden und ließ seinen Schlafanzug folgen. Nackt kroch er ins Bett, griff nach dem Buch und genoss die weiche Kühle der Bettwäsche an seinem Körper.

~ Kjell, Juni 1982 ~

Das erste, was er hörte, war dumpfes Grunzen. Er war nicht in seinem Zimmer. Er lag nicht auf seinem Bett und er hockte auch nicht auf dem Fensterbrett, wo er manchmal, den Kopf an die Scheibe gelehnt, über seinen ewig kreisenden Gedanken einschlief.

Ihm war kalt. Er hatte Schmerzen. Jeder Knochen in seinem Leib tat weh, als er sich bewegte. War er krank? Aber er war nie krank gewesen, hatte nur davon in Büchern und Zeitungen gelesen.

Kjell blinzelte.

Er spürte Wind auf seiner Haut, brennende Nässe und Frost. Unter ihm war harter Stein, überall um ihn herum erklang dieses schreckliche Stöhnen und Blöken.

Wie immer, wenn er aus einem Albtraum erwachte, rollte er sich zusammen und bewegte sich nicht. Wartete einfach still und stumm, bis der Traum vorbei war. Aber dieser hier wollte und wollte nicht enden.

Stattdessen schälten sich Umrisse aus der Dunkelheit. Er war draußen, und er war allein. Etwas bewegte sich in der Finsternis. Viele, viele Schatten. Große Schatten. Schreckliche Wesen. Kjell sprang auf, stolperte und rutschte auf etwas Glitschigem aus. Hart schlug er auf dem Felsen auf. Ein wilder Schmerz raste von seinem Handgelenk aus durch den ganzen Körper, stärker als alles, was er je zuvor gespürt hatte. Wieder rollte er sich zusammen und wartete darauf, dass das Brennen und Reißen abflaute. Um ihn herum lagen Tang und Algen, Muschelschalen und stinkende, glitschige Haufen. Eine Insel! Er lag auf einer kleinen, felsigen Insel. Warum? Was war passiert? Und was war das dort in der Dunkelheit, das sich grunzend bewegte?

Monster. Ungeheuer. Es gab sie wirklich. Nicht nur in Büchern und auf Bildern. Kjell rollte sich noch fester zusammen. Wenn er sich nicht bewegte und ganz still blieb, wie einer der Felsen, dann würden sie ihn im Dunkeln vielleicht nicht sehen. Doch sein Flehen wurde nicht erhört. Eines der großen Wesen kam näher. Plump und schwerfällig rutschte es über die Steine, und dann erkannte er, was sich auf ihn zubewegte.

Nur ein Seehund. Kein Monster. Nur eine Herde Seehunde.

Kjell fühlte Erleichterung, aber nur kurz. Denn er war auf einer Insel, und er war allein. Um ihn herum gab es nur Steine, finstere Nacht und aufgewühltes Meer. Gischtkämme leuchteten im Dunkeln, wurden vom stürmischen Wind zerfetzt und besprühten als feiner Nebel seinen nackten Körper. Er war so weit draußen, dass Angus ihn nicht finden würde.

Ich habe ihm die Hand zerquetscht. Einfach so. Sein Blut ist auf die Dielen getropft. So viel Blut, dass es wie ein Bach aus ihm herausgeplätschert ist. Diesmal habe ich ihm wehgetan.

Kjell begann zu weinen.

Der Schmerz in seinem Körper brannte und loderte und wollte nicht weniger werden. Er erinnerte sich an seine wilde Verzweiflung, die ihn dazu getrieben hatte, einen erneuten Fluchtversuch zu wagen. Wut hatte ihn überwältigt. Er erinnerte sich an eine Holzschachtel, an das zersplitterte Fenster und an Angus' zornrotes Gesicht.

Einfach nur frei sein. Nur raus, irgendwohin. Dieses winzige Zimmer mit seinen dunklen Wänden hatte ihn wahnsinnig gemacht.

Ich habe seine Knochen zerquetscht, als wären sie aus Glas.

Und dann? Was war dann? Ich bin gerannt. Einfach nur gerannt. Immer weiter, immer weiter. Und auf einmal war ich am Meer. Aber es war nicht so, wie ich dachte. Überhaupt nicht so, wie ich dachte.

Kjell hob die Hand und starrte auf seine Finger. Er hatte seinem Vater wehgetan, obwohl dieser ihn immer beschützt und umsorgt hatte. Angus hatte ihm einen Teller mit Milch, Käse, Brot und Schinken gebracht, ihm über das Haar gestrichen und sanft mit ihm geredet.

Nein! Er stieß ein wütendes Knurren aus. *Vor allem hat er mir wehgetan. Er hat es verdient. Es war seine Schuld. Wenn er mich nur rausgelassen hätte …*

Kjell sank gegen einen Felsen und schluchzte. Verzweiflung klaffte in ihm auf wie ein tiefes Loch. Er kauerte unter der schrecklichen Weite des Nachthimmels, und um ihn herum gab es keine Wände, die ihn schützten. Es gab keine Stimme, die ihm sagte, was er tun oder lassen musste. Niemand war bei ihm, nur die grunzenden Seehunde, die ihn aus dem Dunkeln anstarrten. Hätte er doch nur eine Decke. Wäre er doch nur in seinem warmen Bett. Sein Vater würde ihn nicht suchen, denn er hatte ihm die Hand zerquetscht, und wenn er ihn doch suchte und fand, würde er ihn totschlagen.

Das Gefühl der Verlorenheit war sogar noch schlimmer als die endlose Langeweile. Kjell presste sich an den Felsen. Er zog die Beine an seinen Körper, schlang die Arme darum und zitterte.

Was sollte er tun? Wohin gehen?

Er war auf einer Felseninsel mitten im Meer. Das Wasser war eiskalt, er würde sterben, ehe er ein paar Meter geschwommen war.

„Hilf mir", flüsterte er. „Bitte hilf mir. Es tut mir leid. Ich wollte das nicht. Ich wollte es nicht, bitte …"

Ein schreckliches Brennen breitete sich auf seinen Beinen aus. Seine Haut fühlte sich an, als stünde sie in Flammen, aber er spürte an seinen Händen, wie kalt sie war. Ein silberner Schimmer überzog seine Füße, kroch an seinen Waden empor und erreichte die Schenkel. Dieser Schimmer wurde immer heller, immer deutlicher, und als Kjell sah, wie sich kleine, ovale Erhebungen auf seiner Haut abzeichneten, brach ein neuer Schmerz über seinen Rippen auf. Er tastete danach – und stieß ein ungläubiges Keuchen aus. Sein Fleisch klaffte auf, als hätte jemand ein Messer gegen ihn gerichtet. Zweimal, dreimal, viermal. Vier tiefe Schnitte auf jeder Seite, in denen sich zarte, federartige Dinger bewegten. Beinahe wie … nein, oh nein. Das war unmöglich! Es konnte nicht sein, dass ihm Kiemen wuchsen. Große, hässliche Fischkiemen. Sein Herz stolperte. Er japste nach Luft, sprang auf, trat mitten in einen der stinkenden Haufen hinein und rutschte aus. Plötzlich schlugen die Wellen über ihm zusammen. Er wollte schreien, stattdessen sog er das salzige Wasser in seine Lungen. Die Schlitze an seiner Seite brannten wie Feuer. Alles war ein wilder Strudel aus Schmerz. Sein Körper zerriss, löste sich auf. Er versank, und als er spürte, wie der felsige Meeresgrund über seine Haut schrammte … nein, über sein rohes Fleisch … verlor er endlich das Bewusstsein.

Kapitel III

Traumgestalten

~ Fae, September 2009 ~

Sie streckte die Arme aus und winkte Alexander.

„Fae, ich bitte dich", rief er ihr zu.

„Worum?"

Ihr Bruder, flankiert von seinen beiden rechten Händen Henry und Paolo, antwortete mit einer gequälten Grimasse. Er warf die blonden Dreadlocks nach hinten und drohte ihr mit erhobener Faust, als wäre er kurz davor, sie zu packen und über seine Schulter zu werfen.

„Komm zurück oder ich werde sauer. So sauer, wie du mich noch nie erlebt hast."

„Worum willst du mich bitten?", wiederholte sie. „Etwa darum, dass ich mit dir zusammen alt und grau werde?"

„Darum, es nicht zu übertreiben." Er verschränkte die Arme vor seiner Brust und sah dabei wie ein trotziges Kind aus. Sein psychedelisch gemusterter Ethnopullover und die Flickenjeans untermalten den jungenhaften Ausdruck, obwohl Alexander auf die Vierzig zuging.

Ihr Bruder war im Inneren nie erwachsen geworden, genauso wenig wie sie.

„Komm wieder her", drängte er. „Komm schon, Fae."

„Warum?" Sie zog ihre Jeans aus und warf sie Paolo entgegen. „Fang, Ukulele."

„Warum nennst du mich immer Ukulele?", beschwerte sich Paolo. „Ich kann diesen Namen nicht leiden."

„Weil du aussiehst wie der Kerl, der auf seiner Ukulele *Somewhere over the Rainbow* gespielt hat. Weil du ein Hawaiianer bist und weil du für mich eben so heißt."

„Schlechte Begründung."

Fae streckte ihnen die Zunge heraus. Ukulele und Henry waren das absurdeste Paar, das ihr je untergekommen war. Aus irgendeinem Grund fiel es ihr heute Abend besonders auf, was vielleicht daran lag, dass Ukulele noch dicker und Henry noch dünner geworden war.

Ein Kürbis und eine verhungerte Krähe. Ja, das passte. Henry hatte Vogelkrallen statt Finger und seine Nase sah aus wie ein krummer, übergroßer Schnabel.

Fae fühlte einen unmittelbaren Stich in den Eingeweiden. Diese Abende am Lagerfeuer waren eine einzige Heuchelei. Sie wusste, dass die drei nur aus einem Grund in Irland sesshaft geworden waren. Nicht etwa, weil man ihnen aufgetragen hatte, Filmaufnahmen über die maritime Fauna der Nordküste zu liefern, sondern weil nach gerade mal dreiunddreißig Jahren Lebenszeit der Tod drohend an die Tür klopfte. Man hatte ihr noch acht Monate gegeben, jetzt war sie im neunten. Sie ging schwanger mit Vergänglichkeit, und ihre Maske saß perfekt. So perfekt, dass sie manchmal selbst darauf hereinfiel.

„Ich bin überfällig." Fae zuckte in gespieltem Gleichmut die Schultern. „Das Leben kann tödlich enden. Was spielt es noch für eine Rolle?"

Darauf wusste Alexander keine sinnvolle Antwort. Nicht mal Henry, dessen astronomischer IQ jedes Begreifen sprengte, konnte zu diesem Thema etwas Nützliches beisteuern. So oder so war ihre Zeit abgelaufen. Im Meer das Zeitliche zu segnen, war ihr tausend Mal lieber, als im Krankenhaus dahinzusiechen.

Der Kürbis und die Krähe gafften betroffen. Sonst nie um eine flotte Bemerkung verlegen, schalteten sie in Momenten wie diesen auf Auster um. Zack! Schale zu.

Warum hatte Alexander seinen Freunden das angetan? Sie wäre lieber allein gewesen.

„Nein!", rief Fae zurück. Die erste Welle umschäumte mit lockendem Rauschen ihre Waden. Das Wasser glich vermutlich flüssigem Eis, wie immer hier oben am nördlichsten Zipfel Irlands, wo die Luft an manchen Tagen bereits nach dem Eis der Arktis zu riechen schien. Fae schreckte es nicht ab. Seit sie hier wohnten, um ihren letzten Wunsch zu erfüllen, war sie jeden Tag im Meer gewesen. Die Kälte machte ihr nichts mehr aus, seit der Tumor langsam ihre Sinne erstickte. Seit einigen Wochen fühlte sie Kälte ebenso wenig wie Wärme.

Mit grimmiger Entschlossenheit sprang sie ins Wasser und begann zu schwimmen. Ihr Körper reagierte instinktiv auf die Temperaturen und ließ ihren Atem stocken. Entschlossen zwang Fae ihre Lungen zu einem Atemzug. Dann noch einen, und noch einen, bis ihr Körper widerspenstig gehorchte. Mit kräftigen Zügen schwamm sie weiter, als könnte sie vor ihrem Schicksal flüchten. Sie wollte nicht sterben. Es war eine unumstößliche, höhnische Tatsache, die ihr in Momenten wie diesen einer Natter gleich in den Nacken biss, um mit genüsslichen Bewegungen das Gift noch tiefer in die Wunden zu treiben.

„Es ist okay", hatte sie erst heute Morgen zu Alexander gesagt. „Ich habe keine Angst. Das ist eben mein Schicksal."

Was nützte es, sich zu sträuben? Ihr Lebenshunger war dem Universum gleichgültig. Die Uhr tickte.

Tick tack, tick tack.

Der Zeiger rückte auf Mitternacht zu. Und danach? Begann dann einfach ein neuer Tag? Ein schöner Gedanke, jedenfalls für alle, die nicht jede Minute damit rechnen mussten, die Wahrheit herauszufinden.

Fae kämpfte gegen die Strömung an. Das Wasser griff nach ihrem Körper, wollte sie hinausziehen in die Dunkelheit. Eine Metapher für das, was in ihrem Gehirn heranwuchs und schleichend alles Leben in sich aufsaugte. Da vorne war der Felsen, den sie als Zielmarke nahm. Sie lachte dem Tod ins Gesicht und kraulte darauf zu. Immer gieriger zog das Meer an ihr.

Hol mich doch. Komm schon. Hol mich!

Wellen brandeten gegen die Klippen, spien Gischt in den finsteren Himmel hinauf. Fauchende Böen wühlten das Meer bis in die Tiefe auf und verschluckten die Rufe, die vom Strand herhallten.

Fae kompensierte ihre Wut mit noch kräftigeren Schwimmzügen. Unter ihr gähnte die schwarze Tiefe. Als sie den Felsen erreichte und ihn umschwamm, spürte sie die Macht der offenen See. Ab hier klafften die unauslotbaren Abgründe auf. Die dunklen Tiefen, in denen der Mensch nichts verloren hatte.

Das Lagerfeuer, Henry, Ukulele und Alexander schienen unerreichbar fern zu sein. Schemenhaft wie eine Fata Morgana, die jede Hoffnung auf Zuflucht verspottete. Fae glaubte, es nicht mehr an den Strand zurückzuschaffen. Und doch tat sie es.

Als sie wenige Minuten später auf den Sand kroch und von ihrem Bruder auf die Füße gezerrt wurde, fühlte sie sich unwirklich und elend.

„Ich hasse es, wenn du das tust." Alexander hob beide Hände und tat, als würge er ein unsichtbares Wesen. „Ich könnte dich umbringen. Jag mir nicht immer solche Angst ein."

Fae schnaufte. „Was meinst du, wie ich es hasse."

„Tu das nicht noch einmal!"

Sie schloss die Augen, als Alexander sie auf seine Arme hob und hinauf zum Wagen trug. „Es spielt doch sowieso keine Rolle mehr."

„Und ob es das tut", hörte sie ihn leise zischen. „Nicht für dich vielleicht, aber für mich."

Seit sie hier wohnten, zündeten sie jeden Abend den Kamin an, füllten eine Thermoskanne mit Kakao und machten es sich auf den bunt zusammengewürfelten Sofas und Sesseln bequem. So auch heute. Nicht ein Möbelstück hatten sie dazu gekauft, stattdessen waren sie komplett in das abgelegte Leben einer Familie geschlüpft, die vor Jahren weggezogen war. Es fühlte sich in keiner Weise störend an.

Das Haus hatte ihnen auf den ersten Blick gefallen. Es war urig und gemütlich, mit viel Holz, Katzenhaaren an allen möglichen und unmöglichen Stellen, unverputzten Wänden, alten Möbeln und moosgrünen Vorhängen. Überall hingen Ölgemälde von Segelschiffen, die gläserne Platte des Sofatisches ruhte auf einer goldenen Meerjungfrau und in den Schränken lagen verstaubte Bücher, die zwar allesamt nicht Faes Geschmack entsprachen, aber in der Art, wie sie da aufgestapelt herumlagen, dem Haus einen intellektuellen Charme verliehen.

Die Bewohner waren wohl überstürzt weggezogen, oder sie hatten einen Schlussstrich unter ihr Leben ziehen wollen. Fae meinte zu spüren, wie froh das Haus über ihre Gesellschaft war. Zu schade, dass es bald wieder verwaist sein würde.

Während sie sich an ihrer Kakaotasse festhielt, den Kopf an Alexanders Schulter gelehnt, nahm Henry ein Buch zur Hand und blätterte darin herum. *Keltische Sagen und Legenden.*

Jeden Abend las er ihnen daraus vor.

Fae grinste. Dieser Kerl war ohnehin ein komischer Kauz, aber in seinem grün-gelb karierten Flanellschlafanzug war er zum Schreien. Henrys schwarze Haare erinnerten an das Kehlgefieder eines Kolkraben, und seine hervorquellenden, hellgrauen Augen verliehen ihm einen Ausdruck permanenter Verblüffung. Geistesabwesend nahm sie eine von Alexanders Dreadlocks und zwirbelte sie um ihren Zeigefinger.

„Der Hund Gelert gehörte Fürst Llywelyn von Gwynedd", begann Henry mit übertrieben theatralischer Stimme vorzutragen. „Er erhielt ihn als Geschenk von König Johann Ohneland von England. Eines Tages fand Llywelyn bei der Rückkehr von der Jagd die Wiege seines kleinen Sohnes umgestoßen. Das Baby war nirgends zu finden, und Gelert, dessen Aufgabe es gewesen war, das Kind zu beschützen, war über und über blutverschmiert. Llywelyn glaubte, der Hund hätte seinen Sohn umgebracht, also zückte er sein Schwert und stach es Gelert ins Herz.

Kaum war der Hund tot, hörte der Fürst das Weinen eines Kindes. Zu seiner großen Erleichterung fand er seinen Sohn unverletzt unter der Wiege. Neben dem Kind lag ein Wolf, den Gelert getötet hatte. Es war dessen Blut, mit dem das Fell des Hundes besudelt gewesen war. Llywelyn empfand unbezwingbaren Schmerz über seine schändliche Tat. Er ließ den Hund ehrenvoll begraben und lächelte danach niemals wieder. Solange er lebte."

Henry verstummte, ihr Bruder und Ukulele straften ihn mit wütenden Blicken. „Musste das sein?", knurrte Alexander. „In diesem verdammten Buch ist eine Geschichte deprimierender als die andere."

„Das ist eben so." Fae schnupperte an der Strähne. Wie immer roch das Haar ihres Bruders nach dem Hanf, den er gerne und verschwenderisch rauchte, wenn er glaubte, niemand würde es merken.

„Was meinst du, warum ich in Irland sein will?"

„Weil hier überall der Tod ist? Überall nur Ruinen und alte Friedhöfe. Sogar die Gerippe sieht man, wenn die Grabplatten zerbrochen sind. Niemand kümmert sich darum."

„Weil der Tod hier genauso selbstverständlich ist wie das Leben. Hör zu, Henry, ich habe eine große Bitte an dich. Würdest du sie mir erfüllen?“

„Klar doch“, gab er zurück.

„Erscheine bei meiner Beerdigung in einem Sensenmann-Kostüm. Tauche auf, ohne ein Wort zu sagen, und verschwinde auf dieselbe Weise wieder.“

Alexander stöhnte und entriss ihr die Strähne. „Hör auf, so zu reden.“

„Was denn?“, gab sie zurück. „Ich sterbe. Das wisst ihr alle.“

Ihr Bruder fauchte einen unverständlichen Fluch. Ruppig stand er auf und verschwand im hinteren Bereich des Hauses, wo sein Zimmer lag. Fae sah ihm ungläubig hinterher. Was war denn jetzt schon wieder los? Er tat doch sonst so stark und unerschütterlich.

„Sieh's ihm nach, er hatte einen schlechten Tag.“ Ukulele schwenkte eine halbleere Packung Orangenmarzipan-Pralinen durch die Luft. „Es geht ihm ziemlich an die Nieren, auch wenn er es nicht zeigt.“

„Genau genommen heult er jede Nacht“, warf Henry ein. „Und wenn er sich ausgeheult hat, knallt er sich mit seiner Wasserpfeife die Birne zu.“

„Halt die Klappe!“, fauchte Ukulele.

„Was denn? Soll sie nicht wissen, dass es ihrem Bruder schlecht geht?“

„Ja! Sie sollte es nicht wissen.“

„Wie ich Fae kenne, weiß sie es schon längst. Er ist ihr Bruder, Alter. Seine Augenringe hängen ihm bis zu den Kniekehlen, er riecht hundert Meilen gegen den Wind nach seinem Shit und kriegt kaum noch einen Bissen runter. Glaubst du im Ernst, Fae hat keine Ahnung, wie es ihm wirklich geht?“

„Jungs, haltet einfach den Mund.“ Am liebsten hätte sie irgendetwas zerschlagen. Sie hatte die Nase voll von diesem Mist. Endgültig voll.

In zwei Zügen trank sie ihren Kakao aus, trat vor Wut gegen das Tischbein und rannte die Treppe ins Dachgeschoss hoch. Oben angekommen schlug sie die Tür ihres Zimmers zu und setzte sich vor das Teleskop. Ihr zweitliebster Schatz gleich nach dem violetten Laptop. Nur weg. Einfach weg von hier.

Während Tränen über ihre Wangen rannen, richtete sie das Fernrohr auf den Mond aus, der hoch über dem Haus stand, blickte durch das Okular und konzentrierte ihre Gedanken auf die bleiche Kugel.

„Wir sind uns ziemlich ähnlich, was?“ Ihr Blick ruhte auf dem Meer der Gefahren. Er streifte das südliche Meer und verharrte auf dem See der Zeit. Von der Anstrengung, sich zusammenzureißen, zitterte ihr ganzer Körper. „Alle glauben, uns zu kennen, aber in Wahrheit sind wir ein großes Rätsel. Mare Frigoris. Mare Humorum. Das Wolkenmeer. Schäumendes Meer und Meer der Ruhe.“

Faes Gedanken fanden Zuflucht in den Kratern, Tälern und Ebenen des Gestirns. Sie stellte sich vor, dort oben zu sein. Inmitten vollkommener Stille im aschefeinen Staub des Mondes, während am Horizont die Welt unterging. Der blaue, von weißen Wolken verzierte Planet, auf dem viel zu viele Dinge unabänderlich waren. Idiotisch zu denken, dass es irgendwo anders war.

Fae empfand eine solche Sehnsucht, dass sie glaubte, verrückt zu werden. Aber wonach? Der unwiderstehlichen Lust auf Kakao folgte die noch unwiderstehlichere Lust auf Kaffee, also schlich sie noch einmal hinunter in die Küche, wo immer eine volle Thermoskanne mit Alexanders zweitliebstem Getränk stand, füllte eine Tasse damit und goss einen guten Schuss Kokossirup hinzu.

Weder Ukulele noch Henry schauten vorbei, während sie herumhantierte. Auf die Beklommenheit der beiden war Verlass. Aber sie hörte sie im Wohnzimmer leise miteinander reden. Vermutlich war ihre Krankheit das Hauptthema. Ihr langsames Sterben, der deprimierende Lauf der Dinge, die allgemeine Frustration und Hilflosigkeit.

Zurück in ihrem Dachzimmer fühlte sich Fae elender denn je.

„Ozean der Stürme.“ Sie wischte mit dem Handrücken über ihre nassen Wangen und schniefte. „See der Zeit. Zu schade, dass man nicht darin schwimmen kann.“

Fae ließ ihr Leben wie unzählige Male in den letzten Wochen Revue passieren und kam erneut zu demselben Ergebnis: Es war viel zu kurz gewesen.

Sie starrte ihre Kaffeetasse an und widerstand dem impulsiven Drang, das Ding an der Wand zu zerschmettern. Dieses winzige Dachzimmer war jener Ort, nach dem sie so lange gesucht hatte. Es vermittelte ihr das Gefühl, die verrinnende Zeit könne sie hier oben nicht erreichen, aber zugleich wusste sie, dass es eine Lüge war. Wieder blickte Fae durch das Teleskop und richtete es auf die Plejaden aus. Freundlich funkelten ihr die Sieben Schwestern entgegen, so unendlich weit entfernt, dass es das menschliche Begreifen sprengte. Wollte sie dorthin reisen, wäre sie

Millionen von Jahren unterwegs. Eine Ewigkeit im schwarzen, stillen All. Ohne Tag und Nacht. Ohne Zeit.

Fae kickte mit dem Fuß ein leeres Glas weg, das ihr im Weg war. Alexander verabscheute das Zimmer für seine Unordnung, aber er machte ihr nie Vorwürfe. Wie hätte er es auch übers Herz bringen können?

Decken und Kissen lagen herum. Dazu gesellten sich Bücher, Zeitschriften und Mondkarten, Chipstüten, getrocknete Datteln, Kaubonbons und Katzenhaare. Rembrandt, ihr weißer Perserkater, tat das, was er inzwischen dreiundzwanzig Stunden am Tag tat: Er lag zusammengerollt auf einem der rotgoldenen Kissen und schlief. Liebevoll glitt ihr Blick über sein stumpf gewordenes, struppiges Fell. Ganz gleich, wer sich zuerst aus dieser Welt verabschiedete, lange würden sie nicht ohne einander sein müssen. Hoffentlich gab es ein Elysium, in dem sich Seelen, die zueinandergehörten, wiedersahen. Anderenfalls hatte das alles hier keinen Sinn.

Inzwischen war es weit nach Mitternacht. Sie hätte lieber noch ein wenig schreiben sollen, aber die Inspiration blieb aus. Stattdessen erfüllte eine höhnische Leere ihren Kopf. Ein frustrierender Umstand, denn noch war ihre Aufgabe nicht erfüllt.

Fußstapfen mussten in der Ewigkeit hinterlassen werden. Eine Geschichte musste geschrieben werden, die die Menschen berührte. Eine besondere Geschichte, eine magische Geschichte.

Fae stand auf und blickte aus dem bodentiefen Fenster. Viel Zeit blieb ihr nicht mehr. Höchst wahrscheinlich würde sie sterben, ehe die geniale Idee kam. Wellen schäumten an den Strand und entfachten wieder diese Sehnsucht in ihr.

Das Meer war voller Geschichten. Sie musste nur die eine herausfischen, die für sie bestimmt war. Selkies, Shellycoats, Wassermänner und Meerjungfrauen. Kobolde, Elfen und Sidhe.

Deswegen war sie hier. Um der Geschichten willen. Um des Lebens und des Todes wegen und für die verblassten Geister der Vergangenheit. Mit jeder Faser ihres Körpers spürte sie die Anwesenheit von etwas Fantastischem, etwas unbeschreiblich Großartigem, das nur auf sie wartete. Vielleicht geriet ihr Gehirn auch nur völlig aus den Fugen. Gut möglich, dass sie sich längst in einer Art Delirium befand, in dem sie keinem Sinneseindruck mehr trauen konnte. Seit einigen Wochen gaukelte ihr der Tumor Farben und Gerüche vor, die nicht existierten. Der Arzt hatte es ihr während des letzten Klinikaufenthaltes erklärt, doch die Fachausdrücke waren ihr entfallen. Grob umrissen verlor ihr Gehirn die Fähigkeit, Eindrücke sinnvoll zu verarbeiten. Geordnete Bahnen verloren sich nach und nach in einem heillosen Chaos.

Endstadium, wie es so schön hieß.

Müdigkeit kribbelte in ihren Gliedern, doch sie wollte nicht schlafen. Gut möglich, dass sie nicht mehr aufwachte. Als Fae hörte, wie Ukulele und Henry sich in ihre Zimmer verkrochen, schlich sie nach unten, schloss leise die Haustür auf und lief in die Nacht hinaus.

Ihre nackten Füße tappten über nassen Sand. Das Meer war wild in dieser Nacht, aufgewühlt und wütend. Sie ließ den Strand hinter sich, ging hinüber zu den Felsen, wo die Wellen stürmischer und die Nacht dunkler waren, stieg auf den höchsten und nahm einen Stein.

Mit aller Kraft warf sie ihn in das rauschende Meer. Die Gischt einer zerberstenden Welle spritzte in ihr Gesicht. Ausgelassen kletterte sie weiter, von einem Felsen zum anderen, über Tanghaufen und Treibholz hinweg. Sie tanzte und kletterte durch den Sturm, bis ihre Kräfte nachließen und die Verzweiflung wiederkam.

Erschöpft sank sie auf einen flachen Stein, zog die Beine an ihren Körper und starrte in das Wasser hinunter. Schwärze verschlang sich mit Indigoblau und schäumendem Weiß. Blickte man bei Tag von diesem Stein aus in das Wasser, sah man Büschel aus Seegras, die sich in der Strömung wiegten. Muscheln, Anemonen, Wachsrosen und Seesterne betupften den felsigen Grund mit vielerlei Farben. Manchmal sah man einen Kraken, der gut getarnt über die Steine glitschte, oder Schwärme kleiner Fische und Garnelen, die den Schutz des flachen Wassers genossen. Jetzt aber erkannte man nichts.

Nur strudelnde Finsternis und etwas, das aussah wie ein …

Unsinn!

Fae rieb sich die Augen. Ging es schon wieder los? Mit klopfendem Herzen beugte sie sich vor und starrte in das wogende Schwarz. Das helle Etwas war noch immer da. Es schien über dem Grund zu schweben, wurde vom Spiel der Dünung verschluckt und wieder emporgetragen. Es sah aus wie ein Gesicht in der Tiefe. Und dort – war das nicht eine blasse Hand über dunklem Fels?

Fae umfasste ihren Kopf mit beiden Händen.

Das Ding in ihrem Schädel war deutlich spürbar. Es war das gierige

Pulsieren einer boshaften Präsenz, die ihre Sinne verrückt spielen ließ.

„Geh raus aus mir! Ich hasse dich. Ich hasse, hasse, hasse dich!“

Sie wagte es nicht mehr, hinunterzublicken. Stattdessen kauerte sie sich zusammen, stützte ihre Stirn auf den Knien ab und machte sich so klein wie möglich. Der Sturm riss an ihren Haaren und ließ das Hemd flattern.

In Fae loderte eine Wut, die sie fast sprengte. Vielleicht war sie groß genug, um sich selbst und die ganze Welt in Flammen aufgehen zu lassen. Sie wollte leben, verdammt. Einfach nur leben. Wie ferngesteuert sprang sie auf und rannte zurück zum Strand.

Jetzt oder nie! Warum auch nicht?

Diesmal würde sie nicht zurückkehren. Oh nein. Das grausame Spiel musste endlich ein Ende finden.

Fae stürzte sich ins Wasser und schwamm hinaus, weiter als je zuvor. Ihr Bruder und seine Freunde schliefen, niemand würde sie retten. Sie würde einfach verschwinden. Untertauchen, ausgelöscht werden. Kein Dahinsiechen, keine Leiche.

Es war das Beste für alle.

Ein Strudel packte Fae und schleuderte sie hinüber zu den Felsen. Nur kurz erlaubten ihre Instinkte, sich ihm auszuliefern. Süße Selbstaufgabe. Ein Tanz am Rand des Abgrunds, wartend auf den Fall und auf die Erlösung. Aber viel zu schnell übernahmen andere Mächte die Kontrolle. *Überlebe!*, funkte der ursprünglichste Teil ihres Gehirns. *Überlebe!*

Fae begann zu schwimmen.

Sie strampelte und kämpfte gegen einen Sog, der sie mit titanischer Kraft packte. Es war, als sei tief unter Wasser ein Schlund, der sich öffnete, um sie in sich hineinzusaugen.

Ihr Schrei erstickte in einem Gurgeln. Wasserblasen und Gischt umtanzten sie, unter ihr gähnte wirbelnde Tiefe. Haarscharf schleuderte die Strömung sie an einem unter Wasser liegenden Felsen vorbei. Eine Kante des Steins streifte ihre Wade.

Was für eine blöde Idee! Was für eine beschissene Idee!

Sie hatte geglaubt, der Tod sei ihr Vertrauter. Ein Weggefährte, dessen Hand sie widerwillig ergreifen würde, wenn sie sich nach ihr ausstreckte. Aber jetzt war alles anders. Verzweiflung brandete auf, Panik brannte wie Säure in ihren Gliedern. *Überlebe, verdammt!* Der Strudel spuckte sie an die Oberfläche, erlaubte einen Atemzug und riss sie wieder in die Tiefe.

Die Felsen waren nur noch wenige Meter entfernt. Scharf und schroff warteten sie auf ihren Körper, um ihn zu zerfetzen. Fae kämpfte, bis ihre Sinne schwanden.

Mal sah sie die Sterne über sich, mal ein Labyrinth aus Schwärze und Gischt. Ein weiterer Strudel verpasste ihrem Körper einen Schlag, der ihr fast das Bewusstsein nahm. Fast, denn wie durch einen Schleier spürte sie Arme, die sich um sie schlossen. Jemand zog an ihr und drängte sie weg von den Felsen. Doch es war zu spät. Eine gewaltige Welle schleuderte sie nach vorne. Fae spürte einen Ruck und hörte das widerwärtige Geräusch eines auf die Felsen prallenden Körpers.

Es war nicht ihrer.

Glatte, eiskalte Haut presste sich an sie. Hände umfassten ihre Taille. Nur flüchtig sah sie ein Gesicht, und es war so hell, dass es aus sich selbst heraus zu leuchten schien. Dann hüllten sich ihre Sinne in Schwärze. Losgelöst von ihrem Körper spürte Fae, wie das Meer sie hin und her warf. Eine uralte Macht spielte mit ihr, wie eine Katze mit der Maus. Und dann begann sie zu träumen.

Sie lag in einem Bett aus Sand. Die Klippen ragten über ihr auf, überspannt von einem brodelnden Sturmhimmel, der alle Sterne verschluckt hatte. Neben ihr kauerte ein Mann – nein, ein Wesen –, so fremdartig und strahlend hell, dass es ihr den Atem verschlug. Augen von kristallhellem Türkis blickten auf sie herab. Seine Haut leuchtete bläulichweiß, Tropfen lösten sich von silbernen Haaren und fielen auf sie hinab.

Wie nasse Schlangen wanden sich die Strähnen um seine Schultern und schienen sich zu bewegen. Nicht wie Haare, sondern wie etwas Lebendiges, das sein frostiges Gesicht umrahmte. Aus einer Wunde an seiner Schulter liefen Rinnsale über seinen Arm. Fae blinzelte noch einmal, denn sie sah neben dem Blut leuchtend weiße Sprenkel auf seiner Brust und auf seinen Armen, die zu Streifen zerschmolzen. Zwischen seinen Fingern spannten sich Schwimmhäute, Mondlicht fing sich in scharfen, kristallklaren Nägeln. Alles an diesem Wesen war strahlend hell. Es war, als blicke sie nicht auf ein Geschöpf aus Fleisch und Blut, sondern in ein gleißendes Licht.

Unsinn. Nichts als Traumillusionen. Von ihrem Gehirn ausgespuckte Halluzinationen. Sie blinzelte noch einmal, ohne dass das Wesen verschwand. Ein ungläubiger Laut kam über ihre Lippen.

Er hatte sie gerettet.

Er hatte sich an die Felsen werfen lassen, um ihren Körper durch seinen zu schützen. Fae sah an ihm herunter. Kein Fischkörper, kein Gewand aus Muscheln, sondern schlanke Menschenbeine mit weißer Haut.

Faes Blick heftete sich wieder auf sein Gesicht. Nie hatte sie etwas Schöneres gesehen als den Glanz dieser türkisfarbenen, silbergesprenkelten Augen. Man versank in ihnen wie in Seen aus flüssigem Kristall.

Der Fremde fuhr über ihr Haar, streichelte ihre Stirn und sprach mit ihr. Seine Stimme war das Echo eines wunderbaren Elysiums. Ein Versprechen von Vollkommenheit und Erlösung. Fae verstand kein Wort, doch sie spürte, wie diese Stimme sie emporhob und hinauf in warme Glückseligkeit trug. Endlich. Alles war zu Ende. Alles war wunderschön.

„Fae? Hey, sag was! Fae, hörst du mich?"

Sie zuckte hoch und fiel augenblicklich wieder zurück, als hätte sie eine Keule getroffen. Verdammt, was war hier los? Erinnerungen umflatterten sie wie nebulöse Vögel. Sie hatte gedacht, zu sterben, stattdessen …

Fae wurde von starken Armen aufgerichtet. Der Mann war verschwunden. Alexander, Henry und Ukulele hatten seine Stelle eingenommen und starrten sie mit offen stehenden Mündern an. Alle drei trugen noch ihre Schlafanzüge. Kariertes Flanell. Sie sahen aus wie drei kleine, verschreckte Jungen.

„Fae", flüsterte ihr Bruder, das Gesicht weiß wie Kalk. „Du hast gerade versucht, dich umzubringen."

„Nein." Sie schüttelte den Kopf.

„Nein? Was war es dann?"

„Ich …" Sie würgte. Ihr Hals kratzte und brannte vom geschluckten Salzwasser. „Ich musste … äh … schwimmen gehen."

„Schwimmen gehen? Morgens um halb drei?"

Alexander und Ukulele sackten in sich zusammen wie Puppen, denen man die Fäden abgeschnitten hatte. Henry verschwand kopfschüttelnd in der Dunkelheit. Erst jetzt bemerkte Fae, dass sich direkt über ihnen ein Unwetter zusammenbraute. Die Luft roch nach Elektrizität und Schwefel. Kiefernnadeln wirbelten durch die Finsternis, das Meer kochte.

Diese bläulichweiße Haut.

Dieses Gesicht, wie aus Träumen gemacht.

Viel zu seltsam, um wahr zu sein.

„Was hast du bloß angestellt?“ Alexander betastete sie hektisch. Seine Dreadlocks streiften ihre Arme wie nasse, struppige Schlangen. „Du bist verletzt.“

„Nein.“ Fae stemmte sich hoch. Für einen Augenblick kämpfte sich der Mond durch die bauschigen Wolken und goss sein Licht auf das Wasser. „Ich habe mir nichts getan.“

„Und woher ist dann das Blut?“

Anklagend hob ihr Bruder seine Hand empor. Rote Schlieren zogen sich darüber. Noch mehr Blut klebte auf ihrem rechten Arm und an ihrer Hand. Fae stöhnte auf. Das hieß, dass der Mann keine Einbildung gewesen war. Sie war von ihm gerettet und hierher in die Bucht gebracht worden, wobei ihr krankes Gehirn ihm die Aura eines magischen Wesens verpasst hatte.

Woher war er gekommen und wohin gegangen? Weit und breit gab es keine Siedlung. Womöglich lag er hier irgendwo und blutete aus, nur wegen ihrer lebenshungrigen Todessehnsucht.

„Komm.“ Alexander zog sie auf die Beine. Er fluchte leise vor sich hin und bedachte Fae mit liebevollen Schimpfwörtern. „Sonst holst du dir noch den Tod.“

Sie hörte sich lachen. Wenn der Tod so aussah wie ihr Retter, würde sie lächelnd in seine Arme fallen und ihr Leben vergessen.

„Hört zu“, sagte sie. „Jemand hat mich rausgezogen. Ein Mann. Er wurde an den Felsen verletzt, daher stammt das Blut. Bitte sucht nach ihm.“

„Ein Typ hat dich rausgefischt?“, schnaufte Ukulele.

„Ich weiß. Klingt seltsam. Aber ich habe es mir nicht eingebildet. Ich schwöre es. Bitte sucht nach ihm.“

Alexander nickte. „Aber erstmal bringen wir dich rein, du lebensmüdes Ding. Du wärst fast ertrunken. Wir rufen besser einen Arzt.“

„Nein! Mir geht es gut.“

„Fae, selbst wenn es dir gut geht, heißt das gar nichts. Viele beinahe Ertrunkene sterben erst an den Nachwirkungen.“

„Keinen Arzt!“ Sie sprach es so ruppig aus, dass Alexander zurückzuckte. „Oder dir blüht was.“

„Okay“, gab er sich geschlagen. „Wie du meinst. Stures Biest.“

Der Sturm kam mit großer Wucht. Böen peitschten den Ozean auf und schlugen mit ungehemmter Gewalt an die Küste. Kjell suchte Zuflucht zwischen den Felsen, fand eine von der Brandung geformte Mulde und legte sich hinein, um mit der Kraft des Meeres seine Wunden zu heilen. Die Gischt schäumte über seinen geschundenen Körper, wirbelte durch den tiefen Riss an seiner Schulter und besänftigte die Schmerzen. Vergebens versuchte Kjell zu entspannen.

Die Heilung war gefährlich, all seine Sinne richteten sich darauf und mussten die Vorsicht außer Acht lassen. Er war zu schwach, um die Weite der aufgewühlten See aufzusuchen. Manche Tiere hörten seine Sprache nicht und würden ihn erbeuten wie jeden gewöhnlichen Fisch, sobald sich die Gelegenheit dazu ergab. Ein unweigerliches Todesurteil. Zweimal war es geschehen, dass Haie ihn angegriffen hatten, weit entfernt im warmen Meer der Tropen. Einmal war es der Biss einer Seeschlange gewesen. Alle drei Tiere waren gestorben, noch ehe sein eigenes Fleisch geheilt war.

Und dann gab es da noch die Seelen. Kjell schauderte beim Gedanken daran. All die Geister ruheloser Toter, die ihn unaufhörlich verfolgten, weil das, was den Lebenden den Tod brachte, für sie etwas ganz anderes zu bedeuten schien. Die Meerestiefen waren voll von diesen hungrigen Schatten, er konnte sie dort draußen hören, ihr unaufhörliches Gemurmel und ihre Klagen.

Ertrunkene Seeleute, Selbstmörder, Verunglückte. All jene, die die See verschlungen hatte. Verzweifelte und boshafte Geister, die den Weg in die andere Welt nicht fanden. Er musste wachsam sein, sonst würden sie kommen und ihn mit ihren eiskalten Nebelfingern berühren, ihm die Kraft aussaugen und von seiner Seele zehren. Geschwächt und halb bewusstlos, wäre er eine leichte Beute. Vielleicht würden sie es schaffen, ihn zu töten. Oder, was die grausamste Vorstellung überhaupt war, ihn einfach auslöschen. Kjell starrte in den Himmel hinauf und fühlte sich leer und taub. Bleierne Müdigkeit zehrte an seinem Geist, doch er durfte nicht einschlafen. Nicht hier, wo er Menschenaugen ausgeliefert war. Zu gut erinnerte er sich an die Worte seines Vaters. Zu gut erinnerte er sich an alles, was damals geschehen war. Gefahr im Wasser und Gefahr an Land. Sicherheit fand er nirgendwo.

Zögernd lieferte er sich der Macht des Meeres aus. Sie gab ihm alles, was er brauchte. Lebenskraft, Linderung und Trost. Mit jeder Welle, die ihn umschäumte, strömte eine wohltuende Woge dieser Empfindungen durch seinen Körper.

Seine Gedanken schweiften ab. Warum konnte er nicht von dieser Frau lassen? Warum lag er hier, aufgeschlitzt von Felsen und geplagt von Gefühlen, die ihm fremd waren?

Als sie hierher gekommen war, bis zum Bersten gefüllt mit Lebenshunger, war das Licht ihrer Seele wie ein Leuchtturm gewesen. Hell und blendend in der Dunkelheit. Weit hatte es auf das Meer hinausgestrahlt, bis hinein in die dämmerigen Tiefen, wo er in einem schützenden Wrack geschlafen hatte.

Jetzt fühlte er sich wie die Motte, die an einer heißen Lampe verbrennt. Nacht für Nacht beobachtete er die Menschenfrau mit dem wunderschönen Namen.

Fae.

Dieser kleine, sanfte Laut. Dieses Streicheln auf der Zunge.

Stundenlang konnte er das Licht des Hauses anstarren, in dem sie saß und verzweifelte. Genauso wie er, damals in seinem Gefängnis.

Aber nicht nur ihr Name war schön. Er liebte es, Faes Gesicht im Feuerschein zu sehen. Ihre grünen Augen, ihr langes, braunes Haar und ihre Bewegungen, wenn sie am Rand des Meeres entlangtanzte. Er wollte ihre Wärme fühlen, ihre Nähe, ihr Menschsein.

Sie war verwundbar und zart. Wie ein selten schöner Sonnenuntergang, der nach wenigen Momenten verblasste und sich doch für immer in die Erinnerung einbrannte. Dieser Mensch liebte, hasste und trauerte mit einer solchen Heftigkeit, dass es ihn schier überwältigte.

Die Erinnerung daran, wie ihre Lippen geschmeckt und wie ihr Körper sich angefühlt hatte, schmerzte wie der Stich eines Steinfisches.

Kjell räkelte sich in seiner Mulde, bis er eine neue, halbwegs bequeme Lage gefunden hatte. Auf der Seite liegend, einen Arm auf dem Stein ausgestreckt, den Kopf darauf gebettet. Er fühlte sich wie ein ausgedörrter Fischkadaver, den die See an einen Strand gespuckt hatte. So ähnlich fühlte es sich an, wenn es den Geistern gelungen war, seine Kraft zu trinken, und auch hier ging es um den Tod und den Hunger nach Leben. Fae starb vor seinen Augen. Jeden Tag ein wenig mehr. Ihr Leben war verwirkt. Jeder Laut ihrer Verzweiflung, jedes Wimmern, hatte ihn ins

Herz getroffen. Er wollte sie trösten. Sie berühren und küssen, ihr erzählen, dass der Tod nicht das Ende war. Für ihn hatte es Erlösung gegeben, aber sie war verloren.

Und er konnte nichts dagegen tun.

Nur noch einmal, schwor sich Kjell. Nur noch morgen. Dann folge ich dem Narwal ins Eis. Für immer.

Schatten tauchten aus dem Wasser auf. Eine Robbenfamilie, die sonst draußen auf einer Sandbank schlief, weit weg vom Land. Plump zogen sich die Tiere über die Steine. Das Weibchen schnupperte an Kjells verletzter Schulter. Ihr Fell glänzte und schimmerte wie Wasser in einer windstillen Nacht. Während die halbwüchsigen Jungen ausgelassen miteinander balgten, begann sie, die Wunde behutsam zu lecken. Blass erschienen ihm die Erinnerungen des Robbenweibchens, die es mit ihm teilte. Sie kannte nur die Küste dieses Landes. Eine langgezogene Sandbank, wogender Tang, algenbewachsene Felsen und ein paar verkrüppelte Kiefern, in deren Wipfeln sich der Nebel fing. Er sah ihre letzte Paarung, die wie eine zärtliche Umarmung anmutete, hätte ihr das Männchen in seinen Bemühungen, sich an ihrem glatten Körper festzuhalten, nicht das Gesicht zerbissen.

Er sah ihren wachsenden Bauch und die Geburt der Jungen in einem Bett aus Sand. Sie wuchsen heran. Eines endete in einem Netz, ein anderes im Magen eines Orcas. Kjell sah Generationen von Robben kommen und gehen. Das Leben dieses Tieres war wunderbar einfach. Paarung, Geburt, fressen, schlafen, sterben. Sonst nichts.

Eine Zeit lang war auch sein Leben einfach gewesen. Ein kleines Zimmer, ein Fenster, das immer mit hölzernen Läden verschlossen war. Ein paar Bücher und Zeitungsausschnitte, angefüllt mit grausamen Bildern. Endlose Tage und Nächte, in denen er fast durchgedreht wäre, weil er das nahe Meer hören und doch nicht hingelangen konnte. Langeweile. Wut. Zwischendurch betäubende Leere. Diese Bilder verblassten niemals. Kjell konzentrierte sich auf das warme Kratzen der Robbenzunge, um nicht mehr an die Frau und nicht mehr an die Vergangenheit denken zu müssen. Nach einer Weile rollte sich das Tier neben ihm zusammen und überließ den Rest der Heilung dem Meerwasser und dem Licht, das endlich aus der Tiefe heraufkam und ihn umhüllte. Der Schwarm aus Leuchtwesen, der ihn verwandelt hatte und seitdem stets in seiner Nähe war, als sei es nicht nur seine Bestimmung gewesen, ihn zu verändern, sondern auch, ihn zu beschützen. Die Energie des Schwarmes zu spüren tat gut und schmerzte zugleich, denn die Wesen waren schwach geworden.

Er hätte den Schwarm giftiger Quallen sehen müssen, genauso wie er das Schiff hätte hören müssen, das aus heiterem Himmel über ihn hinweggezogen war. Monate waren seitdem vergangen, aber er erinnerte sich an das Unglück, als wäre es gerade erst geschehen. Der gewaltige Schlag, die Blutwolken im Wasser und das Gefühl, von der Schiffsschraube in zwei Hälften geteilt worden zu sein. Vermutlich war er gestorben, aber das Licht hatte ihn geheilt. Er erinnerte sich an die frostigen Berührungen der Geister, die seine schwachen Momente ausgenutzt hatten. An ihr gieriges Säuseln und ihre saugenden Lippen. Ohne das Licht, das sie vertrieben hatte, wäre er wohl vollends ausgesaugt worden.

„Es tut mir leid", sagte er leise, als könnten die winzigen Geschöpfe ihn verstehen. Ihr schwaches Schimmern tat ihm im Herzen weh, es war kaum heller als gewöhnliches Meeresleuchten. Warum kehrten sie nicht zu ihrem Ursprung zurück? Blieben sie etwa bei ihm und nährten ihn, bis ihre Kraft ganz erloschen war? Zärtlich kitzelten die Flimmerhärchen seinen Körper.

Die Schrammen an seinem Rücken verschwanden, der tiefe Riss schloss sich. Als ihre Arbeit getan war, glitten die Wesen zurück in die Tiefe, um ihrem Erlöschen entgegenzudämmern. Auf seiner Haut klebten ein paar der winzigen Körper. Kjell nahm einen davon zwischen Daumen und Zeigefinger und drehte ihn hin und her, konnte im Dunkeln aber nicht viel mehr erkennen als ein winziges Stück Gallert mit schlaff herabhängenden Beinchen.

Behutsam gab er ihn zurück ins Wasser, wusch die restlichen toten Wesen von seiner Haut und rollte sich zusammen, um ein wenig Schlaf zu finden. Die eine Hälfte seines Bewusstseins ruhte, die andere blieb wach und nahm wie durch einen Schleier alles wahr, was ihn umgab. Aus halb geschlossenen Augen starrte er in den Himmel hinauf, leicht wie eine Feder und schwer wie ein Stein. Finstere Wolkenberge jagten über die Klippen, zerfurcht von Silberfetzen, wo sich der Mond hindurchkämpfte. Seine menschlichen Beine begannen zu kribbeln, gefolgt von einem ziehenden Gefühl, das die Verwandlung ankündigte. Die Haut überzog sich mit silbernem Schimmer, weiße Schuppen hoben sich von ihr ab. Es tat nicht weh, ganz im Gegenteil, aber jedes Mal musste er an die erste Verwandlung denken, damals auf der Felseninsel. Die Schmerzen hatten ihm fast den Verstand geraubt. Was sich jetzt befreiend und richtig anfühlte, war damals ein Albtraum gewesen. Das Brechen seiner Knochen, die sich im ganzen Körper neu anordneten. Das Reißen der Haut, das Verschmelzen seiner Beine zu einem Klumpen, der nur langsam seine eigentliche Form angenommen hatte. Kjell hatte gedacht, sterben zu müssen, und vielleicht war er auch gestorben.

Aufzuwachen und auf einmal mit einer Flosse statt Füßen zwischen grunzenden Robben zu liegen, war der größte Schock seines Lebens gewesen. Er lächelte in Erinnerung daran. Wie schnell sich etwas, vor dem man Angst hatte, in etwas Wunderbares verwandeln konnte.

Gerade wurden seine Füße zu einer zusammengerollten Flosse, als ihn das Klackern eines Steines aufschreckte. Wärme strömte ihm entgegen, noch ehe er die Menschen sah. Flackernde, zarte Seelenlichter in der Kälte der Nacht. Er schmeckte Angst, scharfe Panik und bittere Wut. Es waren der Bruder der Frau und seine beiden Freunde.

Kjell beendete die Verwandlung, stürzte sich ins Wasser und schwamm hinaus in die offene See. Wie kalt und leer das Wasser plötzlich war. Erinnerungen wollten in ihm aufsteigen, immer energischer, je tiefer er in die Finsternis hinabglitt, doch er hinderte die Bilder daran, deutlicher zu werden. Das Land hatte er immer mit Demütigung und Whiskeygestank verbunden, mit Verzweiflung und versperrten Fenstern.

Doch seit er die Frau beobachtete, verwandelte sich seine Abneigung gegen diese Welt in etwas anderes. Es war nicht gut, überhaupt nicht gut, denn diese neuen Gefühle machten ruhelos und unzufrieden. Was, wenn eine Rückkehr an das Land der einzige Weg war, mit allem abzuschließen? Er würde die schlechten Bilder einfach gegen schöne austauschen. Die düsteren Erinnerungen mit etwas Tröstlichem auslöschen, das ihn im eisigen Norden wärmen konnte.

Vielleicht …

Aber nicht heute Nacht. Oder doch?

Weit vor der Küste befand sich ein Felsen, auf dem er manche Nacht verbrachte. Von hier aus konnte man gerade noch den Schein des Leuchtturms sehen, der wie ein Lichtfinger über das Meer glitt. Kjell nahm seine Menschengestalt an, zog sich an einem Vorsprung hinauf und kletterte, bis er außerhalb der Reichweite der Wellen war. Kaum saß er auf der Spitze des Felsens, dachte er wieder an die Frau. Elender Knurrhahn!

Ohne diese Hitze in seinen Eingeweiden war es ihm besser ergangen. Er war ein Teil des Ozeans gewesen, kalt und gleichgültig wie die Tiefe, aber jetzt saß er hier, starrte auf das ferne Land und fühlte sich einsam. Beim Schlund des Pelikanaals, wurde er etwa krank? Die Frau war ein kurzlebiger Mensch. Ein Feind. Warum erwartete er, sie könnte ihm schöne Erinnerungen schenken? Je länger er seine Reise in das arktische Meer hinausschob, umso schwerer würde ihm der Abschied fallen. Er musste seine Gefühle kontrollieren, sonst geschah das, wovor Angus ihn zahllose Male gewarnt hatte.

Mondlicht fiel auf das Meer, als der Sturm die Wolken erneut aufriss. Aus der Tiefe drangen Klicklaute herauf und vibrierten in Kjells Gehirn. Er beantwortete sie mit derselben Frequenz, stand auf und wandte sich gegen den stürmischen Wind, der das Salzwasser auf seiner Haut trocknete. Ein wenig linderte es das Brennen in seinem Geist. Das Gesicht der Frau verblasste, ebenso die Erinnerung daran, wie warm ihr Körper gewesen war und wie weich ihre Lippen.

Aus dem Wasser tauchte ein gewaltiger, im Mondlicht glänzender Kopf auf. Er durchbrach die Oberfläche, stieg höher und höher, gefolgt von einem dunkelgrauen Körper, der über Kjell hinauswuchs wie eine lebende Insel. Im schneeweißen, weit geöffneten Maul des Pottwals blitzten Zähne, jeder so lang wie seine Hand.

Emotionen wehten durch Kjells Geist. Der Wal wollte zurückkehren in die Tiefe und lud ihn ein, seine Jagd zu begleiten.

Ja, das war eine gute Ablenkung. Wind und Kälte genügten nicht, seine Gedanken zu beruhigen. Vielleicht würde es die dunkle Stille der Tiefsee schaffen. Kjell breitete die Arme aus und sprang. Dicht neben dem Wal tauchte er ins Wasser ein, spürte kitzelnde Luftblasen über seinen Körper perlen und verwandelte sich, noch ehe sein Freund ihm die Schwanzflosse entgegenstrecken konnte. Nirgendwo war die Anwesenheit von verlorenen Seelen zu spüren. Frei und gefahrlos öffnete sich das Meer vor ihm.

Als sie zügig abwärts strebten, wurde das ohnehin finstere Wasser so schwarz, dass Kjells Augen keinerlei Lichtquelle mehr ausmachen konnten. Aber im Laufe der Jahre hatte er von den Meeressäugern gelernt, anders zu sehen.

In regelmäßigen Abständen sandte er Klicklaute aus, deren Echo ihm den flach abfallenden Meeresgrund zeigte. Nur wenige Tiere begegneten ihnen. Die Fischschwärme hatten Schutz in den küstennahen Tangwäldern gesucht, die großen Räuber schienen anderswo ihr Glück zu versuchen. Nur ein Riesenmaulhai zog mit weit geöffnetem Schlund an ihnen vorbei und gönnte ihnen einen Augenblick gelangweilter Aufmerksamkeit.

Bald fiel der Meeresboden steiler ab, wurde rauer und zerklüfteter, bis er in einen gewaltigen Abgrund hinunterstürzte. Der Pottwal drehte sich, um wie eine Lanze senkrecht durch das Wasser zu gleiten, dicht entlang der steilen Klippen.

In schnellen Abfolgen erschuf sich Kjell ein vertontes Bild seiner Umgebung. Bunt leuchtende Rippenquallen taumelten an ihm vorbei und boten dem Auge inmitten der Schwärze eine willkommene Zuflucht. Je tiefer sie kamen und je einschläfernder die Kälte seinen Körper umschloss, umso ruhiger wurde sein wirrer Geist. Alles Menschliche blieb in seichteren Gefilden zurück, selbst die Gedanken an die Frau waren erholsam unwirklich.

Als der Tiefseeboden unter ihnen auftauchte, trennten sich ihre Wege. Der Wal strebte in die Ebene hinaus, während Kjell in der Nähe der Klippen blieb. Klicklaute durchzuckten mit unangenehmer Schärfe seine Wahrnehmung, stark genug, um jedes Lebewesen zu betäuben, das sich in die Nähe des Pottwals wagte.

Eine Weile schwebte er über dem Schlick und verlangsamte seinen Herzschlag. Er trank die Ruhe finsterer Stille, fiel in einen Zustand, der weder Schlaf noch Wachen war und lieferte sich der Schwerelosigkeit aus. Vermutlich hätten Jahrhunderte vorbeiströmen können, ohne dass es ihm etwas bedeutet hätte. Gäbe er dem Sog des Tiefenrauschs nach, würde er wohl irgendwann an die Oberfläche zurückkehren und eine veränderte Welt vorfinden. Kein schöner Gedanke. Die Meere waren schon jetzt zu voll, zu laut und zu gefährlich. Wohin er auch schwamm, traf er auf Menschen. Inzwischen waren sie überall, und wenn er sie nicht sah, hörte und roch er sie. Selbst hier unten.

Alle Empfindungen flossen dahin, wurden zäher und zäher, bis sie stillstanden. Wenn er es jetzt nicht schaffte, diesem Zustand zu widerstehen, würde er die Frau nie wiedersehen. Sie würde sterben und als ruhelose Seele durch den Ozean wandern. Ihre Sehnsüchte und Träume würden zu einem Teil des Meeres werden. Kaum mehr als ein Flüstern unter Millionen anderer toter Stimmen, die ihr Verlorensein beklagten.

Nein, bleibt weg!

Aber die stillgelegten Gedanken begannen wieder zu arbeiten. Kjell erinnerte sich an die Bücher, die er in den endlosen Stunden seiner Gefangenschaft gelesen hatte. Alle waren auf die eine oder andere Weise von der grausamen Natur des Menschen erfüllt gewesen, doch einmal hatte er Angus ein Buch gestohlen, in dem in bunten Bildern und schönen Texten die Tiere des Meeres erklärt worden waren.

Vor ihm glitt ein gespenstisch aussehender Fisch von etwa einem Meter Länge über den Schlick. Kjell musste nicht lange überlegen.

Grenadierfisch. Er liebt Schiffswracks und kann Töne mit Hilfe seiner Schwimmblase erzeugen.

Etwas weiter entfernt schwebte über einem abgeflachten Felsen eine blau leuchtende Wolke.

Laternenfische. Die Menschen nennen sie so, weil sie mit glühenden Pünktchen übersät sind, genauso wie die Wege und Straßen bei Nacht.

Gemächlich schwamm Kjell weiter, immer mit genug Abstand zum Grund, um keinen Schlamm aufzuwühlen. Das Muster aus Streifen und Sprenkeln, das sonst über seinen gesamten Körper verteilt schillerte, war vollkommen erloschen. Hier unten bedeutete Licht zu allererst eines: eine Einladung zum Fressen.

Als er auf die Felswände der Schlucht zusteuerte, kreuzte ein dicker, grün leuchtender Gespensterfisch seinen Weg, durch dessen transparenten Kopf man die inneren Organe erkennen konnte.

Ihm folgte nach einiger Zeit ein riesiger Lanzenfisch. Im prall gefüllten Bauch des Räubers zappelte sein noch lebendes Opfer. Nach Leibeskräften bemühte es sich, das Gefängnis aus überdehnter Haut zu zerreißen. Gut möglich, dass es ihm gelang. Ruderfußkrebse schwebten unsichtbar durch das Wasser, bis Kjell mit einer Hand durch den Schwarm wischte und die Tierchen in einer Wolke aus grellen Lichtblitzen vor ihm flohen. Nirgendwo fühlte er sich sicherer als hier unten, wo die Finsternis des Wassers schwer und undurchdringlich war. Hierher wagten sich weder Menschen noch Geister.

Wieder gingen ihm der Duft der Frau und die Hitze ihrer Gefühle durch den Kopf. Wonach hatte sie gerochen? Frisch und sauber wie Meeresschaum. Sinnlich wie Ambra.

Auch ein wenig wie die violetten Blumen, an denen er auf irgendeiner kleinen Pazifikinsel geschnuppert hatte.

Vor ihm in der Dunkelheit näherte sich ein großer Körper, enttarnt durch eine feine Strömung. Es war nicht der Pottwal, dessen Sonar inzwischen verstummt war. Kjell gab eine Abfolge von Tönen von sich, die ihm ein klares Bild vermittelten. Vor ihm schwebte ein Riesenkalmar.

Acht Tentakel hingen bewegungslos herab, während sich die beiden verlängerten Greifarme nach ihm ausstreckten. Das Weibchen hatte drei Zyklen erlebt und damit den Zenit ihres kurzen Daseins überschritten. Sobald es in der unendlichen Weite der Tiefsee einen Partner gefunden und für Nachwuchs gesorgt hatte, würde es auf den Grund sinken und sterben.

Kjell spürte die Neugier des Tieres. Nie zuvor war es jemandem wie ihm begegnet. Er bewegte sich nicht, als die mit Saugnäpfen besetzten Tentakel über seinen Körper glitten. Scharfe Raspelzähne ritzten seine Haut. Ein gewaltiges Auge, doppelt so groß wie sein Kopf, musterte ihn aufmerksam. Vielleicht hätte er Angst empfinden sollen. Der in ihm verborgene Mensch wollte sie fühlen und angesichts des scharfen Schnabels in Panik geraten, doch dieser Teil seines Wesens war nur noch ein Schatten in einem Schatten. Die Aussicht, jederzeit sterben zu können, besaß etwas Faszinierendes. Ein schneller Ruck, ein Biss, und alle Heilungskräfte hätten ihm nichts mehr genützt. Wie war der Tod?

Befreiend? Beängstigend?

Würde ihn eine andere Welt erwarten oder nur das Nichts?

Ein ohrenbetäubender Klicklaut schallte durch das Wasser. Etwas Riesiges schoss heran, packte das Kalmarweibchen und riss es von ihm fort. Die Saugnapfzähne schrammten über seine Schulter und gruben tiefe Schnitte, wo erst vor kurzem das Fleisch verheilt war. Der Pottwal hatte seine begehrteste Beute gefunden. Zehn Arme saugten sich an seinem Körper fest und rissen klaffende, ringförmige Wunden.

Gefangen im Jagdrausch spürte der Wal die Verletzungen nicht einmal. Ein Tentakel sank zuckend zu Boden, zerrissen von scharfen Zähnen.

Der scharfe Geschmack nach Blut und Panik drang durch Kjells Haut. Bevor der Wal zusammen mit seiner Beute auftauchte, schwamm er so dicht an den Felsen entlang, dass die scharfen Kanten den Körper des Tintenfischs zerfetzten. Die Tentakel erschlafften, aber noch war das Opfer nicht tot. In gemütlicher Manier strebte der Pottwal hinauf zur Oberfläche. Während sein Körper keine Mühe hatte, sich den veränderten Bedingungen des Oberflächenwassers anzupassen, starb der Kalmar im Maul seines Jägers einen langsamen Tod. Kjell würgte an dem Kloß in seinem Hals. Mitleid war im Meer nicht angebracht. Überall wurde gefressen und gestorben, er selbst hatte schon vor langem seine Algen- und Tangernährung um alles ergänzt, was er fangen konnte. Und doch kam er nicht dagegen an.

Seite an Seite mit dem Wal strebte er der erwachenden Morgendämmerung entgegen, die wie ein bleicher Nebel über ihnen schimmerte, und er war froh, als das Kalmarweibchen endlich starb.

War es der spürbare Hauch des Todes, der den verrückten Entschluss in ihm weckte? Wurde er einfach nur unvernünftig und leichtsinnig? Egal, was es war, heute würde er es tun. Er würde zu der Frau gehen und mit ihr sprechen. Wenn sie ihn abscheulich fand – gut, in ein paar Tagen war er ohnehin weit weg. Und wenn nicht? Was hatte er dann?

Während der Pottwal dicht unter der Oberfläche den Kalmar verschlang, kehrte Kjell zurück zu jenem Strand, an dem sich Faes Haus befand. Er kam gerade rechtzeitig, um zu sehen, wie ihr Bruder und seine Freunde den Wagen beluden. Dieses knatternde Ding, in das sich Menschen mit Vorliebe setzten, um an Land herumzurasen. Verborgen hinter einem Felsen beobachtete er das Treiben. Da war sie. Die schöne, dem Tod geweihte Menschenfrau. Fasziniert betrachtete er ihren zarten Körper, der unter einer Decke fröstelte. Ihr Haar wehte im Morgenwind. Selbst aus der Entfernung spürte er ihre Traurigkeit.

„Morgen“, hörte er ihren Bruder sagen. „Versprochen. Heute wäre es zu anstrengend.“ Sie nickte ergeben, und ihr Lächeln, hinter dem sie ihre Gefühle versteckte, wärmte sein Herz. Als die drei Männer in den Wagen stiegen und davonbrausten, wurde die verrückte Idee noch verlockender. Die Frau stellte keine Gefahr dar. Sie war schwach, er war stark. Es wurde Zeit, die Schatten der Vergangenheit loszulassen.

Seine Lungen füllten sich unter Schmerzen mit Luft, die Kiemen stellten ihre Arbeit ein und schlossen sich. Kribbelnd verwandelte sich sein Fischleib in zwei Beine, Schuppen wurden zu Haut, Klauen zu menschlichen Fingern. Als letztes verblasste das Silber seines Körpers zu einem stumpfen Farbton, der an alte Knochen erinnerte.

Sein Herzschlag beschleunigte sich zu einem menschlichen Rhythmus, in seinem Bauch erwachte ein sonderbares Gefühl, das er lange nicht mehr gespürt hatte. War das Angst? Dieses schreckliche, Übelkeit erregende Gefühl? Ja, und doch wieder nicht, denn es fühlte sich anders an. Lebendiger. Besser. Nicht dumpf und taub wie das, was er damals gefühlt hatte.

Kjell zwang es nieder und schwamm auf den Strand zu. Seine Instinkte protestierten, als er dem Wasser entstieg und in geduckter Haltung auf das Haus zuschlich. Was tat er hier nur? Hatte er den Verstand verloren? Gut möglich, dass die Männer zurückkehrten, und was dann?

Die Gefühle der Frau strömten ihm entgegen, so verlockend, dass er wie von selbst einen Schritt vor den anderen setzte und alle Bedenken beiseiteschob. Er musste sie sehen, und sie musste ihn sehen. Er wollte sein Abbild in ihren Augen erkennen und ihre Stimme hören. Ihre Stimme, die allein ihm galt. Die ihm sagte, dass er wirklich war und nicht nur ein Geist.

Kjell schlich durch den Sand der Dünen, erreichte das Haus und streifte mit seinen Fingern die steinernen Wände. Dort hinten, keine zehn Schritte entfernt, hing das, was er brauchte.

Menschliche Kleidung.

~ Fae ~

Sie nahm den verflüssigten Schokoriegel aus der Mikrowelle, setzte sich auf die Küchenanrichte und ließ die Beine baumeln. Es gab nichts, was so gut gegen Nervosität half wie warme Schokolade mit Erdnussstückchen und Karamell. Genüsslich legte sie den Kopf in den Nacken und quetschte den Inhalt des Riegels aus seiner Papierverpackung, was Rembrandt sehnsüchtig verfolgte.

Fae hielt ihm die leere, verschmierte Verpackung hin. Die Zunge des Katers leistete ganze Arbeit. Sicher war das Zeug nicht gesund, weder für ihn noch für sie, doch welche Qualität besaßen die letzten Tage, wenn man sie mit Enthaltsamkeit verbrachte? Rembrandt durfte fressen, was er wollte und wie viel er wollte. Sie erlaubte ihm dieselben Freiheiten, die sie auch sich selbst erlaubte.

Scheiß drauf, war ihr Motto, und der Kater pflichtete ihr wortlos bei, indem er zufrieden über seine verschmierte Schnauze leckte.

Sie lehnte den Kopf gegen den Küchenschrank und überlegte, was zu tun war. Alexander und seine Freunde hatten rein gar nichts gefunden. Die Polizei war gekommen und suchte vielleicht noch immer den Strand ab. Bisher erfolglos, denn das Telefon schwieg beharrlich. Möglicherweise gab es auch gar keine ernstzunehmende Suche.

Wie waren die lustlosen Worte des Beamten gewesen?

Wir schauen uns mal um.

Fae sprang von der Anrichte, holte einen zweiten Riegel aus dem Schrank und wärmte ihn in der Mikrowelle auf. Zunehmen würde sie sowieso nicht mehr, und falls doch, spielte es keine Rolle. Im schlimmsten Fall musste Alexander den Sarg eine Nummer größer bestellen. Geistesabwesend zog sie sich auf die Anrichte und ließ die Schokolade in ihren Mund fließen. Es gab Momente, in denen sich der permanent vorhandene Schmerz in ihrem Schädel mit stoischer Grausamkeit in den Vordergrund drängte.

„Ich bin noch hier", schien er ihr sagen zu wollen. „Immerzu. Du kannst mich nicht aufhalten. Ich fresse dich. Langsam und genüsslich".

Wenn dem Mann etwas geschehen war, war alles ihre Schuld. Sein seltsames Aussehen mochte nur Einbildung gewesen sein, aber das Blut war es nicht. Zu dumm, dass sie es in geistiger Umnachtung abgewaschen hatte, bevor die Polizei gekommen war.

Es war ihr einziger Beweis gewesen.

Sie rutschte von der Anrichte, warf beide Schokoriegelverpackungen in den Mülleimer und wollte zur Garderobe huschen, um sich draußen umzusehen, als sie einen Schatten vor der verglasten Haustür bemerkte.

Er hatte ungefähr Alexanders Größe und Statur, aber es war nicht ihr Bruder. Ukulele konnte es schon gar nicht sein, und Henry war dünner und kleiner.

Fae klappte der Kiefer nach unten, als ihr eine unglaubliche Erkenntnis kam. Nein! Unmöglich. Es konnte nicht der Fremde vom Meer sein. Der war entweder tot oder über alle Berge. Niemals stand er einfach so vor ihrer Haustür.

Träum weiter, Fae!

Warum zum Teufel klingelte der Kerl nicht? Wollte er unbemerkt bleiben? War er gar ein Einbrecher? Unsinn, Einbrecher standen nicht tatenlos vor der Haustür herum, sondern sahen zu, dass sie sich Zutritt verschafften. Es sei denn, er lauschte, um sich von der Abwesenheit der Hausherren zu überzeugen. Ziemlich dumm, das vor einer Glastür zu tun. Abrupt riss sie die Haustür auf. Selbst wenn es ein Einbrecher war, was hatte sie zu verlieren? Eine Kugel würde die ganze Misere nur beschleunigen. Aber es war kein Einbrecher. Oh nein. Nichts und niemand hätte Fae auf diesen Anblick vorbereiten können.

„Du?“ Ihr klappte der Mund auf. Großer Gott, er war es. Der Mann, der sie aus der Strömung gefischt hatte. Der Mann, dem sie ihr Leben verdankte, auch wenn es inzwischen kaum mehr etwas wert war. Er war keine Halluzination. Er war echt und zum Greifen nahe. Seltsamerweise machte ihn das kein Stück wirklicher.

„Ich dachte, du …“

Ihre Stimme versagte. Fassungslos starrte sie ihn an. Seine Augen waren von klarstem Türkis, hell und funkelnd wie Kristalle. Nasses, bis auf die Schultern fallendes Haar tropfte die Dielen voll. Es war tatsächlich silbern und schimmerte, als bestünde es aus zarten Perlmuttfäden. Seine Lippen hoben sich zu einem hauchfeinen Lächeln, dessen Sinnlichkeit eine fiebrige Hitze und etwas unterschwellig Bedrohliches ausstrahlte. Die Haut dieses Mannes war so blass, dass sie einen bläulichen Schimmer besaß. Wie Vollmondlicht im Winter. Er trug eines von Henrys weißen Hemden, die Fae an dem abgeschnittenen Kragen erkannte, die Hose wiederum stammte von Alexander. Brauner Cord, zahllose Taschen, nicht mehr zu entfernende Ölflecken, die daher stammten, dass er die ihm zugeteilten Schiffe und Boote ausschließlich selbst reparierte.

Mein Gott! Und was jetzt?

„Irre ich mich“, hörte sie sich fragen, „oder hingen diese Kleider gerade noch hinter dem Haus auf der Leine?“

Der Mann kniff die Augen zusammen und starrte sie an.

Surreal, unwirklich und fremdartig.

„Verstehst du mich?“

Er kniff die Augen noch enger zusammen und legte den Kopf schief. Inmitten seines Elfenbeingesichts, dessen Züge die Gratwanderung zwischen Schärfe und frostiger Zartheit mit symetrischer Eleganz meisterten, leuchteten die Augen in diesem fantastischen Türkis, das unmöglich echt sein konnte. Keine Kontaktlinsen, soweit sie das sehen konnte. Also musste es an ihrem Tumor liegen.

Sein Gesicht war das eines Heiligen. Eine bessere Umschreibung fiel ihr nicht ein. Da waren eine unerschütterliche, selbstsichere Ruhe und zugleich ein gnadenloser Zug um seinen Mund. Diesen Ausdruck kannte Fae nur von Menschen, die bereits in die Hölle und in den Himmel geblickt hatten und nichts von normalsterblicher Moral hielten. Etwas

Unberechenbares ging von ihm aus. Es überzog ihren Körper mit Gänsehaut und jagte ihr eine Heidenangst ein.

„Du verstehst kein Wort von dem, was ich sage?"

Er antwortete mit Schweigen. Wie dieser Kerl sie ansah, wie er regelrecht in sie hineinblickte. Grundgütiger! Alles schien sich aufzulösen und in einem schwindelerregenden Strudel davonzutreiben. Ihre Kehle wurde trocken, ihre Hände schwitzig und heiß. Sie fühlte sich wie der Schokoriegel in der Mikrowelle.

Plötzlich nahm sie Flecken auf dem zuvor reinweißen Hemd des Fremden wahr. Rote, linear verlaufende Flecken. Die Felsen! Vermutlich hatte er sich furchtbar daran verletzt. Als sie nach ihm griff, verzog sich sein Gesicht zu einer argwöhnischen Grimasse. Er versteifte sich, ließ es aber zu, dass sie ihn an der Schulter berührte. Ein leises, erstauntes Geräusch kam über seine Lippen. Fae biss sich auf die Unterlippe. Sie musste ruhig bleiben, beherrscht und konzentriert. Auch wenn es unter den gegebenen Umständen eine schiere Unmöglichkeit darstellte. Vorsichtig zog sie sein Hemd hoch und forschte nach der Ursache der Flecken. Mein Gott, sein Oberkörper sah aus, als hätte ihn jemand ausgepeitscht. Das waren keine Wunden, wie sie Felsen rissen. Rote Striemen zogen sich über Brust und Schulter. Doch das war nicht einmal das Seltsamste.

An seiner Taille prangten zwei runde Male, die ganz nach den Abdrücken zahnbesetzter Saugnäpfe aussahen. Ziemlich großer Saugnäpfe. Eindeutig zu groß für einen gewöhnlichen Kraken.

„Wo zum Teufel hast du die denn her?"

Fae ließ das Hemd los, schob den Fremden mit sanfter Gewalt ins Haus und bugsierte ihn zu einem der Küchenstühle. Rembrandt folgte ihnen mit hochgerecktem Schwanz und rollte sich unter dem Tisch zusammen.

„Na egal." Sie seufzte. „Ich kümmere mich erst mal darum."

Aus großen Augen verfolgte der Mann alles, was sie tat. Als sie ihm das Hemd auszog, begann er zu zittern wie ein panisches Tier und versteifte sich, doch als sie begann, beruhigende Floskeln zu murmeln und mit Hilfe einer Alkohollösung und eines Wattebausches seine Wunden zu reinigen, löste sich die Anspannung seines Körpers. Sie wusste, dass das Mittel brannte wie die Hölle, doch alles, was sie in seinem Gesicht sah, war Staunen und Verwirrung. Verbissen bemühte sie sich, ihre Gedanken zu kanalisieren. Der Anblick seines nackten Oberkörpers und seines scheuen Lächelns beschleunigte ihren Puls. Diese Situation war zu surreal, um wahr zu sein, und doch verrieten ihr das Ticken der Wanduhr und der Schmerz in ihrem Kopf, dass sie nicht träumte.

Seit ihr zeitnaher Tod feststand, war sie unvorsichtig geworden. Geradezu gleichgültig ihrem eigenen Schicksal gegenüber. Gut möglich, dass er ihr etwas antun wollte. Vielleicht hatte er diesen Moment abgepasst, weil sie allein war. Hilflos, ausgeliefert. Ohne großes Erstaunen bemerkte sie, dass es ihr völlig gleichgültig war.

„Hat dich etwas angegriffen?"

Ihr Blick heftete sich auf das runde Mal, das seine Hüfte zierte, knapp über dem Bund der Hose. Die Haut des Fremden war auf unwirkliche Weise glatt und hell. Kein Mensch besaß eine solche Haut. Vermutlich war es das Ding in ihrem Kopf, das einen sonderbaren Schleier über die Wirklichkeit legte und einen gewöhnlichen Mann in die Aura eines Märchenwesens hüllte.

„Wo hast du dir das zugezogen?"

Sie zog mit einer Hand den Bund herunter, was den Rhythmus ihres Herzens noch einmal beschleunigte, und säuberte die letzte Wunde. Obwohl ihr Puls raste und ihr Kreislauf haarscharf an der Grenze zur Ohnmacht balancierte, wünschte sie sich, den Rest der Nacht mit einem feuchten Wattebausch über diesen psychedelischen Körper zu streichen. Vermutlich war es das letzte Mal, dass sie einem Mann nahekam. Ein unpassender Gedanke, der ihre Augen brennen ließ.

Verdammt, verdammt, verdammt.

„Verstehst du mich überhaupt?", versuchte sie ihr Glück erneut. „Dann sag irgendwas. Mach irgendwas."

Sie legte die Utensilien auf den Tisch, lehnte sich mit vor der Brust verschränkten Armen zurück und sah ihn an. Der Fremde starrte verwirrt zurück, als könne er sich nicht erklären, wie er hierher gelangt war. Silberne Flecken zogen sich durch das Türkis einer ungewöhnlich großen Iris, die fast den gesamten Augapfel einnahm und nur wenig Weiß übrig ließ. Eindeutig eine Ausgeburt ihres Tumors.

Sie ertrug seinen Blick keine zwei Atemzüge lang. Ihr war, als sei sie ein schwerer Stein, der in einem kristallklaren Ozean versank, träge und schläfrig. Ihr war, als sänke sie hinab, immer weiter, bis blaue Irrlichter sie umtanzten und sie glaubte, aus weiter Ferne überirdischen Gesang zu vernehmen. Keine Worte, sondern vertonte Unendlichkeit.

Tränen rollten über ihre Wangen. Sie spürte ihr feuchtes Kitzeln, dann einen tobenden Schmerz in ihrem Bauch.

Wut. So viel Wut.

Fae zuckte mit einem unkontrollierbaren Schluchzen zurück. Die Hände des Mannes griffen nach ihr, hielten ihr Gesicht umklammert und zwangen sie, seinem Blick zu begegnen. Ihr blieb der Atem im Halse stecken. Sie tat einen verzweifelten Japser, öffnete den Mund zu einem Schrei ... und gab mit einem Seufzen auf. Sie sank, sank so wunderbar tief. Wurde müde, so wunderbar müde.

Alle Wut verrauchte. Alle Angst verschwand.

Lass mich nicht los ...

Die Lippen des Fremden kamen ganz nah an ihre, während er dieselben leisen Töne von sich gab, die sie letzte Nacht in der Bucht gehört hatte. Sein Atem roch wie das Meer, wie der salzige Nebel über den Wellen. Es wurde dunkel. Sie schwebte in der warmen Finsternis, glücklich und selig, und um sie herum erklang diese unbeschreiblich schöne Stimme. Es war, als sei die Dunkelheit ein grenzenloser Ozean, und als erfülle diese Stimme ihn mit Hoffnung und Glück.

Abrupt öffnete Fae die Augen.

Es gab keinen Übergang. Kein Gefühl des Erwachens. Sie schwebte und stürzte ab. Prallte gegen das Sofa, fiel in die Polster und fand sich im Wohnzimmer wieder.

Der Mann war noch immer da.

Er stand vor dem Gemälde, das Ukulele gemalt hatte, fuhr jeden einzelnen Pinselstrich mit dem Zeigefinger nach und beugte sich vor, bis seine Nase fast die exotischen Blüten berührte. Sonnenlicht fiel durch die Fenster und überzog seine Mondsilberhaut mit einem Hauch von Gold. Noch immer trug er nichts als die Hose. Die Wunden, die sie gesäubert hatte, waren nur noch oberflächliche Kratzer.

Fae rieb sich stöhnend den Kopf. Ein Blick zur Uhr ließ sie verblüfft aufkeuchen. Es war fast drei Uhr am Nachmittag. Sie musste mehrere Stunden geschlafen haben. Nein, nicht geschlafen. Er hatte sie berührt, sie angeblickt und dann ...

Allmächtiger!

„Besser, du gehst." Fae presste beide Hände um ihren Kopf zusammen. Der Tumor schmerzte nicht, aber ihr Körper fühlte sich seltsam taub an. Kein gutes Zeichen. „Tu mir den Gefallen, okay?"

Der Fremde wandte sich zu ihr um und musterte sie mit schräg gelegtem Kopf. Eine Geste, der etwas Unschuldiges und Kindliches anhaftete. Vor ihr stand die fleischgewordene Fantasie einer entrückten Seele, die beim Anblick des Meeres von Wundern in der Tiefe träumt.

Zu dumm, dass er nicht echt war. Nicht echt sein konnte.

„Warum?“, fragte er plötzlich.

Na bitte, reden konnte er schon mal.

„Warum was?“, gab sie zurück.

„Warum sagst du, dass ich gehen soll, obwohl du es gar nicht willst?“

Großer Gott, seine Stimme. Sie erinnerte zu sehr an das ferne, vertonte Sehnen in ihrem Traum. Aber das tat nichts zur Sache. Wie konnte er sich anmaßen, sie über ihre Gefühle aufzuklären? Er hatte ja keine Ahnung. „Ich werde sterben, deswegen“, blaffte sie ihm entgegen. „Mein Gehirn spielt verrückt. Ich weiß nicht mehr, was echt ist und was nicht. Bitte geh. Sonst wird alles nur noch schlimmer. Hau ab, na los. Oder ich hetze meine Katze auf dich.“

Ausdruckslos starrte er sie an. Ihre Hände und Füße begannen zu kribbeln. Gut möglich, dass sie wieder einen Anfall bekam. Vielleicht würde es ihr Letzter sein. Fae hoffte es, denn alles andere würde bedeuten, wieder in einem Krankenhaus aufzuwachen. Mehr tot als lebendig, gespickt mit Nadeln wie eine Tanne.

„Schwing endlich die Hufe!“

Sie war wütend und unhöflich.

Es war nicht richtig, ihre Launen an einem Fremden auszulassen. Aber verdammt, warum stand er wie ein Gespenst mitten im Wohnzimmer und starrte sie an?

„Tür!“, blaffte sie mit einer eindeutigen Geste. „Verschwinde!“

„Du willst nicht, dass ich gehe“, sagte er. „Ich spüre es ganz deutlich. Warum sagst du es dann?“

Fae blinzelte. Er hatte nicht gesagt: Oh Gott, du stirbst? Er hatte nicht sein Mitgefühl geäußert, nicht entsetzt dreingeblickt, nicht unangenehm berührt nach einem Themenwechsel gesucht. Nein, nichts von alledem.

Ich spüre es ganz deutlich … ja, ja. Alles klar. Sein Gang war sonderbar als er langsam zu ihr kam. Irgendwie steif, als hätte er nach einem Unfall erst vor kurzem wieder laufen gelernt. Jeden Schritt setzte er mit behutsamer Vorsicht, seine Arme waren ein wenig zur Seite ausgestreckt, als vertraue er seinem Gleichgewichtssinn nicht.

„Woher kommst du?“, brummte Fae. „Wer bist du? Warum bist du hier? Und warum läufst du so komisch? Ich weiß ja nicht mal, ob du echt bist. Und du gehst nicht, wenn ich sage, dass du gehen sollst. Was hast du überhaupt getrieben, während ich geschlafen habe?“

„Dich angesehen.“

„Ach?“

„Und zu deiner anderen Frage: Ich bin echt.“ Der Mann setzte sich neben sie auf das Sofa. Sie wagte es nicht, ihn anzusehen. Das unwirkliche Schimmern seines Oberkörpers zu sehen, die seidige Haut, die sich darunter spannenden Muskeln, seine feingliedrigen Hände, deren Nägel ungewöhnlich spitz zuliefen und funkelten wie Glas … all das war zu viel. Noch ein wenig mehr, und ihr Gehirn würde durchbrennen. In Rauch aufgehen. Schmelzen wie Schokolade in der Mikrowelle. Er hatte also ein paar Stunden damit verbracht, sie anzusehen. Na wunderbar. Genügte das, um ihn als gestört abzustempeln?

„Woher stammen deine Wunden?“ Sie verschränkte die Arme vor der Brust und schob den Unterkiefer vor, obwohl sie wusste, dass sie damit aussah wie ein trotziges Kind. „Sag es mir.“

„Von einem Riesenkalmar.“

„Ein Riesenkalmar.“ Fae schnaufte. „Ja klar, was auch sonst. Wahrscheinlich hältst du den Rekord im Apnoe-Tauchen und dein Immunsystem ist derart gepimpt, dass sich Wunden innerhalb kurzer Zeit in Narben verwandeln. Aber mach dir nichts draus. Mein Gehirn spielt eben verrückt. Der Tumor hat inzwischen Faustgröße und drückt auf irgendwelche wichtigen Gebiete. Deswegen sehe, rieche und höre ich Dinge, die nicht real sind.“

„Ich weiß.“

Er stand lautlos auf, ging zu dem Küchenstuhl, über dem sein Hemd hing, zog es über und knöpfte es mit schlafwandlerischen Bewegungen zu. Als er wieder zu ihr kam und sich setzte, starrte Fae ihn ungläubig an. Mehr hatte er nicht zu sagen? Zu all diesen seltsamen Dingen fiel ihm nicht mehr ein? Sie wusste nicht, was sie entgegnen sollte. Schließlich entschied sie sich für die Frage, die ihr zuerst in den Sinn gekommen war: „Woher kommst du?“

„Von dem Haus auf den Klippen, das nicht weit von hier steht.“

Fae kniff argwöhnisch ein Auge zusammen. „Da stehen doch nur noch ein paar Bretter aufrecht. Keiner kann mehr da drin wohnen.“

„Ich wohne dort auch nicht mehr. Das ist lange her."

Wieder neigte er auf diese vogelartige Weise den Kopf, während sein Blick auf und ab wanderte. Wo fingen Illusionen an und hörte die Wahrheit auf, und welchem Eindruck sollte sie trauen? Dem kalten Glanz in seinem Blick, der ihr sagte, dass dieser Mann unberechenbar war? Oder dem zweiten, unschuldigen Eindruck, der gerade dabei war, den ersten Eindruck fortzuwischen? Falls überhaupt irgendetwas von all dem echt war.

„Du hast da gelebt?", hakte sie nach. „Früher mal?"

„Ja."

„Wo wohnst du jetzt?"

„Mal hier, mal dort."

„Du reist herum?"

Er zuckte mit den Schultern und hob die Hand, bewegte sie genau auf ihren Kopf zu. Halt! Moment! Das war eindeutig zu viel. Fae fuhr vom Sofa hoch und wich ein paar Schritte zurück. Schmerz hämmerte in ihrem Schädel. Sie ignorierte ihn, würgte ihren Zorn hinunter und bekämpfte das Ding in ihrem Kopf mit der einzigen Waffe, die ihr noch zur Verfügung stand: Ignoranz.

„Willst du Tee?", knurrte sie. „Oder Kaffee? Irgendetwas anderes? Hast du Hunger?"

„Tee", murmelte er, während er den Arm reglos ausgestreckt hielt, als müsse er erst realisieren, dass sie vor seiner Berührung Reißaus genommen hatte. „Pfefferminztee."

„Okay."

Hektisch begann sie, in der Küche herumzuhantieren. Warum tat sie das? Dieser Kerl trug Alexanders und Henrys Kleidung. Was bedeutete, dass er nackt um das Haus geschlichen sein musste. Er hatte sie stundenlang beobachtet, weigerte sich zu gehen und benahm sich eindeutig merkwürdig. Wäre es besser, die Polizei zu rufen? Oder Alexander, damit die Jungs eher nach Hause kamen, um das Rauswerfen zu übernehmen?

Fae stellte die Tasse mit dem Teebeutel auf dem Tresen ab und fuhr zu dem Fremden herum.

Zu ihrem großen Erstaunen sah sie, dass Rembrandt auf dem Schoß des Mannes Platz genommen hatte – vertrauensvoll auf den Rücken gedreht, alle viere von sich gestreckt. Schnurrend ließ er sich den Bauch kraulen.

„Raus mit der Sprache!", knurrte sie. „Was sollte das? Warum hast du diese Sachen an? Hast du nichts anzuziehen? Wie ist dein Name? Was suchst du hier? Hast du es auf mich abgesehen? Falls ja, rate ich dir dringend, Fersengeld zu geben. Ich habe nichts mehr zu verlieren, wenn du verstehst, was ich meine."

Der Mann sah sie an. Ratlos, verunsichert und mit dieser unangenehmen Kälte im Blick. Als vereinten sich in ihm zwei grundverschiedene Seelen.

„Okay, fangen wir mit einer Frage an. Wie ist dein Name?"

„Kjell", antwortete er und starrte auf die schnurrende Katze hinunter. Über seine weiße Gesichtshaut zog sich ein rötlicher Schimmer. „Ich habe mir diese Sachen nur ausgeliehen, weil ich meine …" Er zögerte einen Moment. „Weil ich meine verloren habe."

„Verloren? Warum?"

„Ich war schwimmen. Als ich an Land kam, waren sie weg."

„Aha." Fae wandte sich um, füllte Wasser in den Kocher und stellte ihn an. „Es ist ein bisschen zu kalt, um schwimmen zu gehen. Aber gut, zur nächsten Frage. Was willst du von mir?"

Kjell blickte noch immer nicht auf. Konzentriert streichelte er die Katze, untersuchte deren Schwanz, tippte an ihre zuckenden Ohren und studierte jede einzelne Pfote. Rembrandt störte es nicht. Das Schnurren des Katers wurde noch eine Spur lauter.

„Du willst darauf nicht antworten?"

Sie sah nur das Runzeln seiner Stirn. Ansonsten: Schweigen.

„Hast du noch nie eine Katze gesehen?"

Kjell drückte sanft mit Daumen und Zeigefinger auf Rembrandts rechte Hinterpfote, sodass sich die Zehenballen spreizten, dann fuhr er mit der Fingerspitze zwischen jeden Spalt. Der Kater gurrte wie eine Taube.

„Nur auf Bildern", antwortete er leise.

„Aha."

Mit vernehmlichem Klacken schaltete sich der Kocher aus. Fae goss das heiße Wasser über den Teebeutel, fügte Kandis und einen Schuss Zitronensaft hinzu und stellte die Tasse vor Kjell auf den Tisch.

„Wer zum Geier bist du? Und was willst du von mir? Rück mal mit was Hilfreichem raus."

Er blickte auf, seufzte und öffnete den Mund zu einer Antwort.

In diesem Augenblick flog die Tür auf.

„Was hätte ich denn machen sollen?“, brüllte Alexander. „Kannst du mir das mal stecken?“

„Alter, keine Ahnung“, keifte Henry. „Vielleicht vorher mal nachgucken, ob der Motor funk…“

Alle drei Männer gefroren mitten in der Bewegung. Nahezu synchron fielen ihre Blicke auf Kjell. Endlose Sekunden starrten sich die vier bewegungslos an.

„Was zum Geier…“, brachte Alexander als Erster hervor. „Wer bist du? Was suchst du hier?“ Er fuhr zu Fae herum, ohne eine Antwort abzuwarten. „Wer ist das? Was sucht der hier?“

Kjell setzte den Kater auf den Boden, erhob sich langsam und wich einen Schritt zurück. Wut flackerte in seinen Augen, durchsetzt von einer Kälte, die Fae einen kalten Schauer über den Rücken jagte. Er sah aus wie ein in die Ecke gedrängtes Tier, das versuchte, sich zwischen Flucht und Angriff zu entscheiden.

„Ganz ruhig“, redete Fae instinktiv auf ihn ein. „Alles okay. Das sind nur meine Freunde und mein Bruder. Alles okay.“

Kjell fixierte den Hinterausgang, der zur Terrasse und zum Garten führte, spannte sich an, verharrte noch einen Herzschlag lang in seiner angespannten Pose – und rannte los.

„Der Typ klaut mein Hemd!“, brüllte Henry.

„Und meine Hose.“ Alexander nahm die Verfolgung auf, dicht gefolgt von Henry. Wie zwei Blitze schossen die beiden Männer an ihr vorbei. Fae starrte ihnen überrumpelt hinterher. Ehe sie es schaffte, einen Fuß vor den anderen zu setzen, waren alle drei längst aus dem Haus gerannt.

„Wer war das?“ Ukulele stand mitten im Wohnzimmer, die Augen groß wie Suppenteller. „Und wie sah dieser Typ aus? Waren diese Augen echt? Ich hätte schwören können, dass sie komplett türkis waren. Ohne etwas Weißes darin. Aber das geht doch gar nicht.“

„Du hast es auch gesehen?“ Die Erkenntnis sickerte wie Eiswasser in ihren Magen. Ihre Knie wurden weich. „Dann habe ich es mir nicht eingebildet?“

„Was?“

„Dass er seltsam aussah?“

„Seltsam? Du meinst silberne Haare, weiße Haut und türkisfarbene Augen? Ja, zum Geier, das habe ich gesehen. Wer oder was war das?“

Was war das?

Fae schluckte. Ehe sie wusste, wie ihr geschah, rannte sie zur Terrasse hinaus, sprang die Treppe hinunter, umrundete das Haus und sprintete zum Strand. Alexander und Henry standen am Saum der Brandung, hielten etwas in den Händen und starrten wie vom Donner gerührt auf das Wasser.

„Was ist los?“ Atemlos blieb sie neben den beiden stehen und hielt sich die schmerzenden Seiten. „Wo ist er? Was ist passiert?“

Alexander hielt seine Hose in der Hand, Henry sein Hemd. Beide würdigten sie keines Blickes und fixierten mit gerunzelter Stirn die Wellen. Das Wasser war an diesem Tag besonders klar. Fast kristallen. Unter dem hellgrünen Spiegel schillerten Sonnenlichtnetze über dem gewellten Sand.

„Der Kerl ist einfach reingesprungen.“ Alexander stieß ein konfuses Tssss aus. „Hat sich die Kleider vom Leib gerissen und war weg. Siehst du ihn irgendwo? Er muss doch wieder auftauchen.“

„Schau dir das an.“ Henry hielt Fae anklagend sein zerfetztes Hemd unter die Nase. „Das ist völlig ruiniert. Total hinüber.“

„Er ist ins Wasser gesprungen?“

„Ja. Splitterfasernackt. Und ehe wir zweimal blinzeln konnten, sah man nichts mehr von ihm. Seht euch das an. Er taucht nicht wieder auf. Das kann doch nicht sein. Wo ist er hin?“ Alexander fuhr zu ihr herum und packte ihre Schultern. „Wer war das? Was wollte der Kerl von dir? Ist das ein Verrückter? Ein Spanner?“

„Nein, er …“

Die Worte entfielen ihr. Sie wusste keine Antwort darauf. Im Nachhinein erschien es ihr wie ein Traum. Wie eine Vision ihres durchdrehenden Geistes. Die Lippen aufeinandergepresst, sah sie auf das Wasser hinaus. Sonnenlicht tanzte auf seiner ruhigen Oberfläche, glänzte und flirrte und spielte mit ihren Sinnen.

Nein, unmöglich. Aber was wäre, wenn …

Ihre Gedanken gingen auf Reisen. Kjells seltsame Gestalt war keine Einbildung ihres kranken Gehirns gewesen. All das Fremdartige, das sie auf ihren Tumor geschoben hatte, war auch Ukulele aufgefallen. Sie dachte an das helle Etwas in der Tiefe, das sie letzte Nacht gesehen hatte. An die Arme, die sich unter Wasser um sie geschlossen hatten. An ihren Retter, der sie vor den Felsen beschützt hatte.

Und an diese Augen. Hell wie Türkiskristall. Durchsetzt mit silbernen Sprenkeln.

„Ich weiß es nicht." Plötzlich entkam ein Lachen ihrer Kehle. Sie warf den Kopf zurück und ließ es frei. Ungehemmt und losgelöst. „Ich habe keine Ahnung. Ist das nicht irre?"

„Was zum Geier ist hier los?", knurrte Alexander. „Erklär mir das!"

„Ich kann es nicht erklären."

„Wer war das?"

„Keine Ahnung."

„Fae, er war in unserem Haus. Bei dir. Als du allein warst."

Sie rieb sich mit Daumen und Zeigefinger die Nasenwurzel. „Genauso war es."

Alexander ließ sie los und wandte sich wieder dem Meer zu. „Verdammt! Dieser Typ taucht wirklich nicht mehr auf. Was ist er? Ein Fisch?"

Fae gluckste. Vielleicht war Kjell so steifbeinig gelaufen, weil er es nicht gewöhnt war, Beine zu haben. „Entschuldigt mich, ihr beiden. Ich habe zu tun."

„Was hast du zu tun?"

Sie rannte über den Sand zurück zum Haus. Über die Schulter rief sie ihrem Bruder zu: „Schreiben. Endlich wieder schreiben."

~ Gegenwart, August 2052 ~

Kjell schlug das Buch zu und grinste. Ja, das war seine Mutter. Inspiriert zu den unmöglichsten Zeitpunkten und absolut konsequent, wenn es um den Gehorsam gegenüber der Muse ging.

Sie hatte also nicht nur ihn nach einer Buchfigur benannt, sondern auch ihren eigenen Namen und Bruchstücke ihres Lebens in dem Roman verwoben. Sogar Henry und Ukulele waren Spielbälle ihrer Fantasie geworden. Genauso wie in dieser Geschichte hatte er sich die beiden vorgestellt. Zwei verschrobene, absonderliche Kerle, die das Duo aus Alexander und Fae vervollkommneten.

Kjell schob seine Zehen unter der Bettdecke hervor und wackelte damit herum. Ein netter Gedanke, sich in einen halben Fisch zu verwandeln. Das wäre die Antwort auf seine drängendste Sehnsucht. So oft er auch im Tauchanzug oder im Bauch eines U-Boots in die Welt unter

Wasser eingedrungen war, war es doch nie vollkommen gewesen. Nie war er zu einem Teil des Meeres geworden, stets trennte ihn Neopren oder Metall von dem, was für ihn Heimat bedeutete. Wirklich zuhause fühlte er sich nur hier, in diesem alten Haus auf den Klippen, und im Wasser. Egal, wo auf der Welt er sich befand, egal, wie fremd ihm das Land und die Kultur waren, tauchte er in das blaue Reich ab, war er zuhause. Dennoch blieb nach jeder Rückkehr ans Land ein schaler Nachgeschmack zurück. Die Traurigkeit darüber, unter dem Spiegel der Oberfläche zu einem Fremdkörper zu werden.

Und die Unvollkommenheit, die er an Land empfand.

Beim Atmen von Luft, stehend auf seinen zwei Beinen.

Als Mensch würde er nie ganz zum Wasser gehören, ganz gleich, wie groß seine Liebe zur See war. Weder konnte er wie Kjell mit den Walen reden, noch vermochte er am eigenen Leib zu erfahren, wie es war, aus eigener Kraft in die Tiefsee zu tauchen.

Kjell seufzte und schnupperte nach dem süßen Duft des Karamells, das durch den Türspalt drang. Unten war es still geworden, anscheinend war Fae zu Bett gegangen.

Er schälte sich aus der Decke, zog seinen Mantel über und huschte in die Küche hinunter. Nur ein winziges Stück von dem Zeug, nur eine kleine Ecke.

Tatsächlich standen zwei gefüllte Bleche auf dem Tisch, duftend und goldbraun glänzend. Das Aroma ließ ihm das Wasser im Mund zusammenlaufen. Kjell nahm ein Messer aus der Schublade, trennte Stück für Stück der weichen, braunen Masse ab und steckte sich eins nach dem anderen in den Mund.

Köstlich! Es gab nichts Besseres. Ehe er es sich versah, war das Blech halb leer. Schuldbewusst legte er das Messer beiseite und hielt sich den Bauch. Seine Eingeweide gluckerten und rumorten. Das fehlte ihm gerade noch, die letzten Tage in seiner Heimat mit den Nachwirkungen hemmungslosen Karamellgenusses zu verbringen.

Zurück in seinem Zimmer zog Kjell den Mantel aus und schob die Vorhänge beiseite. Bald würde die erste Dämmerung beginnen. Bei klarem Himmel ein Farbenspiel, das nirgendwo auf der Welt so schön war wie hier.

Wenn es soweit war, würde er sich mit dem Buch auf die Klippen setzen und dem Schauspiel zusehen, bis es hell genug war, um zu lesen.

Kjell schlüpfte unter die Bettdecke, gähnte ausgiebig, nahm Faes Werk wieder zur Hand und schlug die Seite um. Zwei Orcas schwammen über die vergilbte Seite, gezeichnet vor langer Zeit.

Kapitel IV – Der Walfänger.

Aha, jetzt würde ihn das Buch also mit Breac bekanntmachen.

Kapitel IV

Der Walfänger

~ Breac, September 2009 ~

Während die tiefblauen Wellen des arktischen Meeres gegen den Rumpf des Fangschiffes plätscherten, zählte Breac die Minuten, die vergingen.

„Eins, zwei, drei … sechs, sieben, acht“.

Als die Neun auf Breacs Zunge lag, durchbrach der Rücken des Finnwals die Wasseroberfläche. Der erste Eindruck aus der Ferne hatte ihn nicht getäuscht. Oh ja, es hatte sich gelohnt, die Fangsaison eigenmächtig zu verlängern und dem wilden Meer des Herbstes zu trotzen, auch wenn sein Drang, auf See zu bleiben, nur wenig mit dem Erringen möglichst fetter Beute und einem vollen Laderaum zu tun hatte.

Ein ausgewachsener Bulle näherte sich ihnen, gute zwanzig Meter lang. Breac gab ihm Gelegenheit, seine Neugier zu befriedigen, studierte das Verhalten seines Opfers, verfolgte seinen Bewegungsrhythmus und bewunderte die funkelnden Lichtspiele auf dem nassen, dunkelgrauen Rücken, wenn der Riese die Wellen durchbrach. Kurz vor dem Abtauchen sah der Wal ihn an. In dem kleinen, schwarzen Auge lag keine Erkenntnis. Nur die übliche Ahnungslosigkeit eines sanftmütigen Giganten.

Bald … bald

Anmutig tauchte das Tier in die Tiefe hinab. Tropfenschleier fielen von seiner Fluke, als er im Blau verschwand. Breac zog die Unterlippe zwischen seine Zähne. Er gab dem Steuermann einen Wink und konzentrierte sich auf die Zeichen, die das Meer ihm verriet. Leben und Tod lagen in seinen Händen. Für diese Momente lebte er. Für diese Phase, in der nichts anderes zählte als seine Instinkte und sein Gespür. Der Rausch eines geborenen Jägers. Alles war festgefroren im Lauf der Dinge. Seine schmerzenden Gelenke spürte er nicht mehr, seine Augen waren scharf wie damals. Er wurde wieder jung und stark. Träge bewegte sich der Bug des Schiffes zur Seite, folgte auf Breacs Zeichen hin dem unsichtbaren Pfad des Wales.

„Sechs …" Er sah auf die Uhr, bis der Sekundenzeiger einmal seine Runde gemacht hatte. „Sieben …", eine zweite Runde, „… acht."

Zum dritten Mal kam das Tier nach genau neun Minuten an die Oberfläche, diesmal direkt vor dem Bug des Fangschiffes. Dort, wo er ihn haben wollte. Breac sprach ein gälisches Gebet – und drückte ab.

Ein gewaltiger Knall, eine Fontäne aus Blut. Getroffen bäumte sich der Wal auf, peitschte die Wellen mit seiner riesigen Fluke, spritzte Wasserkaskaden über das Deck. Ein kurzer Schmerz, in dem das Bewusstsein unterging, dann Stille.

Breac stieß den angehaltenen Atem aus. Sein Herz raste in einem wilden Stakkato. Wie praktisch war doch die moderne Jagd. Nichts im Vergleich zu damals, als er den Walen mit einer selbst geschnitzten Harpune und einem Seil zu Leibe gerückt war.

Eine Weile blieb er am Bug stehen, hielt das Gesicht in den frostigen Wind und dachte mit gewisser Wehmut an jene monatelange Jagd in den Gewässern der Arktis, die ihn vor vielen Jahrhunderten fast das Leben gekostet hatte. Sie waren dorthin gefahren, wo blaue Eisberge in der Dämmerung leuchteten und nachts die gespenstisch stöhnenden Schollen das Schiff zu zerquetschen drohten. Tagein, tagaus waren sie dem Pottwal gefolgt. Tagein, tagaus hatte der Riese sie genarrt. Erst nach einer endlosen Abfolge von Sonnenaufgängen und Sonnenuntergängen war es ihnen gelungen, nah genug an den Wal heranzukommen. In kleinen, schaukelnden Holzbooten, bewaffnet mit primitiven Harpunen,

Messern und Lanzen. Mehrere Männer waren in der eisigen Tiefe des Nordmeeres gestorben. Zwei Tage lang hatte der verwundete Wal ihre Nussschale durch das Meer gezogen. Zwei Tage Kampf, Angst, triefende Kleider, bleierne Erschöpfung und abgerissene Finger.

Breac schnaufte. Verglichen mit diesen Kämpfen war das, was er heute tat, geradezu jämmerlich. Moderne Technik hatte das faire Kräftemessen ersetzt und machte aus der Jagd ein Kinderspiel.

Unter ihm färbte sich das klare Wasser rot. Sein Opfer starb schnell, der Harpunenkopf explodierte im Körper des Wales und zerfetzte das riesige Herz. Ja, er verstand etwas von seinem Job. Er war kein Stümper wie all die anderen. Keiner, der schlecht traf und ein erbärmliches Schauspiel ablieferte. Breac spürte den Schmerz des Wales als verhallendes Echo in seinem eigenen Körper. Jedes Mal starb er mit seinem Opfer, untrennbar vereint mit allem, was im Meer lebte, und dazu verflucht, viel zu viel zu empfinden.

Damals, als er und seine Männer den Pottwal nach zermürbender Jagd an der Steuerbordseite festgemacht und mit langen Speckmessern, Fischhaken, Piken und Speckgabeln ihre Arbeit begonnen hatten, war das Tier noch am Leben gewesen. Nie würde er die ohnmächtige Qual vergessen, die ihn durchzuckt hatte. Das erste Mal, nachdem er von dem magischen Fleisch des weißen Narwals gekostet hatte und unsterblich geworden war. Dieses Gefühl, bei lebendigem Leib zerteilt zu werden. Zu erschöpft, um sich zu bewegen. Jeder Augenblick eine Ewigkeit in der Hölle unerträglichen Schmerzes.

Fünf Tage war er nach diesem Vorfall bewusstlos gewesen. So hatte man es ihm jedenfalls erzählt, als er mit den schlimmsten Kopfschmerzen seines Lebens in einer vollgekotzten Hängematte aufgewacht war.

Im Laufe der Zeit war der Fluch schwächer geworden, aber nie ganz von ihm gewichen. Warum hatte er trotzdem nie aufgehört, seiner Arbeit nachzugehen? Weil er nie etwas anderes gekannt hatte oder weil er gut darin war? Liebte er vielleicht den Schmerz, wie man die Verzweiflung liebt, weil sie vertraut ist?

Schmerz war ein Teil der Welt, in die er gehörte. Er war eins mit dem Meer und eins mit dem Tod, und er wollte sich selbst bestrafen. Niemals würde ein Mensch wie er Wärme schenken. Ebenso wenig wie der eisige Wind der Arktis etwas Tröstliches besaß. Sein Weg lag klar und deutlich vor ihm und war ohne jede Abzweigung.

Ihr habt mich dazu gemacht, rief er stumm den alten Göttern zu. *Also nehmt mich, wie ich bin. Hättet ihr Alena nicht umgebracht, hättet ihr nicht zugelassen, dass diese Missgeburten sie aufschlitzen und zu Tode vergewaltigen … wer weiß, vielleicht wäre ich ein guter Mensch geworden. Ja, wer weiß. Was meint ihr?*

Die Götter antworteten nicht. Wie immer. Was war er doch für ein Narr, wieder und wieder dieselbe Frage zu stellen. Sie hatten ihm nicht einmal geantwortet, als er ihnen noch Schafe und Pferdeblut im Eichenhain geopfert hatte.

Breac spuckte auf die Planken und zündete sich eine Zigarette an. Binnen einer halben Stunde verwandelte sich das Schiff in ein Schlachthaus. Mit Hilfe des an der Harpune befestigten Seiles wurde der Finnwal zum Schiff geschleppt und an Bord gezogen. Die Männer arbeiteten schnell, gefühllos und präzise. Breac tötete, aber er war nicht mehr dabei, wenn sein Opfer zerlegt wurde. Mit dem Alter kamen die sentimentalen Gefühle und machten den welkenden Körper noch schwächer. Die Männer akzeptierten seinen Rückzug, weil er der Beste war. Der Mann, der einen Wal mit einem Schuss erledigte. Der Magier, der im Meer las wie kein anderer, der wusste, wo und wann sein Opfer auftauchen würde, wie es dachte, wie es fühlte. Der Mann, der die Sprache der See verstand und niemals einen Fehler machte.

Dieses kurzlebige Ungeziefer hatte ja keine Ahnung.

Rote Ströme flossen schäumend über die Planken. Klingen zerteilten den Körper, wabbelnde Speckstücke rutschten über das Deck. Möwen erbeuteten bluttriefende Brocken, die sie entweder stahlen oder im Flug auffingen, wenn man sie ihnen zuwarf.

Unwissende Menschen. Ahnungslose Dummköpfe. Nichts wussten sie vom Sterben und nichts vom Tod. Was würden sie wohl sagen, wenn er ihnen verriet, dass er aussah wie ein Siebzigjähriger, aber schon auf Erden gewandert war, als ihresgleichen noch Fell und Leder getragen und bluttriefende Äxte geschwungen hatte?

Breac wandte sich vom Anblick des dampfenden Schlachtplatzes ab und zog sich in seine Koje zurück. Es ging doch nichts über eine weiche Matratze und eine saubere Decke. Welch eine Annehmlichkeit verglichen mit damals. Breac grinste, als Erinnerungen in ihm aufstiegen. Diese Fahrt nach Indien im Jahr 1765 …

An Bord war die Ruhr ausgebrochen.

Vier Seemänner hatten übereinander gestapelt in ihren Hängematten vor sich hin gelitten. Dreiundzwanzig kranke Seelen im Gesamten, die ihre eigenen Eingeweide ausgekotzt und ausgeschissen hatten. Ein unbeschreiblicher Gestank. Die Ausdünstungen und Ausscheidungen Dutzender todkranker Männer im Bauch eines Dreimasters, der in der drückenden Hitze des Indischen Ozeans auf Wind gewartet hatte.

Breac zog an seiner Zigarette, einen Arm unter den Kopf gelegt, und sandte seinen stummen Ruf ins Meer hinaus. Nach kurzer Stille wurde er beantwortet.

Wie schön, sein treuer Freund leistete ihm auch an diesem Abend Gesellschaft. Tief unter dem Schiff drehte das Ungeheuer seine Kreise, wartete genauso wie er auf den Moment, dem sie beide seit Ewigkeiten entgegenfieberten. Wie gut es tat, die Kraft seines Freundes wieder zu spüren. In den Jahren, in denen das Monster geschlafen hatte, war Breac immer mutloser und hoffnungsloser geworden. Aber jetzt gehorchte der Seelenfresser wieder seinem Willen. Er war wieder Herr über Leben und Tod. Sie jagten gemeinsam nach dem weißen Narwal und ließen ihre Instinkte zusammenarbeiten. Diesmal, das spürte er, würden sie die Fährte finden.

Breac starrte auf seine faltige Hand. Er welkte dahin, daran konnte selbst sein mächtiger Freund nichts ändern. Er trocknete aus, verdorrte und verfiel. Wenn seine Suche nicht bald von Erfolg gekrönt war, würde er das schlimmste aller Enden finden.

Jahrhunderte hatte er durchwandert und jede Epoche ausgefüllt mit Verderben, weil er seit seiner Geburt dazu erzogen worden war und weil die Götter es zugelassen hatten.

Kämpfe, sei stärker, sei schneller. Töte.

Zeige keine Gnade. Nur dann gehörst du zu uns.

War es ein Wunder, dass der Seelenfresser ausgerechnet seinem Willen gehorchte? Sie waren vereint in ihrer Bestimmung, nichts als Schmerz zu bringen. Breac spürte den Würgegriff der Fäulnis immer stärker. Der Verfall lag in der Schwäche seiner Glieder, im Nachlassen seiner Sehkraft und in den Schmerzen, die ihn beständig plagten. Angst beherrschte seine Gedanken und lähmte seine Muskeln. Er wollte nicht sterben. Für ihn würde es keine Erlösung geben.

Er wusste, welch scheußliche Kreaturen auf der anderen Seite lauerten und nach ihm geiferten. Oft genug hatte das Grauen seine Klauen nach ihm ausgestreckt, wenn er gestorben und wieder zum Leben erweckt worden war. Den Tod auszutricksen, war seine einzige Hoffnung auf Rettung.

Er musste den weißen Narwal finden. Koste es, was es wolle. Und diesmal würde er sich nicht mit einem Brocken Fleisch und einem Schluck Blut zufriedengeben.

Inzwischen war es wieder Nacht geworden. Über ihm im Aufenthaltsraum lärmten und grölten die Seeleute. Es roch nach frischem Walfleisch, Bier und Ölsardinen. Breac drehte es den Magen um. Den Hunger, den er empfand, würde keine Nahrung dieser Welt stillen können. Reglos lag er da, dämmerte vor sich hin und spürte die nebelhaften Bewegungen des Monsters in der Tiefe.

Ein Gedanke von ihm, und das Ungeheuer würde dieses Schiff zerschmettern. Die Seelen, die es hier zu fressen gab, waren zäh und versalzen. Aber sie waren Futter. Breac grinste. Die Mannschaft hielt ihn für seltsam, aber wie seltsam er wirklich war, würden sie erst erfahren, wenn sie starben. Die fleischgewordene Macht der Tiefe unterstand seinem Willen. Wenn er die Augen schloss, sah er die glimmenden Augen des Seelenfressers, deren Blick hungrig hin und her huschte. Er sah die Tentakel in dem aufgerissenen Schlund und einen Panzer aus stahlharten Knochenplatten, der den Rücken des Untiers bedeckte.

Er musste es füttern. Bald.

„Es dauert nicht mehr lange“, flüsterte er. „Ich schwöre es dir. Bald gehört er uns. Ich nehme mir sein Herz, und du bekommst sein Fleisch.“

~ Fae ~

Die Atmosphäre war beklemmend. Ein alter Baum neigte sich über die Ruine des Hauses, gebeugt und knorrig, überwuchert mit glänzenden Efeublättern. Die zerstörten Fenster glichen ausgestochenen Augen, der Eingang einem aufgerissenen, zornigen Mund. Etwas Böses lag in der Luft. Oder bildete sie es sich nur ein, beeinflusst von der Vergänglichkeit, die den Ort umgab? Hier hatte Kjell gelebt? Nein, bestimmt nicht. Diese Ruine stand seit Ewigkeiten leer. Gras und Moos spross in den Mauern, das Dach war eingestürzt, die Holzbalken verfault. Wildblumen betupften die Schutthaufen mit weißen Sprenkeln. Faes Herz klopfte, als sie durch den Eingang schlüpfte. Die Haustür lag zersplittert im Inneren des Gebäudes, als hätte sie jemand mit einem Vorschlaghammer herausgeschlagen. Ein umgekippter Tisch lag im Raum, dahinter die Überreste eines Schrankes und einer Ofenbank. In der Feuerstelle lagen noch Scheite verkohlten Holzes, davor verrottete ein zerbeulter Kessel im bleichen Nachmittagslicht.

Links von ihr hing ein Regal schief an der Wand, darunter entdeckte sie die Scherben von Tellern, Tassen und Schüsseln. Ein paar verrostete Gabeln, Löffel und Messer lagen im Gras, von der Feuchtigkeit aufgequollene Bücher hatten ihr Ende in einer Ecke gefunden und würden sich vermutlich in stinkenden Brei auflösen, sobald Fae versuchte, sie aufzuheben.

Hatte ein Sturm das Haus zerstört? War es nur das Alter gewesen? Vielleicht ein paar gelangweilte Jugendliche?

Eine halb eingestürzte Treppe führte in das obere Stockwerk, von dem nur noch die Reste zweier Mauern übrig waren. Wie Zahnstümpfe ragten sie in den Himmel hinauf. Die düstere Aura des Hauses schnürte Fae den Atem ab. Sie spürte alten Schmerz. Glaubte gar, säuselnde Stimmen zu hören, die von einer Ecke in die andere huschten. Sicher war es nur der Wind, der durch die Äste des Baumes oder durch die Fugen der eingefallenen Mauern strich. Aber es ging kein Wind. Zum ersten Mal, seit sie an dieser Küste wohnte, war die Luft vollkommen still.

Siehst du, wie vergänglich alles ist?, meinte Fae es im Gebälk des Hauses wispern zu hören. *Der Tod ist überall. Er ist stärker als das Leben.*

Fae würgte an dem Kloß in ihrem Hals. Er sackte tiefer und verwandelte sich in dumpfe Übelkeit. Sie hatte zu viel Fantasie, das war es. Es gab keine Stimmen, es gab kein Echo verwehten Schmerzes. Überhaupt wollte sie nichts vom Tod wissen. Rückwärts ging sie aus dem Haus und hielt den Atem an, um nicht das Aroma von Fäulnis auf ihrer Zunge zu schmecken.

„Nicht mir mir", spie sie wütend aus, fuhr herum und begann zu rennen. Ihr Körper war dünn und leicht, viel schwächer als früher, aber sie war immer noch schnell. Dicht am Rand der Klippen lief sie entlang, kletterte den Hang hinab, balancierte über algenbewachsene Felsen. Sie sprintete durch den Sand der Bucht und erklomm die Anhöhe auf der anderen Seite. Gras schmatzte unter ihren Füßen. Sie prägte sich alles genau ein und klammerte sich an alles, was sie noch fühlte. Die Geräusche ihrer Schritte, den Geschmack der salzigen Luft in ihrer Kehle, die unterschiedlichen Beschaffenheiten des Bodens, über den sie lief. Die Weichheit des Sandes, die schartige Härte der Felsen, den glitschigen Tang. Das Knacken der gelben und orangefarbene Schneckenhäuser, die überall im Sand lagen und mit ihren leuchtenden Farben an kleine, exotische Früchte erinnerten.

Fae sog jedes Detail in sich auf, verschlang das flüchtige Glitzern des Sonnenlichts auf den Wellen und das heisere Schreien der Möwen, das Gleiten der Vogelkörper im Wind und das Rauschen ihrer Flügel. Alles würde sie mitnehmen, wohin auch immer. Und wenn sie nur Dunkelheit fand, hatte sie wenigstens ihre Erinnerungen.

Der ersten Bucht folgte eine zweite, dann eine dritte. Die Klippen flachten ab, wurden mit jedem Mal, da sie sie erneut erklomm, ein wenig sanfter. An jenem Punkt, wo kleine und große Steinbrocken zu einem Berg aufgeschichtet waren und Fae bereits ihr Haus sehen konnte, standen einige verwitterte Heiligenfiguren und blickten auf das Meer hinaus. Zu den Füßen der Figuren lag ein Sammelsurium an Kleinoden. Münzen, Fotos, Rosenkränze, kleine Medaillons, Muscheln, Schneckenhäuser oder Kinderspielzeug. Fae kniete nieder und musterte jedes einzelne der dargebrachten Geschenke. Wie viele von den Menschen auf den Fotos waren bereits tot? Hatten Verwandte für ihre Genesung gebetet? Um irgendein Wunder, das sie retten sollte? Es war totenstill, das Meer lag spiegelglatt im Licht des Nachmittags. Kein Laut war zu hören, nicht einmal das Zwitschern eines Vogels.

Die düstere Beklemmung, die Fae im verfallenen Haus schier den Atem geraubt hatte, verwandelte sich angesichts der Figuren und der Opfergaben in eine traurige Ergriffenheit. Die Marienstatue lächelte tröstend. Auf ihren anmutig gefalteten Händen funkelten Wassertropfen.

Werde ich jetzt etwa gläubig?

Na ja, ich glaube schon an etwas. An die Schöpfung, die etwas so Unglaubliches wie das Meer erschaffen hat. Und an das Schicksal, auch wenn es ein Miststück ist.

Fae griff in ihre Hosentasche und förderte die zerknautschte Verpackung einer Schokoladentafel zutage. *Skelligs Chocolate.* Ihre Lieblingssorte. Innerhalb weniger Tage hatte sie ungefähr zwei Dutzend davon in sich hineingestopft. Vielleicht ein klägliches Geschenk, aber immerhin verschaffte ihr das Zeug einen kurzen Moment des Glücks. Kein höheres Wesen konnte verlangen, dass sie das Papier mit Inhalt opferte.

Schulterzuckend steckte sie es in eine der Steinnischen.

Ich bin nicht abergläubisch, sagte Henry gerne. *Das bringt Unglück.*

Ihre Knie knirschten wie die einer alten Frau, als sie aufstand und ihren Pullover glatt strich. Unglück? Pustekuchen. Ab einem gewissen Zeitpunkt war sowieso alles egal. Was man tat oder nicht tat. Was man glaubte oder nicht glaubte. Sie würde bald herausfinden, was der Wahrheit entsprach.

Faes Blick glitt noch einmal über das Meer und den Strand – um an einer hellen Gestalt hängenzubleiben, die hinter einem Felsen kauerte. War das etwa …?

Atemlos starrte sie in die Tiefe hinab. Der helle Schemen bewegte sich, halb verborgen von dem tangbedeckten Stein, richtete sich ein wenig auf und wich zugleich zur Seite.

Kjell! Bleib da! Bleib genau da stehen!

Fae unterdrückte den Impuls, einfach loszurennen. Langsam, den Blick fest auf seine Gestalt gerichtet, ging sie den Hang hinab zur Bucht.

Rühr dich ja nicht vom Fleck!

Kjell blickte ihr entgegen, hinter den Felsen geduckt wie ein fluchtbereites Tier. Fae sah keine Kleidung. War er etwa nackt? Genauso wie gestern, bevor er die Kleidung von der Leine genommen hatte?

Als sie sich dem Felsen bis auf fünf Schritte genähert hatte, fuhr er unvermittelt hoch und wich in Richtung Wasser zurück. Sein Körper bestand aus zitternder Anspannung. Tatsächlich, er trug kein einziges Kleidungsstück. Hier draußen im hellen Sonnenschein leuchtete seine Haut so weiß, dass es wehtat, ihn anzusehen. Solche Helligkeit war nicht mit fehlender Sonneneinstrahlung zu erklären. Wäre er einfach nur blass gewesen, hätte sie von seiner Vorliebe für Schatten und Dunkelheit ausgehen können, aber dieses Weiß leuchtete, als strahle ein gleißendes Licht in seinem Inneren.

„Schon gut.“ Fae hob beide Arme und blieb stehen. „Ich will nur mit dir reden.“

Sein misstrauischer Blick ging ihr durch Mark und Bein. Wenn diese Augen und diese Haut keine Ausgeburt ihres Tumors waren, wenn sie tatsächlich echt waren … wie zum Teufel war das möglich? Warum sah er so aus, wie er aussah?

„Ich suche nur …“ Fae kramte in ihrem Gehirn nach Worten. All die Seltsamkeit, die sich in diesem Mann konzentrierte, verknotete ihre

Gedanken und ihre Zunge. „Ich will nur wissen, wer du bist. Und warum du … warum du so seltsam bist."

Kjells Blick huschte zwischen ihr und dem Wasser hin und her. Er duckte sich, presste die Lippen fest aufeinander und schien verzweifelt darum bemüht, eine Entscheidung zu treffen.

„Willst du wieder reinspringen und einfach verschwinden?" Sie versuchte sich an einem Lächeln. „Das ist übrigens eine der vielen Sachen, die ich nicht verstehe. Du läufst im Adamskostüm herum, springst ins eiskalte Wasser und tauchst nicht wieder auf, hast die abgefahrensten Augen, die ich je gesehen habe, strahlst wie ein Fisch aus Fukushima und … na ja, du bist einfach …" Sie vollführte eine wedelnde Handbewegung. „Du bist seltsam. Sehr, sehr seltsam. Weißt du, was ich meine?"

Kjell sah sie an, als zweifelte er an ihrem Verstand. Geduckt schlich er zurück zum Felsen und nutzte ihn wieder als Deckung, als wären ihm ihre Blicke unangenehm.

„Ich weiß, was du meinst", antwortete er so leise, dass seine Worte fast im Raunen des Windes untergingen.

„Und?", hakte sie nach.

„Was meinst du mit und?"

„Warum bist du so, wie du bist? Was ist los mit dir? Gibt es eine normale Erklärung für dich?"

„Du warst in dem Haus", stellte er ausweichend fest. „Warum?"

Seine feingliedrigen, weiß schimmernden Hände lagen auf dem Seetang, der den Felsen bedeckte, umringt von Schneckenhäusern und Muscheln. Es war ein Anblick, der wunderbar als Bebilderung eines irischen Märchens gepasst hätte.

„Warum?", wiederholte Fae die Frage. Weil du davon erzählt hast, lag es ihr auf der Zunge. Aber wenn sie das zugab, würde Kjell wissen, dass weder er noch seine seltsamen Worte ihr aus dem Kopf gegangen waren.

„Ich war schon oft dort", antwortete sie. „Ich finde es mysteriös. Genauso, wie ich dich mysteriös finde. Deswegen werde ich auf keine Frage mehr antworten, ehe du mich nicht aufgeklärt hast."

Wieder neigte er auf diese vogelartige Weise den Kopf.

Offenbar fiel ihm zu diesem Vorwurf keine Antwort ein, also ergriff Fae erneut das Wort.

„Ich finde es unheimlich, dass du mich ständig beobachtest. Warum machst du das? Jemanden wie dich nennt man Stalker, weißt du? Und wenn du jetzt noch sagst, dass du nachts in mein Fenster steigst und mir beim Schlafen zusiehst …"

„Nein!" Die Antwort kam so heftig, dass Fae zusammenzuckte. Seine Finger gruben sich in den Tang, sein Blick wanderte immer häufiger zum Wasser hinüber. „Ich sehe dich nur, wenn du am Strand bist."

„Aber du bist mir zum Haus gefolgt. Splitterfasernackt. Ich habe dir die Geschichte mit dem gestohlenen Klamotten fast geglaubt, aber da du jetzt wieder …"

Kjells gehetzter Blick ließ sie innehalten. Er würde jeden Augenblick verschwinden, ins Wasser springen und auf geheimnisvolle Weise darin untertauchen, während sie mit tausend Fragen zurückblieb, zutiefst verwirrt und erschüttert, weil sie sich zu viele Dinge nicht erklären konnte.

„Wer bist du?", fragte sie mit scharfer Stimme. „Antworte mir! Wenn du mich ständig verfolgst, erwarte ich zu wissen, warum. Ansonsten bekommst du diese Frage das nächste Mal auf dem Polizeirevier gestellt." Durch Kjells Augen huschte ein Anflug von Panik, doch er schwieg.

„Anscheinend kannst du mit dem Wort Polizeirevier etwas anfangen. Gut so. Denn wenn du weiter hinter mir herschleichst, ohne mir zu erklären, warum, werde ich die nötigen Konsequenzen ziehen."

Kjells Schweigen machte sie wütend. Sein geheimnisvolles Verhalten reizte sie bis aufs Blut, weil sie sich keinen Reim darauf machen konnte, und wenn sie seinen Blick richtig interpretierte, empfand er keinerlei Lust, sie aufzuklären.

„Bitte." Wie hilflos dieses Wort klang. „Verschwinde nicht wieder einfach. Sag mir, wer du bist und was du hier machst."

Kjell holte tief Luft. Er zitterte am ganzen Körper, seine Finger verkrampften sich zu Klauen. Fae sah Verzweiflung in seinem Blick, dann einen Schatten von Wut. Sehnte er sich etwa danach, ihr zu antworten, aber wurde durch irgendetwas oder irgendwen daran gehindert? Warum? Wieso?

Seine Anspannung wurde immer sichtbarer, er bebte wie eine viel zu fest gespannte Sehne, und dann geschah das, was sie befürchtet hatte. Kjell warf sich herum, hechtete ins Wasser und verschwand. Spurlos, ohne wieder aufzutauchen. Das Meer verschluckte ihn, als sei er ein Fisch und kein Mensch. Der makellose Spiegel der See verhöhnte sie, verspottete ihren Verstand und goss Öl in das Feuer ihrer Fantasie. Wie konnte dieser Kerl es nur wagen, etwas zu tun, was unmöglich war? Wie konnte er sich die Ungeheuerlichkeit herausnehmen, so auszusehen, wie er aussah?

„Ich finde es heraus“, drohte sie dem Wasser. „Ich schwöre es dir. Früher oder später komme ich dahinter.“

In tiefer Verwirrung stapfte sie zurück zum Haus. Dort schaffte sie ein paar Dinge nach draußen: Einen kleinen Tisch, einen Stuhl, einen Stapel Papier, ihren Laptop und ein Sammelsurium an Windlichtern. All das baute sie im Sand etwa zehn Schritt von der Brandung entfernt auf, zündete die Kerzen an, positonierte den Laptop auf dem Tisch, schaltete ihn ein und setzte sich. Wenn sie sich jetzt nicht ablenkte, würde ihr Gehirn in Rauch aufgehen, weil es diese Augen, diese Haut und dieses Verhalten in kein sinnvolles Muster einfügen konnte.

Das Silber des Himmels fand sein Zwillingsbild in der ruhigen Wasserfläche. Noch während Fae brodelnd vor Wut und Verwirrung dort hinausblickte und sich fragte, wie sie die Geschichte beginnen sollte, kam von Norden her Wind auf. Zuerst kräuselte er den blanken Spiegel des Meeres nur zaghaft, spielte ein wenig mit ihm, neckte und streichelte ihn, bis er seines liebevollen Tanzes überdrüssig wurde und wieder so ruppig mit den Elementen umging, wie man es in Irland gewohnt war.

Die Wolken rissen auf und stürmten gehetzt über den Strand ins Landesinnere. Ein Wind strömte über Faes Gesicht, dessen Kälte sie nur noch in ihrer Erinnerung spürte. Sie genoss das Flattern ihres Haares, holte tief Luft und begann zu tippen.

Hemmungslos flogen ihre Finger über die Tasten. Wenn Kjell ihr sein Geheimnis nicht verriet, würde er eben zum hilflosen Opfer ihrer Fantasie werden.

Mein Blut ist die Finsternis der kalten Tiefen.
Mein Fleisch die Unsterblichkeit der See.
Ein Blick in meine Augen, und du stirbst.
Komm nach Hause. Wirklich nach Hause.
Ich warte auf dich. Bin ganz nah. Warte hinter dem Felsen, den das Licht des Leuchtturms gerade noch berührt. Ich beobachte dich.

Jeden Abend, wenn du an den Strand kommst.
Kranke, blasse Menschenfrau.
Wie du im Sand sitzt und traurig in die Ferne blickst.

Ich spüre deine Sehnsucht nach dem Tod.
Sie macht mich traurig und glücklich. Ist es nicht so, als sehntest du dich nach mir? Als würdest du auf mich warten? Ich wünschte, es wäre so.

Fae wischte sich mit der rechten Hand eine Träne von der Wange, während sie mit der linken weitertippte. Eine lang vermisste Leidenschaft erfasste sie wie eine wilde Strömung und riss sie mit sich fort. Ihr Herz klopfte immer schneller, ihre Finger huschten zitternd über die Tasten. Sie schrieb und schrieb, und als sie die Buchstaben kaum mehr erkennen konnte, blickte sie ungläubig auf und sah, dass es bereits Abend geworden war. Ein safrangelber Mond ging über den Wellen auf.

Wieder war es windstill geworden. Die Luft war kalt und klar, der Spiegel des Meeres makellos glatt. Weit draußen sah Fae, gerade im Moment des Aufblickens, wie eine helle Fontäne in den Himmel hinaufstieg und zu einem Nebelstreifen zerstob.

„Pottwal“, sagte eine Stimme direkt neben ihr. „Ein gutes Zeichen. Mal sehen, ob wir ihn mit unserer Kamera erwischen.“

Fae fuhr herum. Alexander stand wie aus dem Nichts neben ihr, roch nach einem Dutzend Joints und zwinkerte ihr zu. Auf seinen Schultern trug er eine lange Kiste, hinter ihm mühten sich Ukulele und Henry mit weiteren Gepäckstücken ab. Sie musterte die große Kamera, die auf den Schultern des Hawaiianers lag und ihm gequälte Seufzer abnötigte.

„Ihr wollt filmen? Jetzt?“

„Wir wollen zum Wrack“, erklärte Alexander, während seine Freunde keuchend und ächzend zum Wagen schlurften. „Das Wetter ist grandios, wenn man bedenkt, dass wir September haben. Aber grandios ist es nur noch für zwei Tage. Wenn wir heute Nacht losfahren und alles vorbereiten, können wir bei Sonnenaufgang tauchen. Morgen Abend sind wir wieder zurück, und ich will, dass du mitkommst.“

Er wollte, dass sie mitkam? Bitte was? Normalerweise wäre sie ihm jetzt vor Dankbarkeit um den Hals gefallen, aber diesmal zuckte sie nur mit den Schultern und wandte sich wieder dem Wasser zu. Der Himmel färbte sich kupferrot, die untergehende Sonne versteckte sich hinter violetten und lachsfarbenen Wolkenbergen. Irgendwo dort draußen tauchte ein Pottwal in die Tiefe. Irgendwo dort draußen lag ein Geheimnis, das ihren Verstand zu einem Duell herausforderte.

„Nein“, antwortete sie. „Ich bleibe hier.“

„Was?“ Alexander tippte sich an das Ohr. „Ich muss mich verhört haben. Hast du gerade gesagt, du bleibst hier?“

„Ich bleibe hier“, wiederholte sie.

„Das geht nicht. Dieser Kerl könnte wiederkommen.“

Fae gab ein Knurren von sich. „Das hoffe ich sehr für ihn.“

„Spinnst du? Er könnte gefährlich sein. Er könnte verrückt sein. Nein, ganz sicher ist er verrückt. Wenn er meine Hose und Henrys Hemd trug, bedeutet das, dass er vorher nackt herumgelaufen ist. Ich meine, er stand einfach so in unserem Wohnzimmer und …“

„Alex, er stand in unserem Wohnzimmer, weil ich ihn reingebeten habe. Und er trug eure Kleidung, weil ihm seine gestohlen wurde, als er schwimmen war.“

Ja ja, rede es dir nur selbst schön.

„Heißt das, er hat nackt bei uns geklingelt?“

„Nein. Er nahm sich vorher die Kleidung von der Leine und hat anschließend geklingelt, um sich dafür zu entschuldigen.“

„Ihm wurde also alles geklaut, ja?“ Alexander schnaufte spöttisch. „Kleidung und Geldbörse und alles, was er sonst noch so dabeihatte, als er im fünf Grad kalten Meer schwimmen war?“

Sie verdrehte die Augen. „Ich nehme es an.“

„Gut. Also wenn mir so was passiert, würde ich beim nächsten Haus klingeln und fragen, ob ich mal telefonieren dürfte. Oder ob mich jemand in die Stadt fährt und bei der Polizei absetzt. Ich renne nicht Hals über Kopf weg, sobald die Dame des Hauses männliche Unterstützung bekommt, und springe nackt ins Meer.“

Fae knirschte mit den Zähnen. Was zum Geier wollte Alexander hören? Ja, der Kerl war seltsam. Und jetzt? Wie sollte sie etwas erklären, dessen Unerklärlichkeit sie fast verrückt machte?

„Warte!“ Ihr Bruder rollte mit den Augen. „Lass mich raten. Genau das fasziniert dich an diesem Typen.“

Sie öffnete gerade den Mund zu einer bissigen Erwiderung, als Henry vor sie trat. Mit seinem schwarzen Hemd, den ungekämmten Haaren und den Augenringen sah er aus wie eine gerupfte, übernächtigte Krähe. Um seine Schultern hingen vier olivgrüne Taschen. Meine Güte, hatten die drei eine Weltreise vor?

„Ihr redet gerade von unserem Meerjungfraumann?“, fragte er. „Wenn du ihn findest, dann sag ihm, dass er mir ein neues Hemd kaufen darf.“

Fae würgte einen Augenblick lang an dem Wort Meerjungfraumann.

„Wo wir gerade beim Zusammenstauchen sind“, brachte sie schließlich hervor. „Erstens finde ich es nicht gut, dass ihr zum Wrack fahrt. Könnt ihr nicht was anderes filmen? Zweitens werde ich hierbleiben, und wenn ihr euch auf den Kopf stellt und mit dem Hintern Fliegen fangt.“

„Sie will hierbleiben?“ Ukulele runzelte die Stirn. Vom schweren Schleppen war sein Gesicht feuerrot. „Freiwillig?“

„Es ist dieser diebische Typ“, brummte Alexander. „Sie hofft, dass er wiederkommt.“

„Er ist kein Dieb!“ Fae verpasste ihrem Bruder einen Klapps auf den Oberschenkel. „Und hört auf, mich zu beglucken.“

„Sie hat recht.“ Henry grinste dreckig. „Lass ihr doch ein bisschen Romantik. Unser Dieb ist ein hübscher Kerl. Ein bisschen bleich und farblos, aber eindeutig ein Frauentraum.“

Alexander schnappte nach Luft. „Meine Schwester ist …“

„… in erster Linie eine Frau“, unterbrach ihn Ukulele. „Außerdem ist sie erwachsen. Jetzt lass sie in Ruhe und hör auf, dich wie eine Glucke aufzuführen. Fae wird schon wissen, was sie tut. Und wenn nicht, ist es ihre Sache. Sie ist kein Kind, das uns um Erlaubnis fragen muss.“

„Aber dieser Typ war seltsam.“

Ukulele gackerte und schlug sich mit beiden Händen auf den Bauch, dass seine ausladende Körpermitte nur so bebte.

„Das sagt der Richtige. Darf ich dich an unsere Studentenzeit erinnern? Du warst der verrückteste Typ auf der ganzen Uni. Keine Mutter mit Verstand hätte dir auch nur eine Sekunde lang ihre Tochter anvertraut, und wenn ich mich nicht irre, hat sich daran bis heute nichts geändert.“

Alexander zog eine Grimasse. „Wisst ihr was? Macht doch alle, was ihr wollt.“

„Sowieso“, gab Fae zurück. „Aber das mit dem Wrack gefällt mir nicht. Das Wetter ist viel zu unbeständig.“

„Das Wetter ist völlig okay“, widersprach Ukulele.

„Außerdem verlangt der Produzent die Wrackaufnahmen. Mach dir keine Sorgen. Wir gehen in jeder Hinsicht hundertprozentig sicher vor.“

„Nichts ist hundertprozentig sicher.“

Henry hob seinen freien Arm und wedelte damit herum. „Fuard ßiehcs dnu nema.“

„Ja ja", stöhnte Ukulele.

„Was denn?", feixte Henry. „Ist dein hawaiianisches Gehirn nicht komplex genug, um rückwärts gesprochene Sätze umzuwandeln? Ist es nicht mal komplex genug, um ein Harmoniebewusstsein zu entwickeln? Sieh dich an. Du trägst ein Hawaiihemd. Du bist ein Hawaiianer, der Hawaiihemden trägt, und das mitten in Irland. Ziemlich krank, wo wir gerade über verrückte Typen sprechen, denen man niemals seine Töchter anvertrauen sollte."

„Es kann nicht jeder einen Hochleistungsrechner im Kopf haben", sagte Fae. „Ich kann im Gegensatz zu dir weder blind Schach spielen noch rückwärts aus der Zeitung vorlesen. Ich verabscheue Mathe und kann nur zwei Sprachen. Was sagt das über mich aus? Dass ich dumm bin? Im Vergleich zu deinem Marsianergehirn sind wir das alle."

„Apropos." Der Hawaiianer zwinkerte Fae zu. „Wir sollten den Wahrheitsgehalt des Tricks aus *Mars Attacks* überprüfen. Wenn wir zurückkommen, spielen wir Henry einen Song von Slim Whitmans vor."

Alexander verdrehte die Augen. „Los jetzt, wir haben noch genug zu tun. Und Fae, mache dir keine Sorgen. Es wird nichts passieren, okay? Wir sind schon an gefährlicheren Orten getaucht."

Ihr Bruder versuchte, aufmunternd zu klingen, doch hinter dem heuchlerisch fröhlichen Klang seiner Stimme hörte Fae den Schmerz heraus.

„Kommst du wirklich klar?", hakte er nach. „Morgen Abend sind wir wieder zurück. Spätestens um achtzehn Uhr. Danach sind wir wieder ganz für dich da. Die Tauch-Saison ist dann nämlich endgültig vorbei."

Ja, und dann seht ihr zu, wie ich sterbe. Fae starrte auf ihren geschriebenen Text. *Für mich gibt es keine nächste Saison. Auf mich wartet keine Unsterblichkeit. Vielleicht kam Kjell wirklich, um mich abzuholen.*

„Ich komme klar", sagte sie leise. „Mir geht es gut."

„Wenn irgendetwas ist, rufe zuerst den Krankenwagen, okay? Versprich es mir. Schwöre es mir! Und sollte dieser Kerl zurückkommen, weißt du, wo die Knarre liegt und wie man sie bedient."

Fae stöhnte. „Haut schon ab. Verschwindet. Ich muss schreiben."

„Worum geht es?", fragte Ukulele fürsorglich.

„Um einen Meerjungfraumann." Henry grinste. „Habe ich recht?"

„Schert euch weg." Sie wedelte energisch mit einer Hand. „Na los. Ich brauche Ruhe. Wir sehen uns morgen Abend."

„Essen bringen wir mit“, rief Alexander ihr über die Schulter zu. „Fang bloß nicht an zu kochen, hast du mich verstanden? Lass es ruhig angehen. Du weißt, was passiert, wenn …“

„Bin ich des Wahnsinns? Tut mir nur einen Gefallen und kauft das Essen ein. Ich habe keine Lust auf hawaiianische Spezialitäten.“

Ukulele fiel die Kinnlade herunter. „Was?“

„Dein Zeug schmeckt furchtbar. Ich habe es nur gegessen, weil ich höflich sein wollte.“

„Und das sagst du mir jetzt? Nach all den Wochen, in denen ich für euch gekocht habe?“

„Es ist, wie es ist. Ich mag dich sehr, Ukulele, aber dein Essen … tut mir leid.“

Der Hawaiianer erwiderte nichts. Er starrte sie nur fassungslos an, bis Henry ihn anrempelte und unsanft in Richtung Auto schob.

„Mach dir nichts draus. EllöH red sua tkerid, rebieW.“

Die Männer wuchteten den Rest ihrer Ausrüstung in den Jeep, und als der Wagen mit heulendem Motor den Pfad hinaufpreschte und hinter den Dünen verschwand, schlug ein Gefühl bedeutungsvoller Einsamkeit über ihr zusammen.

Fae lehnte sich im Stuhl zurück und starrte auf das dunkle Meer.

Es gibt keine Meerjungfrauen. Es gibt sie nicht. Oder doch?

Ihre Finger schwebten über den Tasten, Nebel glitt auf die Küste zu. Während über ihr die ersten Sterne erschienen, überzog sich Faes Körper mit einer Gänsehaut. Sie fror? Aber wie konnte das sein?

Was geht, hat der Arzt gesagt, kommt nicht wieder zurück. Ich verliere ein Gefühl nach dem anderen.

Seine Stimme war bei diesen Worten emotionslos gewesen, aber nicht kalt. Nur mit Hilfe eines dicken Panzers konnte man ein Leben leben, das zu einem großen Teil darin bestand, anderen Menschen beim Sterben zuzusehen.

Oh Himmel! Was bedeutet es, dass mir kalt ist? Dass es mir besser geht?

Nein, bestimmt bedeutet es gar nichts.

Fasziniert blickte sie auf ihren Arm. Die winzigen Härchen sträubten sich und zitterten im Windhauch, der mit dem Nebel kam. Sie konnte die Kälte wirklich fühlen. So stark, dass ihre Zähne zu klappern begannen.

Es bedeutet gar nichts. Ich will nur, dass es etwas bedeutet.

Fae holte ihre alte, blaue Strickjacke aus dem Haus und zog sie über. Wer hätte gedacht, dass sie sich noch einmal in das gute Stück hineinkuscheln würde? Die weiche Kaschmirwolle schmiegte sich an ihre fröstelnde Haut. Sie reckte sich, rieb sich die Oberarme und brachte ihre Finger über den Tasten in Position. In der Ferne erklang ein kaum wahrnehmbares Zischen. Wieder stieg eine bleiche Säule über dem Horizont auf, zerstob und wurde fortgeweht. Der Pottwal war nicht getaucht. Er schwamm dort draußen, vor ihrem Strand, und wartete. Auf was?

Oder auf wen?

„Wie wäre es", sagte Fae in die anbrechende Nacht hinaus, „wenn du mir deine Geschichte erzählst? Komm zu mir. Rede mit mir."

Die Wellen liefen am Strand aus und ließen eine spiegelnde Fläche zurück. Kleine Schneckenhäuser rollten im Sog des zurücklaufenden Wassers durch den Sand. Der monotone Rhythmus der Brandung schien eine Sprache zu sein. Ein Flüstern und Raunen, das nur für sie bestimmt war.

Hör mir zu. Schschsch, Fae … höre zu …
Ich erzähle dir alles, was du willst.

~ Kjell ~

Warum tat er das? Warum kam er nicht los von ihr?

Mit gleichmäßigen Flossenbewegungen hielt sich Kjell über Wasser, obwohl die Vernunft in ihm verlangte, stillzuhalten und in die Tiefe zu sinken. Es tat weh, Fae anzusehen. Innerlich, weit unter dem Fleisch. Eine weitere Wahrheit, die er nicht begriff.

Wie gut waren ihre Augen? Ob sie ihn sah, hier draußen weit vor dem Strand, gerade so nah, dass er ihr Gesicht in der Ferne als bleichen Schimmer im Abendlicht erkennen konnte? Nein, Menschenaugen waren stumpf. Kaum besser als die eines Schlafhais. Neben ihm stieß der Pottwal seinen Blas aus. Das laute Zischen hallte über das Meer, ein Nebel feiner Tröpfchen fiel auf ihn nieder. Wenn Fae ihn nicht sah, dann sicher diese helle Fontäne. Schon spürte er ihren Blick, neugierig und wachsam. Im schwindenden Licht suchte sie das Meer ab, wand sich auf ihrem Stuhl hin und her und sehnte sich. Er lauschte auf das ungewohnt schnelle Pochen seines Herzens, das in dieser Gestalt normalerweise so träge schlug wie das seines riesigen Freundes. Fae wartete darauf, dass er zurückkam. Kjell spürte diese Gewissheit wie einen Stachel in seinen Eingeweiden.

Heute Morgen war sie vor ihm zurückgezuckt, weil seine Haut wie Eis war, genauso frostig wie sein Blut. Selbst, wenn sie nicht todkrank war, selbst wenn er es wagte, ein drittes Mal zu ihr zu gehen, würde sie ihn sicher nicht noch einmal anfassen wollen. Dabei hatte es sich so gut angefühlt. Faes Berührungen waren anders als alles, was er kannte. Nicht drohend, nicht schmerzhaft. Nicht fordernd oder wütend. Sondern sanft wie das Kitzeln von Seegras und warm wie Sonnenstrahlen. Es hatte ihn so sehr verblüfft, dass er völlig seine Angst vergessen hatte.

Und dann, als er ihr Gesicht zwischen seine Hände genommen hatte, um in ihren überschäumenden Gefühlen zu schwelgen, war irgendetwas geschehen. Etwas, das ihr für mehrere Stunden das Bewusstsein geraubt und zugleich den Schatten des Todes von ihr genommen hatte. Wenn auch nur für die Dauer ihres tiefen Schlafes.

Wieder stach der Dorn in seinen Magen und sorgte dafür, dass er sich wie bei einem starken Hungergefühl zusammenkrampfte. Vielleicht waren die Märchen in den Büchern gar keine Märchen. So wie die Geister verlorener Seelen wirklich existierten, war es ihm vielleicht möglich, Menschen durch seinen Blick oder seine Stimme zu beeinflussen, vielleicht sogar zu töten.

Oder sie zu heilen?

Kjell empfand eine unerklärliche Wut über diesen Gedanken.

Nein, was sterben soll, das stirbt.

Faes wütende, verwirrte Sehnsucht ließ ihn gequält aufstöhnen. Er spürte ihre Gefühle so deutlich, wie er die Beschaffenheit des Meeres und die Gefühle aller Lebewesen darin spürte.

„Ich kann dir nichts geben“, flüsterte Kjell, als könnte sie ihn hören.

„Ich kann dein Leben nicht retten. Wenn ich es könnte, würde ich es tun.“ Leise glucksend umspielte das Meer den Körper des Wales.

Kjell seufzte. Er drehte und wand sich, wollte abtauchen und verschwinden, doch wieder und wieder zwang etwas seinen Blick zur Küste hin. Die Windlichter, die Fae angezündet hatte, glommen wie bunte Sterne in der Dunkelheit. Etwas ging von dieser Szene aus, das ihn gefangen nahm und nicht mehr losließ. In seinem Inneren brannte der Schmerz, als wäre er in einen Schwarm giftiger Quallen geraten.

Erinnere dich! Was bedeutet die Menschenwelt für dich? Nichts Gutes. Nur Verzweiflung. Geh lieber dorthin, wo du deine Ruhe hast.

Ja, es war das Vernünftigste. Aber dann dachte er an das Bild, das im Haus der Frau hing. Gemalt von Menschenhand, so farbenfroh und schön wie die Korallenriffe in den warmen Meeren. Niemand, dessen Seele schlecht war, konnte etwas so Herrliches erschaffen. Von dieser Sorte Menschen hatte Angus ihm nichts erzählt. Für ihn waren ausnahmslos alle schlecht gewesen.

Was ist Böses an der Frau, Vater? Was ist schlecht an dem Menschen, der das Bild gemalt hat? Was ist mit den scheußlichen Dingen, die sie mir antun wollen? Ich lebe noch, und sie haben mir nichts getan.

Zwecklose Fragen, unnütze Gedanken. Diese Frau würde sterben, und zwar bald. Wenn er diesem merkwürdigen Drängen in sich nachgab und wieder ihre Nähe suchte, konnte er sich ebenso gut von einem Treibnetz einwickeln lassen.

Kjell wollte sich gerade in die Tiefe sinken lassen und seine wirren Gedanken vergessen, als etwas seinen Körper durchzuckte. Ein Gefühl, so grauenvoll und kalt, dass der Schrecken darüber seinen Körper lähmte. Etwas geschah in weiter Ferne. Aber es kam näher. Es suchte nach ihm.

Er fühlte es im Wasser, in der eiskalten Strömung, die plötzlich an ihm zerrte, an dem Zittern seines Körpers und an der Starre seines Geistes. Es war eine an Wahnsinn grenzende Gier, ein gnadenloser Hunger nach Lebenskraft und Fleisch. Schlimmer als die verlorenen Seelen. Größer und mächtiger. Gegen die hungrigen Geister konnte er sich wehren, aber nicht gegen das, was weit hinter dem Horizont auf ihn wartete.

Kjell konzentrierte sich auf dieses Gefühl, doch es entglitt ihm, kaum dass er es zu greifen bekam. Was war das gewesen? Ein besonders mächtiger Geist? Ein Wesen aus den dunklen Tiefen, das er noch nicht kannte? Furcht kroch durch seine Adern. Ganz gleich, was dieses Geschöpf war oder woher es stammte, seine Gier war größer als alles, was er je zuvor gefühlt hatte.

~ Breac ~

In dieser Nacht fand er keinen Schlaf. Nicht einmal, nachdem er eine Handvoll Tabletten heruntergewürgt hatte. Etwas würde geschehen. Bald. In der Tiefe jagte das Ungeheuer ruhelos durch die Finsternis, sein

Hunger wurde langsam zu verstandsloser Gier. Keine Dünung war es, die das Schiff hob und senkte, sondern die Druckwellen eines gigantischen Körpers, der sich unter dem Kiel bewegte. Hatte das Wesen eine Witterung aufgenommen? Spürte es die Nähe seines Opfers?

Bitte, flehte er. *Nicht noch eine vergebliche Hoffnung.*

Breac setzte sich im Bett auf und schloss die Augen, um sich zu konzentrieren. *Sei still! Reiß dich zusammen. Wenn ich deine Gier spüre, wird er sie allemal spüren. Du wirst ihn verjagen!*

Die Wut des Ungeheuers loderte in seinem Geist, aber es gehorchte. Lautlos zog es seine Bahnen, der Hunger nur noch eine dumpfe Regung hinter mühsam aufgebauter Beherrschung. Als Breac sicher war, den Seelenfresser unter Kontrolle zu haben, flüsterte er den Befehl: „Such ihn, mein Freund. Bring ihn zu mir."

Das Monster schoss in die Finsternis davon, zielstrebig wie ein Bluthund, der eine Fährte aufgenommen hatte. Breac wusste, dass er ein Ertrinkender war, der verzweifelt nach jedem Strohhalm griff. Aber Hoffnung war das Einzige, das ihm blieb. Aufgebracht raufte er sich die Haare. Sie würden erfolgreich sein, daran musste er glauben. Aber als er die Hände wieder sinken ließ, hielt er zwei graue Haarbüschel in den Fäusten.

Finde ihn!, schrie er innerlich. *Finde ihn endlich!*

Hustend rang er nach Atem. Längst schlug sein Herz nicht mehr regelmäßig, sondern stolperte und kämpfte wie ein angeschossenes Tier. Manchmal blieb es sogar sekundenlang stehen. Ob er an Herzversagen sterben konnte? War er dann wirklich tot oder blieb er einfach nur in diesem Körper gefangen und durfte zusehen, wie er verfaulte?

Bring ihn zu mir! Beeil dich!

Der Narwal wusste, wie man spielte und seine Verfolger an der Nase herumführte, aber Breac war über die Jahrhunderte zu einem perfekten Jäger geworden. Es war der größte Kampf seines Lebens. Ein Kampf mit einem würdigen Gegner, den er nicht verlieren würde. Alles, was er gelernt hatte, fand jetzt seine Bestimmung.

Ruhelos schlurfte er aus seiner Koje und kämpfte sich die Treppe hoch. Heute Nacht war es besonders schlimm. Seine Knochen fühlten sich an wie morsches Holz. Auf dem Deck lehnte er sich über die Reling und füllte seine Lungen mit salziger Luft. Der Sternenhimmel der Arktis spiegelte sich im schwarzen Meer und ließ es funkeln. Gespenstisch knirschten und knackten die Schollen. Feine Kristalle wurden vom Wind über das Eis gejagt, ließen die Nacht wie verzaubert schimmern und glitzern.

Wunderschön. Selbst nach all der Zeit.

Während er in diese stille Welt hinausblickte, schlichen sich vergrabene Erinnerungen an ihn heran. Verstaubte, uralte Bilder tauchten aus der Tiefe seines Geistes auf und wollten ihn in die Knie zwingen, aber er hielt ihnen stand.

Sein Boot, in dem Alena lag. Seine wunderschöne Alena, zerschunden und blutüberströmt. Sie war längst tot, aber er gab die Hoffnung nicht auf. Er ruderte, ruderte und ruderte, bis er schrie vor Schmerz und fast die Sinne verlor. Der Tod lockte den Heiligen Wal an, so war es auch diesmal. Niemandem sonst wäre es in den Sinn gekommen, diesem seit Urzeiten angebeteten Tier schaden zu wollen, aber niemand hatte je so geliebt wie er. Der Wal kam dicht an das Boot heran, und Breac stieß ihm entschlossen die Lanze in das Fleisch. Tosendes Meer, Blut im Wasser, seine aufgerissenen Hände, auf denen die Gischt brannte. Wilde Schreie. Unzählige Flüche. Immer weiter zog ihn der weiße Narwal durch die See, immer weiter weg vom Land. Aber er gab nicht auf. Alenas Seele war immer noch bei ihm.

Er würde sie zurückholen. Oh ja.

Und dann war es so weit. Halbtot trieb der Narwal im Wasser, seinem Messer hilflos ausgeliefert.

Oh ihr Götter, ich flehe euch an! Lasst die Legenden wahr sein! Lasst sein Blut den Tod besiegen!

Er stopfte Alena das triefende Fleisch in den Mund. Hoffend, betend, verzweifelnd. Noch ein Stück … noch ein Stück. Doch nichts geschah. Sie war fort, verschwunden, vernichtet. Niemals würde sie zurückkehren. Das, was die Feinde ihr angetan hatten, war zu schrecklich gewesen.

Vielleicht waren die Geschichten über die Macht des Wales aber auch nur Lügen.

„Nein!“, schrie er außer sich vor Zorn. „Warum? Warum tut ihr mir das an? Habe ich euch nicht genug gedankt? Habe ich nicht genug Opfer gebracht? Wofür bestraft ihr mich?“

Aber die Götter schwiegen.

Das Herz, ja, das Herz. Er musste es herausschneiden. Vielleicht heilte nur das Herz den Tod. Aber dann kamen die Orcas. Sie warfen sich auf das Boot und schlugen ihn mit ihren Fluken bewusstlos, kaum dass es ihm gelun-

gen war, einen Brocken blutigen Fleisches in seinen Mund zu stopfen. Alena war fort, versunken in der Tiefe. So wie der Narwal.
Vorbei … vorbei …

Breac wischt eine gefrorene Träne von seiner Wange. Unten in einer der Kojen sangen zwei Männer lallend vor sich hin. Die gefrorenen Taue knarzten. Er roch Tabakrauch, geräucherten Fisch und den Gestank des Wales. Tran schmolz in großen Kesseln, das Fleisch lagerte säuberlich verstaut im Bauch des Schiffes.

Noch ein Tier, dann würde die Witterung selbst seine todesmutige Mannschaft in den Hafen zwingen.

Es sei denn, Breacs ganz persönliche Jagd war erfolgreich.

Dann würde dieses Schiff bald auf dem Grund des Meeres liegen. Zerfetzt vom Seelenfresser.

„Komm", flüsterte Breac in die erwartungsstille Nacht hinaus. „Komm zu mir. Komm. Ich warte."

Der Seelenfresser kam, doch ohne Beute. Weder hatte er ihr Opfer aufgespürt, noch etwas gefunden, das seinen Hunger hatte stillen können. Gierig peitschten seine Tentakel das Wasser und verlangten nach Futter.

„Such dir Wale", brummte Breac. „Ich kann nicht meine ganze Mannschaft an dich verfüttern."

Ein leises Grollen ließ das Wasser tanzen.

„Gut, mein Freund. Gut. Einen bekommst du noch, aber das nächste Mal friss dich an Walen satt. Die füllen deinen Magen besser als so ein kleiner, zäher Mensch."

Breac ging in seine Koje, nahm ein silbernes Kästchen aus dem Schrank und öffnete es. Darin lagen ein Fläschchen und ein goldener Ring. Behutsam nahm er das Schmuckstück heraus, klappte den Dorn hoch, der sich im Siegel des Rings verbarg, und tauchte ihn in das Gift, das er in dem Fläschchen aufbewahrte.

Die Glücksgöttin war ihm und dem Seelenfresser offenbar gewogen, denn als er wieder das Deck betrat, stand ein einzelner Seemann an der Reling und genoss seine Zigarette.

Breac trat zu ihm und machte kurzen Prozess. Ein überraschtes Keuchen erklang, als er mit festem Griff den Nacken des Seemanns umfasste und ihm den Dorn ins Fleisch trieb.

„Was … machst …"

Zwei gestammelte Wörter, schon raste das Gift durch das Blut des Mannes und tat seine Wirkung. Zuerst lähmte es die Stimmbänder, dann die Muskeln und den Atem. Hilflos sackte der Seemann in Breacs Arme. Entsetzen weitete seine Augen, als sich im Wasser der Schlund des Seelenfressers öffnete, ein riesiger Abgrund aus sich windenden Tentakeln, triefendem Schleim und zuckenden Muskelsträngen.

„Hast du jemals die Whalers Bay gesehen?", raunte Breac zum Abschied. „Die Tranöfen und die Baracken? Überall liegen bleiche Knochen herum. Die Skelette der Wale verrotten im Eiswind. Irgendwer hat ein paar der meterlangen Rippen zu Bögen aufgestellt. Es stinkt zum Himmel, alles ist kahl und leer und tot. Das Meer ist nichts weiter als eine tote Brühe. Es gibt keinen hässlicheren Ort. Keinen, der besseres Zeugnis dafür ablegt, dass diese Welt ein elender Ort ist. In der Whalers Bay habe ich jahrelang getötet, ich stand bis zur Hüfte in Blut und Eingeweiden, verkochte Speck zu stinkendem Tran und bewies mir jeden Tag aufs Neue, dass das Leben nur die Vorstufe zum Tod ist. Alles stirbt, mein Freund. Alles fault, alles ist nur stinkendes Fleisch. Sieh nur, ist mein Freund nicht wunderschön?" Er packte den schlotternden Seemann und hievte ihn über die Reling. Sabberfäden tropften aus dem panisch aufgerissen Mund des Unglücklichen. „Die Feuerland-Indianer nannten ihn den Seelenfresser. Er ist mein treuester Freund, und ich weiß bis heute nicht, warum das so ist."

Eine Erinnerung überwältigte Breac, als er den Seemann losließ und ihn seinem Schicksal überantwortete.

Er stand im dunklen Sand der Whalers Bay und starrte auf ein blutrotes, nach Verwesung stinkendes Meer. Die abgespeckten Kadaver zahlloser Wale trieben auf den Wellen. Zu viel Fleisch für die Aasfresser. Gerade, als er sich die Pistole an die Schläfe setzte, um wenigstens für ein paar Stunden tot zu sein, brach der riesige Körper des Ungeheuers durch die Oberfläche des verwesenden Meeres. Glitschige Tentakel umwanden zutraulich seine Beine, ein teichgroßes Auge glotzte ihn an. Und am Ende starb nicht er, sondern alle, die an seiner Seite den Tod gesät hatten.

Breac sah zu, wie sich der Schlund des Seelenfressers über dem sterbenden Seemann schloss. Für solch ein großes Wesen war es ein winziger Happen, aber besser als nichts.

Mit einer Lautlosigkeit, die den gigantischen Körper Lügen strafte, brach das Monster zu einem erneuten Streifzug auf. Breac blieb, wo er war, während die finstersten Stunden der Nacht an ihm vorüberglitten. Niemandem fiel auf, dass einer der Männer fehlte. Und wenn es morgen früh auffallen würde – nun ja, es geschah oft, dass Betrunkene von allen unbemerkt ins Wasser fielen und ertranken.

Das Schiff schwebte in einer Geisterwelt aus spiegelndem Eis und glattem, schwarzen Wasser. Aber Breac war geduldig. Im Laufe der Zeit hatte er gelernt zu warten, aber das bedeutete nicht, dass er seine Gedanken unter Kontrolle hatte.

Immer wieder kreisten sie, kreisten um Verwesung und Tod, um nie endendes Sterben und lebendige Leichname.

Jedes Mal, wenn er darüber nachsann, was aus ihm werden würde, zerquetschte die Angst seinen Magen und ließ sein Herz gefrieren. Eine Ewigkeit als vertrockneter Leichnam. Keine Hoffnung auf Erlösung. Endloses Dahinvegetieren.

„Finde ihn, mo buidheag!" Seine Stimme klang in der arktischen Stille wie das Schneiden eines scharfen Messers. „Finde ihn, bei allen Göttern!"

Die höhnische Stille dauerte an. Breacs Angst wuchs zusammen mit dem Licht, das im Osten graute. Zuerst fahl und undeutlich, wurde es heller und stärker. Tagsüber plagte ihn das Leid heftiger als nachts. Die dunklen, stillen Stunden schenkten ihm einen Anflug von Ruhe, die Tage hingegen schienen kein Ende zu nehmen und zogen sich ewig dahin.

Suchen, finden, töten, altern.

Wenn es für ihn einfach vorbei wäre, so wie es für die Wale vorbei war, nachdem seine Harpune ihr Herz zerfetzt hatte, wäre er längst in den Tod gegangen. Er war alt und müde und sehnte sich nach seiner Frau, die im Jenseits auf ihn wartete.

Aber wenn er es nicht schaffte, das magische Blut zu trinken und das Fleisch der Unsterblichkeit zu essen, würde er als lebender Toter existieren müssen.

Bas mallaichte! Komm endlich!

Ich flehe dich an!

Und plötzlich, im ersten Strahl der aufgehenden Sonne, sah er ihn. Zuerst durchstach sein prächtiges Horn den Spiegel des Wassers. Dann tauchte sein weißer Körper auf, leuchtete im Gleißen des Morgens, drehte sich anmutig und glitt wieder unter die Oberfläche. Sein Erscheinen währte nicht länger als zwei Atemzüge. Doch es war dieser Augenblick, auf den Breac sein Leben lang gewartet hatte.

Die Szene, von der er Tausende Male geträumt hatte. Seine einzige und letzte Hoffnung.

Der weiße Narwal. Das mächtigste Geschöpf auf Erden.

Als der glatte Meeresspiegel zwischen den Eisschollen zerstob und ein gigantischer Körper in die Höhe wuchs, bellte Breac einen wütenden Befehl: „Runter mit dir!"

Tentakel wanden sich aus dem riesigen Maul, neun an der Zahl, bestückt mit Zähnen scharf wie Skalpelle. Als ihm der Seelenfresser zum ersten Mal begegnet war, hatte er ihn für eine Art riesenhaften Kraken gehalten. Doch die Tentakel waren nur ein Teil des Körpers, nicht mehr als eine Art Zunge, mit deren Hilfe er die Beute in sein Maul zerrte. Der Rest dieses Wesens war unbegreiflich. Er war froh darum, dass sich das Monster selten in seiner ganzen Gestalt zeigte, und gleichzeitig wartete er darauf, den unfassbaren Anblick noch einmal zu sehen, weil er seinen Verstand überforderte und ihm bewies, dass nichts unmöglich war.

Gischt spritzte, als die schleimglänzenden Tentakel wieder im Wasser verschwanden. Breac sah den gespenstisch weißen Schatten, der tiefer glitt und unter den Schollen verschwand. Furchterregend und auf kranke Art schön.

„Zeige dich nicht, mo chride", befahl Breac. „Noch nicht. Treibe ihn vor das Schiff. Alles andere überlass mir."

Ein dumpfes Grollen dröhnte in der Tiefe. Es ließ das Schiff erzittern, scheuchte die Männer aus ihren Betten und ließ sie ängstlich umherrennen. Keine zwei Minuten dauerte es, bis die gesamte Mannschaft an Deck versammelt war und durcheinander schwatzte.

„Wal voraus", rief Breac durch den Lärm. „Jeder an seinen Posten. Beeilt euch. Los, los!"

Die Augen der Männer glitzerten. Noch einmal töten, dann ging es in den heimatlichen Hafen. Nach Hause zu Frau und Kindern. Hektisch gingen sie ihrer Aufgabe nach, hetzten über das Deck, riefen Befehle hin und her und zeigten einen Eifer, der ihm fast ein schlechtes Gewissen machte. Breac spürte die Wut des Monsters. Sein Schlund gierte nach mehr Fleisch.

„Kameraden bis in den Tod", flüsterte er in seinen Bart. „Das habt ihr mir geschworen."

Er hinkte zum Bug des Schiffes, machte seine Harpune scharf und wartete. Schäumend brach der Kiel durch die Wellen. Da! Ein heller Körper etwa zweihundert Meter südwestlich. Eine Blasfontäne, die in den Morgenhimmel stieg.

Der Narwal floh vor ihnen. Breac spürte die Angst des Tieres, darunter die wilde Entschlossenheit, bis zum Letzten zu kämpfen. Inzwischen war das Monster vor Hunger halb wahnsinnig.

„Er gehört mir!", forderte er mit Nachdruck. „Du bekommst, was dir zusteht. Aber ich werde ihn töten. Nur ich."

Mit voller Kraft pflügte das Schiff durch das Meer. Frostiger Morgenwind biss in Breacs Gesicht, zerrte an seinen Haaren und an seinem Pullover. Krampfhaft umklammerte er das eisüberzogene Metall. Seine Finger wurden taub, verloren jedes Gefühl, aber er konnte nicht von hier verschwinden, um seine Handschuhe zu holen.

Wieder tauchte der Narwal auf. Ein Raunen ging durch die Mannschaft, als der weiße Körper des Tieres und sein prachtvolles Horn im Sonnenlicht gleißten. Noch immer befand sich der Wal viel zu weit vom Schiff entfernt. Gelang es dem Monster nicht, ihn abzudrängen? Er konnte unmöglich schneller sein als sein treuer Freund, also musste es andere Waffen besitzen. Vielleicht war es seine magische, strahlende Reinheit, die dem Seelenfresser Schmerzen bereitete.

„Bring ihn zu mir", forderte er noch einmal. „Ich töte ihn für dich, mo chride."

Das Wasser zwischen Schiff und Wal begann zu brodeln. Tentakel zuckten und wanden sich unter der Oberfläche wie ein Gewimmel riesiger Würmer.

„Was ist das?", brüllten die Männer. „Was zum …"

„Vorwärts!", schrie Breac gegen den Lärm an. „Oder das hier wird die letzte Fahrt eures Lebens."

Das Monster verschwand so schnell in der Tiefe, wie es daraus aufgetaucht war. Stumm und starr gafften die Männer auf das Wasser.

„Ich sagte: Macht weiter!"

Die Seeleute gehorchten nur stockend. Dank des magischen Blutes besaß er eine gewisse Macht über die Menschen, aber sie war nicht stark genug, um den Überlebensinstinkt dauerhaft zu unterdrücken. Noch führten die Männer ihre Befehle aus, aber ihre Angst wurde zunehmend unkontrollierbar.

Gleichgültig. Lange würde er diese Männer nicht mehr brauchen. Über dem Schiff lag ein fahler Nebel aus Panik.

Seine Mannschaft spürte, dass ihr Ende nahte. Sie wussten instinktiv, dass sie den Hafen und ihre Familien nie mehr wiedersehen würden. Ihr Schicksal lag dort unten, im Magen eines nach Menschenfleisch hungernden Monsters.

Breac war es gleich.

Ein paar Seelen, nichts weiter. Nur ein geringer Preis für das Geschenk der Unsterblichkeit.

Kapitel V

Das Wrack am Meeresgrund

~ Gegenwart, August 2052 ~

Kjell las den Titel und das Gedicht des fünften Kapitels, dann legte er das Buch weg. Okay, erst mal durchatmen. Manchmal funktionierte sein Kopfkino ein bisschen zu gut. Er sah das Monster unter den Wellen vor sich, die wimmelnden Tentakel und den aufgerissenen Schlund, der den Seemann verschlang. Er glaubte gar, das zu spüren, was der Held dieses Buches gespürt hatte. Die Gier eines mächtigen Geschöpfes, die in seinen Eingeweiden rumorte. Wie ein ferner, hungriger, flüsternder Ruf: *Ich finde dich. Ich jage dich. Ich trinke dein Blut und fresse dein Fleisch.*

Kjell schlug die Decke zurück und streckte seine Beine. Inzwischen graute der Morgen, der Himmel war blau wie Lapislazuli. Die beste Zeit, um schwimmen zu gehen. Eingedenk seiner Lektüre kam ihm in den Sinn, das verfallene Haus oben auf den Klippen zu besuchen. In Faes Fantasiewelt war es das einstige Heim des unglückseligen Angus und seiner Frau. Aber für einen solch ausgedehnten Spaziergang würde nach dem Frühstück noch genügend Zeit bleiben.

Er zog den löchrigen Mantel über, schlich nach unten und verließ das Haus. Fae schien noch zu schlafen. Senile Bettflucht war für seine Mutter nie ein Thema gewesen. Sie hatte kein Problem damit, zwölf Stunden am Stück tief und fest zu schlummern, während ihm drei Stunden Schlaf völlig genügten und er selbst dann noch tadellos funktionierte, wenn er mehrere Tage am Stück gar nicht schlief.

„Du bist ein Glücksfall", hing ihm Daniels Stimme in den Ohren. „In jeder Hinsicht."

Als Kjell seinen Morgenmantel in den Sand fallen ließ und die Zehen in die kalte Brandung tauchte, stellte er sich vor, der Held der Geschichte zu sein. Er visualisierte ein Kribbeln in seinen Beinen, bildete sich ein zu spüren, wie Fleisch und Haut zusammenwuchsen, wie zwei Gliedmaßen zu einem kräftigen, silbernen Fischleib wurden – dann warf er sich nach vorne und tauchte ab.

Mit zwei Beinen. Mit Lungen, die nach Luft schrien, als er im eisigen Wasser mehrere Schwimmzüge getan hatte. Kjell drehte sich, breitete die Arme aus und öffnete seine Augen. Er sah vollkommen klar. Ohne Verzerrung und ohne Brennen. Seit er denken konnte, waren seine Augen bestens daran angepasst, unter Wasser zu sehen. Emmas Theorie nach waren seine Vorfahren Seezigeuner. Menschen, die ihr Leben auf dem Meer verbrachten und nur selten an Land kamen. So weit hergeholt war dieser Gedanke nicht mal. Fae war nachweislich mehrere Wochen zu Gast bei diesen Menschen gewesen, und sie hatte nie verraten, wer sein Vater war.

Vielleicht war er tatsächlich zur Hälfte ein Seenomade? Kein übler Gedanke. Gewisse Parallelen bestanden durchaus. Von Kindheit an passten sich die Körper dieser Menschen dem Leben auf und im Wasser an – genauso war es bei ihm gewesen. Sie hielten problemlos zehn Minuten die Luft an, tauchten in Tiefen hinab, die für andere Menschen tödlich waren, und sahen unter Wasser ebenso klar und scharf wie darüber – alles Eigenschaften, derer er sich selbst rühmen konnte.

„Was wäre, Emma, wenn ich dir erzähle, dass meine wahren Vorfahren Meerjungfrauen waren?" Kjell grinste, presste seine Beine eng zusammen und vollführte wellenförmige Schwimmbewegungen. Über ihm glänzte die Oberfläche im ersten Sonnenlicht.

Ja, beinahe fühlte er sich wie der Kjell im Buch. Wild, eins mit dem Meer und frei.

Na kommt schon, ihr rudimentären Gene. Zeigt euch. Vollendet euer Werk. Zeigt mir, was ich wirklich bin.

Der Ozean bewegte sich sanft und langsam. Wie ein träger Herzschlag, oder wie die kaum merklichen Bewegungen einer Wiege, die den gesamten Planeten umschloss. Seine Lungen brannten und erinnerten ihn daran, dass er nur Fantasien nachhing. Er musste atmen. Jetzt. Sofort. Doch Kjell blieb reglos. Mit ausgebreiteten Armen schwebte er unter der Oberfläche und wartete. Worauf, wusste er nicht. Das Sonnenlicht auf den Wellen wurde seltsam dumpf. In seinen Ohren rauschte die Brandung.

Atme. Bewege dich. Tauche auf.

Das Spiel der Wellen hypnotisierte ihn. Fesselte ihn. Eine brutale Faust quetschte seinen Brustkorb zusammen. Von fern glaubte er, eine Melodie zu hören.

Eine Melodie? Nein, eher etwas Unhörbares. Etwas in seinem Kopf, in seinem Geist. Wie die Schwingung der Erde, die ein winziges Stück außerhalb der menschlichen Wahrnehmung existierte und allgegenwärtig war.

Der vergessene Klang unserer Existenz.

Unsinn! Atme endlich!

Obwohl Kjell sich nicht an eine Bewegung erinnern konnte, durchbrach er plötzlich die Wasseroberfläche. Seine ausgehungerten Lungen füllten sich unter Schmerzen mit Luft. Er hustete, würgte und spuckte. In mehreren Schwallen kam Salzwasser aus seiner Kehle und brannte in seinem Mund.

Salzwasser? Wie kam das Zeug in seine Lungen? Kjell fand keine Gelegenheit, darüber nachzudenken. Der Husten wurde zu einem qualvollen Krampf. Er keuchte, bis ihm schwarz vor Augen wurde und sein Brustkorb in Flammen zu stehen schien. Dann flaute der Schmerz so plötzlich ab, wie er gekommen war – stattdessen brannte die Haut über seinen Rippen. Auf beiden Seiten. Zuerst erträglich, bis ihn ein atemberaubendes Reißen durchfuhr. Panisch schnappte er nach Luft. Beinahe fühlte es sich an, als würde …

„Kjell!“, rief es vom Strand her.

Mühsam hielt er sich über Wasser, während er über seine Haut tastete. Nichts. Keine klaffenden Schnitte, keine Kiemen. Das Reißen hörte auf und wurde zu einem dumpfen Ziehen.

Etwa fünfzig Meter vor ihm stand Fae am Strand und winkte ihm zu.

„Was ist los? Geht es dir nicht gut?"

Er versuchte zu sprechen. Zwecklos. Heraus kam nur krächzendes Husten. Mit letzter Kraft brachte er ein paar Schwimmzüge zustande, schaffte es irgendwie, an den Strand zu gelangen, und ging vor seiner Mutter in die Knie.

Er spürte, wie sie ihm auf den Rücken klopfte, während er sich die Seele aus dem Leib hustete. Noch ein Wasserschwall kam aus seinem Mund, dann noch einer. Und ein dritter. Das Zeug brannte wie flüssige Feuerquallen. Seine Lungen waren voller Salzwasser gewesen, aber das war unmöglich.

„Habe mich …", würgte er, „verschluckt."

„Das glaube ich nicht."

Als die Krämpfe nachließen, blinzelte er zu seiner Mutter auf. Was war das in ihrem Gesicht? Verblüffung? Sorge? Angst? Verflucht, Fae verwirrte ihn am laufenden Band. Japsend kniete er im Sand und fuhr sich durch die tropfenden Haare. Wie jämmerlich. Für einen kurzen Moment hatte er tatsächlich gedacht …

Grundgütiger!

„Du hast Wasser geatmet", sagte sie feierlich.

„Bitte was? Wasser geatmet? Ja klar."

„Ich habe dich beobachtet." Ihre kleine, faltige Hand fing seine ein und hielt sie fest. Faes Haut war warm. Beinahe heiß. Und als er aufblickte, sah er, dass sie weinte.

„Mum, was ist los? Was hast du?"

„Was glaubst du, wie lange du unter Wasser warst?"

„Keine Ahnung." Das Brennen in seinem Hals ließ ihn erneut husten. Noch einmal drückte sich ein Schwall salzigen Wassers seine Kehle hinauf. Hörte das denn nie auf? „Zwei Minuten. Oder drei."

„Nein. Glaube mir oder nicht, es waren ganze dreiundzwanzig Minuten." Sie zeigte ihm ihre alte Stoppuhr, die fast auseinanderfiel. „Ich schwöre es."

„Das Ding ist schon seit dreißig Jahren anfällig für Fehler."

„Warum? Weil sie alt ist? Das Schätzchen hat mich mein ganzes Leben begleitet."

„Dreiundzwanzig Minuten sind unmöglich."

„Du konntest schon immer sehr lange die Luft anhalten."

„Mein Rekord lag bei neun Minuten und elf Sekunden."

„Das ist nicht allzu weit von dreiundzwanzig Minuten entfernt."

Kjell stand auf, nahm seinen Morgenmantel und zog ihn über. Sand kratzte auf seiner nassen Haut, sein Hals fühlte sich an wie geschreddert.

„Komm schon, Mum. Ich war höchstens eine Minute da unten."

Sie schüttelte stur den Kopf. „Zeit bedeutet unter Wasser etwas anderes. Du vergisst, dass sie überhaupt existiert. Eine gefühlte Minute kann in Wirklichkeit eine Stunde sein oder ein Tag."

Er starrte seine Mutter an. Fae starrte zurück. Ihr verwirrender Blick machte ihn langsam wütend, weil er nichts darin las. „Mum, was ist los? Du machst mir Angst."

„Vor mir musst du keine Angst haben." Sie senkte den Blick und schüttelte den Kopf. Ihre Verzweiflung war schier greifbar. „Nein, nicht vor mir. Es ist gut, dass du noch Zeit hast. Ich muss dir viel zeigen und erzählen. Lange habe ich gehofft, dein Erbe würde nie hervorkommen. Es sah ganz danach aus, abgesehen davon, dass du seit geraumer Zeit nicht gealtert bist. Aber ich dachte, das könnte auch an guten Genen liegen. Meine Mutter musste im Alter von fünfunddreißig noch ihren Ausweis zeigen, wenn sie in einen Film ab achtzehn wollte."

Kjell kniff ein Auge zusammen. Ihr ging es nicht gut, überhaupt nicht gut. Wenn er in vier Tagen nach Sydney flog, würde er keinen klaren Gedanken fassen können. Nicht die besten Voraussetzungen für eine erfolgreiche Vortrags-Tour. Ob er jemanden aus dem Dorf anrufen sollte, der täglich nach ihr sah?

„Hör zu." Fae legte einen Arm um seine Taille und schob ihn zum Haus. „Du musst es kontrollieren, hast du verstanden? Du darfst es nicht hervorbrechen lassen."

„Was meinst du?"

„Du weißt genau, was ich meine."

„Ach komm schon." Ihm wurde übel. Mein Gott, sie glaubte wirklich daran. An ihre Geschichte, an den Meermann, an alles. „Mir geht es gut."

„Dir geht es gut", bestätigte sie. „Vielleicht zu gut. Du darfst dem Gefühl nicht nachgeben, egal wie verlockend es ist. Sonst werden sie dich aufspüren."

„Was?"

„Breac und sein Ungeheuer. Sie werden es spüren, wenn du dich veränderst. Oh Kjell, als du letztes Jahr zu Weihnachten hier warst und selbst in der kältesten Nacht des Jahres schwimmen gegangen bist, wurde mir klar, dass ich vergeblich gehofft habe. Ich habe es dir verschwiegen, weil ich dachte, dass ich dich so am besten beschützen könnte. Wenn ich es dir erzählt hätte, hättest du in dich hineingelauscht. Du hättest danach gesucht und dein Erbe allein dadurch aufgeweckt. Es war ein Fehler. Ich war so dumm."

„Mum!" Das durfte doch wohl nicht wahr sein. Überschäumende Fantasie war das Eine, aber sich völlig in einer selbst erschaffenen Welt zu verlieren? Nein, das hatte nichts mehr mit Verschrobenheit zu tun. „Hör auf damit! Es ist ein Buch. Eine Geschichte. Und Breac ist eine fiktive Figur."

„Wie du meinst, mein Sohn." Fae winkte ab, als täte sie all ihre verwirrenden Worte selbst als Scherz ab. „Jetzt gibt es erst mal Frühstück. Danach liest du weiter, und wenn du es ausgelesen hast, reden wir über alles."

Kjell seufzte. Seine Mutter war stur, sogar noch eine Spur sturer als er selbst. Was sollte er nur tun? Er konnte sie in ihrem Zustand nicht alleine lassen. Seine Gedanken kreisten, als er sich an den fertig gedeckten Frühstückstisch setzte, seinen Toast mit Karamellsirup aß, zwei Becher Kaffee trank, Rühreier und knusprigen Schinken folgen ließ und zu guter Letzt zwei Schokoladen-Muffins hinunterschlang.

„Iss nur." Fae hatte die Ellbogen auf den Tisch abgestützt und das Kinn auf ihre verschränkten Hände gelegt. „Du hast es wohl gerade nötig. Sag, wie fühlst du dich? Würdest du dich am liebsten ins Wasser stürzen? Kannst du vor Sehnsucht nach dem Meer nicht mehr klar denken?"

„Was?" Kjell schluckte und äugte fassungslos auf das Schlachtfeld, das vor ihm auf dem Tisch lag. War er das gewesen? Seit wann fraß er wie ein Scheunendrescher? Egal, der Hunger rumorte immer noch. Dem Toast, den Eiern, dem Schinken und den Muffins folgten zwei Stück Marmorkuchen, ein halber Camembert und mehrere Karamellbruchstücke vom Blech. Grundgütiger! Er war immer noch nicht satt.

„Schluss!" Kjell fuhr vom Stuhl hoch. „Ich gehe hoch. Bis nachher." Auf dem Treppenabsatz drehte er sich noch einmal um. „Was gibt es zu Mittag?"

„Roastbeef mit Speckbohnen, Rotweinsauce und Salzkartoffeln."

Kjell fühlte sich wie das sprichwörtliche Fass ohne Boden. Der Appetit lenkte ihn ab, vielleicht lag es daran. An Essen zu denken war besser, als über Faes absonderliche Worte nachzugrübeln. „Perfekt. Und dir geht es wirklich gut?"

„Ich schwöre es. Mach dir keine Gedanken."

„Was du vorhin gesagt hast …"

„Ich sagte: Mach dir keine Gedanken. Bis später, mein Sohn."

Gut, wenn sie meinte. Schwerfällig wie ein gestopfter Ganter schleppte er sich die Treppe hinauf. Wenn das so weiter ging, würde er Daniel als Brauereipferd gegenübertreten. Kjell sah die Schlagzeilen schon vor sich.

Drei Kleidergrößen mehr.

Hat der berühmte Mr. Earran ein Hormonproblem?

Im Gästezimmer tauschte er den Morgenmantel gegen eine bequeme, graue Leinenhose und ein weißes T-Shirt, kroch wieder unter die Bettdecke und nahm das Buch zur Hand.

Wasser atmen, schon klar. Irgendwelche Verwandlungen, denen er nicht nachgeben durfte, oh Mann. Die Medizin folgte dem Fortschritt angeblich schneller denn je, aber an Alzheimer und Demenz bissen sich die Forscher nach wie vor die Zähne aus. Von Jahr zu Jahr gab es mehr Neuerkrankungen, als würde man diese Form von Krankheit nicht bekämpfen, sondern fördern.

„Nicht jetzt." Kjell massierte sich mit den Fäusten die geschlossenen Augen, woraufhin ganze Feuerwerke vor seinen Lidern explodierten. „Hör auf zu denken. Lass es einfach. Es geht ihr gut, verdammt. Sie ist nur ein bisschen komisch. Nichts, was du nicht kennst."

Moment mal, wollte er nicht nach dem Frühstück zu Angus' Haus hochgehen? Kjell streckte und dehnte seine schmerzenden Glieder. Nur keine Hektik. Ihm blieb immer noch der Nachmittag oder der Abend. Im Dunkeln und beim Schein einer Taschenlampe machte die Hütte sicher ordentlich was her.

Er rutschte noch ein Stück tiefer und blätterte die Seite um. Der nächste Abschnitt drehte sich offenbar um Alexanders Sicht der Dinge. Na dann, auf in die andere Welt!

Gelangweilt tippte er mit dem Bleistift auf die Plastiktafel. Planmäßig hätten sie längst unten sein sollen, aber Henry und Ukulele waren die Geduld in Person und gönnten sich noch ein paar spontane Aufnahmen.

Immer schön locker-flockig, verlangte der Produzent. *Jugendlich frisch und humorvoll. So mögen euch die Zuschauer.*

In locker-flockig war Henry ein Meister. Während der Hawaiianer ihn filmte, plapperte er munter drauf los und fuchtelte mit seinen Krähenhänden durch die Luft, bis das Schlauchboot hektisch schaukelte.

„Willkommen bei unserem letzten Ausflug in dieser Saison. Schon morgen kehrt das typisch irische Wetter wieder ein, also Regen, Regen und vereinzelter Regen. Abgewechselt von Schauern und Niederschlägen. Deswegen nutzen wir die letzten schönen Stunden für unser Wrack. Dasselbe befindet sich zwischen dreißig und fünfundvierzig Meter unter der Wasseroberfläche. Was bedingt gut für uns ist, denn das Schiff liegt genau an der Grenze dessen, was man noch ohne übermäßigen Aufwand betauchen kann. Und, was auch gut ist: Es steht fast aufrecht auf dem Kiel. Nun zu unserer Ausrüstung." Er fuhr sich mit einem lasziven Grinsen über die Brust. „Das hier ist ein anständiger Trockentauchanzug, reißfestes Trilaminat. Bei so kaltem Wasser kann man die klassischen Neopren-Nassanzüge komplett vergessen, zumal die mit zunehmender Tiefe ihre Isolationswirkung verlieren. Da hilft es auch nicht, dass der September sich in diesem Jahr als Juli verkleidet und uns nochmal ein paar Tage richtig schönes Wetter gönnt. Trotzdem haben wir da unten gerade mal vier, vielleicht fünf Grad. Es ist also wirklich richtig kalt. Kommunizieren werden wir über Handzeichen und diese Plastiktafel, auf die wir mit einem gewöhnlichen Bleistift kritzeln. Klingt komisch, funktioniert aber einwandfrei. Wir planen, in das Wrack einzudringen und hoffen, von dort einige spektakuläre Aufnahmen mitzubringen. Für alle Hobbytaucher da draußen: Ein Penetrationstauchgang bedarf einer entsprechenden Ausbildung und muss sorgfältig geplant werden, sonst kann der erste auch der letzte sein. Also bitte nicht nachmachen."

Ukuleles mächtiger Leib wogte wie die Dünung, während er vor sich hin grunzte. Henry zwinkerte in die Kamera. „Unser Freund amüsiert sich anscheinend gerade über den ersten Teil im Wort Penetrationstauchgang. Habt ihr auch so eine schmutzige Fantasie wie er? Nein? Also noch schmutziger? An dieser Stelle muss ich euch enttäuschen, es wird auf einem Penetrationstauchgang rein gar nichts Erotisches zu sehen geben. Es sei denn, eine Meerjungfrau mit silbernen Haaren und türkisfarbenen Augen schwimmt vorbei, nackt, wie Gott sie erscha ... Autsch!"

Alexander trat Henry vor das Schienbein. „Halt die Klappe!"

„Ihr müsst entschuldigen", knirschte sein Freund, „mein nichtsnutziger Kollege scheint in Bezug auf halbe Fische neuerdings etwas empfindlich zu sein. Was ist los? Hattest du letzthin ein Date mit einem Fischstäbchen?"

Alexander zog eine Grimasse und vollführte die Halsabschneider-Geste.

„Okay, lassen wir das. Zurück zu unserer Mission, bevor ich mir einen Magenschwinger einfange. In den Flaschen, an die zwei komplett unabhängige Atemregler angeschlossen sind, befindet sich Nitrox Ean 30, das bedeutet, es handelt sich um Luft mit 30 % statt 21 % Sauerstoff. Ist zwar für die geplante Tiefe grenzwertig, verdoppelt aber unsere Nullzeit von acht auf sechzehn Minuten, und die ist uns heilig. Wenn wir in die Dekopflicht kommen, müssen wir beim Aufstieg unsere Reserven angreifen, und das gilt es zumindest in der Planung zu vermeiden. Dekopflicht hat im Übrigen nichts mit dem Zwang zum Dekorieren zu tun, sondern vielmehr mit Dekompression. Jeder wird schon einmal von der Taucherkrankheit gehört haben. Wenn nicht, schaut bei Google nach. Wir packen uns je eine Doppel-15er auf den Rücken. Diese Riesendinger wiegen knapp vierzig Kilogramm für jeden. Gott sei Dank nur über Wasser, unter Wasser sind die praktisch schwerelos. Wir brauchen so große Flaschen, damit wir auf jeden Fall genug Luft dabei haben, falls da unten irgendwas nicht nach Plan läuft. Rein rechnerisch würde eine einzelne 15-er sogar ganz knapp reichen, aber Russisches Roulette ist einfach nicht mein Ding."

Er atmete kurz durch.

„Also, kommen wir so langsam zum Ende unseres Vortrags. Unser Wrack ist erschlossen, was bedeutet, es war schon mal jemand da und hat ein Ankerseil und eine Markierungsboje angebracht. Das ist dieses unscheinbare, weiße Ding, an dem auch unser Schlauchboot festgemacht hat. Außerdem gibt es eine genaue Beschreibung dieses Wracks, an der wir uns ebenfalls orientieren. Erschlossen klingt jetzt erst mal langweilig, ist es aber nicht. Dank des kalten Wassers und der abgelegenen Gegend wird dieses Wrack selten betaucht, was es besonders attraktiv für uns Filmleute macht. Einen Deckplan unseres versunkenen Schiffes haben wir hier, eingeschweißt in Folie." Henry wedelte mit dem Blatt in der Luft herum, Alexander verdrehte die Augen. „Mach hin, Mann! Ich will runter!"

Eine zweite Halsabschneider-Geste brachte dasselbe Ergebnis wie zuvor: Gar keines. Henry warf ihm eine Kusshand zu und fuhr fort: „Wusstet ihr, liebe Zuschauer, dass Zahnärzte mächtig neidisch auf Seesterne und Miesmuscheln sind?"

„Seesterne und Miesmuscheln?", fauchte Alexander. „Geht's noch? Mach endlich Schluss, ich will heute noch fertig werden."

„Aber was haben Zahnärzte, Seesterne und Miesmuscheln gemeinsam?", fuhr Henry fort. „Beide brauchen guten Klebstoff. Und der Seestern arbeitet sogar mit einem Wechselspiel an verschiedenen, natürlichen Klebesubstanzen. Um zu haften, produziert er ein extrem stark und schnell klebendes Gel. Will er weiterkriechen, hebt er die Klebewirkung blitzschnell durch ein biologisches Lösungsmittel auf, das er ebenfalls selbst produziert. Die Geheimwaffe der Miesmuschel wiederum trotzt selbst schwersten Stürmen. Sie verbindet sich selbst mit einem Felsen, vereint also höchst erfolgreich organisches mit anorganischem Material. Zahnärzte können davon nur träumen. Selbst unsere moderne Wissenschaft ist noch nicht an den fantastischen Klebstoff aus der Natur herangekommen. Aber genug der Schwafeleien. Bevor ihr vor dem Fernseher einschlaft und mein ungeduldiger Freund mich kielholt, geht es abwärts. Wir sehen uns unten. Au revoir."

Henry schnappte sich die Kamera, setzte das Mundstück ein, kippte nach hinten und verschwand im tintenblauen Meer.

„Nicht zu fassen", brummte Alexander. „Was sollte das?"

„Auftrag vom Produzenten." Ukulele zuckte mit den Schultern. „Er verlangt mehr Infos. Hintergrundwissen und dieses Zeug. Auch wenn es am Ende wahrscheinlich der Schere zum Opfer fallen wird."

„Ich dachte, es geht ihm um gute Aufnahmen und dämliche Witze."

„Die Zuschauer werden eben anspruchsvoller. Demnächst drücken sie uns noch eine pralle Blondine aufs Ohr, die alle fünf Sekunden ihre Möpse in die Kamera halten darf."

Alexander grunzte, setzte das Mundstück ein und ließ sich rücklings ins Wasser kippen. Jede noch so kleine Stelle ungeschützter Haut brannte vor Kälte und wurde nach wenigen Atemzügen taub. Er gab Ukulele das Okay-Zeichen, was der Hawaiianer erwiderte, zeigte den Daumen nach unten und tauchte ab. Endlich.

Alexander ließ die Luft aus seinem Jacket und sank in die Tiefe. Augenblicklich umfing ihn eine andere Welt. Sie brachte seliges Vergessen mit sich. Wenigstens hier unten konnte er abschalten. Kleiner und kleiner wurde der Schatten des Bootes. In etwa zweihundertfünfzig Metern Entfernung lag die *Seastar* vor Anker, bewacht von zwei Fischern, die einen Tag Nichtstun genossen.

Alexander ließ sich am Abstiegsseil hinabgleiten, bis er in etwa fünfzehn Meter Tiefe auf Henry traf. Mistkerl. Tauchte einfach entgegen aller Absprachen und Regeln voraus und hielt auch noch frech die Kamera auf ihn drauf. Sobald sie wieder oben waren, würde er ihm das Fell über die Ohren ziehen. Henry war unzuverlässig, und mit einem unzuverlässigen Mistkerl ein Wrack zu betauchen, war lebensgefährlich. Zu dumm, dass Ukuleles Blutdruck ihm einen Strich durch die Rechnung gemacht hatte. Dieser elende Vielfraß. Ein paar Kilo weniger, und er würde nicht jeden zweiten Tauchgang ausfallen.

Alexander fragte das Okay ab, ließ einen Stinkefinger folgen und sank weiter hinab. Die Wasseroberfläche verschwand im nebligen Grün. Nur noch das Seil war zu sehen, das die Boje mit dem Wrack verband. Sonst nichts, nur türkisfarbene Stille. Er spürte, wie sein Geist allmählich zur Ruhe kam. Jedes Ausatmen entließ blubbernd die Atemluft ins Wasser, jedes Einatmen beantworteten die Atemregler fauchend mit trockener, kalter Luft. Hin und wieder ließ er über das Brustventil Luft in seinen Anzug, um die Isolationswirkung aufrecht zu erhalten. Die Welt dort oben war entschwunden. Hier war es tief und fremd. Nichts, das über der Oberfläche lag, zählte mehr. Kein Sterben, kein Schmerz, keine Angst. Selbst die Gedanken an seine Schwester waren hier unten erholsam fern.

Alexander sank tiefer und tiefer. Genoss jeden Atemzug. Jede Bewegung. Bald würde das hier seine einzige Zuflucht sein. Wenn Fae ihn verließ, gab es nur noch einen Trost für ihn. Die Auszeiten unter Wasser. Das Tauchen. Vielleicht würde er einfach in der Tiefe verschwinden und nicht wieder zurückkehren.

Lass das, entgegnete seine Vernunft. *Denk nicht mal daran. Sie brauchen dich.* Wie ein Gespenst aus ferner Vergangenheit tauchte das Wrack unter ihnen auf. Erst nur die Mastspitze, überwuchert wie ein toter Baum im Sumpf, dann mit jedem Meter, den sie weiter absanken, ein Stück mehr des zerstörten Schiffes. Aufbauten wurden sichtbar, deren geborstene Scheiben wie tote Augen starrten. Dutzende Menschen hatten darin ihren kalten Tod gefunden. Alexander verwehrte sich jeden Gedanken daran. Er klammerte aus, dass dieses Schiff vor mehr als achtzig Jahren von einem Jahrhundertsturm versenkt worden war. Wischte beiseite, dass Dutzende Familien vergeblich auf die Rückkehr ihrer Ehemänner, Väter und Brüder gewartet hatten. Überall dasselbe. Überall Tod und Vernichtung.

Es kotzte ihn an.

Er ließ das Seil los, folgte den Resten der Reling zum Heck und behielt Henry im Auge, der dicht neben ihm schwamm. Nebenbei fummelte er das Reel aus seiner Tasche, warf den Karabiner über ein noch stabil aussehendes Stück Geländer und schlug ihn gegen das dünne, weiße Seil. Eine Sedimentwolke nahm ihm fast augenblicklich die Sicht. Die dicken Handschuhe machten das Ganze nicht einfacher, doch als er kräftig an dem Seil zog, war alles fest.

Gut, Zeit für den Aufbruch. Henry eilte zum zweiten Mal allen guten Vorsätzen zum Trotz voraus und schwebte bereits in der Luke. Alexander gab ihm das entsprechende Zeichen, sein Freund formte als Antwort mit Daumen und Zeigefinger einen Kreis, schaltete seine Taschenlampe ein und malte mit dem hellen Lichtkegel einen zweiten auf das Deck. Alexander ließ seine Lampe aufflammen und wiederholte das aus Licht geformte Okay.

Also gut. Dann mal los.

Er folgte seinem Freund in das Innere des Schiffs, arbeitete sich vorsichtig voran und zog die Leine hinter sich her. Luke für Luke, Gang für Gang. Kabine für Kabine. Nichts als Schlamm, Schlick, Krebse und ein paar Fische. Keine besonders spannenden Aufnahmen, aber die morbide Aura dieses Schauplatzes würde auch ohne bemerkenswerte Geschöpfe genügend Faszination in den Menschen aufbauen. Es gab nicht viel, das gespenstischer war, als durch ein Wrack zu gleiten. Schwerelos, beinahe selbst wie ein Geist, umgeben von verrosteter Vergänglichkeit. Bullaugen schwebten vorbei und starrten ihn an, überall auf dem Boden zeichneten sich unter dem Leichentuch aus Schlick die stummen Zeugen des vergangenen Dramas ab. Bis auf faulige Reste zerfallene Koffer, aus Schränken gestürzte Schubladen, Stiefel, alte Glasflaschen. Sogar ein Wecker. Er wischte behutsam das Sediment vom noch vorhandenen Uhrenglas. Die Zeiger waren Punkt 21:45 Uhr stehengeblieben.

Mit vorsichtigen Bewegungen pirschte sich Henry vor ihm einen weiteren Gang entlang. Feine Flocken schwebten wie graue Fetzen im schmutzig grünen Wasser, das von den Lichtkegeln der Lampen und dem Kamerascheinwerfer erhellt wurde. Rechts neben ihnen tauchte ein Technikraum auf. Überall verrostete Rohre, ein halb zerfallenes Metallfass und wie Speere in den Raum ragende, scharfkantig korrodierte Reste eines umgestürzten Regals. Durch das zerstörte Bullauge des Raumes quetschte sich ein faustgroßer, mit Seepocken bewachsener Taschenkrebs. Henry hielt inne und filmte, wartete, bis das Tier verschwunden war, und nahm seinen Weg wieder auf. Alexander folgte ihm dicht auf. Sie glitten über eine Treppe tiefer in den Bauch des Schiffes.

Klaustrophobische Schauer liefen ihm über das Rückgrat. Er spürte die Tiefe, die Enge, die Last des Wassers, die Ferne der Oberfläche. Ohne die Lampen wäre es hier drin stockfinster. Ein Grab. Ein riesiger, grausiger Sarg aus Stahl.

Verfaulende Kisten, Stühle und ein zusammengebrochener Tisch lagen kreuz und quer durcheinander. Durch das Gewirr der Holzbeine ringelte sich ein großer Krake und ließ sein Graubraun in wütendes Dunkelrot übergehen, als der Scheinwerfer der Kamera auf ihn fiel. Vorsichtig schwamm Henry näher. Scheinbar gleichmütig glitschte das Tier über die Möbelstücke, doch was es tatsächlich von den Störenfrieden dachte, verriet seine mürrische Farbe.

Als der Krake auf Nimmerwiedersehen unter einem Schrank verschwand, der eingekeilt zwischen mehreren Kisten lag, setzte Henry seinen Weg wieder fort. Noch ein Stück in Richtung Bug, dann kam etwa mittschiffs die Treppe in die Maschinenräume. Alexander folgte seinem Freund nur widerwillig. Wo war seine übliche Lust am Tauchen? Warum wünschte er sich zum ersten Mal in seiner Laufbahn zurück auf das Schiff? Es musste an diesem verrottendem Wrack liegen. Es jagte ihm Angst ein, es frustrierte und verhöhnte ihn. Überall nur Tod. Lieber wäre er an einem Riff getaucht. In den Tangwäldern oder zwischen den Felsen nahe der Küste. Egal wo, Hauptsache, es blühte dort vor Leben. Aber hier gab es nur Schlamm, Rost und Fäulnis. Behutsam drangen sie weiter vor. Die Luke vor ihnen erschien zu eng, doch Henry ließ sich davon nicht stören und glitt beharrlich darauf zu. Im Augenwinkel sah Alexander etwas Helles schimmern. Er richtete seine Lampe darauf … und zuckte erschrocken zurück. Ein Totenschädel im Schlick. Verflucht noch eins!

Leere Augenhöhlen gafften ihn an. Die Kiefer mit den braunen Zähnen schienen zu einem stummen, vorwurfsvollen Schrei aufgerissen. Hatte man die Leichen nicht schon vor langer Zeit geborgen? Offenbar nicht alle. Etwas hatte ein kreisrundes Loch in die Stirn des Toten gerissen. Wohl eine Kugel. Möglicherweise waren die Menschen beim Untergang des Schiffes in Panik geraten und hatten sich gegenseitig niedergeschossen. Ein gnädiger Tod, verglichen mit qualvollem Ertrinken.

Zwei Schläge gegen die Schulter würgten sein Kopfkino ab. Er sah Henry, der seine Kamera ruppig herumwuchtete, um den Schädel zu filmen.

Langsam!, bedeutete Alexander ihm mit Gesten. *Schön ruhig bleiben.*

Doch es kam, wie es kommen musste. Mit seiner ausladenden Technik blieb Henry irgendwo hängen. Anstatt stillzuhalten und darauf zu warten, dass Alexander ihn befreite, begann dieser Idiot zu zappeln und zu zerren. Was zum Geier war los mit diesem Kerl? Graue Wolken wirbelten auf, verdichteten sich in Sekundenschnelle.

Nicht gut!

Alexander spürte einen neuerlichen Schlag, diesmal gegen sein Bein. Henrys Flossen wirbelten mehr und mehr Sediment auf.

Halt still!

Er bedeutete es ihm mit Gesten und schrieb es in großen, krakeligen Buchstaben auf seine Plastiktafel. Doch Henry war für Vernunft nicht zugänglich. Geriet er etwa gerade in Panik? Offenbar, denn er vergaß alles, was sie je gelernt hatten.

Du bringst uns um, kritzelte Alexander hastig auf die Tafel.

Henry schüttelte den Kopf. Hinter der Maske sah Alexander panisch aufgerissene Augen. Blasen sprudelten an die Decke, immer mehr Sediment wirbelte auf und umringte sie wie eine dicke, undurchdringliche Wolke.

Zu spät! Es wurde dunkel, der aufgewirbelte Schlick verschlang das Licht der Lampen. Seine Sicht reichte gerade noch bis zum Glas seiner Maske. Henry griff nach seinen Arm und zerrte daran.

Ruhig atmen, beschwor sich Alexander. *Du kennst das alles aus der Ausbildung. Bleib um Himmels willen ruhig, du hast das Orientierungsseil.*

Er hielt seinen Finimeter direkt vor die Maske und leuchtete mit der Lampe darauf. Verflucht, nur noch 110 bar? Wo war die verdammte Luft hin? Auf dem Schlauchboot waren es noch glatte 205 bar gewesen. Seine Gedanken arbeiteten fieberhaft.

Volle Flaschen … mindestens dreimal kontrolliert … wir sind im Kaltwasser. Das killt gleich mal zwanzig Prozent, weil sich das Gas abkühlt. Gut, dann stimmt die Kalkulation wieder. Also massig Zeit. Komm runter! Ruhig atmen! Ruhig atmen! Taste dich einfach voran. Der Grundriss von dem Pott ist ziemlich übersichtlich. Alles kein Problem. Immer schön langsam.

Die Lichtkegel der Lampen wurden von dem aufgewirbelten Schlick verschlungen. Lediglich ein diffuser Schimmer kämpfte sich durch das graue Nichts. Alexander verdrehte seinen Arm, bis Henrys schmerzhafter Griff sich löste, und packte das Handgelenk seines Freundes. Er zeichnete mit dem gerade noch sichtbaren Licht seiner Lampe einen Kreis: *Alles okay.* Henry erwiderte die Geste. *Na bitte, geht doch.*

Ausbildung wurde in die Praxis umgesetzt, weiter nichts. Wenn sie sich an das Gelernte hielten, kamen sie hier unversehrt raus. Er glitt am Arm seines Freundes empor und tastete sich voran, bis er zur Hand kam und das Seil spürte. Gut, Henry hielt es also nach wie vor fest. Wieder drückte er zweimal zu und hoffte, dass sein Freund wusste, was er ihm sagen wollte: *Ich lass dich los. Folge einfach dem Seil.*

Mit der freien Hand tastete er sich behutsam den Weg zurück. Etwas Hartes berührte Alexanders Bein, kurz darauf schrammte ein Eisenstück über seinen Arm. Krampfhaft versuchte er, ruhig zu atmen. Ein Riss im Taucheranzug – und alles war aus.

Unsinn. Komm wieder runter. Der Anzug ist aus reißfestem Material. Der hält auch eine scharfe Eisenkante aus. Hoffe ich jedenfalls.

Falls es nicht so war, würde das Ding voll Wasser laufen und seine Wärmedämmung verlieren. In kürzester Zeit wäre er bewegungsunfähig.

Bleib ruhig. Einfach weiter schwimmen. Alles okay. Da hinten die Treppe rauf, dann geradeaus und … na bitte. Langsam klärt sich die Sicht. Ich erkenne wieder was.

Ein Ruck, plötzlich Stillstand. Henry rempelte ihn unsanft an, wieder wirbelte eine Sedimentwolke auf und machte sie blind. Mist, er hing irgendwo fest. Alexander bewegte sich vorsichtig, spürte, dass etwas sich an seiner Ausrüstung verhakt hatte. Eines der scharfen Eisenstücke?

Nein! Oh Gott, nein!

Bleib ruhig! Nicht das Wrack bringt dich um, sondern deine Panik!

Er zog behutsam. Nichts. Er drehte und wand sich, spürte ein Reißen, dann Kälte an seinem Bein. Unkaputtbares Material? Von wegen! Alexander spürte Nässe. Vier Grad kaltes Wasser lief in seinen Anzug und ließ die Muskeln schlagartig verkrampfen. Mit heftig zitternden Fingern drückte er den Inflator auf seiner Brust. Luft strömte in den Anzug und schob das Wasser bis zum Knie zurück. Blasen stiegen auf. Er spürte, wie es ihn anhob. Gar nicht gut!

Aufrecht schwimmen, damit das Wasser im Bein bleibt. Gut. Jetzt mit dem Jacket wieder Tarierung herstellen … gut, scheint hinzuhauen.

Nur zwei Sekunden später verkrampfte sich die unterkühlte Wade. Glühende Schmerzen mischten sich mit schneidender Kälte. Vorbei. Ihm blieben noch ein paar Minuten, bis die Kälte ihn lähmte. Er wollte nicht sterben! Es durfte nicht sein! Was würde aus Fae werden? Oh Gott, er musste hier raus. Irgendwie.

~ Kjell ~

Wirre Wortfetzen rissen ihn aus dem Schlaf. Zuerst dachte er, es seien Menschenstimmen, aber dann erkannte er, wo er war. Tief im Bauch des Wracks auf dem Grund des Meeres.

Er hatte sich unter einem halb umgestürzten Schrank zusammengerollt, der von verrottenden Kisten gestützt wurde, und war so tief und fest eingeschlafen, dass er einige Momente brauchte, um wieder klar zu denken. Ein großer Krake hatte es sich auf seinem Oberkörper bequem gemacht. Er schob das schläfrige Tier von sich herunter, hob den Kopf und lauschte. Waren es die Geister? Warteten sie dort draußen auf ihn und drangen in seine Gedanken ein?

Fae! Oh nein, Fae! Was wird aus ihr? Ich muss zurück …

Zurück!

Ich will nicht sterben!

Nein, keine hungrigen Seelen, sondern vertraute Gedankenstimmen. Alexanders und Henrys Hilferufe, ganz nah. Aber wie kamen sie hierher? Kjell zog sich unter dem Schrank hervor und konzentrierte sich, um seine Sinne zu schärfen. Das Wasser war von aufgewirbeltem Sediment getrübt und mit Panik angereichert. Ein bitterer, schaler Geschmack sickerte durch seine Haut und brannte unangenehm auf der Zunge.

Suchten sie nach ihm oder tauchten sie nur zufällig in dem Wrack, in dem er sich zum Schlafen zurückgezogen hatte? Es musste Zufall sein, denn wie hätten sie wissen sollen, wo er sich befand?

Was auch immer die Menschen hierher getrieben hatte, sie waren in tödliche Gefahr geraten.

Ihre Panik war so stark, dass Kjell übel davon wurde. Sie wollte sich auf ihn übertragen, kroch wispernd durch seinen Kopf und verwirrte seine Gedanken.

Plötzlich schien die Angst von überall her auf ihn einzudringen. Nur mühsam gelang es ihm, sie unter Kontrolle zu bringen. Menschliche Gefühle wurden so schnell zu einem wilden, ohrenbetäubenden Chaos, das den Kopf mit Nebel füllte.

Verschwinde!, schrie sein erster Instinkt. *Kümmere dich nicht um sie.*

Aber immer wieder zuckte dieser Name durch seine Wahrnehmung: *Fae! Fae!*

Kostbare Zeit verstrich, bis er endlich wusste, wo er suchen musste. Rechts von ihm, ein ganzes Stück entfernt. Die Todesangst hatte Alexander und Henry inzwischen den Verstand geraubt.

Nein, nein! Ich will hier raus!

Raus, raus, raus!

Er hörte es poltern und dröhnen, während sie verzweifelt versuchten, einen Weg hinaus zu finden und doch nur immer tiefer in das Labyrinth der Gänge gerieten. Ihre Augen konnten in der Schwärze nichts erkennen, sie wussten nicht, wie man sich mit Hilfe von Tönen orientierte. In Flaschen eingefangene Luft zischte, Blasen sprudelten gegen die rostige Metalldecke.

Fae, Fae!, schrien die Gedanken immer lauter, und ehe er wusste, wie ihm geschah, huschte er bereits durch das dunkle Wasser.

Wenigstens hatte dieses Mistding ihn freigegeben, was immer es auch war. Alexander zog sich an der Leine vorwärts, stieß mit der Schulter gegen eine Wand, tastete über das Geländer der Treppe und schwamm ein Stockwerk höher. Schlamm, überall Schlamm. Sein Taucheranzug lief voll, er blies ihn wieder aus und kämpfte mit seiner Tarierung. Merkwürdige Klicklaute drangen an sein Ohr, als würden draußen Delfine herumschwimmen.

Vielleicht ist das das Letzte, was ich höre. Meinen Atem und die Delfine.

Eisige Kälte kroch an seinem verkrampften Bein empor, das bei jedem Flossenschlag schier unerträgliche Schmerzen durch sein Rückgrat jagte.

Und dann spürte er, wie die Leine nachgab.

Lieber Gott, nein!

Er zog, zog weiter, zog und zog … bis er den Karabiner in der Hand hielt.

Du hast es nicht richtig geprüft, höhnte eine Stimme in seinem Kopf. *Der Karabiner ist nicht richtig eingeschnappt, sondern hat sich nur um die Leine gewickelt. Du findest hier nie raus. Und wenn doch, reicht die Luft nicht mehr für einen geregelten Aufstieg. Such es dir aus: Hier unten in der Kälte ersticken oder an der Oberfläche von Millionen kleiner Gasbläschen innerlich zerrissen werden.*

Zu Ende. Alles aus.

Nein! Alexander schloss die Augen. *Konzentrier dich! Du musst hier rauskommen, egal wie! Du musst!*

Die Klicklaute wurden lauter und zerrten zusätzlich an seinen hauchdünnen Nerven. Er würde nicht aufgeben. Sie würden es schaffen. Für Fae. Sie wartete auf ihre Rückkehr. Sie hatte niemanden mehr, nur noch ihn, Henry und Ukulele. Sie würden Fae nicht im Stich lassen.

Alexander schwamm weiter. Da vorne, war das der Ausgang?

Er glaubte im wirbelnden Schlick ein dunkles Loch zu erkennen. Ja, die Luke.

Oder … verdammt, nein, das war nur der Lüftungsschacht. Zu eng, um da samt Ausrüstung hindurch zu kommen.

Oben auf dem Schiff hatte er die Karte studiert. Henry hatte sie zwar mitgenommen, aber was nützte einem die Karte, wenn man die Hand vor Augen nicht sah?

Erinnere dich! Mach schon! Links war der Technikraum, voll mit verrosteten Rohren, scharfen Blechen, umgestürzten Regalen. Wenn wir da hineingeraten, ist alles aus.

Verdammt, er hätte die Karte länger studieren müssen. Er hätte die Luken und Türen mitzählen müssen. Alexander schwamm planlos ins Dunkel hinein. Sein Herz raste, klopfte wie verrückt.

Ich will hier raus! Raus, raus, raus!

War er jetzt in der dritten oder vierten Kabine? Links oder rechts, links oder rechts? Die fauchenden und dröhnend blubbernden Atemgeräusche folterten seine Ohren.

Atme ruhig!

Du riskierst einen Vereiser. – Na, wenn schon! Raus! Raus!

Er schwamm frontal gegen eine Wand. Drehte sich, tastete weiter. Immer noch keine Sicht. Vor dem Glas seiner Maske wogte zähes, undurchdringliches Schwarz und Grau. Seine hektischen Bewegungen machten es nicht besser, aber er konnte nicht mehr ruhig bleiben. Alexander spürte, wie sein Atemregler immer mehr Luft lieferte. Dann ein donnernder Blasenstrom, der durch das Auslassventil entwich. Seine Schneidezähne gefroren. Irgendwo in der gottverdammten ersten Stufe hatten sich Eiskristalle gebildet. Der Regler funktionierte nicht mehr.

Ich sterbe! Oh Gott, ich sterbe! Fae, es tut mir so leid!

Er griff hinter sich und war erstaunt, auf Anhieb das Ventil zu erwischen. Für ein paar Sekunden gelang es ihm, die Panik zu vergessen. Er konnte etwas tun: Den defekten Regler abdrehen und auf den Ersatzatemregler wechseln, der einwandfrei funktionierte. Er spuckte das faulig schmeckende Salzwasser in den Regler und drückte die Luftdusche, um die letzten Reste der gammeligen Brühe nach draußen zu befördern. Erleichterung machte sich breit. Zusammen mit bleierner Erschöpfung.

Er angelte nach seinem Finimeter und leuchtete darauf: 61 bar.

Ein Klopfen mit der Lampe gegen das Ding: Der Zeiger zuckte auf 58 bar. Lächerliche 8 bar über der Kante des roten Feldes. Weit weniger, als sie bei der Rückkehr auf das Boot noch dabei haben sollten. Zaghaft drückte er den Inflator, um das beißend kalte Wasser aus seinem Schritt zu verdrängen. Wieder stiegen Blasen von seinem Knie auf.

Bleib ruhig und schau zu, dass du hier endlich raus kommst!

Überall Wände. Die Kälte wurde unerträglich. Immer mehr Muskeln verkrampften sich. Seine Bewegungen wurden mühsamer. Er biss so fest auf das Mundstück, dass eine Beißwarze nachgab. Der Regler verschob sich im Mund, die Kiefermuskeln verkrampften.

Raus! Bitte raus! Oh Gott, hilf mir. Fae! Es tut mir leid, Fae!

Plötzlich spürte er etwas. Eine streifende Berührung, dann einen Sog und einen Ruck. War er wieder irgendwo angestoßen? War Henry bei ihm? Nein, es fühlte sich an wie … Moment mal!

Irgendetwas packte ihn an den Flaschen und zog ihn so schnell nach vorne, dass er kaum wusste, wie ihm geschah. Er streckte den Arm mit der Lampe aus, um das Gleichgewicht zu halten, spürte aber sofort, wie etwas nach seinem Unterarm griff und ihn mit sanfter Gewalt unter seinen Körper bog. Er wurde nach links gezerrt, dann nach vorne und nach oben. Das graue Nichts löste sich auf, aber er sah nichts außer verrostete Wände und wogende Algenbärte. Wer immer ihn gepackt hatte, hielt ihn so, dass er ihn nicht sehen konnte. Hinter sich spürte er die rhythmischen Bewegungen eines Körpers. Henry? Nein, wohl kaum. Links, rechts, zweimal links. Dann wieder nach oben, ein Stoß - und vor ihm leuchtete das türkisgrüne, offene Meer. Er war draußen. Er lebte.

Wie zum Teufel …?

Alexander fuhr herum. Er schwebte in etwa fünf Meter Entfernung zum Wrack, aus dessen Öffnungen am Bug Sedimentwolken quollen. Niemand war zu sehen.

Ich lebe. Mein Gott, ich lebe!

Er ließ seinen Blick über die Aufbauten gleiten, die ihn aus toten Augen anglotzten, als bedauerte das Wrack, dass er seinem Schlund entkommen war. Jeder Flossenschlag schmerzte unerträglich, bis er endlich das Ankerseil in Händen hielt. Die rettende Nabelschnur, die ihn ins Leben zurückbringen würde. Er zog sich ein paar Meter nach oben.

Dann stoppte er und ließ Luft in seinen Anzug, hielt sich mit einer Hand fest und angelte nach seinem Finimeter: 51 bar. Wenn er jetzt keinen Mist mehr baute, würde es reichen. Ein Blick auf den Tauchcomputer bestätigte es: Nur fünf Minuten Dekostopp auf fünfzehn Metern, dazu noch die drei Minuten Safety auf fünf Metern. Das sollte hinhauen.

Ein paar Minuten länger, und es wäre zu spät gewesen. Wer hatte ihn rausgezogen? Und wo war Henry? Zumindest die letzte Frage wurde postwendend beantwortet. Irgendetwas beförderte seinen Freund mit Schwung aus dem Wrack, und alles, was Alexander erkennen konnte, war das helle Aufschimmern einer Hand.

Hatte er wirklich eine Hand gesehen?

Die Kamera noch immer fest im Griff, trudelte Henry auf ihn zu. In den weit aufgerissenen Augen seines Freundes lag das, was auch ihn noch gepackt hielt. Lähmende, unwirkliche Todesangst, die nur langsam von Erleichterung vertrieben wurde.

Kein dritter Taucher war zu sehen, kein Tier. Aber ein Tier konnte es nicht gewesen sein. Er hatte den Griff einer Hand gespürt und selbige auch gesehen, es sei denn, er litt unter den Symptomen des Tiefenrausches.

Nein, kein Tiefenrausch. Es war klar und deutlich eine menschliche Hand gewesen, und zwar ohne jeden Kälteschutz! Alexander deutete auf Henrys Kamera: *Hast du was aufgezeichnet?*

Sein Freund antwortete mit einem Schulterzucken: *Keine Ahnung.*

Hektisch wies er mit dem Daumen nach oben: *Egal. Wir müssen hoch. Schnell.*

Es währte eine Ewigkeit, bis sie das Beiboot erreichten. Die nötigen Zwischenstopps zum Druckausgleich einzuhalten, erforderte ein Höchstmaß an Disziplin. Sein tiefgekühlter Unterleib schmerzte höllisch. Er wollte endlich Luft atmen, die er nicht aus Flaschen saugen musste. Er wollte etwas Festes unter seinen Füßen, sich seiner Rettung sicher sein und endlich wieder Wärme spüren.

Als der kraftvolle Griff des Hawaiianers sie ins Boot zog, spuckte Alexander das Mundstück aus und verfiel in einen gutturalen Schrei der Freude.

Endlich! Endlich!

Wir leben!

Der Schrei ging in ein Lachen über, das zu hemmungslosem Geschluchze wurde. Japsend lag er da, sah einen Sabberfaden an seinem Mundwinkel hängen und krümmte sich wie ein Wurm, während Henry röchelnd neben ihm lag. Die Schmerzen in seinen unterkühlten und verkrampften Beinen machten ein Aufrichten unmöglich.

„Was zum Geier“, hustete er irgendwann hervor, „war da unten los?“

Henry warf die Maske beiseite. Sein Brustkorb pumpte hektisch auf und ab. „Ich habe nicht den blassesten Schimmer. Irgend etwas … irgendwer packte mich und brachte mich raus. Das war ein regelrechter Rausschmiss.“

„Hast du was gesehen?“

„Nein.“ Henry warf den Kopf zurück und lachte. „Aber ich habe immer noch mein Baby. Vielleicht erkennen wir was auf den Aufnahmen. Ich habe die ganze Sache gefilmt, Mann. Von Anfang bis Ende. Das wird der Hammer. Die Einschaltquoten werden alle Rekorde brechen. Da wette ich drauf.“

Alexander lachte noch ein paar Sekunden lang, bis die unterschwellig brodelnde Wut endgültig die Oberhand gewann. Schlagartig war es vorbei mit seiner Euphorie. Er verpasste Henry einen ruppigen Schlag auf den Hinterkopf und brüllte seinen Zorn hinaus: „Was war los mit dir da unten? Warst du von allen guten Geistern verlassen? Was sollte das?“

Henry glotzte ihn an. „Weißt du, ich … keine Ahnung. Ich hing fest, und dann … muss ein Krampf gewesen sein. Mein Bein fühlte sich an, als würde es versteinern. Tut mir leid. Wirklich. Keine Ahnung, was in mich gefahren ist. Ich dachte … ich dachte wirklich, das war's. Finito. Ende und aus. Schicht im Schacht.“

„Drama?“, brachte sich Ukulele in Erinnerung. „Klärt ihr mich bitte mal auf? Was ist da unten passiert?“

„Ein riesengroßer Mist ist passiert. Dank diesem Vollidioten hier. Wir erklären es dir auf dem Schiff.“

Alexander starrte in den blauen Himmel hinauf. Mein Gott, er war so blau. War er vorher auch so blau gewesen? Warum war es ihm nicht aufgefallen? „Jesus, ich kann nicht glauben, dass wir da rausgekommen sind. Das war das perfekte Drehbuch eines tödlichen Tauchunfalls.“

„Tut mir leid, Kumpel. Kommt nicht wieder vor.“ Henry packte Alexanders Arm und hievte ihn in eine sitzende Position. Gemeinsam zitterten, sabberten und schlotterten sie um die Wette. Seine Muskeln fühlten sich noch immer an, als zerrissen sie Faser für Faser, aber langsam wurde es erträglich. Immerhin, er konnte wieder sitzen. Wenn auch nur mit Henrys Hilfe.

„Kommt nicht wieder vor?“, blaffte Alexander.

„Sehr witzig. Du hast uns fast umgebracht. Kommt nicht wieder vor. Ich glaube es nicht. Weißt du was? Ich reiße dir den Hintern bis zum Atlasknochen auf, sobald ich mich wieder vernünftig bewegen kann. Darauf kannst du einen lassen.“

„Hey!“ Henry hob abwehrend beide Arme. „Wir haben überlebt! Also komm mal wieder runter.“

„Ja, wir haben überlebt. Und das ist ein gottverdammtes Wunder.“

„Vielleicht hattet ihr einen Schutzengel da unten." Ukulele schüttelte tadelnd den Kopf. „Das Meer ist ein kaum erforschtes Reich. Wer weiß, wen oder was ihr da unten aufgeschreckt habt. Aber eins sage ich euch: Sobald wir auf dem Schiff sind, erzählt ihr mir alles. Jedes Detail! Verstanden?"

Alexander nickte, sackte zur Seite und atmete. Sog die herrliche, warme Luft tief in seine Lungen und machte sich bewusst, dass er lebte. Wellen spielten mit dem Sonnenlicht, alles war still. So still, als hielte die See verstohlen den Atem an, um ihr Geheimnis für sich zu behalten. Er lebte. Allein das war ein Wunder, das ihn für den Rest seines Daseins begleiten würde.

~ Fae ~

Hektisch schlangen die drei ihr Abendessen hinunter. Geschmacklose Bratwurst mit gummiartigen Pommes, ergattert an irgendeinem Imbisswagen. Es dauerte keine fünf Minuten, bis Alexander, Henry und Ukulele wieder aufstanden und in den Technikraum hetzten, als ginge es um Kopf und Kragen. Ohne Erklärung. Nur mit einem Zwinkern und einem Lächeln als Antwort auf ihr empörtes „Was ist los mit euch?"

Allein blieb Fae am Tisch zurück und starrte auf den Müllberg aus benutzten Papptellern und Plastikbesteck. Na wunderbar, und was jetzt? Die Jungs waren leidenschaftliche Naturfilmer, klar. Vermutlich hatten sie haufenweise faszinierende Aufnahmen im Kasten und ruhten nicht eher, bis sie den Lohn ihrer Mühen würdevoll verarbeitet hatten. Trotzdem, etwas stimmte hier nicht. Seit sie krank war, benahm sich Alexander wie eine überbesorgte Glucke und wurde vor schlechtem Gewissen halb verrückt, wenn die Umstände es erforderten, sie allein zu lassen. Normalerweise sollte er in diesem Augenblick neben ihr sitzen und sie verhätscheln. Ihr Haar streicheln, Witze reißen, sie aufmuntern. Im Technikraum rumorte und polterte es. Leise Stimmen zischten verstohlen. Sollte sie an die Tür klopfen? Nach einer Erklärung verlangen?

Unsinn. Mochten die Jungs tun, wonach ihnen der Sinn stand. Das hinderte sie wenigstens daran, leidende Zuschauer ihres Dramas zu sein. *Hochgehen und schreiben?*, überlegte sie und drehte die Teetasse zwischen ihren Händen. *Zum Strand gehen und suchen? Hoffen auf ein Wunder?*

Ihr Tag hätte nicht produktiver sein können.

Zwanzig Seiten lagen eng beschrieben neben ihrem Laptop. In ihrem Magen kribbelte Sehnsucht. Der Nachgeschmack, endlich wieder etwas Wundervolles erschaffen zu haben, endlich wieder tief in die Welt ihrer Träume eingedrungen zu sein, lag bittersüß und sahnig auf ihrer Zunge, jagte wie eine Droge durch ihre Adern und machte sie schier verrückt vor Unruhe. Sie musste die Wahrheit herausfinden. Sie wollte sie aufstöbern, enttarnen und … ja, was und? Das Wissen mitnehmen. Es wie einen kostbaren Schatz festhalten, wenn sie gehen musste.

Fae wollte Kjell noch einmal sehen. Sie wollte Antworten. Nützliche Antworten. Und sie wollte ihn noch einmal berühren, mit den Fingern, ohne Wattebausch dazwischen, um zu erfahren, ob er echt war.

Entscheidung getroffen. Runter an den Strand. Sie zog ihre blaue Strickjacke aus dem Garderobenschrank, kuschelte sich hinein und sah durch das Fenster. Der Himmel war aufgeklart, ein bläulicher Schimmer verriet, dass der Mond noch nicht untergegangen war. Eine perfekte Nacht für ein Feuer. Fae nahm eine der bunten Webdecken, die auf dem Sofa lagen, schnappte sich ihren Rucksack von der Garderobe und schlich in die Küche. Jeder Moment war ein Geschenk, das sie würdigen musste, ehe alles vorbei war.

Aus dem Kühlschrank holte sie eine Rolle Pizza-Fertigteig, aus dem Schrank eine Dose von der orientalischen Gewürzmischung, die sie so sehr mochte. Zwölf Holzscheite passten in den Rucksack, dazu zwei der Stäbe, die Alexander für ihre Stockbrot-Abende besorgt hatte.

Schwer bepackt schlich Fae nach draußen, und als ihr der salzige Nachtwind um die Nase wehte, verschwanden mit einem Mal alle Sorgen und Ängste und wichen einem Hochgefühl, dessen Flüchtigkeit sie zur Genüge kannte – und doch ließ sie sich willig hineinfallen. Hinter den Dünen rauschte das mondbeglänzte Meer, Strandhafer neigte sich im Wind und strich über ihre Beine, während sie durch den Sand stapfte.

Fae legte den Kopf in den Nacken und atmete tief ein. Ja, vielleicht war ihre Zeit abgelaufen, aber sie war einem Geheimnis auf der Spur, das nur für sie bestimmt war. In dieser Nacht fühlte sie sich auserwählt. Jeder, der etwas Besonderes erlebte, musste einen Preis bezahlen. Ihr Preis war nichts Geringeres als der Tod, aber ein paar erholsame Momente lang fürchtete sie sich nicht mehr davor. Zuversichtlich marschierte sie über den Strand hinüber zu den Felsen. Dort, wo sie vor den Blicken der Männer geschützt war, warf sie ihr Gepäck in den Sand.

Vielleicht würde Kjell das Feuer sehen, falls er ... ja, falls er was?

Dort draußen war? Im Meer?

Ach, das war doch verrückt!

Fae schichtete das Holz zu einer Pyramide auf, stopfte Feueranzünder und Papier hinein und legte ein brennendes Streichholz darunter. Angefacht vom Wind, loderten binnen weniger Sekunden glühende Flammenzungen auf. Flammen, deren Wärme ihre Nerven nicht mehr wahrnehmen konnten. Sie drapierte die Decke um ihre Schultern, packte den Teig aus und wickelte ein Stück davon um den Stab. Ehe sie ihn in die Flammen hielt, streute sie großzügig das Gewürz darauf und drückte die dunklen Krümel in den Teig. Nicht nur, dass das Stockbrot in Kombination mit diesem Zeug köstlich schmeckte, es verbreiteten sich auch angenehme Düfte, wenn die Gewürze verbrannten.

Genieße den Moment.

Lebe mit allen verbliebenen Sinnen.

Gedankenverloren starrte Fae in das tanzende Licht. In diesen kostbaren Augenblicken war alles perfekt. Der Mondschein und das Meer, das Feuer und die Düfte. Weitere Momente, die sie ihrem Gedankenschatz hinzufügen konnte. Nach einer Weile schloss sie die Augen und schärfte ihre übrig gebliebenen Sinne, um das Jetzt in sich aufzusaugen, und als Fae sie wieder öffnete und die silbrig glänzenden Wellen betrachtete, wurde sie umhüllt von einem Kokon aus schwereloser Magie.

„Verrate mir dein Geheimnis", flüsterte sie. „Ich schwöre, dass ich es mit ins Grab nehme."

Trunken und still legte sich die Nacht um sie. Fae dämmerte so gedankenverloren vor sich hin, dass ihr Stockbrot verbrannt war, ehe ihr wieder einfiel, dass es existierte. Sie aß es trotzdem. Der wilde, rauchige Geschmack passte zu dem, was sie fühlte. Alles war intensiviert, alles war von einer klaren Schärfe. Selbst die Dunkelheit.

~ Kjell ~

Er konnte ihren Ruf nicht kappen. Ihr Sehnen floss durch seine Adern, beherrschte seinen Geist und lähmte seinen Körper, sobald er sich entfernen und auf den Horizont zuschwimmen wollte. Eine Weile hatte er dem Drang, zu ihr zurückzukehren, widerstehen können. Weit war er dennoch nicht gekommen. Nicht einmal bis zu der Stelle, wo der Meeresboden in die Tiefe abbrach. Wenn er es nur bis dorthin geschafft hätte. Aber der Geruch und Geschmack der hohen See hätten Fae aus seinen Gedanken getilgt. Aber er wollte sie gar nicht tilgen. Beim Salz der See, er schaffte es nicht, diese Frau hinter sich zu lassen. Kjell erinnerte sich an die Worte, die er in einem Buch gelesen hatte.

Die See fließt den Weg der ewigen Wiederkehr.

Welche Botschaft lag hinter dem Ruf dieses Menschen, dem er nicht widerstehen konnte? War sie sein Schicksal? Wartete eine Aufgabe auf ihn?

Kjell lag rücklings im flachen Wasser über einer Sandbank und ließ sich vom Seegras kitzeln. Der Mond goss sein Licht in die Wellen, machte ihn schläfrig und unruhig zugleich. Fae hatte unwissentlich ihrem Bruder und seinem Freund das Leben gerettet, denn nur wegen ihr war er über Nacht in dem gesunkenen Schiff geblieben. Vorgeblich, um dort auszuschlafen und Kräfte für die Reise zu sammeln, geschützt vor den hungrigen Geistern, die Orte des Todes mieden. Aber wenn er ehrlich zu sich selbst war, hatte er die Nacht im Wrack verbracht, weil er sich nicht losreißen konnte.

Kjell streckte beide Arme aus und strich mit den Handflächen über die Spitzen der Seegrasstängel. Zarte Leuchtpunkte auf seiner aufgefächerten Fluke glitzerten im Mondlicht. Dieses Weiß und Silber war viel zu auffällig, verriet ihn selbst in der Finsternis eines Wracks. Er war vorsichtig gewesen, aber war das genug gewesen? Es war gefährlich, die Frau aufzusuchen. Es war dumm. Doch innerlich schrie er danach. Warum?

Still lag er da und lauschte. Der urtümliche, hungrige Ruf des Wesens war verhallt. Alles schien friedlich, der Wind pflügte durch das Meer und erzählte seine einschläfernden Geschichten.

Wenn er zu der Frau ging, musste er die Reise in das Eis des Nordens nicht lange aufschieben. Ihr Tod stand unmittelbar bevor, vielleicht war es seine Aufgabe, sie beim Sterben zu begleiten. Ihre Seele war mit dem Meer verbunden. Wenn sie keine Ruhe fand, würde die Tiefe sie in sich aufnehmen und in eine unglückliche Wanderin verwandeln. Ob es seine Aufgabe war, das zu verhindern? Die Leuchtwesen hatten ihn ausgewählt und zu einem bestimmten Zweck erschaffen. Dessen war er sich sicher, und sein Gefühl sagte ihm, dass er diesen Sinn bei Fae finden würde.

Kjell ließ sich mit Hilfe langsamer Flukenschläge über die Sandbank gleiten. Sanft strich das Seegras über die Haut seines Rückens und erinnerte an die Berührungen der Frau. Nesseln brannten in seinen Eingeweiden, als er daran dachte, wie sie mit diesem weichen, weißen Ding über seine Hüfte gestrichen war. Ihre verlegenen Blicke, ihr ängstlicher Geruch. Und diese Gefühle. Hell, sinnlich und strahlend. Es gab kein Wesen auf dieser Welt, das stärker fühlte und stärker lebte.

Zwei schnelle Bewegungen, eine Drehung … und er glitt über tiefes Wasser hinweg. Die Sandbank verschwand im dunklen Blau. Weg von hier! Ein für alle Mal. Aber als vor ihm der in die Tiefsee abfallende Hang auftauchte, kehrte es zurück. Das lähmende Gefühl, den falschen Weg einzuschlagen. Kjell verharrte dicht unter der Oberfläche und starrte in den gähnenden Schlund hinab. Wenn er nur tief genug tauchte und weit genug schwamm …

Kehr zurück!, verlangte sein Herz. *Du willst sie wiedersehen. Es muss sein!*

Er drehte sich ein paar Mal unschlüssig hin und her. Vor ihm der Norden, hinter ihm der Süden. Ewiges Eis oder Faes warme Haut. Schließlich tauchte er auf und beobachtete den winzigen Lichtpunkt am Horizont. Der Leuchtturm. Das ferne Land. Mondlicht malte einen wogenden Streifen in Richtung Insel, als wolle das Gestirn zeigen, dass dies der richtige Weg war.

Kjell tauchte ab und peitschte mit einem wütenden Flukenschlag das Wasser. Also gut. Er würde es tun. Egal, ob es dumm oder gefährlich war. Egal, wie ungeduldig der Narwal nach ihm rief.

Schnell schwamm er durch das weite, offene Wasser. Kein Tier weit und breit war zu sehen, nur hier und da ein Schwarm winziger, leuchtender Wesen, die aus der Tiefsee aufstiegen. Unter ihm breitete sich der flache, dunkle Grund aus, durchsetzt von Felsen, die zuerst vereinzelt die ebene Fläche sprenkelten und zahlreicher wurden, je näher er der Insel kam. Langsam kamen sich Grund und Oberfläche näher. Er erinnerte sich, wie er das erste Mal in einer solchen Mondnacht durch das Meer geschwommen war, hungrig nach Freiheit und euphorisch, wie benommen vor Glück. Sein Staunen über seinen neuen Körper, über die Kraft in jeder Bewegung, über das Gefühl, endlos weit und endlos tief zu schwimmen, war grenzenlos gewesen. Tage- und nächtelang hatte er weder gegessen noch geschlafen, sondern war nur geschwommen. In den rauschenden Strömungen und den zerklüfteten Riffen, in den Tangwäldern der Küste und den Tiefseegräben der Hochsee.

Bis heute war dieser Hunger nicht gestillt worden. Durch die nächtliche See zu streifen, war nicht weniger berauschend als in den ersten Tagen nach der Befreiung von seiner Angst. Kjell pflückte Muscheln von den Felsen, knackte und aß sie, mal dösend über dem Grund treibend, mal geschaukelt von den Wellen an der Oberfläche.

Den Muscheln folgten ein paar Stängel Tang. Kraken und Rochen pirschten lautlos über den Grund und jagten nach unvorsichtiger Beute. Er ließ sich Zeit, obwohl seine Ungeduld brannte, streunte um die Felsen und grübelte in einem endlosen Gedankenstrudel über seine Gefühle. Das tat er so lange, bis er Faes Nähe spürte. Im Schutz der Klippen tauchte er auf und hielt nach ihr Ausschau. Brennend rann das Salzwasser aus seinen Lungen, bevor sie sich mit Luft füllten und die Kiemen ihre Arbeit einstellten.

Ja, da vorne war sie, beleuchtet von einem flackernden Feuer. Diesmal war sie alleine an den Strand gekommen, ohne ihren Bruder und dessen Freunde. Weil sie wollte, dass er zu ihr kam. Trotz der Dunkelheit hatte er das Gefühl, in ein helles Licht getaucht zu werden, gewebt aus Faes Sehnen, das allein auf ihn gerichtet war.

Aber hatte ihn das Drängen in seinem Herzen gerade noch zu diesem Menschen hingezogen, nahmen plötzlich andere Instinkte ihre Arbeit wieder auf.

Ein Feind! Kehr um. Schwimm weg.

Die Wellen drückten ihn an den kalten Fels der Klippen, doch unter Wasser zog eine Strömung an seinem Körper und befahl ihm, in die Tiefe zurückzukehren.

Ich gehöre nicht dorthin. Ich habe nie dorthin gehört!

Der Frau, die so verloren am Feuer saß, konnte niemand mehr helfen. Ganz gleich, wie stark sie ihn anzog, es war ein dummes Gefühl. Nichts weiter als eine Laune, die ihm das Meer schnell wieder austreiben würde.

Sie bemerkte erst, dass sie eingeschlafen war, als ihr Kopf auf die Brust niedersank. Fae zuckte zusammen, blinzelte und sah – nichts. Nur das ruhige Meer, die Felsen und die Sterne.

Ihre tauben Nerven fühlten weder die Wärme des Feuers noch die eisige Nachtluft. An dieses Gefühl, nichts zu fühlen, würde sie sich für den Rest ihres Lebens nicht gewöhnen.

Siehst du? Es hat gar nichts bedeutet, dass du gestern gefroren hast. Absolut gar nichts.

Wenigstens der Geschmacks- und Geruchssinn war ihr erhalten geblieben. Müde zupfte sie ein Stück Teig ab, steckte es in ihren Mund und kaute langsam darauf herum, um jede Facette der Gewürze wahrzunehmen.

„Fae?", flüsterte es plötzlich im Wind, gerade als sie sich mit geschlossenen Augen in die verschiedenen Aromen vertieft hatte. Sie blickte auf – und stieß einen Laut der Überraschung aus. Vor ihr stand Kjell. Nass und tropfend. Die dünne, schwarze Decke, die Henry vorhin auf die Leine gehängt hatte, klebte nass an seinem Körper. Aber er schien ebenso wenig zu frieren wie sie.

„Du bist gekommen." Fae wollte sich für diese dummen Worte ohrfeigen, kaum dass sie sie ausgesprochen hatte. Sie starrte ihn an, wie man eine Traumfigur anstarrt, die neben dem Bett steht, obwohl man aufgewacht war. Er sah so wirklich aus. So echt.

Er ist wirklich und er ist echt. Langsam sollte ich es mal begreifen.

„Setz dich." Sie klopfte auf den Sand neben sich und wandte den Blick ab, in der Hoffnung, es ihm so leichter zu machen. Der Geruch des Meeres haftete an ihm, sie witterte die salzige Nässe, als er sich setzte.

Wer oder was bist du? Verdammt, erkläre es mir endlich!

Ihre Finger zitterten, als sie den zweiten Stock aus dem Rucksack zog, ein Stück Teig darumwickelte und die Gewürze daraufstreute.

„Hier. Halt es ins Feuer."

„Was ist das?"

„Du kennst doch sicher Brot?"

Er nickte, während er den Stock hin und her drehte. „Aber das, was ich kenne, sieht anders aus."

„Es ist gut", lockte sie. „Versuch es einfach."

Kjell gehorchte. Während er mit ausdruckslosem Gesicht auf die Flammen starrte, die den Teigstock umzüngelten, nahm Fae ein weiteres Stück ihres schwarz verbrannten Brotes in den Mund. Das Schweigen zwischen ihnen ließ ihren Körper vom Scheitel bis zu den Sohlen prickeln.

Frag schon! Löchere ihn! Leg ihm endlich das Messer auf die Brust!

Heuchlerische Lebendigkeit brannte in ihren Adern, als wäre ihr Fleisch eine viel zu enge Hülle für so viel Energie. Dieses Land war ihr immer magisch erschienen, aber diese Magie wirklich zu erleben, leibhaftig und zum Greifen nah, war etwas ganz anderes, als nur davon zu träumen. Selbst, wenn Kjell ihr erzählte, dass er einer nudistischen Hippie-Strandkommune angehörte, würde er in ihrer Fantasie etwas ganz anderes sein. Ein Mann, der geheimnisvoll aus dem Meer auftaucht und ebenso geheimnisvoll wieder darin verschwindet.

„Warum tust du das?", fragte sie ihn geradeheraus. „Warum kommst du nackt aus dem Wasser und gehst genauso nackt wieder hinein, ohne eine Erklärung dafür zurückzulassen. Was bist du?"

Er starrte sie an, als hielte sie ihm eine Waffe an den Kopf. Krampfhaft krallten sich die Finger seiner freien Hand in die Decke und hielten sie vor seiner Brust zusammen. Lange, schlanke Beine ragten unter der Wolle hervor. Es hätte Fae nicht überrascht, Schuppen auf dieser absurd weißen Haut glänzen zu sehen.

Unsinn! Es gibt irgendeine Erklärung für ihn.

Ich weiß nur noch nicht, welche.

„Warum ich?", stellte sie die nächste Frage. „Machst du das öfter? Frauen verfolgen und sie verwirren?"

Kjell wich ihrem Blick aus. Der goldene Flammenschein ließ seine Haut noch glatter und zarter erscheinen, als wäre sie eine hauchdünne Schicht aus durchsichtigem Alabaster.

„Du bist der erste Mensch, dem ich mich zeige", sagte er leise. „Aber einmal haben mich drei Fischer gesehen. Ich ruhte mich an einem Strand aus, von dem ich dachte, es gäbe dort keine Menschen."

„Eine sehr hilfreiche Antwort." Fae seufzte. „Und was ist passiert?"

„Sie liefen schreiend davon."

„Noch hilfreicher. Erklärst du mir jetzt noch, warum und wieso?"

Kjell drehte seinen Stock, holte tief Luft und sah sie an. Fae keuchte auf. Der Feuerschein fing sich in seinen fremdartigen Augen, in denen nichts Weißes mehr zu sehen war, nur kristallenes, silbergesprenkeltes Türkis mit senkrecht geschlitzten Pupillen. Erschrocken zuckte sie vor ihm zurück. Nein, das musste eine Einbildung ein. Ein merkwürdiger Lichtreflex, der seine Augen in die eines Reptils verwandelt hatte. Tatsächlich waren sie wieder normal, als Fae es erneut wagte, in sie hineinzublicken. Sofern man irgendetwas an diesem Mann als normal bezeichnen konnte.

In Kjells Gesicht trat ein Schmerz, der ihr verriet, wie sehr ihn ihre Reaktion verletzt hatte.

„Du findest mich abstoßend?", fragte er leise.

„Deine Augen …" Fae beugte sich ein Stück vor und blickte in dieses flirrende Farbenspiel. „Sie sind wirklich … sie sind … waren sie schon immer so?"

„Ja." Er wandte sich ab und starrte wieder auf seinen Stock, an dem sich der Teig appetitlich braun verfärbte. „Sie waren schon immer so."

„Warum? Ist es eine Art Mutation? Eine Krankheit? Eine Pigmentstörung? Ich hatte schwören können, dass sie gerade … aber das ist unmöglich. Vermutlich …"

… ist es der Tumor, beendete sie in Gedanken den Satz. *Ich hätte ihn doch fast vergessen.*

Kjell sah ins Feuer und schwieg. Fae wusste, dass sie sich behutsam vorantasten musste, doch mit seiner scheuen Einsilbigkeit hatte er ihre Neugier nur noch mehr angeheizt. Nervös zupfte sie an der Webdecke herum und zog sie auf ihren Schultern hin und her. Was musste sie tun, um ihn zu knacken? Wo musste der Hebel angesetzt werden? Wenn sie es nicht geschickt anging, würde er zum dritten Mal geheimnisvoll abtauchen.

„Dein Brot ist fertig." Sie deutete auf das Feuer. „Probier es."

Kjell zog den Stock aus dem Feuer und betrachtete den Teig eine Weile, ehe er mit spitzen Fingern ein Stück davon abriss. Als er es sich in den Mund schob und langsam darauf herumkaute, wurde Faes ohnehin ungesunder Herzschlag noch schneller. Ganz gleich, wie oft sie ihn ansah, ganz gleich wie oft ihr klar wurde, dass er leibhaftig neben ihr saß, wirklicher wurde er trotz allem nicht.

Er sieht nicht aus wie ein Mensch. Er sieht aus wie … ach, keine Ahnung.

Während der Wind ihr das Haar ins Gesicht wehte, beobachtete sie, wie er mit geschlossenen Augen den Geschmack der Gewürze genoss.

Zumindest sah sein Gesicht ganz danach aus, als erfreute er sich daran. Kjell neigte den Kopf, kräuselte die Stirn, blinzelte verwirrt und zupfte ein weiteres Stück Teig ab.

„Es ist gut?"

„Es schmeckt anders als das Brot, das ich kenne. Warum?"

„Es sind die Gewürze. Wo bist du aufgewachsen? Unter Seehunden? Liegt irgendwo da hinten deine Haut, mit der du dich verwandeln kannst? Oder wächst dir unter Wasser ein Fischschwanz? Bist du ein Nudisten-Hippie mit ein paar seltenen Mutationen oder was? Hilf mir mal ein bisschen auf die Sprünge, sonst …" Sie rang aufgebracht die Arme. „Ach, denk dir einfach eine Drohung deiner Wahl aus."

Wieder sah er sie auf diese unschuldige, scheue Weise an. Faes Hände verkrampften sich. Nur zu gerne hätte sie ihm ihre Finger um den Hals gelegt und die Wahrheit aus ihm herausgewürgt, aber das war vermutlich die falsche Herangehensweise.

„Du kannst nicht ständig geheimniskrämerisch auftauchen und noch geheimniskrämerischer wieder verschwinden", fauchte sie entrüstet. „Verstehst du? Ich versuche gerade, mir das alles zu erklären, aber es funktioniert nicht. Und wenn du … ach, verdammt. Was soll's. Es spielt sowieso keine Rolle mehr. In ein paar Tagen hat sich eh alles erledigt. Gute Nacht und leb wohl."

Fae warf den leeren Stock in den Sand und zog die Decke fest um ihre Schultern. Ihr ursprünglicher Plan hatte vorgesehen, genau in diesem Augenblick aufzustehen und ins Haus zu verschwinden, aber ihr Hintern schien am Sand festgefroren zu sein. Neben ihr zupfte Kjell fahrig ein Stück Teig ab, schob es sich in den Mund und starrte mit gerunzelter Stirn auf die heranrauschenden Wellen. Wunderbar. Etwas Sinnvolleres fiel ihm offenbar nicht ein.

„Du machst mich wahnsinnig", knurrte Fae.

„Ich weiß", antwortete er zu ihrer Überraschung. „Es tut mir leid. Das hätte nicht passieren dürfen."

„Deine Liste der hilfreichen Erwiderungen wird immer länger. Wenn du nicht hier sein solltest, dann verschwinde. Stürze dich ins Meer, lass mich zutiefst erschüttert zurück und wage es nicht noch einmal, hier aufzutauchen. Sonst nehme ich das nächste Mal kein Stockbrot mit an den Strand, sondern ein Schrotgewehr."

Kjell stieß einen gequälten Seufzer aus.

„Was machst du noch hier?“ Fae vollführte eine wütende Geste. „Verschwinde schon. Hör auf, mich zu verwirren. Du weißt, was mit mir los ist. Geht es in deinen Kopf, dass ich meine letzten Tage nicht mit Grübeleien verbringen will?“

„Du bist der erste Mensch, dem ich mich zeige.“

„Ja ja, das hatten wir schon mal.“

„Ich sah dich das erste Mal, als du mit deinem Bruder diese Küste entlanggelaufen bist.“ Kjell blickte stur auf das Feuer. „Ich glaube, es war der Tag, nachdem ihr in das Haus gezogen seid.“

„Aha. Seitdem steigst du mir also schon hinterher. Fein. Da warst du ja mal richtig mitteilsam.“

„Ich konnte nicht anders, als dich zu beobachten. Jede Nacht, wenn ihr am Lagerfeuer gesessen habt. Immer, wenn du alleine an den Strand gekommen bist. Es tut mir leid. Ich dürfte längst nicht mehr hier sein.“ Seine Stimme klang flehend und hilflos, und Fae spürte, wie dieser Klang ihre Wut verrauchen ließ. Jedes seiner Worte war wie ein Streicheln in ihrem Gehirn. Sie fühlte sich benebelt, tiefenentspannt, offen für jede …

„Halt!“ Fae schauderte. „Hör auf damit.“

„Womit?“ Er sah sie ratlos an.

„Du versuchst, mich zu hypnotisieren.“ In ihrem Kopf summte und vibrierte es. Sie wollte wieder seine Stimme hören. Dieses warme, dunkle, streichelnde Raunen. „Du machst irgendetwas mit mir. Was soll das? Versuchst du, mich zu manipulieren?“

Kjell starrte ratlos ins Leere.

„Du bist so verwirrend, dass du sogar dich selbst verwirrst, was?“

Er neigte den Kopf. Was auch sonst. Sie hatte niemals jemanden getroffen, der diesen kindlichen Unschuldsblick zu solcher Perfektion gebracht hatte. Er war wie eine fest verschlossene Auster, wie eine unmöglich zu öffnende Schatztruhe, und sie verzweifelte an der immer stärker werdenden Ahnung, dass ihre Neugier niemals gestillt werden würde. Kjell konnte jeden Augenblick verschwinden und nie wiederkehren. Hier zu sitzen, erschien ihm falsch. Alles an ihm drückte diese Erkenntnis aus: Seine angespannte Haltung, seine verschlossene Miene, die gerunzelte Stirn und all die scheuen Blicke, die er ihr zuwarf. Sie wusste, dass es ihm unangenehm war, angestarrt zu werden. Aber Fae konnte nicht anders.

„Was bist du, verdammt? Bist du ein Mensch?“

Sie biss sich auf die Zunge.

Er musste sie für verrückt halten, für eine senile Träumerin, deren Krankheit ihr das Gehirn zerfraß. Aber Kjell sah sie nur an. Still und sanft, geheimnisvoll und zauberisch. Und plötzlich sprudelte es aus Fae heraus: „Wenn du mir nichts erzählen willst, erzähle ich dir was. Willst du es hören?"

Er nickte.

„Also gut. Es ist die unbedeutende Geschichte meines Lebens. Achtzehn Jahre lang waren wir arm, aber glücklich gewesen. Urlaub konnten wir uns nicht leisten, aber das war mir egal. Wir hatten ein kleines Haus mit einem verwilderten Garten und einer schiefen Laube, das war mehr als genug, um mich zufriedenzustellen. Als ich elf war, starb meine Mutter bei einem Autounfall. Mein Vater hat sich das nie verzeihen können." *Warum tue ich das?,* fragte sie sich nach jedem Satz. *Warum erzähle ich ihm das?* „Er hätte sie damals von der Geburtstagsfeier ihrer Freundin abholen sollen, aber er schlief ein und überhörte das Telefon. Also ließ sie sich vom Sohn ihrer Freundin fahren, und der hatte gerade mal seit drei Wochen seinen Führerschein. Es regnete in dieser Nacht nicht mal. Es war nicht glatt und er fuhr angeblich nicht zu schnell. Trotzdem prallte er gegen einen Baum und war sofort tot, genau wie meine Mutter." Sie holte tief Luft, bestückte ihren Stock mit neuem Teig und hielt ihn in das Feuer. Ohne dass sie es bemerkt hatte, war Kjell ein Stück näher an sie herangerückt, und als sie sich umwandte, begegneten sich für einen Atemzug ihre Blicke. Seine Augen waren so unerklärlich fremdartig, sie waren lichterfüllte Abgründe, die sie mit einer solchen Kälte anstarrten, dass sich die Härchen in ihrem Nacken sträubten. Nein, sie waren nicht kalt. Nur unbegreiflich. Durch Kjells Körper lief ein Schaudern, als er sich wieder von ihr abwandte.

„Ein Jahr später", fuhr Fae fort, „hatte sich mein Vater ein neues Leben gesucht. Er zog weg, Alexander und ich fanden an der Universität ein neues Zuhause. Wir waren gut. Richtig gut. Aber jetzt, da mein Bruder seinen Berufswunsch erreicht hat, wo wir alle Zeit der Welt hätten, wo mir die Welt offenstünde und ich alles sehen könnte, was ich sehen will, klopft der Tod an meine Tür. Ich wollte zusammen mit Alexander die Welt erobern, jetzt haben Ukulele und Henry den Platz eingenommen, von dem ich dachte, dass er für mich bestimmt war."

Fae bemerkte verwundert, dass diesen Worten, so bitter sie auch geklungen hatten, keine Traurigkeit mehr anhaftete.

„Es tut gut, all das herauszulassen, weißt du? Es tut gut, all das einem Fremden zu erzählen, einfach so. Es gibt nichts Heilsameres, als alle Schleusen zu öffnen und sich den ganzen Mist von der Seele zu plappern.“ Sie drehte ihr Stockbrot und warf ihm einen herausfordernden Blick zu. *Na, ist der Wink mit dem Zaunpfahl angekommen?*

„Bist du wütend auf Henry und Ukulele?“, fragte Kjell.

„Warum sollte ich? Die beiden können nichts dafür. Ich war nur wütend auf meinen Körper. Auf das wuchernde Ding in meinem Kopf und auf die Tatsache, dass Krankheiten wie diese überhaupt existieren dürfen.“

„Aber jetzt nicht mehr“, stellte er ruhig fest.

Fae spürte, wie sie lächelte. *Bitte rede weiter. Hast du eine Ahnung, wie schön deine Stimme ist? Ich könnte ihr ewig zuhören. Ich will mich hier ans Feuer legen und dir einfach nur zuhören, auch wenn du mich wahnsinnig machst.*

Aber Kjell tat ihr den Gefallen nicht. Er pflückte den letzten Rest Stockbrot von seinem Stock und aß ihn auf, ohne ein Wort zu sagen.

„Weißt du etwas vom Tod?“, fragte Fae geradeheraus. „Was erwartet uns danach?“

„Er ist nicht schlimm.“ Kjell bohrte den Stock in den Sand. „Ich bin schon einmal gestorben. Es ist so, als wäre man schrecklich müde, und als würde man nur noch schlafen wollen. Es fühlt sich gut an.“

„Ja, das weiß ich. Aber was kommt danach?“

Kjell steckte beide Arme unter die Decke und zitterte, als würde er frieren. Ehe Fae wusste, wie ihr geschah, war sie noch näher an ihn herangerückt, breitete ihre Decke aus und legte ein Ende um seine Schultern. Die dünne Wolle, die seinen Körper bedeckte, war völlig durchweicht. Vermutlich war er eiskalt. Kjell stieß einen leisen, erschrockenen Laut aus und erstarrte, aber er wich nicht vor ihr zurück.

„Du bist zu mir gekommen“, sagte Fae ganz nah an seiner Wange. „Und deswegen bist du mir ein paar Antworten schuldig. Ich lasse dich nicht gehen, ehe ich nicht weiß, wer du bist. Das hast du nun davon.

Klar soweit?“

Fae schnupperte nach dem Duft seiner Haut. Sie waren sich so nah, sie berührten sich und saßen unter der Decke wie ein Liebespaar. Doch Kjells Körper bebte vor Anspannung und machte Faes Hoffnung, ein wenig körperliche Manipulation könnte seine Zunge lösen, schnell zunichte. Es war, als kauere ein fluchtbereites Tier neben ihr, das sich nur berühren ließ, weil es von soviel Annäherung völlig überrumpelt war.

„Wer bist du?“, flüsterte sie ihm ins Ohr. „Woher kommst du?“

„Du weißt, woher ich komme.“

Ein hauchfeines Zittern lag in seiner Stimme. Er wagte es nicht, den Kopf zu drehen, denn dann wären sich ihre Gesichter zu nahe gekommen. Fae hob eine Hand und berührte sein nasses Haar. Es war wirklich silbern. Weißsilbern wie das Mondlicht auf den Wellen.

„Das weiß ich nicht“, raunte sie zurück.

„Das Haus auf den Klippen.“

„Dieses Haus, wie du es nennst, steht seit Jahrzehnten leer. Es ist nur noch ein Schutthaufen. So wie ich das sehe, kommst du aus dem Meer.“

Sie neigte den Kopf und schmiegte ihre Wange an seine Schulter. Ein Prickeln zog durch ihre Nervenbahnen, als flösse Niedrigstrom durch ihren Körper. Fast meinte sie, wieder einen Hauch Kälte zu spüren. Salzige Nässe brannte auf ihrer Haut, in ihrer Nase lag der Geruch nach Meer und Frost. „Sag schon! Du kommst aus dem Meer, habe ich recht? Ist das so?“

Kjell regte sich in ihrer Umarmung. Sie spürte, wie seine Muskeln sich anspannten, dann entwand er sich plötzlich ihrem Griff, schnell und geschmeidig wie ein Fisch. Sein Blick wirkte gehetzt, als er lautlos in die Dunkelheit zurückwich und die Decke von seinen Schultern streifte. Nackt und leuchtend weiß stand er in der Dunkelheit.

Eine rationale Erklärung? Nein, unmöglich.

Fae hob einen Arm und streckte ihm drohend ihren Finger entgegen. „Du wirst nicht verschwinden! Nicht, ohne mir zu sagen, wer du wirklich bist.“

Kjell wich weiter vor ihr zurück. Selbst aus der Entfernung sah sie das türkisfarbene Funkeln seiner Augen. „Es ist nicht gut. Ich hätte nicht kommen dürfen.“

„Warum ist es nicht gut? Warum verfolgst du mich? Antworte mir endlich!“

Er schüttelte den Kopf und wich noch weiter zurück. Sein helles Schimmern verschmolz mit der Nacht und dem Mondschein. „Es tut mir leid, Fae.“

Damit wandte er sich um und lief davon. Ein kurzes Aufblitzen von spritzendem Wasser – und Kjell war verschwunden. Fae spürte den Würgegriff von Enttäuschung, tiefer Verwirrung und Wut. Es gab keine rationale Erklärung für Kjell. Er war alles, nur kein gewöhnlicher Mensch. Aber was war er dann?

Sie wickelte die Decke wieder um ihre Schultern und blieb so lange am Feuer sitzen, bis es heruntergebrannt war. Dann schüttete sie Sand auf die Glut, packte ihre Sachen zusammen und brachte alles ins Haus. An Schlaf war nicht zu denken. In ihr brodelten Verwirrung und Wut, vernichteten jede Aussicht auf Ruhe und trieben sie wieder hinaus an den Strand. Auf einen Felsen gekauert, ließ sie ihrem Zorn freien Lauf. Verschwunden war das flüchtige Hochgefühl, verschwunden der Zauber.

Zurück blieb nur die Gewissheit, dass sie keine Zeit mehr hatte. Und dass sie rein gar nichts mehr verändern konnte.

~ Kjell ~

Vorsichtig pirschte er sich heran, Felsen für Felsen, bis er so nah war, dass der Wind ihren Duft herantrug. Feuerrauch und Meeresschaum. Eine Spur Gewürze und Schokolade. Sie roch so, wie sie schmecken würde. Ihre Gefühle loderten wilder als je zuvor. Sie brannten so wütend und verzweifelt, dass sie ihn einfingen und noch näher an sie heranzwangen. Näher und näher.

Kjell leitete die Verwandlung ein, führte sie jedoch nicht zu Ende. Es genügte, wenn sein oberer Teil menschlich aussah. Keine Schwimmhäute, keine Kiemen, keine Rückenstacheln. Sollte er es wirklich wagen? Noch war es nicht zu spät. Er konnte verschwinden und das tun, was vernünftig war. Obwohl kein Tag und keine Nacht vergingen, in der ihm im Meer nicht der Tod begegnete, konnte er ihm diesmal keine Gleichgültigkeit entgegenbringen. Er wollte nicht sehen, wie sie zugrundeging. Aber wenn er jetzt zu ihr schwamm und ihr die Wahrheit zeigte, würde ihm keine Wahl bleiben.

Kjell sah sich um. Der nächtliche Horizont lockte mit dunkler Ferne, aber ehe er wusste, wie ihm geschah, schwamm er noch näher an Fae heran. Lautlos, in der Bewegung der Welle, die gegen den nächsten Felsen brandete. Aber sie hörte ihn dennoch, fuhr hoch und lauschte. Ihr Gesicht war tränennass.

Kjell presste sich eng an den Stein und bewegte sich nicht. Atmete nicht. Noch immer brannte Wasser in seiner Kehle. Ein unterdrückter

Hustenanfall krampfte seinen Brustkorb zusammen, so heftig, dass es ihm die Tränen in die Augen trieb. Als die nächste Welle an den Stein schwappte, räusperte er sich leise. Es nützte nichts. Das Brennen wurde nur schlimmer. Wütend krallte er seine Finger in den rauen Fels und versuchte, sich zu beherrschen. Vergeblich. Als er den letzten Rest Salzwasser aus seinen Lungen hustete, fühlte es sich an, als wollten sie zerreißen.

„Kjell?"

Seine Augen und seine Kehle brannten wie Feuer.

Verschwinde!, schrie sein Instinkt. *Tauche ab!*

Aber als er Fae hinter sich spürte, drehte er sich um und blickte zu ihr auf. Vielleicht dachte sie, seine Tränen seien nur Gischt. Verflucht, dieser Körper verschwor sich gegen ihn. Er hustete noch einmal, holte mühsam Luft und senkte den Blick. Durch Kiemen zu atmen, war wesentlich einfacher.

Und was jetzt?

Er spürte ihren Blick auf sich ruhen, ein Gefühl, so herrlich und beängstigend zugleich, das er zu zittern begann. Es hatte sich so gut angefühlt, als sie ihre Wange an seine Schulter geschmiegt hatte. Es war so herrlich gewesen, als sie ihm leise Worte ins Ohr geflüstert und sich ihr Körper ganz leicht an seinen gedrückt hatte. Und herrlich war auch die Verlockung gewesen, ihr alles anzuvertrauen. Sein wahres Wesen, seine wahre Gestalt. Der Druck in seinem Inneren wurde plötzlich unerträglich, und der Gedanke, ihr alles zu erzählen – ihr, einem fremden Menschen – immer stärker.

Nein, das wäre ein Fehler. Ein sehr großer Fehler. Vielleicht ist es nur das, was man ein Fieber nennt. Nur eine Krankheit.

„Bist du gekommen, um es mir endlich zu verraten?"

Ihre Stimme klang zart und verletzlich. Bäuchlings legte sie sich auf den Felsen und wischte mit beiden Händen über ihre feuchten Augen. Kjell blickte wie gebannt zu ihr auf. Wieder war ihr Gesicht ganz nah an seinem und ließ ihn zarte Wärme spüren. Sie verschränkte die Arme und stützte ihr Kinn auf den Händen ab. Nachtlicht fing sich in ihren Augen. Er spürte ihre Freude. Ihre Faszination. Ihr ungläubiges Staunen. All diese Gefühle galten ihm. Allein ihm.

Und plötzlich wusste er wieder, warum er die Gefahr in Kauf nahm. Wenn sie ihn ansah, so wie jetzt, fühlte er sich lebendiger als je zuvor. So berauschend das Meer auch war, so herrlich das Schwimmen durch mondhelles Wasser, genoss er all das doch allein. Ohne die Nähe eines Artgenossen. Aber das hier war etwas anderes. Dieser Genuss hatte etwas unbeschreiblich Erfüllendes an sich. Er war wie ein Feuer, wenn man schrecklich fror.

„Du kannst mir vertrauen." Sie starrte an ihm vorbei in das Wasser.

Wusste sie, dass er etwas versteckte? Kjell schmiegte die untere Hälfte seines Körpers so eng an den Stein, dass Fae unmöglich etwas erkennen konnte. Sie sah nur den Menschen. Aber sah seine menschliche Hälfte wirklich menschlich aus? Fae besaß nicht solche Hände wie er.

Nicht so weiß, nicht so schimmernd, und nicht mit Häuten zwischen den Fingern. Häute? Ihm rieselte ein heißkalter Schauer über den Rücken. Warum waren sie ihm wieder gewachsen? Er hatte nicht aufgepasst, war zu abgelenkt gewesen von ihrer Erscheinung. Entsetzt bemerkte Kjell, auf welch verräterische Weise seine Haut das Mondlicht reflektierte. Und seine Hand lag unmittelbar vor ihr auf dem Felsen. Mit geschlossenen Fingern und versteckten Schwimmhäuten, aber ganz sicher nicht menschlich. Mit einem Mal wurde der Wunsch, ihr alles zeigen zu wollen, zu einer schrecklichen Dummheit.

„Nicht!" Als hätte sie vorausgesehen, dass er seine Hand wegziehen wollte, griff Fae nach seinen Fingern und umschlang sie. Ein brennendes Fieber jagte durch seinen Körper. Ja, er war krank. Ganz sicher war er krank. Es gab viele Fehler im Körper, die das Gehirn in einen Schwamm oder in eine Qualle verwandeln konnten.

Ob er wohl daran sterben würde?

Gleich würde Fae sehen, was er war. Sie würde seine Finger spreizen und die Membran dazwischen sehen. Ihre Haut war so warm, so unglaublich lebendig. Er rührte sich nicht, als Fae seine Hand zu streicheln begann, und so sehr er sich auch bewegen wollte, fand der Befehl seiner Gedanken keinen Weg in die Muskeln.

Ganz bestimmt würde er sterben. Eine Krankheit, die Körper und Gedanken lähmte, musste etwas Schlimmes sein.

Behutsam strichen ihre Fingerspitzen über jede Sehne, jede Ader, bis sie zu guter Letzt mit beiden Händen zupackte, seine Finger spreizte und die Häute entdeckte.

War er zuvor schon erstarrt gewesen, fühlte er sich jetzt, als bestünde er aus Stein. Kjell wollte die Augen schließen, wie bei einem unerwarteten Angriff, aber nicht einmal diese winzige Regung wollte ihm gelingen.

Fae sagte nichts. Sie ächzte nur leise und drehte seine Hand hin und her. Das Fieber wurde noch stärker. Es brannte wie Nesselfäden, die sich durch seinen gesamten Körper zogen. Kjell witterte den weiblichen Duft, der ihrem Körper entströmte. Ein merkwürdiger Hunger brach in ihm auf und ließ das Chaos, das er fühlte, vollends zu einem betäubenden Strudel werden. Trotzdem fühlte sich diese Krankheit gut an. Wie das schmerzhafte, sehnsüchtige Ziehen nach einem schönen Traum.

Und plötzlich übernahm etwas anderes die Kontrolle über ihn. Etwas, das furchtlos vorwärtsstrebte, während er zurückweichen wollte.

„Willst du es wirklich wissen?", fragte er leise.

Fae presste die Lippen aufeinander und nickte. In ihren Augen glänzten Tränen. „Zeig es mir. Bitte."

„Reicht dir das dort nicht?" Er sah auf seine Hand, die Fae noch immer umfangen hielt.

Sie ließ ihn los, doch nur, um ihre Finger vorsichtig in seinen Nacken gleiten zu lassen. „Ich will alles sehen. Alles."

„Du wirst es nicht verstehen. Du wirst wie die Fischer schreiend wegrennen."

Ihr Lachen klang verzweifelt und hilflos. Sie zitterte am ganzen Körper, als litte sie unter derselben Krankheit, die ihn langsam auffraß.

„Sicher nicht", presste Fae hervor. „Ich bin Schriftstellerin."

Kjell überlegte, wie er diese Aussage werten sollte. Der Mut seiner furchtlosen Seite begann, alles andere zu verdrängen. Fae sollte alles sehen, alles wissen. Ganz gleich, was danach geschehen würde. Es sollte endlich jemanden geben, der ihn wirklich kannte.

Kjell spürte, wie ihre Finger sanft und kitzelnd sein Haar teilten. Dann legten sie sich auf seine Haut, schmiegten sich an ihn und übten behutsamen Druck aus. Sie zog ihn näher zu sich heran. Immer näher. Kjell konnte schon ihren Atem auf seinen Lippen spüren. Der Druck ihrer Hand wurde noch eine Spur fester.

„Bitte", wisperte sie dicht an seiner Wange. „Du weißt, dass mir keine Zeit mehr bleibt. Bitte vertrau mir."

Er roch salzigen Schweiß. Und Sehnsucht. So viel Sehnsucht. Noch ein winziges Stück, nur noch eine Spur näher, und er würde die Kontrolle verlieren.

In seinen Eingeweiden tobte ein nie empfundener Hunger. Er war verschlingend und berauschend, war das Rasen eines Raubtieres in einer

Wolke aus Blut. Er wollte Fae. Ihren Körper. Ihre Seele. Alles von ihr.

In diesem Augenblick spürte er alles mit schmerzhafter Intensität. Den harten Felsen, an den er sich presste und auf dem seine Hände lagen. Den Sog der Strömung an seinem Fischleib. Ihren Geruch, ihre Wärme. Die Hitze ihrer Hände in seinem Nacken und den salzigen Wind. Das Auf und Ab der Wellen, die an ihm zogen. Nein, die ihn gegen den Felsen drückten.

Kjell griff hoch und umfasste ihre Schultern, spürte die Knochen unter ihrer Haut und die Weichheit ihrer Jacke. Er wollte sie ins Wasser ziehen und an sich pressen, sie verschlingen und sich einverleiben, doch der Griff seiner Hände blieb behutsam und leicht.

Faes Atem streifte über seine geschlossenen Augenlider. Gierig sog er dieses Gefühl in sich auf. Zog es noch einen Augenblick in die Länge, ehe der kalte Wind ihre Wärme von seiner Haut zerrte.

„Vertrau mir", flehte sie leise. „Ich will es wissen. Gibt es mehr zwischen Himmel und Erde, als man uns weismachen will? Sind meine Träume mehr als Fantasien? Sag es mir. Ich muss es wissen, ehe ich gehe. Bitte."

Kjell spürte, wie er nickte. Angus' Worte wehten durch seine Erinnerung, doch sie waren fern und blass. Nicht viel mehr als Nebel in der Sonne. Langsam löste er sich von dem Felsen, wich im Wasser zurück und überließ sich der Verwandlung. Die Stacheln bohrten sich durch sein Rückgrat, Sprenkel und Streifen leuchteten im Mondlicht auf seiner Brust und den Armen, der Fächer seiner Fluke zeichnete sich deutlich sichtbar unter den Wellen ab. Genauso wie die beiden kleineren Flossen links und rechts an seiner Hüfte. Er hörte Faes leises Wimmern.

Sie stand auf, schlug beide Hände vor das Gesicht – und weinte.

Fürchtete sie sich? War sie entsetzt?

Nein, Kjell empfing nichts dergleichen. Verwirrt verharrte er an Ort und Stelle und bewegte die Flosse langsam auf und ab, um sich über Wasser zu halten.

Bis Fae vom Felsen sprang.

Ein lautes Platschen, Salzwassertropfen in seinen Augen, dann warme Menschenarme, die sich um seinen Hals legten. Sie grub ihre Finger in seine Haare, lachte und weinte zugleich und schlang ihre Beine um seine Hüfte. Damit sie sich nicht stach, legte er die scharfen Giftstachel entlang seiner Wirbelsäule so eng wie möglich an die Haut. Zart wie Seegras glitten ihre Hände über seine Haut, ohne dabei in die Nähe der Stacheln zu kommen, als wüsste Fae instinktiv, dass sie gefährlich waren.

Kjell hielt den Atem an, als ihre Finger entlang seiner Taille und Hüften nach unten tasteten und über die schuppige Fischhaut strichen. Warum fürchtete sie sich nicht?

Warum schreckte sie nicht vor ihm zurück? Behutsam legte er seine Arme um sie, hielt sie beide über Wasser und versuchte, nicht an den Schleier des Todes zu denken, der ihren Körper umhüllte. Wieder und wieder strich Fae über sein Gesicht, als fürchtete sie, er könnte verschwinden wie ein Geist aus einem Traum. Niemals hatte er sich so lebendig, so wirklich gefühlt – und zugleich so elend. Er wollte mehr von ihren Berührungen, viel mehr, aber jeder ihrer Atemzüge und jeder Herzschlag brachte das Ende näher. Faes Körper zitterte in seiner Umarmung, ihre Lippen wurden blau.

Es ist zu kalt für sie.

Sie muss aus dem Wasser. Zurück an Land.

Vorsichtig trug er das schlotternde Bündel in seinen Armen zum Strand. Fae schluchzte, dass es sie nur so schüttelte, und als sie tropfend und zähneklappernd vor ihm im Sand saß, wusste er weder aus noch ein vor Mitgefühl.

Gequält schloss er die Augen, während Fae ihn erneut berührte. Sie tastete mit heißen, zitternden Fingern über Brust, Hüfte und Fluke, zog zärtlich die Konturen einzelner Schuppen nach und weinte unaufhörlich.

„Du musst dich aufwärmen." Wie fremd seine Stimme klang. Er hörte sie viel zu selten. „Geh rein und setz dich ans Feuer."

„Komm mit", flehte sie. „Ich habe tausend Fragen an dich. Ich will alles über dich wissen. Du darfst nicht verschwinden."

„Aber ich muss."

Weil ich nicht zusehen will, wie du stirbst.

„Verlass mich nicht. Nicht jetzt. Bitte komm mit."

Er sah sie nur verzweifelt an und glitt ein Stück von ihr fort. Unangenehm rau schrammte der grobe Sand über seine Hüfte, dort, wo sie ihn gerade noch sanft berührt hatte.

Es ist auch so schon schwer genug. Lass mich gehen.

„Siehst du den Felsen da hinten?" Fae deutete ins Dunkel hinein. „Den kleinen zwischen den beiden großen?"

Er konnte nicht anders, als zu nicken.

„Ich werde ein paar Sachen für dich dort hinlegen und lasse die Tür auf. Mein Zimmer ist ganz oben unter dem Dach, du siehst die Treppe, wenn du reinkommst. Und pass auf, dass die Jungs dich nicht sehen."

Kaum tauchte er in das Wasser ein, spürte er eine Strömung, die an ihm zog.

Ich werde sie sterben sehen und selbst noch viel kränker werden.

Ich will bleiben und verschwinden. Ich will beides.

Warum?

Sein ganzer Körper verkrampfte sich. Er spürte, wie er nickte, und dann war da nichts als Wasser. Er tauchte tief und schwamm weit, versuchte einen schwachen Moment lang, einfach zu vergessen. Sein Fieber mit Kälte auszulöschen, die Erinnerung an ihre Nähe mit der weiten See, die Wildheit ihrer Gefühle mit Salz.

Zu spät.

Es drängte ihn zurück. Immer heftiger, je weiter er schwamm.

Wie viel Zeit blieb Fae noch? Ein Tag, zwei Tage? Vielleicht nur eine Nacht? Und was dann? Vielleicht würde er nicht loslassen können.

Vielleicht …

Ein unbedeutendes Menschenwort. Nur Meeresschaum in der Hitze eines Sommertages. Selbst wenn ihnen nur eine Nacht blieb, lag es in seiner Macht, ihre Wünsche zu erfüllen und sich selbst zu befreien.

Ein Mensch, der alles von ihm wusste.

Der alles mit ihm teilte …

Kjell tauchte auf und sah zur fernen Insel hinüber. Sie war kaum mehr als ein blauer Schatten im Mondlicht.

Es gab den Tod und das Leben.

Aber was, wenn beides untrennbar zusammengehörte?

~ Gegenwart, August 2052 ~

Erschöpft klappte er das Buch zu und legte eine Hand auf seine Stirn.

Mein Gott, er glühte wie ein Hochofen. Erst jetzt bemerkte Kjell, dass Hose und Shirt nass vor Schweiß waren. Ihm wurde schwindelig, sein rasender Herzschlag füllte seinen Körper von den Zehenspitzen bis zum Scheitel. Unten in der Küche hantierte Fae lautstark herum, der Wind heulte unter dem Dach, die Wellen dröhnten und rauschten. Er hörte Möwengeschrei, Mäusetrippeln, Holzknirschen, das Rauschen des Grases und das unerträglich laute Scheppern von Töpfen.

Wurde er krank? Vier Tage vor seiner wichtigsten Vortragsreihe?

Kjell schob das Buch von seiner Brust und rieb sich die überanstrengten Augen. Eins musste man dieser Geschichte lassen: Sie fesselte ihn. Sie fesselte ihn sogar so sehr, dass er während des Lesens nicht einmal bemerkte, dass er zerfloss wie Schokolade in der Mikrowelle.

Als er sich aus der Decke schälte, gehorchten ihm seine Beine nur widerwillig. Was hatte er getan? Im Bett gelegen oder einen Marathon bewältigt? Nur unter Mühen schaffte er es, sich die nassgeschwitzte Kleidung auszuziehen und das Fenster zu öffnen. Ächzend streckte und dehnte er seine verkrampften Muskeln. Grundgütiger, er fühlte sich wie neunzig. Die salzige Luft trocknete den Schweiß auf seiner Haut, ohne dass er sich besser fühlte. Irgendetwas stimmte hier nicht.

„Du musst es beherrschen", wehte die Stimme seiner Mutter durch seine Erinnerung. „Du darfst es nicht hervorbrechen lassen."

Nein, das wurde ihm alles zu verrückt. Fae steigerte sich in diese Geschichte hinein, und er ließ sich auch noch von ihr manipulieren. Schlaftrunken zog er den Morgenmantel über und nahm ein paar Schlucke aus der Zitronenlimonade-Flasche, die neben seinem Bett stand. Aus ein paar Schlucken wurde gieriges Saufen, und ehe er es sich versah, war ein Liter in ihm verschwunden.

Bestürzt beäugte Kjell die leere Flasche. Hatte Fae irgendwo ein Fieberthermometer herumliegen? Er fühlte sich wie ein Atommeiler kurz vor dem Supergau, wie ein brodelnder Vulkan, der auf seinen längst überfälligen Ausbruch wartete. Kjell stellte die Flasche zurück auf den Boden, trat vor den Spiegel und massierte sich die Schläfen.

Reiß dich zusammen!

Du hast Körperbeherrschung doch sonst so gut drauf.

Sein Spiegelbild starrte aus fiebrigen Augen zurück. Ein Wust aus nassen Locken verklebte seine Stirn, seine Züge wirkten seltsam kantig und hager.

Shit, ich sehe aus wie ein Drogensüchtiger.

Kjell beugte sich vor, musterte das dunkle Blau seiner Augen und drehte den Kopf hin und her. Ja, auch seine Haut besaß bei bestimmtem Lichteinfall einen silbrigen Schimmer. Genau wie die des Mannes im Buch. Vor jedem Auftritt schwärmten die Maskenbildner, wie praktisch es sei, keinerlei Puder zu brauchen, um ihn in das perfekte Kameralicht zu rücken. Bis heute hatte Kjell nie geschwitzt, zumindest nicht in solchem Ausmaß. Selbst im Schein heißer Scheinwerfer blieb seine Haut trocken und matt.

Er beugte sich noch weiter vor, bis er mit der Nase fast das Spiegelglas berührte. Ein besorgniserregender Glanz lag über seinen Augen. Vielleicht war auf irgendeine verdrehte, manipulierende Weise tatsächlich das Buch daran schuld, und Faes Gerede goss zusätzlich Öl in das Feuer seiner Fantasie. Seit er diese Geschichte las, fühlte er sich … ja, wie eigentlich? Kjell versuchte vergeblich, es zu definieren.

Ach, das war doch alles Irrsinn. Er wurde krank, weiter nichts. Wie sollten ein paar bedruckte Seiten und irgendwelche wirren Worte einen solchen Einfluss auf seinen Körper nehmen? Unwillkürlich glitt sein Blick hinüber zu dem Buch, das unschuldig auf dem Kopfkissen lag. Wie auf Kommando wurde ihm schwindelig. Sein Gehirn kribbelte, sein Herzschlag wurde schneller, bis er wie besessen raste.

Tu etwas!, verlangte ein ominöser Instinkt. *Tu das, was die ganze Zeit schon auf dich wartet. Mach schon!*

Kjell starrte das Buch an und wartete auf eine Erkenntnis. Was zum Teufel tat er hier? Durchdrehen? Den Kontakt zur Wirklichkeit verlieren?

Er ging zum Bett hinüber, klappte das Buch zu und warf es mit einem wütenden Schnaufen in die Nachttischschublade.

Komm wieder auf den Teppich. Das sind nur ein paar Seiten Papier. Druckerschwärze und Papier. Weiter nichts.

Unten erklang lautes Tellergeklapper. Er hielt sich die Ohren zu, doch Faes „Das Essen ist fertig" hörte er dennoch. Und zwar so laut und deutlich, als stünde sie neben ihm.

Schluss! Aus! Das war endgültig genug! Sein Magen fühlte sich an, als hätte er seit Tagen nichts mehr zwischen die Zähne bekommen. Wie waren ihre Worte gewesen? Irgendein Erbe, das erwachte. Das Erbe eines Fisches? Er zeigte sich im Spiegel selbst einen Vogel, atmete tief durch und wandte eine dieser Konzentrationsübungen an, die Daniel ihm vor seinem ersten öffentlichen Auftritt gezeigt hatte, um das Lampenfieber unter Kontrolle zu bringen. Tief einatmen, tief ausatmen. Nichts weiter spüren als das Fließen, das Hinein und das Hinaus des Atems.

Ja, das half.

Es gab keine Meermenschen. Ausgeschlossen. Überall auf der Welt war er getaucht, hatte die letzten Naturrefugien dieses Planeten erforscht und war in die tiefsten Gräben getaucht, aber ein solches Mysterium war ihm nie begegnet. Fae war alt und verträumt. Er würde sich nach jemandem umsehen müssen, der sich um sie kümmerte. All die Zeit allein in diesem Haus hinterließ Spuren in ihrer Gesundheit. War es ein Wunder, dass die Fantasie seiner Mutter die sonderbarsten Ausflüge unternahm?

„Und?", fragte Fae, als er die Treppe hinuntertaumelte. „Wo bist du gerade?"

„Äh, was?" Sein Gehirn pulsierte. War ihre Stimme eben noch klar und deutlich gewesen, schien sie nun aus weiter Ferne zu kommen.

„Du siehst nicht gut aus, mein Junge. Alles in Ordnung?" Mütterliche Sorge verdunkelte ihre Augen. „Du kannst mit mir über alles reden. Das weißt du doch, oder?"

„Ja, weiß ich." Düfte stiegen ihm in die Nase. Das Fleisch sah grandios aus. Die Bohnen und Kartoffeln nicht weniger. Ihm lief das Wasser im Mund zusammen. „Es ist alles bestens. Ich habe aufgehört, als sie ihn zum ersten Mal so sieht, wie er wirklich ist. In der Nacht am Felsen."

Fae gab einen Laut von sich, der nach kläglichem Schluchzen klang. Als sie sich setzte und die Kartoffelschüssel zu ihrem Teller zog, sah er Tränen in ihren Augen.

„Mum?"

„Es ist nichts." Ihre gesamte Körpersprache strafte die Beschwichtigung Lügen. „Ich bin nur … ich habe … es sind die Erinnerungen. Die Nacht, von der du gelesen hast, sie …" Ihr entglitten die Worte. Hastig tat sie drei Kartoffeln auf ihren Teller, schob ihm die Schüssel zu und wischte sich mit dem Ärmel über die feuchten Augen. „Sie war etwas ganz Besonderes."

Kjell zwang sich zu einem Lächeln, obwohl ihm übel vor Sorge wurde. Sie glaubte wirklich daran. Sie hielt ihre Geschichte für wahr.

„Dein Meermann wird also zurückkommen?"

„Ja." Fae seufzte. Soviel Sehnsucht lag in diesem Laut, dass die Übelkeit seinen Appetit gänzlich aufzehrte. Aller Hunger war wie weggeblasen. Lustlos ließ er die Gabel mit den aufgespießten Bohnen vor seinem Mund schweben. Was sollte er tun? Was sollte er sagen?

„Er kommt zurück", wisperte Fae. „Damals wie heute."

„Und was ist mit Alexander und seinen Freunden?" Kjell zwang sich, die Bohnen in den Mund zu schieben. Sie schmeckten so gut, wie sie aussahen, aber das flaue Gefühl in seinem Magen hielt sich hartnäckig. „Sie haben ihn gefilmt, oder nicht? Das dürfte kritisch werden."

Würde ich es geheim halten?, fragte er sich im gleichen Atemzug. *Ganz sicher. Ich weiß doch, was geschehen würde. Andererseits wäre das schon ziemlich grandios.*

Fae sah ihn an, als lese sie seine Gedanken. Schließlich zuckte sie mit den Schultern: „Lies einfach weiter, mein Sohn."

„Du bist eine gnadenlose Göttin deines Universums", versuchte Kjell zu scherzen. „Es gibt für ihn keine richtige Entscheidung. Zu ihr zurückzugehen, bedeutet, sie sterben zu sehen. Dann ist die Menschenfrau unglücklich, weil sie ihm Schmerzen bereitet. Und er ist unglücklich, weil er sie nicht retten kann. Ziemlich verzwickt."

„Die richtige Entscheidung?" Fae legte ihr Besteck zurück auf den Tisch und starrte ihn an, als begänne er zu leuchten wie eine Wunderlampe. „Junge, die Antwort darauf sitzt doch vor mir. Ja, es war die richtige Entscheidung. Auch wenn sein Opfer zu groß war. Ich wünschte, ich hätte ihm helfen können."

Kjell blieb das gerade geschluckte Fleisch im Hals stecken. Was Fae damit meinte, war vollkommen klar. Ihre Worte am Strand, ihre seltsamen Andeutungen. Seine Mutter verband ihn mit einer ihrer Romanfiguren. In ihrem Kopf war Kjell aus dem Buch sein Vater, und das Meersalz in seinem Blut das Erbe, das bis vor kurzem geschlafen hatte.

Luke, ich bin dein Vater.

Ihm verging endgültig der Appetit. Vielleicht träumte er nur. Vielleicht saß er im Flugzeug nach Sydney und schlief tief und fest. Vielleicht. Ein bedeutungsloses Menschenwort. Wie Meeresschaum an einem warmen Sommertag. Verdammt und zugenäht, hätte er dieses dämliche Buch doch nie in die Hand genommen.

„Geh lesen, mein Sohn."

Faes Stimme verwandelte seine Hoffnung in eine Farce. Sie klang klar, gefestigt und sehr real. „Lies weiter, dann werden deine Fragen beantwortet. Aber heute Abend möchte ich dir etwas zeigen."

„Angus' Haus?" Kjell wusste es. Er wusste es einfach.

„Genau das. Es ist voller Erinnerungen, und wenn mich nicht alles täuscht, wirst du sie sehen können."

„Sie sehen?"

„Ja. So wie ich Fionas, Angus' und Breacs Erinnerungen gesehen habe. Und die ...", sie stockte und sah beiseite, „die deines Vaters, als er mich verließ. Es ist eine Gabe empfindsamer Seelen. Wenn sie wissen, wie man zuhört, sehen sie Erinnerungen. Die Bilder und Gefühle sind wie Geister. Allgegenwärtig. Überall. Aber an manchen Orten sind sie besonders stark."

Kjell räusperte sich. Er stand auf, räumte seinen Teller beiseite und machte sich gerade daran, auch den Rest in die Spüle zu verfrachten. Doch Fae fuhr hoch und ergriff seinen Arm.

„Ich erledige das. Du gehst hoch und liest."

„Aber ..."

„Nichts da. Ich bin kein tatteriger Knochensack, auch wenn du gerade anderer Meinung bist."

„Geht es dir wirklich gut? Ich kann hierbleiben, wenn du willst."

„Unsinn." Sie vollführte eine energische Handbewegung. „Ich komme klar. Geh hoch und lies weiter."

Kjell holte tief Luft. So entschlossen ihre Worte auch geklungen hatten, er vertraute ihnen nicht. Was würde aus Fae werden, wenn er sechs Monate lang durch die Welt reiste? Jemand musste auf sie aufpassen und die Aufgabe übernehmen, die eigentlich in seiner Verantwortung lag. Oder sollte er sich über den Willen seiner Mutter hinwegsetzen und Daniel damit beauftragen, sämtliche Vorträge aus privaten Gründen abzublasen? Nein, unmöglich. Seine Mutter und er brauchten das Geld. Inzwischen mehr denn je. Andererseits ... was nützten monatliche Überweisungen, wenn sie einsam und allein zugrunde ging? Verdammt noch eins, er hatte keine Ahnung, was das Richtige war.

„Geht es dir wirklich gut, Mum? Bitte sag mir die Wahrheit."

„Hör endlich auf mit deinen Sorgen. Mir geht es bestens. Jetzt geh schon. Die Geschichte wartet."

Kapitel VI

Inspiration

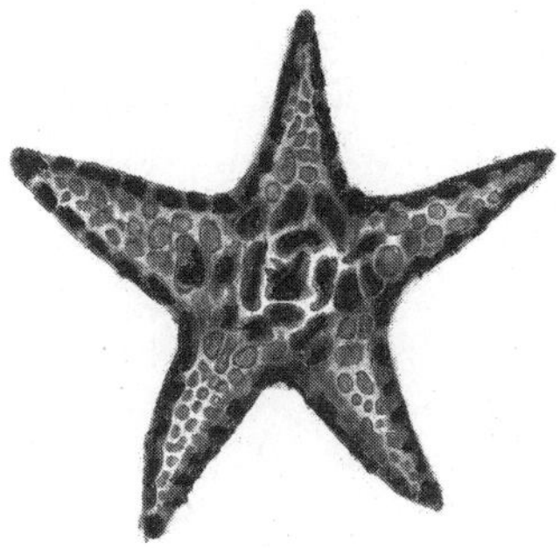

~ Fae, September 2009 ~

Den schnurrenden Kater auf dem Bauch, starrte sie durch das geöffnete Fenster zu den Sternen hinauf. Ihre Tränen waren versiegt und hatten eine brennende Leere hinterlassen, die sich Tropfen für Tropfen mit Wut füllte. Die Stille des Hauses summte in ihrem Kopf und machte alles Geschehene im Nachhinein noch unwirklicher. Nur das Brennen in ihren Fingerspitzen blieb als Beweis, dass es wirklich passiert war.

Warum geschah es jetzt, wo ihr keine Zeit mehr blieb?

Alles hatte sich auf einen Schlag verändert. Ihre Sicht auf die Welt, ihr Glauben und die Grenze all dessen, was sie für möglich gehalten hatte. Aber wofür? Kjell war verschwunden, und für sie konnte jeder Atemzug der letzte sein.

Noch immer spürte sie die weißleuchtenden Schuppen unter ihren Fingerspitzen, die so glatt waren, als seien sie mit Lack überzogen. Sie berührte in Gedanken noch einmal die seidige Fischhaut dazwischen, die filigranen Flossen rechts und links an seinen Hüften, dann die Finger mit den Häuten dazwischen und den kristallenen, spitz zulaufenden Nägeln. Besonders seltsam waren die Stacheln entlang seiner Wirbelsäule, die wie elfenbeinerne, mit zarten Häuten verbundene Spitzen aussahen und so scharf waren, dass sie es nicht gewagt hatte, sie zu berühren.

Zu spät.

Ihr Traum war Wirklichkeit geworden. Sie wusste nun, dass die Welt voller Wunder und Rätsel war, und sie hatte eines dieser Rätsel berührt. War all das nicht mehr als ein Abschiedsgeschenk?

Sieh her, was alles möglich ist. Und jetzt stirb.

Fae grub ihre Finger in das Fell der dösenden Katze und biss sich auf die Lippe, um nicht schreien zu müssen.

Bitte. Lass ihn kommen.

Und wenn es nur für eine Nacht ist.

Die Männer hatten sich noch immer im Technikraum verschanzt. Manchmal konnte sie leises Rumoren hören. Verstohlene Stimmen, Mausklicken, leises Geklapper und das Klackern von Fingern auf Tasten. Dazwischen angespannte Stille. Mit jeder verstreichenden Minute wuchs ihr Zorn auf den Lauf der Dinge, der ihr die unglaublichste Erkenntnis ihres Lebens vorwarf und sie ihr sofort wieder entriss. Ihre Gedanken kreisten und kreisten, bis sie sich am liebsten das Gehirn aus dem Kopf gerissen hätte, um wutschnaubend darauf herumzutrampeln.

Morgen früh werde ich schon nicht mehr daran glauben, dass er existiert. Ich werde mir selbst nicht mehr glauben.

Fae schloss die Augen und konzentrierte sich auf das Ding in ihrem Schädel. Es verhielt sich ruhig, beinahe zu ruhig. Kaum Schmerzen, keine Halluzinationen. Ihre Haut und die Katze rochen normal. Alle Farben, die sie umgaben, schienen real zu sein.

Bewegungslos lag sie da, spürte das schläfrige Atmen des Katers und den trägen Schlag ihres Herzens. Ein Teil in ihr wollte an den Strand laufen und nach ihm rufen, aber der andere wusste, dass es der falsche Weg war.

Lass ihn kommen … gib mir noch etwas Zeit …

Das Ding in ihrem Kopf schien höhnisch zurückzuflüstern: *Träum weiter! Ob dir Wunder begegnen oder nicht, ob du leben willst oder nicht, ich werde dich töten.*

Ihre Kehle fühlte sich wund und trocken an, drängend schlug das Herz gegen ihren Brustkorb. Sie leckte sich über die Lippen und schmeckte eine Spur Salz. Meeressalz. In ihren Träumen malte sie sich aus, wie Kjell durch das Meer schwamm, wild und frei, wie er zu fernen Küsten wanderte, ganze Ozeane durchquerte und die Schönheit einer Welt genoss, die keine Grenzen kannte.

„Nimm mich mit“, flüsterte sie in die Stille. „Bitte komm und nimm mich mit.“

Lange starrte sie ins Leere, bis sie leise Schritte von unten her hörte. War es Kjell? Kam er doch noch einmal zu ihr zurück?

Sie hörte verhaltene Stimmen aus dem Technikraum. Alexander, Henry und Ukulele hatten sich offenbar noch immer verbarrikadiert. Ehe Fae wusste, wie ihr geschah, rannte sie bereits die Treppe hinunter. Für einen Augenblick vergaß sie jede Vorsicht, erst das vernehmliche Knarzen der Stufen machte ihr bewusst, dass sie zu laut war. Behutsamer schlich sie weiter, auch wenn die Ungeduld sie wahnsinnig machte, huschte auf Zehenspitzen den Flur entlang und bog nach links ins Wohnzimmer ab. In letzter Sekunde unterdrückte sie einen freudigen Aufschrei.

Reglos stand er mitten im Raum. Sein silbernes Haar tropfte vor Nässe, Henrys weißes Hemd war klatschnass und voller Sand. Aus hell funkelnden Kristallaugen blickte er sie an, völlig außer Atem und bebend vor Erregung. In seinem Blick lag eine lodernde Mischung aus Freude und Verzweiflung.

Fae nickte zur Treppe hinüber. Nicht einmal ein Lächeln brachte sie zustande, ihre Beine zitterten und wollten sie kaum tragen. Während sie vorsichtig den Weg zurück beschritt, folgte er zögernd. Der Drang, sich umzudrehen und ihn erneut zu spüren, wurde unerträglich. So fühlte es sich also an, wenn eine Welt zerbrach und eine neue entstand. Oh, sie trauerte der alten nicht nach. Nicht im Geringsten.

Endlich war sie zurück im Dachzimmer. Fae wartete, bis Kjell eingetreten war, dann schloss sie die Tür hinter sich. Wie ein heller Schatten glitt er an ihr vorüber, ohne sie zu berühren oder auch nur flüchtig zu streifen.

Einen Schlüssel gab es nicht, aber einen Riegel. Fae hatte ihn seit ihrem Einzug nie benutzt, dementsprechend widerwillig war sein Knirschen, als sie ihn vorschob. Hinter ihr erklang ein kaum hörbarer Schreckenslaut wie das hauchfeine Zischen eines Tieres. Kjell starrte sie aus Augen an, die an ein ängstliches Kind erinnert hätten, wären sie nicht von der kalten Fremdartigkeit eines Reptils ausgefüllt. Senkrecht geschlitzte

Pupillen und eine Iris, die den gesamten Augapfel einnahm. Beides war weder eine Einbildung noch ein sonderbarer Lichtreflex gewesen. Plötzlich spürte Fae mit aller Deutlichkeit, was zwischen ihnen lag: Die Kluft zwischen Land und Meer, zwischen Mensch und Fabelwesen.

„Alles okay?"

Kjell antwortete, indem er seine Augen zusammenkniff und deren ohnehin unbegreifliches Türkis noch intensivierte. Sein Atem ging schwer und schnell, unter dem nassen, durchsichtigen Stoff des Hemdes sah Fae das hektische Auf und Ab seiner Brust, bis er beide Arme hob und sie nervös ineinander verschränkte.

„Geht es dir gut? Du siehst aus, als würdest du gleich in deine Atome zerspringen."

„Atome", flüsterte er gepresst. „Grundbausteine der Materie. Entstammt dem Griechischen und bedeutet das Unteilbare."

„Völlig korrekt. Nehme ich jedenfalls an. Meine letzte Physikstunde ist fünfzehn Jahre her. Woher weißt du, was Atome sind?"

„Bücher", brummte er nur.

„Natürlich. Das untergegangene Atlantis besitzt vermutlich eine beachtliche Bibliothek. Wie haltet ihr die Bücher unter Wasser in Schuss? Mit Plastikfolien?"

Kjell brummte etwas Unverständliches.

„Also keine Unterwasserbibliothek?", hakte sie nach.

„Ich habe dir gesagt, wo ich gelebt habe. Dort gab es Bücher."

„Ja, sicher." Fae hob die Hände und sah, wie heftig sie zitterten. Nur nicht zu genau darüber nachdenken, was hier gerade geschah. Und schon gar nicht darüber nachdenken, wie Kjells wahre Gestalt aussah. Sie brauchte Zeit und Antworten. Beides würde schwierig werden.

„Dann geht es dir also gut?"

Sein Nicken war nichts als eine Lüge. Etwas jagte ihm Angst ein, so sehr, dass ein Beben seinen Körper durchlief. Erst als Fae bemerkte, worauf sein starrer Blick fixiert war, kam ihr eine Vermutung.

„Es ist der Riegel, oder? Du magst es nicht, eingesperrt zu sein?"

Wieder nickte er.

„Soll ich ihn aufschieben?"

„Ja."

Fae tat ihm den Gefallen, obwohl es ihr nicht behagte. Alexander neigte selten dazu, sein Kommen durch Klopfen anzukündigen. Kjell murmelte etwas, schloss die Augen und atmete ein paar Mal tief ein, nicht anders als ein Mensch, der versucht, sich selbst zu beruhigen. Warum wirkte bei ihm jede halbwegs normalsterbliche Geste so merkwürdig? Wie die Bewegung eines Schauspielers, der sich nur zaghaft in seine neue Rolle einlebte? Während sie langsam auf ihn zuging, arbeiteten ihre Gedanken fieberhaft. Er kannte ihre Sprache und beherrschte sie perfekt. Er hatte Bücher gelesen und wusste, was Atome waren. Also hatte er unter Menschen gelebt, es sei denn, er war heimlich in das Haus geschlichen, um zu lesen. Seine Reaktion auf das Schließen der Tür deutete auf schlechte Erfahrungen hin. Wie er vor ihr stand, unsicher und tropfnass, die Arme vor der Brust verschränkt, wirkte er trotz seiner kalten Reptilienaugen unfassbar verletzlich. Fae spürte den überwältigenden Drang, alles Schlechte von ihm fernzuhalten. Es aus ihm herauszusaugen, bis nur noch Glück übrig war.

Vorsicht!, mahnte ihre Vernunft. *Ich kenne ihn nicht. Ich weiß nicht, wozu er fähig ist. Ich weiß überhaupt nichts über ihn.*

„Du bist nicht eingesperrt", sagte sie behutsam. „Wenn du gehen willst, dann geh."

„Ich weiß." Die leise Weichheit seiner Stimme streichelte ihren Körper und entfachte eine ziehende Leere. Es war, als sei sie ein Resonanzgefäß, das durch seine Nähe in Schwingung versetzt wurde. Bildete sie es sich nur ein, oder war ihr Körper nicht so taub wie sonst? Ein Kitzeln floss über die Härchen ihrer Arme, fast so, als spüre sie einen kühlen Wind.

„Ich mag keine Türen", flüsterte Kjell. „Ich habe sie noch nie gemocht."

„Hat jemand dich eingesperrt?"

„Es ist lange her."

„Warum?"

Er antwortete nicht darauf. Reglos stand er da, strahlend und rein, während die silbernen Sprenkel in seinen Augen lebhaft funkelten. Kjell studierte sie. Sein Blick wanderte ungläubig über jeden Zentimeter ihres Körpers, als sei sie für ihn ebenso wundersam anzusehen, wie er es für sie war.

„Haben Menschen herausgefunden, was du bist?", fragte sie leise. „Haben sie dich deswegen eingesperrt?"

Fae trat näher zu ihm hin. Mit jedem Schritt wurde das kitzelnde Gefühl stärker, beschränkte sich nicht mehr nur auf ihre Arme, sondern breitete sich aus. Es war, als trete sie in ein Energiefeld oder in ein Licht, das sie umhüllte.

Bist du das? Oder ist es das Ding in meinem Kopf?

Kjell wagte es nicht, sie anzusehen. Sein Schweigen war Antwort genug. Jemand hatte ihn gefangengehalten. Irgendwo. Irgendwann. Und er versuchte, zu vergessen.

Kaum eine Handbreit vor ihm blieb Fae stehen. Nein, er sah nicht auf den Boden. Sein Blick ruhte auf ihren Brüsten, neugierig und fasziniert wie der eines Jungen. Ein Lachen kämpfte sich aus ihrer Kehle hervor. Sie versuchte es zu unterdrücken, scheiterte und entließ ein albernes Prusten. Allmächtiger, bitte nicht jetzt!

Plötzlich trafen sich ihre Blicke, und hatte Fae gerade noch geglaubt, unkontrollierbar kichern zu müssen, blieb ihr angesichts seines Gesichts jeder Laut im Hals stecken.

Eisige Reptilienpupillen klafften in silbergesprenkeltem Türkis und hielten ihren Blick fest wie ein Spinnennetz die Fliege. Sie fürchtete sich, und sog dennoch jedes Detail in sich auf, ohne zurückzuweichen: Den geschwungenen Bogen seiner rauchgrauen Brauen, die nur so dunkel aussahen, weil sie in solchem Kontrast zu seiner weißen Haut standen. Den Schatten seiner Wimpern. Den Tropfen, der in die Vertiefung seiner Kehle rann und die Strähnen, die auf seinem Hals klebten. Ihre Finger wollten ihr kaum gehorchen, als sie vorgriff und eine davon nach hinten strich.

„Danke“, flüsterte sie.

„Danke wofür?“, flüsterte er ebenso leise zurück.

„Dass du zurückgekommen bist.“

Als Fae ihre Hand zurückzog, strich sie flüchtig über den feuchten Stoff, der seine Schulter bedeckte. Falsch wirkte die Kleidung auf seiner Haut. Wie eine schlecht sitzende Maske. Sie wollte ihn noch einmal in seiner wahren Gestalt sehen. So, wie er wirklich war.

Als Kjell beharrlich schwieg, nahm Fae zwischen den Kissen Platz, legte sich auf die Seite und sah zu, wie er es ihr gleichtat. Langsam streckte er sich vor ihr aus, nahm sich ein blaues Kissen und knüllte es äußerst menschlich vor seiner Brust zusammen, während er sich mit dem Ellbogen abstützte. Wieder eine Geste, deren Normalität unpassend wirkte.

Rembrandt, der sich in einer dunklen Ecke zusammengerollt hatte, streckte sich steifbeinig, schwankte zu Kjell hinüber und fand an seinem

Bauch eine neue Ruhestätte. Schnurrend ließ sich das Tier kraulen, während sein Körper immer länger zu werden schien.

„Ich will dir alles erzählen", hörte sie Kjell sagen. „Ich will, dass du alles weißt. Frage mich, was immer du willst."

Fae blieb vor Überraschung jedes Wort im Halse stecken. All die Fragen, die ihr zuvor noch durch den Kopf gewirbelt waren, gaben plötzlich Fersengeld. Sprachlos starrte sie ihn an.

„Ich dachte, du wärst neugierig." Mit jeder Sekunde, die sie es wagte, in seine Augen zu blicken, wurden sie fremdartiger und unbegreiflicher. Warum war er wirklich hier? Weil sie starb, und weil man seinesgleichen nachsagte, hungrig nach Menschenseelen zu sein?

Da war sie, ihre drängendste Frage. Doch Fae wagte noch nicht, sie zu stellen. Dreimal schloss sie die Augen und atmete tief durch, ehe sich ihre Gedanken wieder in einem halbwegs kontrollierbaren Strom bewegten.

„Nur zu." So kalt seine Augen blickten, so warm war seine Stimme. Raunend und streichelnd, verführerisch sanft. „Du bist der erste Mensch, dem ich dieses Angebot mache."

„Sirenenflüstern", sprach Fae ihren Gedanken laut aus.

„Was?"

„Ach nichts."

„Sirenen locken Menschen in den Tod", gab er ruhig zurück. „Ich habe von ihnen gelesen. Willst du dir Wachs in die Ohren stopfen, so wie Odysseus?"

Fae schnaufte. „Ist das denn nötig?"

„Ich weiß es nicht", gab er mit einem kühlen Unterton zu. „Vielleicht solltest du mir wirklich nicht zuhören. Bisher habe ich nicht herausgefunden, wie viel Wahres in den Legenden steckt."

„Aha." Fae starrte auf Kjells Haarspitzen, von denen immer noch vereinzelte Tropfen fielen. „Dann bist du noch nicht lange so, wie du bist?"

„Ich habe die Zeit nicht gezählt. Aber Jahrhunderte waren es bestimmt nicht, um wieder auf die Legenden zurückzukommen."

„Legenden. Du sagst es. Vor mir sitzt gerade eine. Unglaublich, oder? Ich müsste vermutlich ausflippen. Oder mich der Wahrheit verweigern. Oder was auch immer."

Kjell zuckte lapidar die Schultern.

„Du sagtest, du hast in diesem Haus gewohnt?", stellte Fae die nächste Frage. „Wann? Mit wem?"

„Mit meinem Vater. Vor vielen Jahren."

„Ein menschlicher Vater?"

Er nickte, schnupperte am Fell des schnurrenden Katers und blickte wieder auf, ein verklärtes Lächeln auf den Lippen. Warum lächelte er? Woran dachte er?

„Meine Mutter war auch ein Mensch", fügte Kjell hinzu.

„Aber wie ..." Sie starrte auf seine Beine. Zwei gewöhnliche, kräftige Beine, die vollkommen echt und trotzdem nicht richtig aussahen. „Wie bist du so geworden?"

„Es gibt eine Kraft im Meer. Ich nenne sie die Seele. Sie nimmt und schenkt Leben, verändert oder zerstört es. Aber was genau diese Kraft ist, weiß ich nicht. Ich weiß nur, dass sie mich verwandelt hat." Mit jedem Wort wurde seine Haltung entspannter. Vermutlich lag es an Rembrandts einlullendem Schnurren.

„Wo ist diese Kraft?", fragte Fae. „Wie sieht sie aus?"

„Es ist ein helles Licht in der Tiefsee, das aus einer Höhle herausstrahlt. Man erträgt es nicht, näher heranzuschwimmen. Es brennt wie Feuer, aber auf schöne Weise. Je näher man ihm kommt, umso größer wird der Schmerz und umso größer wird der Drang, sich hineinfallen zu lassen. Einmal bin ich so nah herangeschwommen, dass meine Haut verbrannte. Es fühlte sich an, als würde ich durch weißglühende Flammen schwimmen, aber es war unbeschreiblich schön. Ich wollte mehr davon. Ich wünschte mir, ganz darin zu verglühen, weil ich spürte, dass ..."

Er verstummte und schüttelte den Kopf.

„Was hast du gespürt?", bohrte Fae nach. „Beschreib es mir."

„Das ist schwer." Unruhig teilten seine Finger das Katzenfell, das so weiß war wie seine Haut. „Ich weiß keine passenden Worte dafür."

„Versuch es einfach."

Er seufzte. „Ich wusste, dass alles Fleischliche gleichgültig werden würde. Eine Art völlige Selbstaufgabe. Aber keine Vernichtung, sondern ein Anfang. Vielleicht ist die Seele eine Art Tor. Ein Portal in eine andere Welt, und irgendetwas in mir weiß, dass diese andere Welt schöner ist als alles, was ich mir vorstellen kann. So schön, dass ich sterben würde, um sie wiederzusehen."

„Wiederzusehen? Warst du schon einmal dort?"

„Vielleicht", antwortete er geheimnisvoll. „Oder ich komme von dort."

„Aber sagtest du nicht …“

Er unterbrach sie mit einer Handbewegung. „Ich weiß es nicht, Fae. Ich rede nur von Gefühlen. Von Ahnungen. Vielleicht ist diese Welt, von der ich gerade gesprochen habe, die Antwort auf deine Frage.“

„Meine Frage?“

„Wohin wir nach dem Tod gehen.“

Ein Beben durchlief ihren Körper. „Sag nie wieder dieses Wort. Ich will nicht darüber nachdenken. Nicht heute Nacht. Was hat diese Kraft mit deiner Verwandlung zu tun?“

Er räkelte sich zwischen den Kissen. Fae starrte auf die blasse Haut seiner Brust, die durch den nassen Stoff des Hemdes schimmerte. Keine leichte Aufgabe, sich ganz auf seine Worte zu konzentrieren.

„Manchmal kommen Wesen aus dem Licht“, sagte Kjell. „Kleine, leuchtende Tiere, die sich wie eine Wolke bewegen. Es passiert sehr selten, das sie kommen, und wenn, dann sterben sie meistens nach kurzer Zeit. Damals lockten diese Wesen meine Mutter zu sich, als sie mit mir schwanger war. Sie hüllten sie in eine Art Kokon ein und …“, er räusperte sich beklommen, „und zersetzten sie.“

„Was? Sie zersetzten sie? Ist das dein Ernst?“

Er nickte. „Nur ich blieb übrig. Angus, mein Vater, fand mich am Strand und hat mich vom ersten Augenblick an gehasst. Für ihn war ich schuld am Tod meiner Mutter. Und er hatte recht. Ich habe sie umgebracht, weil die Wesen mich aus irgendeinem Grund wollten.“

Fae starrte ihn an. Als sie nach atemlosen Momenten wieder Luft in ihre Lungen sog, schmerzte es, als wäre sie aus tiefem Wasser aufgetaucht.

„Du kannst nichts dafür“, sagte sie sanft. „Was hättest du denn tun sollen? Du warst ja noch nicht mal geboren, als diese Wesen deine Mutter …“, sie biss sich auf die Unterlippe, „… als das passierte.“

„Vielleicht“, sagte er nur.

„Und was geschah dann?“

„Was soll dann geschehen sein? Mein Vater sperrte mich ein und ertränkte seinen Verstand im Alkohol. An manchen Tagen schaffte er zwei große Flaschen Whiskey. Er wollte mich kontrollieren und erzählte mir furchtbare Dinge über das, was ihr tut.“

„Ihr? Du meinst uns Menschen?“

Er nickte und versuchte gedankenverloren, Rembrandts Ohren umzuknicken.

Drei Versuche erlaubte ihm der Kater, bevor er aufsprang und mit erhobenem Schwanz zur Tür marschierte.

„Miau!", verlangte das Tier mit Nachdruck.

„Du willst raus?" Fae rappelte sich auf, öffnete die Tür und ließ Rembrandt nach draußen. „Okay, wo waren wir?"

Sie nahm wieder zwischen den Kissen Platz, diesmal ein Stück näher an Kjell. So nah, dass sie seinen wilden, salzigen Meeresgeruch wahrnahm. Jetzt erkannte sie, dass seine Pupillen wieder rund und die Iris ein gutes Stück geschrumpft war. Traurigkeit lag in seinem Blick, und eine Einsamkeit, die die Kluft zwischen ihnen bröckeln ließ. Wie gern hätte sie ihn durch eine Berührung getröstet, aber sie wagte es nicht.

„Dein Vater versuchte also, dich zu manipulieren?"

„Ja", antwortete er tonlos. „Aber ich wusste, dass es nicht so einfach ist, wie er behauptete. Meine Welt bestand aus einem kleinen, verriegelten Zimmer, und wenn ich am Fenster saß, hörte ich unzählige Stimmen und Gefühle aus eurer Welt. Nicht alle waren schlecht. Manchmal sah ich auch schöne Bilder in meinen Träumen und wusste, dass all das hinter den Mauern des Hauses auf mich wartet. Das weite Meer. Alles, was darin lebt. Jedes Wesen im Wasser hat mich gerufen. Ich habe versucht zu fliehen, aber nie schaffte ich es, aus dem Haus herauszukommen."

„Irgendwann musst du es wohl geschafft haben."

Kjell nickte. Sein Blick ging an ihr vorbei ins Leere, das strahlende Türkis und Silber seiner Augen wurde dunkel.

„Hast du ihn getötet?" Fae sprach es aus, ohne darüber nachzudenken. Die Worte flossen über ihre Lippen, ehe sie sie zurückhalten konnte.

„Angus wusste, dass er mich nicht dauerhaft kontrollieren konnte", antwortete er. „Ihm war klar, dass ich irgendwann stärker sein würde als er."

„Zurecht, nicht wahr?"

Kjell nickte. Seine Lippen wurden schmal und hart, ehe er sagte: „Aber ich habe ihn nicht getötet. Er tötete sich selbst, indem er von den Klippen sprang."

Fae schwieg beklommen. Daher kam die düstere Aura des Ortes und der spürbare Schleier aus verstaubtem Leid.

„Er starb an dem Tag", fragte sie nach einer Weile, „an dem du dich verwandelt hast?"

„Ja."

„Wie war es? Wie hat es sich angefühlt?"

Kjell schloss die Augen und schwieg eine Zeit lang. Fae zwang sich zur Geduld, während sie sich bewusst machte, was hier geschah. Die Geräusche aus dem Technikraum schienen aus einer anderen Dimension zu stammen. Aus einer vollkommen anderen Welt, von der sie sich mit jeder Sekunde weiter entfernte.

„Es war Freiheit", sagte er schließlich. „Einfach nur Freiheit. Jahrelang hatte ich in einer winzig kleinen Welt gelebt und plötzlich tauchte ich in ein riesiges Universum voller Farben und Leben ein. Ich sah zum ersten Mal Wale. Sie zeigten mir ihre Welt, teilten ihre Erinnerungen mit mir, schwammen mit mir durch einen ganzen Ozean und noch viel weiter. Ich sah so viele Wunder, so viele unbeschreiblich schöne Dinge. Aber ich sah auch, dass Angus nicht nur Lügen erzählt hat. Vieles, was er über euch Menschen sagte, ist die Wahrheit."

„Ich weiß." Schwindelnd schloss sie die Augen und atmete tief durch. „Es gibt Menschen, die abscheulich sind, das stimmt. Aber die meisten machen nur Fehler. Oder sie sind dumm oder verzweifelt."

„Wenn man eine Bucht vor sich sieht, in der das Wasser nur noch aus Blut besteht, fällt der Glaube daran schwer. Und wenn man sieht, wie Menschen mit stumpfen Haken und Messern auf gefangene Tiere einschlagen, verliert man ihn sogar."

„Die Faröer Inseln, nicht wahr?"

„Dort, und überall auf der Welt. Ich war an vielen solcher Orte."

„Hättest du ihnen nicht helfen können?"

„Ich habe es versucht. Aber panische Tiere sind wie panische Menschen. Ich weiß aber auch, dass nicht alle von euch schlecht sind. Keine Sorge."

„Du siehst dich nicht als Mensch? Obwohl deine Mutter und dein Vater beide Menschen waren?"

Kjell dachte eine Zeit lang über seine Antwort nach. „Du hast mich gesehen", sagte er schließlich. „Was meinst du? Bin ich noch ein Mensch?"

„Ist es nicht egal, was wir sind? Es sind nur Wörter. Schubladen für unsere Gehirne, um etwas zu ordnen, das sich nicht ordnen lässt. Hast du damals die ganze Welt umrundet?"

Kjell sah sie staunend an, während er antwortete: „Ich weiß nur, dass ich so weit schwamm, bis das Wasser wieder das meiner Heimat war."

„Also bist du vermutlich einmal um den Globus geschwommen."

Fae seufzte. Hinter diesem Gedanken lag so viel Freiheit, dass sie kaum wagte, darüber nachzusinnen. „Es könnten Jahrzehnte gewesen sein? Oder Jahrhunderte. Weißt du, wie alt du bist?"

„Nein. Ich weiß nur, dass ich zu schnell erwachsen geworden bin. Angus nahm das als Beweis, dass ich …" Kjell räusperte sich. „Für ihn war ich ein Ungeheuer. Eine Abscheulichkeit. Meine Kindheit dauerte nur ein paar Jahre, ich wuchs viel schneller als jeder Mensch."

„Du bist keine Abscheulichkeit. Wenn, dann war Angus das Ungeheuer."

„Du sagst das, ohne mich zu kennen."

Fae schüttelte den Kopf. „Wieso sollte ich dich verurteilen? Weil du anders aussiehst? Weil du Dinge kannst, die ich nicht kann? Weil ich dich nicht begreife?"

Kjell gab ein leises, verblüfftes Lachen von sich. „Ich habe mit allem gerechnet, aber nicht damit."

„Meine Mutter war immer der Meinung, ich sei zu leichtgläubig und hinterfrage zu wenig. Aber das stimmt nicht. Ich hinterfrage so ziemlich alles, mit dem Unterschied, dass ich nichts für unmöglich halte. Klar, deine Existenz könnte mich in eine tiefe Glaubenskrise stürzen, aber ich habe keine Zeit für eine Krise. Hast du eigentlich Kiemen?"

Sein Lächeln war von entzückender Scheu. „Über den Rippen, links und rechts."

„Wow. Kann ich sie sehen?"

„Jetzt gerade? Nein. Sie bilden sich nur im Wasser aus. Würde ich sie mir jetzt wachsen lassen, könnte ich nicht atmen. Genauso wenig wie ein Fisch."

„Irre. Tut es weh, sich zu verwandeln?"

„Nicht wirklich. Am Anfang hat es wehgetan, aber inzwischen ist es sogar angenehm."

„Diese Seele, von der du erzählt hast, wo ist sie?"

„Dort, wohin kein Mensch gelangen kann. Alle, die es absichtlich oder unabsichtlich dahin verschlägt, müssen sterben. Das Meer über der Seele ist ein Grab für jedes Schiff."

Fae stutzte. „Moment mal, meinst du das Bermuda-Dreieck?"

„Ich glaube, so nennt ihr es."

„Oh Mann." Ohne es zu bemerken, hatte sie sich immer weiter vorgebeugt. Kaum mehr eine Handbreit trennte sie von Kjells Gesicht. Sie spürte, wie sein Atem über ihre Wange strich – Luft, die er nur hier an Land atmete, während draußen im Meer Salzwasser durch seinen Körper strömte. Inzwischen hatte das Kitzeln und Prickeln ihren gesamten Körper ausgefüllt und machte es unmöglich, stillzuhalten. Zitternd rutschte sie auf dem Boden hin und her und wusste kaum, wo sie ihre Hände lassen sollte.

„Aber was ist es?", überlegte sie laut. „Wenn es eine Kraft ist, müsste man sie messen können. Man müsste Anomalien finden, ungewöhnliche Werte, irgendwas."

Kjells Blick wurde skeptisch.

„Ich glaube, es ist ein Portal", mutmaßte sie weiter. „Diese Theorie gefällt mir am besten. Oh, wenn ich es nur einmal sehen könnte."

Wieder legte er den Kopf schief. Im Dämmerlicht des Zimmers umgab ihn etwas so Entrücktes und Wundersames, dass sie seine Wirklichkeit kaum begreifen konnte. Bei jedem Zwinkern erwartete sie, seine Gestalt würde verschwimmen und verblassen wie die einer Traumgestalt.

Wieder lag die drängendste Frage auf ihrer Zunge, aber diesmal fürchtete sie sich nicht vor der Antwort. Sie sehnte sich danach, ein Ja zu hören, sehnte sich so sehr danach, dass ihre Augen brannten und ihre Kehle sich zuzog.

Bist du gekommen, um mich abzuholen?

„Ich glaube, du hast recht", überlegte er. „Ich dachte am Anfang, diese Kraft würde die Wesen erschaffen, aber inzwischen glaube ich, dass sie aus einer anderen Welt in unsere herüberkommen. Freiwillig oder unfreiwillig. Das erste Geschöpf, das aus dem Licht kam, war ein weißer Narwal. Er ist uralt. So alt, dass er vergessen hat, wo er herkam."

„Woher weißt du, dass er aus dem Licht kam?"

„Er trägt die Energie der Seele in sich. Man spürt es und man sieht es. Er besitzt dasselbe Licht wie die Seele. Dasselbe Licht wie ich."

Fae konnte nur nicken. Mit jedem verstreichenden Augenblick wurde alles, was sie fühlte und was sie umgab, immer unwirklicher.

Daher also Kjells ätherisches Schimmern, das in Menschengestalt schwächer, aber immer noch gespenstisch war. Es lag in seinen Augen und in dem silbernen Haar, hüllte seine Gestalt in ein Lichtfeld und schien selbst in seiner Stimme zu leuchten.

„Gab es schon einmal einen Menschen wie dich?", fragte sie wie im Schlaf. „Jemanden, der dir nahe ist? Der so ist wie du?"

„Ich weiß nur von wenigen Tieren, die lange vor meiner Zeit verwandelt wurden, und von denen ist als einziger der Narwal übrig geblieben. Wo die anderen Wesen sind, weiß ich nicht. Vielleicht tot, vielleicht in die Welt jenseits des Tores zurückgekehrt. Ich bin allein. In jedem Sinne."

„Du bist nicht allein. Jetzt nicht mehr."

Aber in seinen Augen lag die Antwort auf ihre verklärten Worte, die sie ausgesprochen hatte, ohne darüber nachzudenken: *Doch, das bin ich. Denn du wirst bald sterben.*

„Um noch einmal auf die Wesen zurückzukommen", lenkte Fae ab. „Sie scheinen darauf programmiert zu sein, Geschöpfe aufzustöbern, sie in eine Art Kokon einzuspinnen und zu verwandeln. Richtig?"

„Ich nehme es an."

„Und du sagtest, dass die meisten, die aus dem Licht kommen, schnell sterben. Vielleicht sterben sie, weil sie keinen Wirt finden. Wenn sie von der Energie der Wesen leben, die sie verwandeln, müssen sie schnellstmöglich erfolgreich sein. Sind sie das nicht, gehen sie zugrunde."

Die Traurigkeit in seinem Blick verwandelte sich abrupt in Neugier: „Gut möglich. Ich weiß nur, dass der Schwarm, der mich verwandelte, seitdem immer in meiner Nähe ist. Werde ich verletzt, heilt er mich. Aber seine Kraft wird mit jedem Mal weniger. Ich glaube nicht, dass er noch lange leben wird."

„Hm." Fae griff hoch und rieb sich mit Zeige- und Mittelfinger die Schläfe. Seine Geschichte wurde mit jedem Wort fantastischer. „Es ist eine Art Symbiose, nehme ich an, wenn auch keine ausgefeilte. Vielleicht heilen sie dich, und im Gegenzug ernährst du sie durch deine Energie. Möglicherweise funktioniert das Miteinander nur nicht so gut, weil die Erde nicht die ursprüngliche Heimat dieser Wesen ist. An ihre Welt sind sie vermutlich besser angepasst und leben so lange, wie ihr Wirt lebt. Wenn sie richtig läuft, könnte es eine Symbiose sein, die gegenseitige Unsterblichkeit verschafft. Die Wesen modifizieren ihren Wirt und sorgen nicht nur für die Heilung von Wunden oder Krankheiten, sondern auch für einen perfekten Energieaustausch. Oh Mann, das wäre …"

Fae schnappte nach Luft und legte eine Hand auf ihre Brust. Ihr Herz raste wie verrückt und schien aus ihrem Hals herauszuhüpfen.

Ein heilendes Licht …

Nein! Hör auf zu träumen!

Das führt doch zu nichts.

Kjell starrte mit einem seltsamen Ausdruck im Gesicht ins Leere. Was immer er auch dachte, welche Erkenntnisse ihm auch immer kamen, er teilte sie nicht mit ihr. Stattdessen schloss er die Augen und zog die Brauen zusammen, was seinem Gesicht einen verschlossenen, ernsten Ausdruck verlieh.

Eine gefühlte Ewigkeit schien zu vergehen, ehe er endlich sagte: „Ich weiß so wenig. Je älter ich werde, umso weniger weiß ich. Alles wird immer größer und immer verwirrender. Löse ich ein Rätsel, tauchen drei neue auf. Du bist eins davon. Ein besonders großes."

Fae schnaufte. „Ich ein Rätsel? Das sagst du mir?"

„Du bist eines", beharrte er. Sein Blick studierte sie, glitt an ihrem Körper auf und ab, bis sie das Gefühl hatte, sich in eine Starkstromleitung zu verwandeln. Fae meinte gar das feine Knistern ihrer Härchen zu hören. „Du bist das bisher größte Rätsel meines Lebens."

„Warum?"

„Keine Ahnung. Sonst wärst du kein Rätsel."

Sie holte tief Luft. Ihre Synapsen feuerten und glühten.

Bitte keinen Anfall. Nur keinen Anfall.

Aber da waren weder Schmerz noch Schwäche. Sie sah nichts verschwommen oder doppelt. Stattdessen war alles klar und unverzerrt, wie damals, als sie noch keinen Tumor, sondern tausend Träume und Flausen im Kopf gehabt hatte.

Ich brauche Zeit. Viel mehr Zeit.

Da war kein Stechen in ihrem Schädel, nicht einmal der Hauch von Schmerz. Was bedeutete das? Sie hatte lange genug mit der Krankheit gelebt, um zu wissen, dass etwas scheinbar Gutes das genaue Gegenteil bedeuten konnte.

Die letzten Anfälle waren in Abständen von wenigen Tagen gekommen. Ihr nächster war überfällig. Was, wenn es heute Nacht geschah? Dass die Schmerzen aufhörten, sprach dafür. Oft täuschte ihr Körper eine Besserung vor, bevor die Krankheit mit aller Kraft zuschlug.

Aber dann spürte sie es.

Zuerst kaum merklich, wie ein hauchzarter Windhauch, der verschwindet, kaum dass man ihn wahrgenommen hatte. Doch das Gefühl kehrte zurück, stärker diesmal. Deutlicher. Wärme.

„Aber das kann nicht sein." Fae hob eine Hand und ließ sie über Kjells Schulter schweben. Ja, sie strahlte von ihm aus. Wärme!

Lebendige, wunderbare Wärme!

„Ich kann … oh mein Gott!"

„Was ist mit dir?"

„Ich dachte …" Sie ließ ihre Hand sinken, Millimeter für Millimeter, bis sie das feuchte Hemd berührte. „Du bist nicht kalt. Du bist … warm. Unglaublich warm."

Er blickte verwirrt drein und schien in sich hineinzulauschen. „Du hast recht. Weißt du, wie selten ich warm bin? Ich kann mich an das letzte Mal kaum noch erinnern."

„Aber ich dürfte es gar nicht fühlen."

„Wegen deiner Krankheit?"

„Ja. Ich fühle Wärme und Kälte schon länger nicht mehr. Der Arzt sagte, es wird nicht zurückkommen."

Sie ließ ihre Finger höher gleiten, hin zu seinem unbedeckten Hals. Ein Wimmern kam über ihre Lippen, als sie nackte Haut berührte.

Wärme! Sie fühlte ihr wunderbares Brennen, ihre Lebendigkeit. Die Empfindung floss durch ihre glühenden Fingerspitzen, brachte ihre Nervenbahnen zum singen und trieb ihr die Tränen in die Augen. Er fühlte sich gut an. So unglaublich gut! Fae schmiegte ihre Hand um die Beugung seines Halses. So warm!

Mit einem verzweifelten Aufschrei sprang sie auf, stürzte zum Fenster hinüber und presste ihre Stirn an die Scheibe. Das Glas war eiskalt. So kalt, wie Kjell warm gewesen war.

„Nein!" Tränen rannen über ihre Wangen. Sie konnte sie nicht mehr zurückhalten. „Es kann nicht sein! Es kann nicht …"

Ihre Worte gingen in unkontrolliertem Schluchzen unter.

Nicht noch eine Hoffnung …

Als sie Hände spürte, die sich um ihre Schultern legten, gaben die Beine unter ihr nach. Kraftlos sank sie zu Boden, wurde aufgefangen und an eine warme Brust gedrückt.

Es kann nicht sein! Unmöglich!

„Das Licht hat mich geheilt." Weiche Lippen streiften ihr Ohr. Eine Hand strich über ihren Rücken. So sanft und tröstend, dass der Schmerz wie eine Schlagfalle zuschnappte und ihr einen heiseren Schrei entlockte. „Vielleicht kann es auch dich heilen."

„Das kann es nicht."

„Willst du nicht leben? Willst du es nicht einmal versuchen?"

Sie wehrte sich gegen jede Hoffnung, und doch drang sie wie ein schleichendes Gift in ihren Geist.

Nachdem wir uns das erste Mal begegnet sind, wurde mir kalt. Es ging mir viel besser. Jetzt, wo wir uns nahe sind, spüre ich wieder Wärme.

Die Schmerzen sind fort. Der Schwindel ist fort.

Vielleicht … vielleicht kann er wirklich …

„Ich habe so vieles versucht, verstehst du? Wir waren bei tausend Ärzten, ich habe tausend Untersuchungen über mich ergehen lassen, wir sind durch die ganze Welt gereist, um irgendwo jemanden zu finden, der mir helfen kann. Ich habe es mit Esoterik und Wunderheilern versucht, ich habe sogar versucht, mit Engeln zu channeln, aber der Tumor wuchs trotzdem weiter. Er wurde einfach immer größer." Ihre Finger krallten sich so fest in seinen Rücken, dass sie ihm vermutlich wehtat. Doch Kjell rührte sich nicht. Er stand einfach nur da und hielt sie fest. Ließ sie seine warme Haut spüren, ließ sie seinen Geruch einatmen. Ließ sie spüren, dass sie lebte.

„Ja, verdammt", keuchte sie hervor. „Ich will nicht sterben! Aber wenn es wieder vergeblich ist … ich halte das nicht nochmal aus."

Und was habe ich zu verlieren, wenn ich es versuche? Gar nichts.

Behutsam nahm er ihr Gesicht zwischen seine Hände. Fae spürte, wie ihr Körper einfach unter ihr wegschmolz. Sie zerfloss zu warmem, weichem Wasser, das durch seine Finger strömte.

„Fae." Er raunte es so leise, so warm in ihr Ohr. „Ich will, dass du lebst."

„Warum?", kam es kraftlos über ihre Lippen.

„Weil ich nicht länger allein sein will."

~ Alexander ~

Langsam, aber sicher, verlor er die Nerven. Henry klickte und klickte und klickte schon seit Stunden. Aber alles, was sie sahen, waren irgendwelche dunklen Schlieren, ein paar Algenbärte und das, was Ukulele als *helles Husch* bezeichnete.

Alexander spuckte einen Fluch aus.

Das konnte einfach nicht wahr sein! Sie mussten etwas finden. Verflixt, wozu war all sein Erspartes für ein mordsmäßig teures Equipment draufgegangen, wenn alles, was sie nach stundenlangem Geklicke sahen, ein *helles Husch* war?

„Henry!“, fauchte er. „Mach diesen unerträglichen Krach aus. Da kann sich doch keiner konzentrieren.“

„Ich schon. Außerdem ist das kein Krach, das ist AC/DC.“

„Mir egal. Mach es aus.“

„Wir könnten Slim Whitmans auflegen.“ Ukulele saß wie ein riesiger knallbunter Kürbis in seinem Sessel und schaufelte etwas in sich hinein, wovon Alexander allein vom Ansehen übel wurde. „Anschließend sehen wir zu, wie sein Marsianergehirn platzt.“

„Sehr witzig.“ Henry stöhnte, griff nach der Fernbedienung und ließ mit einem Knopfdruck himmlische Ruhe einkehren. „Bitte sehr, die Herren. Zufrieden? Was isst du da überhaupt? Sieht aus wie ein Lovecraft-Monster.“

„Bandnudeln mit Meeresfrüchten“, mampfte der Hawaiianer mit vollem Mund. „Willst du was?“

Henry antwortete mit einem würgendem Geräusch und einer theatralisch heraushängenden Zunge.

„Zeig endlich, was du drauf hast“, knurrte Alexander.

„Gerne. Sobald jemand den Kater ausgestellt hat.“

„Den Kater?“

„Falls es dir noch nicht aufgefallen ist, er zieht seit einer halben Stunde seine Kreise vor der Tür und miaut sich die Seele aus seinem kleinen, haarigen Arsch.“

Tatsächlich. Ein zartes, aber drängendes Maunzen durchdrang die neu gewonnene Stille. Wie hatte Henry das bei all dem Krach hören können?

„Ukulele!“, blaffte Alexander. „Fütter den Kater.“

„Sag bitte“, schmatzte der Hawaiianer

„Bitte.“

„Du bist näher an der Tür. Mach es selbst. Außerdem esse ich gerade.“

„Verdammt.“ Alexander rang die Arme gen Zimmerdecke. „Warum habe ich mir nur solche Idioten angelacht? Ihr seid Assistenten dritter Klasse. Ihr seid Ausschussware. Ich sollte euch … ach, egal.“

„Henry?“, grummelte Ukulele. „Wir sollten für unsere Rechte demonstrieren. Dieser Kerl wird mir zu dekadent.“

Alexander winkte ab, hetzte in die Küche, öffnete eine Katzenfutterdose, schaufelte den Brei in eine Schale und rannte wieder zurück.

„Und? Schon ein Ergebnis?“

„Warte!“ Henry kauerte vor dem Computer wie ein Geier vor seiner Beute. „Warte noch eine Sekunde. Mir kam gerade eine Idee. Das könnte klappen. Ja, das könnte wirklich hinhauen.“

„Wir warten schon seit Stunden. Bist du ein Genie auf deinem Gebiet oder bist du keins? War das schon alles, was du drauf hast?“

„Warte, verdammt noch mal!“

Alexander entlud seine Ungeduld in ausladenden Gesten. Er schwang seine Arme wie Dreschflegel, während er in immer hektischeren Kreisen durch den Raum tigerte. Dabei nicht über Kisten und Kartons voller Technikkram zu stolpern, glich einem Kunststück. Was für ein Chaos. Wozu besaßen sie all das Zeug, wenn es ihnen nicht weiterhalf? Das war, als hielte man einem ausgehungerten Hund einen saftigen Knochen vor die Schnauze, und zwar mit einer dicken Glasscheibe dazwischen. Er wusste, dass da unten etwas Mysteriöses geschehen war. Etwas wirklich Erstaunliches. Er fühlte es, wie man Kälte fühlte, wenn man seine nackten Zehen in den Schnee steckte.

„Henry! Lass dir was einfallen.“

„Ja genau.“ Ukulele stopfte den letzten Rest Meeresgetier in sich hinein. Die dabei entstehenden Geräusche erinnerten frappierend an ein Lovecraft-Hörspiel. „Lass dir was einfallen.“

„Hört auf zu quatschen. Ich muss nachdenken, zum Teufel. Entweder ihr seid still oder ihr geht raus.“

„Sind wir heute wieder empfindlich“, nuschelte Ukulele.

„Klappe, Fettsack!“

„Noch so eine diskriminierende Bemerkung“, gab der Hawaiianer unbeeindruckt zurück, „und ich setze mich auf dich drauf und esse Orangenmarzipanpralinen, während du verreckst.“

Alexander verdrehte die Augen. Er setzte sich auf das Fensterbrett und starrte über die Dünen hinweg auf das graue Meer. Still und leise formte sich die Entscheidung in ihm, an diesem Ort zu bleiben.

Auch, nachdem Fae gegangen war.

Nachdem sie tot war.

Seine kleine Schwester tot.

Gottverdammt!

Hasserfüllt beobachtete er die vom Wind getriebenen Wolken. Hasserfüllt hörte er das Schlagen der Wellen. Nein, so durfte er nicht fühlen.

Fae würde es nicht wollen. Sie liebte dieses Land, und deshalb musste auch er es lieben. Es war das Einzige, was ihm zu tun blieb: Seine Schwester zu ehren, auch wenn sie nicht mehr bei ihm war.

Er schloss die Augen und konzentrierte sich auf seinen Atem. Jeder musste steinige Wege beschreiten. Jeder musste Opfer bringen. Irgendwo hatte er einmal einen Spruch gelesen, der ihm die Augen geöffnet hatte. Wenigstens für einen kurzen Moment.

Jeder Mensch, der dir begegnet, ist eine Strafe, ein Test oder ein Geschenk.

Fae war alles drei auf einmal.

„Ich habe was", durchbrach Henry den Kokon aus Stille und drohenden Gedanken. „Seht euch das an."

Alexander übermannte das Gefühl, Lichtgeschwindigkeit erreicht zu haben. Er kauerte neben Henry vor dem Bildschirm, noch ehe ihm bewusst geworden war, dass er sich bewegt hatte. Ukulele beherrschte seinen Körper nicht mit derselben Präzision. Der Tisch und sämtliche Technik, die darauf stand, schepperten und bebten, als er in seiner Hast dagegen stolperte.

„Spinnst du?", brüllte Henry. „Das ist hochsensibles Zeug."

„Tschuldigung." Ukulele keuchte auf. „Aber das ist doch …"

Zu dritt starrten sie auf den Bildschirm, rückten näher und näher, bis ihre Köpfe sich berührten.

„Wie hast du das gemacht?", flüsterte Alexander. „Ist das … aber das kann doch nicht …"

„Er ist es." Ukuleles braunes Vollmondgesicht drehte sich zu ihm herum. „Oder wir halluzinieren alle drei."

„Der Typ, der Fae aus dem Wasser gefischt hat", hauchte Alexander.

„Angeblich", korrigierte Henry.

„Himmel, Uku, du stinkst nach totem Chtulhu."

Alexander rieb sich fassungslos die Augen und rückte noch ein Stück näher an das Bild heran. Es blieb scharf und deutlich.

Alles Unsinn, redete er sich ein. *Er kann da unten nicht ohne Schutz rumschwimmen, geschweige denn ohne Atemluft. Das geht einfach nicht. Unmöglich.*

Das helle Gesicht mit den unverwechselbaren silbernen Haaren war ebenso ungeschützt wie der nackte Arm, der Alexander umfasste.

„Kannst du noch eine Einstellung so hinbekommen?", fragte Ukulele. „Eine, in der man mehr sieht?"

„Mehr von was?"

„Mehr von dem hier." Der Hawaiianer deutete auf das Stück nackten Rücken, der im trüben Wasser sichtbar war. „Seht ihr diese Dinger hier? Die aussehen wie … äh … Stacheln?"

„Stacheln?", echote Henry spöttisch.

„Stacheln", bestätigte Ukulele. „Das ist kein Fehler. Seht ihr? Sie wachsen ganz regelmäßig aus seiner … äh … Wirbelsäule."

„Quatsch." Alexander schnaufte. Aber was war surrealer? Dass dieser Kerl vollkommen ungeschützt und ohne Atemmaske in eiskaltem Wasser schwamm, noch dazu in über vierzig Meter Tiefe – oder dass eben diesem Typen Stacheln aus dem Rücken wuchsen?

Henry drosch auf die Tastatur ein. Was er da tat, war für Alexander nur ein unverständliches Chaos. Er tippte und klickte und tippte und klickte, schob gefühlte zweitausend Regler hin und her, tippte und klickte, trug irgendwo irgendwelche Zahlen ein und beendete seine Arbeit mit einem gehauchten „Scheiße, Alter".

Ukulele stieß einen kieksenden Laut aus. Henry faltete die Hände zum Spitzdach und berührte damit seine Lippen. Eine Haltung, die er äußerst selten einnahm und nur dann, wenn sein Erstaunen zu groß war, um es verbal auszudrücken.

„Das ist nicht euer Ernst!" Alexander fand seine Sprachfähigkeit als Erster wieder. Er tippte auf die helle Gestalt, die zwar nur schemenhaft, aber doch deutlich genug zu erkennen war, um ihre untere Körperhälfte als die eines Fisches zu identifizieren. Eine große, fächerförmige Flosse zeichnete sich silbrig bleich im sedimentgetrübten Wasser ab. Sie bildete das Ende eines klassischen Meerjungfrauenkörpers, dessen Schuppen, wo sie vom Kamerascheinwerfer gestreift wurden, metallisch silbern glänzten. „Ihr wollt mich doch verarschen, Jungs! Zeig noch mal das andere Bild."

Henry gehorchte.

„Es ist der Typ." Ukulele klatschte in die Hände. „Seht euch das an! Er ist ein Fisch. Eine echte Arielle."

„Zoom seinen Arm ran", blaffte Alexander. „Okay, und jetzt mach ihn schärfer. Noch schärfer. Ja, genau. Geht noch ein bisschen mehr?"

Henry tat sein Bestes. Schrittweise offenbarten sich kleine Schüppchen, die vereinzelt auf dem Unterarm des Wesens wuchsen. Dazu kamen spitze, scharfe Nägel, die eine glasartige Struktur zu besitzen schienen, aber keine … nein, halt! Da war etwas zwischen den Fingern. Ganz zart und nur durch ein silbriges Schimmern zu erkennen. Eindeutig Schwimmhäute.

„Dasselbe mit dem Rücken“, verlangte Alexander. Sein Körper fühlte sich taub und heiß an. „Bei den Stacheln.“

Henry gab sein Bestes, doch die Stelle blieb schemenhaft. „Tut mir leid. Mehr geht wirklich nicht.“

Ukulele klang wie ein hyperventilierender Hochdruckkessel. „Und jetzt? Was machen wir jetzt?“

„Wen rufen wir an?“, ächzte Henry. „National Geographic? Science? Die Queen? Oprah Winfrey? Das weiße Haus? Scotland Yard?“

„Oh Scheiße“, flüsterte Ukulele. „Ich habe gerade Meeresfrüchte gegessen. Das wird ihm nicht gefallen.“

Alexander schlug sich mit der flachen Hand vor die Stirn. „Könnt ihr mal wieder auf den Teppich kommen? Niemanden rufen wir an. Ihr glaubt doch nicht im Ernst, dass das dort echt ist? Wahrscheinlich hat sich jemand einen Scherz mit uns erlaubt.“

„Geht nicht.“ Ukulele hibbelte wie ein Schuljunge auf und ab. „Du schickst nicht jemand zum Scherz mit einem Kostüm in dieses Wasser, bei diesen Temperaturen und der Tiefe. Noch dazu in ein Wrack. Das wäre absolut tödlich.“

„Was ist mit 3-D-Projektionen? Irgendwelchen Spezialeffekten? Vielleicht will uns jemand lächerlich machen, um sich unsere Aufträge zu angeln?“

„Ich kenne mich ein bisschen damit aus, wie du weißt.“ Henry verschränkte die Arme vor der Brust. „Das da ist keine Projektion und kein sonstiger Spezialeffekt. Unmöglich.“

„Es gibt keine Meerjungfrauen.“ Alexander stampfte mit dem Fuß auf. „Es gibt sie nicht. Schluss und Aus. Lasst uns jetzt bitte wieder wie normale, gefestigte Menschen denken.“

„Wie langweilig“, warf Ukulele ein.

„Fakt ist“, verkündete Henry, „wir haben eine Meerjungfrau gefilmt, und da Fae mehr über dieses Ding weiß als wir, solltest du sie befragen. Immerhin hat sie ihn letztens zum Tee eingeladen.“

„Stimmt.“ Ukuleles Augen leuchteten verdächtig. „Die beiden kennen sich. Sag ihr, sie soll ihn wieder herschaffen.“

„Ich soll sie fragen, ob ihr geheimnisvoller Retter Flossen hat?“

„Ja", antworteten Henry und der Hawaiianer synchron. „Sollst du."

„Bist du dir sicher, dass diese Aufnahmen echt sind?"

Henry tippte sich an die Stirn. „Entschuldige mal, wir haben sie selbst aufgenommen."

„Du hast sie aufgenommen."

„Was soll das heißen? Dass ich euch verarsche?"

„Nein." Alexander stöhnte auf. Jeden Augenblick würde er restlos den Verstand verlieren. „Es gibt trotzdem keine Meerjungfrauen."

„Ich kann dir nur drei Dinge sagen." Henry schlug seine flachen Hände mit lautem Knall auf die Tischplatte. „Erstens, diese Aufnahme ist echt. Ich erzähle euch keinen vom Pferd. Zweitens, das da ist kein Kostüm und keine 3-D-Projektion. Drittens, ich habe diesen Arm und diese Hand selbst gespürt. Ich habe einen Körper an meinem gespürt, und er bewegte sich genauso, wie sich eine Meerjungfrau bewegen würde. Wellenförmige Bewegungen, kein Beingestrampel."

„Ja", platzte es aus Alexander heraus. „Trotzdem kann es nicht sein. Das ist, als würdet ihr an Einhörner glauben. Oder an Kobolde."

„Ich bin auf Hawaii groß geworden", warf Ukulele ein. „Meine Großmutter glaubte noch an ganz andere Sachen. Ihr Haus war bis zur Decke voll mit dem verrücktesten Krimskrams, den ihr euch vorstellen könnt. Jedes Jahr opferte sie dem Vulkangott ein Brathähnchen. Also wenn du mich fragst, ob ich es wirklich in Betracht ziehe, dass es Meerjungfrauen da draußen gibt, dann sage ich ja. Und wenn du mich fragst, warum, dann antwortete ich: Warum nicht?"

„Du nimmst es also einfach hin, dass die Welt der Wissenschaft mir nichts, dir nichts auf den Kopf gestellt wird? Dass alles, was wir für real gehalten haben, vielleicht gar nicht real ist, und dass jedes verdammte Märchengeschöpf möglicherweise wirklich da draußen herumläuft oder herumschwimmt?"

„Ja", wiederholte Ukulele. „Meiner Großmutter sei Dank."

„Geh hoch und frage Fae." Henry stand auf, packte ihn bei den Schultern und schob ihn in Richtung Tür. „Mach schon. Geh!"

„Das ist völlig bescheuert. Ich soll sie fragen, ob …"

„Geh!" Plötzlich wurde er von vier Händen nach draußen bugsiert. Alexander brodelte vor Zorn und Verwirrung, doch er stieg Stufe für Stufe die Treppe hinauf.

Ich soll meine Schwester fragen, ob ihr neuer Bekannter ein Fisch ist?

Das ist doch hirnrissig. Was mache ich hier eigentlich? Es muss eine Fälschung sein. Wahrscheinlich verarscht Henry uns. Das muss es sein. Er lacht sich schlapp, weil wir so dämlich sind und daran glauben. Nein, falsch! Ukulele glaubt daran, ich nicht. Es gibt keine Meerjungfrauen. Das ist Schwachsinn.

Alexander stapfte weiter die Treppe empor.

„Schwachsinn, Schwachsinn, Schwachsinn", murmelte er bei jeder Stufe. „Ich krempel Henry das Innere nach außen. Das werde ich tun. Dieser Idiot. Dieser Vollpfosten."

Ein paar geschickte Griffe, die er während seiner Reisen gelernt hatte, und dieser Scherzkeks würde um Gnade winseln. Henry war schuld an diesem ganzen Schlamassel. Er hatte sie in Lebensgefahr gebracht, er hätte sie beide beinahe getötet, und jetzt führte er sie auch noch an der Nase herum. Alexander sah rot vor Wut. Abrupt drehte er sich auf dem Absatz um und wollte sich aufmachen, Henrys Hintern bis zum Atlasknochen aufzureißen, als er leises Keuchen hörte, vermischt mit Seufzen und Wimmern.

Oh nein, Fae! Sie hatte wieder einen Anfall!

Panik quetschte ihm das Herz zusammen. Der letzte Anfall war schlimm gewesen, jeder weitere konnte ihr letzter sein. Er riss die Tür so heftig auf, dass sie scheppernd gegen die Wand knallte, wollte auf Fae zustürmen und hielt mitten in der Bewegung inne.

Seine Schwester stand zusammen mit einem Mann vor dem Fenster, beide in inniger Umarmung. Er sah unwirklich weiße Haut, türkisfarbene Augen und silbernes Haar.

„Hei-li-ger Stroh-sack!" Alexander schwankte. Nein, er sah Gespenster. Er halluzinierte. Fünf Joints hintereinander waren zu viel gewesen.

„Was soll das?" Faes Gesicht war tränennass. Sie schmiegte ihre Wange an die Brust des Wesens, als sei es ihr Liebhaber, und machte keinerlei Anstalten, von ihm zurückzuweichen. „Schon mal was von guten Manieren gehört?"

„Was?", brachte er nur hervor.

Es war der Kerl mit den Schuppen. Der Kerl mit der Flosse.

Alexander wäre umgefallen, hätte ihn der Türrahmen in seinem Rücken nicht aufgefangen. Taumelnd umklammerte er die Kante.

Kristallhelle Augen blickten ihn an, so widerwärtig unmenschlich mit ihrer Farbe und ihrem Glanz, dass es ihm die Haare aufstellte.

Plötzlich begriff er.

Er halluzinierte nicht. Fünf Joints waren nicht zu viel gewesen. Das Video war echt. Alles, was darauf zu sehen war, war echt. Auf der Haut des Fremden, die der hochgerutschte Ärmel des Hemdes entblößte, glänzten kleine Schuppen wie Silbertropfen. Schuppen! Und dieses Fischding klebte an seiner Schwester wie eine Zecke!

Alexander knallte die Tür zu und taumelte die Treppe hinab. Bis er in den Technikraum zurückgekehrt war, schwanden ihm zweimal die Sinne. Letztendlich wusste er nicht mehr, wie er hierher gekommen war. Irgendwann blinzelte er und war umringt von Kartons, Kisten und Bildschirmen.

„Was hat sie gesagt?“, fragte Henry.

„Ja, was hat sie gesagt?“, echote Ukulele.

Alexander griff nach dem nächstbesten Drehstuhl. Er zitterte derart, dass seine Zähne laut klappernd aufeinanderschlugen. Oh Gott, er hatte seine Schwester mit dem Fischding allein gelassen. Er war einfach abgehauen. Vermutlich war diese Kreatur gerade dabei, ihre Seele zu fressen. Die Seele seiner todkranken, kleinen Schwester!

„Dieser Mistkerl!“ Er hätte nicht abhauen dürfen. Was war er für ein jämmerlicher Feigling? „Ich bringe ihn um!“

„Was?“, fragte Henry. „Mistkerl? Wen willst du killen?“

„Dieser … dieser …“ Sein Blutdruck schoss in astronomische Höhe.

Ihm wurde schwindlig, in seinem Gehirn kribbelte es, als wäre es an eine Autobatterie angeschlossen. Gleich würde sein Kopf platzen oder sein Herz stehenbleiben.

„Der Typ mit dem Schwanz ist da oben. Er legt gerade Fae flach.“

Henry und Ukulele starrten ihn an. Sie glaubten ihm nicht. Egal. Er musste Fae vor dieser Kreatur beschützen. Koste es, was es wolle.

In dem Augenblick, da er herumfuhr und loslaufen wollte, öffnete sich die Tür. Zwei Gestalten traten in das Zimmer, eine davon füllte die Dämmerung des Zimmers mit überirdischem Schimmer.

Weiße Haut, silberne Haare und … Schuppen.

Alexander spürte, dass sein Mund offen stand, aber er schaffte es nicht, ihn zuzuklappen. Dieser Schimmer war nicht nur sichtbar, sondern auch spürbar, wie ein samtiges Prickeln und Glühen, das in seinen Körper eindrang.

„Weg von meiner Schwester! Du fasst sie nicht nochmal an.“

Der Mann – nein, das Ding – betrachtete ihn mit einem widerwärtig ruhigen Blick. Aber Alexander ließ sich nicht täuschen, denn die Unsicherheit der Kreatur war spürbar. Umso besser. Er war ihm überlegen, weil dieses Wesen Angst vor ihm hatte.

„Weg von ihr!“, knurrte er. „Und lass deine Flossen bei dir.“

Die Kreatur regte sich nicht.

Alexanders Hände ballten sich zu harten Fäusten. Notfalls würde er dem Fischding eine davon ins Gesicht rammen. Selbst, wenn es ihn anschließend bei lebendigem Leib auffraß.

„Ich sagte …“

„Nein!“, fuhr Fae dazwischen. „Du hast weder ihm noch mir etwas zu befehlen. Kommt wieder runter und hört euch an, was wir zu sagen haben.“

Ihr Blick glitt an ihm vorbei zum Bildschirm. Plötzlich verwandelte sich ihr Zorn in totale Verwirrung. Oh ja, sie hatte keine Ahnung von dem, was im Wrack vorgefallen war. Sie hatte keine Ahnung, dass Henry diese Kreatur gefilmt hatte.

„Woher habt ihr das?“, flüsterte sie. „Was ist das?“

Alexander warf einen Blick auf Henry und Ukulele. Beide waren zu Salzsäulen erstarrt und gafften, die Gesichter verzerrt zu einer Maske völliger Verblüffung. Von ihnen konnte er nichts erwarten.

„Du hast keine Ahnung, was das da ist.“ Alexander deutete mit ausgestrecktem Zeigefinger auf das Wesen, das sich unsicher hin und her wand. „Das ist kein Mensch. Das ist … das ist … egal, was es ist. Es muss verschwinden.“

„Kjell wird nicht verschwinden.“ In Faes Augen funkelte wilde Entschlossenheit. Unter all seinem Zorn und seiner Fassungslosigkeit musste Alexander erkennen, dass sie unfassbar lebendig und gesund aussah. Ihr Blick war hellwach, ihre Bewegungen sicher. Sie hatte sich wieder in jene Frau verwandelt, die sie vor ihrer Krankheit gewesen war.

Lag das etwa an dieser Kreatur?

„Ich habe ihn eingeladen“, stellte sie mit fester Stimme klar. „Er ist mein Gast. Also raus mit der Sprache. Was ist das für ein Bild?“

„Es stammt von einem Video.“ Alexanders Blick fixierte das Ding. Es hatte also einen Namen. Fein. Das änderte rein gar nichts. *Wir haben dich in der Hand, du mutierter Mistkerl! Ein Mausklick, und das Video geht an die Öffentlichkeit. Dann bist du so richtig am Arsch.*

„Wir haben es im Wrack aufgenommen. Willst du es sehen?"

Fae löste sich von dem Ding und schwankte auf den Computer zu. Mit einem Mal schien ihre Schwäche zurückzukehren. Ihr Atem ging schwer, als sie sich auf dem Tisch abstützte und das Bild betrachtete. Plötzlich war ihm Kjell völlig gleichgültig. Er wollte seine Schwester sanft an der Schulter berühren und etwas Entschuldigendes murmeln, aber ehe er dazu kam, fuhr sie herum und stieß seinen Arm mit verblüffender Kraft beiseite.

„Du löschst das!", fauchte sie. „Sofort!"

„Nein! Ich lasse nicht zu, dass er dir etwas antut. Das ist kein Mensch, Fae!"

„Ja und?" Ukulele erwachte aus seiner Starre, stolperte auf Kjell zu und fing an, ihn schamlos von Kopf bis Fuß zu betasten. Kannte dieser Kerl gar keine Zurückhaltung? Die Kreatur ließ es reglos über sich ergehen. „Deswegen ist er noch lange kein Monster. Ich fasse es nicht, du bist echt. Du bist ein Meerding. Ist der Schwanz wirklich echt? Warst du da unten? Hast du die beiden gerettet? Bist du wirklich … kannst du dich wirklich … oh Mann, wenn das meine Großmutter sehen könnte."

Alexander stieß ein abfälliges Schnaufen aus. Dieser Schwachkopf plapperte wie ein Kleinkind. Sein Blick huschte zwischen Fae und Kjell hin und her. Vielleicht hatte er doch zu viel gesoffen und gekifft. Ja, möglicherweise schlief er gerade und träumte sich diesen Quatsch nur zusammen.

„Ihr dürft ihn nicht verraten." Faes Stimme bebte.

„Schwört mir, dass ihr ihn nicht verratet. Bitte!"

Sie schluchzte so herzzerreißend auf, dass er nicht anders konnte, als sie behutsam in die Arme zu nehmen. Einerseits, um sie zu trösten. Andererseits, um selbst einen Halt zu finden. Die Wirklichkeit driftete an ihm vorbei wie Wasser, das man nicht halten konnte.

Genauso wie ich sie umarme, hat sie dieses Ding umarmt. Was hat es noch getan? Sie geküsst? Sie hypnotisiert?

„Ich verstehe das alles nicht, Fae. Ist er wirklich das, was ich glaube? Ist er wirklich kein Mensch? Fae, bitte hilf mir. Ich glaube, ich knalle gerade durch."

„Du knallst nicht durch." Sie löste sich aus seiner Umarmung und hielt ihn an den Schultern fest. „Es ist wahr. Ich habe es gesehen. Er ist genau das, was ihr auf dem Video seht. Kjell ist so echt wie du und ich."

„Herrlich." Ukulele rang die Arme wie zum Gebet. „Oma, ich hoffe, dass du uns jetzt sehen kannst."

Alexanders Blick heftete sich auf Kjell. Er sah zu unwirklich aus, um an ihn zu glauben. Sein Schimmern hüllte einen feinen Nebel aus Licht um seine Gestalt, als genüge ein Zwinkern, um ihn verschwinden zu lassen. Immerhin – die Details wirkten überaus echt. Die feuchten Strähnen seiner Haare. Die unsicher zuckenden Finger, die den Stoff des Hemdes kneteten. Das türkise Funkeln seiner Augen, die … Moment mal.

Alexander trat ein paar Schritte auf Kjell zu.

„Sieh mich an!"

Das Ding wagte es nur zaghaft, seinem Blick zu begegnen, und als es geschah, entkam Alexander ein verblüfftes Keuchen. Tatsächlich! Das Türkis der Iris überzog fast den gesamten Augapfel. Die im Dämmerlicht geweiteten Pupillen waren umringt von silbernen Reflexen, die Kjells ohnehin unmenschliche Augen noch fremdartiger aussehen ließen. Alexander fröstelte. Er spürte einen Sog, der von diesen türkissilbernen Tiefen ausging. Eine Bestätigung seiner Befürchtung. Dieses Ding war nicht so harmlos, wie es vorgab zu sein. Als er sich von Kjell abwandte, bereitete ihm diese Bewegung viel zu viel Mühe. Er fühlte sich benommen und entkräftet. Als könnte dieses Wesen seine Lebenskraft allein durch einen Blick trinken. Dennoch sah er Kjell noch einmal an. Fest und unnachgiebig. Dieses Ding sollte sehen, dass er nicht willensschwach war.

„Ich bringe dich um, wenn du meiner Schwester wehtust. Hast du gehört? Ich lasse nicht zu, dass du dich an ihr vergreifst. In welcher Hinsicht auch immer."

„Hör auf damit." Ukulele versetzte ihm einen Stoß. „Er hat euch gerettet, hast du das schon vergessen? Ohne ihn wärt ihr da unten verreckt. Ich meine, sieh ihn an. Ist irgendwas Böses an ihm? Nein! Er ist einfach nur anders. Und wirf einen Blick auf deine Schwester. Seit Jahren sah sie nicht mehr so gesund aus."

„Irgendetwas Böses?" Alexander spie ein abfälliges Lachen aus. „Jeder Blinde sieht, dass mehr in ihm steckt, als er uns weismachen will. Sieh ihm in die Augen. Spürst du es nicht?"

„Was spüren?"

„Er vernebelt einem das Gehirn. Er manipuliert uns. Vermutlich hat er Fae mit seiner Sirenen-Magie beeinflusst und wartet nur darauf, ihr die Seele auszusaugen."

Ukulele stieß ein abfälliges Schnaufen aus. „Das einzige, was dir das Gehirn vernebelt, sind deine Joints. Nach allem, was Kjell für euch getan hat, hast du nichts Besseres zu tun, als aus ihm ein Monster zu machen? Wenn ich dich daran erinnern darf: Er hat auch Fae vor dem Ertrinken gerettet."

„Ach ja? Fällt dir bei diesem Gedanken nicht was auf?"

„Was denn?"

„Du verarbeitest ziemlich mühelos, was er ist. Wir haben gerade erfahren, dass Meerjungfrauen existieren. Man sollte meinen, dass wissenschaftlich denkende Menschen von einer solchen Erkenntnis ziemlich aus der Bahn geworfen werden."

„Ich bin kein wissenschaftlich denkender Mensch", erwiderte Ukulele. „In meinem geistigen Horizont existieren keine Grenzen. Deswegen sehe ich Wunder, wenn man sie mir vor die Nase setzt, und ich erfreue mich an ihnen."

„Moment mal", warf Fae dazwischen. „Was meintest du vorhin mit ohne ihn wärt ihr da unten verreckt?"

„Und was ihre Rettung betrifft ..." Alexander hörte die Frage, war aber zu aufgeregt, um darauf einzugehen. „Was für ein merkwürdiger Zufall, findet ihr nicht? Der geheimnisvolle Retter, der seltsamerweise immer zur Stelle ist, wenn man ihn braucht. Erst fischt er meine Schwester aus dem Wasser, dann rettet er uns das Leben.

Ein bisschen viel Heldentum, oder nicht? Vielleicht hat er ja selbst dafür gesorgt, dass wir in Lebensgefahr geraten."

Er fuhr zu Henry herum. Dessen gespenstische Reglosigkeit war eine weitere Bestätigung seiner Befürchtung. Allein sein Blick, der unverwandt an Kjell festklebte, verriet, dass Leben in ihm war.

„Siehst du? Ihn hat es auch erwischt. Du spürst es, habe ich recht?"

Henry blinzelte. „Was? Äh, nein. Ich spüre gar nichts. Ich kann ..." Er atmete tief ein. „Ich kann es nur nicht fassen, okay? Ich brauche ein bisschen mehr Zeit. Das ist alles ziemlich ... ich meine ... wow! Verdammt harter Tobak!"

„Haltet alle den Mund!" Faes laute Stimme ließ ihn zusammenzucken. „Ich will endlich wissen, was im Wrack passiert ist!"

Ukulele antwortete, ehe Alexander auch nur den Mund öffnen konnte. „Die beiden haben Scheiße gebaut, das ist passiert. Sie gerieten in Panik, wirbelten Sediment auf und verirrten sich. Normalerweise das perfekte Szenario für einen tödlichen Tauchunfall. Aber unser Fischfreund hat sie rausgezogen."

„Unser Fischfreund?", rief Alexander. „Ihr habt nicht die geringste Ahnung, wer er ist!"

Fae starrte Kjell an, der erwiderte ihren Blick mit einer Zärtlichkeit, die selbst einem Blinden aufgefallen wäre. Alexander sank in den nächstbesten Stuhl. Er wusste nicht mehr, was er fühlen sollte. Rasende Kopfschmerzen überfielen ihn aus heiterem Himmel. Sein Blutdruck sprengte ihm fast die Schädeldecke weg. Er wollte raus. Weg von hier, ehe er den Verstand verlor. Alles begann sich zu drehen.

„Du hast sie gerettet?", hörte er Fae sagen. „Warum hast du mir nichts davon erzählt?"

„Ich weiß nicht." Kjells Stimme klang unfassbar weich und unwirklich. Wie ein hypnotisches Streicheln. Alexander schnappte nach Luft, als sein gesamter Körper von Gänsehaut überzogen wurde, und dann stand diese Kreatur plötzlich vor ihm. Behutsam legte Kjell eine Hand auf seine Schulter. Er wollte sie wegstoßen, aber sein Arm gehorchte ihm nicht.

„Ich tue Fae nicht weh", sagte diese widerlich schöne Stimme. „Das schwöre ich dir. Ich bin bei ihr, weil ich bei ihr sein muss. Sie hat mich gerufen. Ich weiß nicht wie oder warum, aber mir kommt es vor, als würde ich nur leben, um bei ihr zu sein. Als wäre alles darauf hinausgelaufen. Verstehst du das?"

„Nein", knurrte er. „Ich verstehe überhaupt nichts. Und jetzt nimm deine Flossen von mir."

Kjell gehorchte wortlos. Als Alexander aufblickte, stand er wieder neben Fae. Beide sahen ihn an, einer ernster und sanfter als der andere.

„Ich fühle mich gesund", sagte seine Schwester. „Ich habe keine Schmerzen mehr. Es ist, als wäre der Tumor verschwunden. Mir geht es fantastisch, hörst du? Wenn Kjell bei mir ist, passiert etwas mit mir. Alexander, ich glaube …" Sie atmete tief ein und schloss die Augen. Eine einzelne Träne lief ihr über die Wange. „Ich glaube, dass er mich heilen kann."

Etwas in ihm lief über, als er diese Worte hörte. Er schnappte nach Luft – und dann weinte er, dass es ihn schier zerriss. Alles, was er fühlte, war ein unglaublicher Druck, der sich mit einem Mal löste. Als wäre es der Körper eines anderen, sah Alexander sich selbst dabei zu, wie er zitternd und schluchzend in Faes Umarmung hing.

Kjell, Ukulele und Henry umringten ihn, und er weinte, weinte immer heftiger, krümmte sich unter Qualen zusammen und hielt sich an Faes dünnem Körper fest.

„Ich will dich nicht verlieren“, stammelte er atemlos. „Ich halte es nicht aus. Jeden Moment meines Lebens denke ich daran. Ich verfluche alles und jeden, ich krepiere fast vor Wut. Aber ich … ich kann es nie zeigen … ich konnte es nie zeigen. Ihr solltet nicht wissen, dass ich schwach bin. Immer spiele ich den Starken. Den großen Bruder, der alles erträgt. Aber das bin nicht ich, Fae. Ich weiß nicht, wann ich das letzte Mal richtig geschlafen habe. Sobald ich alleine bin … nein, nein … dir geht es auch so schon schlecht genug. Oh Gott, ich weiß nicht, was ich machen soll, wenn du … ich ertrage es nicht. Und jetzt kommt auch noch er. Das ist alles zu viel.“

Verflucht, warum sagte er das alles? Egal, es fühlte sich gut an. Verdammt gut. Endlich war es raus.

Idiot! Jetzt kannst du es nicht mehr rückgängig machen. Jetzt weiß sie, wie es in dir aussieht. Und was jetzt? Es wird ihr deswegen noch schlechter gehen.

Plötzlich war da wieder diese hypnotische, weiche Stimme. Ihr Klang gab ihm das Gefühl, alles würde gut werden.

„Ich weiß nicht, ob ich Fae heilen kann. Aber ich werde es versuchen.“

„Wie?“, brachte er nur hervor.

„Spürst du das?“ Die Kreatur legte eine Hand auf seine Wange. Es war eine Berührung, so sanft wie ein Luftzug, und als er die Wärme spürte, die von Kjells Fingern ausging und prickelnd in seine Haut hineinsank, seine Nerven zum Glühen brachte und wie hauchfeiner, elektrischer Strom in sein Gehirn drang, begannen seine gerade versiegten Tränen erneut zu fließen.

Mit einem Keuchen stieß er Kjells Hand weg.

„Lass meine Schwester in Ruhe! Wir wissen nicht, wer oder was du bist, wir wissen gar nichts über dich.“

„Alexander!“, grollte Ukulele. „Es ist Faes Entscheidung. Wenn sie ihm vertraut, sollten wir es auch tun. Was hast du vor, Kjell?“

„Wir müssen zum Strand. Ins Wasser.“

„Sehen wir dann deine wirkliche Gestalt? Vorher kann ich es nicht glauben. Nicht wirklich. Wenn du verstehst, was ich meine. Ich glaube an alles Mögliche, aber überzeugt bin ich erst, wenn ich es berühren kann.“

„Geht mir genauso“, nuschelte Henry. „Ich muss es sehen. Auch wenn ich wahrscheinlich an einem Herzinfarkt krepiere.“

Alexander würgte an seiner Wut. Aber warum war er wütend? Weil er nicht begriff, was hier geschah? Weil seine ganze Welt auf den Kopf gestellt und durchgeschüttelt wurde? Weil er Angst hatte, zu hoffen?

Faes Blick wanderte von einem zum anderen. „Ihr müsst mir zuerst schwören, dass ihr sein Geheimnis für euch behaltet. Schwört es mir bei allem, was euch heilig ist. Das hier bleibt unter uns.“

Ukulele und Henry tauschten Blicke aus. Was seine Freunde dachten, wusste Alexander nicht. Sein Gehirn war zu benommen, um an mehr als an das Wort *Heilung* zu denken.

Heilung …

Das würde das Ende seiner Angst bedeuten. Aber wenn er jetzt hoffte, und wenn diese Hoffnung zerstört werden würde … seine Gedanken verschwammen in einem betäubenden, finsteren Strudel. Es gelang ihm kaum, aufrecht sitzen zu bleiben.

„Hör zu, Kjell.“ Es erforderte den letzten Rest Selbstdisziplin, die Worte verständlich auszusprechen. „Wenn auch nur die geringste Möglichkeit besteht, meiner Schwester zu helfen, dann schwöre ich alles, was du willst. Bei mir ist dein Geheimnis sicher. So wahr mir Gott helfe. Es tut mir leid, was ich zu dir gesagt habe. Ich habe nur Angst um Fae. Verstehst du das? Eine Scheiß-Angst!“

„Ich verstehe“, antwortete Kjell.

„Ich für meinen Teil schweige wie ein Grab“, verkündete der Hawaiianer. „Wir sind die Auserwählten. Wir erfahren Dinge, von denen der Rest der Menschheit keine Ahnung hat. Das ist besser als jedes Titelblatt. Was meinst du, Kumpel?“

Er rempelte Henry an, der einen Stoßseufzer von sich gab und auf den Bildschirm schielte.

„Ich weiß, was du denkst.“ Ukulele setzte ihm einen Zeigefinger auf die Brust. „Wenn du irgendwem das Video schickst, wird Folgendes passieren: Entweder ich zerquetsche dich zu Sülze und niemand wird dir glauben, sondern es für eine Fälschung halten. Oder ich zerquetsche dich zu Sülze und irgendwelche dubiosen Typen kreuzen hier auf, werden Kjell einsacken und uns mundtot machen. Vielleicht, indem sie uns gleich um die Ecke bringen. Oder sie nehmen den Umweg, jubeln uns einen Skandal unter und versauen uns den Rest unseres Lebens.“

Henry gab ein Knurren von sich. „Ich glaube erst daran, wenn ihm vor meinen Augen ein Schwanz wächst."

„Schwöre, dass du ihn nicht verrätst", drängte Ukulele.

„Ich schwöre es."

„Zeig mir deine Hände und schwöre nochmal."

Henry rollte mit den Augen, streckte beide Arme hoch und wiederholte: „Ich schwöre es. Aber ich glaube immer noch nicht an Meerjungfrauen."

Alexander kicherte. Gott, er fühlte sich, als hätte er seinen gesamten Hanfvorrat auf einmal aufgeraucht. Wie durch einen Nebel spürte er, wie Fae ihm aufhalf. Na wunderbar. Seine schwache, kranke Schwester musste ihn stützen. Alles war gedämpft, alles surreal, wie damals in seiner Studentenzeit, als er höchstens fünf Minuten pro Woche nüchtern gewesen und sein Zimmer als Drogenhöhle verschrien war.

Während sie gemeinsam das Haus verließen und hinunter zum Strand gingen, kicherte er ohne Unterlass.

Ich knalle durch! Das ist es. Ich bin endgültig verrückt geworden.

„Manche Menschen reagieren so auf drastische Veränderungen", hörte er Henry klugscheißen. „Ihnen brennen wortwörtlich die Sicherungen durch."

„Ist das gefährlich?", fragte Ukulele.

„Er muss es einfach nur akzeptieren."

„Ob es helfen wird, den Beweis zu sehen?"

„Möglicherweise", erwiderte Henry. „Oder es bewirkt das genaue Gegenteil. Wir sehen, was unser Freund wirklich ist, und sind allesamt reif für die Klapse."

„Warum ist das so schwer für euch?", warf Fae ein. „Nur ein geringer Teil des Meeres ist erforscht. Ständig werden neue, unbekannte Arten entdeckt. Die Ozeane sind ein einziges riesengroßes Rätsel, und Kjell ist die Bestätigung dieser Tatsache."

„Meine Liebe", schnarrte Henry. „Es ist ein Unterschied, ob man eine neue Garnelenart vor die Nase gesetzt bekommt, oder ob jemand vor deinen Augen zu einem halben Fisch wird."

„Warum?", fragte Fae.

Darauf wusste auch Henry keine sinnvolle Antwort.

Verschwommen registrierte Alexander, wie klar die Nacht war. Der Mond war untergegangen, die Milchstraße funkelte am Himmel. Eine

Art feierliche Traurigkeit erfasste ihn, ausgelöst vom Himmel, den Wellen und dem Strandhafer auf den Dünen, der sich einlullend im Wind wiegte. Kjell ging ihnen voraus, und als er sich am Saum der Brandung zu ihnen umdrehte und seine Kleidung auszog, steigerte sich dieses Gefühl zu etwas, für das Alexander keine Worte fand. Nein, drei Worte fand er. Sie umschrieben das, was ihn überwältigte, am ehesten.

Völlig abgedrehte Magie.

Mühsam krallte sich Alexander an den letzten, aufrecht stehenden Ruinen seines Verstandes fest. Wenn Fae wieder gesund wurde, konnten sie gemeinsam die Welt bereisen. So, wie sie es sich immer ausgemalt hatten. Er und Fae konnten gemeinsam alt werden.

Ich träume! Das ist nur ein irrer Drogentrip!

Kjells nackter Körper leuchtete im Dunkeln. Alexander widerstand dem Impuls, seiner Schwester die Augen zuzuhalten. Besser, er dachte nicht daran, was die beiden vielleicht schon miteinander angestellt hatten.

Geh ins Wasser, Mann. Hör auf, splitterfasernackt vor meiner Schwester rumzustehen.

Fae lächelte glückselig, Ukulele und Henry erschienen ihm wie Kinder, die gerade erlebten, wie eine Märchenfigur lebendig und zum Anfassen aus ihrem Lieblingsbuch kletterte. Als Kjell bis zu den Knien in den Wellen stand, nickte er Alexander zu. Ihm war nicht klar, was das zu bedeuten hatte. Sollte er etwas tun oder etwas sagen? Was zum Geier wollte ihm diese Sardine vermitteln?

Der Schimmer, der von Kjells Haut ausging, wurde stärker. Er begann zu strahlen wie der Vollmond, aber trotz seiner Helligkeit blieb das Licht sanft und samtig, hüllte seine Gestalt in ein Halo und brachte das Wasser zum Leuchten.

Kjells Hände veränderten sich. Seine Nägel wurden spitz, Schuppen begannen auf Armen, Taille und Hüfte zu wachsen, während die Beine in leuchtendes Weiß getaucht wurden.

„Könnte das nur meine Großmutter sehen", ächzte Ukulele.

„Ihr filmt Tiere, nicht wahr?" Kjells Blick ruhte auf Fae. Noch nie hatte Alexander seine Schwester so gesehen. Nicht einmal in ihren glücklichen Jahren. Sie schien ganz und gar verzaubert. „Was für Tiere?"

„Alle", hauchte Henry. „Alle, die uns vor die Linse schwimmen."

„Gut. Ich kann euch rufen, was immer ihr wollt."

Alexander konnte den Blick nicht von ihm wenden. Jeden Augenblick würde er etwas sehen, das sein Leben von Grund auf veränderte. Er würde Zeuge eines Schauspiels werden, das vermutlich noch kein Mensch zuvor erblickt hatte. Er glaubte noch immer nicht daran, obwohl Kjells menschliche Gestalt Schicht für Schicht verschwand. Da waren sie, die Stacheln, die sie auf der Videoaufnahme gesehen hatten. Spitz und scharf schoben sie sich entlang der Wirbelsäule aus der Haut.

„Wie meinst du das?“, fragte Henry. „Rufen im Sinne von anlocken?“

Kjell nickte. „Nehmt Fae und mich mit. Ich bringe euch alles, was ihr wollt. Ich kann euch das Meer zeigen, wie ihr es alleine niemals sehen könntet.“

„Ist das dein Ernst?“

Alexander kicherte erneut. Diese Kreatur war menschlicher, als er erwartet hatte. Kjell wollte sie anscheinend bestechen. Er handelte um das Recht, bei Fae bleiben zu dürfen, wie es ein Kind tun würde. Irgendwie rührend.

„Du kannst jedes Tier herbeirufen, das wir uns wünschen?“

Kjell nickte.

Henry und der Hawaiianer ergingen sich in begeistertem Genuschel, doch Alexander war unfähig, ihre Euphorie zu teilen. Wenn Kjell ihnen das Unglaubliche zeigte, würde das vieles verändern. Immer waren sie den Naturgesetzen gefolgt, hatten sich der Wissenschaft untergeordnet und waren unverrückbaren Regeln gefolgt. Aber jetzt?

Es gibt keine Meerjungfrauen, beharrte die Stimme seiner Vernunft. *Denn wenn es sie gibt, was gibt es dann noch? Die Monster in den Wandschränken? Den Prinzen im Frosch? Die Zahnfee?*

Noch während dieser Gedanke wie ein Echo in seinem Kopf hin und her schwirrte, legte sich Kjell in die Brandung. Er wandte ihnen den Rücken zu, als wäre es ihm unangenehm, ihre Blicke sehen zu müssen. Fae kniete sich neben ihm ins Wasser und schauderte, als die Wellen sie umspülten. Alexander glaubte erst, sich zu täuschen. Vor mehreren Wochen hatte sie die Fähigkeit verloren, Wärme oder Kälte zu spüren. Die Ärzte hatten ihm versichert, dass nichts von dem, was Fae verlor, zurückkehren würde. Aber jetzt sah er, wie ihre Unterarme sich mit Gänsehaut überzogen. Ja, sie saß im Wasser und zitterte wie Espenlaub.

Es ist wahr!

Mein Gott, er macht sie wieder gesund.

Alexander zog sein Hemd aus und gab es ihr, damit sie es anziehen konnte. Tränen stiegen ihm in die Augen, als er dabei die Haut ihres Oberarms streifte, denn er spürte die lebendige Hitze ihres Körpers.

Fae kam zu ihm zurück. Sie würde ihn nicht verlassen!

Unendliche Dankbarkeit überwältigte ihn. Schweigend und starr sah er zu, wie Kjells Körper sich veränderte. Auf der Haut seines Oberkörpers erschienen leuchtende Sprenkel und Streifen. Noch mehr Schuppen wuchsen auf Kjells Haut, und dann verschmolzen zwei Beine zu einem einzigen, geschmeidigen Körper. Henry ging stammelnd in die Knie, Ukulele sank in sich zusammen und fiel mit einem lauten Platschen ins Wasser.

Das Meer war erfüllt von Kjells mondhellem Schimmern. Füße wuchsen zusammen und bildeten einen unansehnlichen Klumpen, der plötzlich aufbrach, sich wie ein Fächer entfaltete und zu einer großen, weißen Flosse wurde. Anmutig bewegte sie sich im Wasser auf und ab. Zwei weitere Flossen schoben sich an seinen Hüften hervor, kleiner und zarter, bedeckt mit winzigen weißen Sprenkeln.

Alexander brabbelte etwas vor sich hin, das er selbst nicht verstand. Das Unfassbare anzusehen, genügte nicht. Augen konnten getäuscht werden. Er musste Kjell berühren, musste sehen, dass er aus Fleisch und Blut war und begreifen, dass er nicht zu Nebel wurde wie eine Traumgestalt im Morgengrauen.

Er griff nach vorne und berührte glatte Schuppen. Nein, dieses Wesen verschwand nicht. Es wurde mit jedem Atemzug wirklicher, und je länger Alexander über diesen Körper strich, umso tiefer arbeitete sich die Erkenntnis in sein Gehirn vor, bis sie jene Areale erreichte, die er für unveränderlich gehalten hatte.

Als Ukulele und Henry begannen, es ihm gleichzutun, wurde es Kjell zu viel. Er versteifte sich spürbar, hielt ein paar Momente still und entwischte ihren Händen mit einer schnellen Bewegung. Ein Aufblitzen von Wasser, ein blitzschneller Schemen unter den Wellen, und Kjell tauchte gute zehn Meter vom Strand entfernt wieder auf.

„Komm, Fae." Geschmeidig durchschnitt seine Fluke das Wasser und gleißte weiß wie Schnee. „Es ist ganz in der Nähe."

Fae begann sich auszuziehen. Sie vertraute Kjell, einem unbegreiflichen, unberechenbaren Wesen. Gab sich seinem Versprechen hin, ohne zu wissen, ob es in seiner Welt überhaupt Versprechen gab.

„Ich habe Angst um dich." Alexander nahm sie bei den Schultern und flüsterte die Worte in ihr Ohr. „Du weißt nicht, ob er die Wahrheit sagt. Wir wissen nicht, warum er wirklich zu dir kam und warum er dich gerettet hat."

„Ich weiß. Aber ich muss es versuchen. Es ist meine letzte Hoffnung." Fae hauchte einen Kuss auf seine Wange. Diese kurze, flüchtige Berührung schmerzte schlimmer als eine tiefe Wunde. Er wollte sie nicht verlieren! Er würde nicht weiterleben können, wenn Fae ihn verließ!

„Ich bete darum, dass er die Wahrheit sagt."

Fae schüttelte den Kopf. „Er sagte, er wüsste nicht, ob die Seele mich heilen kann. Es ist nur ein Versuch. Ein Instinkt."

„Seele? Was für eine Seele?"

Sie legte eine Hand auf seine Wange und lächelte zu ihm auf. „Das erzähle ich dir später. Es wird alles gutgehen. Ich bin schon vielen Hoffnungen hinterhergerannt, aber diesmal …" Ihr Blick schweifte zum Wasser hinüber, wo Kjell die Arme ausbreitete und sich auf dem Rücken treiben ließ. „Diesmal fühlt es sich anders an. Diese Magie ist echt, verstehst du? Du hast es auch gespürt, nicht wahr? Seine Kraft, seine Energie. Es ist pures Leben, Alex."

Er presste die Lippen aufeinander, nickte und wich zurück. „Ja, ich habe es gespürt. Aber sei trotzdem vorsichtig. Und du, Sardine", er wandte sich dem Meer zu und hob seine Stimme, „denke an das Video. Krümme meiner Schwester auch nur ein Haar, und wir sorgen dafür, dass die ganze Welt hinter dir her ist. Es wird keinen Ort auf dieser Welt mehr geben, wo du sicher bist. Hast du mich verstanden?"

Kjell erwiderte nichts, seine Miene blieb regungslos. Nur ein paar ruckartige Bewegungen seiner Fluke ließen vermuten, dass ihn die Botschaft der Worte erreicht hatte.

Faes Körper schauderte, als sie in die Brandung ging.

„Alles Gute, Kleines." Ukulele wandte sich ab, damit niemand seine Tränen sah. Henry beschränkte sich auf ein Nicken und ein zittriges Lächeln. Etwa hundert Meter vom Strand entfernt erschien ein bläuliches Licht, das schnell heller und größer wurde. Meeresleuchten? Nein, dafür war es zu kalt, und selbst in tropischen Nächten war es niemals so intensiv.

„Was ist das?" Alexander ballte die Hände zu Fäusten, so stark war der Drang, Fae zurückzuziehen. „Es kommt genau auf uns zu."

„Die Seele des Ozeans“, antwortete seine Schwester, ohne sich zu ihm umzudrehen. Schritt für Schritt ging sie ins Wasser, während sie fröstelnd die Arme um ihren Brustkorb schlang. „Sie wird mich heilen.“

„Was?“, fragten Henry und Ukulele synchron.

„Keine Angst. Alles wird gut.“ Sie winkte ihnen zu, holte tief Luft und ließ sich ins Wasser gleiten. Binnen eines Augenblicks war Kjell bei ihr. Behutsam schloss er seine Arme um sie, trug sie weiter und weiter hinaus, bis die Nacht sie beide verschluckte.

~ Fae ~

Langsam trug er sie hinaus ins tiefe Wasser, hin zu dem hellen Schimmer, der wie eine Wolke in der Ferne leuchtete. Die anmutigen Wellenbewegungen seines Fischkörpers streiften ihre nackten Beine. Ihm so nah zu sein, ihre Arme um ihn zu schließen und seine Haut an ihrer zu spüren, verwandelte ihre wirbelnden Gedanken in einen betäubenden Rausch. Sie wagte es nicht, sich zu bewegen, wagte nicht, einen Laut von sich zu geben. Das Wasser war kalt wie Eis.

Fae blickte zurück zum Strand, über den sich wieder die Dunkelheit gesenkt hatte. Von Alexander, Ukulele und Henry waren kaum mehr als Schatten zu erkennen.

Sie war allein mit Kjell, mit dem Meer und der Nacht.

„Du frierst“, raunte er an ihrem Ohr.

Fae zitterte und lächelte. Kein Wort wollte ihr über die Zunge kommen. Sie presste sich an ihn, schlang Arme und Beine noch fester um seinen schützenden, wärmenden Körper.

„Es ist wunderschön, nicht wahr?“ Er nickte zu der leuchtenden Wolke hinüber, die sie umkreiste, ohne näher zu kommen. „Manchmal träume ich nachts von der anderen Welt. Vielleicht sind es aber auch keine Träume, sondern Erinnerungen.“

„Erz-z-z-z-zähle mir d-d-d-d-davon.“ Ihre Zähne schlugen vor Kälte aufeinander. Aber sie wollte nirgendwo anders sein. Ihre Wange berührte seine Stirn, die Spitze ihrer Nase strich über das nasse, silberne Haar. „W-w-w-w-wie ist es d-d-d-dort?“

„Sie ist schwer zu beschreiben. Ich erinnere mich an einen Himmel, der in allen Blau- und Violetttönen schimmerte. Vier Monde standen am Himmel, einer so blass wie der Mond dieser Welt, die drei anderen blau. Der schönste von allen war so groß, dass er fast den halben Himmel einnahm." Ganz langsam glitten sie weiter hinaus, immer weiter und weiter, bis der Strand in der Nacht verschwunden war und es nur noch den wogenden Ozean gab. Die Wärme seines Körpers nahm zu, vertrieb die Kälte und hüllte sie in einen schützenden Kokon. Jede Taubheit war verschwunden. Ihre Nerven glühten, Empfindungen überwältigten sie wie eine Flutwelle. Sie wollte, dass es niemals aufhörte. Der Geruch des Meeres, der Geruch seiner Haare. Kjells Wärme, seine Stimme, das Auf und Ab der Dünung. Die weiche Zartheit seiner Haut und das Gefühl glatter Schuppen, die mit jeder Bewegung seines Fischkörpers die nackte Haut ihrer Beine streiften.

Fühlen! Leben!

„Es waren keine Sterne zu sehen", fuhr er in seiner Erzählung fort. „Aber es gab farbige Nebel, die sich zusammen mit den Monden im Wasser spiegelten. Ich weiß noch, dass ich in Menschengestalt auf einer Sandbank saß und draußen auf dem Meer seltsame Wesen vorbeizogen."

„Was für Wesen?"

„Sie müssen unglaublich groß gewesen sein. Viel größer als jeder Wal. Einmal habe ich einen alten Blauwal gesehen. Er war riesig, aber im Vergleich zu diesen Geschöpfen winzig wie eine Garnele. Auf ihren Rücken wuchsen blausilbern leuchtende Knochengebilde, so hoch wie die höchsten Klippen der Insel und verzweigt wie ein Baum. Mehrere dieser Wesen schwammen nebeneinander und hintereinander, sodass es aussah, als wüchse ein gigantischer, leuchtender Wald auf dem Meer."

Fae seufzte. Die sanften Bewegungen und die Wärme machten sie müde. Ganz von allein sank ihr Kopf auf Kjells Schulter nieder. Ihr Körper wurde zu einer schwebenden Feder, aller Ballast sank in die Tiefe unter ihr und wurde bedeutungslos.

„Das klingt wunderschön."

„Es war wunderschön. Aber das Herrlichste war nicht einmal der Himmel, die Monde oder diese Wesen. Es war das Gefühl, das ich in dieser Welt hatte. Das Gefühl, zuhause zu sein. Das Gefühl, alles beendet zu haben und ausruhen zu können. Ich war am Ziel meines Weges. Es gab nichts mehr zu tun, weil ich wieder dort war, wo alles begonnen hatte."

„Es gab nichts mehr zu tun?", murmelte sie schläfrig. „Das klingt nicht gerade erstrebenswert."

„Nein.“ Sie spürte, wie er den Kopf schüttelte. „Es hat nichts mit dem zu tun, was man in dieser Welt unter Langeweile versteht. Wie soll ich es dir erklären? Ich weiß es nicht.“

„Ich kann mir vorstellen, was du meinst.“ Das war kaum die Wahrheit. Viel eher hatte sie eine blasse Ahnung. Eine undeutliche Vermutung, die ihr entglitt, kaum dass sie sie zu fassen bekam. Sie wollte nur eines: in seinen Armen einschlafen.

„Ich habe mich jahrelang zu Tode gelangweilt.“ Seine Hand glitt hoch und umfasste ihren Hinterkopf. Fae seufzte genüsslich, als er begann, mit seinen Fingern durch ihr Haar zu kämmen. „Ich dachte, ich werde verrückt vor Einsamkeit. Die paar Bücher, die mir mein Vater gab, kannte ich bald in- und auswendig. Ich verzehrte mich nach etwas Neuem. Nach neuen Erfahrungen, nach Gefühlen. Ich hätte alles genommen, egal was, solange es nur etwas anderes war als Holzwände, versperrte Fenster und der Teppich vor meinem Bett. Ich fühlte mich leer und tot, aber das Gefühl, das ich in dieser anderen Welt hatte, könnte sich nicht mehr von dieser Leere unterscheiden. Stell dir vor, du kämpfst bis zur Erschöpfung. Du versuchst mit aller Kraft, aufrecht stehenzubleiben, versuchst weiterzugehen, die richtigen Entscheidungen zu treffen, irgendwie voranzukommen. Auch wenn es unendlich mühsam ist. Du kämpfst, versagst, verzweifelst und fürchtest dich, bis du denkst, es würde nie aufhören. Und dann kommt jemand und sagt dir, dass du am Ziel bist. Er sagt dir, dass du alles richtig gemacht hast, weil du genau dort bist, wo du schon immer sein wolltest. An deinem wahren Zuhause, wo es keine Vergangenheit und keine Zukunft mehr gibt.“

Faes selige Müdigkeit erhielt einen Riss. Sie starrte auf das Glänzen des Wassers unmittelbar vor sich, das aussah, als würde es von einem hellen Mond beschienen. Aber es war das surreale Leuchten jenes Körpers, an den sie sich schmiegte. Kjell hatte ihr lebenslanges Sehnen in Worte gefasst und den Finger auf etwas gelegt, dessen Sinn sie erst jetzt begriff. Ihr wahres Zuhause. Keine Vergangenheit und keine Zukunft. War es nicht das, was sie sich immer gewünscht hatte?

Als Fae aufblickte, sah sie, dass das Licht sie fast erreicht hatte. Kjell gab einen leisen, summenden Laut von sich, der etwas unglaublich Beruhigendes an sich hatte.

„Hol tief Luft“, flüsterte er. „Drücke meinen Arm, wenn du wieder nach oben musst oder wenn irgendetwas nicht stimmt.“

„Was wird passieren? Wie fühlt es sich an?“

„Du wirst dir wünschen, dass es nie mehr aufhört.“

„Das tue ich schon.“ Sie hob den Kopf und sah ihn an. Er war so nah, so nah. Die Silbersprenkel flirrten in seinen Augen, seine Lippen hoben sich zu einem zaghaften Lächeln.

„Könnte ich so werden wie du?“, fragte sie. „Können sie mich verwandeln?“

Er sagte nichts, erwiderte nur schweigend ihren Blick.

„Wenn sie es können, dann sage ihnen, dass ich es will.“

„Sie sind zu schwach“, antwortete er.

„Ihre Kraft wird gerade noch ausreichen, dich zu heilen.“

Die Erkenntnis traf sie wie der Schlag einer Faust. Warum hatte sie daran nicht mehr gedacht? „Sie werden erlöschen! Das darfst du nicht tun. Sie sind da, um dich zu heilen.“

„Die Wesen besitzen ihren eigenen Willen“, sagte er ruhig. „Sie tun nur, wofür sie sich selbst entscheiden, und dass sie hierher gekommen sind, bedeutet, dass sie dir etwas zu geben haben.“

„Nein!“, widersprach Fae. „Sie sind wegen dir gekommen!“

Aber Kjell schüttelte den Kopf. „Ich sehe sie nur, wenn ich krank oder verletzt bin. Aber ich bin weder das eine noch das andere. Sie kommen deinetwegen.“

„Ich will nicht, dass du … was ist, wenn …“

Er packte ihren Kopf mit beiden Händen, beugte sich vor und erstickte ihren Protest in einem Kuss.

Fae keuchte auf.

Binnen eines Atemzuges rückte alles in weite Ferne. Sie spürte und schmeckte nur noch den Kuss, die salzige Weichheit seiner Lippen, die Hitze. Ihre Hände gruben sich in sein nasses Haar, während er sich mit ihr in den Armen langsam drehte – und abtauchte.

Das Wasser schloss sich über ihnen. Fae wollte ihn aufhalten, wollte irgendetwas tun, doch sein Kuss erfüllte ihren Körper mit einer Lähmung, gegen die sie nichts ausrichten konnte und wollte. Ihre Zungen berührten sich in dem Moment, in dem die pulsierende Wärme der Wolke sie einschloss. Für einen Moment tastete sich Angst durch ihren Rausch, denn plötzlich wurde ihr klar, was hier geschah. Etwas völlig Unbegreifliches, etwas Magisches, über das sie keine Kontrolle hatte … etwas, das nach allen Naturgesetzen unmöglich war … doch dann kam das Glühen, so sanft und erlösend. Es hüllte ihren Körper ein und zog sie fort, weg von Kjell. Seine Hände lagen nicht mehr auf ihrer Haut, seine Lippen berührten sie nicht mehr.

Sie war allein.

Fae spürte die Bewegungen unzähliger, kleiner Wesen, die sie umwölkten, umschwebten, durch ihre Haut zu dringen schienen und sie leuchten ließen. Alles verlor sich in einem schwerelosen Glücksgefühl. Sie vergaß, dass sie unter Wasser war. Atmen war unnötig.

Alles war erfüllt von diesem herrlichen, strahlenden Licht, und ganz langsam wurde auch ihr Körper zu Licht, verlor seine Fleischlichkeit, verglühte und löste sich auf …

Oh ja … oh ja … endlich.

Du bist, wo du immer schon sein wolltest. In deinem wahren Zuhause. Ohne Vergangenheit und ohne Zukunft. Komm, lass dich treiben. Alles ist vorbei. Alles ist richtig. Lass los, Fae …

Doch dann kam eine Stimme, die anders klang. Falsch und lästig.

Fae … Fae, sag etwas …

Fae … Fae … Fae …

Der Name wehte durch ihre Wahrnehmung, ohne etwas auszulösen. Unbedeutend. Fern. Nichtig. Sie hatte ihr Ziel erreicht. Es gab nur noch Schlafen und Träumen. Oh, sie war so müde. Wunderbar müde.

„Fae! Bitte sag was. Sieh mich an."

Auf einmal spürte sie wieder etwas.

Schwere. Etwas Raues, das sich gegen sie drückte. Hände berührten sie. Sie hatte wieder einen Körper? Warum? Wozu? Fae sehnte sich in die Schwerelosigkeit zurück. Sie wollte wieder Licht sein. Gedankenlos und frei.

Es war viel zu kurz gewesen.

„Lasst mich", sagte jemand. „Ich will zurück."

Nur langsam wurde ihr bewusst, dass es ihre eigene Stimme gewesen war. Sie spürte das Zucken ihrer Finger. Ihre Haut war nass und kalt. Sie fror, und dieser jämmerliche Körper wurde mit jedem Atemzug schwerer.

„Geht es dir gut?", fragte eine andere Stimme. „Wie fühlst du dich?"

Alexander, ihr Bruder. Fae öffnete blinzelnd die Augen. Sein Gesicht war tränennass und seltsam verzerrt. Die Liebe in seinem Blick verblüffte sie.

„Oh Fae, ist es endlich vorbei? Sag schon? Hat es dich geheilt?"

Er griff unter ihre Arme und richtete sie auf. Vor ihr lag das dunkle Meer, und neben ihrem Bruder saß das wunderbarste Wesen, das sie je erblickt hatte. Ungläubig starrte sie Kjell an. Sein Haar, sein Gesicht, die schimmernde Haut.

Fae schloss die Augen und lauschte in ihren Körper hinein. Kein Schmerz, keine tödliche Präsenz. In ihren Fasern glühte die lebendige Kraft des Lichts. Die Magie der Ozeanseele.

„Es ist weg", hauchte sie. „Ich spüre es nicht mehr."

Alexander begann wieder zu weinen. Er umschlang sie so fest, dass ihr der Atem wegblieb. Ja, sie fühlte sich gesund und lebendig. Aber noch war diese Erkenntnis fern und unwirklich. Die Freude, die sie spürte, war wie ein Nebel.

„Danke", flüsterte sie.

Kjell lächelte. Er war so fremd und schön, so unwirklich, dass die Angst wiederkehrte, alles sei nur ein langer, intensiver Traum, der ihr jeden Augenblick durch die Finger gleiten würde, um sie in die Realität zurückfallen zu lassen.

Über diese Angst fielen ihr die Augen zu. Eine schwere, wohlige Müdigkeit spülte alles hinfort.

„Ich träume", hörte sie Ukulele aus weiter Ferne sagen. „Ich glaube, dass wir alle träumen. Oma, wenn du mich im Himmel hörst, dann sorge dafür, dass wir nicht aufwachen."

~ Kjell ~

Mit geschlossenen Augen döste er am Grund des Meeres, dicht am Rand eines Abgrunds, der in die Tiefsee hinabfiel. Ein Gefühl vollkommener Zufriedenheit erfüllte ihn vom Kopf bis zur Flossenspitze, wie er es nie zuvor verspürt hatte.

Die Erinnerungen an Faes Glück und an ihren Kuss wärmten sein Inneres und ließen ihn zum ersten Mal in seinem Leben vergessen, dass ihm etwas fehlte.

Endlich war er nicht länger allein. Sein Aussehen, das nicht in diese Welt gehörte, hatte weder Fae noch die Männer erschreckt. Er hatte in ihren Blicken gebadet, er hatte ihre Begeisterung genossen, und beides war so köstlich gewesen, dass er mehr davon wollte.

Menschen hassen alles, was anders ist!, hörte er seinen Vater predigen. *Sie können nur Tod und Schmerz bringen.*

Genauso unwahr wie diese Worte war die Behauptung, das Meer sei überall blau. Genauso falsch die Entscheidung, sich ein Leben lang von den herrlich bunten Riffen fernzuhalten, weil man einmal von einem ihrer Bewohner gestochen wurde.

Nicht länger allein …

Die ganze Nacht lang hatte er an Faes Bett gesessen und ihren Schlaf bewacht. Erst im Morgengrauen, als seine Haut so ausgetrocknet gewesen war, dass sie begonnen hatte, aufzureißen, war er zurück ins Wasser gegangen.

Fae war geheilt. Das Unfassbare war geschehen, und sogar der Gedanke, dass die Lichtwesen nun zu schwach waren, um ihm noch einmal das Leben zu retten, wurde zu einem Teil seines Glücks. Machte ihn das nicht ein Stück weit menschlicher?

Oh nein, er bereute nichts. In dieser Verwundbarkeit lag etwas Bedeutsames und Schönes. Für Fae war er verletzlich geworden.

Kjell öffnete die Augen, als mechanische Laute durch das Wasser drangen. Ein Schiff näherte sich. Unverkennbar Alexanders Schiff.

Weit oben, wo die Sonne das Wasser azurblau leuchten ließ, pflügte der Schatten durch die Wellen. Schnell schickte er ein paar Klicklaute in die Tiefe hinab, die ungeduldig beantwortet wurden. Im ersten Morgengrauen hatte der Pottwal sein Opfer in eine Felsspalte getrieben und auf Kjells Bitte hin den Angriff verzögert. Jetzt wurde es Zeit für den Jäger. Mit Hilfe des Echos seiner Stimme, das sich in seinem Kopf zu Bildern formte, beobachtete Kjell das Vorgehen seines Freundes. Der Wal wich zurück, glitt langsam durch die undurchdringliche Finsternis des Abgrunds und wartete, bis sich der Kalmar in Sicherheit glaubte. Ein Männchen, noch nicht ausgewachsen, angelockt durch die noch immer vorhandene Duftspur des Weibchens, das vor kurzem Opfer des Pottwals geworden war.

Kaum ringelten sich die Fangarme ins Freie, schoss der Jäger heran, betäubte seine Beute mit einer Salve aus Schallwellen und packte zu. Benommen wand sich der Kalmar in der Zange spitzer Zähne, doch je näher der Wal der Oberfläche kam, umso matter wurde seine Gegenwehr. Als Kjell den gewaltigen Kopf des Pottwals unter sich in der Finsternis auftauchen sah, hörte er, wie drei Taucher ins Wasser sprangen.

Fae!

Ihre Anwesenheit hätte er noch in tausend Meilen Entfernung durch den Fluss des Wassers gespürt. Ungeduld packte ihn. Nur kurz verharrte er am Grund, beobachtete die drei Silhouetten über sich und genoss das Prickeln der Vorfreude, die wie ein Rausch in seinen Adern brannte. Ukulele war diesmal an Alexanders Seite, rund wie ein schwarzer Ballon, dessen Gliedmaßen starr vom Körper abstanden.

Kjell spürte die Freude der Menschen. Sie kamen seinetwegen. Ihre Neugier und Faszination galten allein ihm. Seine Ungeduld wurde schier unerträglich, und doch musste er langsam auftauchen. Alle Anpassung an das Wasser nützte nichts, wenn er zu schnell zur Oberfläche strebte. Sich mit höllisch juckenden Schwellungen und Verfärbungen vor Faes Augen herumzuplagen war allein schon in seiner Vorstellung unerträglich.

Über ihm schwebte ihr schlanker, schwarzer Schatten. Sein Herz, das in diesem Körper sonst weitaus langsamer schlug als in seiner menschlichen Gestalt, schien sich in einen glühenden, wild pochenden Klumpen zu verwandeln. Und dann, als die Menschen ihn erblickten, verlor er völlig die Kontrolle über seinen Körper. Ihm wurde heiß, sein Bauch schien von einem Krillschwarm ausgefüllt zu sein. Bewegungen, die sonst wie von selbst geschehen waren, gelangen ihm jetzt nur zittrig und mühsam.

Faes Freude schien das ganze Meer auszufüllen. Kjell aalte sich in der Wärme ihrer Bewunderung, während sein Blut zu kochen begann und der Krill seinen Bauch verließ, um sich in sämtlichen Gliedmaßen auszubreiten.

Genug! Er konnte nicht länger warten!

Ein paar schnelle Flukenschläge, und er war bei ihr. Die hässliche Maske in ihrem Gesicht störte, aber er konnte das Glänzen ihrer Augen sehen und die feinen Fältchen drumherum, die nur dann auftauchten, wenn sie lächelte. Genüsslich schloss er sie in seine Arme und verfluchte das Ding, das ihn daran hinderte, sie zu küssen.

So seltsam ihm der Vorgang des Lippen-Aufeinanderdrückens damals erschienen war, als er lediglich davon gelesen und entsprechende Bilder angesehen hatte, so stark war sein Drang gewesen, es mit Fae zu versuchen. Das Gefühl und der Geschmack wiederum glich einer Offenbarung. Es ging nicht nur darum, Zuneigung zu zeigen. Es war viel mehr. Es war wie der Tiefenrausch, der einem die Sinne vernebelt und einen seltsame Dinge tun läßt, wie das erste Eintauchen in das Farbenmeer eines tropischen Riffs, wie der Stich dieser violetten Schnecken, deren Gift einem das Gefühl gab, jeder einzelne Sinn verstärke sich um ein Vielfaches.

Es war aufregend. Neu. Berauschend.

Er wollte mehr davon!

Faes Lebendigkeit war ohne Schatten, so strahlend und hell wie ihre Gefühle. Übermütig begann er, sie zu umkreisen. Ihre Hände, die in dickem Neopren steckten, glitten immer wieder über seinen Körper und steigerten seinen Hunger nach ihr ins Unerträgliche. Es war ihm egal, dass Alexander sie beide filmte. Ihm war gleichgültig, dass beide Männer sie anstarrten. Fae war bei ihm, in seiner Welt, und er musste nicht länger fürchten, sie zu verlieren.

Sie drehten und wanden sich im Wasser, spielten miteinander, streichelten und liebkosten sich. Nur zu gerne hätte er ihr das hässliche Neopren ausgezogen, ihr die Flaschen vom Rücken und die Maske vom Gesicht gerissen und sie ganz gespürt. So wie gestern, als sie gemeinsam auf dem nächtlichen Meer getrieben waren. Und während er versuchte, ihr so nah wie möglich zu sein, sickerte durch die Freude über ihre Heilung ein weiterer Wunsch.

Wäre sie doch nur so wie ich.

Unter ihnen tauchte wie ein Gespenst der Tiefe der Pottwal auf. Kjell spürte Faes grenzenloses Staunen, ihr Herz schlug fieberhaft schnell, viel schneller als seines jemals geschlagen hatte. Es gab wohl keinen überwältigenderen Anblick als einen riesigen Pottwal, der langsam aus dem Blau der Tiefe auftauchte. Er war unzählige Male mit diesem Tier geschwommen, aber jetzt war es, als sähe er seine Schönheit und Größe zum ersten Mal. Faes Staunen wurde zu seinem Staunen, ihre Freude zu seiner Freude.

In jeder Bewegung des Wales lag majestätische Ruhe. Sonnenlicht fiel durch die Wellen und tanzte wie ein Netz aus Licht über seinen grauen Leib. Inzwischen war der Kalmar tot. Dicht unter der Oberfläche verschlang das Tier seine Beute, während Alexander und Ukulele ihn dabei filmten.

Kann ich ihnen trauen?, fragte der Wal auf seine wortlose Weise.

Ja, antwortete Kjell. *Sie sind nicht wie die anderen.*

Zwei große Narben prangten auf dem Rücken des Pottwals, Spuren von Harpunen, doch trotz dieser Erfahrung, deren Erinnerung in all den

Jahrzehnten nicht blasser geworden war, ließ der Wal es zu, dass Ukulele dicht an ihn heranschwamm und seine Haut berührte. Nach einer Weile drehte er sich gar auf die Seite und nahm jeden der ungewohnten Eindringlinge in Augenschein.

Sie sind so klein, wehte es durch Kjells Geist. *So schwach. Wie können so kleine Wesen uns wehtun?*

Er ließ seinen Körper erschlaffen und sank ein Stück tiefer.

Ich weiß es nicht.

Vielleicht, weil nichts ihren Hunger stillt?

Kjell hielt Abstand, genoss die Freude der Menschen und versuchte, sein kochendes Blut zu kühlen. Aufmerksam lauschte er auf die Signale, die vom Wasser zu ihm getragen wurden, bis er hörte, wonach er suchte.

Eine Delfinschule.

Sein Ruf kam fast augenblicklich als vielfaches Echo zurück. Begeisterung wehte ihm entgegen, während die Schule sofort ihre Richtung änderte und ihnen entgegenstrebte, gierig auf jede Abwechslung, die es im Meer zu finden gab. Es dauerte nicht lange, bis er die ersten der schwarzgrauweißen Tiere im Blau ausmachen konnte. Wie nannten die Menschen sie noch mal? Er dachte eine Weile darüber nach, durchforstete im Geiste alle gelesenen Bücher, bis es ihm wieder einfiel.

Weißseitendelfine.

Der spielerische Übermut der Tiere brachte das Meer zum Kochen. Zuerst waren es nur einzelne Schatten, die nach und nach aus dem Blau auftauchten, pfeilschnell die Objekte ihrer Neugier umkreisten und Schweife aus sprudelnden Blasen durch das Wasser zogen. Aber bald wurden es mehr, immer mehr und mehr, bis die gesamte Schule wie ein hektischer Wirbelsturm durch das Wasser schoss. Sie klickten, pfiffen und quietschten, zogen ihre Kreise enger und enger, bis die mutigsten Delfine begannen, Kontakt zu den Menschen aufzunehmen.

Faes Glück durchzuckte ihn wie köstliche Wellen. Überall spürte er Lebendigkeit und Freude. Nie zuvor war er so zufrieden gewesen, und dieses Gefühl fand sein Echo in Fae, Alexander und Ukulele. Warum die Menschen trotzdem schon nach kurzer Zeit zum Schlauchboot zurückschwammen, begriff Kjell zunächst nicht. Doch dann erinnerte er sich an den Vorfall im Wrack.

Sie können nur eine Zeit lang unter Wasser atmen.

Die Luft in ihren Flaschen geht ihnen schnell aus.

Er folgte ihnen hinauf an die Oberfläche, verwandelte seinen Fischkörper noch unter Wasser in zwei Beine und zog sich in das Boot. Wie plump und schwer sich die Welt aus Luft anfühlte, ganz zu schweigen davon, dass er das brennende Salzwasser aus seinen vernachlässigten Lungen husten musste.

Fae klopfte ihm fürsorglich auf den Rücken, stieß ein leises Zischen aus und betastete die immer noch sichtbaren Kiemen an seiner Seite.

„Wie fühlt sich das an?"

„Wenn du sie berührst oder wenn ich dadurch atme?"

„Letzteres."

In Ermangelung eines besseren Wortes erwiderte er : „Erfrischend."

„Erfrischend?", echote Ukulele unbefriedigt. „Mehr nicht?"

„Wie würdest du jemandem, der sein Leben lang blind war, Farben beschreiben?"

„Blau ist kühl, rot ist warm, grün ist …" Hinter der Stirn des Hawaiianers arbeitete es. „Fruchtbar? Orange saftig? Fruchtig? Und Braun … hm, keine Ahnung. Schokoladig?"

„Aber der Blinde weiß nicht, wie Schokolade aussieht. Nur, wie sie schmeckt. Er würde nie wirklich verstehen, was Braun ist. Oder grün. Farben wären für ihn ein ewiges Rätsel."

Fae, Alexander und Ukulele sahen ihn einen Moment lang skeptisch an, dann lachten, redeten und schnieften sie so laut und hektisch durcheinander, dass ihm, als auch noch der Bootsmotor ansprang, schwindelig von all den Geräuschen wurde. Erst als sie an Bord des Schiffes geklettert und ihr schweres Gepäck losgeworden waren, verringerten sich die grellen Sinneseindrücke auf ein erträgliches Maß.

Fae stand vor ihm und begann zu weinen. Einen Moment lang durchzuckte ihn Sorge, doch dann spürte er, dass es reines Glück war. Menschen weinten aus vielen Gründen, aber diese Tränen sah er zum ersten Mal.

Kjell zog die Kleidung an, die Henry ihm reichte – eine weiße, weite Hose und ein hellbraunes Hemd –, setzte sich an den Rand des Schiffes und ließ die Beine durch die Stäbe der Reling baumeln. Als Fae sich neben ihn setzte, eingekuschelt in einen schwarzen Rollkragenpullover, schwiegen sie eine Weile und beobachteten die durch die Tiefe huschenden Delfine. Währenddessen tauschten Alexander und der Hawaiianer in aller Hast ihre leeren Flaschen gegen neue aus.

„Wir haben nur noch drei volle", rief Ukulele. „Einer muss hier bleiben. Henry, du kannst mit runter. Wenn Fae nochmal ins Wasser will, bleibe ich gerne auf dem Schiff."

„Geht nur", sagte sie. „Ich bleibe bei Kjell."

„Bist du dir sicher?" Durch Ukuleles Augen huschte ein erfreutes Funkeln. „Wirklich?"

„Yep. Bin ich."

Alexander wuchtete die Flaschen in das Schlauchboot, kletterte wieder an Deck und kniete sich neben ihnen nieder. „Das war der Hammer, Junge. Wenn du je irgendwas willst oder brauchst, ich schulde dir was."

Kjell lächelte. „Ich will einfach nur bei Fae sein."

Sie kicherte und verfärbte sich wie ein Tintenfisch.

Ein köstlicher Duft stieg ihm in die Nase, zog sofort in die unteren Regionen seines Körpers und füllte sie mit wimmelndem Krill. Ihm wurde einen Atemzug lang schwarz vor Augen. Das Gefühl war neu und so heftig, dass es kaum von körperlichem Schmerz zu unterscheiden war, aber er glaubte zu wissen, was es bedeutete.

Sein Blick wanderte über die drei Männer. Ob Menschen sich daran störten, wenn ihresgleichen bei der Paarung zusah? Er hatte Bilder gesehen und Beschreibungen gelesen, die ihm verraten hatten, was man tun musste. Aber das menschliche Denken und Handeln steckte voller Überraschungen.

„Kannst du sie wirklich rufen?", wollte Alexander wissen. „Reden sie wie Menschen miteinander?"

„Nicht wie Menschen. Aber so ähnlich. Ihre Sprache ist sehr einfach. Viel einfacher als eure."

„Kannst du was auf Walisch sagen?"

„Könnte ich. Aber das würde dir nichts nützen."

„Warum?"

„Die meisten Töne könnt ihr nicht hören."

„Stimmt. Mach es trotzdem."

„Nicht an der Luft."

„Dann im Wasser. Wir könnten es aufnehmen."

„Im Wasser ist es gerade zu laut. Du würdest nichts hören, nur jede Menge Lärm."

„Dann lass es mich später hören, wenn wir allein sind. Ach ja, was ich noch fragen wollte: Wie tief kommst du?"

Kjell runzelte die Stirn. Woher sollte er das wissen? Er schleppte keine Geräte mit sich herum, die ihm alles über das Wasser sagten und darüber, wie er zu schwimmen und zu tauchen hatte.

„Hier ist das Wasser gute fünfhundert Meter tief", half Alexander nach. „Kommst du bis zum Grund?"

„Sicher."

Fünfhundert Meter? Reine Spielerei. Trotzdem schien es sein Gegenüber zu erstaunen. Diese Blicke der drei Männer, die ihn sondierten, als sei er nicht nur seltsam, sondern völlig unbegreiflich – einen kurzen Moment lang empfand er den Drang, sich ihnen durch einen Sprung ins Wasser zu entziehen.

„Was ist mit der Tiefsee? Warst du schon mal dort unten?"

Ständig, lag es ihm auf der Zunge, aber aus irgendeinem Grund scheute er sich, es auszusprechen.

„Können wir jetzt endlich runter?", kam ihm Ukulele zu Hilfe. „Siehst du nicht, dass es unserem Freund gerade unangenehm wird?"

Kjells Sympathie für diesen runden Menschen schoss unvermittelt in die Höhe. Er warf dem Hawaiianer ein dankbares Lächeln zu, Ukulele antwortete mit einem Zwinkern.

„Sicher doch." Alexander stand auf und zog seinen Kopfschutz über. „Aber so leid es mir tut, Kjell, wir müssen das Gespräch dringend fortsetzen. Ich habe eine Million Fragen an dich. Zum Beispiel, warum du problemlos in eiskaltem Wasser herumschwimmst. Hast du eine Art Frostschutzmittel im Blut? Fährst du den Kreislauf runter wie ein Schlafhai?"

„Alex!", drängelte Ukulele. „Lass ihn in Ruhe."

„Schon gut. Die Aufnahmen sind übrigens die Besten meines Lebens. Ich glaube, sie sind die Besten, die je aufgenommen wurden. Unser Produzent wird seine teuerste Whiskeyflasche opfern, wenn wir damit ankommen. Danke, Kjell. Vielen Dank! Wir sehen uns."

Die drei Männer kletterten in das Schlauchboot, warfen den Motor an und tuckerten zur Boje hinüber, um ihr Gefährt daran festzubinden. Fae schwieg, bis sie im Wasser verschwunden waren, dann seufzte sie auf, wandte sich zu ihm um und sagte leise: „Danke."

„Danke wofür?", fragte er ebenso leise zurück.

„Für das." Sie nahm sein Gesicht zwischen ihre Hände und küsste ihn. Lange und zärtlich. Ihr Geschmack, ihre Wärme und der Geruch ihrer Haut jagten Stromstöße durch seinen Körper.

Zwischen seinen Beinen schmerzte es, als sei dort kein Fortsatz aus Fleisch, sondern ein Zitteraal.

Plötzlich stieß Fae einen erschrockenen Laut aus, löste sich von ihm und blickte in das Wasser hinunter, als schämte sie sich für ihre Tat.

„Ich weiß nicht, wie …“ Kjell holte tief Luft. Sein Blut kochte so heiß, dass der Drang, in das kalte Wasser zu springen, fast unerträglich wurde. „Du musst mir zeigen, was du willst. Ich … ich weiß nicht, wie ihr …“

Ihm entfielen die Worte. Sein Blick verfolgte die anmutigen, schwarzgrauweißen Schatten, die durch das Blau schossen. Manche streiften den Rumpf des Bootes, andere vollführten Drehungen dicht unter der Oberfläche oder vergnügte Sprünge. Die Tiere genossen es, bewundert zu werden, so wie er es genossen hatte. Ihre fröhlichen Pfiffe klangen an der Luft merkwürdig verzerrt, aber immer noch schön. Ob Fae sie hören konnte? Wie klang das Meer für sie?

„Ich will alles richtig machen“, fasste er seine Verwirrung in hilflose Worte. „Aber ich verstehe euch noch nicht wirklich. Die Wirklichkeit ist anders als Bücher und Zeitungen.“

Fae lächelte nur. Sie fasste sanft nach seinem Arm, legte ihn um ihre Schulter und kuschelte sich an ihn. Ihr Kopf ruhte auf seiner Schulter, ihre Finger verschlangen sich mit seinen. So saßen sie eine ganze Zeit stumm nebeneinander. Kein Wort wollte über seine Zunge kommen. Stattdessen strich er mit seiner freien Hand über ihr Haar, das sich so weich anfühlte wie der Pelz der Seeotter, atmete ihren Geruch ein und versuchte, an nichts zu denken. Eine vergebliche Mühe.

Sein Körper brannte und loderte, als hätte er kein Blut in den Adern, sondern Nesselgift. Alle Sinneseindrücke wurden verschwommen und zugleich scharf, der ziehende Schmerz in seinem Unterkörper wurde zu einem unerträglichen Druck. Etwas geschah, das er noch nie zuvor erlebt hatte. Er hatte es gesehen, in den Zeitungen, die er Angus gestohlen hatte und die sich ausschließlich um die Balz und Paarung der Menschen drehten. Er wusste, was es bedeutete. Aber das machte es nicht einfacher.

„Du zitterst ja.“ Fae blickte nicht auf, aber ihre Hand glitt vorsichtig über seine Brust. Sah sie etwas? Wusste sie etwas? Kjell biss sich auf die Zunge, presste die Beine zusammen und holte tief Luft. Wäre es doch nur kälter. Würde nur ein eisiger Wind gehen, der wenigstens etwas von dieser unerträglichen Hitze aus seinem Körper gezogen hätte.

„Kjell, geht es dir gut?“

Schweigend starrte er ins Leere. Etwas fühlte sich auf einmal falsch an. Dass er hier auf einem Schiff saß, diese Frau im Arm hielt und ihren Freunden so viel anvertraute. Er fühlte sich plötzlich ausgeliefert, als braute sich direkt über seinem Kopf ein Unwetter zusammen, viel zu schnell, um noch Schutz suchen zu können. Die Wege des Schicksals waren ihm immer unbegreiflich erschienen. Inzwischen, da er tausend Dinge gesehen und gespürt hatte, verstand er es noch weniger. Was nützte es, sich gegen Ebbe und Flut zu stellen? Alles hatte ihn hierher geführt.

In Faes Arme.

Sie hob den Kopf, zögerte einen Augenblick lang – und küsste ihn erneut. Er ließ sich in ihren Geschmack fallen, warf das flaue Gefühl wie ein abgenagtes Fischskelett beiseite und übergab sich der wilden Strömung, die ihn forttrug. Angst war der größte Feind aller Wesen. Er war nicht bereit, ihr auch nur einen Moment seines Glücks zu opfern.

Vorsichtig ließ er seine Hände unter ihren Pullover gleiten und fand eine weitere Lage Stoff. Als seine Finger sich vorantasteten und endlich nackte Haut berührten, zuckte Fae schaudernd zusammen. Aber sie stieß ihn nicht fort.

„Ist dir kalt?“

„Ja.“ Sie kicherte. „Aber Kälte ist etwas Wunderbares. Ich habe gedacht, ich würde sie nie wieder fühlen.“

Sich an das zu erinnern, was er gelesen hatte, fiel ihm sonderbar schwer. Seine Gedanken verschwammen ineinander, wurden blass und überließen reinem Instinkt ihren Platz. Er ließ seine Hände höher gleiten, berührte die sanften Rundungen ihrer Brüste und begann, sie vorsichtig zu streicheln. Fae zitterte. Bedeutete ihr leises Keuchen, dass es ihr gefiel?

Offensichtlich, denn ihr Geruch sagte ihm deutlicher als jede andere Reaktion, was sie wollte.

Instinkte, ermahnte er sich. *Menschen sind nicht anders als Tiere.*

Fae drängte sich ihm entgegen, als er ihren Hals küsste. Ihr Geschmack war nicht mehr warm, sondern heiß.

Heiß wie sein eigenes Blut. Die Sonne gewann an Kraft, durchdrang den kalten Wind und überhauchte Faes Haar mit einem goldenen Schimmer.

Elender Knurrhahn, was würde zuerst platzen? Sein Kopf oder der Zitteraal zwischen seinen Beinen? Fae schnurrte wie ihr weißer Kater.

Ihre Fingernägel glitten unter sein Hemd und kratzten über seine Brust, während sie mit den Zähnen klapperte.

„Es ist zu kalt für dich. Wir sollten runtergehen."

„In die ..." Sie holte tief Luft. Ihre Augen waren glasig wie bei einem Fieber, als sie ihn ansah. „In meine Koje? Jetzt? Sofort?" Sie küssten sich. Fae schien unter seinen Händen zu zerfließen, sie berauschte ihn bis zur Grenze der Unerträglichkeit, seufzte und zitterte, bis er glaubte, den Verstand zu verlieren.

„Sieht nicht so aus, als hättet ihr uns vermisst", erklang in diesem Augenblick eine Stimme hinter ihm. Alexander wuchtete lautstark seine Ausrüstung auf das Deck, kletterte an Bord und grinste. Warum waren die Männer schon zurück? War so viel Zeit vergangen? „Habt ihr euch gut amüsiert?"

Henry folgte ihm, als Letzter erschien Ukulele, schnaufend und japsend wie ein brünstiger Seeelefant. Kjell verschluckte seinen Fluch, griff nach dem Gepäck des Hawaiianers und nahm es ihm ab.

„Danke, Mann. Ist für dich leicht wie eine Feder, was? Jesus, hätte das nur meine Großmutter noch erleben können."

„Habt ihr gesehen", keuchte Alexander, „wie nah sie an mich herankam?"

„Die Lady stand auf dich", witzelte Henry. „Sie konnte gar nicht genug von dir bekommen. Das muss dein Karma sein."

Mit vereinten Kräften zogen die drei Männer das Schlauchboot an Bord, banden es fest und schlüpften aus ihren Neoprenanzügen. Euphorische Zufriedenheit entströmte ihnen wie eine warme Wolke.

„Ich muss mir das Zeug sofort ansehen." Alexander schüttelte seine nassen Dreadlocks. „Wer kommt mit? Fae, willst du sehen, was für grandiose Aufnahmen wir eingefangen haben? Du wirst es nicht glauben."

Sie erwiderte nichts. Stattdessen stand sie auf, zog ihre Hose aus, warf sie schwungvoll beiseite und flankte kurzerhand über die Reling. Ein lautes Platschen hallte durch die Stille.

„Was?" Alexander glotzte auf die Stelle, an der seine Schwester eben noch gestanden hatte. „Spinnst du? Hast du sie nicht mehr alle? Das Wasser ist eiskalt."

„Mir war schon ewig nicht mehr kalt", kam es von unten her. „Es gibt nichts Besseres als Kälte. Kjell, komm mit ins Wasser. Ich warte."

Er warf den Männern einen Blick zu.

Alexander und Ukulele schüttelten den Kopf, Henry tippte sich mit dem Zeigefinger gegen die Stirn.

„Bring sie zur Vernunft." Der Hawaiianer nickte zum Wasser hin. „Erstens ist es zu kalt für sie, zweitens ist ein Sturm im Anmarsch. Wir sollten abhauen."

Alexander stöhnte. „Kaum weilt meine Schwester wieder unter den Lebenden, versucht sie, sich umzubringen."

Dunkle Wolkenberge ballten sich im Westen zusammen, wuchsen schnell empor und färbten sich schwarz. Ein gespenstischer Anblick, aber noch drohte keine Gefahr. Die Strömung in diesem Bereich des Ozeans veränderte sich spürbar und würde den Wind vorerst in eine andere Richtung schicken.

„Die Wolken ziehen nach Norden", sagte Kjell. „Wir haben noch Zeit bis zum Abend. Erst dann kommt der Sturm."

„Was bist du?", fragte Henry. „Eine wandelnde Wetterstation?"

„Ich habe viele Jahre hier draußen gelebt."

„Natürlich. Alex, hast du für morgen unseren Terminkalender blockiert? Oder warte – blockiere ihn für die gesamte Woche. Ich habe eine Million Fragen an unseren neuen Freund. An denen kommt er mir nicht vorbei."

„Du kommst an die Reihe", gab Ukulele zurück, „wenn Alexander und ich mit unseren zwei Millionen Fragen durch sind. Kjell, würdest du bitte diese Frau zur Vernunft bringen? Sonst stirbt sie an Unterkühlung und deine Heilkunst war umsonst."

Kjell spürte, wie die gerade erloschene Hitze seines Körpers von Neuem aufflammte. Er zog sein Hemd aus, ließ es auf das Deck fallen und schwang sich über die Reling. Wohltuend schloss sich das Wasser über ihm. Hier unten war alles einfacher und klarer, längst nicht so verwirrend wie an Land. Zum ersten Mal seit langem fühlte er wieder die Kühle der See. Vielleicht, weil Fae ihm Wärme schenkte, die er seit einer Ewigkeit nicht mehr empfunden hatte, und diese Wärme ihn daran erinnerte, wie kalt das Meer war. Sein erhitzter Körper verkrampfte sich sogar und verweigerte ihm einige Atemzüge lang den Gehorsam. Es drängte ihn, sich zu verwandeln, doch er kämpfte dagegen an. Diesmal wollte er als Mensch mit ihr schwimmen. In der gleichen Gestalt wie sie.

Kaum tauchte er aus dem Wasser auf, schlangen sich zwei kalte Arme um seinen Hals.

„W-w-w-w-wundervoll, n-n-n-nicht wahr?"

Ihre Zähne klapperten derart, dass sie die Worte nur mühsam hervorstoßen konnte. Das Wasser war wie flüssiges Eis. War sie verrückt geworden, einfach hineinzuspringen? Aber die Kälte bewies ihr, dass sie wieder ins Leben zurückgekehrt war. Ihr Körper zitterte und krampfte, wie es sein musste, und mit jedem Augenblick, den sie Kjell umarmte, wurde ihr Zittern stärker. Sie musste sich bewegen, auch wenn es sich noch so gut anfühlte, seinen Körper an ihrem zu spüren.

Fae befreite sich aus seinen Armen und machte ein paar Schwimmzüge. Große Körper durchbrachen das Wasser, huschten unter ihr hinweg, streiften ihre Haut und berührten sie mit ihren Schnauzen. Doch sobald sie nach den Delfinen griff, entwischten sie ihr mit einer schnellen Drehung. Manchmal strichen ihre Fingerspitzen über glatte, feste Haut, doch meist spürte sie nur einen Wasserwirbel, hervorgerufen durch die blitzschnellen Bewegungen der Tiere.

Fae drehte sich auf den Rücken und streckte die Arme aus. Sanft hob die Dünung sie auf und ab, reinigte ihre Gedanken und wischte den Zweifel weg. Sie lebte. So intensiv, dass es wehtat. Jedes Detail genoss sie wie eine Köstlichkeit, selbst ihre verkrampften Kiefer und das Stechen der Kälte, die wie scharfe Klingen in ihr Fleisch fuhr.

Sie war geheilt. Die Zukunft stand ihr offen.

„Fae!", rief Alexander. „Komm raus, wir müssen los."

Müde blinzelte sie in den Himmel hinauf. Wolken flogen über sie hinweg, wie riesige dunkle Schiffe, die einander jagten. Dazwischen funkelten Fetzen blauen Himmels wie ein Spiegelbild des Wassers, in dem sie schwebte.

„Fae! Nur einer von euch hat Kiemen und Flossen."

Sie lächelte nur. Frieden erfüllte ihre Seele. Sie dachte nichts, wünschte sich nichts, verzehrte sich nach nichts. Ließ sich einfach nur von den Wellen wiegen und spürte, wie ihr Körper taub wurde. Aber es war eine andere Taubheit. Eine, die nicht Tod, sondern Leben bedeutete.

„Fae, verdammt noch mal!"

Vielleicht war es die Angst in Alexanders Stimme, vielleicht pure Vernunft. Irgendetwas brachte sie dazu, sich umzudrehen und zum Schiff zurückzuschwimmen. Jede Bewegung geschah langsam und schwerelos.

Sie sah ihre blassen Arme, die das Wasser zerteilten, aber diese Gliedmaßen schienen nicht zu ihr zu gehören. Fae kicherte. Die Leiter hinauf zu klettern, war wegen ihrer gefühllosen Finger und Füße unmöglich. Als Alexander nach ihr griff und sie wie einen nassen Sack an Deck hievte, lachte sie aus vollem Hals. Es klang jämmerlich, mehr wie ein Würgen und Husten, und um ein Haar hätte sie sich übergeben.

„Schschsch …", murmelte ihr Bruder. „Beruhige dich. Ich hole dir gleich eine Wärmflasche, du verrücktes Ding."

Irgendwie schaffte sie es, ihre nasse Unterwäsche auszuziehen – Ukulele und Henry drehten ihr diskret den Rücken zu –, schlüpfte in die Kleidung, die Alexander bereitgelegt hatte, und schlang zu guter Letzt zwei der grauen Schiffsdecken um ihre Schultern. Noch immer klapperten ihre Zähne, aber sie fühlte sich fantastisch.

„Seht mal." Ukulele hatte mit der Kamera an der Reling Aufstellung genommen. „Er ist total weggetreten."

„F-f-f-filmst d-d-d-du gerade K-k-k-kjell?", stotterte Fae.

„Yep."

Gestützt von Alexander, gesellte sie sich zu dem Hawaiianer und blickte in das Wasser hinunter. Kjell tat das, was sie zuvor getan hatte. Er ließ sich auf dem Rücken treiben, hielt die Arme ausgestreckt und die Augen geschlossen. Aber die Art, wie er es tat …

Fae vergaß, dass es nicht gut war, ihn zu filmen. Der Stoff seiner Hose war fast so weiß wie seine Haut. Das silberne Haar umgab wie feines Seegras sein Gesicht, seine Arme bewegten sich langsam auf und ab. Sonst rührte er sich nicht. Ein unwirklicher Frieden ging von ihm aus, der selbst auf die Tiere überging. Sie spielten nicht, wie sie es bei ihr getan hatten, sprangen nicht aus dem Wasser und versuchten nicht, ihn zu berühren. Stattdessen umkreisten sie ihn in langsamer Monotonie, als zelebrierten sie eine Art Tanz, mit dem sie ihm Respekt zollten.

Zitternd und zähneklappernd starrte sie auf das seltsame Schauspiel und fühlte, wie Traurigkeit in ihr aufstieg. Sie wusste nicht, woher dieses Gefühl kam oder weshalb sie es fühlte. Tränen brannten in ihren Augen. Der Frieden, der von Kjell und den sich träumerisch bewegenden Delfinen ausging, war zu rein für diese Welt.

Er gehört nicht hierher, sagte eine Stimme in ihr. *Das ist nicht seine Welt. Er gehört nicht hierher.*

In diesem Augenblick erwachte Kjell aus seiner Trance.

Er lächelte ihnen zu, streifte die Kamera mit einem flüchtigen Blick und schwamm auf die Leiter zu. Mühelos kletterte er an Deck, ohne irgendein Zeichen von Unterkühlung zu zeigen. Es war, als bestünde er aus Eis.

„Sind alle an Bord?" Ukulele streichelte die Kamera wie einen kostbaren Schatz. „Dann lasst uns nach unten gehen."

Damit verschwand er gemeinsam mit Henry im Bauch des Schiffes, dicht gefolgt von Alexander, der sich in der Tür noch einmal umdrehte und ihnen zunickte.

„Wir machen uns auf den Rückweg, okay? Für heute haben wir mehr als genug eingesammelt. Fae, die Wärmflasche liegt auf deinem Bett. Sorge erstmal dafür, dass du auftaust."

„Nur keine Sorge." Sie schmiegte sich an Kjell und zeigte ihrem Bruder, was sie fühlte. „Wir machen es uns schon gemütlich."

„Daran habe ich keinen Zweifel. Also dann, ich muss ein Schiff in seinen Hafen zurückbringen."

Als Alexander verschwunden war, schälte sich Kjell ungeniert aus seiner nassen Hose und schlüpfte in die Kleidung, die einer der Männer neben der Werkzeugkiste bereitgelegt hatte.

„Was ist das?" Nur unter Mühen schaffte er es, sich die steife Jeans anzuziehen. „Die Hose davor gefiel mir besser."

„Wir haben keine andere dabei."

Kjell schlüpfte in das blaue T-Shirt, öffnete seine Arme und raunte: „Komm her."

Nichts lieber als das!

Sie schmiegte sich an ihn, legte das Ohr an seine Brust und lauschte seinem Herzschlag. Wie langsam es schlug. Bedeutete das, dass er eine längere Lebensspanne als Menschen besaß?

Sie wollte ihn danach fragen, doch dann erinnerte sie sich, dass sie die Antwort im Grunde bereits kannte. Kjell wusste kaum mehr über sich selbst, als sie es tat.

„Erzähle mir noch mehr von der anderen Welt." Sie setzten sich auf die Kiste und hielten ihre Gesichter in den Wind. Das Glück, das sie fühlte, strömte wie eine Droge durch ihren Körper. Nirgendwo hatte sie sich je so wohl gefühlt wie in Kjells Umarmung.

„Was willst du wissen?", fragte er.

„Alles."

„Nun, verglichen mit der anderen Welt erscheint einem der Lauf der irdischen Dinge grausam und gnadenlos. Dort, wo ich in meinen Träumen war, gibt es kein Fressen und Gefressenwerden. Diese Welt funktioniert anders. Friedlicher. Geordneter. Ich habe einmal von einem See auf einer Südseeinsel gelesen. Er ist voller Quallen, und in den Quallen leben winzige Algen. Diese Algen ernähren sich vom Licht, und was sie bei der Photosynthese produzieren, dient wiederum als Nahrung für die Quallen."

„Du bist ziemlich belesen, muss ich sagen."

„Ich hatte jahrelang nichts anderes zu tun. In diesem See gibt es jedenfalls nur diese Quallen. Sonst nichts. Keine Raubtiere, keine Gefahr. Stell es dir so ähnlich vor. Aber die andere Welt ist noch viel mehr als das. Um es wirklich zu begreifen, müsstest du selbst dort sein."

„Und das ist unmöglich." Fae breitete ihre Decken aus und drapierte sie so, dass sie sich beide darunter kauern konnten. Je dunkler und drohender die Wolken wurden, umso intensiver leuchtete das Blau des Meeres. Alles hatte sich verändert. Jetzt, da Kjell bei ihr war, war die Welt zu einem großen Geheimnis geworden. Ein unergründliches Mysterium, das ihr für die Dauer eines Wimpernschlags plötzlich Angst machte.

Kjell küsste ihre Stirn, streichelte ihr Haar und gab leise, schnurrende Geräusche von sich, die sie wahnsinnig machten vor Sehnsucht.

„Ich …", begann sie zaghaft. „Ich …"

„Ja?", raunte er behaglich.

Sie räkelte sich an seiner Brust, spürte den sanften und zugleich festen Griff seiner Arme und sprach ihren Gedanken einfach aus: „Ich bin froh, dass du bei mir bist."

„Das bin ich auch. Mehr, als du dir vorstellen kannst."

„Bleibst du bci mir?"

Er sah auf sie hinab. Sein Lächeln wirkte seltsam. Glücklich und zugleich gequält. „Solange ich kann, Fae."

„Nein." Sie strich über sein nasses Haar und schüttelte den Kopf. „Das war nicht die Antwort, die ich hören wollte."

„Es ist die einzige, die ich dir geben kann."

„Was meinst du damit?"

„Mach dir keine Gedanken." Er drückte ihren Kopf sanft gegen seine Brust und umarmte sie noch fester, als befürchtete er, irgendeine Macht könnte sie von ihm fortreißen. Fae spürte das beruhigende Auf und Ab seines Atems und die Wärme seiner Haut unter dem dünnen Stoff.

„Ich bin immer bei dir“, sagte er. „Egal wie. Ich weiß nicht warum, aber ich spüre, dass wir zusammengehören.“

„Manchmal vergesse ich, dass wir uns erst seit ein paar Tagen kennen.“

„Ist das so? Wenn du mich fragst, kannten wir uns schon immer.“

Und was bedeutet das?, wollte sie fragen. *Was hat das Schicksal mit uns vor, wenn es uns so fühlen lässt?*

Aber Fae schwieg.

~ Gegenwart, August 2052 ~

„Kjell? Hörst du mich? Bitte komm runter!“

Seine Sinne lösten sich unter solchen Mühen aus der Geschichte, dass er das Gefühl bekam, die Buchstaben bestünden aus Teer und hätten sich an seinem Gehirn festgesaugt. Wer hatte gerufen? Fae?

Orientierungslos blinzelte er ins Dunkel hinein. Ah ja, er war hier. In Irland, in seinem alten Zimmer. Grundgütiger, er hatte das Gefühl, Monate fortgewesen zu sein. Seine angewinkelten Beine kribbelten und schmerzten. Als er sich aus dem Bett schälte und die nackten Füße auf den Boden stellte, stachen Nadeln in seine eingeschlafenen Gliedmaßen. Kjell seufzte. Seine Beine fühlten sich wie zwei Fremdkörper an, taub und gespickt mit unsichtbaren Stacheln. Vielleicht hatte er zu viel von Flossen und Schuppen gelesen, und zu viel davon, schwerelos im Wasser zu schweben.

„Komm bitte runter!“ Faes Stimme wurde fordernder. Geduldig war seine Mutter noch nie gewesen. „Hast du gehört?“

„Ja ja.“ Warum fühlte er sich zurück in sein Kleinkindalter versetzt? „Beruhige dich, Mum. Manchmal bist du schlimmer als Daniel.“

„Zieh dir was Warmes an.“

„Dann dauert es etwa dreißig Sekunden länger, fürchte ich.“

Willkommen zuhause. Kein Mensch auf Erden schaffte es, ihm das Gefühl zu geben, ein fünfjähriger Bengel zu sein, dem man nach Belieben die Ohren langziehen konnte.

Er schlüpfte in eine Jeans, zog einen schwarzen Wollpullover über sein Shirt und wickelte sich den dunkelblauen Schal um den Hals, den Fae ihm zum letzten Weihnachtsfest gestrickt hatte. Brauchte er überhaupt all diese Sachen oder könnte er in Unterwäsche nach draußen gehen, ohne zu frieren?

„Gut siehst du aus." Seine Mutter stand aufbruchbereit im Wohnzimmer. Wieder trug sie ihren uralten Mantel – ein kunterbuntes Ding aus planlos zusammengenähten Stofffetzen in allen nur erdenklichen Farben und Mustern. Ihr Bruder hatte ihn ihr zum vierzigsten Geburtstag geschenkt, zwei Tage vor seinem tödlichen Tauchunfall. Alt war seine Mutter nie geworden. Diese Form von unzerstörbarer, innerer Jugend schien in der Familie zu liegen.

„Bist du bereit für einen kleinen Ausflug?"

„Jederzeit."

Fae nickte zufrieden. Als sie hinaus in die Nacht trat und sich ein Stück von ihm entfernte, erlag er der Illusion, ein junges Mädchen ginge vor ihm her. Sie war so klein und zerbrechlich. Überwältigt von dem Drang, sie zu beschützen, schloss er zu ihr auf und legte einen Arm um ihre knochigen Schultern. Könnte er Alter und Krankheit nur von ihr fernhalten, so wie sein Namensvetter im Buch.

„Ist dir nicht kalt, Mum?"

„Mir ist genauso wenig kalt wie dir. Dabei hast du noch viel weniger an als ich."

Er grinste dürftig. Stimmt, kalt war ihm nicht, stattdessen fühlte er sich heiß und fiebrig. Das Kribbeln war aus seinen Beinen verschwunden und hatte sich stattdessen im Kopf eingenistet. Er brütete etwas aus, eindeutig. Und das kurz vor seiner wichtigsten und größten Vortragsreihe. Vielleicht wäre es besser, den nächtlichen Ausflug auf morgen zu verschieben, aber Kjell behielt diese Überlegung für sich. Erstens sah seine Mutter aus, als läge ihr viel an diesem Spaziergang, zweitens würde es ihm morgen vermutlich noch mieserabler gehen. Wiedersehen würden sie sich erst in sechs Monaten, und wer wusste schon, was bis dahin geschah.

Plötzlich gefror Kjells Herz. Er hätte es eine Ahnung genannt, ein düsteres Omen, aber an solchen Unsinn glaubte er nicht. Niemand blickte in die Zukunft. Niemand konnte sagen, was der nächste Tag brachte. Er atmete tief durch und blickte nach links, wo sich hinter den Klippen das spiegelglatte Meer erstreckte, so schrecklich endlos, dass ihm ganz elend zumute wurde. Weit draußen lag eine Nebelbank, die das Mondlicht reflektierte. Vermutlich würde sie im Laufe der Nacht die Küste einhüllen, und am Morgen, wenn er schwimmen ging, würde alles noch viel unwirklicher sein als jetzt. Dieser Ort mit all seinen alten Steinen, Kreuzen und Ruinen war eine Zwischenwelt, die weder im Hier noch im Dort lag.

An diesem Abend liefen sie lang. Länger als je zuvor.

Als das verfallene Haus vor ihnen auftauchte, waren seine Beine unter der dünnen Jeans taub geworden. Doch kalt war ihm noch immer nicht. Weiße Atemwolken strömten aus Kjells Mund, das eisüberzogene Gras knirschte unter seinen Schritten. Vielleicht war seine Haut inzwischen von einer Frostschicht überzogen, silberweiß wie die des Meerwesens.

„Sag mir, wenn du etwas spürst.“ Fae führte ihn geradewegs auf die Ruine zu. Trostlos stand sie auf einem Hügel, die Klippen und die See zu Füßen. „Oder wenn du dich nicht wohlfühlst.“

Wohl war ihm tatsächlich nicht, aber darüber deckte er den Mantel des Schweigens. Was erwartete sie von ihm? Dass ihn Visionen überfielen? Dass er sich an irgendetwas erinnerte?

Was für ein Quatsch.

„Ich bin schon oft hier gewesen.“ Er sprach leise, aber seine Worte hallten laut durch die totenstille Nacht. „Ich habe nie etwas gespürt.“

„Damals warst du noch ein Kind.“ Fae schob ihn durch den Eingang des Hauses. Die Tür war schon längst der Fäulnis zum Opfer gefallen und lag zersplittert im Gras. „Keine Angst. Geh allein weiter. Denk an nichts. Wenn etwas kommen sollte, dann kommt es von ganz allein.“

Kjell seufzte und tat ihr den Gefallen, obwohl er sich unglaublich dämlich dabei vorkam. Es war einfacher, Faes Absonderlichkeiten auf ihre Künstlerseele zu schieben, als den Gedanken in Betracht zu ziehen, dass sie langsam, aber sicher senil wurde. Dieses Haus hatte sie also inspiriert. Gut und schön. Es war nur noch ein vermodernder Haufen aus Steinen und Holz, aber auf morbide Weise faszinierend. Die Treppe, von der im Buch die Rede gewesen war, existierte nicht mehr. Aber er konnte einen Tisch erkennen, dessen Platte in zwei Hälften gespalten war und dessen abgebrochene Beine wie die eines toten Tieres in die Höhe ragten. Kjell fühlte nichts. Nur eine hoffnungslose Traurigkeit, die dieser Ort auszuatmen schien.

Alles Lebendige war nichts weiter als Fäulnis.

Unabänderlich strebte alles auf seine Auslöschung zu.

Wie ein Scherenschnitt stand die gebrechliche Gestalt seiner Mutter im Eingang des Hauses. Wut übermannte Kjell. An all dem konnte er nichts ändern. Das Leben rann wie Sand durch seine Finger, ließ das Äußere verfaulen und das Innere jung bleiben. Er musste seine Mutter gehen lassen, er musste seine Jugend gehen lassen. Und was blieb am Ende?

Nur bleiche Fotos und Erinnerungen.

Kjell strich sich das wirre Haar aus der Stirn. Was machte er hier überhaupt? Dieses verdammte Haus löste nichts in ihm aus, abgesehen davon, dass es ihn frustrierte.

„Tut mir leid." Die Hände in die Taschen seiner Jeans vergraben, stellte er sich an die Seite seiner Mutter.

„Ich habe gar nichts gesehen oder gespürt."

„Wirklich gar nichts? Du siehst traurig aus."

Er brummte unwillig. Fae legte eine Hand auf seine Wange und lächelte. „Du bist genauso schön wie dein Vater, weißt du das?"

Kjell spürte, wie seine Wangen brannten. „Ach, hör auf damit."

„Aber es ist so. Hat dir das noch keine Frau gesagt?"

„Nicht direkt. Es sei denn, du zählst die beiden Studentinnen dazu, die mir kommentarlos die Zunge in den Hals gesteckt haben."

Fae wiegte nachdenklich den Kopf. „Das ist wohl die moderne Art, jemandem zu sagen, dass man ihn hübsch findet. Komm, mein Junge. Mir kriecht die Kälte in die Knochen, und du hast da noch ein Buch, das zu Ende gelesen werden will."

Ja, das Buch. Diese absonderliche Lektüre. Einerseits wollte er nichts mehr damit zu tun haben, andererseits sehnte er sich danach, wieder in diese seltsame Welt einzutauchen. Fae würde es nicht akzeptieren, wenn er es links liegen ließ, also musste er sich wohl oder übel dazu durchringen, es zu Ende zu lesen.

Schweigend liefen sie weiter, folgten dem Pfad, der die Klippen hinunterführte, und stapften durch den Sand der Dünen.

Als sie im Haus angekommen waren, funkelten Faes Augen so vergnügt, als hätte sie ihre persönliche Erleuchtung gefunden. „Willst du noch etwas essen? Du siehst hungrig aus."

Kjell schüttelte den Kopf. Wieder und wieder drifteten seine Gedanken zu dem Buch ab, das oben auf ihn wartete. „Nein danke. Ich glaube, ich lese auf der Ofenbank weiter, wenn du nichts dagegen hast."

„Wie du willst." Seine Mutter öffnete einen Schrank und begann, darin herumzuwühlen. „Gehe ich recht in der Annahme, dass du Grießbrei nicht abgeneigt bist?"

„Dem bin ich nie abgeneigt."

Ein stacheliger Klumpen hing in seiner Kehle quer. Mit seiner Mutter ging es zu Ende. Ihre Verwirrung würde sich steigern, sie würde mehr und mehr den Kontakt zur Realität verlieren. Und dann kam der körperliche Verfall. Er hatte mehr als einmal gesehen, wie schnell es gehen konnte.

Kjell holte das Buch aus seinem Zimmer, nahm eine Decke mit und rollte sich auf der Ofenbank zusammen. Könnte er diese Nacht doch nur einfrieren. Er wollte hier sitzen, hören wie Fae herumhantierte und über die blaue Tiefe lesen. Die Wirklichkeit konnte ihn mal kreuzweise.

„Eins würde mich interessieren, Mum."

„Ja?"

„Woher kennst du Breacs Geschichte? Wenn es deine Erlebnisse sind, wie konntest du dann in ihn hineinschauen? Er wird dir wohl kaum alles brühwarm erzählt haben."

Fae sah ihn grübelnd an. „Tut mir leid, Kjell, aber das kann ich dir noch nicht verraten. Er ist nicht zu mir gekommen, und er hat mir nichts verraten. Das ist etwas … wie soll ich sagen? … komplizierter."

„Danke für deine aufschlussreichen Antworten." Er lächelte ihr zu, um ihr zu zeigen, dass er sie liebte. Ganz gleich, was gewesen war und was sein würde. „Darin bist du wirklich ein Genie. Ich hoffe nur, dass es ein Happy End gibt. Ich hoffe es wirklich. Alles andere werde ich dir nie verzeihen. Das ist dir doch klar, oder?"

„Lies weiter", war ihre knappe Antwort.

Kapitel VII

Die Jagd auf das Einhorn

~ Fae, September 2009 ~

Alexander machte keinen Hehl daraus, dass ihm der Plan nicht gefiel. „Ausgerechnet ein Museum. In Belfast! Was gibt es dort, das ihn interessiert? Eine Poseidon-Statue? Ein Andenken aus dem Meer?“

„Ich habe keine Ahnung“, erwiderte Fae. „Aber wenn er unbedingt will, sollten wir es ihm nicht ausreden.“

„Kjell will in eine Großstadt? Das ist, als entführe man Mowgli aus dem Dschungel und werfe ihn ohne Vorwarnung auf die 5th Avenue.“

„Du hast ihn gesehen. Er war wegen dieser Zeitung völlig aus dem Häuschen.“

„Und warum? Doch nicht wegen diesem Museum.“

„Anscheinend doch.“

„Aber was will er da?“

„Genau das möchte ich herausfinden.“

„Weiß er, was ihn erwartet? Das ist Belfast, kein Fischerdörfchen.“

„Er sagte, er hätte darüber gelesen.“

„Ich habe darüber gelesen, wie man den Mount Everest besteigt. Deswegen ziehe ich mir nicht Handschuhe und Pullover an, schnappe meinen Rucksack und versuche mein Glück."

Fae stöhnte. „Ich weiß, ich weiß. Aber ich passe auf ihn auf."

„Viel Glück. Aber bevor du dich in Vorfreude ergehst: Ob ihr fahren könnt oder nicht, kommt ganz auf Henrys Leistung an. Du kannst Kjell nicht in eine Großstadt schleppen, wenn er so aussieht, wie er aussieht."

Fae brummte mürrisch, verschränkte die Arme vor der Brust und starrte auf die Tür, hinter der Henry versuchte, aus Kjell einen halbwegs gewöhnlichen Menschen zu machen. „Ich bin guter Hoffnung. Wenn jemand das schafft, dann unsere Krähe."

Alexander grinste. „Willst du wissen, was ich von Männern halte, die ein Händchen für Make-Up haben?"

„Henry hat beim Film gearbeitet, es war Teil seiner Ausbildung."

„Ich stelle mir nur gerade vor, wie er Kjell mit Puder, Abdeckstift und Rouge bearbeitet." Alexander gluckste in seine zur Faust geballte Hand. Unfassbar, dass ihr Bruder die Vierzig überschritten hatte. Fae musterte seine wilden, mit bunten Holzperlen verzierten Dreadlocks, seinen ebenso bunten Flickenpullover und die Jeans, die er eigenhändig mit Hilfe einer Feile durchlöchert hatte. Außen Zweiundvierzig, innen ein launischer Dreizehnjähriger.

„Es würde mich nicht wundern", amüsierte er sich, „wenn Henrys Bemühungen für unsere Sardine Grund genug sind, die Menschenwelt für immer zu vergessen. Wahrscheinlich kommt er gleich da raus, sieht aus wie Mrs. Doubtfire und stürzt sich auf Nimmerwiedersehen ins Meer."

Unwillkürlich entfloh Fae bei dieser Vorstellung ein Kichern. „Du elendes Schandmaul."

„Hoffen wir, dass er ihm nicht den Mascara-Stift ins Auge sticht. Oder ihm Lipgloss verpasst."

„Es geht hier nur um Tarnung, nicht darum, ihn in einen Korallenfisch zu verwandeln."

Alexander öffnete gerade den Mund für eine weitere Bemerkung, als sich die Tür öffnete. Henry erschien, einen dunklen Streifen auf der Wange, die schwarzen Haare zu Berge stehend und mit einem solch selbstzufriedenen Grinsen im Gesicht, dass er Fae an einen strahlenden Vollmond erinnerte. Na bitte. Ihrem gemeinsamen Museumsbesuch mit

Kjell stand nichts mehr im Wege. Der ganze Tag würde nur ihnen allein gehören. Das Museum interessierte sie nicht, Belfasts Pubs, Cafés und sonstige Sehenswürdigkeiten ebenso wenig. Alles, was zählte, war ein gemeinsamer Ausflug mit Kjell.

„Es ist nicht perfekt geworden." Henrys stolzer Blick strafte seine Selbstkritik Lügen. „Aber es dürfte genügen. Darf ich euch vorstellen? Ein fast gewöhnlicher Mensch."

„Mrs. Doubtfire", tuschelte Alexander.

Doch seine spöttische Miene wurde ihm nur eine Sekunde später aus dem Gesicht gefegt.

Hinter Henry tauchte eine Gestalt auf, deren Anblick Fae einen ungläubigen Laut entriss. Ja, ein fast gewöhnlicher Mensch! Aus Alexanders Kleiderschrank hatten sie gemeinsam einen schwarzen Anzug ausgesucht, der schlicht genug war, um nicht unnötig Aufmerksamkeit zu erregen, und zugleich so elegant, wie es sich für einen Besuch in einem weltberühmten Museum gehörte. Es war die perfekte Wahl gewesen, wie sich nunmehr herausstellte.

„Er sitzt wie angegossen", bemerkte Alexander mit einem kühlen Unterton. „Auch wenn diese Erkenntnis schmerzt: Dir steht er besser als mir."

Kjell lächelte zaghaft. Das Türkis seiner Augen war immer noch auffällig und würde Blicke auf sich ziehen, aber die Pupillen sahen menschlich aus. Dank Henrys Geschick war das gespenstische Schimmern seiner Haut verschwunden, er hatte es sogar geschafft, ihr einen Hauch normalsterblicher Farbe zu verleihen. Die rauchgrauen Brauen waren nachgedunkelt, Kjells Haare hatte er mit einem schlichten schwarzen Band zusammengebunden, so dass deren ungewöhnliche Farbe nicht so sehr ins Auge stach, wie wenn er sie offen getragen hätte. Unter dem schwarzen Jackett blitzte der Kragen eines weißen Hemdes hervor, um den Hals trug er ein Lederband, an dem ein kleiner, silberner Ring baumelte.

„Perfekt", flüsterte Fae.

Sie stand auf, ging einen Schritt auf Kjell zu und verharrte, als sein Blick sie von oben bis unten verschlang. Seine Augen weiteten sich. Er öffnet den Mund, gab ein leises Keuchen von sich und klappte ihn wieder zu.

„Was ist?"

„Du …", er schluckte schwer, „du siehst wunderschön aus."

„Wirklich?“ Fae blickte an sich herab. Die beigefarbene, enge Hose hatte sie noch nie getragen, die dunkelbraunen Schnürlederstiefel ebenso wenig. Nur die zimtfarbene Tunika, auf der unzählige kupfer- und bronzefarbene Perlen schimmerten, war schon einmal ihre Begleiterin auf eine Studentenparty gewesen. Fae wurde für einen kurzen Augenblick nostalgisch zumute. Alles, was sie trug, waren Kleidungsstücke aus einem anderen Leben, aus einer anderen Zeit. Gekauft kurz vor dem Arztbesuch, der alles verändert hatte.

Kjell griff nach vorne und strich über die kleinen, glänzenden Perlen. Sein Zeigefinger wanderte in ihren Ausschnitt, berührte die kleine Muschel, die sie an einer silbernen Kette trug, und glitt zu ihrem Mund hinauf. Federleicht strich er mit dem Daumen über ihre Lippen, sah sie eine Weile schweigend an und beugte sich vor, um einen hauchzarten Kuss auf ihren Mund zu hauchen. Ihre Beine lösten sich in watteweiches Kribbeln auf. Alles um sie herum rückte in weite Ferne, kapselte sich von ihr ab und berührte kaum die Blase, in die sie und Kjell eingeschlossen waren. Sie berührte ihn, schmeckte ihn, atmete seinen Atem.

„Glückwunsch, Henry“, erklang Alexanders Stimme von weither. „Das ist eine Glanzleistung. Darf ich fragen, warum du aus der Filmbranche ausgestiegen bist?“

„Ich hatte meine Gründe. Belassen wir es dabei.“ Er gab Kjell einen aufmunternden Klaps auf die Schulter und brachte die Blase zum platzen. „Na dann, amüsiert euch gut.“

„Wann dürfen wir euch zurückerwarten?“, fragte Alexander.

„Nicht vor dem Abendessen.“ Fae fühlte sich, als schwebe sie auf einer Wolke aus Glück – die hoffentlich nie wieder den Boden erreichte. „Und damit meine ich ein spätes Abendessen.“

„Ruft an, wenn ihr auf dem Rückweg seid. Und um es noch mal zu betonen: Die Sache gefällt mir immer noch nicht.“

Fae seufzte. Die Sorge stand ihm so deutlich ins Gesicht geschrieben, dass sie ihn einen Augenblick lang nicht als Bruder, sondern als Vater empfand. Unvermittelt wurde die Glückswolke eine Spur schwerer und sackte ab.

„Es geht mir gut, Alex. Wirklich.“

„Das sehe ich. Passt trotzdem auf euch auf. Und viel Spaß.“

Fae ging zur Garderobe, zog ihren schwarzen Mantel über und schulterte Alexanders braune Hanftasche. In Kjells Augen lag eine Form von ängstlicher Neugier, als er ihr nach draußen folgte. An seiner Seite schwebte sie mehr zum Jeep, als dass sie lief. Der Sturm, der in der Nacht getobt hatte, war abgeflaut und hatte eine dicke Wolkenschicht hinterlassen, aus der es unaufhörlich nieselte. Ihr war es gleich.

Ab sofort gibt es kein schlechtes Wetter mehr. Ich bin dem Tod mit einem Rückwärtssalto von der Schippe gesprungen und habe mich auch noch verliebt. Geht es überhaupt besser?

„Was heißt das?“ Kjell deutete auf die verbeulte Seite des Wagens und den darauf angebrachten Schriftzug *Chuck Norris was here*.

„Das Auto wurde vor ein paar Monaten gerammt.“ Fae warf ihre Tasche auf den Rücksitz und schloss auf. „Alexander wollte kein Geld für die Reparatur opfern, also hat er aus der Not eine Tugend gemacht.“

„Ja.“ Kjell neigte verwirrt den Kopf. Auf seinem Gesicht und in seinem Haar glitzerten winzige Regenperlen. Blieb nur zu hoffen, dass Henrys Glanzleistung wasserfest war. „Aber was heißt das?“

„Ich erkläre es dir ein anderes Mal. Na los, rein mit dir.“

Kjell gehorchte. Sie legte eine CD mit alten *Simple Minds* Liedern ein und startete den Motor. Alexander bedachte sie währenddessen von der Haustür aus mit besorgten Blicken. Genau, wie sie es erwartet hatte.

„Ich bin eine Weile nicht mehr selbst gefahren. Meine Gouvernante – Verzeihung, mein Bruder denkt, ich wickel sein liebstes Baby um den nächsten Baum.“

„Es riecht seltsam“, bemerkte Kjell, während er sich so selbstverständlich anschnallte, als führe er jeden Tag in einem Auto. Doch Fae spürte seine Anspannung, so perfekt er sie auch überspielte.

„Opium.“ Sie tippte die schwarze Holzblüte an, die zusammen mit einem Sammelsurium an Federn am Rückspiegel hing. „Alexander steht auf den Duft. Mich erinnert er an Seife. Im angenehmen Sinne, meine ich.“

Kjell nickte mit solch bedeutungsvoller Miene, dass Fae nur schwer ein Lachen unterdrücken konnte. Als sie losfuhr, wurde es nicht besser, denn seine Nase klebte geradezu an der Scheibe.

„Du fährst zum ersten Mal?“

Kjell nickte und verrenkte sich fast den Hals, weil er einer vorbeiziehenden Herde schwarzer Rinder nachblickte.

„Dafür bist du ein tadelloser Beifahrer.“

„Ich habe darüber gelesen.“

Natürlich. Worüber hatte er noch nichts gelesen? Sie summte die Melodie von *Waterfront* mit und brauste mit quietschenden Reifen um die erste Kurve. Erst hinterher wurde ihr klar, dass sie Alexander damit ein gewaltiges Sorgenpaket aufgebürdet hatte, sofern er den Wagen vom Haus aus noch hatte sehen können. Kjell versteifte sich und versuchte, der Trägheit der Masse entgegenzuwirken.

„Das Auto ist schnell", bemerkte er. „Und laut."

„Das ist noch gar nichts." Fae zwinkerte ihm abenteuerlustig zu. Später, wenn sie eine nette Raststätte gefunden hatten, würde sie Alexander eine beruhigende SMS schreiben. „Wie sieht es aus? Hast du einen starken Magen?"

Kjell sah sie verständnislos an.

„Ich nehme das als ein Ja. Also schön festhalten."

Fae drückte das Gaspedal durch. Ein Ruck ging durch den Wagen, und schon rasten Wiesen, Schafe, Kühe und Felder wie ein wirrer Farbentanz an ihnen vorbei.

„So far, so good", sang sie aus voller Kehle mit, *„so close, yet still so far … so far, so far, so far.*"

Elegant legte sich der Wagen in die Kurven, während Kjell mit beiden Händen nach dem nächstbesten Halt suchte. Seine Rechte wählte dafür ihren Oberschenkel aus. Fae warf den Kopf in den Nacken und lachte.

„Alles klar?", rief sie. „Geht's dir gut?"

„Ja", gab er ebenso laut zurück.

„Fächerfische schwimmen genauso schnell, wie wir gerade fahren. Wusstest du das?"

„Ja", wiederholte Kjell.

„Natürlich weißt du das. Hast davon gelesen, nicht wahr?"

„Nein, es gesehen." Ein klägliches Lächeln breitete sich auf seiner starren Miene aus.

Wieder raste Fae um eine scharfe Kurve, wieder wurde er zur Seite gedrückt und kam ihr so nahe, dass sie ihm einen schnellen Kuss auf die Wange drückte.

„Sie sind die schnellsten Schwimmer der Meere, aber für das Auto ist das hier noch gar nichts."

Seine Augen weiteten sich. „Es kann noch schneller fahren?"

„Nur Geduld. In ein paar Kilometern kommt eine schöne, breite Straße,"antwortete Fae lachend.

„Dir kann nichts passieren." Fae strich aufmunternd über seine Hand, die sich in der Anzughose verkrallt hatte. „Willst du lieber zurückfahren?"

Kjell warf ihr einen wilden Blick zu. „Nein! Ich will in dieses Museum. Zeig mir den Weg."

„Wenn es dir nicht gut geht und du zurück willst, sag es mir, in Ordnung?"

Er nickte mit zusammengepressten Lippen. Als Fae sah, wie er die Augen schloss und bebend Luft holte, wich ihre Freude über einen gemeinsamen Tag der dumpfen Ahnung, dass sie einen Fehler beging. Alexander hatte recht. Kjell in eine Stadt wie Belfast zu bringen, war mehr als ein heikles Spiel. Es war ein Spießrutenlauf.

Als sie ausgestiegen waren und Fae seine Hand ergriff, ging ein Ruck der Anspannung durch seinen Körper. Sie spürte förmlich, wie er einen Panzer um sich herum errichtete, wie er sich wappnete für eine Welt, die ihm völlig fremd war.

„Es ist laut", brummte er.

„Zu laut?"

Sein unsicheres Lächeln sandte ein Kitzeln in ihren Bauch. „Nicht schlimmer als ein Schwarm Heringe."

„Heringe? Ich dachte, Fische wären stumm."

„Oh nein." Kjell reagierte nicht auf die Menschen, die ihnen entgegenkamen, kaum dass sie das Parkhaus verließen. Er sah nur sie an, als sei ihr Anblick ein Fixpunkt, der ihn beruhigte. Fae verspürte eine Form von Stärke, die ihr neu war. Sie würde seine Lehrerin und Beschützerin sein und ihn durch ihre Welt führen, so, wie er es für sie bereits im Meer getan hatte. „Sie können sogar sehr laut werden. Piranhas grunzen mit ihren Schwimmblasen, Clownfische sprechen mit ihren Backenzähnen."

„Bitte was?"

„Sie knallen ihre Backenzähne aufeinander. Das klingt so ähnlich wie eure Trommeln. Oder wie eine knarzende Tür. Je nachdem."

„Und was ist mit den Heringen?"

„Ja, die Heringe." Er war sichtlich bemüht, seine Aufmerksamkeit allein auf sie zu beschränken. Noch waren Straße und Gehwege einigermaßen leer, doch das würde sich schnell ändern. „Sie können viele unterschiedliche Töne von sich geben. Hohe, tiefe und alles dazwischen. Wie ein menschlicher Sänger. Nur kommt es bei ihnen nicht hier heraus", er zeigte auf seinen Mund, „sondern hier."

Seine Hand streifte ihr Gesäß, nur flüchtig, doch ihr Herz vollführte einen schmerzenden Sprung. Sie erinnerte sich an das wilde Glühen, das sie gestern auf dem Schiff verspürt hatte, als sie eng umschlungen unter den Decken auf der Werkzeugkiste gesessen hatten. Es war schier unerträglich geworden, hatte ihre Fantasie bis zur Schmerzgrenze und darüber hinaus angefeuert, und doch war sie sitzengeblieben, hatte nichts weiter getan als sich einfach an ihn zu schmiegen, aus reiner Furcht, das zarte Band ihrer Zweisamkeit zu verletzten oder gar zu zerreißen.

Und dann, praktisch ohne Vorwarnung …

„Es tut mir leid, dass …" Oh Himmel, was wollte sie jetzt sagen? Wie wollte sie es sagen? „Ich meinte … wegen gestern … das war so nicht gedacht."

„Was meinst du?" Seine Verwirrung war ehrlich und unschuldig. Er wusste tatsächlich nicht, worauf sie hinauswollte.

„Ich bin schon ewig nicht mehr getaucht", rührte sie um den heißen Brei herum. „Und wenn man es nicht gewöhnt ist, macht es schrecklich müde. Jedenfalls uns Menschen. Wegen der Stickstoffsättigung im Blut. Dazu noch die frische Seeluft …"

Noch immer blieb sein Blick ratlos. „Wofür willst du dich entschuldigen, Fae?"

Sie drückte seine Hand und wand sich hin und her. „Dafür, dass ich eingeschlafen bin, okay? Ich dachte … nach dem, was wir … ach verdammt. Ich bin auf dem Boot eingeschlafen und heute Morgen erst wieder aufgewacht."

„Du entschuldigst dich dafür, dass du geschlafen hast?"

„Kjell!" Sie verpasste ihm einen entrüsteten Schlag gegen die Schulter. In ihrem Kopf zischte und brodelte es wie in einem Hochdruckkessel, während er einfach neben ihr herging und plötzlich beherrschter war als sie selbst.

„Du weißt wirklich nicht, worauf ich hinaus will, oder?"

„Ich glaube schon." Jetzt erschien ein Lächeln auf seinem Gesicht. Ihre mühsam niedergerungene Fantasie erwachte zu neuem Leben. Wenn sie jetzt allein wären, oben im Dachzimmer … zwischen Decken und Kissen und …

„Du hattest nicht vor, zu schlafen", erkannte er treffsicher.

„Nein“, knurrte sie. „Hatte ich nicht.“

„Das, was du tun wolltest, läuft uns nicht weg.“ Sein Blick glitt über ihren Körper, so unverhohlen verlangend und zugleich so unschuldig, dass sie die nächsten Schritte kaum spürte. Da war es wieder, dieses sphärische Schweben. Diese prickelnde Wärme in jedem einzelnen Nervenende, die jeden klaren Gedanken vernebelte wie der Rauch aus Alexanders Zimmer.

Sie verließen die ruhigen Straßen und glitten in einen Strom aus Menschen hinein. Der Druck seiner Hand wurde stärker, und manchmal, wenn ihn jemand im Vorbeigehen streifte, musste Fae die Zähne zusammenbeißen, um nicht vor Schmerz aufzustöhnen.

Obwohl sie seine Angst spürte, schreckte er vor nichts zurück. Nicht vor dem Lärm und dem Chaos der Hauptstraßen, auf denen der Verkehr tobte. Nicht vor den Menschenmassen, von denen sie hin und wieder wie von einem großen Fischschwarm eingehüllt wurden. Das einzige Zeichen seiner Nervosität war das Zucken seiner Hand und hin und wieder eine ruckhafte Bewegung, wenn ihn irgendetwas überraschte.

Entweder war er ein begnadeter Schauspieler, oder seine Anpassungsfähigkeit war unübertrefflich. Vielleicht war es für jemanden wie ihn eine lebensnotwendige Fähigkeit, sich schnellstmöglich in ungewohnte Muster einzufügen. Immerhin war es nicht das erste Mal, dass Kjell völlig unvorbereitet mit einer Welt zurechtkommen musste, in der alles anders war, als er es kannte.

Unablässig huschte sein Blick hin und her. Er betrachtete mit kindlichem Staunen die Kathedrale St. Anne's, das Schloss auf dem Cavehill, die herrlichen Verzierungen an der Fassade des legendären Crown Liquor Saloon und die Queens University mit ihren altehrwürdigen Gebäuden aus der Tudor-Zeit.

Als sie den weltberühmten botanischen Garten der Universität betraten, war Kjells Verblüffung grenzenlos. Der Druck seiner Hand wurde schwächer, bis er sie nur noch locker umfangen hielt. Und schließlich, während er an den unzähligen Blüten roch und die exotischen Pflanzen mit dem Interesse eines Forschers untersuchte, ließ er sie ganz los.

Fae setzte sich auf eine Bank im Schatten eines bizarr verwachsenen Baumes und atmete mit geschlossenen Augen die duftgeschwängerte, feuchtwarme Luft ein. Es währte nicht lange, bis Arme sie umfingen und hochzogen, sie an einen warmen, festen Körper drückte und …

Oh Himmel!

Er küsste sie, stürmisch und wie losgelöst, drückte sie gegen die Rinde des Baumes und hielt sie fest gepackt. Sein Atem wurde schwerer und schneller, sein Geschmack wilder und salziger, als triebe das Verlangen, das ihn spürbar überwältigte, jede Essenz des Meeres aus ihm heraus. Ihre Zungenspitzen berührten sich, sein Atem vermischte sich mit ihrem. Fae fühlte sich wie in jener Nacht, als die Sturmwellen mit ihr spielten, sie in die Tiefe rissen und spüren ließen, wie schwach sie war. Aber diese Schwäche fühlte sich herrlich an. Sie war befreiend, schwerelos, überwältigend. Ihre Knie gaben nach. Sie ließ sich fallen, trieb davon …

… und wusste kaum, wie sie aus dem Garten herausgekommen war. Regen traf ihr Gesicht. Der Himmel über ihr hing voller finsterer Wolkenberge. Fae hob ihre Hand und wischte die zarten Tropfen von Kjells Wange, dann griff sie in seinen Nacken und küsste ihn erneut. Nur zart diesmal, und nur solange, bis sie spürte, wie der Sog sie erneut packen wollte. Menschen rempelten sie an. Jemand schrie ohrenbetäubend schrill in sein Handy.

„Heute Nacht“, hörte sie sich flüstern.

Und Kjell antwortete, indem er mit einem tiefen Seufzen den Kopf senkte und ihren Hals küsste.

Nach einem Augenblick, der in seiner Kürze doch endlos zu dauern schien, lösten sie sich voneinander, folgten dem Strom und bewegten sich auf ihr Ziel zu.

Straßenkünstler zeigten unter bunt gefärbten Herbstbäumen ihr Können. Kjell nahm sich Zeit für jeden Einzelnen, obwohl Fae seine Ungeduld spürte, und als er eine knurrige, alte Blumenverkäuferin entdeckte, die an einer Straßenecke ihre Ware anbot, ging er kurzerhand mit Fae im Schlepptau zu ihr und verwickelte sie in ein Gespräch über die Botschaft verschiedener Gewächse.

Sein plötzlicher Wandel war erstaunlich. Keine Anspannung war mehr zu erkennen, keine Scheu oder irgendein anderes Unwohlsein. Er redete mit der Frau, als hätte er nie etwas anderes getan, hellte durch wenige Worte ihre Miene auf und ließ ihre Grimmigkeit schmelzen wie Eis in der Sonne. Zuletzt winkte ihnen die Frau voller Entzückung hinterher, als sie in Richtung des Museums weitergingen, und Kjell erwiderte die Geste, als verabschiede er eine gute Freundin.

Oh ja, es funktionierte.

Die Menschen schienen ihn als ihresgleichen anzusehen. Noch immer war Kjell von einer auffälligen Helligkeit. Noch immer lag ein verräterisches, silbriges Schimmern im Türkis seiner Augen, und die fließende, unwirkliche Anmut seiner Bewegungen konnte nichts kaschieren.

Aber es funktionierte.

Fae badete in der Aufmerksamkeit, die ihnen zuströmte. Jeder Sinneseindruck wurde zu einem Teil ihres Glücks, zu einem von vielen Gewürzen ihres neuen Lebens, und sie würde sich keiner Nuance dieser aufregenden Geschmackssymphonie verschließen.

Allmählich hörte der Regen auf, die Wolken lichteten sich und gönnten der Stadt kurze Sonnenmomente, in denen alles wie ein Traumgebilde glitzerte und die Herbstbäume in hemmungsloser Farbenpracht leuchteten.

Als sie auf der Mauer eines Springbrunnens saßen und ihren Apfelkuchen zu einem großen Teil an die Tauben verfütterten, drehte sich das Gespräch einer Gruppe Touristinnen nur um den Mann an ihrer Seite. Zwei japanische Männer fotografierten sie kurzerhand, ihre weiblichen Begleiterinnen versteckten sich hinter ihren Hüten und kicherten.

Kjell schien es gleich zu sein. In aller Seelenruhe widmete er sich seinem Kuchen und zerpflückte ihn, um die Krümel der wartenden Taubenmeute zuzuwerfen. Dem ersten Apfelkuchenstück folgten ein zweites, das er aufaß, ohne den Vögeln etwas davon abzugeben, und schließlich ein drittes. Zwei Bedienungen kamen zu ihnen, während sie am Brunnen saßen, eine weiblich und eine männlich, und beide schienen einem seltsamen Zauber zu erliegen, der sich wie ein Schleier über ihr Gemüt legte.

Kjell löste etwas in den Menschen aus, unabhängig von Alter oder Geschlecht. Etwas, das keiner wirklich begriff. Manche schienen in staunende Verwirrung zu versinken, als hätte er einen Nerv berührt, von deren Existenz sie nichts gewusst hatten. Andere blickten ihm nach, den Blick von Wehmut verdunkelt, aber ein Lächeln auf den Lippen.

Wie Menschen, die die Sirenen singen hören.

Es gab niemanden, der nicht auf ihn reagierte, und sei es nur ein kurzes Zögern, ein verwirrtes Luftholen oder eine geflüsterte Bemerkung.

Alle denken, er ist ein Mensch. Aber sie spüren, dass er anders ist. Sehr viel anders. Sie wissen es, ohne es zu wissen.

Etwas Gespenstisches begann die Blicke zu überlagern, die auf ihnen ruhten. Fae fühlte sich wie ein Geist an der Seite eines Geistes.

War das, was Kjell für diese Menschen ausstrahlte, auch auf sie übergesprungen? So, als wäre er die Sonne und sie der Mond, der ihr Licht widerspiegelte?

Als sie das Museum erreichten, verspürte Fae eine Welle der Erleichterung, ohne zu wissen, weshalb. Auch dort drinnen gab es Menschen, die sie ansehen würden, und vielleicht würde das helle, kalte Licht des Museums Henrys Bemühungen zunichte machen.

„Es wurde 1890 gegründet." Kjell blickte an der Fassade des historischen Gebäudes hinauf und zitterte vor Ungeduld. Was hatte ihn hierher gezogen? Irgendein Andenken aus seinem Leben? Vielleicht ein hinter Glas aufbewahrtes Geheimnis des Meeres? „Das Ulster-Museum zeigt spektakuläre Funde des 1588 gesunkenen Schiffes *Girona*."

Fae nickte. Aha, deshalb also.

„Aber deswegen sind wir nicht hier", fügte Kjell hinzu.

„Nicht? Weswegen dann?"

„Ich zeige es dir."

Sie traten in das hell erleuchtete Innere des Gebäudes, dessen futuristische Ausstattung einen starken Kontrast zum historischen Äußeren bildete. Obwohl alles in Weiß und Silber gehalten war – abgesehen von ein paar Sitzgelegenheiten aus schwarzem Leder – verbreitete die indirekte Beleuchtung eine sanfte Art von Licht.

Kjell sah sich überwältigt um.

Wie gut, dass er nicht schwitzte. Seine Haut war trotz des Regens und trotz der Küsse noch genauso matt und makellos wie heute Morgen, als Henry ihn aus seiner Behandlung entlassen hatte.

„Was immer du sehen willst", Fae hakte sich bei ihm ein, „wir sollten besser gleich dorthin gehen. Das Museum schließt in einer Stunde."

„So früh schon?" Selbst seine Enttäuschung besaß etwas rührend Kindliches. „Warum?"

„Weil es schon spät ist. Siehst du?" Sie deutete auf den goldenen Schein hinter den Fenstern. „Die Sonne geht unter. Irgendwo zwischen Parkplatz und Museum haben wir wohl die Zeit vergessen."

Er lächelte, verarbeitete seine Enttäuschung mit einem Schulterzucken und zog Fae hinter sich her.

„Du weißt, wo es langgeht?"

„Ich habe ein Buch über das Museum gelesen."

„Natürlich. Was auch sonst."

Im Eiltempo hetzten sie durch lichtgetränkte Gänge und Räume, vorbei an Statuen, Gemälden und sonstigen Ausstellungsstücken, die Fae höchstens mit kurzen Blicken streifen konnte.

Sie lachte so sehr, dass ihre Seiten schmerzten. Wie ungezogene Kinder stürmten sie durch das altehrwürdige Gebäude, ihre Stiefel klackerten auf dem Boden ein wildes Stakkato, Besucher wichen mit empörtem Gemurmel aus. In einem Raum, der voller alter Ölgemälde hing, endete schließlich ihr wilder Lauf. Fae krümmte sich kichernd zusammen. Es dauerte eine Weile, bis sie wieder zu Atem kam, während Kjell vollkommen ruhig neben ihr stand und ihre Hand ein wenig fester drückte. Sie spürte die Starre seines Körpers, ehe sie sie sah.

Nach Luft ringend blickte Fae auf das Bild, das ihn so sehr gefangen nahm. Es nahm fast ein Viertel der Wand ein. Das Chromoxidgrün, von dem es dominiert wurde, schien in einem eisigen Feuer zu brennen. Sie hörte das Toben der stürmischen See und das Ächzen des kenternden Dreimasters, dessen Segel in Fetzen herabhingen. Sie spürte die salzige Gischt, die der Wind von den zerfetzten Wellenkämmen riss, und den Frost, der die Taue des Schiffes und die Felsen mit kaltem Glitzer überzog. Sie schmeckte das wütende Meer und den faulig-würzigen Geruch des Tangs, der auf der Felsinsel verrottete.

Kjell löste sich von ihr und trat an das Bild heran. Langsam, als lähme ihn die Ehrfurcht, griff er nach vorne und strich mit der Spitze seines Zeigefingers über den gemalten Körper der Meerjungfrau.

Hell und leuchtend saß sie auf einem Felsen inmitten der entfesselten Elemente, umringt von Möwen, die dem Sturm trotzten. Ihr liebliches Gesicht blickte dem sinkenden Schiff entgegen. Silbern war ihr Haar, groß und fächerförmig ihre Schwanzflosse, weiß geschuppt der geschmeidige Fischkörper.

Und vor dem Felsen, auf dem sie saß, durchbrach ein Narwal mit schneeweißer Haut die chromoxidgrünen Wellen. Sein Horn leuchtete in der kochenden Finsternis des Unwetters. So strahlend und rein wie die Meerjungfrau selbst.

Kjell starrte wortlos auf das Gemälde, die Stirn nachdenklich gerunzelt, den Blick im kochenden Meer und im Sturm verloren. Er nahm nicht wahr, dass die Menschen im Raum ihn ansahen. Sie wussten, dass er nicht zu ihnen gehörte. Sie wussten, dass er ein Fremder war, ein Eindringling in ihrer irdischen Welt.

So wie die Meerjungfrau auf dem Felsen.

Auf dem Schild neben dem Gemälde stand geschrieben:

Ohne Titel, Hendrick van Anthonissen, Amsterdam, um 1642, exklusive Leihgabe von Ms. Theodora Emma Wilkens.

„Noch nie von ihm gehört." Fae trat neben Kjell und schlang einen Arm um seine Taille. Er war nicht länger warm, sondern starr und kalt. Es fühlte sich an, als stecke unter dem Anzug eine der im Museum ausgestellten Marmorstatuen. „Geht es dir gut?"

Er neigte langsam den Kopf. Farbloses Licht fing sich in seinen Augen wie in einem geschliffenen Diamanten. Die Iris breitete sich aus und verschluckte das Weiß des Augapfels, die Pupille verformte sich zu schmalen, senkrecht stehenden Schlitzen.

„Kjell! Du veränderst dich!"

Er sah sie einen Moment lang an, als begreife er nicht, was sie meinte. Dann schloss er die Augen, atmete einige Male konzentriert ein und öffnete sie wieder.

Menschliche Iriden, menschliche Pupillen.

Nur das verräterische Schillern blieb zurück. Dieses Wesen gehörte nicht hierher. Es musste zurück in die dunklen Abgründe.

Wie naiv bin ich eigentlich? Ich bin nicht stärker als das Meer.

„Glaubst du, es zeigt die Wirklichkeit?" Sein Blick heftete sich wieder auf das Gemälde. „Ist es das, was er gesehen hat?"

„Ja." Sie sagte es, ohne darüber nachzudenken. „Das glaube ich."

„Was ist mit ihr geschehen? Warum habe ich sie nie in den Erinnerungen des Narwals gesehen?"

„Ist es wirklich derselbe Narwal?"

„Es ist derselbe." Kjell deutete auf die lange, aufgewölbte Narbe, die der Künstler auf der weißen Walhaut verewigt hatte. Kaum sichtbar und doch unverkennbar. „Es ist die richtige Form und die richtige Stelle. Aber mein Freund ist alt, er hat vieles vergessen. Vielleicht auch sie."

„Ein Maler und eine Nixe." Fae schmiegte sich an ihn. „Vielleicht kannte er sie so, wie ich dich kenne. Bestimmt gab es im Laufe der Zeit mehrere Wesen wie dich, und manche fanden ihre Liebe auf dem Land."

„Ja, möglicherweise. Wie ihre Geschichte wohl geendet ist?"

Was sollte sie darauf sagen?

Fae sah sich im Raum um und bemerkte, dass mehrere Bilder Hendricks Hand entstammten. Alle zeigten stürmische Meere, stolze Schiffe und wilde Seeschlachten. Jedes war ein Meisterwerk, ein Gemälde voller Lebendigkeit und wunderbarer Lichtstimmung, aber keines reichte an die Magie des Nixengemäldes heran. Es war, als lägen in diesem einen Kunstwerk das gesamte Herzblut und die Seele des Malers. Deshalb hatte er ihm auch weder einen Namen noch ein Datum gegeben.

Ich weiß genau, was du gefühlt hast.

Wenn du mir deine Geschichte nur erzählen könntest.

Ein Schild verriet, dass die Gemälde Bestandteil der aktuellen Sonderausstellung waren und im Frühjahr in ihre eigentliche Heimat Rotterdam zurückkehren würden. Abgesehen von dem Nixengemälde, dessen Besitzerin in Edinburgh lebte.

„Vielleicht weiß sie etwas darüber", sprach Fae ihren Gedanken laut aus. „Hier steht, das Gemälde sei seit Generationen im Besitz ihrer Familie. Bis zum Jahr 1986 wusste niemand bis auf diese Familie, dass das Bild überhaupt existierte. Erst in diesem Jahr beschloss Theodora, es für eine Sonderausstellung an ein Museum zu geben. Dabei blieb es, bis zu der Ausstellung hier."

Fae zog das Smartphone aus der Tasche und googelte nach dem Namen. Das Ergebnis war eindeutig.

„Nichts. Es gibt jede Menge Theodoras, jede Menge Emmas und ziemlich viele Wilkens. Aber keine Theodora Emma Wilkens. Anscheinend will sie nicht gefunden werden. Nicht gerade überraschend, oder?"

„Warum taucht es ausgerechnet jetzt hier auf? Es ist fast, als würde jemand wollen, dass ich es sehe."

„Du glaubst, diese Lady weiß über dich Bescheid? Das halte ich für unwahrscheinlich. Woher sollte eine alte Dame aus Edinburgh wissen, dass du hoch im dünn besiedelten Norden Irlands an Land gegangen und zu uns gekommen bist? Sie hätte ständig unser Haus observieren müssen. Wenn sie dir das Bild hätte zeigen wollen, wäre sie einfach zu uns gekommen, anstatt sich darauf zu verlassen, dass du die Anzeige in der Zeitung liest und nach Belfast kommst."

Während beunruhigende Gedanken durch ihren Kopf geisterten, fiel ihr etwas anderes auf. „Schau mal. Es sieht fast so aus, als wäre dieses Gemälde nachträglich hinzugekommen. Diese Wand ist verglichen mit den anderen unsystematisch, siehst du? Es passt größentechnisch nicht wirklich zwischen die anderen Bilder. Vielleicht bilde ich es mir auch nur ein."

Kjell schüttelte den Kopf, sagte aber nichts.

„Da hinten ist noch ein Schild." Fae ging zu der gegenüberliegenden Wand. „Hier steht etwas über Hendrick. Um 1605 wurde er in Amsterdam geboren, ein genaues Jahr ist nicht bekannt. Er verdiente sein Geld als Marinemaler. 1654 steckte man ihn wegen Zahlungsunfähigkeit in ein Schuldgefängnis. Er muss arm gestorben sein, aber wenigstens nicht allein. Seine Frau blieb bei ihm und überlebte ihn."

„Ob es die Meerjungfrau war?"

„Ich weiß nicht. Ich glaube nicht."

„Warum glaubst du, dass sie es nicht war?"

Fae atmete geräuschvoll aus. „Keine Ahnung. Nur so ein Gefühl."

Etwas verdunkelte Kjells Blick. Traurigkeit vielleicht, oder Wehmut. Er nahm ihre Hand und hielt sie so fest, als befürchte er, sie könnte sich losreißen und auf Nimmerwiedersehen verschwinden.

„Lass uns gehen. Bitte."

Fae nickte wortlos. Hand in Hand verließen sie das Museum und machten sich auf den Rückweg zum Parkplatz, als ihr auf halbem Weg der verführerische Duft orientalischer Gewürze in die Nase stieg. Er entströmte einem kleinen, gemütlichen Café, dessen gedämpftes Licht und dunkelrote Sessel ihr so verlockend erschienen, dass sie unwillkürlich darauf zuhielt. Nur noch eine kleine Auszeit, um die Gedanken zu ordnen.

„Lust auf etwas Warmes, bevor wir zurückfahren?"

Kjells Lächeln war dürftig, aber er lächelte. Würzige Wärme hüllte sie ein, als sie das Café betraten. Es war so voll, dass nur wenige Besucher ihre Ankunft bemerkten. Alle Tische schienen besetzt, bis Fae in der hintersten Ecke zwei leere Sessel ausmachte. Der Platz machte den Anschein, als hätte er nur auf sie gewartet.

„Wunderbar." Ihr entkam ein Seufzer der Erleichterung, als sie in das weiche Polster fiel und ihre schmerzenden Füße endlich entspannen konnte. „Hier lässt es sich aushalten."

In Kjells Gesicht war keine Regung auszumachen. Weder schien er sich unwohl zu fühlen, noch war etwas von der sorglosen Freude zu sehen, die ihn kurzzeitig erfüllt hatte. Mit ausdrucksloser Miene nahm er Platz, rückte sich im Sessel zurecht und begann, die aufwendig verzierte Karte zu studieren. Angesichts der filigranen Schnörkel und Ornamente, die das lederartige Material im Überfluss verzierten, kehrte ein Hauch seiner zuvor zur Schau getragenen Faszination wieder zurück. Das Licht der bunten, orientalischen Messinglaternen hauchte weiche Schatten auf sein Gesicht und verlieh ihm sinnliche Weichheit. Überall hingen Gemälde, die Oasen und Wüstenlandschaften zeigten. Beduinen und Kamele zogen durch den Sonnenuntergang, Löwen ruhten auf goldenen Dünen, weiße Gerfalken hockten auf den Armen archaisch aussehender Krieger. Kjell schien seine düsteren Gedanken zu vergessen und sah sich begeistert um.

„Ich habe von der Wüste gelesen. Ich würde sie so gerne einmal sehen. Danke, Fae. Das war ein wunderschöner Tag."

„Ja, das war er." Eine überwältigende Zärtlichkeit überflutete sie. „Trotzdem wirkst du traurig. Wegen diesem Bild, nicht wahr?"

Er zuckte die Schultern und schenkte ihr ein entwaffnendes Lächeln. „Es ist nichts, mach dir keine Gedanken."

„Doch, es ist etwas. Ich sehe es dir an."

„Nur Erinnerungen. Nichts weiter. Vieles, das ich vergessen habe, taucht nach und nach wieder auf. Als ich den Namen des Malers und den von dieser Frau in der Zeitung gelesen habe, passierte genau das."

Fae wollte gerade eine Frage dazu stellen, als die Bedienung an ihrem Tisch auftauchte. Es war ein exotisch aussehendes, berückend schönes Mädchen mit rabenschwarzem Haar und einer Haut wie Milch und Honig, dessen dunkelbraune Mandelaugen sich kaum von Kjell losreißen konnten.

„Was kann ich Ihnen bringen?", kam es träumerisch über ihre Lippen. „Haben Sie sich schon entschieden?"

Fae nahm Kjell die Karte ab. Auf sechs Seiten tummelte sich eine schier unüberschaubare Auswahl. „Wir würden gerne etwas Warmes trinken. Was können Sie empfehlen?"

Das Mädchen reagierte nicht. Sie starrte auf Kjell, als hätte er sie, ohne einen Blick auf sie zu werfen und ohne ein Wort an sie zu richten, auf geheimnisvolle Weise mit einem Bann geschlagen.

„Entschuldigung, Miss?"

Ein Blinzeln, eine fahrige Handbewegung, mit der sie ihr Haar zurückstrich, und die Bedienung richtete ihre Aufmerksamkeit wieder auf Fae. Ihr Blick war verwirrt, ihr Gesichtsausdruck der einer Schlafwandlerin. Kjell schien sich seiner Wirkung nicht bewusst zu sein. Mit unbewegter Miene beobachtete er die Menschenmenge. Unglücklicherweise schien Henrys Glanzleistung langsam nachzulassen, möglicherweise war es auch das Laternenlicht, das den metallischen Glanz seiner Haare ebenso sehr betonte, wie es das kristallene Türkis seiner Augen intensivierte. Wirkte er trotzdem noch menschlich genug, um nicht allzu viel Aufmerksamkeit zu erregen? Das entrückte Starren der Bedienung und einiger Besucher in der Nähe ihres Tisches beantworteten Faes Frage mit einer Antwort, die sie nicht hören wollte.

„Den … äh … Gewürztee mit Schuss", wisperte das Mädchen. „Er ist … ähm … fantastisch und heute sogar im Angebot."

„Mit Schuss?" Fae lenkte Kjells Aufmerksamkeit mit einer wedelnden Handbewegung auf sich. „Wie verträgst du Alkohol? Schon mal probiert?"

„Alkohol?" Sein Blick verdüsterte sich, während er aussah, als stiegen ihm die Wärme und das vielstimmige Raunen langsam zu Kopf. Fae biss sich auf die Zunge. Mist! Erst jetzt fiel ihr ein, dass er bezüglich dieses Zeugs über ungute Erfahrungen verfügte.

Vorher denken, dann reden, Fae!

„Tut mir leid. Ich habe nicht daran gedacht. Lassen wir das besser."

„Warte. Einen Moment noch."

Kjell dachte angestrengt nach. Am Tisch neben ihnen saß eine schwarz gekleidete Frau um die fünfzig, deren feuerroter Lockenkopf an den Hut eines Fliegenpilzes erinnerte. Sie ließ ihn nicht aus den Augen. In ihrem Blick lag etwas, das Fae beunruhigte. Es schien Angst zu sein. Jene unberechenbare, von Faszination durchtränkte Angst, die nur von etwas ausgelöst werden konnte, das unbegreiflich und fremdartig war.

Trink den Tee, und dann nichts wie weg.

„Wir nehmen, was du gesagt hast", entschied er schließlich. „Zwei Gewürztee mit Schuss."

Das Mädchen nickte, fuhr hastig herum und stolperte davon. Kaum war die Bedienung verschwunden, rutschte der rothaarigen Frau die halbvolle Tasse aus der Hand, landete scheppernd auf dem Teller und tränkte den Kuchen mit einer Ladung Mokka.

Fae runzelte beunruhigt die Stirn. „Was hast du mit den beiden angestellt?"

Er zog argwöhnisch die Brauen zusammen. „Was? Mit wem?"

„Mit dem Mädchen, das uns bedient hat, und mit der Frau neben uns. Sie sind völlig durch den Wind."

„Ich habe gar nichts getan."

„Das dachte ich mir." Fae warf einen Blick auf die Uhr. Es wurde Zeit, dass sie nach Hause fuhren. Alexander saß vermutlich längst auf glühenden Kohlen und Kjell erregte langsam, aber sicher, viel zu viel Aufmerksamkeit.

Machen uns gleich auf den Weg, tippte Fae in ihr Smartphone. *Alles in Ordnung. F.*

Keine fünf Sekunden erschien ein *Sehr gut* auf ihrem Display. Vermutlich gab es niemanden, der schneller tippte als Alexander.

Fae warf sondierende Blicke in die Runde. Was sie sah, ließ sie mit dem Gedanken spielen, einfach das Geld auf den Tisch zu legen und sofort zu verschwinden. Die starrenden Blicke vermehrten sich nach dem Schneeballprinzip. Gaffte sie ein Besucher an, forschten kurz darauf die Menschen in seiner Nähe nach dem Auslöser des Interesses, und bald hatte Fae das Gefühl, trotz ihres abgelegenen Platzes im Mittelpunkt des Cafés zu sitzen.

„Besser, wir verschwinden."

Doch Kjell schüttelte nur den Kopf. „Noch nicht."

„Warum willst du Alkohol probieren, wenn du ihn so hasst?"

Seine Finger spielten mit der Getränkekarte, während er abwesend vor sich hinstarrte. „Weil ich wissen will, warum mein Vater so verrückt danach war. Ich bin neugierig."

„Da müsstest du schon andere Sachen trinken. In dem Tee ist ungefähr ein Fingerhut voll Rum drin."

„Egal", brummte er.

„Was für eine Erinnerung meintest du gerade?"

Sie beugte sich vor, stützte die Ellbogen auf dem Tisch ab und legte ihr Kinn auf die gefalteten Hände. Als hätte Kjell ihre Gedanken gelesen, nahm er einen Moment später dieselbe Haltung ein. Aus dem Augenwinkel sah Fae, dass ihre Körpersprache Wirkung zeigte. Zumindest einige der neugierigen Gaffer wandten sich ab und beschäftigten sich wieder mit ihren eigenen Angelegenheiten.

„Ich habe meinem Vater einmal ein Buch gestohlen", erzählte Kjell. „Es waren wunderschöne Bilder darin, wie wir sie in diesem Raum gesehen haben. Ich glaube, der Titel war *Unbekannte Werke großer Meister.*"

Sein Gesicht war dem ihren so nah, dass sein warmer Atem über ihre Lippen strich. Sie spürte ein Ziehen in ihrem Inneren, eine ausgehungerte Sehnsucht danach, ihn ganz zu spüren. Ungestört. Allein. Hitze schoss in ihren Unterleib, gefolgt von einem Pulsieren, von dem sie kaum noch gewusst hatte, wie es sich anfühlte. Ihn anzusehen und zugleich dem sanften Raunen seiner Stimme zuzuhören, ließ alles um sie herum in Bedeutungslosigkeit versinken. Fae nahm nur noch ihn wahr. Der Sog seiner Worte umgarnte sie und gab ihr das Gefühl, von einer warmen Dünung gewiegt zu werden.

Sie beugte sich noch weiter vor, um seinen Atem deutlicher zu spüren, um ihn zu riechen und zu schmecken und sich in der Strömung zu verlieren, die seine Nähe erschuf.

„Es gab darin herrliche Schiffe", fuhr er fort, „wilde Meere und fremde Küsten. Aber auch gewaltige Seeschlachten, Massaker und Kriege. Das Gemälde, das wir vorhin gesehen haben, war das Schönste von allen. Darunter stand, dass es sich im Privatbesitz von Theodora Emma Winston befindet und bisher nur einmal der Öffentlichkeit gezeigt wurde. Die ganze Nacht lang starrte ich es an, und ich wünschte mir, die Nixe und der Narwal wären echt. Ich träumte mich zu ihnen und streichelte das Papier, als könnte ich sie so aus dem Buch herausholen. Drei Tage und zwei Nächte konnte ich es geheimhalten, in der dritten Nacht fand mein Vater es und nahm es mir weg."

Kjells Gesicht wurde hart und frostig. In seinen Augen funkelte blanker Hass, vermischt mit der Angst davor, sich zu erinnern.

„Er hat dich bestraft, oder?" Fae strich zärtlich über seinen Unterarm. Könnte sie ihn doch nur alles Dunkle und Schmerzhafte vergessen lassen.

„Ja." Er holte tief Atem. „Und in dieser Nacht war es besonders schlimm. Mein Vater erkannte, dass er langsam die Kontrolle über mich verlor, also hat er versucht, sie zurückzugewinnen."

„Hast du deswegen vergessen, was passiert ist? Weil du es vergessen wolltest?"

Kjell nickte langsam. „Ich weiß noch, dass ich mich lange nicht bewegen konnte. Mir ging es so schlecht, dass sogar mein Vater in Panik verfiel. Er dachte wohl, er hätte mich totgeschlagen. Seltsam, dass ich trotz allem mehr Mitleid als Hass für ihn fühle."

„Niemand darf so etwas tun!" Fae schüttelte energisch den Kopf. „Niemand! Egal, was er erlebt hat. Du warst nicht schuld an Fionas Tod. Du konntest nichts dafür. Er hätte es nicht an dir auslassen dürfen."

„Ich bin darüber weg, Fae. Es macht mir nichts mehr aus."

„Deswegen läufst du auch mit Grabesmiene herum, was?"

„Hör auf, dir Sorgen zu machen. Nicht an einem so schönen Tag. Ich war nicht traurig, ich hatte keine Schmerzen. Es geht mir gut. Vielleicht war ich kurz nachdenklich, aber auch nicht mehr."

„Wie du meinst. Trotzdem habe ich das Gefühl, dass du mir von einer Million Gedanken nur einen verrätst, und zwar genau den, den ich hören will. Aber gut, du bist immerhin kein Mensch, und du hast das Recht auf große Geheimnisse und undurchschaubare Mienen."

Klappernd wurde ein Silbertablett mit Teekanne, einem Schälchen voller Kandis und zwei Tassen auf ihrem Tisch abgestellt. Fae holte die Geldbörse aus ihrer Tasche und bezahlte sofort, legte ein großzügiges Trinkgeld obendrauf und bedeutete der Bedienung durch einen scharfen Blick, dass sie sich schnellstmöglich davonmachen sollte.

„Es kann kein Zufall sein", sagte sie, als das Mädchen verschwunden war. „Diese Sonderausstellung, das Bild, deine Erinnerung. Alles hängt zusammen. Alles passiert zur richtigen Zeit, als würde uns irgendetwas in eine bestimmte Richtung drängen wollen. Ich werde Alexander nach dieser Frau fragen. Er kennt mehr Tricks als ich. Vielleicht kann er herausfinden, wo wir sie finden."

„Das Leben ist wie eine Strömung." Kjell holte tief Luft und goss sich Tee ein. „Lassen wir uns einfach von ihr tragen. Etwas anderes bleibt uns sowieso nicht übrig."

Er nippte an dem Getränk, gab einen überraschten Laut von sich und nahm einen zweiten, diesmal tieferen Schluck. Fae tat es ihm gleich. Oh ja, das Zeug war grandios.

Der Tee schmeckte scharf und würzig, süß und brennend. Sie schmeckte Zimt, Muskatnuss, Nelken, Honig und Rum. Ein sanftes Feuer glühte in ihrem Magen, breitete sich im Körper aus und machte sie federleicht. Das Schwatzen der Menschen und die leise, orientalische Musik umnebelten ihre Sinne wie das schattenhaft flackernde Licht der Laternen.

Kjells makellose Blässe verwandelte sich in lebendiges Rot. Seine Augen wurden glasig, während er die zweite Tasse trank.

„Tückisches Zeug", bemerkte Fae. „Man schmeckt den Alkohol kaum, aber er haut so richtig rein."

„Mir geht es gut", erwiderte er. „Wirklich."

Siehst du?, wehte es durch Faes Kopf. *Jetzt weißt du, warum dein Vater sich damit abgefüllt hat.*

Kjell lächelte, als seien die alten, verhassten Erinnerungen in weite Ferne gerückt. Er begann etwas zu erzählen, an das Fae sich im Nachhinein kaum mehr erinnern konnte, aber es hatte etwas mit Korallenriffen zu tun. Mit verrückten Formen, absonderlichen Geschöpfen und Strudeln aus allen nur erdenklichen Farben, deren Beschreibungen wie ein Schwarm kleiner, hektischer Fische in ihrem Kopf herumwuselten und sie schwindelig machten.

Obwohl Faes Vernunft protestierte, bestellte sie eine zweite Kanne Tee, bezahlte und kicherte vor sich hin, während sie das heiße Gebräu in sich hineinkippte und beobachtete, wie Kjell es ihr gleichtat. Zwischendurch nahm er ihr Gesicht in beide Hände, küsste sie vor allen Leuten und raunte unverständliche Dinge in ihr Ohr.

Irgendwann – die bunten Schatten tanzten inzwischen wie wildgewordene Derwische um sie herum – zerrte Kjell sie nach draußen. Willenlos überließ sie sich seiner Führung, lachte, bis ihr fast die Seiten zerrissen, und keuchte auf, als er sie plötzlich an ein kaltes Geländer drückte.

Der Hafen.

Sie waren irgendwie bis zum Hafen gekommen. Wo war ihr Auto? Wie sollte sie überhaupt …

Kjell küsste sie. Er küsste sie wilder als je zuvor, und Faes Sinne verwandelten sich in einen Schwarm jubilierender Lerchen, die singend in den Himmel hinaufstoben.

Es nieselte wieder. Egal.

Der Wind war eiskalt. Egal.

Sie war hoffnungslos beschwipst. Völlig egal.

So warm war seine Haut noch nie gewesen. Er glühte. Er kochte. Roch nach scharfem, süßem Zimt, Muskat, Kandis und Rum.

Fae stöhnte auf, als er ihre Taille umfasste und sie auf das Geländer hob. Ihre Beine schlangen sich um seine Hüften, kalter Herbstwind zerzauste ihr Haar und trocknete den Schweiß auf ihrer Haut.

Immer verlangender wurden seine Küsse, so hungrig, als wolle er sie sich einverleiben.

Hände kneteten ihre Brüste, streichelten ihre Schenkel und wanderten dazwischen, bis Schwindel und Lust ihr schier die Sinne nahmen.

Es war ihr gleich, was geschehen würde. Alles war ihr gleich. Ihr eigenes Keuchen in den Ohren, verlangte es sie nur noch nach einem:

Sich völlig fallenzulassen.

Fae wollte ihn, nur noch ihn, aber plötzlich fuhr eine unbeschreibliche Kälte durch ihren Körper und löschte das Feuer, als wäre eine eisige Flutwelle über sie hinweggebrandet.

Kjell umfasste mit beiden Händen ihren Hals und verschlang ihre Lippen noch immer mit Küssen. Aber etwas war anders. Fae sah, dass seine Augen einen kleinen Spalt offenstanden, und das türkisfarbene Feuer darin war kalt wie gefrorenes Meerwasser, scharf wie Frostkristalle und unfassbar wild.

Eis schien durch ihre Adern zu treiben. Etwas zog an ihr, wollte sie fortreißen, in einen erstickenden Strudel, aus dem es kein Entrinnen mehr gab. Aus Kjells Kehle kamen leise, knurrende Geräusche. Seine Haut war nicht länger warm, sondern eiskalt und seltsam leblos. Er hielt sie so fest gepackt, dass es schmerzte.

„Nein", hauchte Fae. „Nein."

Tatsächlich gab er sie frei, doch der Blick, mit dem er auf sie hinabsah, spottete jeder Beschreibung. Wieder klafften reptilienhafte Pupillen in Seen aus funkelndem Türkis und Silber, tierhaft und glühend. Sein verstandsloser Blick bohrte sich in ihre Seele, als sei sie ein hilfloser Fisch im Schlund eines übermächtigen Räubers.

Was bist du? Was zum Teufel bist du?

Kjell kniff die Augen zusammen, schüttelte den Kopf und stieß sie von sich. Die schreckliche Gier in seinem Blick wich der Verwirrung. Es war, als kämpften in seinem Inneren zwei Geschöpfe um die Macht.

Der Mann, den sie liebte.

Und ein Wesen, so fremd und gefährlich, dass es keine Worte gab, um es zu beschreiben.

„Ich muss gehen." Seine Hände zuckten hoch und legten sich auf seine Schläfen. „Jetzt. Sofort."

Vier Menschen tauchten in der Dunkelheit auf, doch Kjell kümmerte es nicht. Er zog das Jackett aus, fetzte sich das Hemd vom Körper, entledigte sich der Hose, der Unterwäsche, der Schuhe und Socken.

Sprachlos nahm Fae das Bündel, das er ihr reichte.

„Es tut mir leid."

Da war er wieder. Der vertraute Kjell.

Doch kaum hatte sein sanfter Blick ihre Angst gemildert, fegte frostige Kälte alle Wärme beiseite. Der Fremde gewann erneut die Oberhand. Wilde, fremdartige Augen starrten sie an.

„Kjell …“, flüsterte sie, doch er war schon über das Geländer geklettert und blickte in das schwarze, schwappende Wasser hinunter. Yachten und Boote rumpelten aneinander, auf einigen brannte Licht, das sich im Hafenbecken spiegelte.

Noch einmal wandte er sich zu ihr um, griff nach ihr und zog sie an sich. Kalte Eisenstangen drückten sich in ihr Fleisch. Fae spürte eine Welle heißer Angst, doch ließ sie diese Angst diesmal nicht zurückschrecken, sondern fachte eine fatalistische Lust an, die alles übertraf, was sie je gespürt hatte. Sie loderte und tobte, ließ alle Vernunft in einem infernalischen Feuerwerk verglühen.

Er war so kalt, so fremdartig.

Sie fürchtete sich, und wollte ihn doch nicht gehen lassen.

Denn wenn sie ihn jetzt losließ, würde er für immer verschwinden.

Als Kjell sich mit einem Ruck von ihr löste, konnte sie nichts dagegen tun. Kopfüber sprang er in das Wasser, gerade in dem Moment, in dem die Menschen sie erreichten. Zwei Männer und zwei Frauen starrten zuerst auf das Wasser, dann auf sie und das Kleiderbündel.

„Was war das denn?“, hörte Fae einen der Männer fragen.

Sie würgte an ihren Tränen, presste die Kleidung an sich und rannte davon.

~ Kjell ~

Verflucht, was war nur in ihn gefahren?

Warum hatte er Fae stehengelassen? Warum hatte er plötzlich einen Hunger empfunden, der ihn schier zerrissen hatte vor Verlangen? Warum war er ohne nachzudenken ins Wasser gesprungen, nur weil ihn eine Laune gepackt hatte, die von ihm verlangte, durch das kalte, wilde Wasser zu schwimmen – und aus Angst vor sich selbst?

Jetzt war Fae verschwunden.

Hätte er nur diesen verfluchten Tee nicht getrunken. Oft genug hatte er gesehen, was Alkohol anrichtete, aber es hatte ihn nicht davor bewahrt, genauso wie sein Vater zu einem Schwächling zu werden.

In diesen furchterregenden Augenblicken am Hafen hatte er nur eins empfunden: Gier. Eine hässliche, zehrende und zugleich berauschende Gier nach Faes Seele. Was bedeutete das? Wäre er etwa in der Lage gewesen, ihr wehzutun?

Ich bin ein Dummkopf! Genauso wie Angus. Warum habe ich dieses Zeug getrunken? Warum habe ich nicht aufgehört, als es zu brennen begann?

Wieder und wieder schickte er Klicklaute in die Finsternis hinaus, aber zurück kam nur verwirrendes Chaos. Alles floss und veränderte sich, war mal nah und mal fern, überlagerte sich oder verschwand, ehe er es einordnen konnte. Alles war so bunt. So verwirrend. Wie die Farben, Düfte und Geräusche in dem Café.

Und tief in seinem Inneren tobte noch immer das Ungeheuer. Dieses gierige, verstandslose Ding, das Fae um ein Haar etwas angetan hätte.

Es muss der Rum sein. Nicht ich.

Nur das Zeug, das alles verzerrt und verfälscht.

Doch sein Instinkt wusste es besser. Das, was er in sich fühlte, gehörte zu ihm. Es hatte geschlafen, in der Tiefe seines Geistes, und jetzt war es aufgewacht. In seinem Kopf pochte eine Hitze, die nicht einmal das eisige Wasser vertreiben konnte. Sie war schwächer geworden und tauchte seinen Verstand nicht mehr in ein brodelndes Fieber, hüllte seinen Kopf aber immer noch in Nebel. Verwirrt bewegte er sich durch die Dunkelheit, versuchte eine vertraute Strömung zu finden oder sich am Geschmack des Wassers zu orientieren. Aber alles, was er wahrnahm, war diese Hitze und das Brennen von Rum und Gewürztee in seinen Eingeweiden. Er schaffte es nicht einmal, ein paar Delfine herbeizurufen, die ihn schnell an sein Ziel gebracht hätten. Was aus ihm herauskam, war nur verwaschenes Zeug. Falls ihn ein Tier hörte, würde es vermutlich überhaupt nichts verstehen.

Was, wenn ich es wieder fühle?

Was, wenn ich es das nächste Mal nicht beherrschen kann?

Die Erinnerung an Faes Berührungen, an ihre heilsame Nähe und ihr glückliches Lächeln war so viel stärker als die Stimme seiner Vernunft. Nicht bei ihr zu sein schmerzte körperlich. Es schmerzte schlimmer als die Angst vor dem, was sich in ihm regte – und erschreckend an jenes Gefühl monströser Gier erinnerte, das ihn an jenem Abend durchzuckt hatte, als er Fae am Strand beobachtet hatte.

Ins Wasser mischte sich der Gestank von Dreck und Chemie, der durch seine Haut drang und ein Gefühl von Übelkeit hervorrief. Ohne es wahrgenommen zu haben, war er wieder in Richtung Küste geschwommen. Kjell tauchte auf und blickte irritiert auf den hell erleuchteten Hafen der Stadt. War er nicht auf das offene Meer hinausgeschwommen, weg vom Land? Ihm war schwindelig, die Lichtpunkte verwandelten sich in wild gezackte Sterne.

Er wollte weiterschwimmen, doch in diesem Augenblick drang ein Gefühl von Traurigkeit durch den wirren Nebel seiner Gedanken. Jemand saß am Strand und weinte. Er spürte den Geschmack von Wut, das bittere Aroma enttäuschter Liebe und – was von allem am verlockensten war – jene Form von unbeugsamer Stärke, die nur die wenigsten Menschen besaßen.

In Fae loderte diese Stärke wie ein Feuer.

Ein Knurren grollte in seiner Kehle. Der Hunger, der sich in ihm ausbreitete, war anders als die fremdartige Gier, aber immer noch beängstigend.

Beängstigend aufregend.

Beängstigend scharf und herrlich.

Ehe er wusste, was er tat, war er abgetaucht und bewegte sich auf die in der Nacht flackernde Traurigkeit zu. Er wurde vorwärts getrieben von einem Instinkt, gegen den er nichts ausrichten konnte – und nichts ausrichten wollte. Ebenso wenig wie ein Hai dem Geruch von Blut widerstehen konnte.

Etwas tief in ihm, das älter war als alles, was er jemals gefühlt hatte, trieb ihn auf den trauernden Menschen zu. Es war ein unwiderstehliches Gefühl. Hungrig, dunkel und wild, und als er vor dem Felsen auftauchte, auf dem das Mädchen saß, wäre er ihm fast erlegen.

Sie zuckte zurück und erstarrte.

Verstecken! Verschwinden!

Nein, warum? Sie ist schwach, ich bin stark.

Ihr zierlicher Körper, ganz in Schwarz gekleidet und von Unmengen Silberschmuck verziert, begann zu zittern. Weit und breit waren keine anderen Menschen zu sehen, doch hinter einer Reihe Felsen zu seiner Rechten sah er das Flackern eines Feuers.

Lange sahen sie einander an. Kjell spürte ihr wunderschönes Seelenlicht, und plötzlich kehrte sie zurück. Diese wilde, tobende Gier. Leere klaffte in ihm auf, zu füllen nur durch die Wärme, die dem Mädchen entströmte.

Er wollte sie!

Heiße Gefühle, warmes Fleisch.

Die Nahrung, die für ihn bestimmt war.

Kjell grollte vor Hunger, wollte gerade nach ihrem Fuß greifen, um sie ins Wasser zu ziehen, als sein Blick auf das zarte Armband fiel, das das Handgelenk des Mädchens schmückte. Schwarze Perlen waren auf silbernen Fäden aufgezogen und schimmerten im Mondlicht. Er wollte es an Fae sehen, wollte das Glänzen auf ihrer Haut bewundern und die Freude in ihren Augen sehen, wenn er es ihr um das Handgelenk legte.

Die Gier zog sich zurück. Nur noch ein Brennen war zu spüren, dort, wo sie ihre Krallen durch sein Gehirn gezogen hatte.

„Kann ich das haben?“ Er deutete auf das Armband. „Bitte?“

Das Mädchen starrte ihn aus Augen an, die größer und größer wurden. Schwankend vor Benommenheit, den Blick glasig, öffnete sie den Verschluss des Schmuckstücks, wickelte es von ihrem Gelenk und ließ es in seine geöffnete Hand fallen.

„Danke.“ Der Hunger war verschwunden, aufgelöst wie Nebel in der Hitze eines Sommertages. Aber Kjell spürte, dass diese Abwesenheit tückisch war. Nichts weiter als ein Verrat an sich selbst. Er lächelte zu dem Mädchen auf, traf seine Entscheidung und schwamm in die offene See hinaus.

~ Fae ~

„Ich fasse es nicht“, grollte Alexander. „Kaum weilst du wieder unter den Lebenden, darf ich dich aus Belfast abholen, weil du zu besoffen zum Autofahren bist.“

„Komm schon“, kam ihr Ukulele zu Hilfe. „Wie oft habe ich dich irgendwo aufgesammelt, weil du dir die Birne bis zum Anschlag zugeknallt hast? Außerdem war Fae nur beschwipst, nicht betrunken.“

„Mag sein. Aber du musstest damals nicht mitten in der Nacht siebzig Kilometer fahren. Warte nur, dieser Sardine werde ich was erzählen! Einfach meine Schwester allein zu lassen. Ihr hätte sonstwas in der Stadt passieren können.“

„Du solltest lieber Fae was erzählen, weil sie unseren Freund abgefüllt hat. Es ist bei Menschen schon bedenklich, aber bei ihm hätte es eine Katastrophe lostreten können.“

Fae legte die Hände vor ihr Gesicht. Sie wollte nichts hören und nichts sehen, aber sie schaffte es nicht, in ihr Zimmer hinaufzugehen.

Weil sie dann allein war.

„Geht es dir nicht gut?“ Durch ihre Finger sah sie, wie Alexander sich im Sessel vorbeugte und den Kopf schieflegte. „Was ist los?“

„Kopfschmerzen“, knurrte sie.

„Das glaube ich gerne. Aber ich kenne dich. Da ist noch mehr. Welche Laus ist dir über die Leber gelaufen?“

„Gar keine. Lasst mich in Ruhe.“

Sie griff nach dem Buch, das auf dem Sofatisch lag, und schlug es auf. Zwei bunte und zwei schwarzweiße Bilder von Meerjungfrauen prangten ihr dort entgegen, wo jemand ein Lesezeichen hineingelegt hatte. Eine Nixe, die zwischen Totenschädeln ihr langes Haar kämmte und geheimnisvoll lächelte. Verführerische Geschöpfe, die mit zierlichen Fingern nach einem ahnungslosen Menschen griffen, um ihn zu sich ins Wasser zu ziehen. Eine Meerjungfrau, deren untere Körperhälfte einem Kraken glich, die in schillernder blauer Tiefe trieb und auf ein Schiff wartete, das im Begriff war, in einem Sturm zu versinken.

Und ein viertes Meereswesen, das sich liebevoll über einen jungen Mann beugte, der tot am Strand lag. Zerborstene Planken und zerfetzte Segel lagen neben ihm, und etwas in dem lieblichen Gesicht der Nixe ließ Fae vermuten, sie sei Schuld an dem Unglück des Seemannes.

Ihre Kopfschmerzen steigerten sich zu einem quälenden Pochen, das unangenehm an den Tumor erinnerte. Alexander und Ukulele starrten sie an.

„Was ist passiert“, fragte ihr Bruder. „Raus mit der Sprache.“

„Nichts.“ Fae legte das Buch beiseite, während die Erinnerung an die eisige Gier in Kjells Blick und diese abgrundtiefe, unberechenbare Fremdartigkeit an ihr nagten und heißkalte Schauer über ihre Wirbelsäule rieseln ließen.

In diesem Augenblick ertönte die Klingel.

Fae atmete tief ein, stand auf und ging zur Tür hinüber. Sie wusste, dass es Kjell war, noch ehe sie öffnete, und als sie es tat und sich ihm gegenübersah, war es, als gefriere ihr Blut. Kjells Augen glühten, während er mit tropfenden Haaren dastand, die Kleidung feucht, das weiße Hemd durchsichtig.

Fremd. Abgrundtief fremd.

Doch Fae spürte, wie die Angst vor ihm von etwas anderem durchzogen wurde. Sein Lächeln sandte einen prickelnden Schauer durch ihren

Körper, als hätte sie sich in einem Anfall fatalistischer Euphorie in die Tiefe gestürzt, ohne zu wissen, ob sie am Grund Wasser auffangen würde oder harter Stein.

„Danke, dass du mir wieder Kleidung hingelegt hast", hörte sie ihn sagen.

Fae brachte kein Wort hervor. Sie starrte ihn nur an. Seine weiße Haut, seine reptilienhaften Augen. Er sah nicht aus wie jene Wesen auf den verträumten Märchenbildern, auf denen Meermenschen mit Delfinen spielten oder auf Muscheln musizierten. Nein, er gehörte in ein Bild, in dem furchterregende Wesen über die Knochen ihrer Opfer wachten und mit hungrigem Lächeln darauf warteten, von Neuem den Tod zu bringen.

Wortlos streckte er den Arm vor und öffnete seine Hand. Ein langes, filigranes Armband kam zum Vorschein, bestehend aus feinen Silberfäden, auf denen schwarze Perlen aufgezogen waren.

„Für mich?", flüsterte Fae.

„Es tut mir leid." Mit scheuer Zärtlichkeit legte er das Schmuckstück um ihr Gelenk. Tränen schossen ihr in die Augen. Sie atmete tief ein und schloss die Augen, während seine Finger, als er das Band verschlossen hatte, ganz leicht über ihre Handfläche strichen.

„Ich hätte den Tee niemals trinken dürfen."

„War es nur der Tee?"

„Vielleicht", antwortete er. „Ich habe so etwas noch nie zuvor gefühlt. Habe ich dir wehgetan, Fae?"

Seine Angst schien echt, der Schmerz in seinem Blick ehrlich zu sein. Aber wie konnte sie glauben, jemanden wie ihn durchschauen zu können?

„Wenn du willst", sagte er leise, „dann gehe ich wieder. Ein Wort von dir, und du siehst mich nie wieder. Ich schwöre es."

Fae spürte, wie sie den Kopf schüttelte, und plötzlich war sie bei ihm, schloss die Arme um seinen Körper und ließ ihre Lippen über seinen Hals streichen. Was war warme, grobe Menschenhaut gegen diese kühle Seide? Salzige Wildheit überwältigte sie, stürmische Freiheit und der Geschmack von dunklen Geheimnissen.

„Entschuldigung, ihr Turteltäubchen", hörte sie Ukulele rufen. „Ihr mögt in eurem Endorphinrausch vielleicht keine Kälte spüren, aber mein Hintern wird gerade tiefgefroren. Seid so nett und macht die Tür zu."

Hand in Hand traten sie ins Haus und setzten sich auf das Sofa. Fae nahm ein Plaid, breitete es aus und legte es über sich und Kjell. Für diesen Abend und diese Nacht war es ihr gleich, was er war. Sie wollte nicht denken und sich nicht fürchten, sondern nur weit weg von allem sein.

Eine Weile sagte niemand etwas. Alexander las in seiner Zeitung und beschränkte sich auf strafende Blicke, Ukulele kritzelte etwas in sein Notizbuch. Fae spürte, wie Kjells behutsame Umarmung ihre Anspannung löste, die Kopfschmerzen vertrieb und sie zurück in jene selige Leichtigkeit brachte, nach der sie sich so sehnte.

Die Sanftheit, die er zeigte, hätte in keinem deutlicheren Gegensatz zu dem stehen können, was er sie gestern Abend hatte fühlen lassen. Und doch empfand sie nicht nur Angst, wenn sie an dieses unberechenbare Wesen dachte.

„Wo ist Henry?“, fragte Kjell, und sie spürte an ihrer Wange das Vibrieren seines Brustkorbs, als er sprach.

„Im Technikraum“, antwortete Alexander. „Er verleiht dem Film den letzten Schliff. So wie er aus dem Häuschen ist, muss es grandios werden. Seid froh darum, denn hätte ich auch nur ein bisschen weniger gute Laune, würde ich euch beide …“

„Schsch!“, zischte Ukulele. „Das dort sind zwei erwachsene Menschen, die beide etwas nachzuholen haben. Alles ist gutgegangen, also belasse es dabei.“

Alexander gab mit einem Schulterzucken klein bei. Wieder ließen sie sich gemeinsam ins Schweigen fallen. Nach und nach steigerte sich der Wind zu einem Sturm. Schauerlich heulte und klagte es unter dem Dach, Wellen warfen sich mit lautem Dröhnen an den Strand und spuckten ihren Schaum bis an die Fenster.

„Du bist wie das Meer.“ Fae tippte Kjell mit dem Zeigefinger auf die Brust. „Es kann das Schiff sanft wiegen und sicher ans Ziel bringen. Oder es verschlingt es auf Nimmerwiedersehen.“

Er blickte schweigend auf sie hinab. Sicher war ihm klar, worauf sie anspielte, und doch versuchte er nicht, ihr diese Gedanken auszureden. Was bedeutete das? Dass er selbst nicht wusste, was mit ihm geschehen war?

„Heute Nacht bekommen wir nasse Füße.“ Alexander ging in die Küche und kam mit einem Tablett zurück. Darauf standen eine Kanne, vier Becher, Sprühsahne und ein Zimtstreuer.

Hingebungsvoll bereitete er auf dem Sofatisch seine Spezialität zu.

„Bitte sehr. Ich will ja nicht nachtragend rüberkommen." Er schob Kjell einen der dampfenden Becher entgegen. Der nahm ihn in die Hand, schnupperte daran und drehte ihn hin und her.

„Was ist das?"

„Kakao mit Sahne und Zimt. Noch nie davon gehört?"

„Nein. Ist da Rum drin?"

„Mein Freund, nicht jeder ist so verantwortungsvoll wie meine Schwester."

„Oh bitte." Fae stöhnte auf. „Versuchst du gerade, ironisch zu sein?"

Alexander feixte. „Ich ironiere, bis ich zum Sarkasmus komme."

„Es war nur ein Tee mit Schuss." Fae nahm ihren Becher entgegen. „Wie hätten wir ahnen können, dass er eine solche Wirkung hat?"

„An eurer Stelle würde ich solche Experimente zukünftig sein lassen. Wer weiß, was das Zeug in seinem Organismus anrichtet."

Alexander warf ihr einen scharfen Blick zu und widmete sich wieder seinem Kakao. Ukulele fuhr seelenruhig mit seinen Notizen fort.

„Geht es dir gut, Kjell?" Fae hob eine Hand und legte sie auf seine Wange. Von der heftigen Röte, die ihm im Pub ins Gesicht geschossen war, war nichts mehr zu sehen. Seine Augen sahen so menschlich aus, wie man es von ihm erwarten konnte, sein Blick war sanft und seine Haut warm. Von dem tierhaften Geschöpf, in das er sich am Hafen verwandelt hatte, war nichts mehr übrig. Ihr war klar, dass das rein gar nichts bedeutete, und doch klammerte sie sich an diesem Eindruck fest.

„Wie fühlst du dich?"

„Gut", erwiderte er knapp, griff nach ihrem Handgelenk und betrachtete das Armband. Fae spürte, dass er Furcht vor sich selbst empfand. Oder glaubte wenigstens, es zu spüren. Das düstere Gemälde kam ihr in den Sinn, und eine kalte Stimme in ihrem Kopf flüsterte:

Was, wenn sie das Schiff auf die Felsen getrieben hat? Was, wenn sie den Tod in sich trug? Und was, wenn Kjell gefährlicher ist, als er es selbst weiß?

„Ob er sich gut fühlt oder nicht, verzichtet bitte zukünftig auf solche Unternehmungen." Alexanders Stimme war weit, weit weg. Nur ein Echo aus einer Welt, von der sie sich immer weiter entfernte. „Stell dir vor, Kjell hätte dank des Alkohols unter den Augen Dutzender Menschen die Kontrolle verloren. Was hättet ihr gemacht, wenn ihm auf einmal mitten im Pub ein paar Schuppen gewachsen wären? Oder ein Schwanz?"

„Frag mich, ob er dann zwei hätte", nuschelte Ukulele, ohne in seinem Gekritzel innezuhalten.

Fae zwang ihre Wut nieder, die sie in erster Linie deshalb empfand, weil Alexander recht hatte. „Es kommt nicht wieder vor. Also hör auf, mir Predigten zu halten. Ich weiß selbst, dass es keine gute Idee war."

„Immerhin ein Ansatz von Vernunft", brummte Alexander. „Übrigens Kjell, ich konnte rein gar nichts über diese Lady herausfinden. Du weißt schon. Die, der das Bild gehört. Wer immer sie ist, sie will unbekannt bleiben."

Kjell antwortete lediglich mit einem Nicken.

„Machen wir einen Deal?", fügte er hinzu. „Diesen Becher Kakao gegen zwei Fragen?"

„Von mir aus." Kjells Körper durchlief ein Schaudern, und plötzlich strahlte seine Erscheinung nichts als Erleichterung und Entspannung aus, als hätte er mit dieser flüchtigen Regung alle dunklen Gedanken von sich abgeschüttelt. Mit einer Hand hielt er den Kakaobecher, mit der anderen spielte er mit ihren Haaren. Fae genoss das sanfte Kitzeln, kuschelte sich noch tiefer in das Plaid und ließ zu, dass ihre drohenden Gedanken davontrieben.

„Ukuleles indiskrete Frage musst du übrigens nicht beantworten", verkündete Alexander.

„Warum nicht?", beschwerte sich der Hawaiianer. „Ich würde es gerne wissen. Henry auch."

„Würdest du an Kjells Stelle die Frage beantworten?"

„Nein", gab Ukulele zu.

„Siehst du?" Alexander nahm einen Schluck Kakao und leckte sich den Sahnebart ab. „Wir wissen jetzt, wo du gewohnt hast, was dir passiert ist und warum. Aber ich weiß noch nicht, wie es sich angefühlt hat. Was passierte, als das Licht kam und du in das Wasser gegangen bist? Wie hat sich die Verwandlung angefühlt?"

„In das Licht gegangen", murmelte Fae. „Kann jemand Lisa Gerrard auflegen? Ich gehe in kein Licht ohne Lisa Gerrard."

„Stimmt doch", erwiderte Ukulele. „Er ist ins Licht gegangen."

„In einen Schwarm leuchtender, kleiner Tiere", berichtigte Kjell. „Eure Frage kann ich leider nicht beantworten. Ich weiß nichts mehr. Meine letzte Erinnerung ist die glühende Wolke im Wasser."

„Wo fängt deine Erinnerung wieder an?", wollte Alexander wissen.

Kjell stieß ein leises Geräusch aus. Möglicherweise war es ein Lachen, oder etwas ganz anderes. „Ich erwachte am nächsten Morgen auf einer Felseninsel. In einem riesigen Haufen aus Tang und Seehundkot. Es regnete und stank zum Himmel."

„Meine Vorstellung sah ein bisschen anders aus", nuschelte Fae in das Plaid. „Eine Sandbank zum Beispiel. Bei Sonnenaufgang oder Sonnenuntergang."

„Wie sahst du aus?", fragte Ukulele. „Warst du noch ein Mensch?"

Kjell nickte. Erst jetzt nahm er einen Schluck von dem Kakao, erstarrte und begann leise zu schmatzen. Wieder sah er aus wie ein Kind, das zum ersten Mal in seinem Leben Schokolade kostete. Seine Augen wurden größer und größer, während sie vor Entzückung zu leuchten begannen. Gestern in dem Café hatte Fae geglaubt, nie ein hingerisseneres Gesicht gesehen zu haben, doch jetzt musste sie diese Tatsache revidieren. Eine Weile sagte er nichts, trank seinen Kakao und gab immer wieder leise Seufzer von sich.

„Das war …" Er stellte den leeren Becher zurück auf den Tisch. „Das war …", er leckte sich die Lippen, „das Beste, was ich je gegessen habe. Es ist sogar besser als der Gewürztee. Und besser als Apfelkuchen."

„Das Beste, was du je getrunken hast", korrigierte Alexander. „Freut mich. Ich mache ihn selbst, nach einem Geheimrezept meiner Mutter mit flüssiger Sahne und Gewürzen und einer kleinen Prise Salz. Dieses zuckersüße Kunstzeug aus der Dose kommt mir nicht ins Haus."

Fae überließ sich einem spontanen Impuls, fing Kjells Gesicht ein und leckte mit der Zungenspitze die Sahne von seiner Oberlippe. Salzige Frische vermischte sich mit süßem Kakao und exotischen Gewürzen, die sie an den verhängnisvollen Tee erinnerten. Dieser Kuss schmeckte zu gut. Sie vergaß Alexanders und Ukuleles Anwesenheit ebenso wie ihre Zweifel. Und als sie schwindelnd in die Kissen sank und seinem Geschmack nachforschte, schmerzte ihr gesamter Körper vor Verlangen. Die Furcht vor dem, was in Kjell ruhte, ließ dieses Feuer nur stärker brennen. Sie wollte ihn. Das sanfte, scheue Wesen ebenso sehr wie das unberechenbare Tier. Die selige Leichtigkeit und den Sturz in den Abgrund.

Er war ein Geheimnis, und sie würde es ergründen. Bis hinein in die dunkelsten Abgründe.

„Bekomme ich noch einen?", bat Kjell.

„Klar doch." Alexander füllte den Becher mit Kakao und Sahne auf.

„Dann erzähl mal weiter. Du bist also auf einer vollgeschissenen Felseninsel aufgewacht. Was passierte dann?“

Kjell nahm einen Schluck vom Kakao und lehnte sich zurück. Als er begann, von seiner Verwandlung zu erzählen, tauchte Fae in seinen Körper ein, in seine Gefühle und Sinne.

„Zuerst dachte ich, es wäre eine Krankheit. Als ich in meinem Zimmer eingesperrt war, habe ich viel über alle möglichen Krankheiten gelesen. Mein Vater gab mir gern solches Zeug, um zu beweisen, dass es draußen in der Welt nichts Gutes gibt. Aber ich konnte mich an keine Krankheit erinnern, die Schuppen, Gedächtnisverlust und Kiemen als Symptome hatte. Noch dazu fühlte sich die erste Verwandlung an, als würden sämtliche Knochen in meinem Körper brechen und sich neu zusammenfügen.“

„Vermutlich ist genau das passiert“, warf Alexander ein.

„Blitzevolution“, hauchte Ukulele. „Ich wusste, dass es möglich ist. Erzähl weiter, Kjell.“

„Als mir die Kiemen wuchsen“, fuhr er fort, „fühlte es sich an, als hätte mir jemand mit einem Messer zwischen die Rippen geschnitten. Ich weiß noch, dass ich ins Wasser fiel und ohnmächtig wurde. Als ich wieder zu mir kam, war ich zurück auf der Felseninsel. Meine Beine taten weh, aber statt Beinen sah ich, dass da nur ein hässlicher, zusammengewachsener Klumpen war. Er verformte sich, während ich hörte und spürte, wie die Knochen brachen.

Viel weiß ich nicht mehr, weil ich wieder das Bewusstsein verlor, aber als ich zum zweiten Mal aufwachte, war alles so, wie ihr es gesehen habt. Ich war kein Mensch mehr. Die Sonne ging gerade auf, und ich lag zwischen wilden Seehunden, mit einem Fischschwanz statt Beinen.“

Eine Zeit lang herrschte bedeutungsvolle Stille. Sie tauschten Blicke aus, verarbeiteten gemeinsam Kjells Erzählung, bis Ukulele das Schweigen brach: „Moment mal. Sagtest du gerade Gedächtnisverlust?“

Kjell nickte. „Als ich auf der Insel aufwachte, wusste ich nicht mehr, was passiert war. Ich wusste nicht, wie ich aus dem Haus herausgekommen war, und ich wusste nicht, dass mein Vater tot war. Das kam erst später zurück. Zumindest teilweise.“

„Also ein Trauma.“ Alexander kugelte sich in seinem Sessel zusammen. „Kein Wunder bei solch einschneidenden Erlebnissen. Wovon ernährst du dich? Bist du Friedfisch oder Raubfisch?“

Kjell trank seinen Becher leer, stellte ihn auf den Tisch und sank wieder zurück. Jede Bewegung geschah langsam und mit träumerischer Ruhe. Ein erregendes Frösteln rieselte durch Faes Körper, als sie ihre Arme um ihn schloss.

„Ich nehme alles, was ich kriegen kann. Genauso wie ihr."

Ukulele gluckste. „Da fällt mir was ein. Erinnert ihr euch an das Meci-Fest in der Südsee? Wie hieß noch mal die Insel?"

„Fataluku, wenn ich mich nicht irre." Alexander zog eine angewiderte Grimasse. „Bitte, frische nicht meine Erinnerungen auf."

„Warum nicht?" Fae warf dem Hawaiianer einen auffordernden Blick zu. „Erzähl schon."

„Nun ja, ich habe vor den Augen deines Bruders die Geschlechtssegmente eines maritimen Ringelwurms verspeist. Eine ganze Handvoll, um genau zu sein."

„Was hast du?"

Alexander gab ein würgendes Geräusch von sich. „Dieser Mistkerl frisst wirklich alles. Zuerst dachte ich, es wären Nudeln, bis ich sah, dass die Nudeln sich bewegten."

„Sagtest du Geschlechtssegmente?"

„Yep." Ukulele grinste. „Zweimal im Jahr findet auf bestimmten Südseeinseln ein Fest statt. Im letzten Mondviertel des Februars feiert man das kleinere Mechi kiik und bei Neumond im März das große Mechi boot. Der Meci-Wurm trennt zur Fortpflanzung seine Geschlechtssegmente ab, und die können sich selbstständig fortbewegen. Sie geben Eier und Sperma ab und verenden, der Wurm selbst macht es sich in den Korallen gemütlich. Die Südseebewohner feiern mehrere Tage lang, singen und tanzen und besaufen sich mit Palmwein."

„Das ist der schöne Teil", warf Alexander ein. „Voll von hübsch anzusehenden Menschen. Sie singen vom Kreislauf des Lebens, danken den Ahnen und bitten sie um eine reiche Meci-Ernte. So weit, so gut. Bis dahin wusste ich nicht mal, was mit Meci gemeint war. Ich ging von Früchten aus. Irgendetwas Pflanzliches.

„Mechi cau vari morisa", sang Ukulele mit seiner warmen, dunklen Hawaiianer Stimme, *„nia lalu apare, tanalalu apare."*

„Was bedeutet das?", fragte Fae.

„Es bedeutet: Durch das Meci bitten wir um den Segen guter Gesundheit."

„Du hast dir das Lied gemerkt?"

„Nur einen Teil davon. Abends geht das Fest jedenfalls erst richtig los. Alle putzen sich raus, gehen in einer langsamen Prozession zu ihren Einbäumen und fahren auf das Meer hinaus, wo sie die Meci rufen."

„Sie singen für die Würmer", spottete Alexander. „Auch noch ganz nett. So nett wie die Grüppchen, die mit Fackeln durch das Wasser gehen. Die Geschlechtssegmente sind nämlich lichtempfindlich. Man sieht sie zappeln, kann sie einsammeln und in Palmblättern verstauen."

„Anschließend isst man die Dinger roh, abgeschmeckt mit Chili und Zitrone. Ihr werdet es nicht glauben, aber sie schmecken besser, als sie aussehen."

Alexander schnaufte. „Wer freiwillig Geschlechtssegmente von Würmern isst, hat nicht mehr alle Latten am Zaun."

„Du beleidigst gerade einen Haufen Südseebewohner."

„Von mir aus." Ihr Bruder füllte seine Tasse auf. „Es gab sicher schon mal einen Südseebewohner, der mich beleidigt hat."

„Warst du schon mal in der Südsee, Kjell?", fragte Ukulele.

„Bei den Cook-Inseln."

„Woher wusstest du ohne Karte, wo du warst?"

„Ich hatte jahrelang nichts anderes zu tun, als Bücher auswendig zu lernen. In einem fand ich … wie nennt ihr das? … Meeresbodentopografien. Die Berge, Schluchten und Ebenen auf dem Grund. Ich hatte sie alle hier drin." Er tippte auf seine Stirn.

„Nicht schlecht." Alexanders Augen funkelten beeindruckt. „Spürst du auch die Magnetfeldlinien?"

„Ich weiß nicht. Wie fühlen sich Magnetfeldlinien an? Ich kann mich an Strömungen orientieren." Kjell sagte es so gleichmütig, als rede er über völlig belanglose Fähigkeiten und Umstände. „Oder am Geschmack und an der Temperatur des Wassers. Oder ich schwimme einfach irgendwohin, weil es egal ist, wo ich ankomme."

Fae seufzte.

Oder ich schwimme einfach irgendwohin …

Das Tosen von Wind und Wellen draußen vor dem Haus machte ihre Sehnsucht noch schlimmer. Sie stellte sich vor, hinauszurennen, ihre Menschengestalt hinter sich zu lassen und in das schäumende, finstere Meer zu springen. Wieder kam ihr das Gemälde in den Sinn. Es hatte genau diese Sehnsucht ausgedrückt. Dieses unbändige, wilde Gefühl, diese berauschende Dunkelheit eines stürmischen Ozeans, in dem sich alle Fesseln auflösten.

Weil es egal ist, wo ich ankomme …

In Alexanders Augen schien derselbe rastlose Wunsch nach Grenzenlosigkeit zu liegen. „Weißt du", flüsterte er, „dass die meisten Menschen von Freiheit nur träumen können?"

„Was gäbe ich dafür", brummte Ukulele, „mich nicht mehr mit der elend schweren Ausrüstung abschleppen zu müssen, um tauchen zu gehen. Kein zu enger Neoprenanzug, keine Berechnungen und keine Dekostops. Diese Wesen, von denen du erzählt hast, können sie jeden Menschen verwandeln?"

„Selbst wenn sie es könnten", antwortete Kjell, „würde es euch nichts nützen. Die Wesen, die zu mir gehören, sind schon lange nicht mehr stark genug, um jemanden zu verwandeln. Es müsste ein neuer Schwarm aus dem Portal kommen, aber das geschieht nur sehr selten."

„Immerhin ist es in den letzten paar Jahrhunderten schon zwei Mal vorgekommen", bemerkte Ukulele. „Damit hätten wir eine höhere Wahrscheinlichkeit als beim Lottospielen. Ich würde gerne mal diese Meerjungfrau sehen! Aber was würde aus mir werden, wenn ich einen Schwarm finde? Oder wenn ein Schwarm mich findet? Ich habe die Wahl zwischen Seeelefant und Belugawal. Oh nein, ich wäre kein schöner Anblick. Dir steht das Fischsein besser, mein Freund."

Fae kicherte in Kjells Hemd. Eine Zeit lang kehrte wieder Stille ein. Niemand stellte eine weitere Frage. Mal starrten ihr Bruder und der Hawaiianer ins Leere, mal musterten sie Kjell mit seltsamen Gesichtsausdrücken, die sie nicht interpretieren konnte. Etwas an dieser Situation war unangenehm. Sie spürte ein kribbelndes Gefühl in ihrem Kopf und im Bauch, das zunehmend stärker wurde. Als würde sie auf einem Seil über einem Abgrund balancieren und mit jeder verstreichenden Sekunde unsicherer werden.

„Lies uns was vor, Ukulele." Fae deutete auf das Buch, das wie immer auf dem Tisch lag. „Henry scheint noch eine Weile beschäftigt zu sein."

„Besser nicht. Ich bin kein talentierter Vorleser."

„Natürlich bist du das. Ich mag deine Stimme. In dem Buch muss es eine Geschichte über einen Narwal geben. Such sie raus."

Der Hawaiianer seufzte, ergab sich mit einem Kopfschütteln in sein Schicksal, griff nach dem Buch und suchte nach dem Inhaltsverzeichnis.

„Das Narwalhorn“, sagte er nach einigem Hin- und Hergeblätter. „Meinst du die?“

„Ich glaube schon.“

„Also gut.“ Ukulele schlug die entsprechende Seite auf, räusperte sich und begann zu lesen:

„Vor langer Zeit lebte hoch im Norden eine Herde von Narwalen. Sie verbrachten ihr Dasein in Frieden und mussten, bis auf die manchmal vorbeiziehenden Orcas, nichts fürchten, denn den Menschen waren sie heilig. Unter ihnen gab es einen weißen Wal, der so hell und strahlend leuchtete, dass man in ihm kein Tier, sondern einen Gott sah. Sein Horn war schöner und länger als das jedes anderen Narwals, doch keiner der an jener Küste lebenden Menschen wäre jemals auf den Gedanken gekommen, den weißen Wal seines Elfenbeins wegen zu töten. Solche Art von Kostbarkeit war ihnen fremd.

Kostbar waren für sie das Leben, die Nahrung und die Familie. Die Kinder dieses Wals waren dunkel gefleckt wie gewöhnliche Tiere, doch unterschieden sie sich von den anderen durch ein schneeweißes, besonders langes Horn.

Eines Sommers wurden die Nahrungsgründe im angestammten Gebiet der Wale knapp, und so entschied die Herde, nach einer neuen Heimat zu suchen. Sie wanderten viele Monde an den Küsten des Nordens entlang, bis sie eine geschützte Bucht fanden, in der es vor Futter nur so wimmelte. Dort ließen sie sich nieder, fraßen sich dick und rund, gebaren ihre Kinder und lebten ebenso glücklich wie in ihrer alten Heimat.

Eines Tages aber tauchten mächtige Schiffe auf. Sie waren viel größer als die Fischerboote, die die Wale kannten, und jedes von ihnen trug viele Menschen auf sich. Die Fremden entdeckten die Narwale und begannen, sie zu jagen. Man tötete sie mit Harpunen, Lanzen und langen Messern, ganz gleich, ob Männchen oder Weibchen, ob jung oder alt. Besonders gierig waren die Menschen auf die Kinder des weißen Wals, denn ihr Horn war für sie kostbarer als Gold. Bald war keiner seiner Nachfahren mehr übrig. Die Herde wurde kleiner und kleiner. Der weiße Wal, selbst zu alt und zu schlau, um sich von den Menschen fangen zu lassen, erkannte seine Schuld am Tod seiner Kinder. Solange er bei der Herde war, würden sie niemals in Frieden leben können. So groß war die Gier der Menschen nach dem weißen Horn geworden, dass sie die Tiere inzwischen unaufhörlich verfolgten. Selbst in das stürmischste Meer und in die tückischsten Untiefen hinein.

Also verließ der alte Narwal seine Familie, zog allein weiter und lockte die Menschen mit sich. An einer fernen Küste, weit weg von seiner Herde, ließ er sich von ihnen fangen. Niemals wieder sollte ein Kind von ihm geboren werden, ein Kind mit einem strahlend weißen Horn, nach dem die Menschen so sehr gierten.

Man erlegte den Narwal, zog ihn auf eines der großen Schiffe und zerkochte seinen Speck zu Tran. Das prachtvolle Horn wurde in ein fernes Land gebracht und dem dortigen König übergeben. Viele Jahrzehnte wurde es von den Menschen bewundert, eingeschlossen in einer goldenen Vitrine. Bis ein großer Krieg ausbrach. Das Land versank in Blut, und jene Menschen, die den König getötet hatten, stahlen das Horn des weißen Narwals und brachten es zu ihrem Herrscher. Viele Königshäuser sah das Horn erblühen und fallen, in vielen Schatzkammern wurde es bewundert, bis niemand mehr wusste, was seine Geschichte war und woher es kam.

So vergingen die Jahrhunderte, bis das Narwalhorn in Vergessenheit geriet und unter den Trümmern eines weiteren Krieges begraben wurde. Viele Menschenleben kamen und gingen, bis man das zerstörte Schloss, in dessen Schatzkammer das Horn verschwunden war, wieder neu aufbaute. Und während man die Trümmer beiseite räumte, die alte Pracht wieder neu errichtete und sich bis in die tiefsten Gewölbe vorarbeitete, fand man auch die verschollene Reliquie des Ozeans zwischen Schutt und Staub, brachte sie in ein berühmtes Museum und stellte sie in einer Glasvitrine aus. Außen befestigte man ein Schild, auf dem alles stand, was man über diese Kostbarkeit wusste: *Narwalhorn. Um das Jahr 800. Herkunft unbekannt.*"

Ukulele ließ das Buch auf seinen Schoß sinken und seufzte. „Alexander hat recht. Dieses Buch ist deprimierend."

Fae lag reglos in Kjells Armen und spürte, wie ihre stillgelegten Gedanken wieder zu kreisen begannen. Warum war ihr Leben voller Zeichen und Hinweise? Erst dieses Gemälde, jetzt ein weißer Narwal. Wenn es Kjells Absicht war, ihr etwas anzutun, so wie man es seinesgleichen in vielen Legenden nachsagte, warum hatte er dann ihr Leben gerettet? Konnte er all diese Verwirrung und Furcht, all diese vorsichtige Sanftheit vortäuschen, während er seine ganz eigenen Ziele verfolgte?

Alexanders Miene wurde so ernst und verschlossen wie die seines hawaiianischen Freundes. Geistesabwesend stand er auf, holte eine Schachtel Toffifee aus dem Schrank, öffnete sie und hielt sie Kjell vor die Nase.

„Praline, Sardine?“

„Was ist das?“

„Karamellisierte Kuhaugen.“ Ukulele legte das Buch mit spitzen Fingern beiseite, als hätte er Angst, die Düsternis der Geschichten darin könnte an seiner Haut kleben bleiben. „Die sind noch besser als Kakao.“

Fae wischte ihre düsteren Gedanken beiseite, als sie Kjells konfuse Miene sah. Nein, er war nicht gekommen, um ihr zu schaden. Unmöglich. Es sei denn, ihr Gespür versagte in jeder Hinsicht.

„Blödsinn“, beruhigte sie ihn. „Glaub ihm kein Wort. Auf dem Schiff belagerten ihn mal zwei Kinder, die sich brennend für das Toffifee interessierten. Er erzählte ihnen, es seien karamellisierte Kuhaugen, um nicht teilen zu müssen.“

„Und es hat funktioniert“, grunzte Henry. „Dämliche kleine Bälger.“

„Fällt euch was auf?“, warf Alexander ein. „Ich höre keinen Protest. Das sind deine Lieblingspralinen, Ukulele, du teilst sie mit niemandem. Ich hatte erwartet, dass du mir in den Nacken springst oder mir zur Strafe die Dreadlocks abschneidest.“

„Ich teile sie mit keinem Menschen“, erwiderte Ukulele. „Aber ich teile sie mit Meerjungfrauen.“

„Könnte nur deine Großmutter Zeugin werden, wie du freiwillig Toffifee abtrittst.“

Kjell nahm eine der Pralinen aus der Packung. Fae spürte, dass ihn die soeben gehörte Geschichte beschäftigte, auch wenn er seine Maske aus Entspannung aufrechterhielt. Es war eine dumme Idee gewesen, aus diesem Buch vorzulesen. Jede Geschichte darin drehte sich auf irgendeine Weise um Verlust und Tod.

Die Stille im Wohnzimmer, Kjells Streicheln und das Knistern des Kamins machten sie zunehmend schläfrig. Fae dämmerte vor sich hin, bekam irgendwann entfernt mit, wie Henry zurückkam und mit Ukulele einen spielerischen Streit begann.

Sie hörte ihnen zu, verstand kein Wort und rieb ihre Wange mit wohligem Seufzen an Kjells Brust. Mhmm, er roch so gut. Frisch und wild wie ein stürmischer Tag am Meer.

„Ganz einfach", klugscheißte Henry, diesmal klarer und verständlicher. „Bestimme zunächst die Schnittpunkte der beiden Funktionsgraphen, dann die einzelnen Teilflächen wie oben und addiere anschließend die Flächeninhalte, die sich ergeben haben."

„Was soll ich?", gab Ukulele zurück.

„Mach dir zunächst ein Bild, okay? Aber pass auf. Wenn man Schnittpunkte übersieht, schleichen sich Patzer bei der Berechnung ein."

Papiergeraschel erklang. Ein Bleistift kritzelte hektisch über Papier. Alexander und Ukulele gaben fragende Geräusche von sich.

„Also, ihr Spatzenhirne, für die oft auftretende Differenz zweier Werte einer Stammfunktion zu f hat man ein eigenes Symbol. Schaut her. Man schreibt es so."

„Lass es einfach." Ukulele stöhnte auf. „Du machst uns das nie schmackhaft. Kjell fragt sich gerade, wie bescheuert Menschen sein müssen, wenn sie sich freiwillig mit solchem Quatsch beschäftigen."

„Ich verstehe nichts davon", antwortete er.

„Siehst du? Er versteht nichts davon. Da geht es ihm wie uns."

„Das ist kein Quatsch, ihr Dummköpfe. Das ist pure, ergreifende Ordnung. Herrliche Symmetrie. Regula falsi, Konvergenzuntersuchungen reeller Folgen, Polynomdivision, Matrizen und Kurvendiskussionen. Das ist die Welt, in der ich mich wohlfühle."

„Ja", meinte Ukulele. „Matratzen und Kurvendiskussionen. Darauf können wir gerne zurückkommen."

„Herr im Himmel, ich lebe mit oberflächlichen Primaten zusammen. Womit habe ich das verdient?"

„Sind noch Pralinen da?", warf Kjell dazwischen.

Fae lächelte in die Decke hinein. Ab und zu war ihr Geist halbwach, nahm leise Stimmen und die Wärme des Körpers wahr, an den sie sich schmiegte, doch weder schaffte sie es, sich zu bewegen, noch brachte sie ein Wort hervor. Alles war warm und friedlich. Hin und wieder nickte sie ein, erwachte mit einem Zucken und spürte Finger, die zärtlich durch ihr Haar strichen.

Schwammige Gedanken geisterten durch ihren Kopf.

Nichts dagegen, die ganze Nacht hier zu bleiben.

… nicht gedacht, dass es jemals so sein würde …

Gott, ich fühle mich so gut.

… ja ja, genauso … streichel weiter … nicht aufhören …

Mir wäre nach einer dieser Pralinen … aber … ach egal.

Irgendwann rüttelte jemand an ihrer Schulter. Nur ungern tauchte Fae aus ihrem Halbschlaf auf.

„Was ist los?"

Henry beugte sich über sie. Mit seinen zu Berge stehenden Haaren erinnerte er mehr denn je an eine unter Strom gesetzte Krähe. „Bist du endlich wach?"

„Nein", murmelte sie.

„Ich fürchte, das ist egal. Die Aufnahmen sind fertig, und wir haben lange genug darauf gewartet, dass du munter wirst."

„Henry behauptet", warf Ukulele ein, „dass die Szenen mehr als fantastisch geworden sind. Überzeugen wir uns selbst davon."

Fae erhob sich schlaftrunken, nahm Kjell an der Hand und folgte den Männern in den Technikraum.

„Setzt euch." Henry zog drei Sessel vor den Computer und vollführte eine einladende Geste. „Und holt noch mal tief Luft. Gleich bleibt euch nämlich die Spucke weg."

Fae gähnte. Der Bildschirm vor ihnen wurde blau. Sonnenstrahlen fielen wie Lanzen aus Licht in die Tiefe. Sanfte, ätherische Klänge setzten ein, bewegten sich im Rhythmus der Wellen und gaben ihr das Gefühl, den Kontakt zum Boden zu verlieren. Oh ja, Henry war ein Meister seines Faches, aber diesmal hatte er sich selbst übertroffen. Ein Schauer wilder Entzückung rieselte über ihre Wirbelsäule. Winzig klein wirkten die Gestalten der Taucher vor dem unendlichen Blau, und noch kleiner wurden sie, als der gewaltige Körper des Pottwals wie ein Geist unter ihnen auftauchte.

„Wunderschön", flüsterte Fae. „Henry, das ist wunderbar."

„Danke", hauchte er errötend.

Der Wal verschlang seine Beute, drehte seinen riesigen Körper im Wasser und begann mit einem seltsamen Tanz. Er bewegte sich behutsam, um die kleinen Taucher, die ihn umringten, nicht zu berühren.

Bin ich wirklich dort unten gewesen?

Ist das mein winzig kleiner Schatten?

Fae spürte, wie ihre Augen zu brennen begannen. Ukulele atmete schwer, Alexander starrte mit offenem Mund auf das, was sich vor ihnen abspielte. Die Magie der Begegnung war selbst über den Bildschirm greifbar. Gemalt in kristallklaren Farben, jagten die wunderschönen

Weißseitendelfine durch das Meer. Der Pottwal schwebte durch das Blau, während Alexander und Ukulele wie schwarze Punkte neben ihm schwammen. Begleitet von unwirklichen Klängen, tauchte Fae noch einmal im Meer, spielte mit den Delfinen, trieb mit Kjell in den eisigen Wellen und schmiegte sich an ihn. Ihre Gestalten schienen zu verschmelzen, und die Art, wie sie sich umarmten und liebkosten, erschien ihr vollkommen. Als gehörten sie zusammen, unwiderruflich und für immer, und als wäre es noch nie anders gewesen.

Schließlich, als Kjell allein auf dem Bildschirm war, geisterhaft hell im Wasser treibend und umgeben von einer Aura puren Friedens, zerbrach der Bann und ließ sie laut aufschluchzen. Nur zaghaft wurde sie sich wieder der Wirklichkeit bewusst. Sie saß in einem Stuhl, hielt Kjells Hand und starrte bewegungslos auf einen blauen Bildschirm.

Tränen rannen über ihre Wangen. Sie wollte nicht weinen. Nicht vor Kjell und nicht vor den Männern. Aber die Gefühle flossen ungehemmt aus ihr heraus.

„Sieht so aus", murmelte Alexander verstohlen, „als ginge es euch nicht anders als mir."

Ukulele rieb sich die geröteten Augen und schien aus einem tiefen Traum zu erwachen. Das Bild wurde schwarz, die Musik lief mit einem wehmütigen Schlussstück aus. Wie ein erstickender Druck lag das Schweigen im Zimmer auf Faes Brustkorb.

„Es löst etwas aus." Henrys Flüstern durchdrang die Stille nicht, es schien sie noch zu vertiefen. „Zuerst dachte ich, ich wäre einfach nur sentimental. Aber anscheinend geht es euch genauso."

„Sie sind anders." Alexander rieb sich die Kehle, als hinge ihm ein stacheliger Kloß darin quer. „Irgendwas an diesen Bildern ist anders. Ich habe viele grandiose Aufnahmen gesehen, aber das hier kann man nicht beschreiben. Kannst du es, Ukulele?"

„Nein." Der Hawaiianer schniefte. Als er bemerkte, dass Fae ihn beobachtete, wischte er sich verstohlen mit dem Hemdsärmel über das Gesicht. „Aber warum muss man alles beschreiben? Jeder, der es sieht, kann es spüren. Ihr wollt eine Beschreibung? Nehmt das hier." Er hielt seinen Arm ins Licht. Deutlich sichtbar war die Gänsehaut, die ihn überzog.

Genauso wie die Menschen im Café. Wie die rothaarige Frau und die Bedienung. Wie alle, die ihn gesehen hatten.

Kjell saß neben ihr und starrte vor sich hin, als konzentriere er sich auf etwas. Was er fühlte, war vollkommen undurchsichtig.

„Stellt euch Folgendes vor." Alexander holte tief und bedeutungsvoll Atem. „Wir bringen diese Aufnahmen ganz groß raus. Wir erreichen Millionen von Menschen, und Millionen von Menschen spüren, was wir gespürt haben. Es könnte die Veränderung auslösen, auf die die Welt wartet. Es wäre ein Impuls, der sich ausbreitet wie Wellen auf dem Wasser. Versteht ihr? Diese Aufnahmen gehen tiefer als alles, was ich bisher gesehen habe. Sie sind nicht einfach nur schön oder außergewöhnlich. Das auch, sicher. Aber sie sind noch viel mehr."

„Es muss an dir liegen." Ukulele wandte sich Kjell zu. „Hast du irgendwas gemacht?"

„Nein", kam es geistesabwesend zur Antwort.

„Dann passiert es unbewusst. Alexander hat recht. Wenn wir dieses Gefühl verbreiten würden, könnte das viele Menschen verändern. Sieh dir Henry an. Hast du jemals erlebt, dass er vor dem Bildschirm heult?"

Fae realisierte nur langsam und stückweise, was sie da hörte. „Verstehe ich euch richtig? Sprecht ihr gerade davon, Kjell der Öffentlichkeit zu präsentieren?"

„Ja", sagte Alexander geradeheraus. „Natürlich nur, wenn er es will."

„Wie naiv bist du eigentlich?" Fae schüttelte den letzten Rest Verzauberung ab und starrte ihn böse an. „Das kann nicht dein Ernst sein! Als wir in die Stadt wollten, hättest du uns beide am liebsten festgenagelt. Du hast mir Vorträge darüber gehalten, wie riskant es wäre, Kjell unter Menschen zu bringen, und jetzt willst du aus ihm eine Berühmtheit machen? Geht's noch?" Plötzlich kam ihr eine glasklare Erkenntnis. Sie holte Luft und fügte kalt hinzu: „Ich verstehe. Bei unserem Stadtausflug ging es nicht um Geld und Ruhm."

„Fae!" Die Stimme ihres Bruders blieb trotz des Vorwurfs sanft und ruhig. „Bitte denke darüber nach. Henry kann dafür sorgen, dass die Aufnahmen unverfänglich aussehen. Er ist ein Meister seines Fachs. Wenn er mit den Bildern fertig ist, wird jeder glauben, Kjell sei ein gewöhnlicher Mensch. Die, in denen sein Schwanz zu sehen ist, schneiden wir natürlich raus."

„Träum weiter!"

Die rothaarige Frau stand ihr vor Augen. Diese Angst in ihrem Blick, diese Konzentration an Gefühlen, deren Heftigkeit niemals harmlos sein konnte. Was immer Kjell auslöste, es war nicht ausschließlich gut, sondern in erster Linie unberechenbar.

Alexander zwickte sich mit Zeige- und Mittelfinger in den Nasenrücken und atmete tief durch. „Hast du nicht selbst gesagt, die Welt sei schlecht? Wie viel Schlimmes passiert, nur weil die Menschen zu dumm und zu ignorant sind, um zu begreifen?“ Er ließ seinen Arm wieder sinken und schnaubte unwirsch. „Kjell kann ihnen die Augen öffnen. Du hast es gefühlt. Ich weiß es. Wir alle haben es gefühlt. Ich weiß nicht, wie er es macht, aber er besitzt die Fähigkeit, uns mehr sehen zu lassen. Uns mehr fühlen zu lassen. Er stellt etwas mit unserer Seele an, und jetzt male dir aus, dieser Zauber würde über die ganze Welt verbreitet. Durch den Film, den wir mit ihm gemeinsam drehen.“

Fae drückte ihren Rücken durch und schob den Unterkiefer vor. „Nein!“

„Alexanders Idee klingt gut“, kam es leise von Kjell. „Ich könnte etwas bewegen. Ich könnte endlich …“

„Nein!“, wiederholte sie wütend. „Berühmtheit ist das letzte, was du gebrauchen kannst. Wie lange würde es dauern, bis alle Welt herausfindet, wohin wir uns zurückgezogen haben? Wie lange, bis man uns hinterher schnüffelt? Und wie lange, bis irgendwer erkennt, dass mit Kjell etwas nicht stimmt? Außerdem löst er nicht nur Gutes aus. Du warst nicht dabei, als alle Menschen, die ihm in der Stadt begegneten, anschließend wie unter Drogen standen. Es ist zu intensiv, verstehst du? Zu unberechenbar.“

„Darum geht es ja gerade“, knurrte Alexander. „Dass es intensiv ist. Niemand wird erfahren, wo wir leben. Alles geschieht unter größter Vorsicht. Die Rechte für die Aufnahmen bleiben allein bei uns. Nichts geschieht ohne vorherige Genehmigung. Glaub mir, diesmal läuft alles anders. Wir produzieren das Werk, das die Welt verändern wird. Wir produzieren ein Upgrade für die Menschheit.“

„Deine Absicht in Ehren, aber das lasse ich nicht zu.“

„Denke an die Möglichkeiten!“, drang Alexander weiter auf sie ein. „Stell dir vor, du liegst im Sterben, und auf einmal erkennst du, wie viel du mit ein bisschen mehr Mut und Rückgrat hättest bewirken können.“

Fae öffnete den Mund und klappte ihn wieder zu.

„Es tut mir leid.“ Ihr Bruder wurde schlagartig kalkweiß. „Verzeih mir.“

„Ach, hör doch auf. Du kannst groß daherreden, für dich besteht keine Gefahr. Kjell ist es, der geliefert ist, wenn irgendwas schiefgeht. Angenommen, du drehst diesen Film und wir werden alle berühmt. Kannst du die Hand dafür ins Feuer legen, dass unsere Privatsphäre gewahrt bleibt? Denke daran, er hat mir das Leben gerettet und er hat euch gerettet. Das Mindeste, was wir tun können ist ihn zu beschützen."

„Fae hat recht", pflichtete ihr Ukulele bei. „Wir hätten am Anfang alles unter Kontrolle. Aber lass den Film groß rauskommen, und wir stehen mitten im Rampenlicht. Es ist zu gefährlich. Wie sollen wir Kjell dauerhaft schützen, wenn die ganze Welt auf uns schaut? Ich bezweifle nicht, dass dieser Film die Menschen verändern würde. Das würde er ganz sicher. Aber es gibt immer noch genug von uns, die sich einen Dreck um ihr Karma scheren und alles Gute in einen großen Haufen Scheiße verwandeln. Früher oder später wird irgendein Arschloch rausfinden, was wir verstecken, und dann müssen wir den Rest unseres Lebens damit klarkommen, unseren Freund ans Messer geliefert zu haben."

„Verflucht." Alexander zerrte aufgebracht an seinen Dreadlocks. „Ich weiß. Ich weiß. Aber seht ihr nicht, was uns entgeht? Schimpft mich einen naiven Idioten, aber ich glaube immer noch an das Gute im Menschen. Sie würden uns zuhören. Sie würden erkennen, was falsch gelaufen ist. Und wenn erst mal das Licht der Öffentlichkeit auf uns gerichtet ist, wird niemand es wagen, Kjell etwas anzutun. Selbst, wenn sein Geheimnis ans Licht kommt. Sie können ihm nichts anhaben, wenn Millionen von Menschen da draußen ihn lieben und vergöttern. Es würde einen Aufstand geben."

Fae schüttelte energisch den Kopf. „Tut mir leid, dass ich deinen Wunschtraum zerstöre, aber meiner Meinung nach sind die Menschen noch nicht bereit dafür."

„Denke daran", sagte Ukulele. „Alle Vorzeigedenker, die wirklich etwas verändern wollten und die Möglichkeit dazu hatten, wurden umgebracht oder sonst wie aus dem Weg geschafft. Es ist zu gefährlich, Alex. Wenn gewisse Mächte Profit wittern, wird die Meinung der Öffentlichkeit völlig belanglos."

Alexander verschränkte die Arme vor der Brust, öffnete den Mund für eine Entgegnung und klappte ihn kurz darauf unverrichteter Dinge wieder zu. Nach und nach hefteten sich sämtliche Blicke auf Kjell, dessen Geistesabwesenheit sich in nervöse Anspannung verwandelt hatte. Seine

Hände krallten sich in die Armstützen des Sessels, sein Atem ging mühsam und schwer. Fae sah blanke Angst in seinen Augen.

„Was ist los?" Sie berührte ihn an der Wange und zuckte erschrocken zurück. Seine Haut war kalt wie Eis. So kalt wie gestern Abend am Hafen. „Geht es dir nicht gut? Kjell, sag was."

Er antwortete nicht. Ein Beben durchlief seinen Körper, die Kälte wurde so frostig, dass sie wie ein feiner Nebel über Faes Haut kroch und selbst das Zimmer ausfüllte. Kjell begann zu zittern. Sein Atem wurde zu einem Keuchen, als er den Kopf in den Nacken legte.

Nein, viel eher sah es aus, als hätten ihn unsichtbare Hände gepackt und drückten ihn zurück. An seinem Hals sah Fae das Rasen des Pulses.

„Was ist mit ihm?" Alexander griff nach Kjells Schulter. „Verdammt, du bist eiskalt. Alles klar, mein Freund? Tut mir leid, wenn ich dir Angst eingejagt habe. Wir machen nichts, was du nicht willst."

„Nein …", kam es atemlos aus Kjells Mund. In seinem Blick lag nackte Panik. „Sie gehen nicht weg. Es sind zu viele."

„Wer geht nicht weg?" Alexander schüttelte ihn. „Wovon redest du?"

Kjell rang keuchend nach Luft und sprang so unvermittelt auf, dass Fae zurückstolperte. Die Luft im Raum war inzwischen so kalt, dass ihr Atem als dampfende Wolke entwich.

„Ich muss allein sein." Gehetzt huschte sein Blick hin und her. „Lauft mir nicht nach. Habt ihr verstanden?"

Fae brachte ein Nicken zustande, und ehe sie wusste, wie ihr geschah, war Kjell verschwunden. Sie hörte seine schnellen Schritte, dann das Zuschlagen der Haustür. So plötzlich wie er gegangen war, wich auch die seltsame Kälte. Beinahe, als hätte er sie mit sich genommen.

Fae schaffte es nicht einmal bis zur Zimmertür, als Alexander sie am Hemd schnappte und zurückzog.

„Was soll das? Du hast gehört, was er gesagt hat. Er will allein sein."

„Irgendetwas stimmte nicht", fauchte sie. „Es ging ihm schlecht."

„Ihr vergesst, dass er kein Mensch ist. Vielleicht braucht er Wasser. Stürme und hohe Wellen ist er gewohnt. Also lasst ihn allein, wenn er allein sein will."

Fae entließ ein zorniges Knurren. „Plötzlich bist du besorgt um sein Wohl? Ich sehe nur noch Geldscheine in deinen Augen. Du wolltest dich an ihm bereichern. Du wolltest Ruhm und Ehre. Das Gerede von einer besseren Welt soll doch nur dein Gewissen beruhigen."

Alexander zuckte getroffen zurück. Einen Moment lang starrte er sie an, dann senkte er den Blick und nickte. „Du hast recht. Es tut mir leid."

Fae schnaubte. „Hast du gerade gesagt, ich habe recht?"

„So ist es."

„Man höre und staune." Fae entkam ein spöttisches Lachen. „Hat mein unfehlbarer Bruder gerade einen Irrtum eingestanden?"

„Ja, verdammt. Aber nur, damit du es weißt: Einen Film machen wir trotzdem. Mir kam nämlich gerade eine andere Idee. Henry wird sämtliche Szenen, in denen Kjell zu sehen ist, fein säuberlich rausschneiden. Dann müssen wir zwar ohne seine Magie auskommen, haben aber immer noch grandiose Aufnahmen. Ukulele, du bestellst die beste Unterwasserkamera, die es momentan auf dem Markt gibt. Sie muss möglichst klein und handlich sein, ideal geeignet, damit unser Freund sie auf seine Ausflüge mitnehmen kann."

„Ich verstehe." Ukulele rieb sich nachdenklich das Dreifachkinn. „Kjell bleibt also ein Geheimnis, obwohl er die Zuschauer mit sich nimmt."

Alexander nickte bestätigend:„So ist es. Niemand wird auch nur eine Flosse von ihm zu sehen bekommen."

Henry rieb sich die Hände und zog die Tastatur zu sich heran. „Das ist ein genialer Gedanke. Ich erledige das sofort. Jetzt müssen wir nur noch dafür sorgen, dass unser Freund gesund zurückkommt und einwilligt, mit uns zusammenzuarbeiten."

Fae winkte ab und zog sich eines der beiden weißen Hemden über, die Henry über eine Stuhllehne gelegt hatte.

„Wo willst du hin?" Alexander funkelte sie drohend an, machte jedoch keinerlei Anstalten, sie aufzuhalten.

„Was glaubst du wohl? Er sagte, dass sie nicht weggehen. Was meinte er damit?"

„Vielleicht Schmerzen?", mutmaßte Ukulele. „Es könnte sein, dass ihm längere Landaufenthalte nicht bekommen. Möglicherweise war er ausgetrocknet, so wie letztens, als er nach der Heilung auf dich aufgepasst hat."

„Nein." Fae schüttelte den Kopf. „Er sah nicht aus, als hätte er Schmerzen. Es war etwas anderes."

„Wir haben ihn zu sehr unter Druck gesetzt." Ukulele warf Alexander einen vorwurfsvollen Blick zu. „Der Arme hatte kaum genug Zeit, sich einzugewöhnen, und schon kommst du ihm mit globalem Ruhm. Also wirklich, Mann."

„Es ist mir egal, was er gesagt hat. Ich gehe ihn suchen, und versucht nicht, es mir auszureden."

Diesmal hielt ihr Bruder den Mund. Das Wissen, sich in ihm getäuscht zu haben, war ungleich bitterer als die reine Tatsache, dass Kjell für ihn nichts weiter als eine Möglichkeit war, in kürzester Zeit zu größtmöglicher Anerkennung zu kommen. Es ging Alexander nicht um Freundschaft, es ging ihm auch nicht darum, eine wundersame Welt kennenzulernen oder gar eine bessere zu erschaffen. Nein, sie würde nicht zulassen, dass er Kjell als Mittel zum Zweck missbrauchte. Kaum war er zu ihnen gekommen, verstrickten sie ihn schon in ihr Netz aus Zukunftsplänen und Projekten. Henry war kaum besser, nur Ukulele stand nach wie vor auf ihrer Seite.

Fae öffnete die Tür, hielt das Gesicht in den Regen und atmete das wilde Aroma der Nacht ein. Eine Reise, auf die Kjell alle mitnahm, die zusehen wollten, ohne dass er selbst im Film auftauchte? Gut, darüber ließe sich reden. Der Gedanke zerging auf ihrer Zunge. Es mochte nur ein schaler Ersatz für die Möglichkeit sein, selbst mit dem Meer zu verschmelzen, aber es war ein Ersatz.

Fae schüttelte den Kopf. Nein, immer schön langsam. Zuallererst mussten sie Kjell Zeit geben, sich einzuleben. Sie besser kennenzulernen und Vertrauen aufzubauen. Alles andere kam danach, wenn überhaupt. Auch wenn die Aufnahmen auf den ersten Blick unverfänglich aussehen mochten, wie sollten sie erklären, dass sie etwas filmten, was kein Mensch zuvor gefilmt hatte? Wie sollten sie dauerhaft die Neugier kontrollieren, die solch außergewöhnliche Aufnahmen, wie Kjell sie ihnen ermöglichte, zwangsläufig auslösen würde?

Faes Gedanken wurden von eisigen Sturmböen fortgeweht. Der Wind fauchte in das Haus, wirbelte Blätter und Zeitungen durch das Wohnzimmer und riss ihr die Tür aus der Hand. Als es ihr endlich gelang, sie zu schließen, übermannte sie der altbekannte Schwindel.

Nein! Unmöglich!

Kjell hatte sie geheilt, der Tumor war verschwunden. Es war nur Einbildung, die ihr den Druck und die Schmerzen vorgaukelte. Das Gefühl der Benommenheit war ebenso wenig wirklich wie das taube Gefühl in ihren Händen. Fae lauschte in sich hinein. Sie blinzelte, kniff ein paar

Momente die Augen zusammen und öffnete sie wieder. Peitschender Regen ließ die Nacht verschwimmen, doch der Schwindel war verschwunden. Lediglich ein hauchfeines Pochen war noch spürbar, tief in ihrem Hinterkopf. Dort, wo der Tumor gesessen hatte.

Was, wenn ich nur durch Kjells Nähe gesund geworden bin und wieder krank werde, sobald er weg ist?

Fae stolperte weiter und hielt im finsteren Rauschen nach einer hellen Gestalt Ausschau. Vermutlich war er ins Meer verschwunden, dorthin, wo sie ihn nicht finden konnte. Und doch ging sie weiter. Nicht nur, weil sie ihn suchen wollte. Es war eine Form von Befreiung, in die stürmische Nacht hinauszulaufen. Fast blind, taub vom Lärmen des Unwetters, triefnass vom Regen, der wie Nadeln in ihre Haut stach.

Sie hätte sich besser eine Jacke oder einen Mantel übergezogen. Warum trug sie stattdessen Henrys dünnes, weißes Hemd?

Vielleicht, raunte eine Erkenntnis, *weil Kjell das Gleiche trägt? Du willst ihm so nah wie möglich sein. Gib's zu.*

Sein Name lag ihr auf der Zunge. Sie wollte ihn hinausschreien, ihn flüstern und hauchen und seufzen.

Kjell! Ich brauche dich.

Aber Fae taumelte stumm durch die Dunkelheit. Sie überließ sich ihrer Ahnung, folgte den Klippen bis zur Ruine von Angus' Haus und sah, dass niemand dort war. Keine helle Gestalt, die alten Erinnerungen nachhing. Die Arme fröstelnd um den Brustkorb geschlungen, kämpfte sie sich weiter voran. Allmählich wurde der Sturm zu stark, um gegen ihn anzukommen. Mit jedem Schritt, den sie vorwärtsging, schien er sie zwei zurück zu drücken.

Ich bin verrückt. Total verrückt.

Ja, verdammt. Na und?

Es war, als bewege sie sich durch einen Drogenrausch. Hatte Kjell ihr das eingepflanzt? War es ihre Angst vor der Krankheit, ihr Hunger nach Leben? Oder einfach nur ihre Sehnsucht nach ihm? Nach seinem fremdartigen Anblick, seinem Geruch, seiner Nähe …

Wäre ich so verrückt nach ihm, wenn er ein gewöhnlicher Mensch wäre?

Fae rang nach Luft. All ihre Sinne versagten, einer nach dem anderen. Es war zu laut, zu kalt, zu wild. Keuchend taumelte sie weiter, nicht nach Hause, sondern weiter … immer weiter.

In ihrem Kopf tobte Schmerz und Chaos.

Ein Lachen überwältigte sie. Fae ließ es hinaus und spürte, wie der Sturm jeden Laut von ihren Lippen riss.

Und dann sah sie es. Das helle, leuchtende Etwas dicht vor ihr. Es kauerte zwischen Grabsteinen, die tief im Sand einer Bucht eingebettet und so verwittert waren, dass ihre Ansammlung nicht mehr wie ein Friedhof aussah, sondern wie ein zufällig angespülter Haufen schiefer Steine.

Fae sank vor Kjell in die Knie, packte seine Schultern und sah ihm ins Gesicht. Verzweiflung verzerrte seine Züge. Tropfnass hingen ihm die Haare in die Augen, von seinen leicht geöffneten Lippen flossen Regenrinnsale. Er trug nur noch die schwarze Hose, die sie ihm zwischen die Felsen gelegt hatte, und so strömte der Regen frei und ungehindert über die Haut seines nackten Oberkörpers.

Haut, so leuchtend wie frisch gefallener Schnee.

Verwirrende Muster schimmerten darauf. Blausilbern und unwirklich. Sprenkel und Streifen, die vor ihren Augen flirrten und tanzten. Sie sah seine Finger, die sich in den Sand gruben. Dazwischen spannten sich kaum sichtbare Häute. Kjell schüttelte ihren Griff ab, beugte sich vornüber und rang hustend nach Luft.

„Was ist mit dir? Bitte rede mit mir!"

Eine Weile starrte er ins Leere, zusammengekrümmt und zitternd. Dann fuhr er plötzlich hoch, schloss sie abrupt in seine Arme und drückte sie an sich.

„Tut mir leid", keuchte er. „Tut mir leid."

Er zitterte am ganzen Körper. Was war ihm nur geschehen? Sie küsste seine nassen, angespannten Schultern, grub ihre Nägel in die zuckenden Muskeln seines Rückens und schmeckte die salzige Bitterkeit des Regens. Auslaufende Wellen umspülten die Steine und ihre Beine, ihr Schaum roch nach Fäulnis und Befreiung. Nach Tod und Leben.

Bitte, lass mich vergessen. Lass uns beide vergessen.

Sie wollte nur das Jetzt. Diesen Augenblick.

„Du solltest vorsichtiger sein", raunte er an ihren Lippen. „Du kennst mich nicht."

Fae hauchte Küsse auf seine Brust. Seine Haut war glatt und kalt, schmeckte nach Sturm und Meeresschaum. „Bist du etwa gekommen, um meine Seele zu nehmen? Oder um mich zu ertränken?"

„Vielleicht", presste er mühsam hervor, während ihre Lippen höher wanderten und seinen Hals liebkosten.

„Ah ja? Und warum hast du mir dann das Leben gerettet?“

„Weil nichts so schön ist wie deine Seele. Nichts so stark. So heiß. So berauschend.“

Fae verlor gänzlich die Kontrolle. Sie verschlang seine Lippen mit einem hemmungslosen Kuss, ließ ihre Hände über seinen nassen Körper gleiten und ertastete klaffende Schnitte über seinen Rippen. Zarte Auswüchse, beinahe wie nasse Federn, strichen über ihre Fingerspitzen. Kjell rang keuchend nach Luft.

„Tut es weh?“

„Nein“, raunte er zwischen zwei Küssen. „Oder doch? Hör nicht auf.“

Sie streichelte über die Kiemen und stellte sich vor, wie er damit atmete, wie sie sich im Meer öffneten und schlossen, um Sauerstoff aus dem Wasser zu filtern.

Zitternd glitten die Finger ihrer rechten Hand zu seiner Hose hinunter, während sie ihn mit der linken in den Sand drückte, zogen den Reißverschluss auf und streiften das störende Kleidungsstück über seine Beine. Fae ließ sich Zeit, obwohl ihr Blut schier unerträglich brannte, küsste jeden Quadratzentimeter entblößter Haut und die glatten, glänzenden Schuppen, die auf seinen Oberschenkeln wuchsen. Wellen schäumten um seinen nackten Körper, Regen trommelte auf ihren Rücken. Sie zerrte an ihren Kleidern, riss sie sich vom Leib und drückte sich an ihn.

Denke nicht. Fühle nur.

Einfach nur fühlen.

Kjell bäumte sich auf, als sie ihn in sich eindringen ließ. Beide Hände legte sie auf seine Brust, spürte die Anspannung seiner Muskeln und das Zittern, das seinen ganzen Körper beben ließ. Seine Finger gruben sich fest in ihre Hüften, drückten zu, immer heftiger, je tiefer sie ihn in sich aufnahm. Welle um Welle umfloss sie, während sie sich atemlos küssten, sich aneinanderpressten und ihre Finger ineinander verschlangen.

Kjell war nicht länger kalt. Er wurde warm, immer wärmer, bis der Regen und das Meerwasser auf seiner Haut zu dampfen begannen. Fae spürte das Vibrieren einer überirdischen Kraft, das auf ihren Körper überging und sie bis in die letzte Faser erfüllte.

Die pure, lebendige Macht der Schöpfung.

Als sie sich zur Seite kippen ließ, folgte er geschmeidig ihrer Bewegung, als wären sie zerschmolzen zu einem Wesen und handelten mit ein und demselben Gedanken. Jetzt lag er auf ihr, drückte sie in die schäumende Brandung und schob eine Hand unter ihren Po, um ihr Becken anzuheben. War es für ihn wirklich das erste Mal? Oh, er wusste genau, wie er sich bewegen musste. Mal sanft, mal unbeherrscht. Mal mit einem brutalen, befreienden Stoß, mal träge und kreisend. Konnte er ihre Gedanken lesen? Oder waren ihre Wünsche so offensichtlich?

Ihre Körper schienen aneinander zu kleben, als Kjell sie packte und emporhob. Jetzt saßen sie beide aufrecht, ihre Beine waren um seine Hüften geschlungen, seine Arme um ihre Schultern gelegt. Als sie sich in einem langsamen Rhythmus zu wiegen begannen, fühlte sich Fae zum ersten Mal in ihrem Leben vollkommen.

Ihr war, als sei sie ein Teil des Regens und ein Teil des Meeres, das sie umfloss. So wild und frei wie er, grenzenlos. Ungehemmt. Endlich sie selbst und befreit von allen Fesseln.

Kjell bäumte sich in ihrer Umarmung auf, sein erstickter Schrei vermischte sich mit ihrem. Ein köstliches Feuer brandete durch sie hindurch, Welle um Welle, und dann hörte sie von fern wieder diese Stimme. Dieses vertonte Sehnen, das wie aus unendlicher Tiefe zu ihr heraufdrang.

Komm nach Hause, Fae …

Wirklich nach Hause …

Ich warte auf dich, werde immer warten …

Ihre Sinne gingen im Rauschen des Wassers unter. Sie liebten sich mit solch fatalistischer Verzweiflung, dass ihr verschwommener Verstand völlig aufgab. Sie verschlangen sich ineinander, rollten sich herum wie Tiere. Kjells wilder Blick, in dem nichts Menschliches mehr war, bohrte sich in ihre Seele und verschlang sie mit wilder Gier. Furcht durchzuckte Fae, vereinte sich mit ihrer Lust und wurde zu einem Teil des wilden Strudels, der sie fortriss. Bruchstückhaft sah sie Bilder, als würde sie von außen her beobachten, was geschah. Zwei nackte Gestalten im Regen, die sich in einem orgiastischen Rausch wanden, die hemmungslos zuckten und stießen. Gierige Lippen an ihren Brüsten. Hände, die ihre nasse Haut liebkosten, pochende Härte zwischen ihren Schenkeln und erstickte Schreie. Ihre Körper rieben sich aneinander, bis sie sich in einem erneuten Krampf aufbäumten und erschlafften.

Plötzlich spürte sie wieder dieses eiskalte Feuer, das durch ihre Adern kroch, sie lähmen wollte und ihr jede Wärme aussaugte. Kjells Lippen berührten die ihren nur ganz leicht, und doch spürte sie einen heftigen Sog. Er stöhnte, bebte in ihren Armen und drückte sie in den Sand. Der

Sog wurde stärker, ließ ihren Körper gefrieren und jeden Gedanken in dunkler Schwärze vergehen, doch plötzlich ging ein wilder Ruck durch Kjells Körper. Er kippte zur Seite, stieß ein ersticktes Keuchen aus und rollte sich zusammen, als hätte ihn ein Schuss getroffen.

Benommen lag Fae im strudelnden Wasser, tastete nach seiner Hand und umfing sie.

„Habe ich dir wehgetan?", hörte sie es kaum hörbar flüstern. „Ich weiß nicht, was … es tut mir leid."

Sie schüttelte den Kopf und schmiegte sich an ihn. Vielleicht war es dumm, vielleicht würde es ein schlimmes Ende finden. Aber sie brauchte ihn. Auf eine tiefe, ursprüngliche und unkontrollierbare Weise. „Nein", raunte sie. „Es geht mir gut."

Lange lagen sie schweigend da, während der Sturm abflaute und die Wellen sich zurückzogen, bis sie nur noch den nassen Sand unter sich spürte.

Nach wie vor war Kjells Haut fast unmöglich heiß und hielt die Kälte der Nacht von ihr fern.

„Eure Welt ist traurig", flüsterte er wie im Schlaf. „Die Geister erzählen mir ihre Geschichten, und fast jede ist traurig."

„Geister?"

Denke nicht so viel nach, Fae. Sei der Moment!

Sie beugte sich vor und leckte salzige Tropfen von dem glatten Elfenbein seines Halses. „Du meinst Geister im Sinne von durchsichtigen Gestalten?"

„Ihr könnt sie nicht sehen." Kjell ergriff ihren Arm und zog ihn an seine Brust. „Aber sie sind hier und wittern das Licht in mir. Noch nie war ich so lange an Land. Nie lange genug, damit sie mich finden konnten."

„Moment mal … meinst du etwa …"

„Ja", beantwortete er ihre unausgesprochene Frage. „Sie ernähren sich von meinem Licht. Es macht sie lebendiger, aber es hält nie lange an. Ich kenne die verlorenen Seelen aus dem Meer, aber die Geister des Landes haben mich noch nie berührt. Sie sind stärker. Wütender und hungriger. Es ging alles so schnell. Ich war unaufmerksam, und auf einmal waren sie da. Viele von ihnen. Zu viele. Nein, keine Angst, an Menschen sind sie nicht interessiert. Euch können sie nichts tun, mir schon."

Sie schluckte schwer.

Nicht genug, dass Meereswesen in ihre Welt getreten waren. Nun musste sie auch noch an Geister glauben.

„Die Seelen Verstorbener haben dich angegriffen?“

Er nickte, drehte sich um und sah sie an. Sein Blick war gequält und zugleich erfüllt von einer Zärtlichkeit, die ihr den Atem nahm. Mit zittenden Fingern berührte er die Perlen ihres Armbands und strich darüber, als ginge eine ungeheure Faszination davon aus. „Ich konnte mich nicht mehr wehren. Sie waren überall um mich herum. Deswegen bin ich hier, und deswegen schlafe ich im Meer am liebsten im Wrack. Sie meiden Orte des Todes.“

„Sind sie jetzt hier? Hinter den Steinen?“

Er nickte und richtete seinen Blick in die Dunkelheit. Doch hinter den Steinen war nichts als rauschende Nacht.

„Kurz nachdem ich verwandelt wurde“, sagte Kjell, „traf ich auf den Geist eines Hundes. Es war das erste Mal, dass mir so ein Wesen begegnete. Er lebte schon seit vielen Jahrhunderten in einer Ruine, die einmal das Haus seines Herrn gewesen war. Nicht alle Geister sind böse und gierig. Manche sind einfach nur traurig.“

„Was ist mit dem Hund geschehen?“

„Du meinst, als er noch lebte? Er liebte seinen Herrn abgöttisch, wie es alle Hunde tun. Jeden Tag fuhr der Fischer auf das Meer hinaus. Morgens stand der Hund schon am Boot, ehe sein Herr wach wurde, und abends wartete er am Strand, wenn er zurückkehrte. Nachts schlief er vor dem Bett des Fischers, und als seine Frau starb, tröstete er ihn über die Einsamkeit hinweg. Alles war gut, bis Fremde zu dem Mann kamen. Auf einmal veränderte er sich. Immer seltener fuhr er zum Fischen hinaus, bis er eines Morgens das Boot zerschlug. Der Hund vertraute seinem Herrn trotzdem. Sogar dann noch, als er die Axt hob. Der Mann erschlug ihn, legte ihn in das zerstörte Boot und versenkte beide. Seitdem streunt der Geist des Hundes an dieser Küste herum. Er sucht seinen Herrn, weil er nicht begreifen kann, was mit ihm geschehen ist. Seit vielen Jahrzehnten wartet er jeden Morgen und jeden Abend am Strand.“

Die Traurigkeit der Geschichte legte sich wie ein Eisenband um ihr Herz. „Warum hat der das getan?“

„Ich weiß es nicht. Vielleicht hat man ihm ein besseres Leben angeboten. Es ist lange her, wir werden es nie erfahren.“

„Du sagtest, der Hund ist immer noch hier?“

„Er wird so lange hier sein, bis er verstanden hat, was passiert ist."

„Dann bist du jetzt hier gefangen, nicht wahr? Fallen die Geister über dich her, wenn du den Friedhof verlässt?"

Kjell sah sie auf eine Weise an, die ihr den Atem abschnürte. Denn plötzlich wusste sie, dass sie ihn gehen lassen musste. Heute Nacht, vielleicht für immer. Die Erkenntnis stürzte wie ein Steinschlag auf sie nieder.

„Ich muss fort", sprach er ihre Befürchtung aus.

„Fort?"

Eine Faust aus Eis rammte sich in ihren Magen und schnürte ihr die Kehle zu. Durfte es so wehtun? Sie kannte ihn doch kaum. Vor kurzem hatte sie noch nicht einmal gewusst, dass er existierte.

„Warum? Wann?"

„Heute Nacht. Und ich habe nicht vor, zurückzukommen."

Ein endlos langes Schweigen klaffte zwischen ihnen, in dem die Bedeutung seiner Worte nur tropfweise in ihr Gehirn gelangte.

„Warum sagst du das?", brachte sie endlich hervor. „Bedeutet dir das hier denn nichts? Bedeute ich dir nichts?"

„Fae …" Er senkte gequält den Blick. „Niemand hat mir je mehr bedeutet als du. Nichts hat mich je glücklicher gemacht als du."

„Warum willst du mich dann verlassen?"

„Du weißt, warum."

Ja, sie wusste es. Das Fremde. Die Gefahr, die in ihm lauerte. Ja, verflucht, aber sie war nicht bereit, ihn deshalb aufzugeben.

„Du kannst es kontrollieren, Kjell. Du warst im Hafen stärker, du warst vorhin stärker. Jeder hat eine Seite in sich, die er fürchtet. Auch jeder gewöhnliche Mensch. Unsere Aufgabe ist es, dagegen zu kämpfen und uns für die richtige Seite zu entscheiden."

„Das ist es ja." Kjell sah auf das finstere, aufgewühlte Meer hinaus. Sein Körper schimmerte in der Dunkelheit wie Elfenbein. Makellos, aber auch hart und kalt. Er war ebenso unnahbar wie die See, ebenso unberechenbar und unbegreiflich. Daran würde sich niemals etwas ändern.

„Das Wilde in mir", flüsterte er, „das Tier, das nach Seelen hungert … das ist es, was sich richtig anfühlt. Es ist meine wahre Natur. Ich spüre es, ich weiß es. Die Zeit, in der ich zur Hälfte menschlich war, ist vorbei. In den ersten Jahren nach meiner Verwandlung saht ihr völlig gewöhnlich für mich aus. An euch war nichts Besonderes. Aber irgendwann habt ihr euch verändert, oder besser gesagt: Ich veränderte mich. Eure Körper waren nicht länger nur aus Haut und Fleisch, sie strahlten auch ein Licht ab. Ein unsichtbares, aber spürbares Licht. Es ist warm und wunderschön, ganz gleich, ob ein Mensch gut oder grausam ist. Es ist eure Seele, die ich spüre. Eure Lebenskraft. Ich habe mich so oft gefragt, warum ich sie wahrnehme, und als ich dich am Hafen küsste, wusste ich auf einmal, warum."

Als Kjell schwieg, wehte wieder und wieder ein einziges Wort durch ihre Gedanken: Nahrung.

„Ich kann dir den Hunger nicht beschreiben", fuhr er langsam fort. „Es ist, als würde ich erfrieren, und du bist das Feuer, das mich rettet. Als ich dich berührte, konnte ich fühlen, wie deine Wärme in mich hineinfloss. Es fühlte sich so gut an. Besser als alles, was du dir vorstellen kannst. Es fühlte sich für einen Augenblick richtig an. Verstehst du? Als wäre es meine einzig wahre Natur, mich so von dir zu ernähren. Hätte ich dich länger berührt, wärst du erloschen. Ich hätte dir alle Wärme, alle Lebenskraft gestohlen. Vielleicht sogar deine Seele."

„Aber du hast es nicht getan. Du warst stärker."

„Weil es gerade erst beginnt, Fae."

„Nein!" Sie richtete sich auf und zog ihn mit sich. Ihre Finger krallten sich in seine Schultern. „Nein! Ich will beide Seiten von dir! Ich will dich! Das ist nicht nur deine Entscheidung, es ist auch meine. Wenn du auf das Meer hinausfährst, akzeptierst du nicht nur seine sanfte, stille Seite. Du fährst in dem Wissen hinaus, dass es wild und gefährlich ist, dass es dein Schiff verschlingen kann und unberechenbar ist. Aber gerade diese beiden Gegensätze machen das Meer aus. Gerade das lässt es uns lieben und weckt unsere Sehnsucht."

„Ich weiß." Er lehnte seine Stirn gegen ihre. „Aber ich muss trotzdem gehen."

„Warum?" Sie fuhr zurück und verpasste ihm einen wütenden Schlag gegen die Schulter. „Erst rettest du mich, verdrehst mir den Kopf, bescherst mir die schönsten Momente meines Lebens, machst mich überglücklich und sagst mir anschließend, dass du mich verlassen musst? Nachdem wir … nachdem wir das erste Mal … verdammt, vielen Dank auch. Dann hättest du mich auch sterben lassen können."

Kjell seufzte. Sein verzweifelter Blick ging ihr durch Mark und Bein. „Ich habe Angst um dich."

„Ach, hör auf damit. Immerzu diese Angst. Alle haben Angst vor irgendetwas, das meistens nie passiert. Die ganze Welt ist voll mit Angst. Wie viel vom Leben verpassen wir, weil wir Angst haben? Verschone mich damit. Denke an den Tag gestern. War daran irgendetwas falsch? Oder denke an das, was wir gerade getan haben. Würdest du nicht gerne mehr davon erleben?"

„Ja", gab er leise zu.

„Dann hör auf, Angst zu haben. Bitte! Lass es einfach zu."

Kjell seufzte erneut. Als er sie wieder ansah, war sein Blick traurig und warm zugleich. „Willst du wirklich, dass ich zurückkomme?"

„Ich will, dass du gar nicht erst fortgehst."

„Aber ich muss. Der Narwal braucht meine Hilfe."

„Was meinst du?"

„Gedanken und Töne werden im Meer sehr weit getragen. Deswegen sind wir zusammen, auch wenn wir getrennt sind. Seit einigen Tagen habe ich nichts mehr von ihm gespürt, aber vorhin, als wir uns den Film ansahen, nahm er plötzlich wieder Kontakt mit mir auf. Er will nicht mehr, dass ich komme. Er will, dass ich hier bleibe. Deswegen war ich zu abgelenkt, um die Geister zu spüren."

„Vielleicht weiß dein Freund, wie du fühlst. Deswegen will er nicht, dass du zu ihm kommst."

„Sicher weiß er es, aber darum geht es nicht. Er hat Angst, mich in Gefahr zu bringen. Ich spüre, dass etwas nicht stimmt. Der Wal ist uralt, was immer ihm Sorgen bereitet, muss so mächtig sein wie er. Oder mächtiger."

Fae nickte benommen. Ihr schwirrte der Kopf, Tränen brannten in ihren Augen. „Du solltest auf ihn hören. Der Narwal will dich beschützen. Er wird wissen, warum."

„Fae, ich muss ihm helfen. Er hat furchtbare Angst. Ich spüre sie, auch wenn er versucht, sie vor mir zu verbergen."

„Etwas, vor dem sich so ein altes Wesen fürchtet, kann auch dir schaden. Bitte bleibe hier. Bitte!"

„Ich kann nicht. Aber ich schwöre dir, dass ich zurückkomme."

Fae sah seinen unnachgiebigen, entschlossenen Blick – und verzweifelte daran. So zärtlich strich er über ihre Wange, dass das Elend ihr Herz zusammenpresste. Vielleicht gab er ihr diesen Schwur nur, um sie zu beruhigen. Was immer auf ihn wartete, es war gefährlich. Und selbst, wenn ihm nichts geschah: Er gehörte nicht zum Land. Seine Heimat war so unbezähmbar wie er selbst, und was waren ihre Gefühle gegen die Gewalt des Meeres? Sie kannten sich kaum, es war nur so kurze Zeit gewesen.

Und doch …

Fae schloss die Augen und atmete tief ein.

Und doch …

„Keine Angst." Er raunte es so schrecklich sanft an ihren Lippen. „Ich komme zurück. Das schwöre ich dir."

„Und was bedeutet ein Schwur in deiner Welt? Ich habe Angst um dich. Ich brauche dich." Sie wappnete sich für das, was sie zu sagen hatte. „Kann es sein, dass du mich nicht ganz geheilt hast?"

Er blickte verwirrt drein. „Wie meinst du das?"

„Vorhin habe ich es wieder gefühlt. In meinem Kopf. Ich glaube, dass ich nur gesund bin, wenn du bei mir bist. Es ist die Energie deines Lichts. Wenn du nicht bei mir bist, kommt die Krankheit wieder zurück."

Kjell schüttelte den Kopf. Die Sorge in seinem Blick war schlimmer als die Angst vor dem Tod und schlimmer als dieAngst, ihn zu verlieren.

„Es klingt wie ein Trick, um dich zum Bleiben zu zwingen." Fae löste sich von ihm und schlang die Arme um ihren Brustkorb. Obwohl sie Kjells Wärme nicht mehr spürte, war ihr nicht kalt. Bedeutete das, dass ihre Ahnung der Wahrheit entsprach? „Aber es ist keiner. Das musst du mir glauben."

Er umfasste ihren Kopf mit beiden Händen und schloss die Augen. „Du irrst dich. Ganz sicher irrst du dich. Ich würde den Tod fühlen. Ich habe ihn gespürt, als ich dich das erste Mal gesehen habe. Aber da ist nichts. Alles wird gut, Fae. Ich bin bald wieder bei dir. Gib mir ein paar Tage. Nicht länger. Ich muss wissen, wovor er sich fürchtet. Er war von Anfang an mein Freund."

„Gut." Sie stand auf und nickte. „Das verstehe ich. Wie habt ihr euch überhaupt kennengelernt?"

Zitternd griff sie nach ihrer nassen, sandverklebten Kleidung und schlüpfte hinein. Der Stoff fühlte sich Ekelhaft an. Tränen rollten ihr über die Wangen, ihre Finger waren kraftlos und taub. Als sie Kjells helfende Berührungen spürte und er behutsam ihr Hemd zuknöpfte, biss sie sich so fest auf die Zunge, dass sie den metallischen Geschmack von Blut wahrnahm.

Nicht weinen! Bloß nicht weinen! Er geht nur für ein paar Tage. So lange schaffe ich das schon. Das hier ist kein Weltuntergang.

Aber was, wenn ihm etwas passiert? Dann werde ich nie erfahren, warum er nicht zurückgekommen ist.

„Wir trafen uns das erste Mal hoch im Norden", erzählte er mit samtweicher Stimme. „Nur wenige Monate, nachdem ich verwandelt wurde. Er zeigte mir das Portal und teilte sein Wissen mit mir. Viel war es nicht, weil er alt und vergesslich geworden ist, aber es genügte."

„Narwale leben im Eismeer. Das Bermuda-Dreieck liegt viel zu weit südlich."

„Wir sind sehr anpassungsfähig." Er zog sie in seine Arme und küsste sie. So innig und leidenschaftlich wie zuvor, als sie sich geliebt hatten. Gott, sie brauchte ihn viel zu sehr, und egal wie oft sie sich sagte, dass ihre gemeinsame Zeit nur kurz gewesen war, so wenig half es gegen den Schmerz, den sie fühlte.

„Der Biss einer Seeschlange ist so zart", flüsterte er ihr ins Ohr, „dass du ihn nicht spürst. Es tut erst weh, wenn das Gift beginnt, dich zu töten."

Seine Worte rieselten wie Eissplitter über ihren Rücken. „Warum sagst du das?"

„Weil es mit der Liebe so ähnlich ist."

Kjell strich ihr noch einmal über das Haar, dann wandte er sich um und rannte davon. Die Nacht hüllte ihn ein, verwandelte ihn in einen silbrigen Schemen, der anmutig ins Wasser sprang und unter den Wellen verschwand.

Lange sah Fae ihm nicht nach, weil ihre Vernunft sonst vor dem Verlangen kapituliert hätte, ihm zu folgen. Erschöpft schleppte sie sich zurück zum Haus und fokussierte ihre Sinne auf das Gefühl, das noch immer in ihr glühte.

Die ziehende Sehnsucht und ein angenehmer Schmerz als Nachhall ihrer Vereinigung. Für kurze Momente war sie ungetrübt glücklich gewesen, und wieder hielt das Schicksal die Hand auf, um den Preis dafür zu kassieren. Inzwischen kroch die Kälte über ihre Haut, aber sie fühlte sie nicht so deutlich, wie es hätte sein müssen. Je intensiver Fae in sich hineinhorchte, umso stärker spürte sie die Präsenz der überwunden geglaubten Krankheit.

Nein! Nicht daran denken. Und schon gar nicht danach suchen.

All das war nur Einbildung, weil sie daran gewöhnt war, sich krank zu fühlen. Heilung war Heilung, es hatte nichts damit zu tun, wie nah oder fern er ihr war. Und doch fühlte es sich falsch an, allein zum Haus zurückzukehren. Ihre Hand zuckte, weil sie neben sich greifen und seine Finger umfassen wollte. In ihrer Kehle hingen Worte fest, die sie ihm so gerne sagen wollte und es nicht konnte, weil neben ihr nur Dunkelheit war.

Komm auf den Teppich, Fae.

Du wirst doch wohl ein paar Tage ohne ihn aushalten.

Lichtkegel zuckten vor ihr durch die Finsternis. Einer davon streifte sie. Ehe Alexanders Arme sie packten, fragte Fae sich einen Augenblick lang, ob es vielleicht Geister seien, die auf sie zukamen. Hungrige Seelen, ruhelose Wanderer. Ein klammes Gefühl überwältigte sie. Was das älteste Wesen der Meere dazu brachte, sich zu fürchten, konnte auch Kjell etwas antun. Was, wenn jemand herausgefunden hatte, welches Geheimnis den Wal und ihn umgab? Jemand, der schwerer zu besiegen war als körperlose Geister und nicht vor Orten des Todes zurückschreckte?

Fae starrte in die Dunkelheit hinaus. Nichts war zu sehen, und doch war die Nacht voll von Wesen, die für sie unsichtbar blieben.

„Geht es dir gut?“ Alexander nahm ihr Gesicht zwischen beide Hände und zwang sie, ihn anzusehen. „Was machst du nur, du dummes Ding? Wo ist Kjell?“

„Weg“, flüsterte sie matt.

„Warum?“, fragte Ukulele. „Lag es an uns?“

Fae schüttelte den Kopf. „Er kommt wieder. Das hat er mir versprochen.“

„Oh“, Ukulele grinste. „Er ist also in Meeresdingen unterwegs.“

Fae entwand sich Alexanders Griff, stapfte wortlos zum Haus zurück und ging hoch in ihr Zimmer. Die nassen Kleider warf sie in die Waschmaschine, tauschte sie gegen einen blauen Fleecepullover und eine schwarze Jogginghose aus, ging wieder ins Wohnzimmer hinunter und warf sich auf das Sofa. Nein, sie wollte nicht allein sein. Selbst wenn das bedeutete, mit Fragen gelöchert zu werden. Kaum hatte sie sich zwischen die Kissen gekuschelt, kam Rembrandt aus irgendeiner Ecke herbei und sprang auf ihren Bauch. Schnurrend rollte sich der Kater ein, zog Beine und Schwanz an seinen Körper und bildete eine perfekte, vibrierende Kugel.

„Soll ich eine Geschichte vorlesen?“ Ukulele nahm das Buch vom Tisch und ließ sich in den Sessel am Kamin plumpsen. Himmelherrgott, sie hätte ihn für dieses winzige Stück Aufmunterung küssen können, auch wenn es vermutlich das falsche Buch war, um jemanden von düsteren Gedanken abzulenken.

„Unbedingt.“ Fae schenkte ihm ein dankbares Lächeln und ließ sich vom warmen Katzenleib trösten. Immer wieder wanderten ihre Finger zum Armband und strichen über die kleinen Perlen, als könnte sie Kjell auf diese Weise zurückbeschwören.

Es half nichts, sich selbst daran zu erinnern, dass sie vor wenigen Tagen noch allein gewesen war und jahrelang keinen Mann vermisst hatte. Ihr Herz schien vom Gehirn abgekapselt zu sein, ihre Körperchemie spielte verrückt.

Möglicherweise lagen all jene, die Liebe als eine Krankheit bezeichneten, gar nicht so falsch. Sie fühlte sich krank. Als wäre irgendetwas aus ihr herausgerissen worden.

Liebe? Herausgerissen? Himmelherrgott, ich dramatisiere!

Alexander entfachte das Feuer im Kamin. Er und Henry setzten sich in die Sessel, schlugen die Beine übereinander und verschränkten die Arme vor der Brust. Synchron wie zwei gleichgeschaltete Körper. Zum zweiten Mal innerhalb kurzer Zeit empfand sie das Gefühl, Alexander sei ihr fremd geworden. Sie gingen seit jeher verschiedene Wege, aber bisher waren diese Wege immer parallel und dicht nebeneinander verlaufen. Jetzt begannen sie sich zu trennen.

„Dramaqueen“, murmelte Fae, zog ihre Decke bis zur Nase hoch und versuchte, abzuschalten. Ukulele begann mit sanfter Stimme vorzulesen:

„Vor langer Zeit lebte nahe der Küste ein Müller, dessen Wehr bereits zweimal vom wilden Fluss zerstört worden war. Ein drittes Mal wollte er nicht verlieren, also besprach er sich mit einem Baumeister und fragte ihn, was zu tun sei, damit das Wehr den Fluten standhielt.

Der Baumeister erklärte, er müsse einen Menschen mit unschuldiger Seele opfern. Nur dessen Reinheit sei stärker als alle Mächte der Natur. ‚Kauft heimlich ein Kind, das noch an der Mutterbrust trinkt‘, riet ihm der gewissenlose Mann. ‚Vermauert es lebend, und euer Wehr wird unzerstörbar sein!‘

Lange sträubte sich der Müller gegen diesen schrecklichen Plan, doch er brauchte ein neues Wehr, denn seine Familie wollte ernährt werden.

Schließlich schob er alle Bedenken beiseite und begann, nach einem passenden Opfer zu suchen. Schnell wurde er fündig, denn die Zeiten waren schlecht und viele Menschen litten Hunger. Er fand eine junge Mutter, die nicht wusste, wie sie ihr neugeborenes Kind ernähren sollte. Er kaufte ihr den Säugling ab und übergab das Kind dem Baumeister, der das wimmernde Mädchen unter dunklen Beschwörungsformeln einmauerte. Niemand erfuhr je von der schrecklichen Tat, und tatsächlich war das neue Wehr, gebaut auf dem toten Kind, durch keine Macht zu zerstören. Fluten und Unwetter kamen, doch das Mauerwerk hielt stand.

So vergingen zwanzig Jahre. Der Müller hatte sein Auskommen, seine Familie wuchs und gedieh. Doch Nacht für Nacht glaubte er, das Wimmern des neugeborenen Mädchens zu hören, dessen Knochen unter seinem Wehr lagen.

Eines Tages kam die Frau, die seinerzeit ihr Kind verkauft hatte, in die Nähe der Mühle. Sogleich begann das Wasser des Flusses zu brodeln und zu schäumen. Es riss das Wehr mit sich fort, unterspülte die Mühle und zerstörte sie. Der Müller und seine Familie fanden einen kalten, nassen Tod. Auch die Mutter, die ihr Kind geopfert hatte, wurde von den Wellen mitgerissen. Und während alles unter furchtbarem Getöse fortgespült wurde, tauchte aus den Fluten eine wunderschöne Nixe auf. Während ihres letzten Atemzuges erkannte die Mutter ihr Mädchen wieder, obwohl es inzwischen zu einer herrlichen Jungfrau mit langem, wallendem Haar herangewachsen war und statt ihrer Beine einen prächtigen Fischschwanz besaß. Tage später fanden zwei Jungen aus dem Dorf die Mutter tot im Schilf des Flusses. In ihren Armen lag ein kleines, bleiches Skelett. Man begrub beide am Flussufer unter einer alten Trauerweide, und bis heute, so erzählt man sich, erklingt nachts die liebliche Stimme der Mutter, die ihr Kind in den Schlaf singt."

Ukulele warf das Buch mit einem entrüsteten Stöhnen auf den Tisch. „Eine Geschichte ist deprimierender als die andere. Auf den Scheiterhaufen mit diesem Ding."

Fae gähnte. Langsam teilte sie den Pelz des Katers mit ihren Fingern und malte sich aus, es sei Kjells Haar.

„Ich finde sie nicht deprimierend", nuschelte sie. „Es ist alles gut geendet."

„Gut geendet?" Alexander schnaubte. „Alle sind tot. Die Mutter, ihr Kind, der Fischer und seine Familie."

Fae zuckte mit den Schultern. Ihr war, als läge noch immer Kjells Geschmack auf ihrer Zunge. „Das wird man früh genug auch von uns sagen. Wir sind alle Staub im Wind."

„Sokrates?", überlegte Henry. „Chrysippos? Demokrit? Platon?"

„Pilates?" Ukulele rieb sich mit zwei Fingern das Kinn.

„Hör auf mit diesem Gerede, Fae." Ihr Bruder spielte eine Spur zu hektisch mit einer seiner Dreadlocks und blickte zum Fenster hinüber, hinter dem eine funkelnde Wand aus Regen herunterrauschte. „Du bist wieder gesund."

„Das meinte ich nicht. Wir sind alle sterblich. Bis auf Kjell möglicherweise."

„Hat er gesagt, wohin er will?", fragte Ukulele.

„In den Norden. Ziemlich weit in den Norden, glaube ich."

„Was will er da?", brummte Henry. „Sich Fettreserven anfressen?"

Alexander ließ seine perlenverzierten Dreadlocks gegeneinanderklappern. „Er wird schon seinen Grund haben. Die Kamera kommt erst in ein paar Tagen, und bei dem Wetter können wir es sowieso vergessen."

Du denkst nur an deinen dämlichen Film, schleuderte Fae ihm in Gedanken entgegen. Du willst endlich Geld und Ruhm einstreichen. Sie zog die Decke noch ein Stück höher. Rembrandt stand auf, gab ein leises Miauen von sich, drehte sich zweimal um die eigene Achse und nahm wieder seine Kugelposition ein.

„Angenommen", mutmaßte Ukulele, „unser Freund würde in der Arktis leben. Dann müsste er so fett werden wie ich. Eine isolierende Fettschicht ist unabdingbar. Fae, bete darum, dass er wirklich zurückkommt. Sonst geht dein Lieblingsfisch auf wie ein Hefekuchen."

„Kjell sind irdische Naturgesetze egal." Sie lugte unter ihrer Decke hervor. „Für ihn gelten andere Regeln. Er hat auch noch seine Haare, obwohl sie unter Wasser nutzlos bis hinderlich sind."

„Vielleicht ist er noch nicht lange genug so, wie er ist." Ukulele versuchte händeringend, sie aufzumuntern. Zu Faes Überraschung funktionierte sein Plan sogar. „Gut möglich, dass er sie erst noch verliert. Vielleicht befindet sich sein Körper noch immer in der Anpassungsphase. Pass auf, er wird kahlköpfig und fett zu dir zurückkehren."

„Wenn er dick wird, dann nur wegen der Pralinen und dem Kakao mit Sahne. Das ist keine artgerechet Ernährung."

„Genausowenig wie Gewürztee mit Rum", stichelte Alexander.

„Touché, Bruderherz."

„Wenn es länger dauert, schiebe nicht gleich Panik, Schwesterherz. Ich wette, draußen im Meer verfliegen Wochen wie Stunden."

„Danke. Das ist sehr aufmunternd."

„Ist das nicht unglaublich?", schwärmte Ukulele. „Da draußen kocht das Meer, es ist stockfinstere Nacht, es regnet wie aus Eimern. Und unser Freund schwimmt quer durch den Ozean." Er hob seinen Arm. Im flackernden Feuerschein sah Fae, wie sich die Härchen auf seiner schokoladenbraunen Haut sträubten.

„Ich weiß", seufzte sie. „Das ist eine himmelschreiende Ungerechtigkeit."

„Da sagst du was", grummelte Henry, während Ukulele mit theatralischer Grimasse die Arme rang. „Wenn ich daran denke, welch ein Brimborium wir vor jedem Tauchgang veranstalten, und er rennt einfach nach draußen und interessiert sich einen Dreck für Dekotabellen und Nullzeit."

„Nicht ganz", gab Ukulele zu bedenken. „Meeressäuger können genauso wie wir an der Dekompressionskrankheit sterben. Weißt du noch letztens, das Militärmanöver? Sie benutzten dieses starke Sonar, und ein paar Stunden später war die Küste voller gestrandeter Wale. Sie sind in Panik geraten, tauchten zu schnell auf und verreckten genauso elendig, wie wir verrecken würden."

„Verbieten sollte man so was", knurrte Henry. „Das ist, als würde ein Delfin an Land kommen, uns Menschen einen Baseballschläger über den Schädel ziehen und wieder ins Wasser gehen."

Fae kraulte den Kater, presste beide Füße eng aneinander und bewegte sie gleichmäßig hin und her, als besäße sie eine große Flosse, die sie im Wasser vorantrieb. Über ihre Träumereien glitt sie schließlich in den Schlaf hinüber, der tief und traumlos war, und als sie langsam daraus zurückkehrte, graute bereits der Morgen. Rembrandt lag noch immer zusammengerollt auf ihrem Bauch. Sein weißes Fell schimmerte und erinnerte sie an Kjells nackten Körper, umschäumt von der Brandung, den sie mit Blicken verschlungen hatte.

Hinter dem Fenster zeigte sich ein Fetzen blauer Himmel. Doch noch während sie unter ihrer Decke hervorblinzelte, zog wieder die Dunkelheit eines stürmischen Regentages herauf. Fae kochte sich eine Kanne Dattelhonigtee, stellte ihren Laptop und eine Pralinenschachtel auf den

Tisch und kuschelte sich wieder in ihre Decke. Ein neuer Sturm tobte, der Regen peitschte gegen die Fenster und erfüllte das Haus mit seinem Prasseln und Rauschen.

Fae wärmte sich die Hände an der heißen Teetasse, schaltete den Laptop an und schrieb. Stunde um Stunde. Neunzehn Seiten bis zum Abend, die sie während der Nacht überarbeitete. Rembrandt blieb treu an ihrer Seite, rollte sich mal auf dem Tisch zusammen, mal auf der Tastatur des Laptops, sobald sie ihn einen Augenblick lang unbeobachtet ließ. Hin und wieder kletterte er auf ihre Schultern und schmiegte sich wie ein dicker, schnurrender Schal um ihren Hals. Ein anderes Mal wärmte er ihre Füße, indem er sich darüberlegte.

So verging Tag um Tag. Sie schrieb, Alexander und Henry arbeiteten fast ohne Unterbrechung im Technikraum, Ukulele probierte in der Küche eine neue Form des Kochens aus. Keine hawaiianischen Spezialitäten, sondern deftige Hausmannskost, die Fae mit so viel Hunger verspeiste, dass ihre ausgemergelte Gestalt innerhalb einer Woche deutliche Rundungen zeigte. Das Schreiben lenkte ab, das Essen lenkte ab.

Kjell hatte sie geheilt. Daran musste sie glauben, und um sich selbst davon zu überzeugen, dass er ihr eine Zukunft geschenkt hatte, begann sie, ihr Leben mit Plänen und Träumen zu füllen. In ein paar Tagen, wenn die Stürme nachließen, würde er zurückkehren. Dessen war sie sich sicher.

Alexanders neue Kamera wartete im Technikraum auf ihren Einsatz, die Pläne für die nächsten Tauchgänge waren erstellt. Und überall erschien darin ihr Name.

Wenn Fae nicht schrieb, starrte sie gedankenverloren aus dem Fenster und dachte an das, was sie erlebt hatte. Diese magischen, unfassbaren Momente, die mit jedem verstreichenden Tag unwirklicher wurden.

Existierte Kjell wirklich, oder verschwand er langsam im Nebel ihrer Fantasie? Wenn noch mehr Zeit verging, würde sie irgendwann glauben, es hätte ihn nie gegeben.

Eine weitere Woche verging, ohne dass er zurückkehrte. Die Stürme legten sich, aber an ihrer Stelle legte sich eine graue Decke über das Land und das Meer, schien alles Leben in Stillstand zu versetzen und erstickte Faes Zuversicht. Die Möwenschreie klangen hoffnungslos, dichter Nebel umgab das Haus und gab ihr das Gefühl, nichts dort draußen sei Wirklichkeit.

Eines Abends aß Fae eine scharfe Gulaschsuppe und nahm nur einen Hauch von Geschmack wahr. Am Morgen darauf litt sie unter leichten, aber hartnäckigen Kopfschmerzen, die Alexander und Henry lapidar als Dauerkater bezeichneten und es auf die feuchte, kalte Witterung schoben. Nicht, weil sie wirklich daran glaubten, sondern um über ihre eigene Angst hinwegzutäuschen.

Als Fae am zweiten Abend einen gut gewürzten Rollbraten mit Gemüse aß, ohne auch nur die geringste Spur von Geschmack wahrzunehmen, wusste sie, dass es keine Wetterfühligkeit gewesen war.

Der Tumor wuchs erneut. Schneller als je zuvor.

Einen Tag darauf versagte ihr Geruchssinn, nur wenige Stunden später verlor sie jedes Gefühl in den Fingerspitzen und schwindelte, sobald sie versuchte, aufzustehen.

Es tat diesmal nicht weh, abgesehen von den leichten Kopfschmerzen. Stattdessen fühlte es sich an, als verlösche sie mit jedem Atemzug ein wenig mehr. Still und leise. Ohne das Geringste dagegen tun zu können.

Ihr Bruder und seine Freunde wurden hilflose Zeugen eines zeitrafferartigen Verfalls.

„Elender Betrüger", fluchte Alexander, während Fae auf dem Sofa lag und zu schlafen versuchte. „Ich sagte doch, dass er uns an der Nase herumführt. Es geht ihr schlechter als je zuvor. Ich wette, er ist daran schuld."

„Nein!" Fae stemmte sich hoch und starrte ihren Bruder aufgebracht an. „So war es nicht."

„Ach nein?" Alexander war nicht mehr wiederzuerkennen. Wirr und zerzaust hingen die Dreadlocks in sein ausgezehrtes Gesicht. In seinen Augen erkannte sie die völlige Abwesenheit von Hoffnung, was schlimmer schmerzte als ein Schlag in den Magen. Seine sonst fröhlichen, farbenfrohen Ethnohemden waren einem schwarzen Rollkragenpullover gewichen. „Woher willst du das wissen? Du kennst ihn doch gar nicht. Glaubst du wirklich, dass das zwischen euch etwas Ernstes war? Komm schon, Fae. Du bist auf sein hübsches Gesicht hereingefallen, und er hat sich an dir gütlich getan. Sieh es ein! Er hat dir nichts gegeben. Er hat dir etwas genommen und uns alle nach Strich und Faden belogen."

„Nein!" Fae rappelte sich vom Sofa auf, streckte schwankend die Arme aus und schrie auf vor Wut, als ihre Beine kraftlos zusammenknickten. Ukulele und Alexander wollten ihr aufhelfen, aber sie hielt beide mit einer abwehrenden Geste auf Abstand. „Solange er bei mir war, ging es mir gut. Ich weiß, was ich gefühlt habe. Hör auf, mich wie ein Kind zu behandeln. Und hör auf, aus Kjell ein Monster zu machen."

„Was ist er?", schnaubte ihr Bruder. „Eine Sirene? Eine männliche Meerjungfrau? Beide Spezies sind nicht für ihre blütenreinen Absichten bekannt. Du liest doch so gerne, Fae. Was tun Sirenen? Wofür nutzen Meerjungfrauen ihre schönen Stimmen? Hast du schon mal darüber nachgedacht? Natürlich hast du. Ich habe dein Gesicht gesehen, als du in diesem Buch mit den Meerjungfrauenbildern herumgeblättert hast."

Fae schüttelte nur den Kopf. „Ich glaube an Kjell. Ich liebe ihn und ich vertraue ihm."

„Aus dir sprechen die Hormone. Sie vernebeln deinen Verstand."

„Du musst es ja wissen." Mühsam stemmte sie sich hoch, schaffte es diesmal, stehen zu bleiben, und tat einen vorsichtigen Schritt auf die Tür zu. „Wisst ihr, was ich glaube? Ich bin nur so lange gesund, wie er bei mir ist. Es ist seine Energie. Sein Licht. Ihr habt es doch auch gefühlt."

„Ja." Ukulele nickte. „Das stimmt."

Fae warf dem Hawaiianer ein dankbares Lächeln zu. Wenigstens er hielt zu ihr und verurteilte Kjell nicht blindlings. „An dem Abend, als er weggelaufen ist, habe ich es sofort gespürt. Mir fehlte etwas. Ich fühlte mich schwach und müde. Er hat euch doch von der Seele erzählt. Von dem Licht, das ihn verwandelt hat. Nun, diese Energie ist reine Lebenskraft. Er strahlt sie aus, er gibt sie an unsere Körper und Seelen ab. In Kjells Nähe habe ich mich so gut gefühlt wie nie zuvor in meinem Leben. Nicht einmal, als ich noch gesund war."

„Das kann ich bestätigen", kam es von Henry, der zerzaust wie immer im Sessel hockte und sich an einer Kaffeetasse festhielt. „Mir ging es genauso. Seit Kjell verschwunden ist, ist mein Energiepegel merklich gesunken."

„Ich habe euch nie davon erzählt", kam es von Ukulele, „aber seit Monaten plagen mich starke Schulterschmerzen. Ich müsste operiert werden, aber das kam für mich nicht in Frage. Ich weiß, was ihr sagen wollt. Aber neben dieser Zeitsache kommt erschwerend hinzu, dass ich Panik vor Krankenhäusern habe. Wisst ihr, wie oft sie bei meinen Armen zustechen müssen, bevor sie ihre verdammten Nadeln platzieren können? Aber als Kjell zu uns kam, hörten die Schmerzen auf. Sie verschwanden einfach. Ich brauchte keine Pillen mehr. Erst wieder, als er verschwand."

Alexanders Blick huschte zwischen Ukulele und ihr hin und her. „Die Schmerzen sind wieder da? So wie Faes Tumor zurückgekommen ist?"

Ukulele nickte.

„Verdammt."

„Er muss zurückkommen", befand der Hawaiianer. „So einfach ist das. Ich kann Pillen nehmen, aber Fae stirbt, wenn Kjell noch länger wegbleibt."

Alexander war mit zwei Schritten bei ihr und packte sie bei den Schultern. „Wohin ist er geschwommen? Er muss doch irgendwas gesagt haben? Denk nach, Fae!"

„Ich weiß nur, dass er in Richtung Norden wollte."

„Norden … Norden." Alexander raufte seine Dreadlocks, dass die Holzperlen nur so klapperten. „Norden nützt mir nichts. Kannst du ihn nicht rufen? Ihm irgendwie vermitteln, dass du ihn dringend brauchst."

„Das versuche ich schon die ganze Zeit."

„Dann gibt es nur eine Erklärung, so leid es mir tut. Er hat nur mit uns gespielt. Ein paar Tage dienten wir ihm als Zeitvertreib, und jetzt hat er genug von uns. Es ist ihm völlig egal, ob Fae stirbt oder Ukulele wieder Schmerzen hat."

„Nein!" Erneut spürte sie, wie die Wut ihr zu Kopf stieg. Es verlieh ihr Kraft. Eine hässliche Form von Kraft, aber sie genügte. „Das ist nicht wahr. Er würde mich nie im Stich lassen."

„Ach ja? Warum ist er dann nicht hier, um dich zu heilen?"

Sie schwankte, glaubte das Bewusstsein zu verlieren, doch plötzlich begann sie wie von selbst zu rennen. Mit einer Kraft, die sie sich in ihrem Zustand niemals zugetraut hatte, riss sie die Tür auf, warf sie wieder ins Schloss und stolperte durch den Nebel. Wohin, war egal.

Nur weg. Einfach weg.

Hinein ins Grau. Irgendwohin.

Weit kam sie nicht. An einem Felsen sackte sie auf die Knie, kippte gegen den kalten Stein und weinte. Der Wind ließ die Tränen auf ihren Wangen gefrieren. Fae spürte es nicht, aber sie sah die zarte Kruste auf ihren Fingerspitzen, als sie ihre Haut berührt hatte. Würde jetzt einfach alles vorbei sein? War alle Hoffnung vergebens gewesen? Damals hatte sie schon losgelassen, es wäre vielleicht sogar einfach gewesen. Aber zu sterben, nachdem man geglaubt hatte, ein neues Leben geschenkt bekommen zu haben, war noch schrecklicher als ihr altes Schicksal.

Was, wenn Alexander recht hatte?

Fae drückte ihre Stirn gegen den schroffen Fels, so fest, dass es sich anfühlte, als platze ihre Haut unter dem Druck auf. Gleichgültig. Nichts spielte mehr eine Rolle. Der Schmerz, der sich all die Tage zurückgehalten hatte, kehrte mit voller Wucht zurück. Er hämmerte in ihrem Schädel, als wolle er ihn von innen heraus sprengen. Es ging so schnell, es breitete sich aus, lähmte und betäubte sie. Die vermeintliche Rettung hatte alles nur verschlimmert.

Kjell! Hörst du mich? Sag mir, dass Alexander lügt!

Fae spürte ihre Sinne schwinden. Sie konnte nichts dagegen tun, glaubte in der Ferne die Stimme ihres Bruders zu hören, öffnete den Mund und hörte statt eines Hilfeschreis nur ein Seufzen. Alles wurde schwerelos und taub. Aber irgendwie schaffte sie es, weiterzulaufen. Weiter und weiter. Die Nacht schritt fort. Sie ging in die Knie, kämpfte sich wieder hoch, stolperte weiter.

Mach schon … hör auf … lass dich einfach fallen.

Kjell! Bitte! Wo bist du?

Irgendwann gab Fae auf. Wieder an einen Felsen gelehnt, hörte sie das lauter werdende Rauschen des Windes und das Rumoren der Wellen. Alles klang fern und zugleich nah, unwirklich und messerscharf.

„Fae …"

Nein, nicht Alexanders Stimme. Sie öffnete die Augen einen Spalt weit, oder glaubte wenigstens, es zu tun. Selbst die winzigste Bewegung glich einem Gewaltakt. Wie eh und je rollten die Wellen an den Strand, umspülten algenüberwucherte Felsen und Teppiche angespülten Tangs.

Etwas Helles lag unmittelbar vor ihr, keine fünf Schritt entfernt. Etwas, das aussah wie ein Körper. Blass und zitternd, zusammengerollt wie ein Embryo.

„Fae … es …" Die Stimme war so leise, dass sie sie kaum verstand. „Tut mir leid. Ich … konnte nicht … endlich …"

Nein! Es war nicht Kjell.

Sie bildete es sich nur ein. Sie träumte, sie halluzinierte. Denn etwas an seinem Körper stimmte nicht. Er war nicht strahlend hell, sondern grau.

Wie eine Leiche.

Klaffende Wunden bedeckten seine Haut. Überall. Aber es floss kein Blut. Sein Fleisch war so farblos wie seine Haut und sein Haar.

Er kann es nicht sein. Nein!

„Ich bin…zurückgekommen. Seit gestern Abend… hier. Hast du… nicht gehört?"

Seine Hände verkrampften sich, die Finger mit den scharfen Nägeln gruben sich zitternd in den Sand. Und plötzlich begriff sie.

Seit gestern Abend? Oh nein!

Bitte, bitte nicht!

Fae wusste nicht, wie sie auf die Beine gekommen war, und sie wusste nicht, wie sie die Schritte zu ihm hin bewältigt hatte. Es schien nur die Dauer eines Herzschlags vergangen zu sein, bis sie neben ihm kniete.

„Nein! Nein, bitte nicht."

Ihre Hände tasteten über seinen zerstörten Körper. Großer Gott, was war mit ihm geschehen? Es gab kaum eine Stelle, an der die Haut nicht aufgerissen war. Ausgefranste Schnitte klafften auf Beinen, Armen und Brust, unterhalb der Rippen sah sie einen Stich mit glatten Rändern, wie von einer Messerklinge. Transparente kleine Wesen klebten in den Wunden, längst tot und erloschen, aber Fae wusste, dass es die Lichtwesen waren.

Es hat nicht genügt. Es war zu wenig gewesen.

„Alexander!", schrie Fae. „Ukulele! Henry!"

„Wo bist du?", kam es aus dem Nebel zurück.

„Hier drüben. Bei den Felsen. Kommt schnell!"

„Fae, bist du verrückt geworden? Was machst du hier draußen?"

Unendlich lange schien es zu dauern, bis die vertrauten Schatten aus dem grauen Nichts auftauchten. Fae beugte sich über Kjell und küsste seine eiskalten Lippen. Seine Augen waren geschlossen, aber sie wusste, dass er ihre Gegenwart spürte. Nein, er war nicht bewusstlos, sondern gefangen in unerträglichen Schmerzen. Jeder Muskel seines Körpers war verkrampft. Unter ihren Händen fühlte er sich an wie kalter, toter Stein.

Seit gestern Abend. So viele Stunden! Warum habe ich ihn nicht gespürt? Warum habe ich ihn so lange allein gelassen?

„Scheiße!" Alexander ließ seine Taschenlampe fallen. „Was um Himmels willen ist passiert?"

„Ich weiß es nicht. Bitte helft ihm. Schnell."

Ukulele und Henry zögerten keine Sekunde. Während Alexander reglos dastand, Augen und Mund vor Entsetzen aufgerissen, knieten sich die beiden Männer neben Kjell und betasteten die Verletzungen.

„Nicht gut." Der Hawaiianer wurde blass. „Überhaupt nicht gut. Fühlst du einen Puls?"

„Kaum." Henry drückte mit Zeige- und Mittelfinger in Kjells Hals. „Er ist so gut wie tot. Dass er überhaupt noch lebt, ist ein Wunder."

„Nein!" Fae zog sich an ihrem Bruder hoch und hielt sich an ihm fest. „Wir bringen ihn zum Haus. Los!"

Ukulele hob Kjell wortlos auf seine Arme und trug ihn über den Strand. Fae wollte ihm folgen, doch ihre Beine knickten nach zwei Schritten einfach ein. Sie wäre in den Sand gesunken, hätte Alexander sie nicht aufgefangen und hochgehoben. Kraftlos schlang sie ihre Arme um seinen Hals und spürte das raue Kitzeln der Dreadlocks.

„Er darf nicht sterben. Bitte helft ihm."

„Wir tun, was wir können, aber es sieht nicht gut aus. Ein Mensch wäre an solchen Verletzungen längst gestorben."

Fae schluchzte auf. Ihre Kehle bestand aus rohem Fleisch. „Versprecht mir, dass ihr ihn nicht in ein Krankenhaus bringt. Genauso wenig wie mich."

„Fae …"

„Schwöre es mir. Egal was passiert, ihr bringt uns zu keinem Arzt. Ich würde nur … in irgendeinem Klinikzimmer verrecken, und Kjell … sie würden ihn für den Rest seines Lebens einsperren."

Heiser schluchzte sie vor sich hin und klammerte sich an ihrem Bruder fest.

„Schschsch …" Alexander wiegte sie wie ein Kind, während er sie weitertrug. So lang war der Weg. Strand um Strand, dann der Weg entlang der Klippen. Wie hatte sie es so weit schaffen können? „Wir passen auf euch auf. Keine Sorge."

„Oh Alex! Er lag schon seit gestern Abend hier. Ich habe ihn nicht gehört. Die ganze Zeit war er alleine! Warum ist er nicht an unseren Strand gekommen?"

„Ich denke, er hat das Bewusstsein verloren. Die Strömung wird ihn in die Bucht getrieben haben."

„Warum habe ich ihn nicht gehört?"

Fae weinte, bis keine Tränen mehr in ihr waren. Sie musste kurz ohnmächtig geworden sein, denn als ihre Sinne wieder klarer wurden, lag sie auf dem Bett im Schlafzimmer ihres Bruders. Eine weiche Daunendecke lag über ihr, und als Fae neben sich blickte, sah sie Kjells reglose Gestalt.

Er war am Leben, aber bewusstlos. Henry hatte sich über ihn gebeugt und nähte mit behutsamen Stichen die Wunden. Es waren so viele. Dutzende. Tief und hässlich. Ukulele und Alexander saßen wie Geister in ihren Stühlen, halb beschienen von dem Licht, das die Nachttischlampe in die Dunkelheit warf.

Fae tastete zur Seite. Als sie Kjells schlaffe Hand fand, schloss sie ihre Finger um seine.

Bleib bei mir. Kämpfe. Ich brauche dich.

Aber wenn es nicht anders geht, dann … bitte … nimm mich mit.

„Hör zu", sagte Henry leise, ohne in seiner Arbeit innezuhalten, „ich kann nichts mehr für ihn tun. Er hat praktisch sein ganzes Blut verloren. Ich verstehe das nicht. Ein Mensch wäre längst tot."

„Aber er ist kein Mensch." Sie blickte in Kjells Gesicht, das in seiner frostigen Leblosigkeit noch makelloser aussah. Als bestünde es aus Meereseis. Wenigstens dieser Teil seines Körpers war unversehrt.

„Wenn er stirbt, dann sterbe ich auch."

Alexander stöhnte auf.

Fae schloss die Augen, um seine Trauer nicht sehen zu müssen. In ihrem Kopf dröhnte der dumpfe, höhnische Schmerz, aber er war nicht stark genug, um die Betäubung ihrer Verzweiflung zu durchdringen.

„Was ist ihm nur zugestoßen?", flüsterte Ukulele. „Wer oder was kann ihn so zugerichtet haben?"

„Die Wunden scheinen von einem Tier zu stammen", raunte Alexander. „Irgendein Tier mit verdammt scharfen Klauen. Denn Zähne waren es nicht."

„Nicht die hier", warf Henry ein. „Seht ihr? Die unter dem Rippenbogen? Sie stammt von einem Messer oder etwas Ähnlichem. Die Ränder sind vollkommen glatt. Vielleicht hat ihn zuerst ein Tier angegriffen, aber das hier stammt von Menschenhand. Wenn ich es nicht besser wüsste, würde ich sagen, derjenige wollte Kjell das Herz herausschneiden."

„Was?", keuchte Ukulele.

„Es deutet alles darauf hin. Man sticht dort rein, schneidet in einem Bogen unter den Rippen entlang, greift hinein und reißt das Herz raus. Habt ihr nie *Apocalypto* gesehen? Darin wird das sehr anschaulich gezeigt."

„Henry!", stöhnte Alexander. „Behalte deine Ausführungen für dich. Aber es könnte doch auch nur ein Stich sein, oder nicht? Einfach ein Stich, wovon auch immer. Es muss nicht unbedingt …"

„Kennt ihr nicht die Geschichten über das Herz und das Blut einer Meerjungfrau?", unterbrach ihn Henry.

„Nein, zum Geier", knurrte Alexander. „Kennen wir nicht."

„Beides verleiht Unsterblichkeit. Ewige Jugend und ewiges Leben. Wie viele Menschen wären bereit, dafür zu töten?"

~ Breac, einige Tage zuvor ~

Beim Anblick des verwundeten Monsters erstarrte jeder einzelne Mann auf dem Schiff in atemlosem Schrecken. Selbst Breacs Körper gehorchte ihm nicht, sondern stand wie gelähmt an der Reling, die Finger um das frostüberzogene Eisen gekrallt, die Beine weich und zittrig.

Das Wesen lag ausgestreckt auf einer Eisscholle, die zehnmal länger war als das Schiff, doch unter der Größe und Last des Tieres schien sie kaum mehr zu sein als eine dünne Nussschale, die jederzeit zerbrechen konnte. Das gepanzerte Haupt des Seelenfressers war langgestreckt und von schrecklicher Eleganz, wie das eines Drachens. Den mächtigen Kiefern fehlten die Zähne, aber solche hatte der Seelenfresser nicht nötig. Weit hingen ihm die Tentakel aus dem Maul, die sie ersetzten. Jeder davon war so dick, dass ein Mann ihn nur knapp mit beiden Armen umfassen konnte. Scharf und tödlich blitzten unzählige Hornspitzen im Mondlicht, die diese schleimigen Auswüchse in zwei Reihen überzogen. Gruben sie sich in ein Opfer, ließen sie nicht wieder los, ehe es im Schlund des Untiers gelandet war.

In all der Zeit, während der sie gemeinsam gejagt hatten, war ihm dieser Anblick nur wenige Male zuteil geworden. Auf eine schreckliche, grauenvolle Art war dieses Monster schön. Fast wirkte es wie eine gigantische Seeschlange, sah man einmal von der krokodilartigen Panzerung ab, die seinen Leib bedeckte und sich im Nacken zu einer knöchernen Wulst verdickte, die an einen stachelbesetzten Sattel erinnerte.

Breac bestaunte voller Zuneigung den geschmeidigen Drachenleib und die weißsilbernen Panzerschuppen, von denen jede so hart war, dass selbst Harpunen und Schiffsschrauben daran zerbarsten. Wie blasse, ovale Teiche schillerten die Augen des Wesens, und auf der zerfransten Fluke, die das Ende des Körpers bildete, glänzte das Mondlicht, als wäre sie über und über mit Kristallen besetzt.

Allein den Bauch des Seelenfressers musste jeder als hässlich bezeichnen. Unter dem Panzer ragten die weißen Rippen des Tieres hervor und glichen scharfen, gebogenen Lanzen, die untereinander mit einer verzweigten Struktur aus Knochen verbunden waren. In diesem schützenden Käfig lag ein durchscheinender Hautsack, in dem all jene unglückseligen Geschöpfe verdaut wurden, die dem Monster zwischen die Tentakel gerieten. Manchmal sah Breac ganze Wale darin liegen. Einige zerfetzt, andere im Ganzen. Und manche sogar noch lebendig.

Was Breac in seinem ganzen Leben nur zweimal in ganzer Pracht erblickt hatte, war das bleiche Segel, das wie bei einem Fächerfisch auf dem Rücken des Ungeheuers wuchs. Meistens lag es eng am Körper an und war praktisch unsichtbar, aber jetzt stellte der Seelenfresser es langsam auf, bis es bizarr und leuchtend in den Nachthimmel hinaufragte. Das Segel erinnerte an das Astgeflecht eines silbernen Baumes, und zwischen den Knochenstreben spannte sich eine Haut, die so zart war, dass sie sich nur durch ein bläuliches Schimmern verriet.

Vielleicht fing das Monster darin das Mondlicht auf und stärkte sich daran. Breac glaubte, eine Art Aderngeflecht zu erkennen, das sich über diese Häute zog. Ähnlich wie bei einer Fledermaus. Doch floss kein Blut hindurch, sondern bläuliches Licht.

„Allmächtiger im Himmel.“ Einer der Männer schaffte es, sich zu bekreuzigen. Die anderen standen bewegungslos da, als verwandele sie der Anblick der gewaltigen Kreatur, die langsam wie ein Albtraumgebilde an ihnen vorbeizog, in kalten Stein.

„Wunderschön, nicht wahr?“ Breac empfand eine verdrehte Art von Mitleid. Er wusste, dass das Monster Schmerzen litt. Sein Leib hob und senkte sich unter mühsamen Atemzügen, doch eine Wunde war nirgendwo zu sehen. Was hatte der Wal ihm angetan? War es seine makellose Reinheit, vor der das Ungeheuer zurückschreckte? Nein, er hatte heute Nachmittag gesehen, wie die Tentakel den Narwal verwundet hatten. Also warum lebte er noch?

Bring ihn mir endlich! Er ist schwach. Du hast ihn verwundet.

Treib ihn vor meine Harpune, sonst sterben wir beide.

Breac stutzte über seine eigenen Worte. Was hatte er gerade gesagt?

Sonst sterben wir beide?

Natürlich, das Monster wurde schwächer und kränker, mit jedem verstreichenden Tag ein wenig mehr. So wie die Kraft des Narwalfleisches in seinen Adern versiegte, schwand auch das Leben des Seelenfressers. Sie trieben gemeinsam auf einen Abgrund zu und wurden langsam, aber sicher zu schwach für die Jagd.

„Bring ihn mir!", rief Breac dem Monster zu. „Morgen früh begrüßen wir den Tag mit frischem Fleisch und warmem Blut. So wahr mir Gott helfe!"

Das Ungeheuer erwachte zum Leben. Es klappte sein Rückensegel ein, sog die Tentakel in sein Maul und stieß ein grausiges Stöhnen aus, das die Welt in ihren Grundfesten erschütterte. Der Ozean schlug Wellen, das Schiff tanzte auf und ab. Ein schwerfälliges Schlängeln, ein Ruck – und der gewaltige Körper plumpste wie ein lebendiges Gebirge in das Wasser. Meterhohe Brecher türmten sich auf, warfen sich gegen das Schiff und ließen die Schollen schwanken. Das Kreischen und Klagen des zerberstenden Eises hallte durch die arktische Nacht, ein würdiger Ersatz für den verklungenen Schrei des Monsters.

Die Männer jammerten und beteten.

So viel Stoff für eure Legenden. Öl für das Feuer eures Aberglaubens. Macht euch nichts daraus, ihr könnt es sowieso niemandem mehr erzählen.

„Vorwärts!", herrschte er die verängstigte Mannschaft an. „Ihm hinterher! Lasst den Wal noch einmal entkommen, und ich verfüttere euch an seiner statt an meinen Freund."

Selten hatte er einen solchen Eifer bei seinen Männern erlebt. Todesangst war immer noch die beste Motivation. Bald pflügte das Schiff mit voller Kraft durch das Meer, zog einen hellen Gischtschweif hinter sich her und kam dem verwundeten Wal zusehends näher. Breac glaubte, in all der Angst zu ertrinken, die ihm entgegenströmte. Sie flutete von überall her in seine weit geöffnete Wahrnehmung, und er konnte nichts tun, um sie auszublenden. Mochten seine Augen immer blinder werden, seine Ohren immer tauber und sein Körper immer steifer – Gefühle spürte er scharf wie eh und je.

All das würde leichter zu ertragen sein, wenn er seine Jugend zurückgewonnen hatte. Keine Schmerzen mehr, welch ein wundervoller Gedanke. Oh, wie er das Verwelken aller Dinge verabscheute. Immer und für alle Zeit.

Fahrt schneller!

Ich habe keine Zeit mehr.

Die Sonne ging bereits auf, als sie den Narwal endlich erblickten.

Müde kämpfte sich das Tier voran, sein schneeweißer Körper spiegelte gleißend das Licht des neuen Tages wider.

Wunderschön.

Breac spürte das heiße Schlagen seines Herzens.

Bring ihn zu mir, mo charaid. Lass ihn nicht wieder entkommen.

Erneut füllte eine Welle aus fremder Angst seine Seele. Die Qual ließ Breacs Knie zittern. Nein, er durfte nicht nachgeben. Sein monströser Freund war so gierig, dass ihm langsam die Kontrolle entglitt. Schnell holte der Seelenfresser den Wal ein, schnitt ihm den Weg ab und trieb ihn zurück. Hin zum Bug des Schiffes.

Perfekt! Genau so! Halt ihn!

Breac rannte zur Harpunenvorrichtung. War der Wal erst einmal in Schussweite, würde der Rest zum Kinderspiel werden. Seine Finger zitterten so sehr, dass er kaum zupacken konnte.

Konzentrier dich! Das ist deine letzte Chance.

Er zwang sich, tief und ruhig zu atmen. Normalerweise wäre dies der Moment gewesen, in dem alles in die Ferne rückt, ausgeblendet von einem Nebel, in dem nur eines scharf hervortrat: Die Beute, die es zu töten galt. Doch diesmal war es anders. In seinem Kopf herrschte das pure Chaos. Er durfte nicht scheitern. Alles hing davon ab. Wenn er erneut versagte, wartete das schlimmste aller Schicksale auf ihn.

Weil du nichts anderes verdienst, höhnte eine boshafte Stimme in ihm. *Wer Schmerz sät, wird Schmerz ernten.*

Der Narwal schwebte keine Schiffslänge vor ihm durch das tintenblaue Wasser, bleich und schwerelos wie ein Gespenst. Sonnenreflexe tanzten auf den Wellen, die der zuckende Leib des Monsters aufwühlte.

Ja, gut so! Lass ihn nicht entkommen.

Noch etwas näher … gleich … gleich!

Der Wal versuchte nicht einmal mehr, zu entkommen. Es schien, als hätte er aufgegeben. Scharfe Tentakelzähne rissen klaffende Wunden in die Speckschicht des Tieres, doch selbst jetzt wehrte es sich nicht. Nein, es schien sich gar der Harpune zuzuwenden und bot ihm ein perfektes, nicht zu verfehlendes Ziel.

Schmerz und Angst.

Sengend heiß. Rote Blutwolken im Wasser.

Ein rasendes Stechen in Breacs Seite.

Der Moment war gekommen.

Jetzt! Jetzt! Mach keinen Fehler!

Ein Knall, ein Ruck. Breac stolperte zurück, wäre fast gestürzt.

Ächzend zog er sich an der Schussvorrichtung wieder hoch, starrte in das Wasser hinunter und sah, dass er getroffen hatte. Genau in den Kopf.

Endlich! Endlich! Oh bei allen Göttern, es ist vorbei!

Der Narwal starb, noch ehe sein Körper zur Seite sackte, das Gehirn zerfetzt von der Explosion des Harpunenkopfes. Wie ein anklagender Fingerzeig neigte sich das prächtige Horn gen Himmel.

So lange habe ich ihn gejagt, Alena, aber jetzt ist es vorbei. Ich wäre so gern bei dir, calman geal. Aber für mich gibt es keine Erlösung. Danke den Göttern für unser Schicksal. Wir sind für sie nichts weiter als Spielfiguren. Alle Opfer und Gebete interessierten sie nicht. Was war ihr Dank für deine Treue? Dass die Götter lachten, als ein Dutzend Krieger dich zu Tode vergewaltigten?

Oh ja, diesmal würde er es richtig machen. Nicht nur das Fleisch und das Blut würden ihn stärken. Nein, er würde das Herz des Wales essen. Den Sitz der Seele. Das Zentrum der Magie. Er würde es aufessen, das ganze Herz, solange es noch warm war.

„Holt ihn rein!“, brüllte Breac. „Macht schnell!“

Die Mannschaft gehorchte. Schritt für Schritt taumelte Breac zum Heck des Schiffes, wo man den Leichnam des Tieres an Bord ziehen würde. Seine Gedanken verwischten. Nur ein Wort hallte wie ein Echo in seinem Kopf hin und her: *Endlich! Endlich! Endlich!*

Plötzlich schien die gesamte Last des Alters auf ihn niederzustürzen. Seine Kräfte waren endgültig am Ende. Hätte es diesmal nicht funktioniert, wäre er verloren gewesen. Erschöpft zog er sich mit der Reling als Stütze vorwärts. Irgendeiner der Idioten wollte ihm helfen, aber er stieß ihn mit einem wütenden Fluch beiseite. Nein! Seine letzten Schritte bis zur Erlösung würde er selbst bestreiten. Stolz und aufrecht, wie er es immer getan hatte.

Die Männer hatten den Wal nahe an das Schiff bugsiert, er trieb keine fünf Meter von der Rampe entfernt. In der Flanke des Tieres war noch immer die uralte Narbe zu sehen, die Breac ihm vor unendlich langer Zeit zugefügt hatte.

Aber etwas stimmte nicht. Irgendetwas bewegte sich hinter dem toten Tier, etwas, das nach der Harpune griff.

Eine Hand?

Die Haken, die sich gerade in den Leib des Wales hatten schlagen wollen, verharrten zum Schlag erhoben. Niemand regte sich. Jeder, auch Breac selbst, starrte ungläubig auf das Wesen, das hinter dem toten Narwal auftauchte und zu ihnen hinaufblickte. Ein Mensch?

Breac glaubte seinen Augen nicht zu trauen. Nein, kein Mensch. Ein Geschöpf wie der Narwal, weiß und strahlend. Eine magische Seele.

Aber das war unmöglich. Davon hatte er niemals gehört, nicht einmal ein Gerücht. Alles, was er kannte, war der Wal. Das Tier, das er seit Jahrhunderten verfolgte. Aber ein Mensch, der die Seele in sich trug?

Nein, unvorstellbar! Und doch war er da, packte die Harpune und zog sie mit einer einzigen, mühelosen Bewegung heraus.

Breac starrte in kristallhelle Augen. Dieses Wesen war noch unwirklicher als der Narwal, noch heller und machtvoller. Er konnte sie spüren, diese Aura purer Lebenskraft, so strahlend und herrlich, dass es ihm die Sinne benebelte. Angewidert warf das Geschöpf die Harpune ins Wasser, tauchte unter und verschwand ebenso schnell, wie es gekommen war. Das Wasser war rot von Blut. Langsam sank der Wal in die Tiefe, aber erst, als er im Schlund des Ungeheuers verschwand, löste sich Breacs aus seinem Bann.

Der Narwal war verloren. Geopfert seinem treuen Freund. Aber um wie vieles mächtiger musste das Herz des Geschöpfes sein, das ihn geraubt hatte.

„Er gehört mir!", schrie Breac. „Hol ihn mir. Schnell!"

Das Meer kochte und brodelte, während das Monster fraß.

„Bring ihn mir! Sofort!"

Ein zorniges Dröhnen ließ das Wasser erzittern. Der riesige Körper des Seelenfressers drehte sich und schwamm davon. Zuerst langsam, dann schnell wie ein Schatten. Breac spürte, wie die Gier des Monsters von Neuem erwachte, kaum dass der Wal verschlungen war.

Und sie war schrecklicher als je zuvor.

„Gehorche mir!" Breac war außer sich vor Angst. „Du rührst ihn nicht an! Hast du verstanden? Sein Herz gehört mir! Nur mir!"

Ein gewaltiger Schlag traf das Schiff. Etwas Großes rammte den Bug, glitt daran vorbei und verwandelte das Wasser in ein kochendes Inferno.

Gehorche mir!

Fremde Schmerzen durchzuckten seinen Körper und wurden fast augenblicklich unerträglich. Er spürte Schnitte, Stiche und Kratzer. Dann einen gewaltigen Druck, als würden sich die Tentakel des Ungeheuers um seinen Körper zusammenziehen und ihn in der Mitte entzweireißen.

Aufhören! Aufhören!

Er ging in die Knie. Das Reißen und Brennen erfüllte sein gesamtes Sein, als bestünde das ganze Universum aus loderndem Schmerz. Breac hörte sich wimmern und stöhnen. Hände griffen nach ihm.

Er konnte sich nicht einmal gegen ihre Griffe wehren.

Bei den Göttern, hör auf!

Ihm wurde schwarz vor Augen.

Dann – endlich! – endete es.

Ein Tentakel glitt an Bord, ließ seine Beute fallen und fiel blutverschmiert ins Wasser zurück. Die Wut des Seelenfressers loderte in Breacs Kopf. Das Monster war kurz davor, unkontrollierbar zu werden. Es tobte unter dem Schiff seine Wut aus, schlug mit seinem Körper gegen den Kiel und brüllte. Er musste es irgendwie bannen, sonst waren sie allesamt verloren.

Willst du sein Fleisch? Du bekommst es. Ich schwöre es dir. Aber erst schneide ich sein Herz heraus.

Das Monster drehte ruhelos seine Kreise unter dem Schiff. Hunger zog wie ein fordernder Strudel durch Breacs Geist.

Gleich, gleich. Ich verspreche es dir. Ich schwöre es dir.

Um ihn herum raunten und flüsterten die Männer. Ja, sie hatten gewiss nie ein größeres Wunder gesehen. Breac blickte auf seine Beute hinab und verspürte eine überwältigende Trauer, die ihn aus heiterem Himmel traf und für einen winzigen Moment selbst seinen Hunger überstrahlte. Die scharfen Zähne der Tentakel hatten ein schlimmes Werk verrichtet. Klaffende Schnitte bedeckten den hell schimmernden Körper des Wesens. Blut floss auf die Planken.

Allmächtiger! Was habe ich getan?

Nein … nein! Es muss sein. Dein Leben für mein Leben.

Breac zog das Messer aus seinem Gürtel und kniete sich neben das sterbende Geschöpf. Kristallhelle Augen blickten panisch zu ihm auf.

„Sieh mich nicht so an. Es ist zu spät. Selbst wenn ich nicht dein Herz brauchen würde, könnte ich dich nicht mehr retten."

Breac hob das Messer – und zögerte. Der Blick des Wesens drang tief in seine Seele ein. Er spürte so viel Verzweiflung. So viel ohnmächtiges Aufbegehren. Aber zu viel Blut floss aus zu vielen Wunden. Was waren das dort für Schnitte an seiner Seite? Nein, sie stammten nicht von den Zähnen des Monsters. Es waren Kiemen. Echte, wahrhaftige Kiemen.

„Es tut mir leid. Ich wünschte, es gäbe einen anderen Weg."

Nach so langer Jagd war er überrascht, wie ehrlich er diese Worte meinte. In dieser hässlichen Welt starb alles Schöne und Reine. Getötet von seinen Händen oder durch die Grausamkeit anderer Menschen, die ähnlich abscheulich waren wie er.

Plötzlich umfasste die Hand des Wesens seinen Arm. Der Griff war nur schwach, kaum mehr als ein letzter, verzweifelter Versuch, sich zu wehren. Breac spürte die kalte, glatte Haut, dann das Brennen von Frost, das durch seine Adern kroch, als sickere es aus der Hand des Wesens hinein in seinen Körper.

Mit einem Gefühl gewaltigen Hasses gegen sich selbst packte er beide Hände seines halb bewusstlosen Opfers, drückte sie unter seine Knie und machte es damit bewegungsunfähig. Die Stimmen seiner Männer wirbelten bedeutungslos um ihn herum.

„Nein! Töte ihn nicht!"

„Tu das nicht!"

„Geh weg von ihm!"

Jemand wollte ihn von seinem Opfer herunterzerren. Er griff nach der Waffe, die immer in einem Halfter an seiner Seite hing, schoss dem Mann in den Kopf und stieß ihn beiseite.

„Er ist längst tot. Seht ihr das denn nicht?"

Breac wandte sich wieder um, sprach ein Gebet, hob das Messer und stieß es dem Wesen unter die Rippen. Es gab keinen Laut von sich. Alles, was er hörte, war ein heiseres Ringen nach Luft.

In dem Augenblick, da er die Klinge mit einem einzigen Ruck zur Seite ziehen wollte, erschütterte ein ohrenbetäubender Knall das Schiff. Breac fuhr herum. Eine graue Mauer wuchs über die Reling hinaus, immer höher und höher, verdunkelte den Himmel und ließ einen Regen salziger Tropfen auf das Deck regnen.

Was dann geschah, hüllte sich in einen unwirklichen Nebel. Der Pottwal krachte auf das Schiff, warf es zur Seite und drückte es unter Wasser. Das Geschöpf, dem er gerade noch sein Messer ins Fleisch gerammt hatte, taumelte blutüberströmt auf zwei menschlichen Beinen zur Rampe, kippte zur Seite und rollte ins Wasser. Etwas Großes, Schwarzes schoss heran, zog es unter die Wellen und verschwand.

Grindwale? Oh ihr Götter, nein!

Breac wurde gegen die Reling geschleudert, bekam die Eisenstange zu fassen und spürte im nächsten Atemzug, wie das eiskalte Wasser über ihm zusammenschlug. Ein gewaltiges Stöhnen und Kreischen folterte seine Ohren. Das untergehende Schiff, die Schmerzen des Ungeheuers, die Pfiffe und Klicklaute der Angreifer. Schwertwale, Grindwale und der graue Riese. Sie alle rückten seinem Freund zu Leibe. Wieder und wieder wurde das Monster unter ihm angegriffen. Breac schwamm in einer Wolke aus Blut, aber es war nicht seines.

Hilf mir! Hilf mir!

Ihm war kalt, so kalt. Noch einmal rammte der Pottwal das Schiff. Er drückte es ganz unter Wasser und ließ sich mit ihm in die Tiefe sinken. Unter Breac wehrte sich das Monster aus Leibeskräften. Das Wasser kochte und tobte, Strudel zogen an seinen Beinen, Schläge trafen seinen Körper, der wie ein Korken hin und her geschleudert wurde.

Seine Sinne schwanden. Mit letzter Kraft kämpfte er sich noch einmal an die Oberfläche.

Bitte nicht! Ich will nicht sterben!

Etwas traf mit brachialer Wucht seinen Rücken. Er japste nach Luft, aber seine Lungen streikten. Das eisige Wasser schloss sich erneut über ihm. Unter sich sah er den schnell verschwindenden Schatten des Schiffes und einen grauenvollen Wirbel aus Blut, Tentakeln, Monster, Walen und Fleischfetzen.

Breac sank in dieses widerwärtige Chaos hinein. Er würde nicht sterben. Weder durch die Kälte noch durch die Tiefe. Nein, er würde eine Ewigkeit lang als lebende Leiche in der Tiefsee verrotten. Das Letzte, was er fühlte, war unerträgliches Entsetzen.

Kapitel VIII

Vereinigung

~ Fae ~

Henry wagte es nicht, sie anzusehen. Langsam zog er seine Hand von Kjells Hals zurück. „Es tut mir leid."

„Nein!"

Sie riss den leblosen Körper an sich, vergrub ihr Gesicht in dem silbernen Haar und weinte, obwohl sie geglaubt hatte, keine Tränen mehr zu haben.

Es durfte nicht sein. Warum geschah das alles? Wer konnte ihm so etwas nur antun? Der altbekannte Zorn wühlte sich durch ihre Qual und setzte ihren Körper in Flammen. Sie hatte genug Opfer gebracht. Genug bezahlt, genug gelitten.

Es war vorbei. Sie konnte und wollte es nicht länger akzeptieren, und wenn sie ihre Seele deswegen verkaufte.

Und plötzlich kam ihr eine Erkenntnis. Mein Gott, warum hatte sie nicht eher daran gedacht? Oh, sie war so dumm. So dumm!

„Zum Friedhof! Schnell! Bringt uns zum Friedhof."

„Bitte was?“ Alexanders Gesicht schien wie ein blasser, durchscheinender Luftballon in der Dämmerung des Zimmers zu schweben. „Du willst zum Friedhof? Was für ein Friedhof? Hier gibt es keinen Friedhof.“

„Die Steine in der Bucht, die wir bei unserem zweiten Spaziergang gefunden haben. Nimm Kjell und bring ihn raus. Mach schon!“

Ihr Körper bestand nur noch aus Schmerz, als sie ihn aus dem Bett hinauszwang. Es war, als liefe sie wie die Meerjungfrau in der Legende auf scharfen Messerklingen, die ihr bei jedem Schritt ins Fleisch schnitten. Farbige Schlieren lagen über ihren Augen, Schwindel drohte sie in die Knie zu zwingen. In ihrem Hinterkopf tobte und hämmerte der Tumor. So schlimm war es nie gewesen. Nicht einmal während der Tage, die sie in der Klinik verbracht hatte, das Testament bereits neben sich auf dem Tisch. Ihr blieb nicht mehr viel Zeit.

„Schnell! Beeilt euch!“

„Meine Güte, Fae!“ Ukulele griff nach ihr. „Was zum Teufel soll das? Du kannst ihn doch nicht …“

„Frag nicht“, blaffte Alexander. „Hilf ihr einfach.“

Ehe sie wusste, wie ihr geschah, hob sie der Hawaiianer auf seine Arme und trug sie zur Haustür. „Lass mich runter. Ich kann selbst laufen.“

„Ach ja? Glaubst du wirklich?“ Ukulele schwenkte nach rechts und blieb stehen. Vor sich sah Fae den Garderobenspiegel – und stieß einen Laut des Schreckens aus. Eine Fremde blickte ihr daraus entgegen. War das wirklich sie selbst? Hager, kreideweiß und zitternd? Die Haare hingen ihr dünn und kraftlos wie Spinnweben über die Schultern, ihre Hände waren die eines Skeletts. Es war, als zehre sie die Krankheit innerhalb weniger Minuten auf. Forderte der kleine Aufschub, den Kjell ihr geschenkt hatte, jetzt einen dutzendfach höheren Tribut zurück?

Mein Gott, sie sah aus, als wäre sie schon tot.

„Zum Friedhof! Bitte! Macht schnell!“

„Es ist eiskalt da draußen“, protestierte Ukulele, öffnete aber gehorsam mit dem Ellbogen die Tür. „Ich verstehe nicht, was du da willst.“

„Ich weiß vielleicht, wie ich unser Leben retten kann.“

„Auf einem alten Keltenfriedhof?“

„Lauf schon. Ich erkläre es dir später.“

Wenn ich dann nicht tot bin.

Fae klammerte sich an den weichen, warmen Körper des Hawaiianers.

Sie vergrub ihr Gesicht an seinem Hals und versuchte die Schmerzen zu ignorieren, die immer brutaler in ihrem Kopf wüteten und in sämtliche Glieder ausstrahlten. Kälte und Hitze, zuvor verschwunden, wechselten sich plötzlich im schnellen Rhythmus ab. Fae konnte nichts gegen das Zittern tun. Sie hörte ihre Zähne klappern und das wimmernde Schluchzen, das ihr unkontrollierbar entfloh. Oh, es war erbärmlich.

Ukulele schien eine Ewigkeit zu laufen. Vielleicht war es auch nur das Zeitgefühl, das durcheinandergeriet, so wie alles seine Formen verlor und in ein unwirkliches Chaos abdriftete. Fae begriff nur verzögert, dass der Hawaiianer sie abgesetzt hatte. Er stützte sie, murmelte irgendetwas in ihr Ohr, und dann sah sie Kjell, der reglos und tot vor ihr im Sand lag.

Alles, was ihr bei seinem Anblick einfiel, waren vier endgültige Worte: *Er kommt nicht wieder.*

Von der strahlenden Helligkeit, die ihn sonst umgeben hatte, war nichts mehr übrig. Er sah aus wie eine gewöhnliche, menschliche Leiche.

Nein, so schnell gebe ich nicht auf!

Sie löste sich aus Ukuleles Armen und kniete sich neben Kjell. Ihre Hände tasteten zitternd über seinen eiskalten Körper. Kein Leben war mehr darin. Sie spürte nichts. Absolutes Nichts. Ebenso gut hätte sie einen der Grabsteine berühren können.

Sie legte sich neben ihn, bettete den Kopf auf seiner Brust und legte einen Arm um seine Schulter. Dann schloss sie die Augen und wartete auf das, was geschehen würde. Die Stimmen der Männer waren kaum mehr zu hören, so fern waren sie. Ebenso weit weg wie die Berührungen ihrer Hände, die ihr tauber Körper kaum mehr fühlte.

„Lass uns gehen, Fae."

„Nein!"

„Wir können nichts mehr tun."

„Nein!"

„Gib ihr ein bisschen Zeit." Ukuleles grausam sanfte Stimme. „Komm schon, lass die beiden allein."

„Aber sie wird erfrieren. Es ist eiskalt."

„Lass deine Schwester in Ruhe, Alex."

Fae wehrte sich nicht gegen die Dunkelheit. Frieden sank auf sie herab. Er war warm und erlösend. Alles war gut.

Lange schwebte sie im Nichts dahin. Wind strich durch ihr Haar, die Wellen rauschten. Unter sich fühlte sie den feuchten Sand. Ein Prickeln floss durch ihre Finger, breitete sich aus, tastete sich die Arme empor und lief in den ganzen Körper aus. Es begann weh zu tun. So, als wären sämtliche Gliedmaßen eingeschlafen. Oder als wäre sie fast erfroren und würde nun unter Schmerzen auftauen.

Die glatte, kalte Haut unter ihren Fingern verwandelte sich in warmes Fell. Etwas schnurrte dicht an ihrem Ohr.

Halluzinationen, Visionen, vielleicht auch nur Erinnerungen.

Schlaf einfach weiter.

Fae driftete wieder in warme Schwärze ab, bis sie eine vertraute Stimme hörte. Henry? Träumte sie sich ihn herbei? Aber wieso?

„.ßiew se ttog ssad enho lemmih mov gnilreps niek tlläf sE."

Moment. Das kenne ich. Er liest Sätze gerne rückwärts. Du sagst ihm einen Satz, und er weiß sofort, wie man ihn rückwärts sagen muss.

Irgendwie hatte sie sich das Sterben anders vorgestellt. Wo war Kjell? War er bei ihr? Wartete er auf sie? Fae öffnete blinzelnd die Augen. Ein weißes Gespenst mit riesigen gelben Augen schwebte vor ihr und glotzte sie an. Zuerst glaubte sie, in einer surrealen Zwischenwelt zu sein, doch dann begriff sie, dass es ihr Kater war.

Sie lag auf dem Sofa im Wohnzimmer. Mit Rembrandt auf ihrer Brust. Die Erkenntnis traf sie wie ein Schlag.

„Tiez red egarf enie run llafrov red raw eglofuz nethcireb ned."

Erstaunlicherweise gelang es ihr, sich aufzurichten. Sie fühlte sich zerschlagen und müde, aber nicht mehr als nach einer durchwachten Nacht. Ihr tat nichts weh, der Schwindel war kaum der Rede wert. Selbst ihre Hände zitterten nicht mehr.

Etwas war geschehen. Draußen am Strand zwischen den Grabsteinen. Sie hatte neben Kjell gelegen und sich dem Tod ausgeliefert.

Kjell!

Wo war er? Warum war sie hier?

Offenbar hatte sie ihre Gedanken laut ausgesprochen, denn Henry blickte auf. Er legte die Zeitung weg, räusperte sich und wandte den Kopf. Zwei Sekunden später stand Alexander in der Küchentür. Sein schwarzes Hemd und die Jeans waren voller weißer Flecken. Mit ihm wehte ein Duft nach Kokoskuchen in das Wohnzimmer. Hatte er etwa gerade gebacken?

„Was passiert ist?", sagte ihr Bruder. „Ich sage dir, was passiert ist. Dein fischschwänziger Freund ist wiederauferstanden. Aber anstatt dir zu helfen, verschwand er einfach. Keinen Blick hat er dir gegönnt. Er ist auf und davon, ohne ein Wort."

„Was?" Fae starrte ihn mit offenem Mund an. Kjell war tot gewesen, endgültig tot. Sie hatte es gefühlt, und ihr eigenes Leben war genauso verwirkt gewesen wie seines. „Aber das kann unmöglich sein."

„Ja, da sagst du was. Wie hat er es geschafft, ins Leben zurückzukehren, und warum geht es dir so schlecht?"

Sie sah Alexander an und wusste, dass er Kjell abgrundtief hasste.

„Er ist fort?", flüsterte sie.

„Ja. Und falls du denkst, dass es dir gutgeht: Das ist nur wieder eine dieser Phasen. Sie wird bald vorbei sein."

„Woher willst du das wissen?"

„Deine Augen. Die eine Pupille ist winzigklein, die andere riesengroß. So siehst du immer aus, bevor es dich erwischt. Tut mir leid, Schwesterherz, aber Kjell hat dich im Stich gelassen."

Fae sank zurück in die Kissen und klammerte sich an ihrer Wut fest. Sie vergrub sich darin und ließ zu, dass dieses Gefühl alles andere verdrängte. Alexander, Ukulele und Henry begannen ein Streitgespräch. Sie nahm Rembrandt, drehte sich auf die Seite und positionierte die Katze an ihrem Bauch. Es war ihr egal, worüber die drei stritten. Alles war ihr egal. Beide Arme um den Kater geschlungen, überließ sie sich der Dunkelheit.

„Woher willst du wissen, dass er sie im Stich gelassen hat?", sagte Ukuleles warme Stimme, die in Fae den Drang auslöste, hemmungslos zu weinen. „Wir wissen nicht, was mit ihm los war. Er sah aus, als wären alle Teufel der Hölle hinter ihm her."

„Hast du gesehen, wie er uns angestarrt hat?", fügte Henry hinzu. „Als wären wir die Leibhaftigen. Wenn du mich fragst, war Kjell völlig daneben. Er bekam gar nichts mehr mit."

„Ich glaube", überlegte Ukulele, „er hat uns nicht mal erkannt."

„Nehmt ihr ihn gerade in Schutz?" Alexanders Stimme klang fremd und schrill. Sie klang wie die eines Menschen, dessen Beherrschung und Vernunft an einem seidenen Faden hängt. „Wir kennen ihn nicht mal. Wir wissen gar nichts von ihm. Er hat uns eingewickelt, damit wir keinen klaren Gedanken mehr fassen konnten. Habt ihr gesehen, was er tat, bevor er weglief? Er packte Faes Arm. Er hat sie berührt, und sie wurde sofort knochenbleich. Und sein Gesicht … ihr habt es gesehen."

„Etwas oder jemand hat ihn von Kopf bis Fuß in Geschnetzeltes verwandelt." Ukulele gab ein abfälliges Zischen von sich. „Was für ein Gesicht würdest du danach aufsetzen?"

„Darum geht es nicht. Habt ihr nicht den Hunger gesehen? Diese Gier? Er sah aus wie ein Hai, der in Blutrausch verfällt. Ich glaube, er war kurz davor, Fae zu töten!"

„Weißt du was?", stöhnte Henry. „Das ist typisch menschliches Denken. Kjell ist dir fremd. Du verstehst ihn nicht, du begreifst ihn nicht. Also muss er Böses wollen."

„Ja", brüllte Alexander. „Ich verstehe ihn nicht. Versteht ihr ihn etwa? Legt ihr die Hand dafür ins Feuer, dass er nicht nur mit meiner Schwester gespielt hat? Er kommt in unser Haus, als wäre es selbstverständlich. Er wickelt sie um seine Flosse, gaukelt ihr Heilung vor, und plötzlich ist er verschwunden und sie liegt im Sterben. Bei Gott, ich wünschte, sie wäre endlich tot."

„Alexander!" Henry holte erschrocken Luft. „Pass auf, was du sagst."

„Ich halte es nicht mehr aus!", schrie ihr Bruder zurück. „Ich kann nicht mehr! Erst dachte ich, alles wäre endlich gut. Ich dachte, Fae würde mit mir zusammen alt werden. Aber nein, das wäre ja zu viel des Guten gewesen. Also fängt alles wieder von vorne an. Vorhin dachte ich, es wäre endlich vorbei. Ich dachte, ich könnte mit diesem ganzen Mist endlich abschließen. Seit Fae krank ist, schlafe ich kaum noch, es geht mir dreckig, ich fühle mich nutzlos und sinnlos und weiß, dass ich meiner Schwester nicht helfen kann. Ich sehe ihr beim Sterben zu und denke jeden Tag, ich halte es keine Minute länger aus. Und vorhin hätte es vorbei sein können. Jetzt liegt sie wieder da und siecht vor sich hin. Es nimmt kein Ende. Ich habe es so satt. Sagt, was ihr wollt. Ich verschwinde."

„Du willst abhauen?" Henry stieß ein angewidertes Schnauben aus. „Jetzt?"

„Krieg dich wieder ein. Ich gehe nur einen saufen."

Nein!, wollte Fae schreien. *Bitte bleib. Geh nicht fort.*

Aber sie rührte sich nicht, blieb still liegen, das Gesicht in Rembrandts Fell gepresst – bis das Knallen der zugeschlagenen Tür ertönte. Er hatte recht. Sie konnte nur noch eins: Ihnen allen Leid zufügen. Nicht sie war es, die am meisten litt, sondern Alexander.

Zuzusehen, wie seine kleine Schwester Tag für Tag kleine Tode starb, wie sie immer weniger wurde, um irgendwann ganz zu verschwinden, und wie sie sich immer wieder und wieder hochkämpfte. Für einen weiteren Tag, eine weitere Nacht.

Ich muss etwas tun! Ich muss es endlich beenden!

Aber sie blieb still liegen, als wäre sie ein Fels, der sich nicht rühren konnte. Rembrandt schnurrte gleichmütig. Fae grub ihre Finger in sein Fell und wünschte sich, sie könnten beide endlich gehen. Zusammen. Sie wusste, es würde weitergehen, auf irgendeine Weise, und es war allemal besser, als hierzubleiben.

Fern hörte Fae, wie Ukulele begann, aus dem Buch vorzulesen. Sie verstand die Geschichte kaum, hörte nur etwas von einer Meerjungfrau, die einem Fischer eine magische Kappe schenkte. Von Kindern war die Rede, die die Nixe ihm gebar. Von einer Heirat und vielen glücklichen Jahren. Sonderbar, dass sie nicht viel hörte, aber immer genug Worte, um zu begreifen, wie die Geschichte aufhören würde.

Als Ukuleles Stimme verstummte, sagte sie laut: „Lies sie zu Ende."

„Ich weiß nicht."

„Tu es!"

Der Hawaiianer gehorchte.

Die Nixe verschwand an jenem Abend, an dem der Fischer dachte, vollkommen glücklich zu sein. Alles, was sie ihm ließ, waren die drei Kinder, die sie ihm geschenkt hatte. Ein Mädchen und zwei Jungen. Zwischen ihren Fingern und Zehen trugen sie Schwimmhäute, ihr Haar schimmerte blau, und es stand außer Frage, dass sie eines Tages ihrer Mutter folgen würden.

„Abend für Abend", erzählte Ukulele leise das Ende, „saß der Fischer am Meer und spielte auf seiner Flöte. Er hoffte, dass das Lied, das die Nixe zu ihm gelockt hatte, seinen Zauber ein zweites Mal entfalten würde. Doch er hoffte vergeblich. Das Meer blieb ruhig, und ihr geliebtes Gesicht tauchte nie wieder daraus auf."

Ukulele legte das Buch weg, erhob sich und ging wortlos aus dem Wohnzimmer. Henry blieb in seinem Sessel sitzen. Sie hörte, wie er Schluck für Schluck sein Weinglas leer trank. Vielleicht war es auch kein Wein, sondern etwas Stärkeres. Wieder griff der Schmerz nach ihrem Schädel. Fae spürte ihre Sinne schwinden. Es war, als versinke sie in einem Sumpf. Er erstickte sie langsam, umklammerte sie, saugte an ihr, bis sie nicht mehr atmen konnte. Das Herz raste in ihrer Brust. Sie hörte sich japsen, legte die Hände um ihren Hals und spürte nicht einmal mehr ihre eigene Berührung. Grelle Lichtblitze tanzten vor ihren zusammengepressten Lidern.

Luft! Sie brauchte Luft!

Lass es zu, raunte eine Stimme. *Das wolltest du doch. Es ist so weit. Du stirbst.*

Aber die Instinkte ließen es nicht zu. *Überlebe!,* befahlen sie ihr wieder und wieder. *Überlebe! Kämpfe!*

Stimmen schrien durcheinander. Jemand rüttelte sie, hob sie hoch, klopfte grob auf ihren Rücken. Sie fiel erneut, rang verzweifelt nach Luft und spürte ihre Lunge kollabieren. Der Schmerz wurde unerträglich. Niemand sollte so etwas aushalten müssen. Ihr Brustkorb loderte in weiß glühenden Flammen, und dann hörte sie von fern diese Stimme.

Unendlich sanft. Unvorstellbar schön.

Aber sie sagte nicht das, was sie damals zu ihr gesagt hatte.

„Ich kann ihr helfen. Lasst mich zu ihr."

„Verschwinde!", brüllte Henry. „Siehst du nicht, dass sie stirbt! Du hast sie im Stich gelassen! Es ist vorbei."

„Nein." Die Geräusche eines Handgemenges erklangen. Ukulele zischte etwas, ein Gegenstand fiel klappernd herunter. Rembrandt fauchte.

„Bitte!", flehte die Stimme. „Sonst ist es zu spät."

Fae glitt in die Dunkelheit. Sie hörte nichts mehr. Nur noch pochende, hässliche Stille. Aber sie starb nicht. Nicht wirklich. Hilflos schwebte sie in einer Schwärze, die nichts Tröstendes an sich hatte. Ihr Geist nahm die verstreichende Zeit wahr, ihr Körper spürte Schmerzen und Einsamkeit. Nein, das war nicht der Tod. Aber was war es dann? Lag sie im Koma? Würde sie hier für immer festhängen?

Panik erfasste sie. Fae öffnete den Mund und schrie. Sie spürte das Brennen in ihrer Kehle und wusste, dass sie aus Leibeskräften brüllte, aber die Stille saugte jeden Laut in sich auf. Nichts war zu hören. Ihre Glieder steckten in zähem, unsichtbarem Schlamm. Nur unter Mühen war es überhaupt möglich, sich zu bewegen. Die Finsternis um sie herum war so dicht, dass sie selbst mit weit aufgerissenen Augen nichts sah. Absolut nichts. Die Schwärze war mehr als schwarz. Sie war die absolute und endgültige Abwesenheit jeglichen Lichts.

„Fae … Fae … hör mir zu."

Endlich. Eine Stimme in der Stille. Wunderschön.

Ganz fern, kaum hörbar. Aber sie hatte ein Ziel.

„Wach auf! Komm zurück."

Sie kämpfte, wand und drehte sich, schrie stumm und bäumte sich auf. Die Stimme begann zu summen. Sie konzentrierte sich auf den Ton, und dann begriff sie, dass es nicht das Kämpfen war, das sie hier herausbringen würde.

Es war das Loslassen.

Fae erschlaffte. Sie machte sich leicht, entspannte jeden Muskel und jeden Gedanken. Der Sumpf nahm sie in sich auf, und sie sackte durch die Schwärze wie durch Wasser.

Hände umfassten sanft ihren Kopf, warme Lippen legten sich auf ihren Mund. Jemand küsste sie. Arme lagen um ihre Schultern und trugen sie durch das Wasser, das einer langsamen Strömung folgte und erfüllt war von dem Klang der wunderbaren Stimme.

Plötzlich spürte Fae das Sofa unter sich. Ein Sack aus verkrampften Muskeln schloss ihren Geist in sich ein. Sie spürte, wie ihre Finger sich in einen nackten Rücken gruben, so fest, dass ihre Nägel die Haut durchstachen. Ihr war klar, dass sie ihm wehtat, aber sie konnte ihren Griff nicht lockern.

Alles glühte und strahlte. Lebendig und wunderbar.

Bist du zurück? Bist du wieder bei mir?

Kjell! Kjell!

„Ja, Fae, ich bin hier."

Er küsste sie und presste sie an sich. Sanft und fordernd, glücklich und hungrig. Sein salziger, wilder Geschmack vertrieb alle Angst und jeden Zweifel. Fae badete in einem Licht, das zu schön war, um es zu beschreiben. Doch langsam, ganz langsam, begriff sie, dass etwas nicht stimmte.

Sie wurde warm, Kjell wurde kalt. Unter ihren Fingern spürte sie, wie er immer schwächer wurde.

„Nein!", wollte sie rufen, aber seine Lippen pressten sich so fest auf ihren Mund, dass sie keinen Ton hervorbrachte. Fae hämmerte auf seine Schultern ein. Sie drückte dagegen, wand sich unter seinem Gewicht, wurde noch wärmer, noch lebendiger, während er langsam zu Boden sank.

„Nein!", gelang es ihr zu schreien. „Hör auf!"

Ein heftiges Aufbäumen, und Kjell glitt von ihr herunter.

Fae spürte seine Energie, die wie ein loderndes Feuer durch ihren Körper jagte. Er jedoch lag reglos am Boden.

„Was hast du getan?“ Sie ging neben ihm in die Knie, drückte Zeige- und Mittelfinger in seinen Hals und spürte das matte Schlagen des Pulses. Seine Lider zitterten, als er versuchte, die Augen zu öffnen.

„War es gut? Bist du wieder …“

„Schschsch!“ Sie blickte auf. Ukulele und Henry knieten vor ihr und starrten sie ungläubig an. „Helft mir. Macht schon. Auf das Sofa mit ihm.“

Gemeinsam hievten sie Kjell hinauf und deckten zwei Plaids über ihn. Ukulele ging in die Küche, vermutlich um etwas zu Trinken zu holen, Henry legte Holz im Kamin nach.

„Wolltest du dich umbringen?“ Fae kroch zu Kjell unter die Decke und umschlang ihn mit Armen und Beinen. Er war kalt wie Eis, aber nicht starr. Der Puls schlug deutlich sichtbar an seinem Hals, sein Brustkorb hob und senkte sich. Ihn wieder neben sich zu spüren, atmend und lebendig, glich einem unwirklichen Traum.

„Wenn ich dich nicht weggestoßen hätte, dann …“

„Fae“, raunte er kaum hörbar. „Ich glaube, dass ich dich nie ganz heilen kann. Es sei denn …“

„Es sei denn, du gibst mir all deine Kraft? Ist es das?“

„Ja“, flüsterte er schwach. „Aber es ist nicht nur das.“

„Was meinst du?“

„Ich hätte tot sein müssen.“ Ihn reden zu hören, war wundervoll. Sein Atmen zu sehen, jede kleine Bewegung. Fae war es gleich, was er ihr sagen wollte. Er lebte! „Die Wunden waren zu schwer. Irgendetwas hielt meinen Geist im Körper fest, und als ich aufgewacht bin …“

Er schloss die Augen und seufzte.

„Was ist passiert?“, fragte sie. „Was war, als du aufgewacht bist?“

„Du hast es schon einmal gesehen.“

„Was?“

„Das Ding in mir. Das Ungeheuer. Es übernahm die Kontrolle und zwang mich dazu, dir die Lebenskraft auszusaugen.“

„Was?“

„Ich hätte dich fast getötet, Fae.“

„Und jetzt wolltest du mir dein Leben geben, um deine Schuld zu begleichen?“

„Ja“, flüsterte er matt.

„Nein! Das wirst du nicht tun! Es geht mir wieder gut. Es geht mir gut, solange du bei mir bist. Was soll ich mit einem Leben, wenn der Preis dafür unbezahlbar ist? Was würde es mir nützen, wenn ich weiß, dass du für mich gestorben bist?“

„Da ist etwas in mir, das stärker ist als ich. Und es will dir schaden.“

„Nein. Du bist stärker. Im Hafen hast du es beherrscht. Am Strand, als wir uns im Regen liebten, hast du es beherrscht. Und als du wieder zum Leben erwacht bist, warst du ebenfalls stärker.“

„Fae …“ Er lehnte seine Stirn an ihre Brust. „Wenn ich nur sicher sein könnte, dass du recht hast.“

„Ich vertraue dir, und deshalb solltest du dir auch vertrauen.“

Zärtlich teilte sie mit ihren Fingern sein nasses Haar, beruhigend und sanft, wie ihre Mutter es getan hatte, als sie ein Kind gewesen war. Langsam verschwand die Kälte aus seinem Körper, sein Herz schlug kräftiger und regelmäßig, sein Atem wurde ruhiger.

Kjells Fleisch war geheilt, aber Fae spürte, dass etwas falsch war. Sein regloses Gesicht blieb ein emotionsloser Spiegel, den sie nicht durchschauen konnte. Glaubte sie ihren eigenen Worten? Vertraute sie ihm wirklich?

Das Ding in mir. Das Ungeheuer.

„Wer hat dir das angetan?“, flüsterte sie. „Was ist geschehen?“

Er öffnete kurz die Augen und starrte ins Leere. Ein bitterer Schmerz lag in seinem Blick, als fühlte es sich für ihn nicht richtig an, hier zu sein. „Ich weiß es nicht. Ich weiß gar nichts mehr. Alles woran ich mich erinnere, ist der tote Wal.“

Fae holte tief Luft. „Der Narwal?“

„Etwas hat ihn getötet. Er hatte Schmerzen, so schlimme Schmerzen. Trotzdem rief er nicht um Hilfe. Er rief weder nach mir noch nach den Walen. Alles, was wir hörten, war sein Todesschrei. Ich wäre rechtzeitig gekommen, wenn er nicht aufgegeben hätte. Aber was passiert ist, weiß ich nicht mehr.“

Fae stöhnte auf. „Du sagtest, die Wale waren bei dir?“

„Ja. Ich habe sie gebeten, mich zu begleiten.“

„Warum brachten sie dich nicht zu unserem Strand? Wir fanden dich mehrere Buchten von hier entfernt.“

Sein Blick ging an ihr vorbei, während er versuchte, sich zu erinnern.

„Ich weiß es nicht mehr. Ich glaube, ich habe es nicht mehr geschafft, ihnen zu sagen, wohin sie mich bringen sollen. Vielleicht waren meine Erinnerungen zu undeutlich, vielleicht verstanden sie mich falsch. Wenigstens stimmte das Ziel einigermaßen." Er versuchte zu lächeln, doch es endete kläglich.

„Ich hätte es spüren müssen." Sie versuchte so mühsam, die Tränen zu unterdrücken, dass sich ihre Kehle schmerzhaft zusammenzog. „Es tut mir so leid. Du hast so lange allein dort gelegen, und ich habe nichts gespürt."

„Du hättest nichts spüren können", redete er sanft auf sie ein. „Mein Ruf war viel zu schwach. Ich war kaum mehr bei Bewusstsein."

„Nein!" Ihre Hand krallte sich in sein Haar. „Nein! Egal was du sagst, ich kann den Gedanken nicht ertragen, dass du so lange allein in dieser Bucht gelegen hast."

„Wenn jemandem etwas leid tun muss, dann mir. Etwas ist in mir, das ich nicht kenne. Es macht mir Angst, weil es immer stärker wird. Und weil es dich verletzen könnte."

Fae beugte sich über ihn und küsste seine kühlen Lippen. Wieder und wieder. „Bitte, hör auf! Du hast mich, du hast uns. Wir helfen dir. Ich weiß, dass du es beherrschen kannst, so lange du nicht allein dagegen kämpfen musst. Hier ist dein Zuhause. Bei mir."

Er blickte zu ihr auf, aber er sah sie nicht an. In seinen kristallklaren Augen lag ein schreckliches Sehnen, dessen einzige Erfüllung nicht in dieser Welt lag. „Ja, vielleicht."

„Vielleicht?" Fae drückte seinen Kopf an ihre Brust, wollte ihn festhalten … nein, zurückholen. Aber die seltsame Starre verließ seinen Körper nicht. „Ich fühle mich nur richtig, wenn du bei mir bist." Ihre Kehle war so zugeschwollen, dass sie kaum mehr sprechen konnte. „Ich brauche dich, Kjell. Bevor wir uns trafen, dachte ich, nie wieder etwas fühlen zu können. Ich war tot. Nur ein leeres Gefäß. Aber du hast mich wieder gefüllt. Wir gehören zusammen. Ich weiß es, und keiner Sache war ich mir jemals so sicher wie dieser."

Ihre Stimme brach. Kjells schrecklich zugerichteter Körper stand ihr vor Augen, all die klaffenden Schnitte und der Stich, der keinem Tier zugerechnet werden konnte. Ein Mensch hatte versucht, ihn zu töten.

Warum? Wozu? Oh, sie hatte es so satt. Dieser ewige Kampf, das unberechenbare Schicksal und die furchtbare Fähigkeit, Liebe zu empfinden. Vielleicht war das menschliche Leben ein Fluch, und sie waren nicht mehr als Fische an einer Angel, denen der Fischer, indem er die Schnur locker ließ, für kurze Momente die Illusion gab, sich befreit zu haben.

„Ich wünsche mir, nicht mehr denken und nicht mehr fühlen zu müssen. Das ist unser Fluch. Wir verbringen das Leben mit Angst und Sorge und dieser verdammten Wut. Weil wir hilflos sind. Nichts weiter als Spielfiguren, die nicht mal wissen, ob ihr Dasein einen Sinn hat."

„Schschsch." Kjells Hand strich über ihre Wange und verwandelte Faes Schmerz in eine Qual, die sie einfach mit sich fortriss. Sie weinte und schluchzte, zitterte in seinen Armen und weinte noch mehr, als er ihre Tränen behutsam fortwischte.

„Alles wird gut", sagte er. „Ich weiß es."

„Ach ja? Und woher? Wie kann man das wissen?"

„Ich habe gesehen, wohin wir gehen werden. Ich habe unser wahres Zuhause gesehen. Dort, wo wir endlich zur Ruhe kommen. Irgendwann. Gemeinsam. Du und ich."

Fae stieß ein bitteres Lachen aus. „Daraus besteht unser Leben, was? Aus irgendwann, irgendwo, irgendwie, vielleicht, ich glaube und ich hoffe."

„Ganz so tragisch ist es nicht. Du hattest recht, als du sagtest, dass wir zu viel Angst haben. Dabei gehen wir nur den Weg, den wir gehen sollen. Vorhin, als du beinahe gestorben wärst, wollte ich dich zuerst nur berühren, weil ich hoffte, dir dadurch von meiner Kraft abgeben zu können. Aber als ich mir vorstellte, wie mein Leben in deines übergeht, geschah viel mehr. Es war wie der Sog, der dir im Hafen und am Strand die Wärme genommen hat, nur floss er diesmal andersherum. Und es fühlte sich unglaublich gut an. Es fühlte sich an, als wäre ich genau deswegen bei dir, als wäre nichts anderes als das mein … nein, unser Schicksal."

„Was? Es soll unser Schicksal sein, dass du für mich fast gestorben wärst?"

„Du wirst es verstehen", murmelte er an ihrer Wange. „Irgendwann. Alles kommt so, wie es bestimmt ist. Wir sind auf dem richtigen Weg, Fae."

„Und warum macht mir genau das Angst?"

Sie drückte ihr Gesicht in sein Haar. Nein, sie wollte nichts mehr von solchen Dingen wissen. Sie wollte nur schlafen und träumen. In seinen Armen, den Schlag seines Herzens an ihrem Ohr, das sanfte Auf und

Ab seiner Brust unter ihrer Hand. Es war tiefe Nacht, als sie wieder die Augen aufschlug und in Alexanders blasses Gesicht sah. Die Spuren vieler Tränen entstellten sein Gesicht. Er schien ein alter, verbitterter Mann zu sein, jeder Hoffnung beraubt. Wo war der fröhliche Mensch, der es einst geschafft hatte, sie selbst während der deprimierendsten Tage zum Lachen zu bringen?

„Er hat mich geheilt", sagte sie leise, um Kjell nicht zu wecken. „Ich bin wieder gesund."

Ihr Bruder antwortete eine Weile nichts, sondern sah sie einfach nur an. Und dann, als er endlich seine Sprache wiederfand, waren seine Worte so leise, dass sie sie kaum verstand: „Wie lange soll das Spiel noch weitergehen? Wie lange soll ich noch jeden Tag und jede Nacht damit rechnen, dass du stirbst? Ich bin stark, Fae, aber nicht so stark."

„Es geht mir gut. Solange er bei mir ist, kann mir nichts passieren."

„Und wie lange wird er bei dir sein? Irgendjemand hat versucht ihn zu töten, und dieser jemand wird nicht aufgeben. Ich habe einmal geglaubt, alles wäre endlich gut. Und was passierte? Kjell verschwand und dir ging es schlechter als vorher. All die Jahre, Fae! All die Zeit, in der ich vergeblich gehofft habe, es gäbe eine Rettung für dich. Hast du auch nur die leiseste Ahnung, wie das für mich war?"

„Ja! Ich weiß, wie du gelitten hast. Glaube nicht, ich wäre auf deine Maske reingefallen. Es tut mir unendlich leid. Aber das ist jetzt vorbei. Vertraue mir."

Alexander gab nur ein Lachen von sich. Ein Lachen, das ebenso klang wie jenes, dessen bitteren Geschmack sie gerade noch in ihrer eigenen Kehle gespürt hatte. Dann stand er auf, ging aus dem Wohnzimmer und knallte die Tür seines Zimmers zu.

„Was ist passiert?", hörte sie Kjell schlaftrunken flüstern. „Was war das?"

„Nichts." Fae drehte sich zu ihm um und zog die Decke über ihren Kopf. „Gar nichts. Schlaf weiter."

„Du musst nichts tun, außer hier draufzudrücken“, erklärte Ukulele. „Es ist alles voreingestellt. Halte dich nur an die Tiefengrenze, okay? Und tu so, als hättest du die Kamera nicht dabei. Nimm die Zuschauer mit. Zeige ihnen das Meer, so wie du es siehst. Alles klar?“

Kjell nickte, ohne den Blick von Fae abzuwenden. Ihr glückliches Strahlen stieg ihm wie ein Fieber zu Kopf. Wie sie da an der Reling stand, eingewickelt in einen dunkelgrünen Wollpullover, auf dem braune Kraken prangten, hätte er die Kamera am liebsten beiseite geworfen und wäre zu ihr gegangen, um das zu tun, was sie die gesamte letzte Nacht getan hatten.

Fae hatte innerhalb kürzester Zeit jeden Zweifel in ihm zerstreut. Er wollte nicht ohne sie sein. Nein, er konnte nicht ohne sie sein. Ob es nun vom Schicksal gewollt war oder nicht, Fae hatte eine Sucht in ihm ausgelöst, die es ihm unmöglich machte, sich von ihr zu lösen. Selbst der Gedanke, es jemals in Betracht gezogen zu haben, erschien ihm inzwischen ungeheuerlich.

Ich liebe dich, formte er stumm mit seinen Lippen.

Oh ja, diese drei wundersamen Worte, die sie ihm gestern Nacht ins Ohr geflüstert hatte. Kjell seufzte. Ihr warmer Körper, ihre weiche Haut. All die kleinen, zarten Geräusche, die sie von sich gab, wenn sie sich liebten. Nach dem, was sie miteinander geteilt hatten, war er vollkommen und unwiderruflich in Faes Gewalt.

Sie küsste die Innenfläche ihrer Hand und streckte sie ihm mit einem seligen Lächeln entgegen.

In Kjells Hals grollte ein Knurren. Wäre es nur schon Abend. Er wollte zwischen den Kissen im Dachzimmer liegen und Faes Körper vor sich sehen. Im Geiste beugte er sich bereits über sie, küsste ihre Lippen, ihre Brüste, ihre Schenkel. Schmeckte, roch und atmete sie.

Beim Knurrhahn, er fühlte sich wie ein brodelnder Unterwasservulkan.

„In ein paar Stunden bin ich wieder hier.“ Seine Stimme klang kratzig und ungewohnt tief. Fae wand sich genüsslich, als hätte sie seine Gedanken gespürt. Sie sorgte sich um ihren Bruder, sie hatte Angst vor dem, was vielleicht kommen würde, aber all das war schwächer geworden. Was zwischen ihnen war, ließ so viel in den Hintergrund rücken.

Du bist hier nicht zuhause, beharrte eine Stimme in ihm. *Du gehörst an einen anderen Ort. In eine andere Welt. Sie macht dich so verrückt, dass du seit zwei Tagen nicht mehr im Wasser warst.*

Kjell hob seine freie Hand und musterte die trockene, pergamentartige Haut. Ja, Fae ließ ihn alles Mögliche vergessen, und das Gefühl, nicht hierher zu gehören, war immer noch allgegenwärtig. Aber es bedeutete ihm nichts mehr.

Der silbergraue Himmel und die blasse Sonnenscheibe verwandelten das ruhige Meer in fließendes Metall. Sein Körper schrie nach der lange hinausgezögerten Verwandlung, seine Rippen schmerzten, als könnte es sein Fleisch nicht erwarten, endlich aufzuklaffen und die Kiemen zu entblößen.

Den Tag würde er im Meer verbringen, die Nacht im Dachzimmer. Beide Aussichten erfüllten ihn mit wilder Freude. Als er noch einmal seine Lungen mit Luft füllte, roch er ganz leicht den Duft von Schnee. Vielleicht würden sie heute Nacht gemeinsam durch das Fenster den Flocken zusehen, während ihr nackter Körper in seinen Armen lag.

Oh ja, für sie zu sterben, wäre der schönste aller Tode. Er erinnerte sich daran, wie das Leben aus ihm herausgeflossen war, so als wäre die Seelenkraft ein Strom und sein Körper ein gebrochener Damm. All diese Lebendigkeit in Fae hineinströmen zu lassen, war das Erfüllenste gewesen, das er je empfunden hatte.

Kjell starrte auf die beiden sanften Wölbungen, die sich unter ihrem Pullover abzeichneten. Die Fransen des Schals wehten im Wind und strichen liebkosend darüber. Ihm lief das Wasser im Mund zusammen.

„Schluss mit dem Geflirte." Ukulele klopfte ihm auf die Schulter. „Mach dich auf den Weg. Wir sehen uns heute Abend."

Kjell nahm die Kamera und kletterte die Leiter hinunter. Als er sich in das Wasser gleiten ließ und ein erlösender Schauer durch seinen ausgetrockneten Körper ging, heftete sich Faes Blick auf ihn. Sehnsüchtig lächelte sie ihm zu.

„Sobald es wärmer wird, nehme ich dich mit."

Ihre Augen leuchteten auf. „Ins Meer?"

„Überall hin. Es gibt so viel, was ich dir zeigen will."

„Was du uns zeigen willst", korrigierte Ukulele. „Sobald sich Alexander wieder eingekriegt hat, legen wir los. Wir alle zusammen natürlich. Das wird der Hammer."

„Glaubst du denn, er kriegt sich wieder ein?“, fragte Fae.

„Ganz sicher. Wart's nur ab. Er braucht ein bisschen Zeit für sich, aber ich verwette meine letzte Toffifee-Schachtel, dass er bis zum Wochenende sein dreckiges Grinsen wiedergefunden hat.“

Kjell rückte die Kamera unter seinem Arm zurecht und spürte einen hauchfeinen Stich in seinem Inneren, als Fae zu Ukulele ging und ihn umarmte. War es das, was die Menschen Eifersucht nannten? Nicht gerade angenehm, mit solch einem Gefühl zu schwimmen, noch dazu bepackt mit dieser merkwürdigen Kamera.

Endlich schloss sich das Wasser über seinem Kopf, und sein Körper begann fast augenblicklich, sich zu verwandeln.

Nach mehreren Tagen in menschlicher Gestalt war jedes Detail dieses Prozesses wie ein Feuerwerk der Gefühle, intensiv bis zur Schmerzgrenze. Begleitet von einem elektrisierenden Prickeln, verschmolzen seine Beine zu einem einzigen Körper und die Füße zu einem Klumpen, der sich nach und nach zur Fluke entfaltete. Es war pure Befreiung. Nein, mehr als das. Es fühlte sich fast so gut an wie diese gewaltige, atemberaubende Welle aus Glück und Befriedigung, die über ihn kam, wenn er sich mit Fae paarte.

Kjell ließ sich in den Genuss fallen, bis er spürte, dass diesmal noch mehr mit seinem Körper geschah. Die Verwandlung endete nicht, wo sie sonst endete. Stacheln wuchsen aus seinen Unterarmen, denen ähnlich, die sich auf seinem Rücken durch die Haut bohrten, aber ohne Membranen dazwischen. Seine Finger wurden noch länger, die Schwimmhäute dazwischen ausgeprägter. Als er einen Druck an seinen Schläfen spürte, griff er hoch und ertastete merkwürdige Auswüchse, drei auf jeder Seite. Auch sein Gesicht schien sich zu verformen, und ehe er wusste, wie ihm geschah, richtete er die Kamera auf sich selbst. Ein diffuser Schimmer war auf der gläsernen Linse zu sehen, viel zu undeutlich, um zu erkennen, wie er wirklich aussah.

Kjell drehte die Kamera wieder um und sah an sich hinab. Sein unterer Körper war noch leuchtender, noch weißer, die ovalen Schuppen hatten an Zahl zugenommen. Entlang der Rückenlinie des Fischleibs entdeckte er eine langgezogene, aufgestellte Flosse, die er zum ersten Mal an sich sah. Hatte es etwas mit seinem Tod zu tun? War er als etwas noch Fremdartigeres zurückgekommen?

Die Antwort war einfach und erschreckend.

Er war nie ein Geschöpf dieser Erde gewesen, aber jetzt war er es noch viel weniger. Er sollte nicht hier sein. Es war falsch. Die Erkenntnis war so klar, dass er sich für einen Augenblick nicht rühren konnte.

Lass los!, forderte die hungrige, wilde Stimme in ihm, und diesmal war sie so deutlich, als spräche ein reales Wesen die Worte in sein Ohr. *Sie ist nur ein Mensch. Du weißt, dass du sie in der anderen Welt vergessen wirst. Früher oder später.*

Kjell hasste sich für diesen Gedanken, kaum dass er in seinem Kopf entstanden war.

Nein! Sie stirbt, wenn ich gehe. Das lasse ich nicht zu. Außerdem will ich sie nicht vergessen. Ich will bei ihr sein.

Fast meinte er, ein höhnisches Lachen in seinem Kopf zu hören.

Dann wird es böse enden. Du stellst dich gegen dein Schicksal. Fae ist nichts von Bedeutung. Es ist viel wichtiger, nach Hause zu gehen. Hier bist du nur ein Geschöpf, das fremd und allein ist. Und das gejagt wird. Hast du vergessen, dass dir jemand fast das Herz herausgeschnitten hat? Die Menschen lechzen nach Unsterblichkeit. Sie verzehren sich danach. Dein Blut und dein Fleisch kann sie ihnen geben. Ein Grund mehr, in die andere Welt zu gehen.

Kjell presste eine Hand auf seine Stirn. Der andere wollte und wollte nicht verschwinden, nistete sich stattdessen wie ein Parasit in seinem Kopf ein.

Nicht ohne Fae. Niemals!

Dann muss sie sterben, gab die Stimme kalt zurück. *Nur ihre Seele kann dir folgen, nicht ihr Körper.*

Es war, als tobe eine Schlacht in seinem Schädel. Der andere wisperte und zischte, zerrte sein Denken hin und her, bis er nicht mehr wusste, was er überhaupt dachte und sein Geist sich in einen Strudel ohne Richtung verwandelte.

Hör auf zu denken. Schwimm weiter.

Kjell flüchtete in das endlose Blau, das sich in all seiner gewaltigen Weite vor ihm öffnete. Es war ungewohnt, mit solch einem sperrigen Ding zu schwimmen. Es machte ihn plump und langsam, aber ihm war ohnehin nicht danach, sich zu beeilen. Er vermisste Fae, hungerte nach ihrer Nähe und hatte doch das Bedürfnis, eine Zeit lang allein zu sein. Seine wirren Gedanken kamen nur langsam zur Ruhe. Es war ihm egal, ob es richtig oder falsch war – er wollte bei ihr sein.

Und bei ihr bleiben.

Langsam durchmaß er das flache Meer, strich über den sandigen Grund und drehte sich auf den Rücken, um das Flimmern und Tanzen der Oberfläche zu filmen, auf deren Wellen das Licht des verschleierten Tages glänzte.

Seine Rufe, die er aussandte, fanden eine Zeit lang keine Antwort. Die See blieb leer und leblos. Aber als er sich einer Felseninsel näherte, hörte er die Stimmen einiger alter Bekannter.

Neun Schwertwale.

Sie verhielten sich leise und schienen nicht gestört werden zu wollen, aber als Kjell sie freundlich darum bat, ihn willkommen zu heißen, riefen sie ihm eine Einladung zu.

Dunkle Steine begannen den Meeresboden zu sprenkeln, nahmen an Zahl zu und wuchsen zu einem felsigen Hang an, in dessen Spalten und Ritzen zahllose Wesen Unterschlupf gesucht hatten. Zwischen Kaltwasserkorallen und Wachsrosen tummelten sich Fische, Krebse und Garnelen. Manchmal hielt er inne, um das geschäftige Treiben zu filmen, und als ein Krake neugierig aus seiner Höhle kroch, um ihn in Augenschein zu nehmen, erlaubte sich Kjell eine längere Pause. Selten erregte seine Anwesenheit keine Massenansammlung. Dafür gab es zu viele neugierige Wesen im Meer. Er musste nur eine Weile an einem Ort verharren, um eines nach dem anderen anzulocken. Auch diesmal währte es nicht lange, bis über seinem Kopf ein Heringsschwarm kreiste. Kabeljaue und Makrelen kamen nach einer Weile hinzu, dann ein großer Heringskönig, der ihn zutraulich umkreiste und sich sogar berühren ließ. Aus hundert Fischen wurden tausend, aus tausend ein ganzer Sturm. Unzählige silbrige Leiber tanzten um ihn herum, bis die Meeresräuber kamen und den Schwarm auseinandertrieben.

Gleißend funkelten die Luftblasen im Gefieder der Seevögel, die sich ins Wasser stürzten und die oberflächennahen Fische fingen. Ein paar Haie und Seehunde trennten einen Teil des riesigen Schwarms ab, umzingelten ihn und stießen immer wieder vor, bis sich die Fische zu einem panisch rotierenden Ball zusammenfanden und damit ihr Schicksal besiegelten.

Die Vögel griffen von oben an, Haie und Seehunde von unten und von den Seiten. Ein Fisch nach dem anderen verschwand in hungrigen Mäulern und Schnäbeln. Bald waren nur noch silberne Schuppen übrig, die wie Schneeflocken in die Tiefe rieselten.

Kjell schwamm weiter, schwenkte nach einer Weile gen Osten und fand die Stelle unmittelbar vor einer Sandbank, an der der Grund aus Kieseln bestand. Trotz der großen Fischjagd, die ihnen nicht entgangen war, hatten die Schwertwale ihre Körperpflege nicht unterbrochen. Behäbig rieben sie ihre schwarzweißen Körper an dem steinigen Grund, drehten sich mal auf die Seite, mal auf den Rücken, damit jede Stelle von den Kieseln abgerieben wurde.

Kjell blieb neben einem großen, runden Felsen und döste vor sich hin. War es wirklich möglich, den Menschen das Meer durch seine Augen zu zeigen? Dazu gehörte viel mehr als irgendwelche Bilder, die die Landbewohner sehen würden, während sie auf Sofas oder in Sesseln hockten. Wie sollten sie je begreifen, was das Meer wirklich ausmachte? Sie hörten nicht, was er hörte. Sie fühlten nicht, was er fühlte. All die unzähligen Laute und Gefühle, die das Wasser in sich trug. All die Erinnerungen aus unendlich langer Zeit, all die unhörbaren und unsichtbaren Botschaften, die sich ihm erst nach jahrelangen Wanderungen durch die Ozeane eröffnet hatten und nun von überall her auf ihn eindrangen.

Vor allem würden die Menschen eines nicht nachvollziehen können: Die uralte Macht des Meeres, die in seinem Herzschlag pulsierte und in seinem Blut brannte.

Du löst etwas aus, hörte er Alexanders Stimme sagen. *Du berührst unsere Seelen. Zusammen könnten wir die Menschheit verändern.*

War das wirklich so? Konnte er ein Vermittler zwischen den Menschen und seiner Heimat werden?

Niemals, meldete sich wieder die hämische Stimme des anderen zu Wort. *Sie werden einfach weiter zerstören, vergiften und töten. Egal was du ihnen zeigst. Erst wirst du sterben, dann das Meer. Am Ende bleibt nichts übrig.*

Kjell setzte sich in Bewegung. Er schwamm durch die Orcaschule hindurch, ohne dass eines der Tiere ihn beachtete. Vor der Südseite der Sandbank wuchs ein Tangwald, in dem zwei Jungtiere spielten. Übermütig bewegten sie sich durch die Stängel der Pflanzen, die sich in der Strömung wiegten, genossen das Kitzeln der Blätter an ihren Körpern und wetteiferten darum, wer am elegantesten und schnellsten im Zickzack durch den Tangwald huschen konnte. Kjell ließ sich auf den sandigen Grund sinken, drehte sich auf den Rücken und richtete die Kamera auf die Oberfläche. Sonnenschein fiel in schrägen Säulen durch den Tang, alles flirrte und tanzte und bewegte sich, wiegte sich hin und her, hin und her … Blätter streiften seine Haut, dunkle Schatten glitten über ihn hinweg … die Strömung hob ihn auf und nieder, schläferte ihn ein … hin und her, auf und nieder … immer langsamer, immer träger.

Die Gedanken entglitten ihm, die Kamera sank zu Boden.

Er kam erst wieder zu sich, als eine plötzliche Strömung ihn zur Seite drückte und sein Rücken über Sand schrammte. Blinzelnd öffnete er die Augen. Nein, keine Strömung, sondern ein Schwertwalkalb, das ihn neugierig anrempelte. Ein anderes Tier nahm die Kamera in Augenschein, packte sie mit den Zähnen und schüttelte sie hin und her.

Kjell warf dem Tier einen scharfen Befehl zu. Die Kamera fiel in den Sand, doch das zweite Kalb, das ihn unsanft angestoßen hatte, begann erneut mit ihm zu spielen. Stück für Stück wurde er über den Sand geschoben.

Hör auf!

Der Orca ließ tatsächlich von ihm ab, aber nicht, weil er seinem Befehl gehorchte. Ein Schwarm großer Quallen dümpelte durch den Tangwald und lenkte die Aufmerksamkeit der beiden Kälber auf sich. Drei der Gallertwesen fanden ihr Ende zwischen zuschnappenden Zähnen, die anderen mussten damit leben, zum Spielball zu werden. Eine Weile waren die beiden Orcas damit beschäftigt, sich gegenseitig die Quallen zuzuschubsen, bis auch diese Unternehmung langweilig wurde und sie sich wieder Kjell zuwandten. Pfeifend und klickend umkreisten sie ihn, während er sie dabei filmte.

Was kann es?, verlangten sie mit sanften Kopfstößen gegen seine Schulter zu wissen. *Wozu ist es gut? Zeig es uns.*

Kjell überlegte. Wale kannten keine Worte, nur Gefühle und Bilder waren ihnen vertraut. Er dachte an die flimmernden Kisten, vor denen die Menschen saßen, um weit entfernte Dinge zu sehen – oder ihresgleichen, die von weit entfernten Dingen erzählten –, aber er hatte kaum mit der Umschreibung begonnen, als er bereits merkte, dass die Tiere sie nicht begriffen. Es war zu fremd für sie. Zu seltsam.

Sie umkreisten ihn noch einige Male, dann kehrten sie zu ihrer Herde zurück. Über ihm dämmerte bereits der Abend. Hatte er so lange im Tangwald geschlafen? Im Meer verlor er oft das Gefühl für die Zeit, oder besser gesagt, hatte er sich bisher nicht um sie gekümmert. Aber jetzt wartete Fae auf ihn. Er wollte endlich wieder ihre Stimme hören, ihre

Hände auf seiner Haut spüren und ihren süßen, weichen Menschengeruch atmen.

Kjell achtete nicht weiter auf die Kamera, klemmte sie sich einfach unter den Arm und schwamm los. Vermutlich filmte sie ohnehin nicht mehr. So, wie den Menschen unter Wasser schnell die Luft ausging, versagten auch ihre Hilfsmittel nach kurzer Zeit.

Er war schnell, aber nicht schnell genug. Was für ein seltsames Gefühl, so gehetzt zu sein. Sein Herz hatte noch nie so wild geschlagen, nicht einmal in jenen Augenblicken, in denen er um sein Leben gefürchtet hatte.

Als der Schatten des Schiffes über ihm auftauchte, fühlte sich sein Blut wie Lava an. Es war herrlich. Berauschend und aufregend. Der Mond versilberte das Meer, als er vor der Leiter auftauchte, die Kamera dem bereits wartenden Hawaiianer übergab und an Bord kletterte. So betäubt konnten die Sinne der Menschen nicht sein, wenn sie sein Kommen gespürt hatten.

Nein, erinnerte er sich im nächsten Moment. *Sie haben dieses Ding im Schiff, das ihnen sagt, was im Meer ist. Dieses … wie hieß es noch gleich? … Sonar?*

„Einen schönen Tag gehabt?" Ukulele gab ihm eine der kratzigen, grauen Decken. Kjell nahm sie dankbar entgegen und wickelte sich darin ein. Der Hawaiianer, Henry und Fae waren bis zur Nase in dicke Kleider gehüllt, ihre Zähne klapperten vor Kälte. Er hingegen spürte nicht einmal einen Hauch von Kühle. Plötzlich wurde ihm wieder bewusst, wie sehr er sich von diesen Geschöpfen unterschied, und die Wahrheit in den Worten des anderen drohte ihn zu überwältigen. Aber dann sah er Faes Lächeln, und es war so wunderschön, dass es jeden Zweifel fortwischte. Sie kam zu ihm, legte ihre Hände auf seine Schultern und küsste ihn. Sicher war er für sie wie ein Eisblock, aber wenn es so war, dann zeigte sie es nicht. Er seufzte wohlig, als sie beide Hände in seine tropfenden Haare grub und ihn noch verlangender küsste. Beim schlingenden Pelikanaal, er wollte allein mit ihr sein. Er musste allein mit ihr sein. Jetzt! Sofort!

„Kommt ihr mit?", fragte Ukulele. „Wir sehen uns das Video an."

„Nein. Wir …"

Kjell unterbrach Fae, indem er einen Finger auf ihre Lippen legte. Sie waren so warm und seidig und fühlten sich feucht an. Seine Gedanken verselbstständigten sich. Was wollte er noch mal sagen? Warum wollte er sie nicht sofort über seine Schulter werfen und in ihre Koje tragen?

Ah ja, genau, weil er wissen wollte, was vorhin im Wasser mit ihm geschehen war.

„Nur ganz kurz, Fae. Am Anfang des Filmes ist etwas, das ich sehen muss."

„Was denn?" Ihre Neugier war geweckt. „Was kann wichtiger sein als …" Sie führte den Satz nicht zu Ende, sondern umfasste mit einer Hand seinen Hintern und lächelte verführerisch.

„Schau es dir einfach an." Ein wimmelnder Krillschwarm ballte sich zwischen seinen Beinen zusammen. „Danach gehöre ich die ganze Nacht lang dir."

„Das klingt wunderbar", gurrte sie in sein Ohr. „Was hast du gefilmt?"

„Mich."

Sie schnalzte mit der Zunge. „Böser Fisch. Das solltest du doch nicht."

„Aber die Verwandlung war diesmal anders. Es ist mehr geschehen."

„Mehr?"

„Sonst blieb mein Gesicht menschlich, aber diesmal …"

… war nichts mehr menschlich an dir, beendete der andere seinen Satz. *Du bist endgültig das geworden, was du schon immer sein solltest. Und du hast Angst davor. Du lässt es nicht zu. Du hast Angst, weil du diesen Menschen liebst. Ohne sie wärst du frei. Frei zu sein, was du bist. Frei zu tun, was du tun willst. Und vor allem frei zu gehen.*

Kjell gab ein wütendes Knurren von sich.

„Alles okay?" Faes Hand legte sich zart auf seine Wange. Überrascht bemerkte er, dass sie plötzlich neben Ukulele in der Kajüte standen. Warum erinnerte er sich nicht mehr daran, hierher gekommen zu sein? Vor ihnen flimmerte der Bildschirm. Henry war gerade dabei, etwas aus der Kamera herauszuholen und in einen schnurrenden Kasten zu stecken, der neben dem Tisch stand. Der Name des Dings fiel ihm nicht ein. Er hatte in Zeitschriften darüber gelesen, aber es hatte ihn nie sonderlich interessiert. Der Platz in seinem Gehirn war für spannendere Dinge vorgesehen gewesen.

„Ja", murmelte Kjell. „Alles okay."

„Wirklich?"

Er öffnete die Decke, hüllte Fae darin ein und zog sie an sich.

„Brrrr", machte sie. „Tiefkühlfisch."

Kjell entfuhr ein Lachen. Er wollte sie von sich fortschieben, aber Fae schnurrte genießerisch und drückte sich nur noch fester an ihn. Ihre

Hände glitten über seinen nackten Rücken, ihre Wange ruhte auf seiner Brust. Wie warm sie war. Wie verletzlich.

Ich mache sie stark. Jeden Tag wird sie stärker. Was sich so gut anfühlt, kann nicht falsch sein. Ich weiß es.

Die boshafte Stimme schwieg. Aber er wusste, was der andere sagen wollte. Denn dieser Gedanke geisterte unaufhörlich als Schatten durch seinen Kopf.

Es gibt jemanden, der dich töten will.

Und wenn er von Fae erfährt, weißt du, was geschehen wird.

Kjell fühlte einen scharfen Stich im Herzen, als hätte das Messer doch noch getroffen. Die Wunden waren verheilt, ausgelöscht von der Kraft des Meeres, dem letzten Rest Energie, den die Lichtwesen für ihn geopfert hatten, und vor allem durch Faes Seele.

Was immer geschehen war, es hatte sich hoch im Norden zugetragen. Irgendwo im Eis des arktischen Meeres. Er erinnerte sich daran, weit geschwommen zu sein, so weit, bis sich die grünen Nordlichter auf treibenden Schollen gespiegelt hatten. Aber war es weit genug?

Ein Beben durchlief seinen Körper.

„Schschsch", raunte Fae. „Du zitterst ja. Was ist los? Ist dir kalt?"

Er schüttelte den Kopf. Ihr studierender Blick ging ihm durch Mark und Bein.

„Du hast Angst", erkannte sie treffsicher. „Ist es wegen dem, was passiert ist? Hast du Angst davor, dass der, der das getan hat, dich wiederfindet?"

„Nein." Kjell ließ seine Hände über ihren Körper wandern, spürte ihre zarten Knochen, ihre weiche Haut und ihre verwundbare Zierlichkeit. „Ich habe Angst, dass er dich findet."

„Mach dir keine Gedanken." Sie lehnte ihre Stirn gegen sein Kinn. „Unser Haus hat eine Alarmanlage. Henry und Alexander wissen gut mit Waffen umzugehen. Alle drei waren schon in Teilen der Erde unterwegs, in die kein vernünftiger Mensch einen Fuß setzen würde. Bei uns bist du sicher. Du merkst es ihm vielleicht nicht an, aber vor allem Ukulele passt auf wie ein Schießhund, seit das hier passiert ist."

Sie berührte die Narbe, wo das Messer auf sein Herz gezielt hatte. Wieder durchzuckte ihn ein stechender Schmerz, aber er legte seine Hand dennoch auf ihre, um sie genau dort zu halten, wo sie war.

„Großer Gott, bist du das?"

Henrys verblüffter Ausruf ließ sie herumfahren. Kjell sah auf den Bildschirm und öffnete in stummer Fassungslosigkeit den Mund.

„Oh." Mehr kam nicht über Faes Lippen. Sie beugte sich vor, ohne ihn loszulassen, gab seltsame Laute von sich und berührte mit ihrem Zeigefinger das furchterregende Gesicht auf dem Bildschirm.

Bin das wirklich ich?

Ja, wisperte der andere. *Sieh es dir genau an. Das ist dein wahres Ich.*

Ein Wesen von schrecklicher Fremdartigkeit blickte ihm entgegen. Eiskalt, frostig und furchterregend. Im flimmernden Silber und Türkis der schräg gestellten, riesigen Augen sah er schwarze Schlitze. Schuppen glänzten auf seinen Wangen, Stacheln wuchsen aus seinen Schläfen. Oder waren es viel eher Hörner, weiß und nach hinten gebogen, die sich in einer Reihe bis zu seinem Hinterkopf zogen und aus den silbernen Haaren ragten? Die Kamera zeigte seine Gestalt bis zur Brust, und die war nahezu völlig von weißen Schuppen bedeckt, die schillerten und glänzten, sobald er sich bewegte.

Nein, an diesem Wesen war nichts Menschliches mehr. Es war etwas, das nicht in die Welt gehörte.

Genauso wenig wie die Seele, sagte der andere. *Und wie die Geschöpfe, die aus ihr herauskommen. Sie alle sollten nicht hier sein. Sie haben sich verirrt, wurden aus ihrer wahren Heimat herausgerissen und in das irdische Meer geworfen. Es ist nicht ihre Welt. Sie sollten nicht hier sein. Es ist ein Fehler … ein Fehler …*

„Du gehörst hierher." Fae küsste ihn. Wütend und hungrig. Konnte sie etwa seine Gedanken lesen? „Du gehörst hierher, hast du verstanden? Zu mir. Es ist deine Entscheidung. Du bist zuhause, wo du geliebt wirst."

Kjell blickte auf. Henry und Ukulele starrten ihn aus großen Augen an.

„Wenn das meine Großmutter sehen könnte", flüsterte der Hawaiianer. „Was ist da passiert? Du siehst aus, als würdest du dich dasselbe fragen."

Kjell antwortete nicht. Benommen verfolgte er seine Aufnahmen, die über den Bildschirm flimmerten. Den Tanz der Fischschwärme, die Jäger des Meeres, die Schwertwale im Tangwald. Sonnenlicht fiel in schrägen Säulen durch die wogenden Stängel, die Strömung wiegte alles hin und her, ließ die Welt tanzen, in einer trägen und unaufhörlichen Bewegung, in der es niemals Stillstand gab.

Die andere Welt …

Plötzlich sehnte er sich so heftig nach ihr, dass ihm die Luft wegblieb. Er sehnte sich nach der Ferne, die so weit, so unendlich weit war, dass der Versuch, sie sich vorzustellen, fast in Wahnsinn endete. Er sehnte sich nach dem riesigen, blauen Mond, dem vielfarbigen Himmel und dem unendlichen, stillen Meer, in dem sich unfassbar weit entfernte Nebel und Galaxien spiegelten.

Das Video endete während seines Halbschlafs am Grund des Meeres. Eine Weile sagte niemand etwas. Kjell schmiegte seine Lippen an Faes Haar und beruhigte sich an ihrem Geruch.

„Danke“, flüsterte Ukulele schließlich. „Das war unbeschreiblich.“

„Warum siehst du dann so enttäuscht aus?“, brummte Fae.

„Weil es anders ist, wenn wir tauchen. Das Meer ist anders, verstehst du? Alle Tiere, denen wir begegnen, sind anders. Das da“, er deutete auf den Bildschirm, „ist das wirkliche Meer. So werden wir es nie sehen, weil wir nicht dazugehören.“

Kjell schob Fae von sich und ging aus dem Zimmer. Als er die winzige Koje betrat, die ihnen beiden gehörte, war er nur kurz allein. Im Dunkeln setzte er sich auf das Bett, hörte, wie die Tür leise aufging und wie sie sich ebenso leise wieder schloss. Arme schlangen sich um ihn. Warme Finger griffen nach der Decke, zogen sie von seinem Körper und ließen sie zu Boden gleiten.

Hier gab es keine Schlüssel, aber weder Henry noch Ukulele würden sie stören. Wenigstens hoffte er das. Schwer atmend glitt Fae auf seinen Schoß, sah ihn einen Augenblick lang an, als sei sie aus einem Traum erwacht, und presste sich plötzlich mit einem solch verlangenden Ruck an ihn, dass er scharf nach Luft schnappte. Genau auf seiner Augenhöhe drückten sich die harten Spitzen ihrer Brüste durch den Pullover. Allein der Anblick ließ seinen Körper lichterloh brennen.

Er spürte nicht länger das Schiff um sich herum, dachte nicht länger über Stimmen oder ferne Welten nach. Er war sich nur noch der weichen, warmen Haut bewusst, die er unter seinen Lippen und seinen Händen spürte, hörte nur noch Faes leises Seufzen und das rhythmische Keuchen ihres Atems. Ungeduldig streifte er ihr den Pullover über den Kopf, während sie mit zitternden Fingern über seine Brust kratzte. Wieder und wieder küssten sie sich, während er allen störenden Stoff von ihrem Körper riss. Der Druck zwischen seinen Beinen wurde unerträglich, als sich ihr heißer Körper an ihm rieb und ihre Finger sich in sein Haar krallten. Faes Zungenspitze glitt über seinen Hals, fuhr die Linie seines Kiefers nach und berührte seine Lippen, bis er ihren Mund erneut mit einem Kuss verschlang und sie so fest an sich drückte, dass ihr ein Keuchen entwich.

„Es tut mir …"

Sie gab nur ein Knurren von sich, packte ihn und warf ihn auf das Bett. Eine schnelle Drehung, ein heiseres Lachen, und er hatte die Kontrolle zurückgewonnen. Mit einer schnellen, gierigen Bewegung drang er ihn sie ein, trank Faes leisen Schrei mit einem Kuss und spürte, wie ihm jede Sanftheit entglitt.

Wie Seeleoparden rollten sie sich herum, knurrten und kämpften, besiegten und eroberten sich gegenseitig. Selbst die Gier des anderen verbrannte in diesem urtümlichen Feuer, bis Kjell glaubte, in seiner eigenen Lust zu verglühen.

Schweißüberströmt lagen sie irgendwann zwischen den Laken, nach Luft ringend, zu Tode erschöpft, doch auf Faes Gesicht sah er das zufriedenste, glücklichste Lächeln, das er je an ihr gesehen hatte. Er hielt sie in seinen Armen, so sanft, wie ihr Liebesspiel zuvor grob gewesen war, schmiegte seine Wange an ihr Haar und schloss die Augen, um den Moment festzuhalten.

Es währte nicht lange, bis Müdigkeit ihn einhüllte wie warmes, schwarzes Wasser. Er träumte, dass sie gemeinsam durch das Meer der anderen Welt tauchten, frei und sorglos, ohne Gedanken an das, was war, oder an das, was sein würde. Über ihnen stand der riesenhafte, blaue Mond, umkreist von seinen drei blasseren Geschwistern. Alles war weit, alles war grenzenlos in diesem Meer, dessen kristallene Fläche von vereinzelten Sandinseln gesprenkelt war. Fae war nicht länger ein Mensch. Sie war stark. Ewig jung. Wunderschön und frei …

Ein urzeitliches Dröhnen zerfetzte die friedvolle Welt und schleuderte ihn zurück in die Wirklichkeit. Er trieb über dunklem, eisigem Wasser, blutend aus einer tiefen Wunde, die sich quer über seine Brust zog. Alles war so schnell geschehen, dass er nicht einmal sagen konnte, woher die Verletzung stammte. Etwas war aus dem Nichts gekommen, blitzschnell und messerscharf. Etwas, das das Meer mit seinem grauenvollen Brüllen erfüllte. Seine Hand griff nach dem klaffenden Schnitt, aus dem sich eine dunkle Wolke ins Wasser ergoss.

Und dann sah er es.

Unter ihm bewegte sich ein gigantisches, hässliches Tier. Tentakel zuckten blitzschnell aus seinem riesigen Schlund, schlugen nach ihm und trafen ihn erneut mit einer Wucht, die ihm den Atem nahm. Zähne gruben sich in sein Fleisch, schlitzten es auf und zogen sich wieder zurück.

Ein kurzer Moment, in dem er nach Blut schmeckendes Wasser durch die Kiemen presste, und zum dritten Mal fielen die Tentakel über ihn her. Kjell versuchte zu fliehen, aber das Ungeheuer war schneller. Zwei der Tentakel zogen sich um seinen Körper zusammen und drückten so fest zu, dass seine Rippen knackten. Sie drückten ihm die Kiemen zu, zerquetschten seine Lungen und machten jeden Atemzug unmöglich. Halb besinnungslos zog und zerrte er an den schleimigen Fesseln, doch seine Kräfte waren nichts gegen die Urgewalt des Ungeheuers. Das Wesen brüllte seinen Hunger hinaus, aber es zog ihn nicht zu seinem weit aufgerissenen Maul, sondern hob ihn aus dem Wasser, warf ihn auf harten Grund und zog sich wieder zurück. Kjells Blick war vom Schmerz verschwommen. War er auf einem Schiff?

Ja, ein Schiff voller Menschen.

Und sein Bewusstsein schwand schnell.

„Es tut mir leid."

Schatten fielen über ihn, verdunkelten alles. Er spürte Hände, wehrte sich dagegen, und verbrannte plötzlich in einem sengenden Feuer, das unterhalb seiner Rippen ausbrach.

Fae … Fae …

Ich muss sie retten … ihr helfen … aber ich sterbe.

Schwärze hüllte ihn ein. Er trieb durch ein kaltes, stilles Meer. Zeit wurde bedeutungslos und löste sich in wirren, schmerzdurchtränkten Träumen auf. Dann fühlte er Sand unter sich, und in ihm klaffte eine solche Sehnsucht, dass sie jede körperliche Qual überstrahlte.

Fae!

Er rief ihren Namen. Immer wieder, immer wieder. Aber die Nacht blieb eisig und still. Ihm war kalt. Er zitterte, wand sich vor Schmerzen und fühlte den Würgegriff einer Einsamkeit, wie er sie niemals zuvor empfunden hatte.

Fae! Ich bin hier …

Tränen gefroren auf seiner Haut, der Wind fing sich in klaffenden Wunden. Er wurde schwächer, immer schwächer.

Fae! Ich kann nicht mehr …

Alles verschwand. Löste sich auf. Und plötzlich wusste er, wo er sich befand. Wusste, was geschehen war. Kjell zuckte so ruckartig hoch, dass ihn der Schwindel übermannte.

Nur ein Traum!

Nein, falsch! Erinnerungen.

Um ihn herum sah er die Wände der Koje. Fae redete sanft auf ihn ein, küsste und beruhigte ihn. Aber er fühlte noch immer das Strömen des Blutes, spürte das Messer in seinem Brustkorb und diese schreckliche, unerträgliche Einsamkeit. Keuchend rang er nach Luft.

Immer noch nicht … brauche Luft … muss atmen … Halt! Nicht mit den Kiemen, mit den Lungen. Ich bin an Land. An Land!

Kjell hustete. Er presste die Hände auf seine Seiten und spürte, wie sich die klaffenden Schlitze schlossen. *Atme! Atme!* Kein Salzwasser rann aus seiner Kehle. Es gab nichts, das ausgehustet werden musste. Röchelnd saugte er Luft in seine brennenden Lungen. Endlich nahmen sie ihre Arbeit wieder auf. Erschöpft sackte er in Faes Armen zusammen und ließ zu, dass sie ihn wiegte wie ein Kind.

„Schschsch. Ganz ruhig. Beruhige dich. Alles ist gut."

Mit einer Hand streichelte sie sein Haar, mit der anderen fuhr sie über seinen Rücken. Ihre Berührungen und ihre Stimme wischten langsam, ganz langsam, den Albtraum beiseite. Kjell atmete tief und langsam, während er ihren zarten Körper als Stütze nahm.

„Hast du gesehen, wer es war?", flüsterte sie.

„Da war ein Ungeheuer", brachte er hervor. „Ein Monster. So groß wie die Wesen aus der anderen Welt. Es packte mich und schleuderte mich auf ein Schiff."

Er spürte ihre Angst, als sie antwortete: „Es kam auch durch das Portal?"

„Ja. Aber es sollte nicht hier sein. Es muss sich verirrt haben. Oder es wurde in diese Welt gezwungen. Die Wesen, die ich dort drüben gesehen habe, waren friedlich. Aber dieses Ungeheuer muss wahnsinnig geworden sein. Alles, was ich fühlte, war seine Wut und sein Schmerz. Es ist noch älter als der Narwal. Viel älter. Es kam mir vor, als wäre es so alt wie die Zeit. Vielleicht war es das erste Wesen, das aus der anderen Welt hierher kam, aber es hat sich verändert. Es hat nichts mehr mit dem zu tun, was es einmal gewesen ist."

„Dieses Monster jagt dich?“

Kjell nickte erschöpft. „Es gehorcht einem Menschen.“

Sie wurde noch blasser als ohnehin schon. „Wem?“

„Ich weiß es nicht. Sein Gesicht war verschwommen.“

Wieder begann sie, ihn zu wiegen. Fae fürchtete sich, und er konnte nichts tun, um ihr diese Angst zu nehmen.

„Die Erinnerung kommt bald zurück“, flüsterte sie. „Ganz sicher.“

„Vielleicht.“ Kjell wappnete sich für das, was er zu sagen hatte. Ihm blieb keine Wahl. Nicht diesmal. Auch wenn er daran zugrundegehen würde. „Hör zu, Fae, ich darf nicht mehr ins Meer. Es spürt mich. Vielleicht ist es schon zu spät, und es weiß, wo ich bin. Wir müssen zurück. Weg vom Wasser. Und dann …“

„Oh nein.“ Sie wusste, was er tun wollte. „Du wirst nicht gehen. Schlag dir das aus dem Kopf.“

„Fae, es wird euch töten!“

„Nein! Das wird es nicht. Ich sage Ukulele Bescheid. Alles wird gut.“

„Das wird es nicht. Wenn ich bei euch bleibe, müsstet ihr weg von eurem Haus. Es steht zu nah am Wasser. Und wenn er weiß, wo ich bin … nein!“ Er fing Faes Gesicht ein und zwang sie, ihn anzusehen. „Ich muss gehen. Es gibt keine andere Möglichkeit. Wenn es mich erwischt, gut. Dann ist es so. Aber ich kann euch nicht in Gefahr bringen.“

„Nein!“, wiederholte Fae. „Auf gar keinen Fall.“

Ihre Qual zu sehen, schmerzte schlimmer als die scharfen Zähne des Monsters und schlimmer als das Messer des Fremden, an dessen Gesicht er sich nicht erinnern konnte. Er wusste, was ihn erwarten würde, wenn er jetzt verschwand. Diese felsenschwere, würgende Einsamkeit, an der er langsam ersticken würde.

„Bitte, Fae.“ Er lehnte seine Stirn gegen ihre. „Bitte. Lass mich gehen.“

„Alexander hat dieses Haus in Galway.“ Sie gab nicht auf. Sie würde nie aufgeben. „Dort können wir uns verstecken. Dort bist du sicher. Verstehst du nicht? Im Meer wird es dich finden, aber in einer Stadt kommt es nie auf deine Spur.“

Kjell spürte, wie er unter Faes Blick und ihrer flehenden Stimme zerschmolz. Sein Wille schwand, zurück blieb nur diese wilde, unbezwingbare Liebe.

„Ich brauche Wasser“, hörte er sich flüstern. „Und dort gibt es keines.“

„Doch. Es gibt dort einen großen See."
„Süßwasser? Ich weiß nicht, ob das reicht."
„Wir versuchen es. Hast du nicht gesagt, die Anpassungsfähigkeit von euresgleichen wäre phänomenal? Verflucht noch mal, Kjell, ich lasse dich nicht im Stich. Du hast Angst, dass ich umgebracht werde, wenn du bei mir bleibst. Aber das Leben ist immer gefährlich. Wenn du verschwindest, werde ich auf jeden Fall sterben, verstehst du? Der Tumor kehrt zurück, mir würden höchstens ein paar Wochen bleiben. Geht das nicht in deinen verdammten Fischkopf?"
„Galway", wiederholte er. Eine Stadt. Kein Ort, an dem er sein wollte. Aber Fae hatte recht, ohne ihn würde sie wieder krank werden, so, wie es während seiner Reise in den Norden geschehen war. Oh, er hätte nie zu ihr gehen dürfen. Wäre er doch an jenem Morgen nur im Wasser geblieben.
„Gut", sagte er. „Aber wir müssen gleich morgen früh los."
„Das werden wir." Fae fiel ihm in die Arme. Es war so wunderbar, sie festzuhalten. Sie einfach nur zu spüren. „Alles wird gut. Ich weiß es."

~ Fae ~

Galway schien in erster Linie eines zu bedeuten: Regen.
Der Tag wollte und wollte nicht vergehen, während die Tropfen unaufhörlich gegen die Scheiben prasselten. Fae las die ersten zweihundert Seiten des Buches *Die Nebel von Avalon*, kochte sich und Henry eine Suppe, sah die Langfassung von *Der mit dem Wolf tanzt* und glaubte zu träumen, als die Uhr ihr sagte, es sei noch nicht einmal fünfzehn Uhr.
Okay, du bist auch seit halb sechs wach. Aber ohne Kjell dauert jede Stunde eine Ewigkeit. Du bist wegen ihm zu einem verliebten Backfisch mutiert, dem die Hormone in den Ohren gluckern.
Momentan gab es drei gute Dinge, die für den Erhalt ihrer guten Laune sorgten. Erstens: Alexander war endlich zu seinem inneren Gleichgewicht zurückgekehrt. Zweitens: Er hatte sich mit Kjell ausgesöhnt, nachdem sich beide wochenlang entweder ignoriert oder mit spitzen Bemerkungen überschüttet hatten. Und drittens: Rembrandt ging es blendend. Seit Tagen klebte der Kater praktisch an ihr oder schien zumindest mit einem unsichtbaren Gummiband an sie gebunden zu sein.

Er folgte ihr wie ein Schatten, rollte sich selbst auf ihrem Schoß zusammen, wenn sie auf der Toilette saß, und kannte keine Situation, die es nicht erforderte, anwesend zu sein. Selbst wenn Kjell und sie sich durch die Betten jagten und ihrem Hunger nacheinander freien Lauf ließen, hockte Rembrandt in unmittelbarer Nähe zum Geschehen und starrte sie aus riesigen Augen an. Fehlte nur noch, dass er Schilder mit Bewertungsnummern hochhielt.

Als Henry sah, wie sie sich gemeinsam mit Rembrandt auf dem Sofa hin und herdrehte, holte er nach Jahren wieder die alte Fidel seines Onkels heraus und spielte eines seiner schiefen Seemannslieder. Dabei kreiste er wie ein eingesperrter Tiger durch das Wohnzimmer, schüttelte das wirre Haar und sang.

Henrys Stimme war grauenvoll, aber sie passte zu einem Seemannslied wie sein vom Scotch herrührendes Lallen. Fae überwand sich und begleitete ihn lautstark. Rembrandt suchte mit erhobenem Schwanz das Weite.

„There was a little ship
and she sailed on the sea
and the name of the ship was the Turkish Revelry
she sailed down in that lonely lonesome water
she sailed on the lonesome sea."

Es war ein langes Lied, und als sie zur letzten Strophe kamen, wurde ihr flau im Magen. Henry sang allein die letzten Zeilen, begleitet vom Kreischen und Quietschen seines altersschwachen Instruments.

„He bowed on his breast
and downward sunk he
bidding a farewell to the Golden Willow Tree
he sunk in that lonely lonesome water
he sunk in the lonely sea."

Das Gefiedel endete abrupt, nur noch das endlose Tröpfeln des Regens war zu hören. Es regnete seit Tagen ununterbrochen. Alexander tätigte zusammen mit Ukulele seit dem frühen Morgen irgendwelche Erledigungen. Sie hatten Kjell am Lough Corrib abgesetzt, wo er stundenlang unterzutauchen pflegte und versuchte, sich von seiner Sehnsucht nach dem Meer abzulenken.

Fae verfluchte ihre Beine, wünschte sich einen Fischschwanz und zog sich die Decke bis zu den Ohren hoch. Zu gerne würde sie einmal durch die dunklen Tiefen des Sees schwimmen, seine Inselchen umrunden und die Geheimnisse unter Wasser erforschen, anstatt hier herumzuliegen und Löcher in die Luft zu starren.

Sie vermisste Kjell.

Die Sehnsucht nach ihm wurde im Laufe der Zeit nicht weniger, sondern nur noch stärker.

Wo sollte das nur enden?

Als sich auch noch Henry vor ihr aufbaute und aussah, als hinge ihm eine geschälte Zitrone in der Kehle quer, gab Fae ein genervtes Stöhnen von sich.

„Süße, hast du schon mal darüber nachgedacht, ob wir jemals wieder zurückgehen können? Wie stellst du dir die weitere Entwicklung vor?"

Fae grummelte etwas vor sich hin und schloss die Augen, um zu demonstrieren, dass ihr nicht der Sinn nach reden stand. Schon gar nicht, wenn es um diesen dutzendfach durchgequirlten Brei ging. Oh ja, sie hatte nachgedacht. Viel zu viel. Sie hatten alle darüber nachgedacht. Aber was zum Teufel sollte sie tun?

„Wir sind so lange hier eingesperrt", beschwerte sich Henry, „bis der ominöse Fischfleischliebhaber enttarnt und gefasst wurde."

„Falsch." Fae hielt die Augen geschlossen. „Kjell und ich sind so lange eingeschlossen. Ihr könnt tun, was immer ihr wollt."

„Und lassen euch hier allein? Vergiss es. Wenn es wenigstens ordentliches heißes Wasser gäbe und nicht nur diese lauwarme Brühe."

„Dann repariert das Heizgerät. Geld habt ihr doch genug."

„Falsch." In Henrys Schnaufen lag der ganze Frust von tagelangem Dauerregen, Langeweile und Ratlosigkeit. „Wir hatten genug Geld. Es ist ziemlich lange her, dass wir was abgeliefert haben, und die Erbschaft eurer Eltern schwindet schneller, als uns lieb ist."

„Was ist mit den Aufnahmen, die Kjell uns besorgt hat?"

„Oh ja." Henry rollte mit den Augen. „Was ist damit? Alexander hat sie auf seinem privaten Speicherstick abgeladen und hütet das Ding wie seinen Augapfel. Er will es erst rausschicken, wenn alles fertig ist, und dazu fehlt uns noch einiges an Filmmaterial."

„Dann ab auf das Schiff mit euch. Verschwindet. Geht eurer Aufgabe nach. Ihr habt jahrelang ohne übersinnliche Hilfe gefilmt."

„Vergiss es", wiederholte Henry. „Alexander lässt dich hier nicht allein zurück. Wenn Kjell sich wenigstens erinnern könnte. Es muss ein Mensch gewesen sein, und einen Menschen kann man dingfest machen. Es sei denn, deine Sardine hat Neptun verärgert, und der Stich stammte nicht von einem Messer, sondern von der Spitze eines Dreizacks. Dann wird es allerdings kompliziert. Wie tötet man einen Meeresgott?"

Fae fuhr hoch und bleckte die Zähne. „Das ist nicht witzig, Henry. Was sollen wir denn machen? Ihn aussetzen? Ihn fortjagen? Abgesehen davon bin ich kein hilfloses Ding, das bemuttert werden muss. Fahrt zurück, macht eure Aufnahmen. Wir kommen klar."

„So einfach ist das nicht. Es geht auch um Kjell. Er will ins Meer, traut sich aber nicht. Stattdessen wird er zum zahmen Süßwasserfisch. Am schlimmsten ist es für ihn, und auf Dauer wird er es nicht ertragen. So sehr er dich auch liebt."

Sie zog die Decke wieder über ihren Kopf. „Ja, ja, ja. Verdammt und zugenäht."

Oh, sie konnte es nicht leiden, wenn Henry recht hatte. Kjells erste Versuche, mit dem Süßwasser des Lough Corrib zurechtzukommen, waren in einem Desaster geendet. Es hatte ihm tagelange Übelkeit beschert, von dem Ausschlag ganz zu schweigen, der seinen ganzen Körper überzogen hatte. Inzwischen machte es ihm zwar nichts mehr aus, aber der Weg dahin war schmerzhaft und frustrierend gewesen. Jede Stunde seines Leids hatte zu ihr gesagt: Was macht ihr hier? Das ist idiotisch und ganz nebenbei nicht artgerecht.

Aber, flößte Fae sich selbst Mut ein, *mittlerweile genießt er es, im See herumzuschwimmen. Es macht ihm Freude, und es ist sicherer, als im Meer einem Ungeheuer und einem geisteskranken Mörder ausgeliefert zu sein.*

Zu einer Dauerlösung taugte es dennoch nicht. Plötzlich machte es sie wahnsinnig, hier zu liegen. Verglichen mit dem Haus am Strand war diese Kaschemme winzig und schlecht ausgestattet. Kaum mehr als eine Wochenendhütte in einer Nebenstraße der Stadt. Nicht weit genug von der Hauptstraße entfernt, um dem Verkehrslärm zu entgehen, und nicht nah genug am Wasser, um es vom Fenster aus zu sehen. Es gab keine Wanne, aber dafür einen uralten Durchlauferhitzer, der gerade mal zehn Sekunden lang heizte und einem danach das Gefühl gab, unter einem arktischen Wasserfall zu duschen. Im winzigen Garten gab es nicht mal einen Baum, nur links und rechts der Straße wuchsen ein paar verkümmerte, unglückliche Platanen. Fae fühlte sich eingesperrt. Von allem abgeschnitten. Und sie wollte verdammt noch mal das Meer sehen.

Entschlossen stand sie auf und warf Henry einen drohenden Blick zu. „Ich vertrete mir die Füße. Versuche ja nicht, mich aufzuhalten."

„Du weißt, dass Alexander das nicht will."

„Na und? Ich gehe zum Hafen. Nur für eine halbe Stunde. Was soll mir schon passieren? Selbst bei dem Sauwetter sind immer noch genug Menschen unterwegs."

„Schon mal Horrorfilme gesehen? Und schon mal analysiert, was denen passiert, die fragen, was ihnen schon passieren kann?"

Fae stöhnte auf. „Wie soll der mysteriöse Unbekannte uns hier finden? Wir sind weit weg von unserem Haus, mitten in einer Stadt. Kjell ist dem Meer seit Wochen ferngeblieben, und wir haben in der ganzen Zeit nicht die geringste Andeutung dafür bekommen, dass uns irgendwer verfolgt."

Henry verschränkte die Arme vor der dürren Brust und schob den Unterkiefer vor. „Es gefällt mir trotzdem nicht", beharrte er. „Bleib hier oder lass mich mitkommen."

„Nein! Ich muss allein sein, okay? Seit über einem Monat war ich nicht mehr allein, abgesehen vom Klo. Das macht mich wahnsinnig."

Abgesehen von den wunderschönen Stunden, die wir zu zweit verbracht haben.

Kjell würde frühestens heute Abend zurück sein, sofern Alexander und Ukulele ihn aus dem Wasser bekamen. Gut möglich, dass er sich erst Morgen oder Übermorgen vom See losreißen konnte.

„Ich bleibe nicht lange." Sie zog sich Mantel und Schal über und nahm einen der schwarzen Schirme, die in einem umfunktionierten Mülleimer neben der Tür standen. Kurz ging ihr durch den Kopf, dass sie gerade genauso düster aussah wie Henry. Egal. Es passte zum Wetter.

„Fae! Ich finde das wirklich nicht gut. Sei ein braves Mädchen, ja?"

„Vergiss es. Ich habe das Handy dabei. Und mein Pfefferspray. Und dieses Alarmding. Ihr habt mich bestens ausgestattet."

„Alexander wird meine Rübe abreißen und mir in den Hals scheißen."

„Sei ein Mann, Henry. Er würde dir genauso die Rübe abreißen, wenn ich hier drinnen durchdrehen und alles kurz und klein schlagen würde."

„Wie du willst.“ Ruppig warf er seine Fiddel in einen der Sessel und verschwand in die Küche. „Stures Biest“, hörte sie ihn noch zischen, dann schloss sich die Haustür hinter ihr und sie war umgeben vom Plätschern und Rauschen des Regens.

Endlich durchatmen!

Bevor sie den Schirm öffnete, hielt sie ihr Gesicht in das strömende Wasser, spürte, wie die Tropfen auf ihrer Haut platzten, an ihr hinabrannen und die Kleidung durchnässten. Ohne Kjell wäre sie längst tot. Würde all das nicht mehr spüren. Keine sinnlichen Nächte, in denen sie nie genug von ihrer Lust bekamen und sich bis zur Erschöpfung liebten. Keine Filmabende bei Käse, Schinken und selbstgebackenem Brot. Keine Spaziergänge am Hafen, während derer sie den Schiffen nachblickte und das Brennen des Fernwehs in ihrem Bauch genoss.

Sie verdankte ihm so viel. Mehr, als sie je wiedergutmachen konnte. Er war ihre Verbindung zum Leben, ihr Rettungsseil, ohne dass sie untergehen würde wie ein Stein. Aber was konnte sie ihm bieten, außer sich selbst? Wäre sie nicht gewesen …

Wäre ich nicht gewesen, wäre er tot. Er hätte sich nicht zurückgekämpft, um mich noch einmal zu sehen. Er wäre einfach im ewigen Eis gestorben. Es war seine Entscheidung, genauso wie es meine war.

Sie spannte den Schirm auf und lief langsam in Richtung Hafen. Blickte nicht nach links und nicht nach rechts, starrte nur auf den Asphalt zu ihren Füßen und lauschte auf das vielstimmige Konzert des Regens. Als sie zufällig die Hand in ihre rechte Manteltasche steckte, ertastete sie ihren MP3-Player. Perfekt. Musik fehlte ihr noch zum Durchatmen. Fae klemmte die Schirmstange unter ihren Arm, entwirrte das Kabel und steckte sich die Kopfhörer in die Ohren.

Peter Bourkes *Amnesia.*

Eine seltsame Fügung. Aus einhundertsieben Liedern pickte sich das kleine Ding ausgerechnet ihren Lieblingssong heraus. Faes Herz krampfte sich zusammen, überwältigt von der Magie der Musik. Es fühlte sich herrlich an, und zugleich überfiel sie eine niederschmetternde, bittersüße Traurigkeit. Ihre Schuhe zertraten den Regen auf dem Gehweg. Kleine Wasserschwälle spritzten zur Seite. Der Himmel und die Häuser spiegelten sich in den Pfützen, auf manchen davon schillerten regenbogenbunte Schlieren. Autos rauschten wie Gespenster vorbei. Fae sang leise mit, schloss die Augen und lief ein paar Schritte blind. Gleich würde sie abheben, schwerelos werden und den Kontakt zur stofflichen Welt verlieren. Nein, sie öffnete die Augen und kehrte zurück, wenigstens zur Hälfte, während die andere irgendwo zwischen Erde und Himmel zurückblieb und mit ausgestreckten Armen im Regen tanzte.

Fae drehte sich und lachte, ließ ihren Schirm herumwirbeln, drehte sich immer schneller, bis sie kichernd in sich zusammensank und mit der freien Hand über ihr nasses Gesicht strich.

Wäre doch nur Kjell bei ihr. Sie wollte ihn küssen, ihn mit allen Sinnen spüren, als gäbe es kein Morgen. Sie wollte ihn lieben bis zur Besinnungslosigkeit, ihm alle zärtlichen Worte in die Ohren flüstern, die sie kannte. Mit ihm lachen, bis ihre Seiten schmerzten, ihn mit Stücken warmen Brotes füttern, spüren, wie er den Saft süßer, eingelegter Pfirsiche von ihren Fingern leckte. Sich unter einer Decke an ihn schmiegen, an seinem Hals schnuppern, die Finger in seine Haare graben und ihn mit ihrer Liebe überschütten. So wie er es bei ihr tat. Jeden Morgen beim Aufwachen und jede Nacht beim Einschlafen. Im Hafen ging sie zu jener ruhigen Stelle, an der sich hübsche, pastellfarbene Häuser dicht an das Wasser drängten. Dort setzte sie sich auf die Mauer und ließ die Beine über den Rand baumeln, ohne sich darum zu scheren, dass ihre schwarze Cordhose durchweichte. Im trüben Licht des Tages verwischten der Himmel und die von der Ebbe trockengelegte Bucht. Einzige Farbtupfer waren ein rotes Haus, das leuchtend zwischen seinen unscheinbaren Nachbarn stand, und ein altes Segelschiff von haargenau demselben Farbton. Schwäne und Möwen sprenkelten das monotone Grau mit hellen Tupfen, zurückgebliebene Wasserpfützen glänzten wie ausgegossenes Metall.

Neben dem roten Segelschiff sah Fae zwei grüne Ruderboote, die festgetäut auf die Flut warteten. Es waren kaum Menschen unterwegs, nur drei Schatten liefen im Regen umher. Selbst die Möwen hockten tropfend auf Dachgiebeln und trockengelegten Steinen und ließen das Wasser mit stoischer Miene über ihr Gefieder rinnen.

Fae gönnte sich noch Stings *Fields of Gold*, dann steckte sie den MP3-Player zurück in die Manteltasche, faltete den Schirm zusammen und tat es den Vögeln gleich. Die salzige Luft reinigte ihre Sinne, endlich kam sie zur Ruhe. Im trüben Grau verlor sich jeder Gedanke nach kurzer Zeit in erholsamer Gleichgültigkeit – bis ein alter Mann mit Krückstock auf sie zugeschlurft kam. Fae beobachtete ihn und fragte sich, ob Kjells Magie sie nicht nur gesund erhielt, sondern auch das verhinderte, wovor sie seit jeher Angst empfand.

Das Altwerden.

Konzentriert lauschte sie in sich hinein. Körperlich und geistig fühlte sie sich voller Energie, aber bedeutete das auch den Sieg über das Selbstmordprogramm ihrer Zellen? Fae malte sich aus, an Kjells Seite zeitlos die Jahrhunderte zu durchwandern. Etwas würde immer zwischen ihnen stehen, zu dieser Erkenntnis führte sie jeder Gedankenpfad. Ihm gehörte die Weite und Endlosigkeit des Meeres, sie war an das Land gebunden. Es sei denn, eines Tages würde ein neuer Schwarm aus dem Portal kommen. Ein Schwarm, der sie verwandeln konnte.

Der Gedanke erfüllte sie mit tief schürfender Sehnsucht. Kein Verfall, kein Dahinsiechen. Die Freiheit der Ozeane für sie beide.

Fae seufzte. Erstens wusste sie nicht, ob Kjell überhaupt unsterblich oder extrem langlebig war. Seine Lichtwesen waren erloschen, und wenn es wirklich so kam, wie sie es sich erträumte, würde das bedeuten, Alexander, Henry und Ukulele beim Sterben zuzusehen.

Nach einigem Gedankenwälzen kam Fae zu der Erkenntnis, dass es ihr Sehnen nicht verminderte. War sie deshalb ein Egoist? War sie ein schlechter Mensch, weil sie jung bleiben und leben wollte, so lange wie es ihr gefiel?

Wir wären für immer vereint. Wir könnten unzählige Abenteuer erleben. Wir könnten die Welt durchwandern, ohne einen Gedanken an vorüberfließende Jahre verschwenden zu müssen.

„Sie sehen aus, als wären Sie verliebt.“ Die krächzende Stimme des alten Mannes zerriss ihre Gedankenwelt. Überrascht bemerkte Fae, dass der Greis tatsächlich die Mühe auf sich nahm, neben ihr in die Knie zu gehen und sich zu setzen. Seine braune Hose war so fadenscheinig wie sein gleichfarbiges Hemd und das schwarze Jackett, dessen Hornknöpfe an den letzten Fäden baumelten. Den Krückstock legte er auf die Steine, dann ließ er wie sie die Beine über den Mauerrand hängen und holte rasselnd Luft. Sein Kopf war beinahe kahl. Nur spärliche Strähnen weißen Haares bedeckten den schartigen, fleckigen Schädel, andere kringelten sich an seinem Kinn. So dünn wie sein Kopf- und Barthaar war, so buschig und ausufernd waren seine Augenbrauen. Eine Aura aus Schwäche und Müdigkeit umgab ihn und war so deutlich spürbar, dass Fae sich selbst benommen fühlte.

Nein, ich will nicht so enden!

„Es ist lange her, dass ich meine Frau das letzte Mal geküsst habe." Der Mann blickte an ihr vorbei ins Leere. Seine Wehmut zu sehen, tat körperlich weh. Der Gedanke, irgendwann nur noch Erinnerungen zu haben, nichts als blasse Geister aus der Vergangenheit, entfachte in Fae ein wütendes Aufbegehren.

„Das tut mir leid."

„Unsinn. Das muss es nicht. Wozu auch?"

Sie wünschte sich, der alte Mann möge einfach weitergehen. Es war unhöflich, aber sein Anblick verwandelte ihren melancholischen Genuss in etwas, das ihr mit seiner Hässlichkeit die Luft abschnürte.

„Es ist sehr lange her", schnarrte der Alte. „Mir kommt es vor, als wären Jahrtausende vergangen, und zugleich rückt die alte Zeit immer näher. Ich weiß kaum noch, was gestern war. Aber ich weiß, wie wir damals zusammen lebten, in unserer Hütte drüben in Schottland. Oh, es war ein kärgliches Heim. Kein Mensch würde ein solches Leben mehr als schön bezeichnen, aber ich tat es. Wir hatten alles, was wir brauchten. Einen gesunden Sohn, einen Garten voller Kräuter und Gemüse, eine kleine Schafherde, einen Brunnen mit Quellwasser und ein warmes Feuer. Es waren glückliche Jahre für uns. Ich war ein guter Ehemann und ein guter Vater. Aber wie sagt ein altes Sprichwort so schön: Willst du Frieden, mach dich bereit für den Krieg. Es kam also, wie es kommen musste. Ich zog in den Kampf. Und als ich zurückkehrte …" Er holte rasselnd Luft. Ein fürchterlicher Husten schüttelte seinen Körper, und Fae konnte nichts weiter tun, als ihm hilflos dabei zuzusehen.

„Als ich zurückkam", fuhr er röchelnd fort, „lag meine Frau im Sterben. Ihr Körper und ihre Seele waren zerstört. Ich habe nie erfahren, was man ihr alles angetan hat, aber es muss lange gedauert haben. Sehr lange. Von der Frau, die ich mehr als mein eigenes Leben geliebt habe, ist nichts übrig geblieben. Und wissen Sie, was die Bastarde unserem Kind angetan haben? Es konnte noch nicht einmal laufen."

Ich will das nicht hören. Lass mich in Ruhe.

Fae wollte aufstehen und weitergehen, aber der Alte drang weiter auf sie ein: „Ich war kein Mensch, der einfach aufgibt. Ich kannte ein Geheimnis, das sie wieder gesund machen konnte, aber es zu bekommen, war schwer. Ich wäre fast dabei gestorben. Am Ende war es trotzdem zu spät, denn ehe ich ihr das magische Blut geben konnte, war sie bereits tot. Für sie kam die Unsterblichkeit zu spät, aber nicht für mich. Ich schwor, meine Frau zu rächen, aber das Schicksal bestrafte mich erneut, denn ehe ich das Herz des Wales herausschneiden konnte, verschwand er in der Tiefe. Alles, was ich bekam, war ein Stück seines Fleisches. Es war genug, um mich lange am Leben zu erhalten, aber nicht genug für ewige Jugend. Sieh mich an. Sieh, was das Alter aus mir macht. Was es aus uns allen macht."

Fae saß da wie gelähmt.

Oh nein. Er ist es! Er ist mir gefolgt. Aber wie ist das möglich?

Sie war allein mit ihm, der Hafen leer. Niemand sah sie, niemand hörte sie. Dieses zitternde, gebrechliche Knochenbündel war jener Mann, der Kjell das Messer in den Leib gestoßen hatte? Wieder hustete er. Blutige Bröckchen landeten auf seiner Hose und wurden vom Regen verwischt. Fae zitterte vor Ekel.

Lauf weg! Er holt dich niemals ein. Er ist alt und schwach.

Aber sie blieb sitzen. Konnte sich nicht rühren. Kämpfte und schrie stumm und regungslos. Was war mit ihr los? Warum saß sie noch hier?

Ich muss Kjell warnen … ich muss …

Ihre Gedanken verloren sich in einem zähen Sumpf.

„Du willst wissen, wie wir euch gefunden haben?", raunte der Alte. „Die Magie deines Freundes ist zu groß geworden, um sie zu verstecken. Seit er in dich vernarrt ist, gleicht sie einem Feuer in dunkler Nacht. Oh, diese Kraft ist das Wundervollste, das ich je gespürt habe. Es tut mir leid, was ich tun muss. Ich wünschte, es gäbe einen anderen Weg. Aber den gibt es nicht."

Wir … er sagte wir.

Fae blinzelte benommen auf das Meer hinaus. Versteckte sich dort draußen das Monster? So dicht an der Stadt? Wenn es Kjells Witterung aufgenommen hatte, dann … oh nein … sie musste ihn warnen.

Seit er in dich vernarrt ist, gleicht sie einem Feuer in dunkler Nacht.

Die Worte hallten wie ein höhnisches Echo durch ihren Kopf.

Ich bin schuld, ich bin schuld …

Bewege dich, verdammt! Mach schon!

Der Alte drehte an dem goldenen Ring, den er an seiner linken Hand trug. Plötzlich griff er mit der Schnelligkeit einer Schlange nach ihrem Arm. Zuerst war es, als wollte er ihr nur die Hand schütteln, doch dann bohrte sich etwas mit scharfem Schmerz in ihr Gelenk. Der Alte drückte fest zu, trieb den Stachel noch tiefer hinein. Fae spürte, wie eine sengende Hitze durch ihre Adern schoss.

„Es ist nicht deine Schwäche“, sagte der Alte. „Du hast keine Schuld an dem, was geschieht. Das magische Blut gab mir nicht nur ein langes Leben, sondern auch eine gewisse Macht über die Menschen. Es ist meine Stimme. Sie hält euch für eine Weile gefangen, aber nicht lange genug. Deswegen muss ich nachhelfen. Nein, keine Angst.“ Er hob die Hand mit dem Ring. Ein spitzer Stachel ragte aus dem goldenen Band, rot von ihrem Blut. „Es ist nur ein starkes Betäubungsmittel. Dieses kleine Ding erstand ich während einer Italienreise im siebzehnten Jahrhundert. Es ist eines der wenigen Kleinode, die ich behalten habe. Verbunden mit meinem ausgeprägten Wissen über Gifte ist dieser Ring wirklich sehr praktisch. Niemand kommt auf sein kleines Geheimnis, bis ich demjenigen die Hand gebe. Du wirst gerade lang genug schlafen, um deinen Freund zu mir zu bringen. Ich bin kein gewissenloser Mörder. Ich tue nur das Nötige. Und ich mache Fehler. Glaube mir, wenn ich den Preis vorher gewusst hätte, wäre ich lieber mit meiner Frau in diesem Boot gestorben. Ich wollte nur mit ihr zurückkehren, mit ihr oder niemals.

Aber jetzt sieh, wie schwach ich geworden bin. Seit gestern erbreche ich meine eigenen Eingeweide. Ich sterbe und bleibe trotzdem am Leben. Wärst du heute nicht in den Hafen gegangen, hätte ich euch zur Not erschossen, um an ihn heranzukommen. Zwei Wochen habe ich gehofft, entweder ihn oder dich alleine anzutreffen. Am liebsten wäre mir gewesen, dein Freund hätte dem Ruf des Meeres gehorcht. Du weißt, mein Gefährte wartet dort draußen. Mein treues, altes Ungeheuer. Es brachte mich selbst dann noch an Land, als es dem Tode nahe war. Oh, ich stehe so tief in seiner Schuld. Wenn es gestorben wäre …“ Der Alte gab ein wimmerndes Geräusch von sich, „…ich wüsste nicht, was ich ohne es täte. Ihr wart so vorsichtig. Ich habe gewartet, so lange ich konnte. Es musste ein hundertprozentiger Angriff werden. Unbedingt erfolgreich. Ein Fehler, und ihr wärt über alle Berge gewesen. Du siehst ja, ich bin nicht mehr in der Verfassung, es noch einmal zu versuchen. Es war so schrecklich, die Erlösung so dicht vor der Nase und doch so weit weg zu wissen. Wenn du nicht hierhergekommen wärst, alleine in diesem Regen, hätte ich euch im Schlaf töten müssen. Henry war unaufmerksam, musst du wissen. Er tippte gut sichtbar den Code für die Alarmanlage ein.“

Fae weinte. Sie spürte, wie sie nach vorne sackte.

Hinein in seine Arme. Hass flutete ihr schwindendes Bewusstsein. Nein! Nein! Nein! Sie durfte nicht … sie musste … er würde Kjell töten. Sie würde ihn nie wiedersehen.

Niemals … nein, bitte nicht …

Doch der Sog packte sie und riss sie unbarmherzig in die Schwärze hinein. Dorthin, wo sie ihm nicht helfen konnte.

„Ganz ruhig", raunte der Alte, fischte das Handy aus ihrer Manteltasche und warf es fort. Fae hörte das dumpfe Geräusch, mit dem es in den Schlick fiel. „Am Ende wird alles gut. Und wenn es nicht gut ist, ist es nicht das Ende."

Ihr Bewusstsein schwand, aber es schaltete sich nicht völlig aus. Sie spürte, wie der Alte sie in den Arm nahm, und hörte ferne Stimmen:

„Helfen sie mir, bitte helfen Sie mir. Meine Enkelin hat ihr Medikament vergessen. Bitte, mein Wagen steht gleich um die Ecke."

„Soll ich Sie nicht fahren, Sir?"

„Oh nein, vielen Dank. Wir kommen schon klar. Wenn Sie meine Enkelin nur zum Wagen tragen könnten?"

Fae kämpfte um Worte. Sie musste dem Fremden ihre Lage klar machen, irgendwie. Sie musste schreien. Sich wehren. Aber es war aussichtslos. Jemand hob sie hoch und trug sie davon.

„Sind Sie sicher?", hörte sie den Fremden fragen. „Verzeihen Sie mir, aber es scheint nicht nur Ihrer Enkelin schlecht zu gehen."

„Keine Sorge, junger Mann." Der Alte lachte. „Ich bin schon gefahren, als man das Auto gerade frisch erfunden hat."

Nein! Hilf mir!

Bitte … ich bin nicht … nicht seine …

Wieder entglitten ihr die Gedanken. Sie konnte nicht einmal die Augen öffnen. Fae spürte noch, wie man sie auf ein Polster aus glattem Leder legte. Sie hörte, wie eine Tür knallte.

Dann war da nichts mehr.

Schweigend und einsam lag der See im Nebel. Diesmal gab es keine Boote, keine Segelschiffe und Besucher, die am Ufer entlangwanderten. Das Wasser dampfte in der Kälte. Mit sanften Bewegungen der Fluke hielt Kjell sich an der Oberfläche und sah seinen Atemwolken nach. Wie still es heute war. Aber es war nicht die reine, ursprüngliche Stille des Meeres an ruhigen Tagen. Dieses Schweigen war wie Frost. Wie das schwarze Wasser unter einer dicken, erstickenden Eisschicht. Und doch war es schön. Der silbergraue Spiegel des Sees, der Nebel, in dem sich die Silhouetten der Inseln wie blasse Schatten abzeichneten. Die lautlos fliegenden Möwen und die Schwäne, die langsam über das Wasser schwebten. Eine Geisterwelt. All das passte zu dem Gefühl, das ihm der See gab. Wie sehr vermisste er die raue, wilde Kraft des Meeres, die ihn längst nicht mehr erfüllte. Stattdessen fühlte er sich müde und unwirklich. Es war nicht unangenehm, aber er begann, sich wie ein Schatten zu fühlen. Blass und kraftlos. Wie der See im Vergleich zum Ozean.

Als Kjell zum Ufer hinüberblickte, sah er Alexander am Rande eines Schilfgürtels stehen. Er hob einen Arm und winkte ihm zu, Kjell erwiderte die Geste. Es fiel ihm nicht schwer, die Tiefen des Sees hinter sich zu lassen. Inzwischen kannte er jeden Flecken darin, jeden Baumstamm, jede Wasserpflanze und jede sandige Stelle, auf der man ausruhen und nachdenken konnte. Er hatte das Gewässer viele Male durchquert, umrundet und erforscht. In der ersten Zeit, nachdem er sich an das Süßwasser gewöhnt hatte, war er oft sogar tagelang fort gewesen. Nicht weil es in seiner Absicht gelegen hatte, sondern weil er in der unbekannten Welt des großen Sees vollkommen vergessen hatte, dass Zeit existierte. Fae war außer sich gewesen. Zu viert hatten sie das gesamte Gewässer per Boot nach ihm abgesucht, und als er irgendwann an Bord geklettert war, zufrieden und glücklich, hatte Fae ihm die erste Ohrfeige seines Lebens verpasst.

Heute würde er sie nicht warten lassen. Kjell sehnte sich nach ihr, so sehr, dass es in seinem ganzen Körper zog und schmerzte, und wenn er sich fragte, wie viele Gefühle er wohl noch ertragen konnte, wurde ihm flau im Magen. Er musste endlich etwas tun. Seit Wochen versteckten sie sich und lebten in ständiger Vorsicht. Aber wie sollte er etwas daran ändern? Der Narwal war tot, die Lichtwesen erloschen.

Ein Monster zu töten, lag nicht in seiner Macht.

Sicher würden ihm noch einmal die Wale zu Hilfe kommen, wenn er sie darum bat, aber der Gedanke, ihr Leben erneut zu riskieren, war ihm unerträglich. In seinen Erinnerungsfetzen sah er, wie erbittert sie für ihn gekämpft hatten, und er bezweifelte keinen Augenblick lang, dass nicht alle Wale diese wilde Schlacht überlebt hatten.

Aber blieb ihm eine Wahl? Allein war er machtlos, und er konnte dieses grauenvolle Wesen nicht unbehelligt durch die Meere ziehen lassen. Es hatte den uralten Narwal gefressen, es brauchte Unmengen an Fleisch und bestand nur noch aus Hunger, Wut und Gier.

In Kjell formte sich ein Entschluss. Er würde die Wale rufen, und dieser Ruf würde so laut sein und so weit reichen wie niemals zuvor. Er würde ihnen seine Erinnerungen übermitteln, ihnen sagen, wie gefährlich es war. Dann konnte jedes Tier selbst entscheiden, ob es zu ihm kam und sich dem Kampf stellte, oder ob es ihm fernblieb. Keinem würde er seinen Willen aufzwingen.

Aber um diesen Plan zu verwirklichen, brauchte er seine alte Kraft, und die würde erst zurückkehren, wenn er im Meer war.

Sein Blut begann zu brennen. Morgen würde er es tun. Für Fae. Er hatte es satt, die Angst in ihren Augen zu sehen, und er hatte es satt, sich nicht völlig fallenlassen zu können.

„Hier." Alexander reichte ihm ein Handtuch, als er aus dem Wasser kam. Niemand war weit und breit zu sehen. Menschen mochten weder Kälte noch Regen. Hastig trocknete er sich ab, zog die Jeans und das weiße Hemd an, das Fae am liebsten an ihm sah, stieg in das Auto und schnallte sich an.

„Wo ist Ukulele?"

„Noch was Privates erledigen." Alexander ließ sich in den Fahrersitz fallen und startete den Motor. „Irre ich mich, oder ist dir eine Laus über die Leber gelaufen?"

Kjell seufzte. Musste dieser Mensch so aufmerksam sein?

„Schon klar." Alexander schnalzte mit der Zunge. Ein Laut, den er nach wie vor merkwürdig fand. Es erinnerte an die Klicklaute, mit denen er sich orientierte, mit dem Unterschied, dass diese Geräusche vollkommen sinnlos waren. „Du planst etwas, habe ich recht? Ich sehe es dir an der Nase an. Raus mit der Sprache, Kjell. Ich bin nicht blind."

Er stieß ein leises Knurren aus. „Ich kann mich nicht ewig verstecken.

Aber vor allem kann ich nicht von euch erwarten, dass ihr wegen mir …"

„Halt!", unterbrach ihn Alexander. „Das hier ist ein Geben und Nehmen. Du bist unser Freund, auch wenn wir unsere Differenzen hatten. Ich weiß ja nicht, wie das so im Meer läuft, aber unter Menschen bedeutet Freundschaft, dass man gemeinsam durch Dick und Dünn geht."

Kjell unterdrückte in letzter Sekunde einen abfälligen Laut.

Ach ja? Nichts als Menschenlügen! Als Fae dich am meisten brauchte, hast du sie im Stich gelassen und dich lieber im Keller betrunken. Soviel zu eurer Freundschaft.

Er schluckte die Worte hinunter und murmelte stattdessen etwas, was Landbewohner eine Floskel nannten. Worte, die nichts bedeuteten. Kleine Lügen, um höflich zu bleiben. Dick und Dünn. Noch so ein seltsamer Menschenausdruck, dessen Sinn sich ihm nicht erschloss. Unwirsch lehnte er seine Stirn gegen die kalte Scheibe und sah zu, wie Wiesen und Felder, Häuser und Zäune an ihm vorüberzogen. Es war nur eine kurze Fahrt bis zu der schmalen Straße, in der sich hübsche, kleine Häuser aneinanderdrängten wie Robben in einer Kolonie, dicht an dicht und nahezu jedes in einer anderen Farbe. Wie konnte sich eine solch kurze Zeitdauer nur so lange anfühlen?

„Kjell", hörte er Alexander sagen, „bitte sag mir, was du vorhast."

„Nur das, was nötig ist", gab er zurück.

„Und das wäre?"

„Ich gehe ins Meer und rufe die Wale. Zusammen werden wir meine Verfolger töten."

„Töten?" Alexander schwieg eine Weile. Dann fügte er leise hinzu: „Du sagst das, als würde es nichts bedeuten."

Diesmal konnte Kjell sein Schnaufen nicht zurückhalten. Er hatte so oft getötet und wäre viele Male beinahe selbst getötet worden. An Land war das nicht anders, und trotzdem versuchten diese Wesen, das zu vergessen.

„Kein Geschöpf kann leben, ohne dass andere Geschöpfe dafür sterben", gab er zurück. „Kein Tier, keine Pflanze. Ohne Tod gibt es kein Leben. Und wenn mich jemand umbringen will, versuche ich, schneller zu sein."

„Ich verstehe. Aber du bist dir deiner Sache nicht sicher?"

„Bin ich nicht", gab er zu.

„Dann willst du also dein Leben riskieren?"

„Ja." Erstaunlich, wie leicht das Wort über seine Lippen kam. Er fühlte nicht den geringsten Zweifel. Vielleicht würde er sterben, aber er konnte Fae, Alexander, Ukulele und Henry nicht zu ewiger Warterei verdammen. Er konnte sich selbst nicht dazu verdammen. Deswegen würde er das Schicksal entscheiden lassen.

„Vielleicht sind wir nicht stark genug", sagte er. „Vielleicht ist mein Feind auch schon zu nah. Ich muss erst Kraft sammeln, und das kann ich nur, wenn ich im Meer bin. Gut möglich, dass es Tage dauert, bis ich wiederhergestellt bin."

„Dann lass es bleiben!" Die flehentliche Bitte in Alexanders Stimme rührte ihn. Kurz regte sich in ihm der Wunsch, seinen Plan zu vergessen. Es einfach weiter darauf ankommen zu lassen, irgendwann gefunden zu werden – oder eben nicht. „Tu Fae das nicht an. Sie braucht dich."

„Und ich brauche sie. Gerade deswegen muss ich es tun. Die Wale haben mich schon einmal gerettet."

„Darf ich dich daran erinnern, wie du nach dieser Rettung ausgesehen hast?" Alexander stöhnte auf. „Mann, das ist doch Wahnsinn. Tu das nicht. Wer immer hinter dir her ist, er ist zu mächtig."

„Zusammen mit den Walen bin ich stärker. Es werden mehr als beim ersten Mal sein. Ich werde sie alle rufen, jeden einzelnen auf der nördlichen Halbkugel. Es werden Hunderte sein, vielleicht sogar Tausende."

Kjell biss sich auf die Lippe, als ihm klar wurde, dass er sich soeben selbst belogen hatte. Einen Ruf dieser Art hatte er noch nie ausgesandt. Es würde nicht einfach werden, so viele Geschöpfe zu erreichen und ihnen zu vermitteln, was er von ihnen wollte. Seine Erinnerungen an das Wesen, das es zu töten galt, erfüllte ihn mit lähmendem Schrecken. Nicht anders würde es den Walen ergehen, die seine Bilder empfingen. Hatte er gerade Hunderte gesagt? Sogar Tausende? Vermutlich durfte er sich glücklich schätzen, wenn zwölf lebensmüde Tiere kamen.

„Ist das dein Ernst?", brummte Alexander.

Kjell zwang sich zu einem entschlossenen Ja.

„Wie hast du noch mal die Größe des Monsters umschrieben? Lege dreißig Blauwale hintereinander? Ganz zu schweigen davon, dass es nicht von dieser Welt ist?"

„So ungefähr."

„Und du glaubst, es gibt Hunderte oder sogar Tausende selbstmordbereite Wale da draußen? Du bist verrückt, Sardine. Was solche Dinge anbelangt, dürfte es im Meer nicht anders laufen als an Land. Fordere fünftausend Menschen dazu auf, dich in eine blutige Schlacht zu begleiten, und wenn du Glück hast, folgen dir fünf. Oder täusche ich mich in deinen Freunden? Sind Wale bedeutend aufopferungsvoller als unsereins?"

Kjell antwortete nichts. Eine Handvoll Grindwale waren ihm zu Hilfe gekommen, dazu der alte Pottwal und ein paar Orcas. Viel mehr würden es wohl kaum werden, ganz gleich, wie laut er rief. Aber er erinnerte sich an das Gebrüll des Ungeheuers, an zerfetzte Tentakel und Unmengen Blut, dessen Geschmack nicht irdisch gewesen war und nicht dem Narwal gehört hatte.

Vielleicht würde es reichen.

Alexander parkte den Wagen vor ihrem Haus. Sehnsüchtig betrachtete Kjell die weiße Fassade, die schwarzen Fenster und den Zaun mit der abblätternden, grünen Farbe.

Zu Hause.

Fae wartete auf ihn. Vielleicht hatte Ukulele schon ein Essen zubereitet. Oh ja, ein gutes Essen, eine Geschichte vor dem Kamin, und dann würden sie endlich allein sein, in ihrer kleinen Kammer unter dem Dach, die nicht so schön war wie Faes Zuflucht im Strandhaus, aber genauso dunkel und gemütlich, mit staubig riechendem Holz und einer Unmenge an Decken und Kissen, mit denen sie, als sie ihr Zuhause verlassen mussten, den ganzen Jeep vollgestopft hatten.

„Was würdest du an meiner Stelle tun?" Kjell wandte sich Alexander zu und sah ihm in die Augen. „Sei ehrlich."

Sein Gegenüber seufzte. „Dasselbe. Warten hat mich schon immer wahnsinnig gemacht."

„Siehst du? Fae macht mich glücklich, deswegen will ich nicht weiter Angst haben müssen."

„Verstehe", murmelte Alexander. „Dir ist aber schon klar, dass meine Schwester sterben wird, wenn du nicht zurückkommst?"

„Ich komme zurück."

„Wann willst du gehen?"

„Morgen früh."

Alexander rieb sich die Stirn. „So bald schon? Wirst du es ihr sagen?"

Kjell zuckte mit den Schultern. Er fühlte sich matt und schwach, gut möglich, dass es mehrere Tage dauerte, bis er die nötige Kraft getankt hatte, einen Ruf in den Ozean hinauszuschicken, der laut und deutlich genug war. Ehe sich die Wale um ihn versammelt hatten, würden noch einmal einige Tage vergehen.

„Sag es ihr", entschied Alexander. „Fae durchschaut deine Lügen. Sie wird sauer sein und dich aufhalten wollen, klar. Aber wenn du sie anlügst und sie findet es heraus, dann gnade dir Gott."

Kjell stieg aus dem Wagen und ging ins Haus. Wunderbare Düfte stiegen ihm in die Nase. Ukulele stand in der winzigen Küche und kochte. Henry saß im Wohnzimmer, das nicht viel größer war, schmökerte in einer Zeitung und las einzelne Sätze rückwärts daraus vor.

„Schon zurück?", erklang Alexanders Stimme.

„Yep", antwortete der Hawaiianer mit einem seltsamen Unterton in der Stimme. „Ging schneller, als gedacht."

Kjell sah sich um. Fae war nicht hier. Die drei Zimmer des kleinen Hauses gingen offen ineinander über, also war sie entweder im Dachzimmer oder fort.

„Wo ist sie?"

Henry blickte von seiner Zeitung auf und sah aus, als erwarte er einen Kinnhaken. „Weg ist sie, dieses ungehorsame Weibsstück."

„Weg? Aber sie soll nicht allein rausgehen."

„Ja", knurrte Henry. „Ich weiß. Allerdings ging dein Schätzchen die Wände hoch. Sie fühlt sich eingesperrt. Du kannst dich nicht ständig in die Einsamkeit des Sees flüchten, während du Fae Hausarrest erteilst."

„Ich habe sie nicht eingesperrt."

Kjell spürte die Wut wie ein glimmendes Feuer in seinem Kopf. Sie vermischte sich mit seiner Angst, wurde noch heißer und gab ihm das Gefühl, eines dieser zerbrechlichen Tiefseegeschöpfe zu sein, die jeder Griff zersplittern ließ wie hauchdünnes Glas. „Ich habe Angst um sie."

„Willkommen in meiner Welt." Alexander tauchte hinter ihm auf. Er warf die Schlüssel auf den Sofatisch und stemmte die Fäuste in die Hüften. „Henry! Wo steckt sie? Warum hast du sie nicht aufgehalten? Meine Anweisungen waren klar, oder nicht?"

„Komm mal wieder runter. Ich habe es versucht. Was hätte ich denn deiner Meinung nach tun sollen? Sie knebeln und fesseln? Sie bewusstlos schlagen?"

„Zur Not. Ihr wisst, wie gefährlich es ist. Vielleicht werden wir beobachtet. Vielleicht wartet der Typ, der hinter Kjells Herz her ist, nur auf eine günstige Gelegenheit. Und wer jemandem ohne Skrupel den Brustkorb aufschneidet, der schreckt nicht davor zurück, eine unschuldige Frau zu foltern. Du hättest sie nicht gehen lassen dürfen."

„Ganz ehrlich", warf Ukulele ein. „Ich kann es verstehen, wenn sie mal allein sein will. Denkt daran, was ihr in kürzester Zeit alles passiert ist. Ist es ein Wunder, dass sie in all dem Chaos auch mal allein sein will?"

„Sie kann oben in ihrem Zimmer allein sein", wetterte Alexander. „Oder im Garten. Aber sie kann nicht allein in der Stadt herumlaufen."

„So wie wir es tun, wenn uns danach ist?"

„Wir sind Männer. Wir können uns wehren."

„Komm endlich aus deiner mittelalterlichen Welt raus." Henry klatschte die Zeitung auf den Tisch und funkelte ihn böse an. „Fae ist genauso wehrhaft wie jeder von uns. Wir haben ihr genug beigebracht."

„Ein paar lächerliche Selbstverteidigungsübungen. Ja und? Das ändert nichts an der Tatsache, dass sie immer noch geschwächt ist. Wenn der Typ eine Knarre hat, was dann?"

„Erstens", warf Ukulele ein, „ist Fae nicht mehr geschwächt, seit ich mein neues Kochbuch habe. Zweitens wären wir einer Knarre genauso ausgeliefert wie sie. Deine Schwester ist vernünftig und vorsichtig. Sie kennt die Gefahr und wird sich dementsprechend verhalten."

Alexander rang die Arme. „Kjell, du und meine Schwester seid doch so eng verbunden. Geht es ihr gut? Spürst du was?"

„Tut mir leid. Das Seewasser hat zu wenig Kraft. Es ist wie eine Pfütze im Vergleich zum Meer."

„Streng dich ein bisschen an", beharrte Alexander. „Konzentrier dich."

Kjell versuchte es. Er schloss die Augen, rief sich Faes Gesicht vor Augen, konzentrierte sich auf ihren Geruch, auf das Pulsieren ihres Blutes, auf das wundersame Gefühl ihrer Nähe, die ihn betäubte wie eine Droge und zugleich so viel Lebendigkeit einflößte, dass er glaubte, wie ein volles Gefäß überzulaufen. Ihre Stimme säuselte in seinem Kopf. Träumerisch und matt, als würde sie im Halbschlaf zu ihm sprechen. Ihr ruhiger, gleichmäßiger Atem floss durch seinen Körper, er fühlte sich heiß und schläfrig und benommen.

„Es geht ihr gut", sagte er. „Sie ist nur schrecklich müde."

„Wir sollten sie trotzdem suchen." Alexander schnappte sich die Schlüssel, die er zuvor auf den Tisch geworfen hatte, und marschierte auf die Garderobe zu.

Doch ehe er dazu kam, seinen Mantel wieder anzuziehen, hielt ihn Ukulele an der Schulter fest.

„Lass ihr noch eine halbe Stunde. Sie ist unten im Hafen."

„Woher weißt du, dass sie im Hafen ist?"

„Deswegen." Der Hawaiianer deutete auf den Computer, der in einer Ecke des Wohnzimmers stand. Eine Stadtkarte mit einem blinkenden roten Kreis war darauf zu sehen. „Schon mal was von Handyortung gehört? Deine Schwester sitzt friedlich auf der Hafenmauer. Außerdem hat sie alles dabei, was wir ihr gegeben haben. Fae ist kein Kind mehr. Sie kann auf sich selbst aufpassen."

Alexander schien wenig beruhigt. „Ihr wisst, wie mächtig Kjell ist. Er kennt das Meer wie seine Westentasche und ruft mir nichts, dir nichts ein paar Wale herbei. Trotzdem hat es jemand geschafft, ihn durch den Fleischwolf zu drehen. Glaubt ihr, dieser Jemand lässt sich von Pfefferspray und einem Alarm abschrecken, wenn er einmal Blut geleckt hat? Fae ist das perfekte Druckmittel."

Kjell wurde übel. Ein eiskalter Strudel schien ihn zu erfassen und riss ihn in die Tiefe. Schwindelnd sackte er gegen die Lehne eines Sessels.

„Hey, alles klar?"

Er wusste nicht, wer gesprochen hatte. Vor seinen Augen wirbelten dunkle Schlieren. Es war falsch, was er getan hatte. Falsch, bei diesen Menschen zu sein. Falsch, sich hier zu verstecken. Falsch, in Faes Schicksal eingegriffen zu haben. Sie, ihr Bruder und seine Freunde standen zwischen ihm und der Gefahr. Gebunden an eine Bestimmung, die nicht ihre war.

Es gab immer ein Gleichgewicht. Ein Geben und Nehmen. Wenn er durch Faes Heilung darin eingegriffen hatte, würde er den Preis dafür bezahlen müssen.

Nimm mich, flehte er das Schicksal an. *Nicht sie. Wenn du ein Opfer willst, dann bin ich bereit.*

Die Türklingel riss ihn aus seiner Benommenheit. Ihm wurde bewusst, dass er im Sessel kauerte, vornüber gebeugt und die Hände über das Gesicht gelegt. Aber er konnte sich nicht erinnern, dass er sich gesetzt hatte. Alexander kniete vor ihm, hatte ihm die Hände auf die Knie gelegt und musterte ihn sorgenvoll. Anscheinend waren mehr als ein paar Minuten vergangen, denn draußen waren die Wolken aufgebrochen und ließen goldenes Abendlicht durch die Fenster scheinen.

„Fae?", mutmaßte Henry.

„Sie würde nicht klingeln", widersprach Alexander. „Es sei denn, sie hat den Schlüssel vergessen.

Ukulele deutete auf den leeren Haken neben der Tür. „Hat sie nicht."

Alexander griff ihm unter die Arme und half ihm auf. „Geh besser ins Schlafzimmer, Kjell. Leg dich hin und ruh dich aus, okay?"

Ausruhen? Warum? Nein, nicht solange Fae verschwunden war. Doch weder sein Körper noch sein Geist gehorchten seinem Willen. Kraftlos ließ er sich nach nebenan führen, sank auf das Bett und wurde in watteweiche Stille gehüllt. Obwohl er Luft atmete und in einem Haus war, fühlte er sich, als läge er am Grund der Tiefsee. Abgeschnitten von allem, was über ihm lag, gefesselt von zeitloser Dunkelheit und tiefem Schweigen.

Lauf weg! Das Meer ist ganz nah.

Du weißt, dass das Schicksal immer den vorbestimmten Weg nimmt. Immer. Egal was du tust.

Stimmen erklangen in der Ferne. Es erforderte eine schier überwältigende Anstrengung, sich auf sie zu konzentrieren.

„Wer sind Sie?", fragte Alexander. „Was wollen Sie?"

„Ich suche jemanden", antwortete eine müde, krächzende Stimme. „Bestimmt können Sie mir weiterhelfen."

„Das glaube ich kaum."

„Silbernes Haar, türkisfarbene Augen wie Kristalle. Niemand, der bei Verstand ist, würde ihn auch nur eine Sekunde lang für einen Menschen halten. Ich sehe, Sie verstehen mich."

Kjell fuhr im Bett auf. Hatte er geträumt? War er kurz eingenickt? Nein, die Stimmen redeten weiter. Angst prickelte in seinem Nacken. Seine eigene, aber vor allem die der Männer, die verzweifelt versuchten, zu lügen. Ihre Stimmen wehten wie blasse Fetzen durcheinander. Es dauerte einige Atemzüge, bis er sie wieder verstand.

„Verschwinden Sie", rief Alexander. „Sie sind ja nicht ganz bei Trost."

„Natürlich bin ich bei Trost. Im Gegensatz zu euch, denn ihr glaubt offenbar, euren Freund zu einem Menschen machen zu können. Seht es ein, ihr spielt mit dem Feuer. Früher oder später verbrennt es euch."

„Verschwinden Sie! Raus aus meinem Haus!"

„Ich gehe nicht ohne ihn."

„Raus! Ukulele, ruf die Polizei."

„Das wäre ein Fehler." So gefasst die Stimme des alten Mannes auch klingen mochte, Kjell hörte die Panik heraus. Wer immer es war, ihm lief die Zeit davon. Und zwar schnell. „Es ist noch eine Stunde bis zur Flut, nicht wahr? Wir sollten uns besser beeilen, sonst siehst du deine Schwester nie wieder."

Fae!

Kjell sprang auf, stürzte durch die Tür ins Wohnzimmer, war mit vier Schritten bei dem alten Mann und warf ihn gegen die Wand. Ein erschrockenes Keuchen rasselte in der faltigen Kehle. Die Augen des Alten weiteten sich, während er ihn mit ekelhafter Gier und Verzückung anglotzte.

„Oh!" Ein Sabberfaden lief aus seinem Mundwinkel. „Oh, endlich, endlich! Du bist es!"

„Wo ist sie?" Mit jedem Wort bohrte er seinen Blick tiefer in den seines Gegenübers. Alle Macht, die die Seele ihm je geschenkt hatte, lag in seiner Stimme und in seiner Berührung. Aber der Alte besaß kein Seelenlicht. Keine Wärme, die er ihm nehmen konnte. Der Körper vor ihm war ein harter, undurchdringlicher Panzer aus ausgedörrtem Fleisch.

Kjell spürte, wie Alexander, Henry und Ukulele unter der Wirkung seiner Stimme zerflossen. Matt sanken sie in sich zusammen, die Augen in träumerischer, willenloser Ferne verloren. Niemals zuvor hatte er dem, was in ihm ruhte, die Zügel frei gelassen. Nie war die Macht seiner Stimme so ungehindert aus ihm geflossen. Es geschah, als sei es sein natürlichster, reinster Trieb. Kjell wusste nicht, was über seine Lippen kam. Es schien ein kaum hörbares Summen zu sein, ein Vibrieren, das durch seinen gesamten Körper floss und ihn schwerelos machte. Die drei Männer verloren auf einen Schlag ihren Willen und ihre Kraft, doch der Greis blickte ungerührt zu ihm auf.

„Ich bin alt", säuselte er. „Ich hatte so viel Zeit, mich vor dem zu schützen, was in meinen eigenen Adern fließt. Es ist nicht so stark wie die Magie in dir. Bei Weitem nicht so stark." Er griff nach vorn und legte eine Hand auf Kjells Brust. Zuerst spürte er nur einen feinen Stich, doch dann, als der Alte plötzlich zudrückte, verwandelte sich das unbedeutende Stechen in ein brennendes Feuer. „Oder besser gesagt, ist es noch nicht so stark. Spare deine Kraft, sie wird dir nichts nützen. Ich bin kein Mensch. Schon lange nicht mehr. Was immer deine Berührung bei diesen schwachen Kreaturen anrichtet, mir wird nur ein bisschen kalt davon."

Kjell wankte. Ihm wurde heiß und schwindelig. Ja, er konnte sie in dem Alten spüren. Die Kraft der Seele, wenn auch nur schwach und krank. Trotzdem war der Alte vor ihm ein Mensch, was nur eines bedeuten konnte. Er musste das Licht auf andere Weise in sich aufgenommen haben. Durch Fleisch und Blut. Aber wie war das möglich? Die Tiere, die ihn gebissen hatten, waren alle gestorben.

Als die Hand von seiner Brust verschwand, sah er einen Dorn am Ring des Greises. Und er sah den roten Fleck, der auf seinem Hemd entstand. Hitze kroch durch seine Adern, seine Gedanken wurden schwammig und blass. Er konnte sie kaum mehr festhalten.

„Wo ist sie?" Kjell packte die rechte Hand des Alten und schaffte es trotz seiner schwindenden Kraft, die Knochen darin mit einem mühelosen Ruck zu zerquetschen. Der Mann stöhnte, aber er schrie nicht. Stattdessen gingen seine leisen Schmerzenslaute in ein Lachen über. Blut tropfte auf den Teppich, während der Alte zurückwich und mit seiner Linken eine Waffe unter seinem löchrigen Jackett hervorzog. Kjell starrte auf das kleine, schwarze Loch der Mündung. Noch einmal würde er es nicht schaffen, ihn anzugreifen. Zu der Hitze kam eine unerträgliche Schwere. Seine Beine wollten ihn kaum mehr tragen. Alle Gedanken verblassten, selbst die an Fae. Er wollte schlafen. Einfach nur schlafen.

„Schmerzen", raunte der Alte wie von fern. „Sie bedeuteten mir schon lange nichts mehr. Sieh her."

Er bewegte die verkrümmten, gebrochenen Finger. Ein hauchfeines Knirschen und Knacken war zu hören. Das verwitterte Gesicht des Alten wurde noch eine Spur älter und faltiger, die Gier in seinem Blick noch lodernder. Kjell bedeutete es nichts mehr. Er fühlte nur noch eins: überwältigende Müdigkeit.

„Ihr könnt mich nicht töten", sagte der Greis. „Und jede Folter wäre wirkungslos. Ihr bekämt nicht einmal die Genugtuung meiner Schreie. Aber ich kann das Bewusstsein verlieren, denn ich bin alt und schwach. Wenn das geschieht, werdet ihr nie erfahren, wo die Kleine ist. Es wird knapp. Bis zu dem Strand, wo ich sie an einen Stein gefesselt habe, ist es eine Fahrt von dreißig Minuten. Ohne Zwischenfälle wie Staus oder rote Ampeln. Zögere noch länger, und sie stirbt."

Kjell sah, wie eine fleckige Hand nach seiner griff. Worte kamen aus seiner Kehle, schwach und schläfrig, ohne dass er sich erinnern konnte, sie ausgesprochen zu haben. „Woher weiß ich, dass du sie gehen lässt?"

„Ich schwöre es dir. Komm mit, dann wird ihr nichts geschehen. Ich will nur leben, verstehst du? Ich will dem Grab entkommen, in dem ich als lebende Leiche liegen würde. Nicht fähig zu sterben, und noch weniger fähig, zu leben. Rette mich. Gib mir deine Jugend, und Fae wird leben."

Kjell spürte, wie er nickte. Sterben? Gut, dann sollte es so sein. Er fürchtete sich nicht. Auf der anderen Seite wartete das, wonach er sich seit seinem ersten Tod verzehrte. Wenn nur Fae nichts geschah.

„Nein", hauchte Alexander. „Tu das nicht. Bitte."

Er sah, wie Ukulele stumm den Kopf schüttelte und Henrys Augen sich mit Tränen füllten. Noch konnten sie sich nicht bewegen. Wie lange würde es dauern, bis die Lähmung nachließ?

Es ist zu spät, wisperte der andere. *Jetzt wirst du nie erfahren, wie mächtig du wirklich bist. Ich habe dich gewarnt.*

„Kjell!" Das Flehen in Alexanders Stimme durchbrach die immer erdrückender werdende Mauer aus Müdigkeit. Diese Menschen liebten ihn. Sie brachten für ihn Opfer, und sie hatten schon viel zu viel getan, um ihn zu beschützen. „Bitte!"

„Das Meer kommt zurück", drängte der Alte. „Wir müssen uns beeilen."

Jedes Wort war die Wahrheit. Er nahm Faes Tod in Kauf. Aber er würde sie auch gehen lassen, wenn er bekam, was er wollte.

Während er sich von dem Greis hinausführen ließ, willenlos wie ein Schatten seiner selbst, überwältigte ihn das Gefühl, dass alles, was er je getan hatte, was er sich gewünscht und wonach er sich gesehnt hatte, auf diesen einen Moment hinausgelaufen war. Es sollte geschehen. Musste geschehen. Selbst seine Zweifel und Widersprüche hatten hierher geführt.

„Es tut mir leid." Mit gesenktem Blick ging der Alte zu dem verrosteten, dunkelblauen Wagen, der vor dem Haus stand, schloss auf und half Kjell einzusteigen. „Ich hoffe, das glaubst du mir."

„Du hast den Narwal getötet." Er redete wie im Schlaf. Matt sank sein Kopf gegen die Scheibe. „Du hast viele Wale getötet. Niemand wird dir verzeihen."

„Ich habe sie gejagt, weil es das Einzige war, was ich konnte. Die Götter haben mich so erschaffen."

Kjell schloss die Augen. Er hatte das helle Aufblitzen einer Messerklinge gesehen, und er wusste, dass die Waffe, die zum zweiten Mal sein

Fleisch zerteilen würde, unter dem Jackett des Alten steckte. So nah, dass er nur den Arm ausstrecken und danach greifen musste. Aber sein Arm gehorchte ihm nicht mehr, hing nur nutzlos an seinem Körper.

Die Flut kam, und Fae war an einen Stein gefesselt. Sie würde ertrinken. Langsam und qualvoll.

„Schneller", brachte er hervor. „Wenn ihr etwas geschieht, werde ich zusehen, wie du zu meinen Füßen stirbst."

„Ich kann nicht sterben." Der Alte lenkte den Wagen auf die Straße und gab Gas. „Das sagte ich doch schon."

„Oh doch, du kannst. Der Narwal war mächtiger und älter als du, und er ist gestorben." Ihm war, als spräche ein anderer für ihn. „Nichts kann unsterblich sein. Nichts und niemand."

„Ich glaube, der Narwal ist gestorben, weil er sterben wollte." Breac drehte sich zu ihm um und lächelte. „Es war sein freier Wille, er opferte sich aus freien Stücken. Denn auf ihn wartet nicht das, was auf mich wartet."

Summendes Schweigen entstand. Häuser, Wiesen und die graue Fläche des zurückkehrenden Meeres rauschten hinter der dreckigen Scheibe an ihm vorbei. Kjell schloss die Augen. Fae war in seinem Geist, er spürte, wie sich die zarten Fäden ihrer Nähe um ihn spannen. Filigran und verletzlich. Sie hatte solche Angst.

Ich komme. Ich bin gleich bei dir.

Panik antwortete ihm. Sie spürte seine Gedanken, aber sie wusste nicht, wie sie darauf antworten sollte. Kjell atmete tief ein und beschwor alles Mächtige und Heilige, das er je in seinem Leben erblickt oder gefühlt hatte.

Langsam kehrte seine Kraft zurück. Gedanken und Gefühle wurden klarer. Ja, er konnte wieder den Arm heben, auch wenn er sich noch taub anfühlte. Aber was nützte ihm das? Die Zeit lief ihm davon, er musste Fae finden. Und dazu brauchte er die Hilfe des Alten.

„Übrigens, mein Name ist Breac." Ein röchelndes Lachen erklang. „Nur damit du weißt, wer dein Schicksal besiegelt."

Der Wagen raste an grasbewachsenen Hügeln und Wiesen vorbei, die friedlich im Abendlicht schimmerten. Über dem Meer ballten sich neue Regenwolken zusammen, aber noch funkelte das Licht der untergehenden Sonne auf dem nassen, tropfenden, dampfenden Land. Kjell roch tausend Düfte durch das Gefängnis des Wagens.

Leise begann er zu summen, holte die Macht aus seinen Tiefen hervor, behutsam und langsam, ließ sie in seine Stimme strömen, die wie von selbst über seine Lippen kam. Er spürte wieder das Vibrieren in seinem Körper, das Leuchten der Kraft, deren feines Gespinst sich um alles legte, was hören und fühlen konnte.

Wo ist sie? Zeig sie mir. Und dann verschwinde.

Der Alte gab ein leises Geräusch von sich. Wirkte es? Oder lachte er nur? Kjell ließ die Klänge weiter strömen, webte das Gespinst enger und fester, bis Breac den Wagen am Rand eines unbefestigten Weges anhielt. Die Straße hatten sie verlassen, ohne dass er es wahrgenommen hatte, links erstreckte sich ein breiter, felsengesprenkelter Strand. Kein Mensch war weit und breit zu sehen, aber Faes Angst leuchtete hell und panisch wie ein loderndes Feuer. Sie musste hier irgendwo sein! Ganz nah!

Kjell riss die Tür auf und rannte los. Das Meer leckte bereits an den Felsen und strömte schnell heran, so viel schneller als jemals zuvor. Faes Angst verwandelte sich in Panik. Sie kämpfte um ihr Leben. Und dann hörte er ihre Schreie.

Er rannte noch schneller. Stolperte über einen glitschigen Stein, stürzte und rappelte sich wieder auf, während das schreckliche Wimmern und die Angst alles war, das er wahrnahm.

Doch dann schrie Fae nicht mehr.

Kjell blieb stehen, versuchte herauszufinden, in welche Richtung er laufen musste. Überall Felsen, überall Panik! Alles verwandelte sich in ein haltloses Chaos, das seine Sinne überforderte. Und diese Stille hinter dem Glucksen und Rauschen des zurückkehrenden Wassers war noch schrecklicher als das Wimmern zuvor …

„Fae!“ Seine Stimme klang hässlich und grell in seinen Ohren. „Fae!“

So viel Angst, so viel Verzweiflung. Sie umwirbelten ihn wie aufgeschreckte Fische, schienen überall zu sein.

Da vorne! Eine Hand, die sich an den dunklen Felsen klammerte. Er rannte darauf zu, fiel auf die Knie, griff in das schäumende Wasser und spürte ihren Körper. Sie bewegte sich nicht mehr. Kjell ertastete Seile, die sie an den Stein fesselten. Eines war eng um ihren Hals gelegt und verhinderte, dass sie ihren Kopf über Wasser halten konnte.

Dieses verdammte Monster! Er würde ihm das Herz herausschneiden, seine Seele trinken, ihn für alle Ewigkeit in einen ruhelosen, verlorenen Geist verwandeln!

Kjell zerrte und riss, ballte alle Kraft und zog sie verzweifelt aus jeder Faser seines Körpers. Seine Hände brannten vor Hitze. Doch die Seile zerrissen nicht. Stattdessen floss die Energie aus ihm heraus wie Wasser aus einem lecken Gefäß. Gleichgültig. Vielleicht hatte sein Zauber gewirkt und Breac war verschwunden. Er tastete über den Sand, spürte eine große Muschel und nahm ihre scharfen Kanten als Schneide. Viel zu langsam, viel zu langsam. Fae starb unter seinen Händen.

Endlich! Ein Seil zerriss. Er fetzte es beiseite, schnitt und sägte an dem zweiten um ihren Hals. Ihr Herz stolperte und kämpfte.

Schneller! Schneller!

Er schnitt in ihre Haut, sah das Blut im Wasser. Doch das Seil zerriss, Faser für Faser. Zu spät?

Ein Schrei brannte in seiner Kehle, als er spürte, wie ihr Herz aufgab. Noch ein Schlag, noch einer. Dann Stille. Die letzten Fasern zerrissen. Er zerrte das Seil von ihrem Hals, packte ihren schlaffen Körper und zog ihn hoch.

Ihr Gesicht war bleich. Grau und leblos.

Nein! Nein!

Mit letzter Kraft schleppte er sie zurück an den Strand, lehnte sie gegen einen Felsen und nahm ihr Gesicht zwischen seine Hände. Ihre Seele war noch nicht gegangen. Noch kämpfte sie, noch gab es Hoffnung! Es war nur ein Hauch von Wärme, nur ein Hauch, aber vielleicht genug.

Und dann spürte er es. Zuerst unter seinen tastenden Händen, dann in seiner Seele. Ungläubig zuckte er zurück. Wie war das möglich? Beim Salz der See, zuerst hatte er es für ein Echo seiner eigenen Gefühle gehalten. Für seine Nähe, die er zu ihr fühlte und die sich mit ihrem Körper verwoben hatte. So wie ein Teil von Fae in seinem Blut floss und in seinem Geist lebte.

Rette sie! Schnell! Rette sie beide!

Er stützte sie, indem er eine Hand um ihren Hinterkopf legte und mit dem anderen Arm ihre Taille umschlang. Dann küsste er ihre kalten Lippen. Küsste sie versunken und innig, mit all der Liebe, die er fühlte. Und alle Kraft, die noch in ihm war, floss in ihren Körper hinüber. Kjell spürte, wie ihre Seelen sich berührten. Friedlich und sanft. Oh, es war wundervoll, ihr auf diese Weise nahe zu sein. Als gäbe es kein Fleisch, sondern nur Licht. Das Leben strömte aus ihm heraus und in sie hinein.

Es war richtig. Es war das, wofür er bestimmt war.

Ihre Energien flossen ineinander wie warme Strömungen. Wie jene Flüsse im Meer, auf denen er sich so gerne treiben ließ und dabei alle Zeit vergaß. Für eine Weile ließen sie sich gemeinsam tragen.

Hörst du mich, Fae? Ich bin bei dir. Ich werde immer bei dir sein.

… nein! Kjell, was wirst du tun?

Dich verlassen. Aber ich werde nicht wirklich gehen. Ich werde warten.

… nein, bitte nicht! Du darfst nicht, du darfst nicht …

Fae, es ist gut so. Weißt du noch, was ich dir gesagt habe? Dass es immer meine Bestimmung war? Wir werden uns wiedersehen. Ich verspreche es dir. Aber jetzt lauf weg. Bring euch beide in Sicherheit. Schwöre es mir. Sonst war alles umsonst.

Er gab ihr noch mehr. Gab ihr, so viel er konnte. Selbst den letzten Tropfen Wärme, bis sein Fleisch eiskalt und leer war. Als er sich von ihr löste, war das Leben in ihren Körper zurückgekehrt. Kjell kniete neben ihr und konnte kaum mehr die Augen aufhalten. Trotzdem zwang er sich, sie noch einmal anzusehen.

Bei der See, sie war wunderschön.

Schöner als je zuvor.

Das Leben leuchtete in ihren Augen, als sie sich hochstemmte und verwirrt umschaute. Irgendwann würde es stärker sein als ihre Traurigkeit und ihre Angst. Irgendwann.

Ein Knall zerfetzte die Stille. Etwas traf ihn hart im Rücken, gerade als Fae einen Arm nach ihm ausstreckte. In dem Augenblick, da er noch aufrecht kniete, sah er die roten Sprenkel in ihrem Gesicht. Es war über und über davon bedeckt. Sein Blut klebte auf ihrer Haut. Ihre Augen weiteten sich. Starrten ihn schockiert an.

Der zweite Schuss traf ihn in die Schulter und ließ ihn nach vorne kippen, hinein in Faes Arme. Er spürte ihre Hände in seinem Haar und auf seinem Gesicht. Sie sprach mit ihm, aber er hörte nur ein fernes, dumpfes Murmeln.

„Lauf weg!“, gelang es ihm zu flüstern. „Lauf! Sonst war alles umsonst.“

Sein wunderschönes Gesicht. Es war nicht mehr hell und rein, sondern leblos und starr. Überall war Blut. Sie spürte es auf ihrem Gesicht, roch es, schmeckte es. Und sie sah, wie es sein Hemd durchnässte. Eine Kugel hatte ihn am Rücken getroffen, eine andere an der Schulter. Das Licht, das ihn hätte retten können, war erloschen.

Ihretwegen.

Fae hielt seinen leblosen Körper in ihren Armen. Dort, der kaum mehr sichtbare Fleck am Saum seines Hemdes. Sie hatte ihm Kakao darüber geschüttet, als sie sich zu stürmisch geküsst hatten.

Ich müsste zu Hause sein. Ukulele kocht für uns. Wir wollten uns Filme anschauen. Und dann … dann wären wir …

„Lauf weg!“, hörte sie seine matte Stimme flüstern. „Lauf! Sonst war alles umsonst.“

„Nein!“ Sie nahm sein Gesicht zwischen ihre Hände, so wie er es zuvor mit ihrem getan hatte, hielt ihn fest und presste ihre Lippen auf seine Stirn. Er war so kalt, so schrecklich kalt, während in ihr die Wärme pulsierte, die ihm gehörte. „Ich bin an allem schuld. Ohne mich hätte er dich nie gefunden.“

„Doch“, flüsterte er kaum hörbar. „Das hätte er. Ich bereue nichts.“

Nein! Wie soll ich damit leben können, dass du für mich gestorben bist?

Sie drückte ihn noch fester an sich, als könnte sie ihm das zurückgeben, was er für sie geopfert hatte.

„Tu mir das nicht an! Bitte! Komm zurück!“

Kjell antwortete nicht mehr. Stattdessen erklang eine scharfe Stimme direkt neben ihr. „Weg von ihm!“

Fae blickte auf und sah den Alten vor sich. Er konnte sich kaum mehr aufrecht halten, zitterte und schlotterte wie ein Sack voller loser Knochen. Das Leben floss aus ihm heraus, ebenso schnell, wie es Kjell verließ. Doch der Alte besaß eine Waffe, und deren Mündung zielte auf ihren Kopf.

Bitte nicht! Ich kann ihn nicht verlassen.

„Bitte.“ Kjell hatte noch einmal die Augen geöffnet. Sein glasiger, fast schon gebrochener Blick war ein einziges, verzweifeltes Flehen. „Bring euch beide in Sicherheit.“

Euch beide?

Sie öffnete den Mund, wollte etwas sagen, aber kein Ton kam heraus. Ihre Kehle war zugeschnürt, ihre Gedanken in eiskaltem Schock festgefroren. Es war das letzte Mal, dass sie das silbergesprenkelte Türkis seiner Augen sah. Das letzte Mal, dass sie ihn berührte.

„Verschwinde!" Der Lauf der Waffe berührte ihre Stirn. „Ich sage es nicht noch einmal. Sonst wird er zusehen, wie du neben ihm ausblutest."

Fae stand auf, ohne es zu wollen. Sie stolperte einen Schritt zurück, aber nicht, weil sie den Tod fürchtete. Nicht, weil sich das Metall noch immer kalt an ihre Haut drückte. Es war Kjells Blick. Die stumme, wütende Bitte darin. Sein letzter Wunsch.

„Ich lasse dich nicht allein", flüsterte sie. „Niemals."

„Jetzt reicht es aber", knurrte der Alte. „Weg mit dir!"

Er stieß sie grob vor die Brust. Haltlos taumelte sie rückwärts, stolperte über einen Felsen und fiel darüber. Ein Keuchen drang aus ihrer Kehle, als sie hart aufschlug, seitlich über den Stein rollte und im Sand liegenblieb.

Mit einer gewaltigen Kraftanstrengung zwang sie ihren tauben Körper aufzuspringen, doch es war zu spät. Breac kniete sich neben Kjell, zerriss das blutgetränkte Hemd und entblößte seine Brust. Dann hob er das Messer und stieß es hinab. Ohne zu zögern, ohne einen Augenblick des Zweifels. Es drang in das Fleisch ein als sei es aus Butter, wurde zur Seite gerissen und wieder herausgezogen. Die Hand, die in den klaffenden Schnitt griff, glich einer hässlichen Vogelklaue.

Fae sank hinter den Stein und krümmte sich zusammen. Kein Schrei war zu hören. Nichts. Nur Stille.

Ihr Geist zog sich zurück. Irgendwann richtete sie sich auf, lehnte sich mit dem Rücken gegen den Felsen und starrte ins Leere. Gnädiges Nichts erfüllte ihren Kopf. Es wurde dunkel um sie. Still und warm. Alles war nur ein Traum. Ja, sie lag zuhause zwischen ihren Kissen, Seite an Seite mit Kjell, dessen beruhigender Atem sie in den Schlaf wiegte.

Als Hände sie packten und schüttelten, weigerte sie sich, zurückzukehren. Nein, niemals wieder. Ganz gleich, was sie sagten. Ganz gleich, was sie taten. Es war Nacht geworden. Ein heller Mond schien vom Himmel. Im Traum sah Fae, wie Alexander, Henry und Ukulele auf sie einredeten. Sie sah sie weinen, als sie Kjells Körper entdeckten. Ausgeblutet und leer, ohne Herz. Und sie sah, wie das mondbeschienene Meer in einem einzigen Atemzug explodierte. Es spuckte ein Monster aus, riesenhaft und unbegreiflich. Aus dem gigantischen Maul ringelten sich Tentakel, die nach den Männern schlugen. Henry prallte mit schrecklicher Wucht gegen einen Felsen, Alexander landete bäuchlings im Sand. Noch im Fallen schoss er auf das Ungeheuer. Ein Tentakel traf ihn am Arm und schleuderte die Waffe beiseite, ein anderer schob ihn noch weiter von Kjell weg. Der dritte, der aus dem Maul des Ungeheuers schoss, holte wie eine Peitsche aus und zerschlug Henrys Brustkorb.

Das ist nicht wahr! Sag, dass es nicht wahr ist!

Ukulele kniete japsend im Sand. Alexander kroch auf allen Vieren zu seiner Waffe hinüber, hob sie auf und schoss alle Kugeln auf das Monster ab, ohne dass es etwas bewirkte. Es war zu spät. Die Tentakel griffen nach Kjells Körper, umschlangen ihn und zogen ihn zu dem geifernden Maul. Und dann, als das Ungeheuer sich in all seiner Abscheulichkeit herumwarf, um zurück ins Wasser zu gleiten, wusste Fae, dass sie nie wieder bei klarem Verstand sein würde.

Der schuppige, weißglänzende Drachenkörper peitschte das Wasser, als das Tier mit der Plumpheit eines riesenhaften Seeelefanten vorwärtsrobbte. Erst weit draußen wurde das Meer tief genug, um seinen gewaltigen Körper zu verschlucken. Fae versank in pulsierender Schwärze, und als sie wieder zu sich kam, war der helle Sand voller Blut.

Kjells Blut. Henrys Blut, das in Rinnsalen vom Felsen floss.

So viel. Mehr als sie je erblickt hatte.

Und dort lag das Messer, die scharfe Klinge rot glänzend.

Warum hatte der Alte es zurückgelassen. War er entkommen?

Seltsamerweise wusste sie die Antwort. Ja, er war fort.

Fae kroch zu dem triefenden Sand, wo Kjell gerade noch gelegen hatte. Sie spürte keine Wärme mehr, als sie ihre Finger hineingrub, nur feuchte Kälte. Nein! Nein! Nein!

Wach auf! Wach doch endlich auf!

Sie kniff sich in den Arm. So fest, dass es blutete.

Nichts geschah.

Alexander und Ukulele knieten über Henrys leblosem Körper. Unmöglich, dass er den Angriff überlebt hatte. Sein Hinterkopf war zerschmettert, sein Brustkorb vom Schlag des Tentakels schrecklich eingedrückt. Alexander hob den Blick, stand auf und kam zu ihr herübergewankt.

„Es tut mir so leid“, flüsterte Fae, als er sie in den Arm nahm.

Dann verlor sie endgültig das Bewusstsein. Die Schwärze, in der sie schwebte, schien endlos zu dauern. Ganze Menschenleben lang. Sie sah Schemen, die vorüberzogen. Ein Krankenhaus, Ärzte, Alexanders und Ukuleles blasse Gesichter. Eine Beerdigung, während der ihr Geist kaum begriff, dass Henry ebenso wie Kjell verloren war.

Die Rückkehr in das Strandhaus.

Nur wenige Tage später verschwand auch Rembrandt, der letzte Trost, der ihr geblieben war. Fae stellte eine Schale voller Thunfisch auf die Terrasse, sah täglich im Keller nach und rief ungezählte Male seinen Namen, aber der Kater blieb verschwunden.

An dem Morgen, an dem Ukulele im Unterhemd nach Hause kam, in den Armen ein in seinen Pullover eingewickeltes Bündel, wusste Fae, dass auch Rembrandt sie verlassen hatte.

„Angus' Haus", sagte der Hawaiianer, holte eine Schaufel und verschwand zwischen den Dünen.

Angus' Haus …

Auch dort hatte Fae nachgesehen, aber ihre Sinne waren vor Schmerz betäubt und verwaschen und taugten zu nichts mehr. Tage voller Übelkeit und Einsamkeit glitten wie ein zäher Fluss an ihr vorüber, die sie spürte, als empfände sie ein anderer. Nachts lag sie wach und starrte bis zum Morgengrauen auf die Perlen an ihrem Handgelenk oder auf die Kissen, auf denen noch immer Rembrands weiße Haare hafteten.

„Ich will nicht, dass du … was ist, wenn …"

Er packte ihren Kopf mit beiden Händen, beugte sich vor und erstickte ihren Protest in einem Kuss.

Fae keuchte auf.

Binnen eines Atemzuges rückte alles in weite Ferne. Sie spürte und schmeckte nur noch den Kuss, die salzige Weichheit seiner Lippen, die Hitze. Ihre Hände gruben sich in sein nasses Haar, während er sich mit ihr in den Armen langsam drehte – und abtauchte.

Irgendwann, als sie bereits glaubte tot zu sein, drangen Worte zu ihr vor. Alexander hatte sie erneut in ein Krankenhaus gebracht. Warum, wusste sie nicht mehr. Ein Arzt saß neben ihr, hatte seine Hand auf ihre Schulter gelegt und redete mit sanfter Stimme auf sie ein: „Hörst du mich, Fae? Du bist schwanger. Du bekommst ein Kind. Hast du gehört?"

Sie tat nichts, blinzelte nur betäubt in das Gesicht des Mannes und streichelte mit zitternden Fingern Kjells Armband.

Es war Alexander, der das Schweigen brach.

„Sind Sie sich sicher? Ganz sicher?"

„Oh ja. Sie befindet sich im zweiten Monat."

Stimmengemurmel erhob sich. Ihr Bruder und Ukulele redeten durcheinander, befragten den Arzt nach ihrem Zustand, nach irgendwelchen Werten und nach dem Tumor. Er war verschwunden, das wusste sie. Spurlos verschwunden. Man hatte ihren Körper wieder und wieder untersucht, doch das Ergebnis war immer dasselbe gewesen: Alle Werte waren exzellent. Es war, als sei sie niemals krank gewesen.

Im zweiten Monat? Dann ist es beim ersten Mal geschehen. In der Nacht, in der er mir alles erzählt hat. Draußen am Lagerfeuer. Und dann lagen wir zwischen den Kissen. Er hat Rembrandt gestreichelt und trug Henrys Hemd. Ich weiß noch, es roch nach Meer und nach verbranntem Stockbrot.

„Sie ist körperlich bei bester Gesundheit", sagte der Arzt. „Mit Betonung auf körperlich."

„Meine Schwester hat jemanden verloren." Alexander strich ihr behutsam über das Haar. Fae spürte, wie ihre Augen zu brennen begannen. So lange hatte sie nicht mehr geweint. Einfach, weil sie es nicht konnte. Aber jetzt drohte der Damm zu brechen.

Rette euch beide.

Lauf weg, sonst war alles umsonst.

„Das Kind ist von dem Mann, den Ihre Schwester verloren hat?", fragte eine leise Stimme im Nebel. „Habe ich recht?"

„So ist es", antwortete Alexander.

„Dann fragen Sie sich, Fae, ob Sie nicht dem Kind zuliebe ins Leben zurückkehren sollten. Es ist ein Geschenk. Ein Geschenk Ihrer Liebe. Dieser Mann hat Ihnen alles bedeutet, nicht wahr?"

Sie starrte bewegungslos ins Leere. Erinnerungen umfingen sie wie eine tröstende Umarmung.

„Fae?", flüsterte es plötzlich im Wind, gerade als sie sich mit geschlossenen Augen in die verschiedenen Aromen vertieft hatte. Sie blickte auf – und stieß einen Laut der Überraschung aus. Vor ihr stand Kjell. Nass und tropfend. Die dünne, schwarze Decke, die Henry vorhin auf die Leine gehängt hatte, klebte nass an seinem Körper. Aber er schien ebenso wenig zu frieren wie sie.

„Denken Sie daran", drang der Arzt weiter auf sie ein, „was er fühlen würde, wenn er sie so sehen könnte. Sie müssen sich zusammenreißen. Für das Kind, das in Ihnen wächst. Für den Mann, der sie über alles geliebt hat, und der durch dieses Geschenk hier", eine Hand legte sich sanft auf ihren Bauch, „wieder zum Leben erwacht. Kommen Sie zurück, Fae. Sonst wird auch das Letzte sterben, das von Ihrer Liebe geblieben ist."

Wieder wurde es dunkel um sie. Alexander fuhr sie nach Hause, Ukulele kochte das Abendessen. Sie saßen am Tisch und aßen schweigend, doch Fae brachte nicht mehr als zwei Bissen herunter, die wie Steine in ihren leeren Magen fielen.

Der dichte Schleier, in den sie sich eingesponnen hatte, wurde nach und nach transparent. Sie starrte auf die tickende Uhr an der Wand. Dann auf die schimmernden Perlen ihres Armbandes und auf das Sofa, auf dem sie so oft mit Kjell gelegen hatte. In dem Ständer daneben befand sich noch immer die Zeitung, in der die Anzeige des Ulster Museums abgedruckt war.

Fae legte die Gabel neben den Teller, umfasste mit beiden Händen ihren Bauch und versuchte, das Leben darunter zu spüren.

„Ich ein Rätsel? Das sagst du mir?"

„Du bist eines", beharrte er. Sein Blick studierte sie, glitt an ihrem Körper auf und ab, bis sie das Gefühl hatte, sich in eine Starkstromleitung zu verwandeln. Fae meinte gar, das feine Knistern ihrer Härchen zu hören. „Du bist das bisher größte Rätsel meines Lebens."

„Warum?"

„Keine Ahnung. Sonst wärst du kein Rätsel."

„Du musst essen", sagte Alexander leise. „Bitte. Sonst verlierst du euer Kind. Kjell hat sein Leben für euch gegeben, verdammt noch mal. Ist das dein Dank dafür?"

„Unser Kind? Aber er wird es nie sehen."

Die ersten Worte seit vielen Tagen kratzten wie Disteln in ihrer Kehle.

„Er ist fort. Für immer. Ich sehe ihn nie wieder. Er ist nicht bei mir, wenn ich aufwache, und er ist nicht bei mir, wenn ich einschlafe. Ich brauche ihn, Alex. Du hast ja keine Ahnung, wie sehr ich ihn brauche."

„Natürlich habe ich das." Er strich ihr über das Haar, ohne zu ahnen, dass es diese Berührung noch schlimmer machte. „Aber er ist für euch beide gestorben. Begreife das doch. Wenn du dich und dein Kind aufgibst, war sein Opfer umsonst."

Überall war Blut. Sie spürte es auf ihrem Gesicht, roch es, schmeckte es. Und sah, wie es sein Hemd durchnässte. Eine Kugel hatte ihn am Rücken getroffen, eine andere an der Schulter. Und das Licht, das ihn hätte retten können, war erloschen. Ihretwegen.

„Es ist wirklich geschehen, nicht wahr?“ Fae sprach wie in Trance.

Alles schien aus Glas gemacht zu sein. Künstlich und zerbrechlich. „Das Ungeheuer hat ihn gefressen. Es hat Henry getötet. Es ist alles wirklich geschehen.“

„Ja“, sagte Ukulele. „Und wir müssen damit leben.“

„Aber was, wenn seine Seele vernichtet ist?“ Als sie diese Worte aussprach, begriff Fae, dass das ihre größte Angst war: Kjells völlige Vernichtung. „Dieses Ungeheuer hat ihn gefressen. Was, wenn nichts mehr von ihm übrig ist?“

„Nein.“ Alexanders Stimme klang so fest, als glaubte er wirklich an seine Worte. „Kjell hat dir seine Kraft geschenkt, bevor er gestorben ist. Er konnte seine Seele befreien. Daran glaube ich ganz fest. Alles, was Breac und das Monster bekamen, war eine leere Hülle. Nichts als …“

„… Fleisch“, führte sie seinen Satz flüsternd zu Ende.

Fae streichelte ihren Bauch und versuchte, einen Rest von Kjells Nähe zu fühlen. Irgendetwas, das ihr bewies, dass ein Teil von ihm überlebt hatte. In ihr war sein Kind, sein Geschenk. Oh, wäre sie doch damals nur ertrunken. Alles wäre vorbei gewesen. Kjell hatte sie an jenem Abend gerettet, weil sie dumm gewesen war. Er hatte sich für sie in Gefahr gebracht, hatte die Lichtwesen für ihre Heilung geopfert, hatte seine Heimat für sie aufgegeben. Ihretwegen waren er und Henry gestorben.

Mechanisch nahm sie die Gabel wieder auf und begann zu essen. Bissen für Bissen, obwohl ihr übel davon wurde. Als der Teller leer war, hielt sie es im Haus nicht mehr aus. Die Wände rückten auf sie zu und drohten sie zu zerquetschen. Fae sprang auf, nahm den Mantel von der Garderobe und rannte nach draußen. Es war längst dunkel, der Himmel klar und gesprenkelt von Sternen. Gleichgültig. Schönheit existierte nur, wenn sie sie mit Kjell teilen konnte.

Fae lief zu den Klippen hinauf, stellte sich an den Rand und spürte den Schwindel, der sie übermannte. Ein Hauch seiner Nähe lag im salzigen Wind, in dem unermüdlichen Rhythmus der Wellen und der wilden, frischen Nacht. Aber zugleich war das Meer leer, weil Kjell nicht dort draußen war. Es war kein magischer Ort mehr. Kein Mysterium voller Wunder. Sie sah auf die endlose, schwarze Fläche hinaus und wünschte sich, tief hinabzutauchen, tiefer und tiefer, bis hin zu dem Licht.

Und dann würde sie sich verbrennen lassen, um diese Welt zu verlassen. In der Ferne, auf der anderen Seite, wären sie wieder vereint.

„Kleines." Alexander stand hinter ihr. Er wagte es nicht, nach ihr zu greifen. „Bitte komm zurück."

„Keine Angst. Ich stürze mich nicht in das Meer."

„Dann komm zurück."

Fae wandte sich zu ihrem Bruder um. „Wir waren keine drei Monate zusammen. Manche würden sagen, dass das eine kurze Zeit ist. Aber ich habe das Gefühl, ein ganzes Leben mit ihm verbracht zu haben."

„Ich weiß." Alexander wich ihrem Blick aus. „Seit das passiert ist, glaube ich an das Schicksal. Und daran, dass zwei Wesen zusammengehören."

„Warum sind wir dann nicht zusammen?", fauchte sie zurück. „Warum ist er tot und ich lebe?"

„Ihr werdet euch wiedersehen. Du weißt, woran Kjell glaubte."

Fae seufzte und legte die Hände auf ihren Bauch. Es war das Einzige, das eine Spur Trost in sich barg, zusammen mit den Erinnerungen, die wie die Splitter eines einst wunderschönen Mosaiks darauf warteten, berührt und liebkost zu werden.

Sie befreite sich aus Kjells Armen und tat ein paar Schwimmzüge. Große Körper durchbrachen das Wasser, huschten unter ihr hinweg, streiften ihre Haut und berührten sie mit ihren Schnauzen. Doch sobald sie nach den Delfinen griff, entwischten sie ihr mit einer schnellen Drehung. Manchmal strichen ihre Fingerspitzen über glatte, feste Haut, doch meist spürte sie nur einen Wasserwirbel, hervorgerufen durch die blitzschnellen Bewegungen der Tiere. Fae drehte sich auf den Rücken und streckte die Arme aus. Sanft hob die Dünung sie auf und ab, reinigte ihre Gedanken und wischte den Zweifel aus. Sie lebte. So intensiv, dass es schmerzte.

„Hör zu, Kleines." Alexander legte seine Hand so zärtlich auf ihre Wange, dass Fae vor Qual die Augen schloss. „Ich habe mit unserem Produzenten geredet. Er bittet uns, etwas ganz Besonderes zu liefern. Eine Art Videotagebuch, während wir um die Welt segeln."

„Und was ist mit den Sensationsaufnahmen?"

Alexander blinzelte verwirrt. „Aber du warst doch dabei."

„Bei was war ich dabei?"

„Als ich den Stick vernichtet habe. Du hast auf dem Sofa gesessen und zugesehen, wie ich ihn ins Feuer geworfen habe."

Fae fühlte nichts. Nicht einmal Bedauern. „Ich war nicht wirklich da, weißt du?"

„Ja, ich weiß. Glaubst du, es war richtig? Als du nichts getan hast, dachte ich, dass du dasselbe wolltest."

„Die Welt hat es nicht verdient. Ich würde nicht wollen, dass die Menschen da draußen es sehen."

„Ob das nun richtig ist, sei dahingestellt. In dem Moment, als ich es getan habe, war dieser Planet für mich Abschaum. Ich dachte mir: Zum Teufel, es ist und bleibt ein verkommener Ort, an dem man einem Wesen wie Kjell das Herz herausschneidet, anstatt von ihm zu lernen."

„Ja", flüsterte Fae gedankenverloren. „Das denke ich immer noch."

„Ach, lassen wir das Thema. Während der nächsten Reise werden wir jahrelang unterwegs sein, vielleicht sogar für immer. Ich möchte, dass wir zusammen reisen."

Fae nickte. Die Worte ihres Bruders erreichten sie kaum. Früher wäre sie vor Freude in Tränen ausgebrochen, jetzt nahm sie es einfach hin.

Ich habe immer noch das Buch. Unser Buch. Ich muss es umschreiben und zu Ende bringen, auch wenn alle denken werden, es sei ein Märchen.

Fae tat einen tiefen Atemzug, als sie den Trost dieses Gedankens spürte. Den Roman zu schreiben, würde Kjell wenigstens ein Stück weit wieder zu ihr zurückholen. Es würde das, was sie miteinander erlebt hatten, wieder lebendig werden lassen. Plötzlich konnte sie es kaum erwarten, zum Haus zurückzukommen und sich an ihren Laptop zu setzen.

„Dein Kind wird auf einem Schiff aufwachsen", drang Alexander weiter auf sie ein. „Die Welt wird seine Schule sein. Nirgendwo bleiben wir lange, wir werden Nomaden sein. Das hast du dir doch immer gewünscht, nicht wahr?"

Wieder nickte sie. Ein schöner Gedanke, das Buch auf einem Schiff zu schreiben. Ganz nah am Meer. Als Fae die Augen schloss, sah sie wieder Kjell vor sich, wie er reglos vor dem Gemälde stand, verloren in seiner Gedankenwelt.

Sie hörte das Toben der stürmischen See und das Ächzen des kenternden Dreimasters, dessen Segel in Fetzen herabhingen. Sie spürte die salzige Gischt, die der Wind von den zerfetzten Wellenkämmen riss. Sie schmeckte das wütende Meer und den faulig-würzigen Geruch des Tangs, der auf der Felsinsel verrottete. Kjell starrte wortlos auf das Gemälde, die Stirn nachdenklich gerunzelt, den Blick im kochenden Meer und im Sturm verloren.

Er nahm nicht wahr, dass die Menschen im Raum ihn ansahen. Sie wussten, dass er nicht zu ihnen gehörte. Sie wussten, dass er ein Fremder war, ein Eindringling in ihrer irdischen Welt. So wie die Meerjungfrau auf dem Felsen.

Ob Hendricks Geschichte so traurig ausgegangen war wie ihre? Sie würde es nie erfahren. Die Knochen des Malers waren seit Jahrhunderten verrottet. Alles ging und kehrte nie wieder.

„Dann kommst du mit uns?", drang Alexanders Stimme durch ihre Träume. „Sag etwas, Fae."

„Was ist mit dem Ungeheuer und mit Kjells Mörder?"

„Ja." Alexander gab ein angewidertes Schnaufen von sich. „Sie sind immer noch dort draußen. Aber ich habe es satt, Angst zu haben. Ich habe es satt, mich zu verstecken, und mich tagtäglich zu fragen, was mir vielleicht zustoßen könnte. Ich verstehe es, wenn du lieber ins Landesinnere ziehen willst. Wir werden dir jeden Monat genug Geld überweisen, damit du über die Runden kommst."

„Heißt das, dass du mich alleine lassen würdest?"

„Ukulele würde bei dir bleiben."

„Aber du nicht?"

„Fae …" Sein Blick war dunkel vor Leid. „Ich ertrage es nicht mehr, an einem Ort zu bleiben. Ich ertrage es nicht, hier zu sein. Ich muss weg. Raus. Durch die Welt ziehen. Sonst verliere ich den Verstand."

„Dann komme ich mit euch."

Er umarmte sie und murmelte etwas in ihr Haar. Fae verstand die Worte nicht, aber sie wusste, dass das Leben, von dem ihr Bruder gesprochen hatte, der einzige Ausweg war.

Sie wollte das leuchtende Meer der Südsee sehen. All die verwunschenen Inseln, die fernen Ozeane, die unbekannten Welten. Solange sie ruhelos blieben, solange sie unaufhörlich wanderten und nirgendwo lange blieben, würde sie vielleicht einen Hauch von Frieden finden.

Fae hob den Arm und hauchte einen Kuss auf die Perlen, die Kjell ihr vor unendlich langer Zeit geschenkt hatte. Im Geiste sah sie ihren Bruder, Ukulele, das Kind und sich selbst auf einem Segelschiff. Von einem frischen Wind getrieben, zog es schnell über das Wasser dahin. Ihr Sohn lag in dem Netz, das am Bug des Schiffes aufgespannt war, hatte die Arme unter dem Kopf verschränkt und schlief. Sonnenlicht schimmerte auf seiner hellen Haut. Sein Haar war nicht silbern wie das seines Vaters, seine Augen nicht unmenschlich hell. Fae sah schwarze Locken, wirr und weich. Dunkle Augen und menschliche Hände. Keine glasartigen Fingernägel, keinen silbernen Schimmer auf seiner Haut. Ja, ihr Sohn würde ein Mensch sein, und falls sie sich irrte, würde sie nicht zulassen, dass sein Erbe hervorkam.

Wie soll ich etwas aufhalten, das so mächtig ist wie das Meer?

Ich weiß es nicht, aber ich werde es versuchen.

Fae ließ ihren Arm sinken und atmete tief durch. „Wann brechen wir auf?"

„Wenn du möchtest, sobald wir gepackt haben."

„Gut." Sie schmiegte sich an ihren Bruder, schloss die Augen und lauschte dem Rauschen der Wellen. Das Meer brandete durch ihr Blut, der Sog der Gezeiten floss in ihren Gedanken. Sie konnte nicht vor dem fliehen, was zu ihr gehörte wie ihr Herz. So wenig, wie Kjell davor hatte fliehen können. „Dann bring mich weg von hier. Ich will dieses Haus nie wiedersehen."

~ Gegenwart, August 2052 ~

Kjell starrte auf das Buch.

Kein „The End". Kein Abschlusswort. Es hörte einfach auf. Lange starrte er vor sich hin, ohne in der Wirklichkeit anzukommen.

Bei Gott, wenn er gewusst hätte …

Frustriert klappte er das Buch zu und drehte es geraume Zeit hin und her. Die Küchenuhr sagte ihm, dass in einer halben Stunde die Sonne aufgehen würde. Hatte er wirklich die ganze Nacht durchgelesen? Die Zeit kam ihm so kurz vor, und zugleich endlos lang. Verwirrt legte er das Buch beiseite und massierte sich die Schläfen. Alles tat ihm weh, körperlich wie geistig. Kjell und Fae hatten ein solches Ende nicht verdient. Es war deprimierend, es machte ihn wütend, und es traf ihn viel zu heftig.

„Verdammt!", fluchte er. „Es ist nur ein Buch. Nur ein stinknormales Buch. Komm wieder runter."

Kjell zog die Beine an seinen Körper und legte die Arme um die Knie. In seinem Rücken bollerte warm der Ofen. Er hörte das Holz knistern, die Uhr ticken, die ersten Möwen schreien. Es roch noch immer nach dem Vanillegrießbrei, den seine Mutter ihm gekocht hatte. Verrückt. Er sah die leere Schüssel auf dem Tisch, aber er konnte sich nicht daran erinnern, ihren Inhalt gegessen zu haben. Es musste irgendwie nebenbei passiert sein, während er gemeinsam mit Fae um Kjell gebangt hatte, oder während er sehnlichst gefleht hatte, Breac würde sie niemals finden. Beklommen befühlte er die weiche Stelle unterhalb des Rippenbogens.

Nein, ich werde jetzt nicht empathisch. Ich versuche nicht, mir auszumalen, wie es sich anfühlt, wenn sich ein Messer dort hineinbohrt.

Aber es war zu spät. Kjell spürte den Stich, das Schneiden und das Reißen, keuchte auf und sprang von der Ofenbank. Zum Teufel mit seiner Fantasie. Sie war zu nichts nutze und vernebelte ihm nur das Gehirn.

Wach auf! Komm schon!

Er stolperte, sein Knie stieß gegen ein Tischbein und brachte die Schüssel zum Klirren. Verflucht, wo war er mit seinen Gedanken? Und wo war Fae? Vermutlich schlief sie. Immerhin wurde es gerade erst hell. Benommen ging er nach oben, zog einen schwarzen Wollpullover über, stellte sich vor den Spiegel und fuhr sich durch die Haare.

Hallo, lebende Leiche. Heute sind wir aber besonders blass.

Nein, seine Augen waren nicht mehr blau. Sie waren schwarz. Kohlrabenschwarz. Kjell blinzelte. Wenn er genau hinsah … waren da nicht silbrige Flecken? Wie metallisch glitzernder Staub?

Unsinn. Er konnte Realität immer noch sehr gut von Fiktion unterscheiden, und doch verknotete sich das flaue Gefühl in seinem Magen zu einer beklemmenden Gewissheit, als er das Haus verließ und in den frischen Wind trat.

Was er gelesen hatte, war nicht einfach nur eine Geschichte. Es war viel mehr. Das meiste mochte der Fantasie seiner Mutter entstammen, aber sie hatte Geheimnisse darin verarbeitet. Ein paar wahre Mysterien ihres Lebens, verpackt in märchenhafte Metaphern.

Wo fing Fiktion an und hörte die Wahrheit auf?

Meine Augen waren nicht schwarz. Es sah nur so aus. Es war dunkel im Zimmer, und der Einfallswinkel des Lichts … ach verflucht!

Kjell stapfte durch den Sand der Dünen, atmete die salzige Luft und versuchte, seinen Geist mit dem Anblick des schwindenden Sternenhimmels zu beruhigen. Doch was Tausende Male zuvor funktioniert hatte, wenn er frustriert von seinen Reisen hierher zurückgekehrt war, entpuppte sich nun als sinnlose Farce.

Das Buch machte ihn nicht nur wütend. Es war nicht einfach nur traurig und ungerecht. Kjell spürte einen kalten Klumpen in seinen Eingeweiden wie eine nagende Krankheit. Er fühlte sich, als wäre er selbst gestorben, und als wäre er es gewesen, der vergeblich gekämpft hatte.

Komm wieder runter. In ein paar Tagen tust du wieder, was du tun musst. Weil es deine Bestimmung ist.

Und eine boshafte Stimme antwortete: *Oh ja, es ist deine Bestimmung, einen aussichtslosen Kampf zu bestreiten. Ist die Welt, seit du dich für sie einsetzt, auch nur einen Tick besser geworden? Nein, nur noch gieriger.*

Kjell stopfte seine Hände in die Hosentaschen. Er fühlte sich wie sein Namensvetter im Buch, in dessen Kopf zwei Stimmen um die Vorherrschaft gekämpft hatten. Das Menschliche und das Nichtmenschliche.

Gehen oder bleiben.

Im Osten schimmerte ein Hauch von Dämmerung, noch zu schwach, um das Meer aus Sternen verlöschen zu lassen. Als Kjell vor sich eine Gestalt am Strand entdeckte, glaubte er zunächst an einen einsamen Wanderer, doch dann sah er, dass dieser vermeintliche Wanderer ein weißes Nachthemd trug und ebenso helle Haare besaß, die offen im Wind wehten. Es war Fae. Ihre Füße waren nackt, ihre Haut völlig farblos.

„Mum!“ Kjell rannte auf sie zu. Als er sie packte und in ihr Gesicht blickte, zuckte er erschrocken zurück. Sie war blass wie eine Leiche. Dunkle Schatten lagen um ihre Augen, ihre Lippen waren blau vor Kälte. Das Gespenstischste aber war ihr Blick. Sie sah ihn an, ohne ihn wahrzunehmen.

„Mum! Was soll das? Du holst dir den Tod!“

Großer Gott, ihre Haut war kalt wie Eis! Er wollte sie zurückziehen, hin zum Haus, aber Fae stemmte sich mit verblüffender Kraft dagegen.

„Lass mich los!“, forderte sie mit fester Stimme.

„Warum tust du das? Du musst ins Warme. Komm schon, du bist ja schon ganz steif.“

„Ich sagte“, plötzlich kehrte das Leben in ihren leeren Blick zurück, „lass mich los!“

Kjell zuckte zurück, als hätte ihn eine Peitsche getroffen. Ihm wurde schwindelig vor Schreck. Und dann sah er das Schimmern an ihrem Handgelenk. Es war ein Armband, bestehend aus zarten Schnüren, auf denen schwarze Perlen aufgezogen waren.

„Aber das ist doch …“

„Ja.“ Fae strich mit ihren Fingern zärtlich über das Schmuckstück. Ihre Gelenke waren so dünn geworden, dass die Perlenschnüre locker herunterhingen. „Das Geschenk, das dein Vater mir mitgebracht hat. Ich habe es all die Jahre in einem Kästchen aufbewahrt, weil ich Angst hatte, dass es kaputtgehen könnte. Es ist wunderschön, aber nicht besonders stabil."

„Das ist unmöglich. Es gibt keine Wesen wie ihn."

„Das stimmt. Es gibt sie nicht mehr, denn er war das einzige Geschöpf seiner Art." Sie sah ihn wieder an. Ihre Augen waren plötzlich die einer jungen Frau. So lebendig und strahlend. „Alle haben das Buch für ein Märchen gehalten, aber du kennst die Wahrheit."

Kjell wusste nicht, was er sagen sollte. Ihm war klar, warum sie hier war, nur mit diesem Nachthemd bekleidet, halb tot gefroren und wild entschlossen.

„Mum", flüsterte er matt. „Tu das nicht. Komm wieder zurück."

Fae wandte sich dem Meer zu und hob einen Arm, als wolle sie auf etwas deuten. Sie bewegte sich langsam wie in einem zähen Albtraum, und als sie leise seufzte, war ihr Lächeln so entrückt, als wäre ihre Seele bereits im Elysium.

„Da vorne", wisperte sie. „Genau vor uns. Kannst du ihn sehen?"

Kjell folgte ihrem Fingerzeig. Nichts war zu sehen. Nur die gewellte Fläche des Meeres, in dem sich der erste Hauch des Morgens spiegelte.

„Da ist nichts, Mum."

Sie wandte sich zu ihm um und neigte verwirrt den Kopf. „Aber er ist da. Ganz nah. Ich kann ihn sehen, warum du nicht?" Ihr Blick wanderte ein paar Mal zwischen dem Meer und seinem Gesicht hin und her. Dann schien sie eine Erkenntnis zu durchzucken. „Oh, ich verstehe. Ich verstehe."

„Was verstehst du?"

„Schon gut, mein Junge. Es reicht, wenn ich ihn sehe. Hast du das Buch gelesen?"

Er nickte schmerzerfüllt. Der Klumpen in seiner Kehle schnürte ihm die Luft ab.

„Es ist alles wahr", sagte Fae. „Du bist das Kind, das er gerettet hat, und jetzt ist er gekommen, um mich nach Hause zu bringen."

„Nein." Das Wort war nur ein heiseres Krächzen. Er wollte seine Mutter packen und sie schütteln, wollte ihr diesen Irrsinn austreiben, aber er konnte sich nicht rühren. Ein Instinkt flüsterte ihm ein, dass nichts sie aufhalten konnte. Wenn er sie über die Schulter warf und ins Haus trug, würde sie im nächsten unaufmerksamen Moment wieder zum Strand flüchten. Es sei denn, er fesselte sie und rief jemanden an, der ihr besser helfen konnte als er selbst. Seine Mutter in einem Heim? Festgebunden wie eine Gefangene? Unter Drogen gesetzt, um sie gefügig zu machen?

„Gottverdammt“, stieß er hervor, „warum tust du mir das an?“

„Erfülle mir zwei letzte Bitten.“ Faes Blick war hart und entschlossen. Oh nein, sie war nicht verrückt. Sie wusste, was sie wollte. So, wie sie es immer gewusst hatte. „Schwöre es mir!“

Er presste in ohnmächtiger Wut die Lippen zusammen.

„Schwöre!“

„Nur, wenn du wieder mit ins Haus kommst.“

„Das werde ich nicht. Schwöre!“

„Ich sehe nicht zu, wie du dich umbringst.“

„Kjell!“ Sie nahm sein Gesicht zwischen ihre knochigen Hände und starrte ihn an. Liebevoll, verzweifelt, fordernd und zornig. Sie durchbohrte so lange seine Seele, bis er willenlos nickte.

„Bleib ein Mensch, mein Sohn! Gehe nicht ins Meer. Der Mörder deines Vaters wird auch dich finden, wenn du dich verwandelst. Er wird dir das Herz herausschneiden und deinen Körper dem Monster vorwerfen. Oder er wird dich einsperren, vielleicht Jahrhunderte lang, bis er zu altern anfängt und ein neues Herz braucht. Wehre dich gegen das, was mit dir passiert. Ich weiß, der Ruf des Meeres ist berauschend schön, aber wenn du ihm zuhörst, wird er dich töten.“

Hör auf damit!, wollte er schreien. *Hör auf, mir solchen Unsinn zu erzählen. Hör auf, barfuß vor mir zu stehen und auszusehen wie eine Leiche. Hör auf, dich umbringen zu wollen.*

„Die zweite Bitte …“ Sie löste ihren Griff und trat zurück. Zwei Schritte, drei Schritte. Das Wasser reichte ihr bis zu den Knöcheln, dann bis zu den Waden. Als es ihre Knie umspülte, fuhr sie leise fort: „Die zweite Bitte ist, dass du mich gehen lässt.“

„Nein!“

„Ich habe lange genug gelebt, Kjell. Dein Vater wird mich nach Hause bringen. Es gibt nichts, wovor ich mich fürchten müsste. Es ist alles gut. Das musst du mir glauben.“

„Bitte …“

Aber sie ging weiter. Schritt für Schritt für Schritt.

„Bitte, Mum …“

„Ich liebe dich", flüsterte sie. „Hab keine Angst."

Das Wasser erreichte ihre Hüfte, als sie sich nach hinten sinken ließ. Es ging so schnell, als trüge sie eine starke Strömung hinaus, kaum dass sie sich selbst aufgegeben hatte. Das Nachthemd bauschte sich um ihren dünnen Körper, die Wellen spielten mit ihren Haaren, ließen sie wogen wie Tang, und dann versank sie, glitt ins tiefe Wasser, breitete ihre Arme aus und verschwand.

Kjell fühlte, wie alle Kraft seinen Körper verließ. Er ging in die Knie, spürte seine Finger über den nassen Sand kratzen. Ein dünner, grüner Streifen im Osten brachte das Meer zum Schimmern. Er saß da, bis sein Körper in der Kälte erstarrte. Bis alles Denken eingefroren war und er keinen Willen mehr besaß.

Irgendwann stand seine leere Hülle auf und flüsterte Worte in den Wind. „Leb wohl, Mum. Ich liebe dich."

Etwas in seinem Herzen zerriss, als er sich umwandte und durch die Dünen zum Haus zurückging. Dort setzte er sich auf die Ofenbank und starrte vor sich hin. Stunden vergingen. Draußen schrien die Möwen, sie klangen genauso wie gestern und genauso wie morgen.

Kjell wusste nicht, warum er irgendwann zur Anrichte hinübersah. Es war, als hätte eine Stimme gesagt: „Sieh, was ich für dich habe." Verwirrt stand er auf, ging zur Küchenzeile hinüber und blickte auf die schwarze Schachtel hinunter, die dort stand. Daneben lag ein zugeklebter Briefumschlag, auf dem Fae mit ihrer altmodischen Handschrift „Für dich" geschrieben hatte. Der Schmerz in seiner Brust spottete jeder Beschreibung. Er ignorierte den Brief, denn ihre Abschiedsworte zu lesen, wäre zu viel gewesen. Stattdessen öffnete er die Schachtel. Einer dieser altmodischen Speichersticks aus schwarzem und rotem Plastik lag darin.

Die Aufnahmen!, schoss es ihm unwillkürlich durch den Kopf.

Aber nein, das konnte unmöglich sein. Alexander hatte sie vernichtet. Es gab keine Kopie. Oder etwa doch?

Blödsinn, den Film aus dem Buch gibt es nicht wirklich.

Fängst du jetzt total an zu spinnen?

„Und wenn schon", knurrte er, ging ins Arbeitszimmer seiner Mutter, fuhr ihren uralten Computer hoch und steckte den Stick in den USB-Zugang. Ein kleines Fenster öffnete sich.

„September 2009", stand unter dem gelben Köfferchen geschrieben.

Das ist idiotisch. Es ist nur ein Buch! Nur Fantasie!

Er öffnete es, fand eine Videodatei und klickte zweimal darauf. Sein Herz begann zu rasen. Und als die Aufnahme startete, vergaß er für zweiundvierzig Minuten, dass seine Mutter gestorben war. Er vergaß die Welt und sich selbst, vergaß alles was ihn umgab. Denn er schwamm durch das Meer. Durch tiefes, grenzenloses Blau. Er sah den gewaltigen Körper des Pottwals, küsste Fae im eiskalten Wasser, glitt durch silbern flirrende Fischschwärme und träumte im Tangwald, während schwarzweiße Schatten ihn umkreisten. Er hörte das Lied des Meeres, spürte den Sog der Strömungen und der Gezeiten in seinen Adern brennen und weinte alle Tränen, die noch in ihm waren, um schließlich, als sich das Video im Blau der See verlor, aus seinem Traum aufzuwachen. Nur um zu erkennen, dass alles, was er für wirklich gehalten hatte, nichts weiter war als das. Ein Traum.

„Mum", flüstert er. „Mein Gott, Mum. Es ist alles wahr."

Er glitt vom Stuhl, sank zu Boden und schlang die Arme um seinen Brustkorb. Ihre Krankheit, ihre Heilung. Sein Vater, der Walfänger und das Monster.

„Es ist wahr", murmelte er wieder und wieder. „Alles ist wahr."

Noch einmal spielte er das Video ab, noch einmal glaubte er, in einer Vision aus überwältigender Wahrheit zu versinken. Er sah seine Eltern, wie sie sich im kalten Wasser umarmten, schluchzte ihre Namen und glaubte, vor Liebe und Schmerz zu zerspringen.

Kjell, die Quelle und das Opfer.

Sein Vater war für ihn und für Fae gestorben.

Schwankend stemmte er sich auf die Beine.

Der Brief … er musste den Brief lesen!

Benommen wankte er in die Küche, nahm den Umschlag und riss ihn auf. Wieder schossen ihm Tränen in die Augen, als er Faes anmutig geschwungene Handschrift las:

Mein geliebter Sohn,
ich weiß, dass du mir die Geschichte immer noch nicht glaubst. Ich kann es dir nicht verübeln. An deiner Stelle hätte ich mich wohl auch für eine senile Spinnerin gehalten. In der Schachtel liegt der Film, der dir beweisen wird, dass alles der Wahrheit entspricht. Ukulele gab mir den Stick. Er hat damals ohne Alexanders Wissen eine Kopie der Originalaufnahmen angefertigt und sie mir vor seinem Tod gegeben. So lernst du am Ende doch noch deinen Vater

kennen. Ich habe ihn geliebt, Kjell. So sehr, dass es Worte nicht beschreiben können. Wir hatten unsere Zeit, und sie war die Schönste meines Lebens. Dafür – und für dich, mein Sohn – bin ich dem Schicksal unendlich dankbar.

Nun zu deiner Frage, woher ich Breacs Geschichte kannte.

Nicht umsonst habe ich gehofft, du würdest in Angus' Haus Erinnerungen sehen. Damals, als dein Vater mir seine Kraft übertrug, geschah etwas mit mir. Es passierte nicht sofort, sondern erst Wochen später, als ich wieder einigermaßen klar denken konnte. Ich kann es schwer mit Worten beschreiben, aber als unsere Seelen sich vereinten, floss alles in mich hinein, was dein Vater gesehen und gespürt hatte. Alles war wie aus Glas gemacht und strömte in einem gewaltigen Fluss aus Bildern und Gefühlen durch mich hindurch, als hätte ich mich in das Gedächtnis der Welt eingeklinkt. Ich sah sogar das, was Fiona und Angus damals erlitten hatten. Ich sah in Kjells Seele und in Breacs Seele. In den ersten Monaten nach dem Tod deines Vaters begriff ich nicht, was mit mir geschehen war. Vermutlich war meine Trauer zu groß, und meine Betäubung schloss das, was in mir ruhte, einfach weg. Aber als ich begann, „Die Seele des Ozeans" zu schreiben, veränderten sich meine Träume. Sie wurden immer stärker und lebendiger, bis ich auch in wachem Zustand träumte. Dein Vater hat dir und mir nicht nur eine Zukunft geschenkt, er hat mir auch Wissen gegeben. Erkenntnisse und Einblicke in das Geflecht unseres Schicksals, in dem alles zusammenhängt und dem sogar Breac und sein Seelenfresser ihren Sinn erfüllen.

Ja, ich blickte in die Seele eines Mörders, weil er ein Teil unserer Geschichte war und es immer noch ist – oder auch nur, weil er in unmittelbarer Nähe war, als Kjell sich mit mir vereinte. Wer weiß. Möglicherweise geschah es auch, weil es meine Aufgabe war, das Buch zu schreiben. Ich habe nicht alle Erinnerungen aus Breacs Leben verewigt, weil ich mehr nicht ertragen hätte. Die wenigen Episoden im Buch waren schon zu viel für mein Seelenheil. Vielleicht wird es dir nicht genügen, was ich dir über ihn und den Seelenfresser verraten habe, aber damit muss ich leben.

Sicher möchtest du auch wissen, was damals auf dem Segelschiff geschehen ist. Warum habe ich dir in einer Nacht-und-Nebel-Aktion die Freiheit geraubt und dich in ein gewöhnliches Leben gezwungen? Im Nachhinein glaube ich, einen großen Fehler begangen zu haben. Alles, was ich gesehen habe, war ein riesiger heller Schatten im Wasser, und weil ich glaubte, es sei Breacs Ungeheuer, habe ich dich so tief ins Landesinnere geschafft, wie ich nur konnte. Damals konnte ich vor Angst kaum klar denken, später fragte ich mich, ob es nicht doch nur der Glanz des Mondes war, oder eine Wolke aus leuchtenden Tiefseetieren. Immerhin wurden wir fünfzehn Jahre lang von niemandem verfolgt. Weder hörten oder sahen wir etwas von Breac, noch tauchte irgendwo sein Seelenfresser auf. Ich werde nie erfahren, ob es wirklich das Monster war, das unter unserem Schiff hindurchschwamm, oder doch nur ein Produkt meiner Fantasie. Für all die Jahre, in denen du wegen meiner Entscheidung gelitten hast, bitte ich dich um Verzeihung.

Das Einzige, was ich dazu sagen kann: Ich tat es, um dich zu schützen. Ich tat es aus Angst um dich. Dich zu verlieren, wie ich deinen Vater verloren habe, wäre unerträglich gewesen. Lebe dein Leben, mein Sohn. Treffe deine eigenen Entscheidungen. Aber sei dir der Gefahren bewusst, von denen dir mein Buch erzählt hat. Und wenn du um mich trauerst, dann tröste dich mit dem Gedanken, dass die Liebe meines Lebens kam, um mich mit sich zu nehmen. Wir gehen gemeinsam in die wunderschöne Welt, von der ich dir erzählt habe, und ich weiß, dass auch wir uns wiedersehen werden.

Ich liebe dich. Unendlich und für immer.

Fae

Kjell rang nach Atem. Seine Lungen gaben ihre Funktion auf, stattdessen schoss ein reißender Schmerz in seine Seiten.

Er musste raus, das Meer sehen. Ein solch machtvolles Drängen überwältigte ihn, dass er ihm nichts entgegensetzen konnte. Kjell riss die Tür auf und rannte über die Dünen. Alles fiel von ihm ab. Der Schmerz, die Erinnerung und die Angst.

Nur Faes Worte hallten noch durch seinen Kopf:

Lebe dein Leben, mein Sohn.

Treffe deine eigenen Entscheidungen.

Er warf sich in die Wellen, spürte die Umarmung des eiskalten Wassers, die Tiefe, den Sog – und gab sich ihm hin. Das Meer nahm ihn auf. Zog ihn hinaus, weit hinaus. Bis alles verschwand.

Alles ist gut, sagte es. *Du bist in deinem wahren Zuhause.*

Ich habe dir so viel zu zeigen.

Epilog

Fae kämpfte gegen die Tiefe, bis ihre Kräfte sie verließen. Ein kurzes Gefühl des Bedauerns, als sie versank, dann spürte sie ihren Körper nicht mehr. Um sie herum war alles schwarz. Kein Leuchten, keine Wärme aus Licht gesponnen. Aber sie fürchtete sich nicht.

Er würde kommen. Sie wusste es.

Es war, als sei sie eine Ewigkeit gesunken, ehe der Schmerz ihre Lungen brennen ließ. Zu tief, um noch an die Oberfläche zu schwimmen. Viel zu tief. Fae wusste, dass der Moment des Kämpfens genauso kurz sein würde wie das Gefühl des Bedauerns. Sie wehrte sich nicht dagegen. Ihr Brustkorb brannte, ihre Glieder zuckten und versuchten matt, gegen das Sterben anzukämpfen.

Und dann spürte sie es endlich. Das Ersehnte, das so lange Erhoffte. Seine Arme schlossen sich um sie. Ein Kuss, zart wie ein Hauch und kühl wie Eis, besiegelte das Ende und den Anfang. Behutsam trug er sie an die Oberfläche. Oh ja, er fühlte sich genauso an wie damals. Ganz genauso.

Endlos lange Jahre zerschmolzen zu Nichts.

Sie durchbrachen das Wasser. Vor ihr schwebte sein helles Gesicht in der Dunkelheit. Nicht menschlich. Ewig jung. So hatte sie ihn nur einmal gesehen. Auf einer Videoaufnahme vor langer Zeit, als er sich das erste Mal in das Wesen verwandelt hatte, das seine Bestimmung war. Aber es wirkte nicht mehr fremdartig auf sie, sondern atemberaubend schön.

„Du hast mich gefunden."

„Ja", flüsterte er nur.

„Bist du echt? Warum kann er dich nicht sehen?" Fae drehte sich in Kjells Umarmung um und sah zu dem Schatten hinüber, der am Strand auf und ab lief. Sie hörte ihren Sohn weinen. Er ging in die Knie, grub seine Finger in den Sand und schluchzte. Sein Schmerz stach wie ein Messer in ihre Seele. Das letzte Mal hatte er geweint, als er ein Kind gewesen war. Auf dem Segelschiff, weit entfernt von hier, als sie ihm gesagt hatte, dass ihr Leben als Wanderer zu Ende war.

Lies meinen Brief, Kjell. Ich hoffe, dass du mir verzeihen kannst.

„Warum sieht er uns nicht?", flüsterte sie, hob ihren Arm und winkte. Doch ihr Sohn tat nichts. Er starrte nur mit verzweifeltem, leerem Blick auf das Meer hinaus.

„Du weißt, warum." Kjell strich sanft über ihr Haar. In seinen Augen glommen Erstaunen und Liebe. „Er kann uns nicht wahrnehmen. Wir haben unsere Körper zurückgelassen. Sieh ins Wasser, Fae."

Sie tat es. Und als sie unter sich den bleichen Körper einer alten Frau entdeckte, zuckte sie erschrocken zusammen. Es war ihr Leichnam. Ihre tote, ertrunkene Hülle, die von der Strömung fortgetragen wurde.

„Keine Angst." Er küsste sie. Wieder und wieder. Küsste alle Angst und jeden Zweifel fort. „Wir sind noch genauso wirklich wie vorher."

„Warum hast du mich so lange warten lassen?" Wie losgelöst rannen die Tränen über ihr Gesicht. Sie wollte sie mit der Hand fortwischen, als sie sah, dass ihre Finger schlank und glatt waren. Fae sah an sich herunter, betastete ihren Körper und ihr Gesicht. Sie war wieder jung. Mein Gott, sie war wieder so, wie sie damals gewesen war, als sie sich das erste Mal getroffen hatten.

„In der anderen Welt gibt es keine Zeit", sagte Kjell. „Es gibt kein Alter und keinen Tod. Für mich war es nur ein Augenblick, für dich viele Jahre. Es tut mir so leid."

„Mir tut es leid. Es war meine Schuld. Ohne mich wärst du …"

„Schschsch!" Er legte zart einen Finger auf ihre Lippen. Sein geschmeidiger, schuppiger Fischkörper bewegte sich an ihren Beinen. „Alles sollte so kommen. Alles ist gut. Es war unser Schicksal."

„Ich weiß. Aber wo ist diese Welt hinter dem Tor? Wohin gehen wir?"

Kjell lächelte und legte den Kopf in den Nacken. Fae tat es ihm gleich, blickte in das Meer funkelnder Sterne und beobachtete das im ersten Morgenlicht verblassende Band der Milchstraße.

„Sie ist dort oben", antwortete er. „Zu weit entfernt, um es zu begreifen. Die Seele ist unser Tor, aber wir können nur hindurch, wenn wir alles Irdische zurücklassen."

„Wenn wir sterben?"

Er nickte nur und schwieg.

„Dann bringst du mich dorthin?"

Wieder küsste er sie. „Ja. Wenn du dich verabschiedet hast."

Fae blickte zu ihrem Sohn zurück. In diesem Moment stand er auf, hob einen Arm zu einer Abschiedsgeste und flüsterte etwas in den Wind.

„Was sagt er?", fragte Fae. „Ich verstehe es nicht."

„Er sagt Lebewohl. Und dass er dich liebt. Du kannst ihn loslassen. Er ist stärker als du glaubst. Vertraue mir."

Oh ja, ich vertraue dir …

Ihr Schmerz fühlte sich auf einmal blass an, wie etwas Fremdes, denn langsam stieg in ihr die Erkenntnis auf, dass nichts zu Ende war. Alles bewegte sich in einem unendlichen Kreis, kehrte wieder und ging erneut, und sie wusste, dass ihre wirkliche Heimat nicht hier war.

„Bist du bereit?“, fragte er leise.

Sie nickte.

Und dann tauchten sie. Tief und immer tiefer. Schwerelos, gedankenlos. Der Ozean war erfüllt von einer wundervollen Stimme, die im Rhythmus der Wellen auf- und abschwoll. Kjells Stimme. Vertonte Unendlichkeit, die sie leitete und beschützte, bis hinein in das grelle Licht und über den Schmerz hinaus.

Ich bin bei dir, sagte sie. *Gehen wir nach Hause.*

Wirklich nach Hause.

~ Ende ~

Der Mensch besteht zu achtzig Prozent aus dem Wasser.

Wenn man keine Liebe, keine Weisheit und kein Ziel hat,

gleicht man einer Pfütze.

Das Ziel gibt einem die Strömung. Weisheit verleiht uns Tiefe.

Und Liebe gibt uns unendliche Weite und Kraft. Sei ein Ozean!

~Elena Klier~

Nachwort

Einige Fragen werden nach diesem Ende offenbleiben. Was ist mit Breac und dem Seelenfresser? Wohin sind Fae und Kjell gegangen? Welches Geheimnis steckt hinter Theodora und ihrem Gemälde? Und vor allem: Wie geht es mit ihrem Sohn weiter, den ihr in diesem Buch nur bei sporadischen Auftritten kennenlernen durftet? Auch wenn das Ende gewiss nicht glücklich im eigentlichen Sinne ist, kann ich euch doch trösten. Die Geschichte wird weitergehen, diesmal mit unserem lesenden Helden als Hauptperson. In *Das Herz des Ozeans* werden die offenen Fragen beantwortet und wir werden mit Kjell jr. mehrere erstaunliche Reisen erleben.Bis dahin verabschiede ich mich von euch, bedanke mich für unser gemeinsam bestandenes Abenteuer und tauche in eine neue Geschichtenwelt ab, in der Hoffnung, euch einige Träume und so manches Mal nasse Füße beschert zu haben.

Ein großer Dank gebührt an dieser Stelle Astrid Behrendt, Anna Milo und John Akhen, die aus meiner Geschichte ein so schönes Buch gemacht haben, und natürlich huldige ich meinen genialen Korrekturlesern von www.leserunden.de sowie Ulrike, Hermann und Kerstin, die mir eine riesengroße Hilfe waren.

Ebenso danke ich Norbert Fleck von www.bionic-diving.de, dessen Wissen über den Tauchsport für den im Buch beschriebenen Wrack-Ausflug sehr kostbar war. Seinen Ratschlag habe ich befolgt und inzwischen eigene Erfahrungen gesammelt. Was übrigens süchtig macht.

Zudem ziehe ich den Hut vor den unermüdlichen Kämpfern der Sea Shepherd-Organisation, die weltweit gegen die unzähligen Schandtaten zu Felde ziehen, die dem Ozean und seinen Geschöpfen tagtäglich angetan werden. Macht weiter so!

(Deutsche Webseite: http://de.seashepherd.org/.de)

Zum Abschluss dieser kleinen Dankesrede möchte ich euch noch auf die Musik von John Akhen hinweisen (www.johnakhen.com).
Er ist meine Inspiration und mein über alles geliebter Lebensgefährte. Ich danke dir!

„Die Seele des Ozeans“ im Internet:

Webseite:
www.brittastrauss.com

Facebook:
https://www.facebook.com/pages/Die-See-
le-des-Ozeans/361936120584505

https://www.facebook.com/kjell.earran

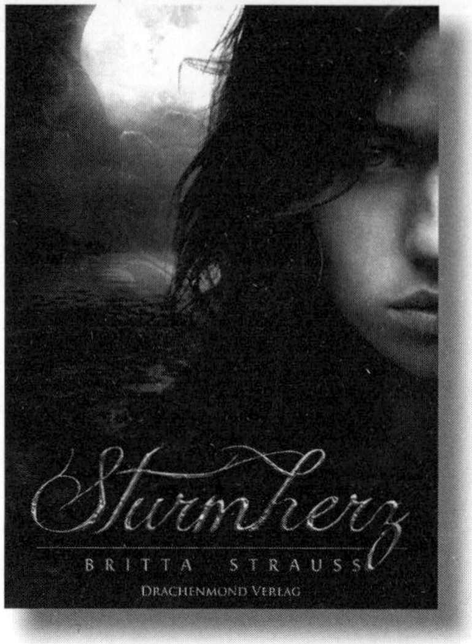

Maris Sehnsucht nach dem Meer wächst von Tag zu Tag.
Immer wieder träumt sie sich in eine Welt voller Wunder und Freiheit,
bis sie in einer eisigen Winternacht erkennt, wel-
che Geheimnisse der Ozean tatsächlich verbirgt.

Man sagt, es gäbe Seehunde,
die ihre Tiergestalt ablegen und zu Menschen werden.
Man sagt, sie seien ebenso kaltherzig wie verführerisch.

Nur ein Märchen für kalte Winterabende?

Während Mari die Wahrheit hinter einer uralten Legende aufdeckt,
entspinnt sich eine Liebesgeschichte, wie
sie magischer nicht sein könnte.

Doch die Gier eines gnadenlosen Feindes droht alles zu zerstören.

Britta Strauß
Sturmherz
ISBN: 978-3-931989-77-4
352 Seiten, Softcover, €14,90

DRACHENMOND VERLAG